HEYNE <

Das Buch

Als einziger Überlebender eines Flugzeugabsturzes irrt Anders durch das dunkle Land - eine bizarre Welt mit brutalen Regeln, bevölkert von seltsamen Kreaturen. Als er sich aufmacht, herauszufinden, was dem vergessenen Tal widerfahren ist, beginnt ein Albtraum.

Für seinen verzweifelten Kampf um Gerechtigkeit für alle Bewohner des dunklen Landes hat Anders einen schrecklichen Preis bezahlt: Viele Monate musste er im Eisgefängnis der Elder in den Bergen ausharren, denn die Gesetze der Herrscher von Tiernan sind unerbittlich. Doch kaum ist Anders in die Torburg zurückgekehrt, marschiert ein gewaltiges Heer von Wilden auf die weiße Elderstadt zu, angeführt von einem unheimlichen Krieger auf einem schwarzen Einhorn. Um die drohende Vernichtungsschlacht im letzten Moment zu verhindern, versucht Anders mit dem schwarzen Reiter zu verhandeln. Aber dann muss er erkennen, dass er auf grausame Weise getäuscht wurde.

Die Autoren

Wolfgang und Heike Hohlbein zählen zu den erfolgreichsten und meistgelesenen Fantasy-Autoren des deutschsprachigen Raums. Sie wurden unter anderem mit dem »Preis der Leseratten« (ZDF) und dem »Phantasie-Preis der Stadt Wetzlar« ausgezeichnet, und ihr gemeinsames Erstlingswerk, der phantastische Roman *Märchenmond*, wurde mit bisher über 700.000 verkauften Exemplaren zum Bestseller. Sie leben mit ihren Kindern in der Nähe von Düsseldorf.

Ein ausführliches Werkverzeichnis der beiden Autoren findet sich am Ende des Buches.

WOLFGANG & HEIKE

HOHLBEIN

anders 3

Der Thron von Tiernan

Roman

WILHELM HEYNE VERLAG
MÜNCHEN

FSC
www.fsc.org
MIX
Papier aus verantwortungsvollen Quellen
FSC® C014496

Verlagsgruppe Random House FSC-DEU-0100
Das für dieses Buch verwendete FSC®-zertifizierte Papier
Holmen Book Cream liefert Holmen Paper, Hallstavik, Schweden.

2. Auflage
Vollständige Taschenbuchausgabe 06/2011

Printed in Germany 2011
Umschlaggestaltung: Nele Schütz Design, München
unter Verwendung eines Fotos von © Peter Gric
Druck und Bindung: GGP Media GmbH, Pößneck
ISBN: 978-3-453-53327-1

www.heyne.de

1

Kalt. Alles, was er spürte, war … Kälte. Und alles, was er sah, war … Weiß. In der Welt, durch die sein gemarterter Geist trieb, war nur noch Platz für diese beiden Begriffe, in allen nur vorstellbaren Abstufungen und Kombinationen (und vielen, die er sich niemals hätte vorstellen können), und vielleicht noch für die beiden ungleichen Zwillingsbrüder Schmerz und Furcht, und wenn er jemals ein Leben gehabt hatte, in dem es darüber hinaus noch etwas anderes gegeben hatte, so war es längst zu einer bedeutungslosen weißen Scholle geworden, die zusammen mit Millionen und Abermillionen anderer und ebenso bedeutungsloser Schollen über den Ozean aus weißer Kälte trieb, zu dem die Welt um ihn herum erstarrt war. Seine Vergangenheit war zu Eis erstarrt und dann in unzählige Splitter zerborsten, die zu wild durcheinander wirbelten, um sie jemals wieder zu einem sinnvollen Bild zusammenfügen zu können. Und selbst wenn er es vermocht hätte, wäre es ihm viel zu mühsam gewesen.

Es gab nur noch zwei Dinge, die er sich wünschte und für die er ohne zu zögern sein Leben gegeben hätte: nicht mehr zu frieren und etwas anderes zu sehen als Weiß.

Selbst wenn er die Augen schloss, war die Dunkelheit hinter seinen Lidern *weiß*.

Etwas berührte seine Stirn, aber er konnte nicht sagen, ob die Berührung echt war oder nur irgendein weiterer sinnloser Erinnerungssplitter, der real sein konnte oder auch nur ein Stück aus einem der ungezählten wirren Albträume, die ihn heimgesucht hatten. Es interessierte ihn auch nicht. Selbst, sich für etwas zu interessieren, war viel zu mühsam.

Die Berührung wiederholte sich, ein wenig deutlicher diesmal, fordernder, dann drang eine Stimme in den weißen Brei, der seinen Kopf ausfüllte, und wieder berührte ihn etwas; diesmal nicht an der Stirn, sondern an der Schulter. »*Du musst aufwachen.*«

Aufwachen woraus? Aus einem Albtraum, nur um in einen anderen und viel schlimmeren hinüberzugleiten, aus dem er *nicht* aufwachen konnte, weil er *real* war? Wozu?

Aber das Rütteln hörte nicht auf. Auch die Stimme fuhr fort auf ihn einzureden, ergab jedoch nun keinen Sinn mehr; es waren nur weitere absurde Laute, die sein Bewusstsein marterten wie ein Chor kreischender Eisdämonen, der in einem Wintersturm heulte. Schließlich endete auch das Rütteln, und für eine kurze, aber kostbare Weile kehrte Ruhe ein. Dennoch sank er nicht wieder in erlösende Bewusstlosigkeit zurück, sondern trieb durch ein düsteres Zwischenreich voller Angst, in dem ihn bizarre Visionen und schreckliche Bilder peinigten, aber auch ein pochender und höchst realer körperlicher Schmerz, der seinen Ursprung in seinen Fingern und Zehen hatte und langsam, aber unbarmherzig schlimmer wurde.

Besonders eine einzelne Szene kehrte immer wieder: Er sah sich selbst durch einen höllischen Schneesturm taumeln, halb blind vor Angst und Schmerz, blutend und am Ende seiner Kräfte, und irgendetwas verfolgte ihn, ein körperloses schwarzes *Ding* mit glühenden Augen und Zähnen und Krallen aus Glas, die immer und immer wieder in sein Fleisch bissen. Der Schneesturm heulte und wütete immer schlimmer rings um ihn herum, eine Armee unsichtbarer Dämonen, die an seinen Haaren und seinen viel zu dünnen Kleidern zerrten, mit dünnen glühenden Klauen nach seinen Augen schlugen und rasiermesserscharfe Fänge aus Eis in seine Haut gruben. Er war blind, taub, wusste nicht, wohin er ging und warum. Um ihn herum war nichts als tobendes Weiß und Blau und heulende Kälte, und irgendwann stürzte er, fiel in den Schnee und rollte und rollte und rollte …

Eine Hand schob sich unter seinen Nacken, hob seinen Kopf an, und dann berührte etwas Hartes seine Lippen und zwang sie auseinander. Im ersten Moment wehrte er sich ganz instinktiv. Was immer ihn berührte, was immer außer ihm *hier war*, in dieser weißen einsamen Hölle, konnte nur feindlich sein, der Verfolger, der aus seinem Traum mit herüber in die Wirklichkeit gekommen war und ihn nun endgültig vernichten würde.

Dann spürte er die Wärme. Im allerersten Moment schrak er fast entsetzt davor zurück. Tausend Jahre lang war das Wärmste, was er gespürt hatte, sein eigener Atem gewesen, wenn er die Hände vor den Mund hielt und hineinblies, und ein paarmal auch sein eigenes Blut, wenn er sich auf die Lippen gebissen hatte, um die salzige Wärme zu schmecken. Aber das war nur der erste Moment. Dann spürte er, dass es nicht nur Wärme war, die über seine Lippen wollte, sondern mehr; etwas mit Substanz und Geschmack, das seinen Mund ausfüllte und unsagbar köstlich seine Kehle hinunterrann.

Er schluckte gierig, versuchte sich nun aus eigener Kraft aufzurichten und weiterzutrinken und hätte vor Enttäuschung am liebsten laut aufgestöhnt, als die Schale zurückgezogen wurde.

»Nicht so viel auf einmal. Du kannst haben, so viel du willst, aber langsam.«

Mühsam versuchte Anders die Augen zu öffnen, doch es blieb bei dem Versuch. Grelles Licht und schmerzhaft bunte Farben stachen wie Messerklingen in seine Augen, und plötzlich explodierten die Geräusche wie das Brüllen tausend tollwütiger Drachen in seinen Ohren. Anders krümmte sich, schlug wimmernd die Arme vors Gesicht und zog schützend die Knie an den Leib.

»Wir müssen ihm Zeit lassen. Es könnte schlimme Folgen haben, wenn wir ihn überfordern.«

Die Worte ergaben so wenig Sinn wie alles, was er zuvor gehört hatte, aber irgendetwas sagte ihm, dass er die Stimme kennen sollte. Trotzdem weigerte er sich darüber nachzudenken, denn diese Stimme gehörte wie so vieles zu seiner Vergangenheit, und seine Vergangenheit war weiß, und er würde nie wieder einen Tag erleben, an dem er diese Farbe nicht fürchtete.

Unendlich behutsam versuchte er noch einmal, seine Lider zu heben. Es tat ebenso weh und war ebenso erschreckend wie zuvor, aber diesmal zwang er sich, dem erschreckenden Ansturm von Farben und Bewegung standzuhalten. Das Erste, was er feststellte, war das: Es war vorbei. Er war nicht mehr in der Gletscherhöhle. Die Wände, die ihn umgaben, bestanden aus kunstvoll vermauerten Steinquadern, nicht aus Eis, und er lag nicht mehr auf einem Bett aus erstarrter Kälte, sondern auf weichen Kissen und wärmenden Fellen und Decken. Und er war nicht mehr allein. Irgendwo links von ihm bewegte sich jemand, und in dem sonderbar eingeschränkten Gesichtsfeld, das ihm zur Verfügung stand, erhob sich eine hoch aufgeschossene, *weiß* gekleidete Gestalt, die mit ernstem Gesicht auf ihn herabblickte.

Valeria.

Irgendwie tauchte dieser Name in seinem Bewusstsein auf, ohne dass er im ersten Moment einen Bezug zu dem schmalen, edel geschnittenen Gesicht unter der hoch aufgetürmten schwarzen Burgfräuleinfrisur herstellen konnte. Die Elder sah ihn einen Moment lang durchdringend an, dann erschien ein ganz schwaches Lächeln irgendwo tief in ihren Augen.

»Verstehst du mich?«, fragte sie. Anders war nicht sicher, ob er wirklich nickte oder es nur *wollte*, aber Valeria las die Antwort so oder so in seinen Augen.

»Gut«, sagte sie. Sie klang nicht so, als hätte sie irgendetwas anderes erwartet; oder auch nur akzeptiert. »Versuche nicht zu antworten. Dazu bist du wahrscheinlich zu schwach. Willst du noch ein wenig Suppe?«

Natürlich wollte er das, und diesmal war er auch sicher, sich sein Nicken nicht nur einzubilden. Valeria lächelte knapp, verschwand für einen Moment aus seinem Blickfeld und kam zurück, noch bevor er die Energie aufbringen konnte, den

Kopf zu drehen und ihr nachzublicken. Sie hielt eine flache Schale aus Holz in beiden Händen, deren Inhalt sichtbar dampfte. So vorsichtig, wie sie sie hielt, als sie sich neben ihn auf die Bettkante sinken ließ, musste sie sehr heiß sein.

Anders stemmte sich mühsam auf die Ellbogen hoch, und Valeria setzte die Schale an seine Lippen und kippte sie leicht, sodass er mit winzigen, vorsichtigen Schlucken trinken konnte. »Nicht zu viel auf einmal«, sagte sie warnend. »Dein Magen ist keine warme Nahrung mehr gewohnt und du willst doch nicht, dass dir schlecht wird, oder?«

Sie hatte nur zu Recht. Sein Magen begann tatsächlich schon nach den ersten Schlucken zu revoltieren, aber das war ihm vollkommen egal. Nach tausend Jahren in der Hölle genoss er zum ersten Mal wieder das unsagbar köstliche Gefühl von *Wärme*, die sich in seinem Leib ausbreitete, und keine noch so schlimme Übelkeit konnte etwas daran ändern.

Nach nur einem knappen Dutzend kostbare Schlucke zog Valeria die Schale zurück und schüttelte den Kopf. »Das ist genug für den Anfang. Du bekommst später mehr.«

Sie streckte den Am aus und jemand nahm ihr die Suppenschale ab. Anders fühlte sich immer noch zu schwach, um den Kopf zu wenden und nachzusehen, wer außer der Elder und ihm noch im Raum war, aber irgendwie glaubte er etwas Vertrautes zu spüren. Es war kein Fremder. Valeria rutschte in eine etwas bequemere Position auf der Bettkante und griff gleichzeitig nach seiner Hand.

»Auch auf die Gefahr hin, dass du es für eine dumme Frage hältst«, sagte sie mit einem angedeuteten Lächeln, »aber wie fühlst du dich?«

Anders hob die Schultern. Er konnte nicht viel mit dieser Frage anfangen.

»Kannst du nicht sprechen?«, fragte Valeria. Anders war nicht sicher, ob er noch wusste, wie das ging. Wann hatte er das letzte Mal *gesprochen?* Vor einem Jahr? Vielleicht. Er versuchte es. Im ersten Anlauf brachte er nur ein Krächzen zustande, das von einem bitteren, Übelkeit hervorrufenden Geschmack tief in seiner Kehle begleitet wurde. Er verzog angeekelt das Gesicht, räusperte sich und brachte beim zweiten Anlauf immerhin ein *doch* zustande. Valeria nickte zwar, aber sie sah nicht wirklich zufrieden aus.

»Das Sprechen verlernt man nicht«, sagte sie streng. »Also, wie fühlst du dich? Weißt du, wer ich bin? Und wo du bist?«

»Valeria«, krächzte Anders mühsam. Die zweite Frage beantwortete er vorsichtshalber nicht. Er war nicht ganz sicher.

»Wenigstens etwas«, sagte die Elder. »Du bist in der Torburg. Erinnerst du dich, wie du hergekommen bist?«

Diesmal konnte er zu Recht den Kopf schütteln. Seine Gedanken bewegten sich nicht mehr so träge wie noch vor wenigen Augenblicken, aber alles, woran er sich erinnerte, war der tobende weiße Schneesturm, und er wusste weder, wie er hineingeraten war, noch hinaus. Er schüttelte noch einmal den Kopf.

»Nun, du bist hier, du lebst und du befindest dich sogar in erstaunlich gutem Zustand, wenn man bedenkt, was hinter dir liegt«, sagte Valeria. Sie stand auf. »Ich lasse dir eine halbe Stunde, um zu dir zu kommen. Danach kehre ich zurück. Wir haben eine Menge zu bereden.«

Sie wandte sich zu der dritten Person im Raum, die sich noch immer außerhalb seines Blickfeldes befand. »Gib Acht, dass er nicht zu viel trinkt. Es wäre nicht gut für ihn.«

Sie ging ohne ein weiteres Wort – würdigte ihn nicht einmal eines einzigen weiteren Blickes. Anders drehte nun doch mühsam den Kopf um zu sehen, wer außer ihm noch im Raum war.

Im allerersten Moment konnte er sich nicht an ihren Namen erinnern, aber er war trotzdem nicht überrascht das dunkelhaarige Mädchen zu erkennen, das zwei Schritte neben seinem Bett stand und fast angstvoll auf ihn herabsah. Erst dann kehrte ein weiteres Bruchstück seiner Erinnerung zurück.

»Lara«, sagte er; fast im Tonfall einer Frage, wie um sich von ihr bestätigen zu lassen, dass ihn seine Erinnerung auch wirklich nicht genarrt hatte. Das Mädchen nickte schnell. Es wollte etwas sagen, schien aber dann doch nicht die richtigen Worte zu finden und beließ es bei einem weiteren, noch unsichereren Lächeln.

»Wie lange ... bin ich schon hier?«, fragte er. Der Klang seiner eigenen Stimme erschreckte ihn. Sie war rau und zitterig wie die eines alten Mannes, und es war eine Schwäche darin, die weit über bloße körperliche Erschöpfung hinausging.

»Einen Tag«, antwortete Lara – allerdings erst nach einem spürbaren Zögern, als hätte sie tatsächlich erst nachdenken müssen, um diese Frage korrekt zu beantworten. »Sie haben dich gestern Abend gebracht. Kurz nach Dunkelwerden.«

»Sie?«

»Culain«, antwortete Lara. »Und Tamar. Aaron und die ehrwürdige Endela waren auch dabei.«

An *diese* Namen erinnerte er sich, wenn auch nicht auf Anhieb an die dazugehörigen Gesichter. Seine Gedanken kamen nur ganz allmählich wieder in Schwung. »Der ganze verdammte Hohe Rat also.« Nein. Das *verdammte* sprach er nicht aus, aber irgendwie schien Lara es trotzdem zu hören, denn ein Ausdruck vagen Erschreckens erschien in ihren Augen, den Anders im ersten Moment nicht einmal verstand. Dann fiel ihm wieder ein, dass die Elder für das Mädchen ja so etwas wie Halbgötter waren und sie vermutlich insgeheim darauf wartete, dass ein Blitz gerechten himmlischen Zorns auf ihn herabfuhr, um ihn auf der Stelle für diese Gotteslästerung zu bestrafen. Wäre es so, hätte es die Berge, auf die das Fenster neben seinem Bett hinausführte, schon lange nicht mehr geben dürfen, denn sie wären unter dem Bombardement göttlicher Zornesblitze zu Schlacke zerschmolzen. Er wusste längst nicht mehr, wie oft er die Elder verflucht hatte.

»Sie ... sie waren sehr aufgeregt«, fuhr Lara nach einigen Sekunden fort, hin- und hergerissen zwischen Furcht und Neugier, wobei die Neugier ganz offensichtlich überwog. »Ich habe nicht alles verstanden, aber ich glaube, es ist nur ein Zufall, dass du überhaupt noch lebst.«

»Tja«, murmelte Anders, »sieht so aus, als hätten nicht einmal die Elder das Glück gepachtet, wie?«

Lara blinzelte irritiert, hob aber dann nur die Schultern und fuhr fort: »Ein Bauer hat dich gefunden, oben an der Schneegrenze. Sie fragen sich, wie du aus der Höhle entkommen konntest.«

Und nicht nur die Elder. Auch Laras Worte waren nichts anderes als eine direkte Frage, auf die Anders jedoch nur mit den Schultern zucken konnte.

»Das weiß ich nicht«, antwortete er wahrheitsgemäß.

Lara seufzte. »Valeria hat gesagt, dass das passieren kann.«

»Was?«

»Dass dein Gedächtnis nicht richtig funktioniert«, erwiderte Lara. Sie sah rasch zur Tür, beinahe als hätte sie Angst, jemand könnte hereinkommen, während sie sprach. »Aber sie hat auch gesagt, dass du dir keine Sorgen zu machen brauchst, weil deine Erinnerungen früher oder später von selbst zurückkommen ...« Sie hob mit einem halb unglücklichen Lächeln die Schultern. »Oder so ähnlich.«

»Wie beruhigend«, knurrte Anders. Woran sollte er sich erinnern? An Tage und Wochen und Monate, in denen er abwechselnd schreiend vor Zorn und dann wieder dumpf brütend am Rande des Irrsinns entlanggeschlittert war? An all die Stunden, die er mit bloßen Fäusten auf die Eiswand eingehämmert hatte, bis seine Hände bluteten und seine Arme so schwer geworden waren, dass er sie nicht mehr heben konnte? An seine ebenso sinnlosen wie verzweifelten Versuche, an den glatten Wänden emporzuklettern, um die rettende Öffnung unter der Decke zu erreichen, oder den Tag, an dem er sich ausgezogen und seinen nackten Körper gegen die Wand gepresst hatte, fest davon überzeugt, dass er es nur lange genug durchhalten musste, um die Barriere aus Eis mit seiner bloßen

Körperwärme zu schmelzen? Danach wäre er fast gestorben und es war nicht die einzige Gelegenheit gewesen, bei der er dem Tode näher gewesen war als dem Leben. Oder an die Augenblicke (und auch das war mehr als *einer* gewesen!), in denen er dagesessen und den zierlichen Dolch angestarrt hatte, den Aaron ihm dagelassen hatte?

Fast ohne sein Zutun hob er die Hände und blickte auf seine Handgelenke hinab. Auf seinen Handgelenken waren mehrere dünne, blasse Linien zu erkennen, die sich überkreuzten, und der Anblick weckte die Erinnerung an den dünnen, brennenden Schmerz; nicht besonders schlimm, aber von einer Art, die es ihm trotzdem unmöglich gemacht hatte, ihn länger zu ertragen. Er hatte den Dolch mit der rasiermesserscharfen Klinge in der Hand gehabt, mehr als einmal, doch irgendetwas in ihm hatte wohl trotz allem immer noch leben wollen, auch wenn dieses Leben kein wirkliches Leben mehr gewesen war, sondern nur eine endlose Aneinanderreihung von Augenblicken der Qual, von denen sich jeder einzelne zu einer kleinen Ewigkeit gedehnt hatte.

Nein. An nichts davon *wollte* er sich erinnern. Als er die Arme sinken ließ, begegnete sein Blick dem des Mädchens. Lara sah erschrocken aus, aber auch ein wenig traurig – und da war noch etwas in ihren Augen, das er nicht deuten konnte. Es beunruhigte ihn.

»Ich habe es ja nicht getan«, sagte er.

Das hatte Lara nicht gemeint, und auch das las er deutlich in ihren Augen. Sie gab sich einen Ruck, und als sie antwortete, war in ihrer Stimme genau jener Klang von erzwungenem Optimismus, wie ihn jede Krankenschwester nach der ersten Woche ihrer Ausbildung beherrschte – und der übrigens noch nie jemanden wirklich überzeugt hatte.

»Valeria hat gesagt, dass du dir keine Sorgen um deine Finger zu machen brauchst«, sagte sie. »Die Erfrierungen sind nicht schlimm und werden wieder heilen, und alles andere auch.«

Anders hob zum zweiten Mal die Hände und betrachtete das, was vor gar nicht allzu langer Zeit seine Finger gewesen waren. Jetzt sah er nur noch Ruinen. Seine Nägel waren ausnahmslos abgebrochen und zum Teil gesplittert, die Haut zerrissen und entzündet und an manchen Stellen schwarz verfärbt. So wie es aussah, musste er sich mehrere Finger gebrochen haben, und seine Gelenke fühlten sich an, als wären sie mit Diamantstaub gefüllt; ein letzter Gruß der eisigen Wände seines Gefängnisses, auf die er Stunde um Stunde eingeschlagen hatte. Noch eine Erinnerung, auf die er gerne verzichtet hätte.

Unglücklicherweise begannen sich Valerias Worte in diesem Punkt bereits zu bewahrheiten. Sein Erinnerungsvermögen kehrte mit erstaunlicher Geschwindigkeit zurück.

Umständlich versuchte er sich weiter aufzusetzen, aber es blieb bei einem eher bemitleidenswerten Versuch, bis Lara hinzusprang und ihn nicht nur stützte, sondern auch das Kissen in seinem Rücken so zurechtschob, dass er halbwegs aufrecht sitzen konnte. Der Umstand, aus eigener Kraft nicht einmal zu einer so lächerlichen Bewegung imstande zu sein, war ihm nicht nur peinlich, sondern machte ihn auch wütend auf sich selbst, aber zugleich empfand er auch eine tiefe Dankbarkeit, dass überhaupt jemand da war, der ihm half.

»Besser so?«, fragte Lara. Anders nickte stumm und sie trat fast hastig einen Schritt zurück und fragte: »Möchtest du … noch etwas oder soll ich dich allein lassen?«

»Nein!«, antwortete Anders fast erschrocken. Er wollte nicht allein sein, nicht jetzt und überhaupt nie wieder. Vielleicht würde er es nie mehr ertragen, allein in einem Zimmer zu sein, ganz egal woraus die Wände gemacht waren. »Vielleicht etwas Suppe«, fügte er nach einem kurzen peinlichen Schweigen hinzu. Lara zögerte.

»Bist du sicher?«, fragte sie. »Ich meine, Valeria hat gesagt …«

»Warum fragst du mich, wenn dich meine Antwort nicht interessiert?«, unterbrach sie Anders. Sein rüder Ton tat ihm sofort wieder Leid, aber er schluckte die Entschuldigung, die ihm auf der Zunge lag, ebenso hinunter wie den bitteren Speichel, der sich zunehmend schneller in seinem Mund sammelte.

Auch Lara presste für einen Moment die Lippen zusammen, wie um etwas zu unterdrücken, was sie lieber nicht aussprechen wollte, dann wandte sie sich mit einem Ruck um und holte die Schale, die sie auf einem kleinen Tisch unter dem Fenster abgestellt hatte. Anders wollte danach greifen, aber Lara schüttelte heftig den Kopf, ließ sich genau wie Valeria zuvor auf die Bettkante sinken und setzte die Schale behutsam an seine Lippen, und Anders begann mit kleinen, vorsichtigen Schlucken zu trinken.

Die Suppe war so dünn, dass sie diesen Namen kaum verdiente; kaum mehr als warm gemachtes Wasser, in dem ein wenig Gemüse und einige dünne Fleischfasern schwammen, die nahezu geschmacklos waren. Und dennoch schien es das Köstlichste zu sein, was er jemals zu sich genommen hatte. Er konnte sich nur beherrschen, sie nicht gierig hinunterzuschütten, weil er wusste, dass Lara Recht hatte und ihm dann wahrscheinlich endgültig übel werden würde. Selbst so begann es in seinen Eingeweiden hörbar zu rumoren und eine leise Übelkeit breitete sich in seinem Magen aus – was ihn natürlich nicht davon abhielt, die Schale bis auf den allerletzten Rest zu leeren, und auch den letzten kostbaren Tropfen sorgfältig von seinen Lippen zu lecken.

»Das ist jetzt aber genug«, sagte Lara, während sie aufstand und die geleerte Schale stirnrunzelnd musterte. »Sonst wird dir am Ende wirklich noch schlecht.«

Das war es schon, doch Anders kämpfte die Übelkeit tapfer zurück und zwang sich das herrliche Gefühl zu genießen, endlich wieder einmal richtig *satt* zu sein.

»Danke«, murmelte er. Sein Magen gluckerte laut, um das Gegenteil zu beteuern, und Lara runzelte leicht besorgt die Stirn und lächelte dann.

»Gut«, sagte sie, »aber mehr bekommst du trotzdem nicht.« Anders verzog mit gespielter Enttäuschung das Gesicht, doch Lara wiederholte nur ihr entschlossenes Kopfschütteln und trug die geleerte Schale zum Tisch zurück.

Anders sah ihr aufmerksam zu. Ihre Bewegungen hatten eine Leichtigkeit und Anmut, die ihn im ersten Moment verblüffte – bis ihm klar wurde, dass sie sich keineswegs bewusst so bewegte, um ihn zu beeindrucken oder ihm eine Freude zu bereiten. Es war einfach die Tatsache, dass er *überhaupt* einem Menschen dabei zusehen konnte, wie er sich bewegte. Trotzdem: Lara hatte sich verändert, und es dauerte auch nur noch einen Moment, bis er die Natur dieser Veränderung endgültig begriff: Sie war kein Kind mehr und auch kein Mädchen, sondern eine junge Frau. Lara war erwachsen geworden. *Großer Gott, wie lange war er in der Gletscherhöhle eingesperrt gewesen?*

2

Anders lauschte einen Moment in sich hinein. Sein Magen hatte sich halbwegs beruhigt, und auch aus der bleiernen Schwere, die seine Glieder erfüllt hatte, wurde allmählich eine eher angenehme Mattigkeit. Vielleicht …

Er setzte sich weiter auf, zögerte noch einen letzten Moment und schwang dann behutsam die Beine aus dem Bett. Lara sog scharf die Luft ein und sah wenig begeistert aus, aber sie sagte nichts, und Anders führte seine Bewegung vorsichtig zu Ende und biss die Zähne zusammen, als er feststellte, wie kalt der steinerne Boden war, auf den er seine nackten Füße setzte. Und nicht nur der Boden. Im Kamin brannte zwar ein prasselndes Feuer, das den Raum mit der Illusion von Wärme und dem durchdringenden Geruch nach verkohltem Holz erfüllte, aber durch das offen stehende Fenster drang auch ein eisiger Luftzug herein, der ihn frösteln ließ. Unter der warmen Decke hatte er es nicht gespürt, doch nun lief ihm ein eisiger

Schauer über den Rücken. Er trug nur ein dünnes Kleid, das der Kälte kaum nennenswerten Widerstand entgegensetzte, und im ersten Moment kam es ihm hier drinnen kälter vor als in der Gletscherhöhle, in der er die letzten drei Millionen Jahre verbracht hatte. Trotzdem stand er nach kurzem Zögern vollends auf und wandte sich zum Fenster.

Prompt wurde ihm schwindelig. Seine Knie zitterten so, er musste hastig nach dem Bettpfosten greifen. Einen Moment lang blieb er mit geschlossenen Augen stehen und wartete darauf, dass die Dunkelheit hinter seinen Lidern aufhörte sich um ihn zu drehen, atmete aber dann tief ein und ging weiter. Lara sah ihn stirnrunzelnd und mehr als nur *ein bisschen* missbilligend an, behielt ihre Meinung jedoch vorsichtshalber für sich. Trotzdem folgte sie Anders in zwei Schritten Abstand, bereit jederzeit zuzugreifen, sollten ihn die Kräfte verlassen.

Es hätte auch wirklich nicht viel gefehlt, damit er ihre Hilfe tatsächlich in Anspruch hätte nehmen müssen. Vielleicht war der einzige Grund, aus dem er das Fenster aus eigenen Kräften erreichte, tatsächlich die Vorstellung, wie unglaublich *peinlich* es ihm gewesen wäre, für die wenigen Schritte auf Lara angewiesen zu sein.

Er war nicht einmal sicher, ob es die Mühe wert gewesen war. Immerhin machte ihm der Ausblick aus dem Fenster endgültig klar, wo er sich befand – nämlich wieder in dem Zimmer, das eigentlich Laras Vater gehörte, dem Statthalter der Torburg. Die Anzahl an Gästezimmern war anscheinend nicht besonders groß.

Darüber hinaus bot der Anblick nicht besonders viel Neues. Unter ihm lag die mit Geröll und Schutt übersäte, steil ansteigende Ebene, die von der großen Mauer abgeschnitten wurde, die ihm zugleich auch den Blick auf Tiernan und die Menschenstadt verwehrte. Die Berge dahinter waren noch schneebedeckt. Der Winter dauerte entweder ungewöhnlich lange oder es war schon wieder der nächste …

»Wie lange?«, fragte er einfach.

»Wie lange – was?«, gab Lara zurück. Sie wusste genau, was er meinte.

»Wie lange war ich in diesem ...« Es gelang ihm nicht, das Wort über die Lippen zu bringen. »... in diesem Gefängnis?«

»Auf jeden Fall lange genug, um es langsam angehen zu lassen«, antwortete Lara. »Du wirst schon eine Weile brauchen, um dich zu erholen.«

»Ich verstehe«, sagte Anders. »Valerie oder einer der anderen Elder haben dir verboten es mir zu sagen.« Er drehte sich vom Fenster weg, um Lara ins Gesicht zu sehen, aber sie wich seinem Blick aus.

»Ist es so schlimm, dass Valeria es mir selbst möglichst schonend beibringen will?«

»Nein«, sagte Lara fast erschrocken. Sie bewegte nervös die Hände und wich seinem Blick immer noch aus. »Im Gegenteil. Es ist eher ...«

»Wie lange?«, unterbrach sie Anders.

Lara zögerte noch einmal eine halbe Sekunde, aber schließlich antwortete sie doch. »Ich habe dir ...« Sie verbesserte sich. »Du hast fünfmal Lebensmittel bekommen.«

»Fünfmal?« Anders keuchte. »Soll das heißen, ich ... ich war sechs oder sieben *Monate* in diesem Loch?«

»Das ist nicht sehr lang«, antwortete Lara hastig.

»Nicht sehr lang?« Anders lachte schrill. »Herzlichen Dank auch. Mir hat es gereicht!«

»Vor dir ist noch nie jemand so schnell zurückgekehrt«, antwortete Lara. Sie machte einen nervösen Schritt zurück und klang plötzlich so, als wäre es allein ihre Schuld, dass er in der Gletscherhöhle gefangen gewesen war.

»So *schnell?*«, krächzte Anders. *Schnell?* Sieben Monate Einzelhaft in dieser Tiefkühltruhe nannte sie *schnell?*

Als hätte sie seine Gedanken gelesen, nickte Lara. »Das ist es ja, was Valeria und die anderen so beunruhigt.«

»Beunruhigt?«, wiederholte Anders. Diesmal bemühte er sich allerdings, wenigstens die Andeutung eines Lächelns auf sein Gesicht zu zwingen. Lara trug von allen hier am wenigsten Schuld an dem, was ihm zugestoßen war. »Ich verstehe. Ich war nicht lange genug eingesperrt, wie?«

»Oben in den Bergen ist noch Winter«, antwortete Lara. »Der Gletscher hätte frühestens beim übernächsten Neumond schmelzen dürfen.«

»Tja, da seht ihr, was dabei herauskommt, wenn man sich mit dem Falschen anlegt«, erwiderte Anders mit einem schiefen Grinsen.

Lara blieb ernst. »Wie bist du herausgekommen?«, fragte sie.

»Ich habe keine Ahnung«, antwortete Anders wahrheitsgemäß. Seine Erinnerungen mochten zurückgekehrt sein, aber längst noch nicht komplett. Er erinnerte sich an den Schneesturm, durch den er getorkelt war, doch er hätte nicht zu sagen vermocht, wie er in ihn *hineingeraten* war. Er schüttelte den Kopf.

»Das wird Valeria nicht gefallen«, seufzte Lara.

Was Anders wiederum herzlich egal war. Es gefiel *ihm* nicht, und das war viel schlimmer.

Eine Zeit lang standen sie beide in unbehaglichem Schweigen da, bis sich Lara schließlich mit einem unechten Räuspern abwandte. Anders fror jetzt stärker, als wäre der Wind, der durch das offene Fenster hereinstrich, plötzlich spürbar kälter geworden. Er ging zum Bett zurück und zog fröstelnd die Decke bis zum Kinn hoch. Es nutzte nichts. Er fror nur noch mehr. Vielleicht hatte er ja etwas von der Kälte aus der Gletscherhöhle mitgebracht, das er möglicherweise nie wieder ganz loswerden würde.

»Ich hole noch ein paar Scheite Holz«, sagte Lara. »Es ist wirklich ziemlich kalt hier drin, finde ich.«

»Nein«, sagte Anders hastig. »Bitte … bleib hier.« Plötzlich hatte er fast panische Angst davor, allein zu sein.

Lara blinzelte verstört. »Aber ich bleibe nur einen Moment weg«, sagte sie. »Wenn ich kein Holz nachlege, geht das Feuer aus und dann wird es wirklich kalt.«

Anders konnte sich gerade noch beherrschen, sie nicht noch einmal und noch verzweifelter anzuflehen, ihn nicht allein zu lassen, und wäre es irgendjemand anders als sie gewesen, hätte er es vielleicht sogar getan. Allein der *Gedanke*, wieder allein zu sein, war schon fast mehr, als er ertragen konnte. Dennoch riss er sich zusammen und versuchte im Gegenteil sogar zu lächeln; auch wenn er selbst spürte, wie kläglich dieser Versuch scheiterte. Lara sah ihn dann auch noch für einen ziemlich langen Augenblick unsicher an, bevor sie sich endgültig umwandte um zu gehen.

Als sie die Tür fast erreicht hatte, rief Anders sie erneut zurück. »Noch eines …«

Das Mädchen (das kein Mädchen mehr war, sondern eine junge Frau) drehte sich unsicher zu ihm um und legte fragend den Kopf schräg.

»An … an diesem Abend«, begann Anders zögernd. »Der Tag am Wasserfall, bevor du … bevor du Tiernan verlassen hast …«

Laras Augen wurden eine Spur dunkler. Sie sagte nichts, zog aber die Unterlippe zwischen die Zähne und wirkte mit einem Mal noch nervöser als zuvor, und auch Anders gelang es plötzlich kaum noch, die richtigen Worte zu finden. Es fiel ihm unendlich schwer, weiterzusprechen – aber es war ihm auch ungeheuer wichtig, es zu tun.

»Ich möchte mich bei dir entschuldigen«, sagte er. »Was ich gesagt habe, war gemein und dumm. Es tut mir Leid.«

Lara sah ihn nur an. Sie hatte aufgehört auf ihrer Unterlippe herumzukauen, als wäre ihr plötzlich bewusst geworden, wie albern ein solcher Rückfall in die Verhaltensmuster einer Zeit aussehen musste, die unwiderruflich hinter ihr lag, aber auf ihrem Gesicht regte sich nichts. Da war kein Lächeln, nicht das geringste Verziehen einer Miene, nichts in ihrem Blick, was ihm gesagt hätte, dass sie ihm verzieh; oder seine Entschuldigung zumindest akzeptierte.

»Ich weiß auch nicht, warum ich das gesagt habe«, fuhr er leise fort. »Ich dachte wirklich, Morgen hätte …«

»Das hat sie«, unterbrach ihn Lara. »Aber es wäre gar nicht nötig gewesen, weißt du?« Und damit lächelte sie traurig und wandte sich endgültig ab um zu gehen.

Lara kam nicht zurück, doch das versprochene Feuerholz wurde schon nach wenigen Minuten gebracht, von einem grauhaarigen, frühzeitig gealterten Mann von so schmaler Statur, dass er unter der Last des halben Dutzends Holzscheite auf seinen Armen bedrohlich wankte und Anders nicht einmal mehr überrascht gewesen wäre, wäre er einfach darunter zusammengebrochen. Er verbiss sich die Frage nach Lara (und die nach Valeria und den anderen Elder erst recht), wartete aber nicht einmal ganz ab, bis der Mann seine Last zu einem Großteil in dem schmiedeeisernen Ständer neben dem Kamin und einem etwas kleineren in den prasselnden Flammen abgeladen hatte, sondern ließ sich neben ihm in die Hocke sinken und streckte die Hände über den tanzenden Flammen aus.

Der Diener warf ihm einen sonderbaren Blick zu, aber er hütete sich ihn anzusprechen und er sah auch rasch weg, als Anders seinen Blick – eigentlich nur freundlich – erwiderte. Obwohl er nichts sagte und selbst einem direkten Blickkontakt auswich, fiel Anders doch auf, wie sonderbar er sich benahm; im Grunde so wie Lara zuvor, auch wenn die Vertrautheit, die trotz allem noch zwischen ihnen herrschte, ihn im ersten Moment vielleicht darüber hinweggetäuscht hatte. War es so außergewöhnlich, dass jemand dem Eisgefängnis in den Bergen entkommen war?

Anders beschloss zu einem späteren Zeitpunkt darüber nachzudenken und konzentrierte sich ganz auf das Gefühl köstlicher Wärme, das sich in seinen Händen ausbreitete. Es war nicht wirklich *kalt* hier drinnen, sondern allerhöchstens frisch, aber nach der Zeit, die hinter ihm lag, war etwas so Banales wie die Wärme einer offenen Flamme doch etwas unglaublich Luxuriöses für ihn, das er genoss wie andere ein Glas des teuersten Champagners.

Der Diener ging, aber Anders blieb noch eine geraume

Weile vor dem Kamin sitzen und tat nichts anderes als das Gefühl zu genießen, in Sicherheit zu sein. Die Wärme breitete sich in Wellen in seinem Körper aus und erfüllte ihn nicht nur mit einem Empfinden wohliger Behaglichkeit, sondern machte ihn auch schläfrig – was einigermaßen absurd war, denn draußen ging die Sonne allmählich wieder unter, und wenn Lara die Wahrheit gesagt hatte, dann hatten sie ihn irgendwann im Laufe der vergangenen Nacht hierher gebracht. Dennoch wurde er immer müder.

Als er in der Hocke nach vorne zu kippen drohte und die Flammen heiß und schmerzhaft über seine Finger strichen, sah er die Sinnlosigkeit seiner Bemühungen ein und kapitulierte. Die zurückliegenden *sieben Monate* hatte er so viel geschlafen, wie er nur konnte, denn solange er nicht wach gewesen war, hatte er das Verstreichen der Zeit nicht gespürt, und eigentlich sollte man meinen, dass er für das nächste Jahr ausgeschlafen hatte – aber vielleicht war es eine andere Art von Müdigkeit, die ihn nun peinigte. So oder so – es wurde Zeit, mit diesem Unsinn aufzuhören, bevor am Ende noch ein Unglück geschah oder er sich bestenfalls vollkommen lächerlich machte, wenn jemand hereinkam und ihn wie einen Betrunkenen vor dem Kaminfeuer hin und her schwanken sah.

Er stand auf und wankte mit mühsamen kleinen Schritten zum Bett, als ein Schrei durch das offen stehende Fenster hereindrang. Anders fuhr wie elektrisiert zusammen, blieb stehen und wirbelte in der nächsten Sekunde herum. Sein Herz begann zu pochen und die Müdigkeit war von einer Sekunde auf die andere verflogen. Ohne auf die Schmerzen in seinen Muskeln zu achten, lief er zum Fenster und beugte sich über die Brüstung um hinauszublicken.

Die Geröllebene lag so öde und verlassen unter ihm, wie er sie in Erinnerung hatte. Auch der Schrei war verklungen, und er war sich immer weniger sicher, ob er ihn überhaupt gehört hatte. *Wahrscheinlich* war es nur Einbildung gewesen.

Dennoch schloss er für lange Sekunden die Augen und lauschte so konzentriert, wie er nur konnte, aber das Ergebnis war dasselbe, das fast immer herauskam, wenn man ganz besonders angestrengt lauschte: Schon nach ein paar Sekunden begann er alles Mögliche zu hören, angefangen vom dumpfen Hämmern seines Herzens bis hin zum Rauschen seines eigenen Blutes in den Ohren, und mit jedem Herzschlag wusste er weniger, was davon real war und was nicht. Drangen da nicht Schreie, das hastige Trappeln schwerer Schritte oder gar das Klirren von Waffen zu ihm herauf?

Aber vielleicht bildete er sich das alles auch nur ein.

Schließlich kapitulierte er, sowohl vor der Kälte als auch vor seiner eigenen Fantasie, und wankte zum Bett zurück. Die mühsam gespeicherte Wärme, die er sich von dem Kaminfeuer ergattert hatte, war mittlerweile wieder verflogen; er klapperte im Gegenteil schon wieder mit den Zähnen, sodass er die Felldecke bis zum Kinn hochzog und sich darunter zusammenkuschelte, so sehr er nur konnte.

Das Ergebnis ließ nicht lange auf sich warten. Anders wurde müde und schlief ein.

Er träumte. Wie die Male zuvor erinnerte er sich unmittelbar nach dem Erwachen nicht wirklich an seinen Traum – nicht an Einzelheiten. Er erwachte mit etwas wie einem schlechten Geschmack auf der Seele; und einem kruden Durcheinander von Bildern und erschreckenden Erosionen in seinem Kopf, das sich zu einer Erinnerung formen wollte, es aber nicht konnte – zu einem Gutteil vielleicht, weil er es nicht *wollte.*

Er war nicht allein. Was ihn geweckt hatte, war nicht nur der schreckliche Albtraum gewesen, sondern auch der ganz alltägliche Lärm, den die zwei Bediensteten machten, die emsig im Zimmer umherwuselten und Vorbereitungen für irgendetwas trafen, über das nachzudenken er viel zu träge war. Dinge wurden hin- und hergetragen und scheppernd auf dem Tisch abgeladen und er hörte das Gluckern von Wasser und spürte einen warmen, feuchten Hauch. Anscheinend war schon wieder Badetag.

Noch immer müde – zugleich aber auch zutiefst erleichtert, dem schrecklichen Albtraum entronnen zu sein – öffnete er die Augen und stemmte sich zugleich auf die Ellbogen hoch. Schlaftrunken, wie er noch immer war, hatte er im ersten Moment das Gefühl, das Zimmer wäre tatsächlich voller Menschen; dann klärte sich sein Blick und er begriff, es waren nur zwei: ein grauhaariger, älterer Mann, der ihm den Rücken zudrehte und sich lautstark am Tisch zu schaffen machte, ohne dass er sagen konnte, *was* genau er tat, und eine kaum jüngere Frau, die in seine Richtung blickte und einigermaßen erschrocken zusammenfuhr, als sie bemerkte, dass er wach war.

»Oh«, machte sie betroffen. »Haben wir Euch … geweckt, junger Herr?«

Es lag Anders schon fast automatisch auf der Zunge, ihr zu sagen, wohin sie sich den *jungen Herrn* stecken konnte, aber dann besann er sich im letzten Moment eines Besseren. Er antwortete auch nicht sofort, sondern warf erst einen Blick zum Fenster. Es war noch nicht wirklich Tag, doch der Himmel über dem Tal war bereits grau und nicht mehr schwarz, und Anders war überrascht und erleichtert zugleich. Erleichtert, weil die Albträume immer nur nachts kamen und die Nacht ganz offensichtlich vorüber war, aber auch überrascht, weil er sich nicht so fühlte, als hätte er mehr als nur ein paar Minuten geschlafen. Er hatte ganz im Gegenteil Mühe, zu verhindern, dass ihm sofort wieder die Augen zufielen. Dennoch deutete er ein Kopfschütteln an und antwortete: »Nein. Ich war schon wach.«

Der Blick der dunkelhaarigen Frau machte Anders klar, was sie von dieser Antwort hielt, aber sie widersprach auch nicht, und gerade das war es, was Anders auf eine sonderbare Weise fast erschreckte. Sie akzeptierte eine so offensichtliche Lüge nicht aus Höflichkeit oder Nachsicht, sondern weil sie es ganz offensichtlich nicht wagte, ihm zu widersprechen. Aber warum?

»Wir haben Euch saubere Kleider gebracht, junger Herr«, sagte die Dienerin, nachdem sie eine geraume Weile vergebens darauf gewartet hatte, dass er von sich aus weitersprach. »Und warmes Wasser und saubere Tücher. Ich gebe gleich in der Küche Bescheid, man soll Euch etwas zu essen bringen.«

»Prima«, murmelte Anders und unterdrückte ein Gähnen. »Zwei Eier im Glas, Toast, Erdnussbutter und Muffins bitte. Und eine Tasse Kaffee wäre auch nicht schlecht.«

»Herr?«, antwortete die Dienerin verstört.

Anders grinste flüchtig. »Schon gut. Bringt einfach irgendetwas.« Er setzte sich auf, schwang die Beine aus dem Bett und sah die dunkelhaarige Frau an.

»Herr?«

»Ich bin es gewohnt, allein zu sein, wenn ich mich anziehe und wasche«, sagte Anders. »Würde es euch etwas ausmachen …?«

Einen Herzschlag lang sah ihn die dunkelhaarige Frau so verstört an, dass Anders sich nicht nur fragte, ob er schon wieder einen Fehler gemacht hatte, sondern sie ihm auch schon beinahe Leid tat, dann fuhr sie mit einer eindeutig erschrockenen Bewegung herum und stürmte ohne ein weiteres Wort aus dem Zimmer, und nur eine Sekunde später folgte ihr auch der Diener. Anders sah den beiden kopfschüttelnd nach. Er war nicht ganz sicher, ob ihn ihr Verhalten erschrecken oder amüsieren sollte – auf jeden Fall verwirrte es ihn.

Er wartete, bis er ganz sicher war, dass sie gegangen waren und in der nächsten Sekunde auch nicht zurückkommen würden, dann schlüpfte er aus seinem Kleid und begann sich ausgiebig und mit fast zeremonieller Gründlichkeit zu waschen. Tatsächlich war Anders niemals so etwas wie ein Reinlichkeitsfanatiker gewesen und hatte nie ein Problem gehabt, es schon einmal bei einer Katzenwäsche zu belassen – oder auch gar keiner. Nun aber geriet das, was er tat, fast schon zu einem Ritual.

Er hatte *warmes Wasser!* Nach den Monaten, die hinter ihm lagen, ein geradezu unvorstellbarer Luxus, den er gar nicht lange genug genießen konnte!

Als er nach einer kleinen Ewigkeit fertig war und sich anzog, erlebte er die nächste Überraschung. Sein Kleid war schlicht und weiß wie alles, was die Elder trugen, unterschied sich aber ansonsten gewaltig von dem, was man ihm bisher gegeben hatte. Der Stoff war nicht nur viel feiner, das Kleid war auch mit einer Art glatter weißer Seide gefüttert, die sich ungemein angenehm auf der Haut anfühlte, statt zu scheuern wie grobes Sandpapier, und mit kunstvollen goldenen Stickereien an Säumen und Ausschnitt verziert. Die größte Überraschung aber war der Gürtel aus geschmeidigem weißem Leder, den er auf dem Tisch vorfand. Aus einem seiner vielen Gespräche mit dem Schmied wusste er, dass Gürtel bei den Elder nicht einfach nur ein Teil der Kleidung waren, sondern vielmehr die Stellung des jeweiligen Trägers in der komplizierten Hierarchie dieses Volkes verdeutlichten. Niemand trug einen Gürtel, nur um sein Kleid zusammenzuhalten oder etwas daran zu befestigen; sie wurden *verliehen*, sobald man etwas Außergewöhnliches geleistet oder eine bestimmte Stufe in der Gesellschaft erreicht hatte. Anders konnte sich nicht erinnern, in den zurückliegenden Monaten irgendetwas Besonderes getan zu haben, außer zu frieren oder Hunger zu haben, und er ertappte sich sogar dabei, einen winzigen Moment zu zögern, bevor er den Gürtel anlegte.

Zu seinem großen Bedauern waren seine Schuhe verschwunden und an ihrer Stelle fand er ein Paar aus weichem Leder gefertigter Sandalen. Die Monate in dem Eisgefängnis hatten ihnen ohnehin den Rest gegeben, sodass er sie kaum noch hätte tragen können, aber sie waren das unwiderruflich Letzte gewesen, was er aus seinem alten Leben behalten hatte. Mit dem Paar zerflederter Turnschuhe war auch seine allerletzte Verbindung zu der Welt dahin, aus der er stammte und die er vielleicht nie wiedersehen würde.

Anders verscheuchte den Gedanken und ging zum Fenster. Er hatte so lange für sein Waschzeremoniell und das Anziehen gebraucht, dass es draußen mittlerweile vollkommen hell geworden war. Ein kalter Lufthauch strich über sein Gesicht und ließ ihn frösteln, aber die Sonne hatte trotz der noch frühen Stunde bereits wieder Kraft. Auch wenn das Eis oben in den Bergen noch nicht geschmolzen war, so ging der Winter doch eindeutig zu Ende.

Nicht mehr lange, dachte er, und er war ein volles Jahr lang hier.

Seltsamerweise dachte er diesen Gedanken ohne Bitterkeit oder gar Angst, sondern vollkommen wertfrei. Es war eine Feststellung, mehr nicht. In den Monaten, die er in der Gletscherhöhle verbracht hatte, war er von tiefster Verzweiflung in Hoffnungslosigkeit und Wut und dann wieder in schreckliche Depressionen gestürzt, doch das lag nun hinter ihm. Er war erleichtert, der weißen Hölle endgültig entronnen zu sein, aber die himmelhoch jauchzende Euphorie, die dem Abgrund aus Hoffnungslosigkeit folgen sollte, war nicht gekommen. Er fühlte sich ausgebrannt, wenn auch auf eine Weise, die ihn sonderbar unberührt ließ. Vielleicht hatte er in den endlosen Monaten oben in den Bergen seinen gesamten Vorrat an Gefühlen aufgebraucht.

Eine Bewegung irgendwo auf halber Strecke zwischen der Mauer und dem toten Winkel unterhalb des Fensters erregte seine Aufmerksamkeit. Anders beugte sich vor und presste die Augen zu schmalen Schlitzen zusammen, bis er ein kupferfarbenes Blitzen gewahrte. Im nächsten Moment war es verschwunden, und alles, was er sah, war das übliche Durcheinander von Felsen und Geröll und Schutt.

Die Tür ging auf. Anders fuhr fast erschrocken herum, dann huschte ein erfreutes Lächeln über sein Gesicht, als er sah, dass es nicht die Dienerin war, die er halbwegs erwartet hatte, sondern Lara. Sie trug ein schlichtes dunkelrotes Gewand und hatte das Haar zu einer Frisur aufgetürmt, die der

der Elder glich, nur war es natürlich viel kürzer, und sie sah einfach entzückend aus.

Ein sonderbarer Ausdruck erschien in ihren Augen, als sie ihn am Fenster erblickte. Es war seltsam: Hätte Anders sich auch nur den mindesten Grund dafür denken können, so hätte er geschworen, dass ihr das, was sie sah, ganz und gar nicht gefiel.

»Die Elder möchten Euch sehen, junger Herr.«

Es dauerte einen Moment, bis Anders überhaupt begriff, was er da gerade gehört hatte. »Junger Herr?« Er versuchte zu lächeln, aber so ganz gelang es ihm nicht. »Nur, falls du es vergessen haben solltest: Mein Name ist Anders.«

Das war ganz und gar die falsche Methode. Anders konnte nicht sagen, ob sie den sanften Spott in seinen Worten nicht verstand oder es einfach vorzog, ihn nicht zu verstehen. Ihr Blick jedenfalls verdüsterte sich und ihre Stimme klang noch spröder.

»Die ehrwürdigen Elder warten nicht gerne«, sagte sie. »Ihr solltet Euch besser beeilen.«

»Du«, verbesserte sie Anders.

»Du«, bestätigte Lara mit einem angedeuteten Achselzucken. Zugleich drehte sie sich um und machte eine einladende Geste auf den Flur hinaus. Anders setzte zu einer entsprechend scharfen Antwort an, beließ es aber schließlich bloß bei einem lautlosen Seufzen. Lara war nicht gerade in besonders guter Stimmung, doch das musste ja nicht unbedingt etwas mit ihm zu tun haben.

Sie verließen das Zimmer und gingen die breite Treppe hinunter. Auf halbem Wege kam ihnen der Diener entgegen, der sich am vergangenen Abend um das Feuer gekümmert hatte. Ganz automatisch nickte Anders ihm freundlich zu, aber der Mann senkte hastig den Blick und wich so weit zur Seite, wie es auf der Treppe nur möglich war.

»Verdammt noch mal«, knurrte Anders. »Was ist denn mit einem Mal los? Habe ich plötzlich zwei Köpfe oder einen ekeligen Ausschlag oder wieso behandeln mich alle wie einen Aussätzigen?«

»Ganz im Gegenteil, junger Herr Anders«, antwortete Lara. Und diesmal war er sicher, sich den beißenden Spott in ihren Worten nicht nur eingebildet zu haben. Regelrecht wütend setzte er zu einer entsprechenden Antwort an, beließ es dann aber bei einem finsteren Blick. Das Allerletzte, was er jetzt brauchte, war ein Streit mit Lara. So, wie die Dinge im Moment lagen, war sie vielleicht die einzige Verbündete, die er hier noch hatte.

Wenn überhaupt.

Lara führte ihn zu dem kleinen Zimmer, in dem er schon bei seinem ersten Aufenthalt in der Torburg mit Tamar und den anderen zusammengetroffen war, trat jedoch nicht ein, sondern beließ es dabei, die Tür zu öffnen und dann hastig zurückzutreten. Anders warf ihr einen verwirrten Blick zu, trat aber wortlos an ihr vorbei.

Insgesamt waren es fünf hoch gewachsene Gestalten in weißen Kleidern, die in dem kleinen Raum auf ihn warteten, und Anders konnte Laras angespanntes Verhalten schon ein bisschen besser verstehen, als er sie erkannte: Es waren Morgen, Culain und der gesamte Hohe Rat, und das offensichtlich in hochoffizieller Mission, denn sowohl Aaron als auch Endela und Tamar trugen die silbernen Stirnbänder mit Oberons Auge.

Vor allem Culains Anblick erschreckte ihn so, dass er einen Atemzug lang einfach stehen blieb und den Elder geradezu entsetzt anstarrte. Culains Gesicht war von Narben zerfurcht. Sein linkes Auge sah aus, als wäre es blind oder doch zumindest schwer geschädigt, und auch quer über seinen Kehlkopf verliefen drei dünne weiße Narben, so fein wie mit einem Skalpell gezogen. Er hatte deutlich an Gewicht verloren, was seine enorme Größe noch mehr zur Geltung brachte, und er strahlte etwas aus, das Anders klar machte, dass er nicht der Einzige war, der eine schlimme Zeit hinter sich hatte.

»Anders!« Es war Morgen, die das unangenehme Schweigen unterbrach. »Ich freue mich zu sehen, dass es dir wieder besser geht!«

Die Worte klangen ehrlich, aber auch von ihr ging etwas wie eine unbestimmte Trauer aus, die Anders irritierte. Die Anspannung, die im Raum lag, war fast mit Händen zu greifen. Er reagierte nur mit einem angedeuteten Nicken auf Morgens Worte und ließ seinen Blick aufmerksam über die Gesichter der drei anderen Elder streifen.

Tamar starrte ihn vollkommen ausdruckslos an, während Aaron sich zu einem zumindest angedeuteten Lächeln aufraffte und in Endelas Augen die gleiche latente Feindseligkeit flackerte, die er vom allerersten Moment an darin gesehen und die ganze Zeit über nicht wirklich verstanden hatte. Die drei Mitglieder des Hohen Rates saßen auf hochlehnigen Stühlen hinter dem großen Tisch, während Culain und Morgen standen. Als Anders' Blick noch einmal zu Culain glitt, blieb er an seiner rechten Hand hängen, die sich um den Schwertgriff an seiner Seite geschlossen hatte. Auf seinem Handrücken glänzte eine frische, kaum verschorfte Wunde. Vielleicht war der Zustand, in dem sich der Elder befand, doch nicht nur der Begegnung mit Katts Krallen zu verdanken.

»Ich fühle mich auch schon besser«, antwortete er mit einiger Verspätung. »Wie geht es Katt? Wo ist sie?«

Morgen wollte antworten, aber Endela kam ihr zuvor und hob rasch die Hand. »Sie ist unversehrt und dort, wo sie hingehört«, sagte sie kühl. »Doch wir sind nicht hier, um über das Tiermädchen zu sprechen. Setz dich. Wir haben ein paar Fragen an dich.«

Anders wäre nicht Anders gewesen, hätte er der Elder nicht einen trotzig-herausfordernden Blick zugeworfen, bevor er ihrer auffordernden Geste Folge leistete und auf dem einzigen Stuhl auf der anderen Seite des Tisches Platz nahm. Sofort begann er sich noch unbehaglicher zu fühlen. Schon die Konstellation hatte etwas von einem Verhör, nicht von *ein paar Fragen*, wie Endela es ausgedrückt hatte. Er warf einen fast Hilfe suchenden Blick in Morgens Gesicht, aber sie sah rasch weg.

»Wir sind wirklich froh, dass du die Zeit so gut überstanden hast, Anders«, begann Aaron. »Valeria sagt, du seist in körperlich erstaunlich guter Verfassung.«

»Danke der Nachfrage«, antwortete Anders spöttisch. »Die Rechnung meines Psychoanalytikers schicke ich euch später.«

Endela atmete scharf ein, aber diesmal war es Morgen, die *sie* unterbrach. »Du hast eine schlimme Zeit hinter dir, Anders«, sagte sie rasch. »Wir wissen das, und glaube mir, ich bedaure …« Sie verbesserte sich. »Wir alle bedauern, was passiert ist. Wir würden dir gerne mehr Zeit geben, um dich zu erholen und wieder zu dir zu finden. Aber es gibt einige Fragen, die du uns beantworten musst.«

»Zum Beispiel?«, fragte Anders kühl.

»Wer hat dir geholfen?«, fragte Endela.

Anders sah sie einen Moment lang verständnislos an. »Geholfen?«

Morgen fuhr sich nervös mit der Zungenspitze über die Lippen. »Es ist so, dass …«

»Nur die Ruhe«, sagte Aaron rasch. Er warf Endela einen Blick zu, von dem Anders nicht genau sagen konnte, ob er mahnend oder besänftigend sein sollte. »So weit sind wir noch nicht.«

Nur die Ruhe? Anders richtete sich kerzengerade in seinem Stuhl auf. »Was soll das heißen?«, fragte er. Seine Stimme klang ein wenig schrill. »Ihr habt gesagt, dass …«

»… alle deine Vergehen abgegolten und verziehen sind, wenn Oberon entscheidet, dass dir die Freiheit wiedergegeben wird«, unterbrach ihn Endela. »Wenn es Oberons Wille war, ja. Wie es aussieht, war es jedoch nicht die Entscheidung des Schicksals, dein Gefängnis zu öffnen. Jemand hat dir geholfen.«

»Vielleicht«, warf Aaron ein.

»Und wir wollen wissen, wer«, fügte Endela unbeeindruckt

hinzu. »Und wie. Erst dann wird der Hohe Rat endgültig über dein Schicksal entscheiden.«

»Das ist ja lächerlich«, sagte Anders.

»So ist unser Gesetz«, meinte Aaron bedauernd.

»Na wie schön für euch!«, antwortete Anders. »Nur dass es euer Gesetz ist, aber ich bin keiner von euch!«

»Solange du bei uns lebst, wirst du unsere Gesetze achten«, sagte Endela kühl. »Und auch nach ihnen gerichtet werden.«

»Wenn das euer ganzes Problem ist, dann lasst mich doch einfach gehen«, antwortete Anders. Seine Stimme klang selbst in seinen eigenen Ohren nervös. Schon die bloße Vorstellung, wieder zurück in die Hölle des weißen Gletschers zu müssen, war beinahe mehr, als er ertragen konnte. Sein Herz begann zu klopfen und für einen winzigen Moment musste er mit aller Macht den Impuls niederkämpfen, einfach aufzuspringen und wegzurennen.

»Bitte!« Aaron machte eine neuerliche, besänftigende Geste, die dieses Mal eindeutig ihm galt. »Du hast nichts zu befürchten. Unsere Gesetze sind in dieser Hinsicht vielleicht nicht ganz so eindeutig, wie Endela glaubt, und sicherlich nicht annähernd so hart. Dennoch ist es wichtig, zu wissen, ob dir jemand geholfen hat und wer.«

Anders setzte zu einer scharfen Antwort an, doch dann besann er sich anders und beließ es bei einer Bewegung, die die Elder als ein Schulterzucken auslegen konnten, wenn sie es wollten. Niemand hatte ihm geholfen – wie denn auch?

Und dennoch … Plötzlich war er gar nicht mehr so sicher. Er dachte so angestrengt nach, wie es ging, aber er konnte sich jetzt so wenig wie zuvor erinnern, wie er eigentlich aus der Gletscherhöhle entkommen war. Seine Erinnerungen waren irgendwann nach Wochen oder Monaten einfach versickert; Tage aus Weiß und Grau, in denen sich Kälte und Hunger abgewechselt oder ihm auch gemeinsam zugesetzt hatten, und alles, woran er sich *danach* erinnerte, war die weiße Hölle des Schneesturmes, durch die er getaumelt war, verfolgt von der grässlichen Ausgeburt seines Albtraumes, einem schwarzen Giganten mit Augen wie glühende Kohlen, der blaues Feuer schleuderte und dessen Stimme dem Sturm befahl.

Enttäuscht schüttelte er den Kopf. Er konnte nicht sagen, was von den Bildern in seinem Kopf echt war, was seinem Albtraum entsprungen und was bloße Fieberfantasien waren.

»Wir werden diese Frage klären müssen«, sagte Aaron ernst. »Auch wenn du es vielleicht nicht verstehst, Anders, aber die Antwort darauf ist von großer Wichtigkeit für uns. Für uns alle hier, selbst für dich.«

Anders schwieg auch dazu, aber er glaubte trotzdem zu verstehen, was Aaron meinte. Wenn es tatsächlich jemand aus dem Tal gewesen war, der ihm geholfen hatte, dann rüttelte diese Tat an den Grundfesten des Systems, nach dem die Elder lebten. Er hob nur abermals die Schultern.

»Gut«, seufzte Aaron. »Klären wir diese Frage später.« *Und das ganz bestimmt,* fügte Endelas Blick hinzu. *Mein Wort darauf.* »Ich habe Männer in die Berge hinaufgeschickt, um nach Spuren zu suchen. Vielleicht hat Morgen Recht, und wir sollten dir ein wenig mehr Zeit gönnen, um dich zur Ruhe kommen zu lassen. Du hast eine schwere Zeit hinter dir; zweifellos schwerer, als sich irgendeiner von uns wirklich vorstellen kann. Vielleicht reden wir nun über deine Zukunft.«

»Hier oder in irgendeinem Eisloch?«, fragte Anders. Die Worte taten ihm schon Leid, bevor er sie vollkommen ausgesprochen hatte, aber Aaron ignorierte sie auch kurzerhand.

»Und was genau … meinst du damit?«, fragte Anders zögernd.

»Niemand hat so schnell mit deiner Rückkehr gerechnet«, sagte Aaron. »Wir müssen überlegen, was weiter mit dir geschieht. Fürs Erste wirst du hier bleiben, aber später werden wir eine andere Lösung finden müssen.«

»Und was genau heißt das?«, fragte Anders noch einmal und diesmal sogar mit einigermaßen fester Stimme.

»Das steht noch nicht ganz fest«, antwortete Aaron ausweichend. »Und es hängt auch von der Antwort auf gewisse andere Fragen ab, die wir dir zu einem späteren Zeitpunkt stellen werden.« Er stand auf. »Vielleicht wäre es an der Zeit für dich, dir Gedanken darüber zu machen, was du in Zukunft tun willst.«

»Tun?«

»Du wirst dir einen Platz unter uns suchen müssen«, antwortete Aaron. »Und eine Aufgabe. Es sei denn, es würde dich zufrieden stellen, für den Rest deines Lebens nichts zu tun.«

Anders sparte es sich, Aaron – oder gar den anderen Elder – genau zu erklären, *was* er sich für den Rest seines Lebens vorstellen konnte, sondern nickte nur wortlos. Auch die beiden anderen Elder erhoben sich und verließen ohne ein weiteres Wort den Raum, während Morgen und Culain noch blieben. Anders wartete, bis Tamar die Tür hinter sich geschlossen hatte, dann atmete er hörbar ein und wandte sich in verändertem Ton an Culain.

»Es tut mir wirklich Leid, was dir passiert ist«, sagte er.

Culain hob die Schultern. Sein gesundes Auge wich Anders' Blick aus, während das andere weiter ins Leere starrte. Anders wusste jetzt, dass es blind war. Offensichtlich waren auch Valerias an Wunder grenzenden Heilkräften Grenzen gesetzt. »Was geschehen ist, lag einzig in Oberons Entschluss«, antwortete er. Seine Stimme hatte sich verändert. Sie klang jetzt kehlig und weitaus rauer, als Anders sie in Erinnerung hatte. »Ich trage dir nichts nach, wenn du das fürchtest. Und auch … dem Mädchen nicht.«

Das fast unmerkliche Stocken in seinen Worten entging Anders keineswegs. Warum brachte Culain es nicht einmal jetzt über sich, sie *meine Tochter* zu nennen?

»Habt ihr etwas von ihr gehört?«, fragte er.

Culain wandte sich vollends ab, aber Morgen schüttelte traurig den Kopf. »Die Männer, die sie zu ihrer Sippe zurückgebracht haben, haben dafür gesorgt, dass ihr nichts geschieht. Du brauchst dir keine Sorgen um sie zu machen. Die

Tiermenschen wissen, sie steht unter unserem besonderen Schutz. Niemand wird es wagen, ihr auch nur ein Haar zu krümmen.«

Ihre Worte sollten beruhigend klingen, aber sie verfehlten ihre Wirkung, sowohl auf Anders als auch auf die Elder selbst. Im Gegenteil. Culain mochte sich besser in der Gewalt haben, doch Morgen gelang es nicht, die Furcht ganz aus ihren Augen zu verbannen.

»Das war vor einem halben Jahr«, sagte Anders. »Willst du behaupten, ihr hättet seither nichts mehr von ihr gehört?«

»Der Weg durch die Ödlande ist gefährlich geworden«, antwortete Morgen. »Wir waren … seit einer ganzen Weile nicht mehr dort.«

»Seit einem halben Jahr, meinst du.«

»Es gab zwei schwere Angriffe, allein im zurückliegenden Monat«, sagte Culain. »Aber du brauchst keine Angst zu haben. Wir sind hier nicht in Gefahr. Die Torburg hält jedem Angriff der Wilden stand.«

»Ich rede nicht von mir«, antwortete Anders. »Ihr habt also nichts von Katt gehört.«

Culain schenkte ihm einen eisigen Blick aus seinem sehenden Auge und drehte sich dann mit einem Ruck weg. Zwei oder drei Atemzüge lang stand er wie erstarrt da und blickte ins Leere, dann stürmte er los und verließ den Raum, ohne die Tür hinter sich zu schließen. Als Anders ihm nachsah, stellte er fest, dass Lara draußen in der Halle stand und anscheinend auf ihn wartete.

»Du solltest das nicht tun«, sagte Morgen traurig.

»Was?«, fragte Anders.

»Er ist nie darüber hinweggekommen«, antwortete Morgen. »Manchmal glaube ich, dass er sich wünscht, sie hätte ihn getötet.«

»Das wollte sie nicht«, erwiderte Anders. »Ich glaube, sie wollte ihn nicht einmal wirklich verletzen. Es war einfach zu viel, weißt du?« Er war sicher, dass es so war. Er hatte die Szene tausendmal durchlebt, während er in seinem eisigen Gefängnis gesessen hatte.

»Das mag wohl sein«, murmelte Morgen. »Aber es ändert nichts.« Sie seufzte. »Manchmal frage ich mich, was unser Volk in der Vergangenheit getan hat, dass Oberon uns so hart bestraft.«

»Bist du denn sicher, dass es Oberon ist?«, fragte Anders. »Und nicht ihr selbst?«

Morgens Reaktion überraschte ihn. Sie wurde nicht wütend, sondern sah ihn nur auf sonderbar nachdenkliche Weise an, dann hob sie mit einem leisen Seufzen die Schultern und wechselte das Thema. Sie deutete auf Lara, die draußen in der Halle stand und sich alle Mühe gab, überall hinzusehen, nur nicht in Richtung der offenen Tür. »Du wirst für einige Tage hier bleiben, bis der Hohe Rat endgültig entschieden hat, was mit dir geschieht. Während dieser Zeit steht dir das Mädchen zur Verfügung. Sie wird alle deine Wünsche erfüllen.«

»Alle?«, fragte Anders.

Morgens Gesicht verfinsterte sich. »Was sie getan hat, geschah auf meinen Befehl hin«, sagte sie scharf. »Wenn du jemanden dafür verachten willst, dann mich, nicht sie.«

Offensichtlich hatte sie seine Bemerkung anders verstanden, als er sie gemeint hatte, und zwar gründlich. Trotzdem schämte sich Anders plötzlich dafür.

»So habe ich das wirklich nicht gemeint«, sagte er.

»Das glaube ich dir sogar«, sagte Morgen, nicht mehr so scharf wie bisher, dafür jedoch mit einer Kälte, die Anders einen eisigen Schauer über den Rücken laufen ließ. »Vielleicht ist das sowieso dein Problem, Anders. Du sagst anscheinend öfter Dinge, die du nicht so meinst. Möglicherweise solltest du anfangen darüber nachzudenken, wie du das ändern kannst.«

3

Die nächsten drei oder vier Tage verbrachte er mit kaum etwas anderem als dem, womit er auch den allergrößten Teil der letzten sieben *Monate* zugebracht hatte: mit Schlafen. Allerdings war sein Schlaf jetzt erholsamer als der in seinem eisigen Gefängnis. Obwohl er so viel geschlafen hatte, wie er nur konnte, um der Kälte und der Einsamkeit zu entfliehen, hatte er doch jedes Mal beinahe panische Angst vor dem Einschlafen gehabt, wusste er doch nie, welcher neue grässliche Albtraum ihn erwartete und ob er überhaupt noch einmal erwachen würde.

Diese Angst war ihm nun genommen, aber er schlief trotzdem nicht wirklich gut. Neben allem anderen trieb ihn vor allem die Sorge um Katt nahezu in den Wahnsinn. Er wusste nicht, wo sie war oder wie es ihr ging, ja, genau genommen nicht einmal, ob sie noch lebte – und daran hatten Morgens Worte rein gar nichts geändert. Er wusste, dass sie vor einem halben Jahr noch gelebt *hatte*, aber das war auch schon alles. Und auch die Albträume hörten nicht auf, auch wenn es jetzt immer dieselbe Vision war, die ihn marterte: Er sah sich selbst halb blind und wahnsinnig vor Kälte und Angst durch den Schneesturm torkeln, verfolgt von einem gesichtslosen schwarzen Riesen, der blaues Feuer nach ihm warf. Mindestens zweimal erwachte er schweißgebadet und mit klopfendem Herzen, und einmal war er auch sehr sicher, geschrien zu haben.

Dennoch begann er sich in zunehmendem Maße zu erholen. Die Verfärbungen an seinen Händen verschwanden so schnell, man konnte beinahe dabei zusehen, und auch seine Muskeln gewannen ihre gewohnte Geschmeidigkeit immer rascher zurück, sodass er sich bald wieder bewegen konnte, ohne dass jeder Schritt zu einer Anstrengung wurde.

Lara zeigte sich in diesen Tagen nur höchst selten. Obwohl

sie wie durch Zauberei immer zur Stelle war, wenn er irgendetwas benötigte, und ihm tatsächlich jeden Wunsch von den Augen abzulesen schien, ging sie ihm dennoch unübersehbar aus dem Weg. Anders hatte sie insgesamt dreimal nach dem verborgenen Gang gefragt, der hinter den hölzernen Wandpaneelen lag. Die ersten beiden Male hatte sie so getan, als wüsste sie gar nicht, wovon er sprach, und ihm das dritte Mal ziemlich unwirsch beschieden, dass er verschlossen sei und sie nicht wisse, wo ihr Vater den Schlüssel aufbewahre. Anders glaubte ihr kein Wort, beließ es aber dabei; wenigstens für den Moment.

Er verließ das Zimmer, das man ihm zugewiesen hatte, erst am vierten Tag; dem Morgen des ersten von insgesamt drei verheerenden Angriffen, die Tiernan am Ende den Untergang bringen sollten. Niemand hatte ihm befohlen im Zimmer zu bleiben. Es war ihm nicht erlaubt, die Torburg zu verlassen, aber das war auch schon alles. Dennoch hatte er es vorgezogen, einige Tage verstreichen zu lassen, um körperlich wieder in Form zu kommen und sich über Verschiedenes klar zu werden. Das eine Ziel hatte er erreicht; von dem anderen fühlte er sich weiter entfernt denn je. Vielleicht wurde es ja wirklich Zeit, dass er hier herauskam und etwas anderes sah als vier Wände, ein Bett und einen Kamin.

Wie an den Tagen zuvor hatte er ein noch warmes Frühstück auf dem Tisch neben seinem Bett vorgefunden, als er erwacht war, und er konnte auch diesmal nicht sagen, ob es das Rumoren der Diener gewesen war, das ihn geweckt hatte, oder ob sie die Speisen pünktlich hereingebracht hatten, weil sie irgendwie spürten, dass er bald aufwachen würde. Vermutlich Ersteres.

Er rührte die Köstlichkeiten, die die Diener dagelassen hatten, kaum an, sondern begnügte sich mit einem Schluck Wasser und einem Bissen Brot, bevor er sich ankleidete und das Zimmer verließ. Er hatte nahezu fest damit gerechnet, einen Posten draußen auf dem Gang vorzufinden, der selbstverständlich *nicht* da war, um auf ihn aufzupassen, sondern rein zufällig, und der genauso rein zufällig nicht von seiner Seite weichen würde, ganz egal wohin er auch ging. Der Gang war jedoch leer. Vom unteren Ende der Treppe drangen Stimmen und die ganz normalen morgendlichen Geräusche eines so großen Hauses wie diesem herauf, das allmählich zu erwachen begann, aber darunter war noch ein anderer, nervöser Klang, der Anders auf schwer zu beschreibende Weise beunruhigte. Einen Moment lang spielte er mit dem Gedanken, wieder ins Zimmer zurückzugehen und zu warten, bis Lara kam, doch dann setzte er seinen Weg fort. Die Stimmen und das aufgeregte Hantieren und Rumoren wurden lauter, aber jenes andere beunruhigende Geräusch identifizierte er erst, als er die Treppe schon halb hinunter war und einen Blick durch die offene Tür nach draußen werfen konnte. Es war das Stampfen schwerer, gleichmäßiger Schritte. Draußen auf dem Hof exerzierten Soldaten.

Anders runzelte die Stirn und ging schneller – und eher mehr als weniger beunruhigt – weiter. Auf der obersten Stufe der breiten Freitreppe blieb er stehen und zog verblüfft die Augenbrauen hoch.

Auf dem kleinen Burghof exerzierten tatsächlich Soldaten, aber es waren weder Elder noch Menschen, sondern Schweine. Gut zwei Dutzend der riesigen Kreaturen bewegten sich auf dem gepflasterten Hof hin und her, präsentierten ihre Waffen oder taten, was Soldaten auf dem Exerzierplatz eben so tun. Der Anblick der gewaltigen, aufrecht auf den Hinterbeinen gehenden Schweine hätte in gewisser Weise vielleicht sogar komisch gewirkt, hätte er nicht zu viele unangenehme Erinnerungen in Anders geweckt. Unwillkürlich wich er einen Schritt zurück und prallte mit jemandem zusammen, der lautlos hinter ihm aus dem Haus getreten und stehen geblieben war.

Anders drehte sich erschrocken um. Er war mit einem Jungen zusammengestoßen, der mit fast grotesk rudernden Armbewegungen um sein Gleichgewicht kämpfte. Anders streckte unwillkürlich die Hand aus, um ihn aufzufangen, und hätte ihn damit um ein Haar endgültig zu Fall gebracht, denn der

Junge versuchte erschrocken noch weiter zurückzuweichen und wäre zweifellos gestürzt, wäre er nicht mit der Schulter gegen den Türrahmen geprallt.

»Das tut mir Leid«, sagte Anders hastig. »Bitte entschuldige …« Er kramte kurz in seiner Erinnerung. »… Kris?«

»Es war meine Schuld«, erwiderte Kris schnell. »Ich hätte mich nicht so an Euch anschleichen dürfen, junger Herr. Bitte verzeiht.«

»Unsinn«, antwortete Anders. »Ich habe dich umgerannt, oder?«

»Wie … Ihr meint, junger Herr«, sagte Kris stockend. Er wich seinem Blick aus. Wenn Anders jemals jemanden gesehen hatte, der sich sehr weit wegwünschte, dann in diesem Moment.

»Anders«, seufzte Anders. »Muss ich es mir auf die Stirn tätowieren, bis ihr es endlich begreift? Ich bin ein Mensch, keiner von diesen verdammten Elder.«

Kris wirkte nun vollends verstört, wenn auch auf eine andere Art, als Anders erwartet hätte. Er sah ihn nur weiter an und fühlte sich sichtbar immer weniger wohl in seiner Haut.

Hauptsächlich, um das Thema zu wechseln, machte Anders eine Kopfbewegung zu den exerzierenden Schweinesoldaten hinter sich und fragte: »Was tun sie hier? Ich dachte, Tiermenschen wäre es nicht erlaubt, die Torburg zu betreten?«

»Das ist auch so«, bestätigte Kris. »Tamar hat sie nach der letzten Schlacht hierher befohlen.« Er hob die Schultern. »Ich glaube, er befürchtet einen Angriff.«

»Einen Angriff«, vergewisserte sich Anders. »Von wem?«

»Die Wilden.« Kris blickte nervös an ihm vorbei. Er wollte offensichtlich nicht über das Thema reden, zumindest nicht mit ihm – was Anders aber herzlich egal war. Ganz im Gegenteil.

»Warum gehen wir nicht ein Stück?«, schlug er vor. »Du könntest mir erzählen, was in den letzten Monaten passiert ist. Ich fürchte, ich bin nicht mehr ganz auf dem Laufenden.«

»Ich … ich weiß nicht«, murmelte Kris nervös.

»Haben die Elder dir verboten mit mir zu reden?«

»Nein«, antwortete Kris – so hastig und auf eine Art, dass wohl nicht nur in Anders' Ohren ein ziemlich eindeutiges *Ja* daraus wurde. »Es ist bloß … meine Wache fängt gleich an und … ich möchte nicht zu spät kommen.«

»Oben auf dem Turm?«

Kris verneinte. »Auf der Mauer. Oben auf dem Turm hält jetzt einer der Elder Ausschau. Sie haben bessere Augen.«

»Dann begleite ich dich«, antwortete Anders. »Ich will schließlich nicht, dass du meinetwegen Ärger bekommst.«

Kris zögerte noch einmal, aber dann schien er wohl einzusehen, dass Anders so oder so auf seiner Forderung beharren würde, und resignierte. »Wie du wünschst.«

Sie mussten einen Moment warten, um die Schweinekrieger passieren zu lassen, und Anders nutzte die Gelegenheit, sich die zwei Dutzend bizarre Kreaturen etwas genauer anzusehen. An ihrer Hässlichkeit hatte sich nicht viel geändert, seit Anders sie das letzte Mal gesehen hatte – er glaubte sogar, den einen oder anderen der riesigen Krieger wiederzuerkennen –, aber es waren dennoch nicht die gleichen Elder-Soldaten, die Morgen, Culain und ihn aus der Stadt der Tiermenschen hierher begleitet hatten. Die Rüstungen jener Krieger waren nahezu unversehrt gewesen. Jetzt waren sie zerschrammt und verbeult, und etliche Schweine hatten frische Wunden oder trugen schmuddelige Verbände an den Gliedern. Diese Krieger hatten einen schweren Kampf hinter sich und er lag noch nicht lange zurück. Anders musste wieder an die frische Narbe denken, die er auf Culains Hand gesehen hatte.

Sie überquerten den Hof, und Anders ließ Kris vorausgehen und folgte ihm die schmale Steintreppe zum Wehrgang hinauf.

Ein übernächtigt aussehender menschlicher Krieger trat ihnen mit sichtlicher Ungeduld entgegen. »Wo bleibst du?«, fuhr er Kris an. »Du hättest schon längst …« Er brach mitten im Satz ab, als er Anders erkannte, und wirkte plötzlich viel mehr erschrocken als zornig.

»Kris kann nichts dafür«, sagte Anders rasch. »Es war meine Schuld. Ich habe ihn aufgehalten.«

Der Mann schwieg. Er wusste offensichtlich nicht, wie er mit dieser Situation umgehen sollte. Anders trat mit einem raschen Schritt an Kris vorbei und nickte dem Krieger so freundlich zu, wie er nur konnte. »Du kannst jetzt gehen. Kris wird schon aufpassen, dass mir nichts passiert.«

Der Krieger ging nicht – er floh regelrecht. Kris sah ihm stirnrunzelnd nach.

»Er wird schnurstracks zu Tamar laufen«, sagte er.

»Und?«, fragte Anders. »Niemand hat mir verboten mein Zimmer zu verlassen. Und dir hat niemand verboten mit mir zu reden. Oder?«

Kris hob die Schultern.

»Aber du willst es nicht«, vermutete Anders.

Diesmal bekam er gar keine Antwort.

»Ich verstehe«, seufzte Anders. »Bin ich dir irgendwie auf den Schlips getreten, ohne es zu merken?«

Kris sah ihn verständnislos an und Anders verbesserte sich mit einem flüchtigen Lächeln: »Habe ich dich verletzt oder etwas gesagt, was du mir übel nimmst?«

Kris' Kopfschütteln kam ein bisschen zu schnell. »Natürlich nicht«, sagte er hastig. »Es ist nur …«

»Ja?«

»Wir sind alle ein wenig angespannt«, antwortete Kris nervös. »Der letzte Angriff liegt erst wenige Tage zurück und er war sehr hart.«

»Tamar hat immer versichert, dass die Wilden keine Gefahr für die Torburg seien«, sagte Anders. Das war ganz und gar nicht der Grund für Kris' Nervosität.

»Bisher war es jedenfalls so«, antwortete Kris.

»Und jetzt nicht mehr?«

Kris hob die Schultern und wandte sich mit einem Ruck ab, um zwischen den Zinnen nach Süden zu sehen. Er ließ eine geraume Weile verstreichen, bevor er antwortete. »Ich weiß es nicht«, sagte er. »Der letzte Angriff war … anders. Sie hätten uns beinahe geschlagen. Hätten die Elder uns nicht die Schweine zu Hilfe geschickt …« Er hob die Schultern und seine Stimme wurde leiser. »Es war die Hölle. Sie haben uns regelrecht überrannt. Ich dachte, es wäre aus. Wir alle dachten das.«

»Du hast an dem Kampf teilgenommen?«

»Nein«, antwortete Kris. »Ich wollte es, aber Tamar hat mich und die anderen jungen Krieger ins Haus geschickt, als sie im Begriff waren, die Mauern zu überwinden.«

»Und das bedauerst du«, vermutete Anders.

Es dauerte eine Weile, bevor Kris antwortete, und als er es tat, sah er Anders nicht an, sondern starrte über die Mauer hinweg nach Süden – auch wenn Anders das Gefühl hatte, dass er dort etwas ganz anderes sah als er.

»Ich sollte es«, murmelte er. »Aber wenn ich ehrlich bin, war ich froh.«

»Weil du Angst hattest?«, fragte Anders. »Das ist doch nur natürlich. Ich an deiner Stelle hätte auch Angst gehabt.«

»Du bist aber nicht an meiner Stelle«, antwortete Kris. Er ballte die Fäuste. »Ich bin ein Krieger. Jedenfalls dachte ich das bisher. Doch als ich das erste Mal dem Feind wirklich gegenüberstand, war ich vor Angst wie gelähmt.«

»Und das macht dir Sorgen?« Anders schüttelte heftig den Kopf. »Ich glaube nicht, dass es irgendeinen Krieger gibt, der keine Angst kennt. Jedenfalls keinen, der seine erste Schlacht überlebt hätte.«

»Hast du denn schon einmal in einer Schlacht gekämpft?«, fragte Kris bitter.

»Nein«, antwortete Anders. »Und ich bin auch nicht besonders wild darauf, es zu tun. Aber ich habe *sie* im Kampf erlebt.« Er deutete auf die Schweine hinab. »Und ich habe gesehen, wozu sie fähig sind. Einen Gegner zu fürchten, der es mit ihnen aufnehmen kann, ist nun wirklich keine Schande.«

Kris schnaubte. »Du hast es doch gerade selbst gesagt, oder? Du warst noch nie in einer Schlacht. Und ich werde es wahrscheinlich auch nicht sein. Du hast nicht gesehen, wie Tamar mich angeblickt hat. Er hat gesehen, dass ich Angst hatte. Wahrscheinlich hat er mich nur weggeschickt, damit ich ihm nicht im Weg bin.«

»Ausgerechnet Tamar würde ich nicht zum Maßstab aller Dinge machen«, antwortete Anders. »Und im Übrigen hast du Recht. Ich bin kein Krieger und ich lege auch keinen Wert darauf, es zu werden. Aber ein guter Freund von mir war so etwas wie ein Krieger. Vielleicht sogar der einzige Freund, den ich je hatte.«

»Was ist aus ihm geworden?«

»Er ist tot«, antwortete Anders. »Er ist gestorben, weil er sich mit einem Drachen angelegt hat.«

»Dann war er selbst schuld«, sagte Kris. »Niemand kann gegen einen Drachen bestehen.«

»So wenig wie du gegen einen dieser Wilden?«, fragte Anders. »Es ist nicht unbedingt ein Zeichen von Mut, einen Kampf zu beginnen, den man nicht gewinnen kann, weißt du?«

Kris antwortete nicht mehr, aber er verzog verächtlich die Lippen. Anders glaubte nicht, dass er wirklich verstanden hatte, was er ihm sagen wollte – doch vielleicht war es umgekehrt genauso. Es war leicht, ein paar kluge Worte zu sagen, aber wie konnte er ermessen, was das Ganze für Kris wirklich bedeutet hatte?

»Erzähl mir von den Wilden«, wechselte er das Thema. »Wieso greifen sie euch an?«

»Weil sie Wilde sind«, sagte Kris, als wäre das allein Erklärung genug. »Sie greifen uns an, solange ich denken kann. Aber nie zuvor so entschlossen wie jetzt.«

»Und warum?«

»Niemand weiß das«, sagte Kris. »Ich habe ein Gespräch zwischen Culain und Aaron belauscht. Nicht mit Absicht und auch nur ein paar Worte, aber Culain meint, dass sie einen neuen Anführer haben.« Er hob erneut die Schultern. »Bisher waren sie bloß Tiere. Dumm, wild und gefährlich, nie sehr klug und im Grunde leicht zu besiegen. Die letzten beiden Angriffe waren anders.« Er schwieg einen Moment und es fiel ihm hörbar schwer, weiterzusprechen. »Culain ist nicht sicher, dass wir einem weiteren Angriff standhalten.«

»Tamar schien da anderer Meinung zu sein«, sagte Anders.

»Tamar ist ein ...« Kris brach ab und biss sich auf die Unterlippe. Er atmete hörbar ein. »Ein sehr stolzer Krieger«, sagte er schließlich. »Culain auch, aber er war schon immer der Vorsichtigere von beiden.«

»Und du redest zu viel, du Dummkopf!«

Kris fuhr erschrocken herum, und auch Anders drehte den Kopf und sah über die Schulter zurück. Lara stand hinter ihnen und funkelte Kris und ihn abwechselnd aus zornblitzenden Augen an. »Was soll der Unsinn?«, fauchte sie. »Willst du dich um Kopf und Kragen reden?« Sie wandte sich mit einem Ruck vollends zu Anders um und das Blitzen von Wut in ihren Augen nahm noch zu. »Und du? Was tust du hier?«

»Ich genieße die schöne Aussicht«, antwortete Anders. Das war albern und er spürte es selbst. Aber Laras Reaktion auf das, was sie gehört hatte – vielleicht auch nur auf die Tatsache, sie zusammen zu sehen –, verwirrte ihn. Noch loderte die Wut nur in ihren Augen, doch Anders sah ihr an, wie schwer es ihr fiel, sich zu beherrschen. Und dass es ihr nicht mehr allzu lange gelingen würde.

»Wir haben nur ein bisschen geredet«, fuhr er beschwichtigend fort. »Und dein Freund hat mir auch nichts Neues über die Elder erzählt. Ich halte Culain auch für den Klügeren von beiden.«

»Es steht uns nicht zu, über die Elder zu urteilen«, antwortete Lara mit einem fast drohenden Blick in Kris' Richtung. »Dir vielleicht, aber uns nicht. Du bringst vielleicht nicht dich in Schwierigkeiten, aber sehr wohl ihn.«

»Solange du niemandem etwas erzählst, wohl eher nicht«, antwortete Anders mit leisem Spott.

»Du solltest nicht hier sein«, beharrte Lara stur.

»Was genau meinst du mit hier?«, fragte Anders. »Hier auf dieser Mauer oder in der Burg?«

»Du wirst nicht mehr lange bleiben«, antwortete Lara ohne wirklich zu antworten. »Wir schon.« Sie presste die Lippen zusammen, wie um die Worte, die ihr auf der Zunge lagen, mit Gewalt zurückzuhalten. Für einen Moment wurde der Blick, den sie Kris zuwarf, fast flehend, dann kehrte die alte Härte wieder in ihre Augen zurück. »Die ehrwürdige Morgen hat mich geschickt, um dich zu ihr zu bringen.« Sie hob die Schultern und beantwortete seine nächste Frage schon, bevor er sie überhaupt gestellt hatte. »Ich weiß nicht, was sie von dir will. Aber du solltest sie nicht warten lassen.«

»Weil es sich nicht ziemt, dass ein gemeiner Sterblicher eine ehrwürdige Elder warten lässt, ich weiß«, seufzte Anders. »Es ist gut. Geh und sag der ehrwürdigen Morgen schon einmal Bescheid, dass ich gleich komme.«

Lara zögerte. Unschlüssig bewegte sie die Hände und machte einen halben Schritt zurück, blieb dann aber wieder stehen. »Du …«

»Ich sagte: Es ist gut«, unterbrach sie Anders. Seine Stimme klang um eine Nuance schärfer; kaum hörbar, wenn auch deutlich genug, um aus seinen bloßen Worten einen Befehl zu machen. Die Mischung aus Zorn und Unsicherheit in Laras Augen erlosch und machte etwas anderem Platz, das sich wie ein glühender Dolch in Anders' Brust grub. Er hätte eine Menge darum gegeben, seine Worte rückgängig zu machen, aber natürlich ging das nicht.

»Ganz wie Ihr wünscht, junger Herr«, sagte Lara. Anders hob die Hand, um sie zurückzuhalten oder sich auch zu entschuldigen, doch das Mädchen gab ihm keine Gelegenheit dazu. Mit gesenktem Blick bewegte sie sich zwei Schritte rückwärts, fuhr dann auf dem Absatz herum und stürmte mit wehendem Kleid die Treppe hinab.

Anders sah ihr nach, bis sie den Hof überquert hatte und im Haus verschwunden war. Er fühlte sich nicht besonders gut: Letzten Endes hatte er wohl nichts anderes getan als das, was Lara ohnehin von ihm erwartet hatte, aber genau das war es, was den bitteren Geschmack auf seiner Zunge so schwer zu ertragen machte. Er fragte sich, ob dies vielleicht der erste Schritt auf einem Weg gewesen war, an dessen Ende er genau so sein würde, wie Kris und all die anderen es zu erwarten schienen.

Als er sich wieder zu Kris umdrehte, erblickte er etwas, das ihn fast noch härter traf: Für den Bruchteil einer Sekunde begegneten sich ihre Blicke und Anders las in den Augen des jungen Kriegers eine Mischung aus Zorn, Furcht, Verachtung und Bitterkeit, die ihm schier den Atem abschnürte. Einen Lidschlag später hatte sich Kris wieder in der Gewalt und sein Gesicht war vollkommen ausdruckslos. Aber Anders hatte verstanden.

»Es tut mir Leid«, sagte er, so sanft er konnte. »Das wusste ich nicht.«

»Was?«, fragte Kris.

»Lara und du«, antwortete Anders. Wie hatte er auch nur eine Sekunde lang so blind sein können? »Ihr gehört zusammen, nicht wahr?«

Kris schwieg.

»Du hast keinen Grund, eifersüchtig zu sein«, fuhr Anders fort. »Hat sie dir erzählt, was in Tiernan geschehen ist?«

»Ich weiß nicht, wovon Ihr sprecht«, antwortete Kris steif.

»Was immer du gehört hast, es ist nicht wahr«, sagte Anders. »Ich bin nicht an ihr interessiert. Sie ist ein nettes Mädchen. Ich mag sie, aber das ist auch schon alles. Und umgekehrt ist es genauso. Ich weiß nicht genau, was Morgen von ihr verlangt hat, doch sie hat es nicht getan.«

Kris starrte ihn an. Einige Sekunden lang sah es so aus, als würde er auch jetzt nicht antworten, doch dann verhärteten sich seine Züge. »Immerhin gibt es etwas zwischen uns, das du mir nicht mehr wegnehmen kannst«, sagte er bitter.

»Das freut mich«, antwortete Anders. »Aber ich will dir

nichts wegnehmen, glaub mir. Dazu mag ich Lara viel zu sehr.« Er zögerte weiterzusprechen. Er hatte Kris nicht die ganze Wahrheit gesagt, und mit jedem weiteren Wort wurde das Eis dünner, auf dem er sich bewegte. Er ging ein enormes Risiko ein, wenn er sich Kris anvertraute, aber vielleicht war es gerade die mühsam zurückgehaltene Feindschaft, die er eben in seinen Augen gelesen hatte, die ihn zu der Überzeugung kommen ließ, dass es sich lohnte.

»Ich möchte dich um etwas bitten, Kris«, sagte er.

»Alles, was Ihr befehlt«, sagte Kris.

»Nein, nicht so.« Anders schüttelte heftig den Kopf. »Vergiss, was ich bin oder was die Elder dir über mich erzählt haben. Ich bitte dich nur um einen Gefallen. Du kannst nein sagen, und ich werde es dir nicht übel nehmen, sondern vergessen dich überhaupt gefragt zu haben. Also?«

Kris schwieg. Es gelang Anders nicht, in seinem Gesicht zu lesen, aber nach einer kleinen Ewigkeit machte er eine Bewegung, die Anders zumindest als ein Nicken auslegen konnte, und das war im Moment beinahe schon mehr, als er zu hoffen gewagt hatte.

»Ich muss hier weg«, sagte er. »Nicht zurück nach Tiernan, oder was immer die Elder für mich planen, sondern dorthin.« Er deutete nach Süden.

Kris erschrak. »Das wäre dein Tod!«

»Kaum«, antwortete Anders. »Und wenn, gehe ich das Risiko ein. Wirst du mir helfen?« Er hob rasch die Hand, um Kris' entsetzten Widerspruch im Keim zu ersticken. »Nein, keine Angst – ich will nicht, dass du mich begleitest oder so etwas. Ich brauche nur jemanden, der mir zeigt, wie ich hier rauskomme.« Er sparte es sich, zu erwähnen, dass Lara ganz offensichtlich nicht dazu bereit war. »Und zwar ohne dass es jemand merkt. Glaubst du, du kannst das?«

Kris nickte. »Sicher. Aber … aber wozu? Dort draußen gibt es nichts. Selbst wenn du die Ödlande überwindest und die Wilden dich nicht töten – wohin willst du gehen?«

Zu Katt. Und dann weiter nach Süden, besser ausgerüstet und mit einem vernünftigen Plan. Irgendwie würde er die Berge und diese verdammte Mauer überwinden, ganz einfach weil er es *musste.* »Ich komme schon durch«, sagte er mit einem Optimismus, den er ganz und gar nicht empfand. »Ich fürchte nur, dass ich allein hier nicht hinauskomme. Niemand darf etwas davon wissen; vor allem Lara nicht. Ich weiß, ich habe kein Recht, dich darum zu bitten, doch ich tue es trotzdem. Hilfst du mir?«

Diesmal antwortete Kris nicht sofort. Anders konnte regelrecht sehen, wie es hinter seiner Stirn arbeitete. Schließlich nickte er. »Ich kenne einen Weg nach draußen. Aber wir müssen warten, bis es dunkel geworden ist.«

Anders nickte. »Kein Problem. Auf einen Tag mehr oder weniger kommt es jetzt auch nicht mehr an.«

Auch das war ein Irrtum. Ganz bestimmt nicht der erste, der ihm unterlief, seit dieser Albtraum begonnen hatte, aber der schlimmste, denn am Abend dieses Tages sollte Kris schon nicht mehr am Leben und Tiernan unwiederbringlich und für alle Zeiten verändert sein. Doch woher hätte er das in diesem Moment wissen sollen?

4

Wenn Morgen verärgert darüber war, dass er sie hatte warten lassen, dann zeigte sie es jedenfalls nicht. Ganz im Gegenteil erwartete sie ihn nicht nur mit einem Lächeln, sondern in ausgesprochen guter Stimmung, die sich zu sehr in ihrer ganzen Erscheinung widerspiegelte, um gespielt zu sein. Zu Anders' Erleichterung war sie allein in dem kleinen Kaminzimmer, in das Lara ihn führte; ihm war weder danach, Culain zu sehen, noch einen der anderen Elder, *schon gar nicht* einen der anderen Elder.

»Setz dich, Anders.« Morgen wedelte ihm aufgeräumt zu,

Platz zu nehmen, und schob mit der anderen Hand eine silberfarbene Schale mit Weintrauben und Gebäck in seine Richtung, die sich auf den zweiten Blick als die umgedrehte Radkappe eines antiquierten Autos entpuppte. Anders hatte die Hand schon halb ausgestreckt, zog den Arm jedoch fast erschrocken wieder zurück. Morgen runzelte die Stirn und maß die Schale eine Sekunde lang stirnrunzelnd, ging aber dann mit einem angedeuteten Achselzucken über seine sonderbare Reaktion hinweg.

»Culain und ich haben gestern Abend mit dem Hohen Rat gesprochen«, begann Morgen, »Und ich glaube, ich habe eine gute Neuigkeit für dich.«

»So?« Anders zögerte noch einen letzten Moment, bevor er sich auf den angebotenen Platz sinken ließ. Die Elder sah ihn auffordernd an, aber sie sagte nichts, obwohl man ihr ansehen konnte, wie schwer es ihr fiel, nicht sofort mit der guten Nachricht herauszuplatzen, die sie so offensichtlich im Gepäck hatte. Schließlich tat er ihr den Gefallen. »Welche?«

»Wir haben ein passendes Zuhause für dich gefunden«, antwortete Morgen. Sie griff nach einem Stück Gebäck und begann daran herumzuknabbern, während sie weitersprach. »Es ist nicht weit von unserem Haus entfernt, auf der gleichen Seite des Tals, und steht schon seit einer ganzen Weile leer. Ehrlich gesagt ist es in keinem besonders guten Zustand, aber mit ein wenig Schweiß und Zeit kannst du es zu einem hübschen Zuhause machen. Die Aussicht«, fügte sie mit einem übertrieben geschauspielerten Ausdruck von Eifersucht auf dem Gesicht hinzu, »ist sogar besser als aus unserem Haus. Nun – was sagst du?«

Anders sagte im allerersten Moment gar nichts. Er war nicht einmal sicher, ob er Morgen richtig verstanden hatte. »Du meinst bei … bei euch?«, fragte er stockend. »Oben in Tiernan, nicht in der Menschenstadt?«

»Natürlich bei uns«, antwortete Morgen. Wieso überhaupt *natürlich*? »Aber freu dich nicht zu früh. Wie gesagt: Es wartet noch eine Menge Arbeit auf dich, doch wir helfen dir, keine Sorge.« Sie legte den Kopf schräg. »Jetzt freu dich nur nicht zu sehr. Dein Überschwang ist ja schon fast peinlich.«

»Nein, nein, das … ist es nicht«, antwortete er hastig. »Ich freue mich. In bin nur … es kommt ein wenig überraschend, das ist alles.« Irgendwie gelang es ihm, sich zu einem Lächeln aufzuraffen, auch wenn es ein wenig schief ausfiel. *Ein wenig überraschend?* Wieso sollte er oben bei den Elder leben? Das stellte alles auf den Kopf, was er bisher über die Elder und ihr Verhältnis zu den Bewohnern der Menschenstadt zu wissen geglaubt hatte.

Verwirrt drehte er den Kopf und warf einen fast Hilfe suchenden Blick in Laras Gesicht hinauf. Er erlebte eine Überraschung. Lara sah ganz und gar nicht aus, als kämen Morgens Worte für sie unerwartet. Vielleicht hatte die Elder ihr das Geheimnis ja bereits anvertraut, bevor sie sie losgeschickt hatte ihn zu holen.

»Um ehrlich zu sein war ich selbst ein wenig überrascht«, gestand Morgen. »Ich war natürlich nicht dabei, aber nach allem, was ich gehört habe, muss es eine ziemlich heftige Diskussion gewesen sein. Eines der Mitglieder des Hohen Rates war wohl dagegen – ich muss dir, glaube ich, nicht sagen, wer –, aber am Ende haben sich Aaron und Tamar dann doch durchgesetzt.«

Gegen seinen Willen musste Anders lächeln. Morgen hatte nie ein großes Geheimnis daraus gemacht, dass Endela und sie keine guten Freundinnen waren und es auch niemals werden würden, aber etwas im Verhältnis der beiden Elder untereinander schien sich geändert zu haben. Nachhaltig geändert. Anders überlegte ernsthaft, ob Morgen ihm vielleicht in nicht allzu ferner Zukunft mit einem silbernen Stirnband gegenübersitzen würde, auf dem ein daumennagelgroßer Rubin glänzte.

»Darf ich gehen, Herrin?«, fragte Lara schüchtern. »Ich habe noch viel zu tun, und …«

»Nein, bleib«, unterbrach sie Morgen. »Was wir zu besprechen haben, geht auch dich an.«

»Mich?«, fragte Lara. Sie klang beunruhigt.

Morgen nickte heftig und wandte sich wieder an Anders. »Sie wird dich begleiten«, fuhr sie fort. »Vorerst nur sie; später werden wir dann weitersehen.«

»Aber …«, begann Lara, brach dann jedoch sofort wieder ab und senkte hastig den Blick, als Morgen mit einem Ruck den Kopf hob und sie ansah. »Ganz wie Ihr befehlt, ehrwürdige Herrin«, flüsterte sie. Ihre Schultern bebten, und obwohl sie sich alle Mühe gab, sich zu beherrschen, sah Anders, dass sie die Hände zu Fäusten geballt hatte.

Er wandte sich wieder zu Morgen um. »Wieso soll sie mich begleiten?«

Morgen lachte. »Na, du machst mir Spaß! Ein so großes Haus führt sich nicht allein. Du brauchst Personal; jemand, der für dich kocht und sauber macht und sich um alles andere kümmert – oder wolltest du das alles selbst machen?«

Das *Warum nicht?* lag Anders auf der Zunge, aber er schluckte es im letzten Moment hinunter. Das Prinzip des Singledaseins war in Tiernan vermutlich nicht allzu weit verbreitet. Er hob nur die Schultern. »Und wann?«

»Schon morgen«, antwortete die Elder.

Anders fuhr so heftig zusammen, dass sein Stuhl knarrte. »Morgen?«

»Wenn du darauf bestehst, könntest du natürlich schon heute gehen«, sagte Morgen lächelnd. Anders' Erschrecken war ihr nicht entgangen, doch sie hatte es wohl falsch gedeutet. »Aber dann müsstest du wahrscheinlich auf dem Boden schlafen, und ich kann mir nicht vorstellen, dass du das willst.«

»Nein«, antwortete Anders. Seine Gedanken rasten. Wieso ging plötzlich alles so schnell? »Ich habe es nicht eilig. Ich meine: Vielleicht sollten wir in Ruhe alles vorbereiten. Nach all der Zeit kommt es auf einen oder zwei Tage mehr oder weniger doch auch nicht mehr an, oder?«

»Oh, ein weiterer Tag Vorbereitung wird vollauf genügen«, sagte Morgen leichthin. »Darüber hinaus wäre mir einfach wohler, wenn du in Tiernan und in Sicherheit bist, und nicht hier.«

»Warum?«, fragte Anders.

Morgen zögerte einen spürbaren Moment mit der Antwort, und als sie es endlich tat, klang ihre Stimme auch um mehrere Grade kühler. »Tamar und Culain befürchten einen weiteren Angriff der Wilden, vielleicht schon in den nächsten Tagen.« Sie machte eine rasche Geste, als Anders etwas darauf erwidern wollte. »Es besteht kein Grund zur Sorge. Die Torburg hält jedem denkbaren Angriff stand. Dennoch wäre mir einfach wohler, wenn du nicht länger hier bliebest als unbedingt nötig. Und deine kleine Freundin auch.«

»Lara ist nicht meine *Freundin*«, sagte Anders sehr ruhig, aber auch sehr betont. »Sie gehört zu Kris, und das schon sehr lange.«

Lara sah ihn erstaunt an und auch Morgen drehte den Kopf und blickte dem Mädchen einen Moment lang stirnrunzelnd ins Gesicht. Dann nickte sie. »O ja, dieser Junge. Ich erinnere mich.« Das war alles. Aber es reichte Anders nicht.

»Ich möchte nicht, dass Lara von hier weggeht, wenn es nicht ihr eigener Wunsch ist«, fügte er betont hinzu.

Treib es nicht zu weit, mein Junge, signalisierte Morgens Blick. Sie lächelte weiter, aber eine Menge von der Wärme, die sie bisher ausgestrahlt hatte, war erloschen. »Vielleicht sollten wir das später klären«, sagte sie. »Tiernan ist schließlich nicht aus der Welt, sondern nur eine Stunde entfernt.« Sie hob die Schultern und warf einen flüchtigen Blick in Laras Richtung. »Vielleicht finden wir in diesem Haus ja auch eine Verwendung für diesen …«

»Kris«, half Anders kühl aus.

Morgen nickte. »Kris, richtig. Du wirst ohnehin mehr als einen Bediensteten brauchen; warum also nicht ihn, wenn dir so daran gelegen ist, das Mädchen glücklich zu machen.«

Die letzte Bemerkung kostete sie eine Menge von den Sympathien, die Anders im Laufe der letzten Monate für sie gewonnen hatte, aber er zuckte nur mit den Achseln und versuchte ein möglichst unbeteiligtes Gesicht zu machen. Es brachte nichts ein, das Gespräch noch weiter eskalieren zu lassen. Er führte sich bewusst vor Augen, was er vorhin oben auf der Mauer mit Kris besprochen hatte. Im Grunde hatte er nur geplant, sich in der kommenden Nacht den Weg hier heraus *zeigen* zu lassen, noch nicht, wirklich zu *gehen*. Er würde seine Pläne vorverlegen müssen, das war alles. Nichts hatte sich geändert.

»Ist das denn alles?«, fragte er und setzte dazu an, aufzustehen.

Morgen schüttelte den Kopf und hielt ihn mit einer entsprechenden Geste zurück, wandte sich jedoch zuerst an Lara. »Du kannst dann gehen, mein Kind.«

»Bitte warte draußen auf mich«, fügte Anders hinzu.

Lara antwortete weder auf das eine noch das andere, sondern ging so schnell aus dem Zimmer, wie sie gerade noch konnte ohne wirklich zu rennen. Anders entging trotzdem nicht, dass sie nur mit letzter Kraft die Tränen zurückhielt.

»Du solltest das nicht tun«, seufzte Morgen, als sie wieder allein waren.

»Was?«

»Meine Autorität infrage stellen.«

»Oh, verzeiht«, sagte Anders spöttisch. »Ich wusste nicht, dass Ihr so viel Wert darauf legt, ehrwürdige Elder.«

»Und auch das solltest du nicht tun«, sagte Morgen mit einem traurigen Kopfschütteln. »Ich kann verstehen, was in dir vorgeht, aber auch du solltest wenigstens versuchen uns zu verstehen. Es geht nicht darum, ob du mich respektierst oder nicht. Das ist mir vollkommen egal. Doch du musst lernen unsere Regeln zu akzeptieren.«

»Du meinst, dass das Wort der Elder Gesetz ist und niemand daran zu zweifeln hat?«

»So ist es nun einmal bei uns«, bestätigte Morgen. »Da, wo du herkommst, mag es ja vielleicht sogar richtig sein, gegen das Bestehende aufzubegehren, aber unsere Welt ist anders. Sie kann nur so funktionieren. Jeder Versuch, sie zu ändern, könnte sie zerstören. Willst du das?«

»Habt ihr es denn je versucht?«, fragte Anders. Es lag ihm auf der Zunge, der Elder zu erklären, dass ihr ehernes Gesetz, nach dem die Welt seit Anbeginn der Zeiten funktionierte, noch keine fünfzig Jahre alt war – genau wie ihr gesamtes Universum –, aber er verzichtete auf diese Bemerkung.

Statt direkt zu antworten sah Morgen ihn einen Herzschlag lang nachdenklich an, dann stand sie auf, ging zum Fenster und winkte ihn zu sich heran.

»Du warst bei den Tiermenschen und hast bei ihnen gelebt«, sagte sie, während Anders neben sie trat und einen Blick durch das Fenster warf, das auf den Innenhof der Torburg hinausführte. Unter ihnen war die Abteilung gepanzerter Kampfschweine immer noch damit beschäftigt, sinnlos im Kreis herumzulaufen und mit ihren Waffen herumzufuchteln. »Und du hast erlebt, wozu *sie* fähig sind. Was, glaubst du, würde geschehen, wenn du ihnen die gleichen Rechte zugestehst wie euch Menschen?«

Anders antwortete nicht darauf, aber er konnte sich eines raschen eisigen Fröstelns nicht erwehren, während er den vier Zentner schweren Kolossen beim Exerzieren zusah. Der Anblick hätte komisch wirken können, doch er erfüllte ihn eher mit Furcht. Er hatte gesehen, wozu die Ungeheuer imstande waren. Er hatte es am eigenen Leib *gespürt.*

»Willst du das?«, fragte Morgen.

»Natürlich nicht!«, antwortete Anders impulsiv.

»Aber du willst, dass wir euch Menschen die gleichen Rechte zubilligen wie uns Elder.«

»Das ist ja wohl ein Unterschied!«, erwiderte Anders empört, doch Morgen sah ihn nur weiter fragend und vollkommen ungerührt an.

»Wieso?«

Anders schüttelte verwirrt den Kopf. »Nun, weil ... weil

wir … weil wir Menschen sind und keine Tiere«, antwortete er schließlich.

Morgen lächelte. »Und du meinst, weil ihr uns ähnlicher seht als sie euch?« Sie schüttelte sanft den Kopf. »Wie kommst du darauf, dass das Aussehen einen solchen Unterschied macht?«

Und was, flüsterte eine leise Stimme hinter seiner Stirn, *wenn sie Recht hat?* Was, wenn alles, was er gelernt hatte, vielleicht in diesem Teil der Welt wirklich nicht galt? Wenn die Elder *tatsächlich* so weit über den Menschen standen, wie diese über den Tiermenschen? Wenn sie *wirklich* die überlegene Spezies waren, der nächste Schritt der Evolution, der sie zu einer überlegenen Rasse machte, klüger, stärker, intelligenter und *besser* als die Menschen? Wer sagte ihm denn, dass sich die Natur in ihrer Entwicklung um menschliche Moralvorstellungen scherte?

Beinahe entsetzt verscheuchte er den Gedanken. Es konnte nicht so sein, ganz einfach weil es nicht so sein *durfte.*

Rasch trat er zwei Schritte zurück und maß Morgen mit einem sehr langen nachdenklichen Blick. »Deine Worte hätten mich noch mehr beeindruckt, wenn du blond und blauäugig wärest«, sagte er böse.

Morgen zog die Augenbrauen zusammen. »Ich verstehe nicht, was du damit meinst.«

Und das war auch gut so. »Nichts«, sagte Anders rasch. »Es war eine dumme Bemerkung. Entschuldige.«

Die Elder hob die Schultern und wechselte sowohl das Thema als auch die Tonlage. Ihre Stimme wurde irgendwie … offizieller. »Ich habe dich nicht gebeten zu bleiben, um mit dir darüber zu sprechen.«

»Sondern?« Es fiel Anders schwer, sich auf Morgens Worte zu konzentrieren. *Was, wenn sie Recht hatte?*

»Aaron hat Männer in die Berge hinaufgeschickt, die klären sollen, wie es dir gelungen ist, aus dem Gletscher zu entkommen«, sagte Morgen. »Sie haben Spuren gefunden. Deine, aber auch die desjenigen, der dir geholfen hat.«

»So?«, sagte Anders abweisend. »Dann wissen sie mehr als ich. Ich weiß nicht, wer es war.«

»Und wenn du es wüsstest, würdest du es nicht sagen, nicht wahr?« Morgen lächelte. »Deine Entschlossenheit, deine Menschenfreunde zu schützen, ehrt dich, aber sie ist nicht nötig. Es war niemand aus der Menschenstadt.« Sie schwieg einen ganz kurzen Moment, um ihre nachfolgenden Worte besser wirken zu lassen. »Es war ein Drache.«

Die Überraschung, die diese Eröffnung mit sich bringen sollte, kam nicht. Dafür blitzten noch einmal herausgerissene Bilder aus dem Albtraum hinter seiner Stirn auf: Der tobende Sturm und das Kreischen des Windes, der sich an Felsen und Eis brach, blaues Feuer und die Kälte, die sich wie mit Flammen in seine Kehle fraß und seine Lungen ebenso zu verbrennen versuchte, wie die geschleuderten Blitze des schwarzen Giganten die eisige Tür seines Gefängnisses verbrannt hatten. Es war kein Traum gewesen und tief in sich hatte er das sogar die ganze Zeit über gewusst. Morgens Worte waren nur vonnöten gewesen, damit er diese Tatsache vor sich selbst eingestehen konnte.

Was ihn befreit hatte, war keine Laune des Zufalls gewesen, und schon gar nicht Oberons Gnade. Es war ein Riese mit einem schwarzen ABC-Anzug, der die Eisbarriere mit einer Waffe aus dem nächsten Jahrhundert verdampft hatte. Mehr noch: Plötzlich kehrte ein weiteres Bruchstück seiner Erinnerung zurück. Er war nicht den ganzen Weg hinunter bis zur Schneegrenze gelaufen. Dazu hätten seine Kräfte gar nicht mehr gereicht. Er erinnerte sich plötzlich verschwommen an das Gefühl, von starken, in zähes schwarzes Gummi gehüllten Armen getragen zu werden, und dann an einen dünnen brennenden Schmerz, der sich tief in seine Armbeuge biss. Fast ohne sein Zutun streifte er den Ärmel hoch und betrachtete seine Haut. Die winzige Einstichstelle war längst verschwunden, aber er wusste, dass es sie gegeben hatte. Vermutlich hatte ihm die Injektion das Leben gerettet.

»Ich wollte nur, dass du das weißt«, sagte Morgen, die ihm

mit offenkundigem Unverständnis zusah und vergebens darauf zu warten schien, dass er sein sonderbares Verhalten erklärte. »Du brauchst die Menschen nicht mehr zu schützen.«

Das war ganz und gar nicht das, was sie eigentlich meinte. Doch Anders hätte ihre unausgesprochene Frage auch dann nicht beantworten können, wenn er es gewollt hätte. Er streifte den Ärmel wieder herunter und hob die Schultern.

Morgen wirkte enttäuscht, gab sich aber Mühe, sich möglichst wenig davon anmerken zu lassen. »Ich wollte dich nur informieren, bevor du mit Aaron sprichst«, sagte sie. Dann machte sie eine gezwungen fröhliche Handbewegung zur Tür hin. »Ich glaube, deine …« Sie verbesserte sich, doch es klang so wenig echt, wie ihr Versprecher ein wirkliches Versehen gewesen war. »Lara wartet draußen. Lass sie nicht zu lange warten. Vielleicht solltest du ihr den Tag freigeben. Sie wird sich von ihrer Familie verabschieden wollen.«

»Und von ihrem Freund.«

Morgen seufzte. »Wenn dich schon alles andere nicht interessiert, dann denk wenigstens daran, dass sie in Tiernan weit sicherer ist als hier, falls die Wilden noch einmal angreifen.«

»Obwohl die Burg jedem Angriff standhält?«, fragte Anders spöttisch.

Morgens Gesicht verdüsterte sich. Sie setzte zu einer scharfen Antwort an, beließ es aber dann bei einem Kopfschütteln und drehte sich mit einem demonstrativen Ruck wieder zum Fenster, und auch Anders wandte sich ab und ging hinaus.

Lara wartete nicht in der Halle, obwohl er sie darum gebeten hatte, aber das konnte er ihr kaum übel nehmen. Nicht nach dem, was Morgen ihr gerade eröffnet hatte. Anders ging noch ein paar Schritte weiter, bevor er stehen blieb und mit geschlossenen Augen so lange wartete, bis sich sein rasender Pulsschlag wenigstens halbwegs beruhigt hatte und seine Hände aufhörten zu zittern. Dann machte er sich auf die Suche nach Lara.

Er entdeckte sie praktisch sofort, als er auf die Treppe hinaustrat. Sie war wieder auf die Mauer hinaufgestiegen und stand heftig gestikulierend neben Kris. Anders war viel zu weit weg, um sie zu verstehen oder auch nur in ihren Gesichtern zu lesen, aber nach einer innigen Abschiedsszene sah es nun wirklich nicht aus. Anders wollte nach ihr rufen, sah dann jedoch ein, wie sinnlos es gewesen wäre, und schlängelte sich stattdessen zwischen den marschierenden Kriegern hindurch zur Treppe hin – und das wortwörtlich. Die gepanzerten Kolosse machten keine Anstalten, ihm auszuweichen oder auch nur Rücksicht auf ihn zu nehmen. Anders war beinahe sicher, dass sie ihn einfach niedergetrampelt hätten, wäre er gestürzt oder ihnen auch nur nicht schnell genug ausgewichen.

Nahezu außer Atem kam er oben auf der Mauer an und steuerte auf Lara und Kris zu. Lara drehte ihm den Rücken zu, sodass sie seine Annäherung nicht bemerkte, sondern weiter heftig gestikulierend auf Kris einredete – beinahe schon schrie –, aber Kris sah ihn sofort; nur brauchte er mehrere Anläufe, um Laras Redefluss zu unterbrechen und sie auf ihn aufmerksam zu machen. Dann jedoch fuhr sie buchstäblich auf dem Absatz herum und funkelte ihn an. Von dem demütigen Gehorsam, den sie noch vor ein paar Minuten unten in Morgens Gegenwart demonstriert hatte, war rein gar nichts mehr geblieben.

»Oh, der junge Herr Anders«, schnappte sie. »Ich hoffe doch, Ihr musstet nicht zu lange nach mir suchen. Ich wäre wirklich untröstlich, wenn Ihr Eure kostbare Zeit meinetwegen verschwenden musstet.«

Anders beschloss das einzig Sinnvolle zu tun und sie zu ignorieren. Er wandte sich an Kris. »Hast du ihr nichts gesagt?«

Kris' Gesichtsausdruck machte klar, dass er bisher überhaupt nicht dazu gekommen war, auch nur ein einziges Wort zu sagen, und er kam auch jetzt nicht dazu.

»Gesagt?«, fauchte Lara. Sie schoss einen wütenden Blick in Kris' Richtung ab, und dieser wich vorsichtshalber einen weiteren halben Schritt zurück. »Was gesagt?«

»Ich habe Kris vorhin um einen Gefallen gebeten«, sagte

Anders. »Ich hätte mir nicht träumen lassen, dass ich ihn so schnell einlösen muss, aber er hat jedenfalls zugestimmt.«

»Was für einen Gefallen?«, erkundigte sich Lara misstrauisch.

»Mir den Weg hier heraus zu zeigen«, antwortete Anders.

»Den Weg …?« Lara blickte regelrecht hilflos von einem zum anderen. »Was soll das heißen?«

»Ich habe nicht vor, mir eine Eigentumswohnung in Tiernan zuzulegen, egal ob mit oder ohne Personal«, antwortete Anders lakonisch.

Lara starrte ihn an. »Du willst …«

»Ich bleibe nicht hier«, bestätigte Anders. »Weder hier in eurer Burg noch in Tiernan. Du brauchst keine Angst zu haben. Ich bleibe nur noch heute. Wenn Morgen und die anderen Elder morgen früh kommen um mich abzuholen, bin ich schon nicht mehr hier.«

»Du willst … fliehen?«, vergewisserte sich Lara ungläubig. »Aber wohin denn?«

Anders deutete nach Süden und Lara ächzte hörbar. »Du bist verrückt! Du kannst nicht in die Ödlande flüchten wollen!«

»Ich will nicht *in* die Ödlande«, verbesserte sie Anders betont. »Ich will nur …«

»Ich weiß verdammt genau, zu wem du willst!«, fiel ihm Lara ins Wort. Sie sagte eindeutig *zu wem*, nicht *wohin*. »Du bist wahnsinnig! Dort draußen wimmelt es von Wilden! Du würdest binnen einer Stunde getötet!«

»Ich kann schon ganz gut auf mich aufpassen«, versicherte Anders. Er wusste ziemlich genau, dass er Unsinn redete. Dennoch fuhr er fort: »Wenn ich in den letzten Tagen richtig zugehört habe, sind eure Freunde da draußen gerade mit etwas anderem beschäftigt.«

»Warum stürzt du dich nicht gleich von der Burgmauer?«, fragte Lara. »Das Ergebnis ist dasselbe, aber es tut ganz bestimmt nicht so weh. Hast du schon einmal gesehen, was diese Ungeheuer mit einem Menschen machen, der ihnen lebend in die Hände fällt?« Sie schüttelte heftig den Kopf. »Glaub mir, du willst es nicht sehen!« Wutschnaubend wandte sie sich an Kris. »Du willst ihm doch nicht wirklich helfen!?«

»Die Frage ist nicht, was Kris will oder ich oder du«, sagte Anders rasch. »Die Frage ist, was die Elder wollen. Morgen war doch deutlich genug, oder?«

»Das ist Wahnsinn!«, schimpfte Lara ohne auf seine Worte einzugehen. »Du weißt nicht, was du sagst! Selbst wenn du die Ödlande überleben würdest, würden die Elder dich wieder einfangen. Und das nächste Mal werden sie dich töten. Wenn es nach so manchem von ihnen gegangen wäre, hätten sie es das letzte Mal schon getan.«

»Ein Grund mehr, mich nicht erwischen zu lassen«, sagte Anders.

»Aber du …«, begann Lara.

»Hört auf, euch zu streiten«, sagte Kris scharf. Er deutete mit kreidebleichem Gesicht nach Süden. »Sie kommen.«

5

Im Laufe der zurückliegenden Stunde war aus dem leisen Flirren der Luft im Süden eine gigantische Staubwolke geworden, die den halben Himmel verdunkelte und sich nach rechts und links so weit erstreckte, wie er sehen konnte, und aus dem kaum hörbaren Summen und Vibrieren, das die Luft wie das Geräusch eines weit entfernten Bienenschwarmes erfüllte, war ein gewaltiges Dröhnen geworden, dem nicht mehr viel fehlte, um jedes andere Geräusch zu übertönen. Wenn man die Augen schloss, konnte man es wie ein ganz sachtes Kribbeln in der Magengegend spüren, so gewaltig war es.

Und seit gut zehn Minuten konnte Anders das heranrückende Heer auch sehen.

Noch war es zu weit entfernt um Einzelheiten zu erkennen. Alles, was Anders sah, war eine gewaltige schwarze Masse aus reiner zuckender Bewegung, von der etwas so Drohendes ausging, dass Anders all seine Willenskraft aufbieten musste, um auch nur ihrem Anblick standzuhalten. Die Vorstellung, noch hier oben zu stehen, wenn dieses gewaltige Heer zum Sturm auf die Burgmauern ansetzte … Nein. Er zog es vor, sich diese Szene nicht genauer auszumalen.

»Es wird Zeit, Herrin«, sagte eine Stimme hinter ihm. »Wir sollten jetzt wirklich gehen.«

Die Worte galten nicht ihm, sondern Morgen, die seit gut zehn Minuten reglos und mit versteinertem Gesicht neben ihm stand und nach Süden blickte. Sie hatte kein Wort gesagt, seit sie heraufgekommen war, und sie sagte auch jetzt nichts, sondern starrte das näher rückende Heer nur noch einen Atemzug lang an und drehte sich dann langsam zu dem dunkelhaarigen Krieger um, der die Worte gesprochen hatte. Der Mann hatte sich alle Mühe gegeben, sich seine Nervosität nicht anmerken zu lassen, aber selbstverständlich war es ihm nicht gelungen.

»Ja«, brach Morgen endlich ihr Schweigen. »Du hast Recht. Es wird Zeit, zu gehen.« Sie machte eine auffordernde Kopfbewegung in Anders' Richtung, und auch er trat gehorsam von der Mauerbrüstung zurück und wollte sich umdrehen, froh, dem unheimlichen Anblick des heranrückenden Heeres zu entkommen.

Dann aber blieb er noch einmal stehen. Etwas hatte sich geändert. Die Angreifer waren immer noch zu weit entfernt um Einzelheiten zu erkennen, aber das riesige, nach Tausenden zählende Heer schien für einen Moment zur Ruhe gekommen zu sein. Gleichzeitig hatte es sich geteilt, um eine Gasse für eine einzelne berittene Gestalt zu bilden. Auch sie war noch viel zu weit entfernt, um mehr als ein verschwommener Schatten zu sein, und trotzdem kam es ihm so vor, als wäre irgendetwas … Vertrautes an diesem Umriss.

Statt der Elder zu folgen trat er noch einmal dichter an die Zinnen heran und presste die Augen zu schmalen Schlitzen zusammen, um besser sehen zu können. Es wurde nicht wirklich besser, aber die Gestalt – ein Reiter – kam näher, und obwohl sie weiter nur als flacher schwarzer Umriss zu erkennen war, hatte Anders immer deutlicher das Gefühl von irgendetwas Vertrautem.

Aber das war vollkommen unmöglich.

Er drehte sich mit einem Ruck um und schüttelte so heftig den Kopf, als wollte er den Gedanken damit auch körperlich abschütteln. Das war so ausgeschlossen, dass schon die bloße Vorstellung schlichtweg grotesk war.

»Was hast du?«, fragte Morgen.

»Nichts«, antwortete Anders hastig. »Ich war nur ... erschrocken.«

»Das kann ich verstehen«, sagte Morgen. »Komm. Wir müssen uns sputen, wenn wir das Tor noch rechtzeitig erreichen wollen.«

»Rechtzeitig wozu?«

»Bevor der Angriff beginnt«, antwortete Morgen.

»Hast du nicht vor weniger als einer Stunde noch selbst behauptet, wir wären hier vollkommen sicher?«, fragte Anders.

»Das sind wir auch«, antwortete die Elder. »Dennoch lege ich keinen Wert darauf, einer Schlacht beizuwohnen. Oder möchtest du dabei zusehen, wie die Menschen verletzt und getötet werden, die du kennst?«

Statt zu antworten sah Anders noch einmal über die Schulter nach Süden zurück. Der Reiter hatte mittlerweile kehrtgemacht und bewegte sich wieder auf das Heer zu, fast wie ein General, der kurz vor der Schlacht sein Heer noch einmal angehalten und ein kleines Stück vorausgeeilt war, um das Schlachtfeld zu inspizieren. Wieder spürte er, wie sich das Gefühl von etwas Vertrautem in ihm regen wollte, aber diesmal ließ er den Gedanken erst gar nicht zu. Rasch wandte er sich endgültig um und folgte Morgen, die bereits auf der Treppe und den halben Weg hinunter zum Burghof war.

Sie verließen die Torburg durch die rückwärtige Tür, wo bereits ein halbes Dutzend Krieger und eine entsprechende Anzahl gesattelter Pferde auf sie warteten. Die Männer trugen Rüstungen und Waffen und waren sehr nervös, und auch Anders warf einen raschen aufmerksamen Blick in die Runde, kaum dass er aus dem Haus getreten war. Die Geröllebene bot den gleichen trostlosen Anblick wie immer und zugleich war die Szenerie so friedlich, dass sie auf unheimliche Weise schon wieder bedrohlich zu werden schien. Anders verspürte einen eiskalten Schauer. Das Gefühl, in eine Falle zu tappen.

Er schob den Gedanken an das, was er gerade oben von der Burgmauer aus gesehen hatte, beiseite, ging zu einem der Pferde und fragte sich unbehaglich, wie er am besten in den Sattel hinaufkam, ohne sich sofort lächerlich zu machen oder womöglich gleich auf der anderen Seite in den Matsch zu fallen. Trotz allem konnte er jetzt so wenig reiten wie am Anfang, und die Pferde hier waren unglücklicherweise ganz normale Pferde, keine freundlichen Zentauren, die ihm auf ihre Rücken helfen würden.

Irgendwie gelang es ihm, in den Sattel zu klettern, ohne sich zum allgemeinen Gespött zu machen – was allerdings zum Großteil daran lag, dass niemand in seine Richtung sah. Das Pferd schien seine Unsicherheit zu spüren, denn es warf nervös den Kopf in den Nacken und begann unruhig auf der Stelle zu tänzeln. Es gelang ihm, das Tier wieder zu beruhigen, aber er hätte selbst nicht sagen können, wie, und er versuchte danach nicht noch einmal, die Zügel auch nur anzurühren.

Neben ihm half derselbe Krieger Morgen in den Sattel, der sie auch schon von der Burgmauer hierher begleitet hatte, und auch die anderen Krieger waren bereits aufgesessen. Nur ein einziger Sattel war noch leer. Lara stand zusammen mit Kris noch immer neben der Tür. Die beiden unterhielten sich aufgeregt. Anders konnte ihre Worte nicht verstehen, aber er sah, dass Kris Lara am Arm ergriffen hatte. Im allerersten Moment sah es so aus, als würde er sie festhalten, doch dann begriff Anders, dass eher das genaue Gegenteil der Fall war: Der Junge versuchte offensichtlich sie wegzuschieben, während Lara sich mit aller Kraft an ihn klammerte. Er verstand.

Anders griff zögernd nach den Zügeln, kramte alles aus seinem Gedächtnis hervor, was er jemals über das Reiten gehört und gelesen hatte, und schickte ein Stoßgebet zum Himmel, und irgendetwas davon schien zu funktionieren, denn das Pferd machte gehorsam auf der Stelle kehrt und trabte auf Lara und Kris zu. Er brachte sogar das Kunststück fertig, unterwegs noch nach den Zügeln des letzten reiterlosen Pferdes zu greifen und es mitzunehmen.

Für einen kurzen Moment unterbrachen Lara und der Junge ihren stummen Ringkampf, und Kris sah mit einem fast flehenden Blick zu ihm hoch. »Anders! Vielleicht kannst du sie zur Vernunft bringen. Sie weigert sich mit euch zu gehen.«

»Ich denke überhaupt nicht daran!« Lara versuchte sich loszureißen, aber Kris hielt sie nicht nur eisern fest, sondern schob sie im Gegenteil noch ein kleines Stück weiter auf das Pferd zu, das Anders am Zügel führte. »Ich bleibe hier! Das hier ist mein Zuhause. Ich gehöre hierher, zu meiner Familie.«

»Was ist denn da los?«, fragte Morgen ungeduldig. »Steig auf, Mädchen! Wir haben keine Zeit!«

Für einen winzigen Moment war Anders fest davon überzeugt, dass Lara ihr widersprechen würde, aber dann konnte er regelrecht sehen, wie ihr Widerstand zusammenbrach. Sie nickte abgehackt. Kris ließ ihren Arm los und Anders streckte seinerseits die Hand aus, um ihr in den Sattel zu helfen. Er war nicht sonderlich überrascht, dass Lara das Angebot ignorierte und aus eigener Kraft in den Sattel stieg; mindestens dreimal so schnell und fünfmal so elegant, wie er es jemals gekonnt hätte.

»Danke«, sagte Kris. »Bring sie in Sicherheit.«

»Seid ihr endlich so weit?«, fragte Morgen, nun mehr als nur ein *bisschen* ungeduldig. »Wir müssen los!«

»Fast«, antwortete Anders. Er deutete auf Kris. »Ich möchte, dass er mitkommt.«

Lara drehte mit einem Ruck den Kopf und starrte ihn an, und auch Kris riss ungläubig die Augen auf. »Aber …«

»Das ist jetzt wirklich nicht der richtige Moment …«, begann Morgen.

»Ich bestehe darauf!«, unterbrach sie Anders.

Morgen resignierte. »Also gut«, seufzte sie. »Aber dann haben wir ein Pferd zu wenig.« Sie sah sich rasch um und deutete dann scheinbar wahllos auf einen der Männer. »Gib ihm dein Pferd. Du bleibst hier. Und nun *steig endlich auf!*«

Kris blickte irritiert von Anders zu Morgen und wieder zurück. Er war vollkommen überrascht, aber da war auch noch etwas. Kris sah erschrocken aus, dachte Anders verwirrt, beinahe … *entsetzt.*

Trotzdem zögerte er nur noch eine Sekunde, bevor er zu dem frei gewordenen Pferd eilte und sich mit einer routinierten Bewegung in den Sattel schwang. Noch bevor er die Zügel ganz ergriffen hatte, gab Morgen das Zeichen und sie ritten los.

Zu Anders' Erleichterung hatte man wohl ein besonders gutmütiges und kluges Tier für ihn ausgesucht, denn das Pferd setzte sich ohne sein Zutun in Bewegung und nahm seinen Platz in der kleinen Kolonne ein, obwohl sie von Anfang an ein scharfes Tempo einschlugen – scharf zumindest auf dem steinigen Untergrund, über den sie ritten.

Da er noch immer mit einer Hand die Zügel von Laras Pferd festhielt, bewegte sie sich unmittelbar neben ihm, sah aber so demonstrativ in die andere Richtung, dass er erst gar nicht versuchte sie anzusprechen. Anders war klar, sie musste ihn für das hassen, was er getan hatte – zumindest in diesem Moment –, aber das war ihm gleich. Vielleicht würde sie ihn später ja verstehen und ihm möglicherweise sogar verzeihen. Und wenn nicht, so konnte er sich selbst wenigstens mit dem Gedanken trösten, ihr mit großer Wahrscheinlichkeit das Leben gerettet zu haben. Es war ihm egal, was Morgen sagte oder auch selbst glaubte: Er hatte das Heer der Wilden gesehen. Die Burg würde fallen.

Kris schloss auf der anderen Seite zu ihm auf und glich sein Tempo an, bis sie gleichmäßig nebeneinander herritten. »Warum hast du das getan?«, fragte er im Flüsterton.

»Was?«, gab Anders ebenso leise zurück. »Dir das Leben gerettet?«

Für einen winzigen Moment blitzte in Kris' Augen blanker Hass auf. Seine Hände schlossen sich so fest um die Zügel, dass das Leder hörbar knirschte. »Mein Platz ist in der Burg. Ich bin ein Krieger!«

»Dein Platz ist neben Lara«, antwortete Anders. »Und eure famose Burg wird spätestens bis zum Abend fallen. Wenn du unbedingt sterben willst, soll es mir recht sein – aber Lara braucht jemanden, der sie beschützt.«

Kris starrte ihn noch einen Atemzug lang hasserfüllt an, dann ließ er die Zügel knallen und sprengte los, um sich an die Spitze der kleinen Kolonne zu setzen. Anders sah ihm kopfschüttelnd nach. Heute war anscheinend einer von diesen Tagen, an denen einfach alles schief ging, was er anfing …

Er verscheuchte den Gedanken, ließ endlich die Zügel von Laras Pferd los und drehte sich halb im Sattel um und warf einen Blick zur Torburg zurück. Er war überrascht zu sehen, dass sie erst ein kurzes Stück zurückgelegt hatten. Die Pferde kamen auf dem steil ansteigenden und mit Felsen und lockerem Geröll übersäten Boden nur schlecht voran, aber sie bewegten sich trotzdem noch langsamer, als nötig gewesen wäre. Der Reiter an der Spitze der Kolonne hielt immer wieder an, um seinen Blick aufmerksam über die Felsen zu beiden Seiten des Weges gleiten zu lassen; als fürchte er einen Hinterhalt oder eine Falle. Auch Anders fühlte sich alles andere als wohl in seiner Haut, obwohl er sich dieses Gefühl selbst nicht genau erklären konnte. So trostlos die Ebene auch war, über die sie ritten, bot sie doch zugleich auch nicht das kleinste Versteck für einen Hinterhalt.

Der Reiter an der Spitze hielt abermals an, sah einen Moment lang aufmerksam nach rechts und gab dann das Zeichen zum Weiterreiten, und der Felsbrocken unmittelbar neben ihm stand auf, hatte plötzlich Arme und Beine und riss den Krieger so schnell aus dem Sattel, dass er nicht einmal mehr dazu kam, einen Schrei auszustoßen. Sein Pferd bäumte sich kreischend auf die Hinterbeine auf und war eine halbe Sekunde später einfach verschwunden, als auch der Felsen auf der anderen Seite aufstand und plötzlich zu etwas vollkommen anderem wurde als einem *Felsen*.

Und in der nächsten Sekunde brach die Hölle los.

Die Felsen, zwischen denen sie sich bewegten, waren keine Felsen. Von einem Lidzucken auf das andere wimmelte es ringsum von gewaltigen schwarzen Gestalten, die sich brüllend auf die Reiter und ihre Tiere warfen. Schreie gellten, Waffen blitzten auf, und noch bevor Anders auch nur richtig begriff, was er sah, brach ein zweiter Krieger mitsamt seinem Pferd zusammen und verschwand unter einer lebenden schwarzen Woge.

Anders registrierte eine Bewegung aus den Augenwinkeln und zog instinktiv den Kopf ein. Irgendetwas zischte so dicht über ihn hinweg, dass er einen scharfen Luftzug zu spüren glaubte, und sein Pferd stieg mit einem panikerfüllten Kreischen auf die Hinterbeine und schlug mit den Vorderhufen aus. Funken stoben, als die Hufeisen auf steinharten Widerstand trafen, wo keiner sein sollte, aber das registrierte Anders nur am Rande – er war voll und ganz damit beschäftigt, einen anderthalbfachen Salto rückwärts aus dem Sattel zu machen und entsetzt die Arme über den Kopf zu schlagen, um den erwarteten Aufprall abzufangen.

Er war zehnmal härter, als er gefürchtet hatte. Anders schlug mit vernichtender Wucht auf einem Boden auf, der aus Stein bestand, sich aber anfühlte, als wäre er aus Diamant. Die Luft wurde ihm mit solcher Gewalt aus den Lungen getrieben, dass aus seinem Schrei ein pfeifendes Keuchen wurde, und für einen kurzen, aber grässlichen Moment schien die Welt in einer einzigen Woge aus purem gleißendem Schmerz zu explodieren. Anders flehte darum, das Bewusstsein zu verlieren, nur um dieser schrecklichen Qual zu entkommen.

Stattdessen erlosch der Schmerz ebenso plötzlich, wie er aufgeflammt war, und ließ ein Gefühl bleierner Schwere in seinen Gliedern zurück. Alles begann sich um ihn zu drehen. Blut lief über sein Gesicht, und die Schreie und der Lärm des Kampfes gingen fast im Rauschen seines eigenen Blutes in seinen Ohren unter.

Mühsam wälzte er sich auf den Rücken, stemmte sich auf die Ellbogen hoch und versuchte das Blut wegzublinzeln, das ihm in die Augen laufen wollte. Rings um ihn herum tobte das reine Chaos und im ersten Moment sah er nur ein Durcheinander aus kochender Bewegung, blitzenden Waffen und riesigen, fast formlosen ... *Dingen*, die zu schnell hin und her huschten, um sie wirklich erkennen zu können. Er konnte nur sehen, dass es sich nicht um Menschen handelte.

Wieder war es eher eine *Ahnung*, die ihn rettete, als irgendetwas anderes. Ein Schatten flog auf ihn zu, und Anders warf sich instinktiv herum und riss schützend die Unterarme vor das Gesicht, schnell genug, um dem Angriff die größte Wucht zu nehmen, doch nicht schnell genug, um nicht abermals zurückgeschleudert zu werden und hilflos über den Boden zu rollen. Seine Unterarme pochten, als hätte er den Hieb eines Vorschlaghammers abgefangen, und nur Zentimeter neben seinem Gesicht schlugen Hufeisen Funken aus dem Stein.

Anders keuchte erschocken, rollte hastig in die entgegengesetzte Richtung und sah etwas Kleines, Dunkles auf sich zufliegen. Abermals schleuderte ihn der Anprall zurück. Sein Hinterkopf schlug mit solcher Wucht gegen den Stein, dass ihm übel wurde, und etwas, das ungefähr so schwer sein musste wie ein überladener Sattelschlepper, senkte sich auf seine Brust und nahm ihm den Atem.

Als sich die tanzenden Lichtpunkte vor seinen Augen verflüchtigten, blickte er in ein Gesicht, das geradewegs aus einem Albtraum entsprungen zu sein schien; einem von der ganz üblen Sorte, die nicht endeten, wenn man wieder wach war. Auf seiner Brust hockte kein Sattelschlepper, sondern ein schwarzer, knapp halbmetergroßer Zwerg, der irgendwie verkrüppelt wirkte und dessen Gesicht nur aus Falten und Runzeln zu bestehen schien.

Außerdem aus einem Paar glühender gelber Augen und einem Maul voller Zähne, die ebenso krumm und schief wie nadelspitz waren.

Und im nächsten Sekundenbruchteil nach seiner Kehle schnappten.

Anders warf entsetzt den Kopf zurück; mit dem Ergebnis, dass sein Hinterkopf schon wieder gegen den Stein krachte und ein noch schlimmerer Schmerz durch seinen Schädel schoss. Das Raubtiergebiss des Ungeheuers klappte mit einem grässlichen Laut nur Millimeter vor seiner Kehle zusammen. Anders riss instinktiv den Kopf wieder nach vorn und seine Stirn prallte so wuchtig in das hässliche Gesicht des Angreifers, dass er spüren konnte, wie dessen Nase brach.

Quietschend kippte der Zwerg nach hinten und endlich von seiner Brust, und Anders konnte nicht nur atmen, sondern rappelte sich auch instinktiv auf Hände und Knie hoch.

Die Atempause war jedoch nur von kurzer Dauer. Auch der Zwerg hatte sich wieder aufgerappelt. Blut lief aus seiner zertrümmerten Nase und in seinen gelben Raubtieraugen loderte eine so mörderische Wut, dass Anders vor Entsetzen aufstöhnte. Er versuchte nicht noch einmal, Anders die Kehle durchzubeißen. Stattdessen blitzte in seiner Hand plötzlich die abgebrochene Klinge eines rostigen, nichtsdestotrotz aber rasiermesserscharfen Messers.

Unverzüglich griff er an. Sein Messer beschrieb einen blitzenden Bogen und fuhr mit einem grässlichen Geräusch durch den Stoff von Anders' Kleid. Instinktiv griff Anders nach seinem Handgelenk und versuchte ihn festzuhalten, aber ebenso gut hätte er versuchen können, mit bloßen Händen einen durchgehenden Stier zu bändigen. Der Zwerg war nicht einmal halb so groß wie er, aber mindestens fünfmal so stark. Anders wurde einfach herumgerissen, landete zur Abwechslung einmal auf der Seite (allerdings kein bisschen weniger hart als zuvor) und griff blindlings um sich. Seine tastenden Hände ergriffen einen faustgroßen Stein und schlossen sich darum. Als der Zwerg auf ihn zusprang und seine rostige Klinge in die Höhe riss, schlug er mit aller Gewalt zu.

Der Stein prallte mit einem sonderbar dumpfen Laut gegen die Schläfe des Angreifers. Der Zwerg ächzte, verdrehte die Augen und kippte dann stocksteif um.

Stöhnend arbeitete sich Anders in eine kniende Position hoch, ließ den Stein fallen und blickte an sich hinab. Sein Kleid war fast auf ganzer Breite über seiner Brust aufgeschlitzt, aber die Haut darunter war wie durch ein Wunder vollkommen unversehrt. Einen einzigen Zentimeter tiefer, dachte er schaudernd, und …

Anders schüttelte den Gedanken hastig ab und sah sich stattdessen in beiden Richtungen um. Auch wenn es ihm wie eine Ewigkeit vorgekommen war, hatte der Kampf mit dem hässlichen Gnom in Wahrheit nur wenige Sekunden gedauert, und rings um ihn herum tobte die Schlacht nach wie vor mit unbändiger Wut. Er konnte immer noch keine Einzelheiten erkennen, aber das musste er auch nicht um zu sehen, dass die Verteidiger auf verlorenem Posten kämpften. Die Übermacht war so erdrückend, als wäre die gesamte Ebene zu feindlichem Leben erwacht.

Anders stemmte sich weiter in die Höhe und schlitterte im nächsten Augenblick mit ausgebreiteten Armen meterweit über den Boden, als ihn der Tritt eines wütenden Elefantenbullen genau zwischen die Schulterblätter traf. Der raue Stein schürfte ihm Handflächen und Knie auf, und irgendetwas traf seine Hüfte und sandte eine Woge aus betäubendem Schmerz durch seinen ganzen Körper.

Er verebbte, als sich Anders auf den Rücken wälzte und sah, was ihn getroffen hatte.

Das *Ding* sah aus wie der größere Bruder des Zwerges, der ihn gerade angegriffen hatte.

Der *sehr viel größere* Bruder.

Anders wimmerte vor Furcht, als die Kreatur einen stampfenden Schritt in seine Richtung machte und die Arme ausstreckte. Der Koloss war mindestens so groß wie die Schweinekrieger, aber weitaus massiger und schwerer und so abgrundtief hässlich, dass allein sein Anblick schon ausreichte, um ihn vor Angst schier erstarren zu lassen. Seine Haut sah aus, als wäre sie aus Stein gemeißelt, und in dem lächerlich kleinen Kopf loderten die gleichen gelben Raubtieraugen, mit denen ihn auch der Zwerg angestarrt hatte. Das Ungeheuer hatte keine Waffen, aber die brauchte es auch nicht. Seine Hände sahen aus, als könne es damit nur so zum Spaß Baumstämme zerkrümeln. Oder auch einen vor Angst schlotternden Teenager, wenn gerade keine hundertjährige Eiche zur Hand war …

Anders überwand endlich die Lähmung, die ihn beim Anblick des Ungeheuers befallen hatte, und kroch hastig rücklings vor dem Ungeheuer davon. Das Ungetüm stampfte mit dem Fuß nach ihm und verfehlte ihn um Haaresbreite, aber schon der nächste Tritt musste unweigerlich treffen. Der Gigant brüllte triumphierend, hob den Fuß und zielte diesmal auf Anders' Gesicht, und Anders riss ebenso instinktiv wie sinnlos die Arme über den Kopf. Der riesige Fuß senkte sich und dann traf irgendetwas den Giganten mit solcher Wucht, dass er zur Seite taumelte. Der Fuß, der Anders' Kopf hatte zermalmen sollen, pulverisierte einen faustgroßen Stein nur eine Handbreit neben seinem Gesicht.

Der Titan rang mit fast grotesk rudernden Armen um sein Gleichgewicht, aber auch das Pferd, das ihn gerammt hatte, bäumte sich wiehernd auf, sodass sein Reiter mit aller Kraft darum kämpfen musste, nicht aus dem Sattel geschleudert zu werden. Anders glaubte, dass es Kris war, doch ganz sicher war er nicht. Alles ging immer noch rasend schnell, obwohl die Zeit gleichzeitig stehen zu bleiben schien. Und er war keineswegs außer Gefahr. Der Gigant kämpfte weiter um sein Gleichgewicht, aber es war ein Kampf, den er verlieren würde. Anders' Herz machte einen entsetzten Sprung, als er sah, wie sich der Koloss wie ein stürzender Baum in seine Richtung neigte. Verzweifelt warf er sich herum und der Titan stürzte mit einer Gewalt neben ihm zu Boden, dass die Erde bebte.

Wieder sprang ihn eine der kleineren Kreaturen an. Anders schleuderte sie davon, stemmte sich mit der Kraft der Verzweiflung in die Höhe und duckte sich instinktiv, als eine gewaltige Pranke nach ihm schlug. Der Hieb verfehlte ihn, aber Anders verlor das Gleichgewicht und fiel schmerzhaft auf die Knie, und als wäre das noch nicht genug, wälzte sich der gestürzte Gigant neben ihm in diesem Moment in die Höhe und streckte knurrend die Hand nach ihm aus.

Jemand schrie seinen Namen. Anders drehte mit einem Ruck den Kopf und sah ein Pferd in gestrecktem Galopp auf sich zurasen. Verzweifelt schnellte er nach oben, versuchte irgendwie den Sattel zu ergreifen und schrie vor Enttäuschung auf, als seine Finger abglitten, ohne Halt gefunden zu haben. Im buchstäblich allerletzten Moment griff der Reiter nach unten, umklammerte sein Handgelenk und zerrte ihn mit unwiderstehlicher Kraft in die Höhe. Anders hatte das Gefühl, sein Arm würde aus dem Schultergelenk gerissen. Trotzdem griff er mit der anderen Hand zu, klammerte sich fest und schaffte es irgendwie, sich in den Sattel hinaufzuziehen. Erst dann bemerkte er, dass der Reiter kein Reiter war, sondern eine Reite*rin*.

»Halt dich fest!«, schrie Lara. »Wir müssen zurück!«

Aber zurück wohin? Obwohl der Kampf objektiv erst seit allerhöchstens einer Minute tobte, war er im Grunde schon so gut wie vorbei. Einzig Morgen, Lara und er selbst und Kris sowie einer der Krieger aus ihrer Eskorte saßen noch in den Sätteln, die übrigen Männer waren einfach unter der Masse der angreifenden Ungeheuer verschwunden, und die Zahl der Angreifer schien immer noch weiter zuzunehmen. Hände wollten nach ihnen grabschen, Keulen und rostige Messer wurden geschwungen, und das Pferd kreischte vor Schmerz, als scharfe Krallen seine empfindliche Haut aufrissen. Und von überall her drangen immer noch mehr und mehr Angreifer auf sie ein, die sie möglicherweise nur einfach deshalb noch nicht schlichtweg überrannt hatten, weil sie sich in ihrer Masse gegenseitig behinderten. Lara hatte mittlerweile ein Schwert gezogen und schlug mit aller Gewalt um sich, aber ihr Tempo sank trotzdem unbarmherzig weiter. Hätte Kris nicht auch dieses Mal eingegriffen und sich rücksichtslos einen Weg zu ihnen durchgehackt, wäre es zweifellos um sie geschehen gewesen.

Aber auch so wurden sie erbarmungslos zurückgetrieben, bis Morgen, sie drei und der Krieger einen unregelmäßigen Kreis in der Mitte einer immer noch größer werdenden Masse albtraumhafter Kreaturen bildeten, die aus allen Richtungen auf sie eindrangen. Kris und der erwachsene Krieger schwangen ihre Klingen und wehrten sich mit verbissener Wut, und selbst Morgen hatte ein Schwert gezogen, das sie mit erstaunlichem Geschick und noch viel erstaunlicherer Kraft handhabte, sodass sie die monströsen Angreifer für den Moment noch auf Abstand hielten. Aber der Kreis zog sich unbarmherzig enger zusammen. Zumindest würde Kris' Wunsch jetzt wohl in Erfüllung gehen, dachte Anders bitter, und er würde als Krieger sterben.

Ein schmetternder Posaunenstoß erscholl, und im nächsten Augenblick flog das rückwärtige Tor der Burg auf und eine ganze Abteilung gepanzerter Reiter galoppierte hervor, gefolgt von einer noch größeren Gruppe der riesigen Schweinekrieger.

Sie würden zu spät kommen. Die Reiter waren vielleicht hundertfünfzig oder zweihundert Meter entfernt und trieben ihre Tiere rücksichtslos an, aber sie waren trotzdem zu langsam, wie Anders mit gnadenloser Klarheit begriff. Der Kreis der Angreifer hatte sich endgültig geschlossen, und obwohl ihre Schwerter erbarmungslos unter ihnen wüteten, wurden sie weiter und weiter zurückgedrängt. Ihnen blieben allerhöchstens noch Sekunden.

Und vielleicht nicht einmal mehr das. Auch der letzte Krieger war plötzlich einfach verschwunden, und nahezu im gleichen Moment schloss sich ein Paar gewaltiger Arme um Lara und versuchte sie aus dem Sattel zu reißen.

Ein Schatten huschte an Anders' Gesicht vorbei und der verkrüppelte Riese, der Lara gepackt hatte, stolperte zurück und umklammerte stattdessen mit beiden Händen den Pfeil, der aus seinem Hals ragte. In der nächsten Sekunde zischten gleich drei weitere Pfeile heran und schleuderten den Riesen endgültig zu Boden. Sterbend brach er zusammen und riss fast ein Dutzend weitere Ungeheuer mit sich, und Lara, Kris und die Elder reagierten sofort und ließen ihre Pferde lospreschen.

Hände und Krallen schnappten nach ihnen. Rostiger Stahl und Keulen hackten in ihre Richtung, und irgendetwas Kleines und Starkes klammerte sich an Anders' Bein und wurde ein gehöriges Stück weit mitgeschleift, bevor es ihm gelang, den Angreifer abzuschütteln.

Wieder senkte sich ein ganzer Hagel schon fast unheimlich präzise gezielter Pfeile auf die Angreifer. Drei, vier, fünf der gigantischen Ungeheuer taumelten oder stürzten wie vom Blitz getroffen zu Boden, und wer den tödlichen Geschossen entging, der wurde einfach über den Haufen geritten, und dann waren sie plötzlich frei und sprengten in gestrecktem Galopp auf die Burg und die Front der berittenen Krieger zu, die ihnen entgegeneilte. Hinter ihnen setzte die Armee der Ungeheuer kreischend und geifernd zur Verfolgung an, und auch die Schatten, an denen sie vorüberrasten, bestanden nicht nur aus Stein und Fels – aber sie hatten es geschafft. Die Front der Reiter teilte sich, um sie passieren zu lassen, und nur wenige Augenblicke später stürzten sich auch die Schweine in die Schlacht, und damit war der Kampf entschieden; zumindest was sie anging.

Sie wurden jedoch nicht langsamer. Lara spornte ihr Pferd im Gegenteil zu noch schärferem Tempo an, sodass sich Anders mit aller Kraft an ihr festklammern musste, um nicht abgeworfen zu werden.

Mit hoher Geschwindigkeit erreichten sie das Tor und sprengten hindurch, und Lara ließ das Pferd noch ein gutes Dutzend Schritte weiter galoppieren, ehe sie es mit einem so harten Ruck am Zügel zum Stehen brachte, dass sich die gequälte Kreatur kreischend auf die Hinterbeine stellte.

Für Anders war das eindeutig zu viel. Er verlor den Halt, schlitterte rücklings aus dem Sattel und brachte irgendwie das Kunststück fertig, trotz allem auf den Füßen zu landen; wenn auch nur, um nach einem weiteren ungeschickten Stolperschritt dann doch zu stürzen. Kris donnerte an ihm vorüber und sprang aus dem Sattel, noch bevor sein Pferd ganz stehen geblieben war, und als Letzte, aber kaum weniger schnell, galoppierte Morgen auf den Hof. Sie hatte das Schwert fallen lassen und ihr rechter Arm hing schlaff herunter. Anders hatte den Eindruck, dass sie sich nur noch mit Mühe im Sattel hielt.

Umständlich stemmte er sich hoch und warf einen raschen Blick aus dem Tor, bevor er sich umdrehte und zu Lara eilte. Der Kampf war vorbei. Die Ungeheuer hatten die Flucht ergriffen, nachdem klar war, dass sie ihrer Opfer nicht mehr habhaft werden konnten. Weder die Schweine noch die berittenen Krieger unternahmen auch nur den Versuch, sie zu verfolgen, aber von der Burgmauer regneten noch immer Pfeile auf sie herab, die trotz der größer werdenden Entfernung mit erstaunlicher Treffsicherheit ihr Ziel fanden. Die Ebene war übersät mit toten und sterbenden Ungeheuern. Was immer der Sinn dieses fehlgeschlagenen Hinterhalts gewesen war, die Angreifer hatten einen gewaltigen Preis dafür gezahlt.

Wie auch sie. Lara, Kris, die Elder und er selbst waren zwar zumindest unversehrt genug geblieben, um sich aus eigener Kraft auf den Beinen zu halten, aber ihre gesamte Eskorte war den monströsen Angreifern zum Opfer gefallen. Etliche der

Reiter draußen waren abgesessen, um sich um ihre gefallenen Kameraden zu kümmern, doch Anders wusste, wie sinnlos das war. Er hatte gesehen, wozu die Wilden imstande waren. Das sie selbst nahezu unversehrt davongekommen waren, erschien ihm mit jeder Sekunde mehr wie ein Wunder.

»Das war eine Falle, verdammt noch mal!«, polterte Kris, als Anders neben ihm und Lara ankam. »Sie haben auf uns gewartet!« Er starrte wild in die Runde, dann maß er Anders mit einem langen nicht sehr freundlichen Blick. »Bist du verletzt?«

»Nein«, antwortete Anders. »Aber das habe ich, glaube ich, nur dir zu verdanken.« Er warf einen raschen Blick in Laras Gesicht und verbesserte sich. »Euch. Vielen Dank.«

»Bedank dich bei den Wilden«, knurrte Kris. »Sie wollten uns nicht töten. Wenigstens dich und Morgen nicht.«

Irgendwie hatte Anders das nicht so in Erinnerung, aber er hob nur die Schultern und fragte: »Wie kommst du darauf?«

»Weil wir noch leben«, antwortete Kris heftig. »Wenn sie uns hätten umbringen wollen, dann hätten sie es getan, glaub mir. Diese Ungeheuer wollten uns lebend.«

»Was für ein Unsinn«, widersprach Lara. »So etwas tun die Wilden nicht. Das haben sie noch nie getan.«

»Uns angegriffen?«, fragte Kris spöttisch.

»Nach einem Plan vorgehen«, stieß Lara heftig hervor. »Sie sind doch nicht mehr als dumme Tiere! Wenn sie fähig wären, einen Plan zu ersinnen …«

»Dann hätten sie uns längst besiegt?«, unterbrach sie Kris. Er nickte grimmig. »Tja, wie es aussieht, scheinen sie es wohl gelernt zu haben.«

»Unsinn!«, widersprach Lara nervös. »Das können sie gar nicht. Sie sind doch viel zu blöd, um auch nur den einfachsten Gedanken zu fassen!«

Kris verzog abfällig die Lippen. »Wenn es wirklich so ist, dann sollte ihnen das mal jemand klar machen«, sagte er verächtlich. »Sie scheinen es nämlich nicht zu wissen.«

Lara wollte abermals widersprechen, doch in diesem Moment trat Morgen zu ihnen und brachte sie mit einem Kopfschütteln zum Schweigen. Sie hatte zumindest die letzten Worte mit angehört. »Ich fürchte, dein Freund hat Recht, Kind«, sagte sie. »Das war kein Zufall, sondern ein wohl überlegter Hinterhalt. Hätten sie nur einen Moment länger gezögert uns anzugreifen ...« Sie schüttelte müde den Kopf und fuhr sich mit der unverletzten Hand über die Stirn, um den Schweiß wegzuwischen. Ihr rechter Arm hing immer noch nutzlos herab, und jetzt, aus der Nähe, sah Anders auch das Blut, das in einem dünnen Rinnsal über ihren Handrücken lief.

Die Elder folgte seinem Blick und deutete ein Achselzucken und ein leicht schiefes Lächeln an. »Nur ein Kratzer.«

»Verzeiht, ehrwürdige Morgen«, widersprach Lara nervös, »aber ich fürchte, es ist nicht nur ein Kratzer. Eure Hand ...«

»... ist gebrochen, ich weiß«, unterbrach sie Morgen. Sie machte eine abfällige Geste; vorsichtshalber allerdings mit dem unversehrten Arm. »Das spielt im Moment wirklich keine Rolle. Ich habe schon Schlimmeres überlebt. Wie geht es dir? Bist du verletzt?«

Die Frage galt Anders, der mit einem ganz impulsiven Kopfschütteln darauf antwortete, obwohl das vermutlich nicht vollkommen der Wahrheit entsprach. Es gab nicht viele Stellen an seinem Körper, die nicht auf die eine oder andere Art schmerzten. Morgen sah auch keineswegs überzeugt aus, sondern runzelte vielsagend die Stirn, beließ es dann aber zu seiner Erleichterung dabei. Sie fragte nicht, wie es Lara und Kris ging.

Einen Moment lang sah sie Anders noch auf eine vollkommen andere Art nachdenklich an, dann drehte sie sich mit einem Ruck wieder zum Tor um und hob den Arm. »Die Männer sollen sich beeilen«, befahl sie. »Wir müssen das Tor schließen.«

»Verzeiht, ehrwürdige Morgen«, sagte Kris. Morgen sah stirnrunzelnd auf ihn hinab und Kris' Nervosität nahm noch weiter zu. Er begann unbehaglich von einem Fuß auf den anderen zu treten. Es fiel ihm nicht leicht, der Elder zu widersprechen. Dennoch tat er es.

»Wir … sollten sofort wieder aufbrechen«, fuhr er fort. »Ich weiß, wir sind ihnen gerade mit Mühe und Not entkommen und Ihr seid verletzt und habt sicher große Schmerzen, aber wir haben dennoch keine Zeit zu verlieren, fürchte ich.«

»Bist du verrückt?«, keuchte Lara.

Morgen hob die Hand. »Lass ihn.« An Kris gewandt und mit einem auffordernden Kopfnicken fügte sie hinzu: »Fahr fort, Junge.«

Kris leckte sich nervös die Lippen. »Der Weg scheint im Moment frei zu sein. Wenn wir sofort und mit einer entsprechend großen Eskorte aufbrechen, haben wir eine gute Chance, Euch in Sicherheit zu bringen.«

Morgen antwortete nicht gleich, sondern sah nachdenklich nach draußen. Die Reiter befanden sich bereits auf dem Rückweg, während die Schweine eine dicht geschlossene, waffenstarrende Linie hinter ihnen bildeten, um sie vor jedem weiteren heimtückischen Angriff zu beschützen.

Vermutlich hatte Kris Recht, überlegte Anders. Der Hinterhalt war fehlgeschlagen, und wie es aussah, hatten Morgens Truppen nicht viele der monströsen Angreifer entkommen lassen. Wenn sie ihnen Gelegenheit gaben, sich neu zu formieren, saßen sie in der Falle.

Dennoch schüttelte die Elder nach kurzem Überlegen den Kopf. »Und die Burg eines Viertels ihrer Verteidiger berauben?«, fragte sie. »Nein.«

»Aber Herrin!«, protestierte Kris. »Wenn sie den Kreis schließen …«

»… sitzen wir in der Falle, ich weiß«, unterbrach ihn Morgen. »Aber wenn wir all diese Krieger dort draußen abziehen, verurteilen wir die, die hier bleiben, zum Tode. Nein.«

Kris sah nicht glücklich aus, doch er wagte es auch nicht, noch einmal zu widersprechen.

Anders sah besorgt nach draußen. Kris hatte Recht – wenn

sie überhaupt noch eine Chance hatten, hier herauszukommen, dann jetzt.

»Ich werde eine Nachricht nach Tiernan senden, damit sie uns Verstärkung schicken«, sagte Morgen. »Wahrscheinlich haben sie ohnehin beobachtet, was geschehen ist, und leiten bereits alles Notwendige in die Wege.« Sie schüttelte noch einmal den Kopf, um ihre Entschlossenheit zu unterstreichen. »Nein. Wir können es uns nicht leisten, all diese Krieger fortzuschicken. Sie würden die Burg überrennen.«

Kris schwieg auch weiterhin, aber Anders konnte in seinem Gesicht lesen wie in einem offenen Buch. Anscheinend dachte der jungen Krieger in diesem Moment so ziemlich genau dasselbe wie er selbst. Die Angreifer würden die Burg so oder so überrennen, ob mit oder ohne die zusätzlichen Truppen.

»Und wenn wir … wenn wir alle gehen?«, fragte er stockend.

Morgen sah ihn verständnislos an und auch Lara und Kris rissen verblüfft – und zumindest, was Kris anging, eindeutig *entsetzt* – die Augen auf. Trotzdem fuhr er fort: »Wir könnten die Burg aufgeben.«

»Bist du verrückt?«, fragte Kris. Anders ignorierte ihn.

»Ihr habt die Armee gesehen«, fuhr er fort. »Wir können ihr nicht standhalten. Aber wenn wir die Burg aufgeben und uns hinter der Mauer verschanzen, haben wir eine Chance.«

»Und für wie lange?«, fragte Morgen sanft. »Wie lange, meinst du, sollen wir als Gefangene in unserer eigenen Stadt ausharren? Bis uns die Vorräte ausgehen? Oder bis sie eine Möglichkeit gefunden haben, auch die Mauer zu überwinden, und mordend und brandschatzend über Tiernan herfallen?« Sie beantwortete ihre eigene Frage mit einem Kopfschütteln und lächelte zugleich verzeihend auf Anders herab. »Ich verstehe dich, Anders. Auch mir macht der Anblick des Heeres Angst, genau wie allen anderen hier. Glaub nicht, dass irgendeiner von uns diesen Krieg will. Er wurde uns aufgezwungen und wir haben gar keine andere Wahl, als ihn zu gewinnen.«

Sie machte – leichtsinnigerweise mit der rechten Hand – eine besänftigende Geste in seine Richtung, verzog schmerzhaft das Gesicht und umklammerte das gebrochene Gelenk mit der Linken, bevor sie fortfuhr. »In einem hast du allerdings Recht, fürchte ich. Sie werden bald angreifen und es wird gewiss nicht leicht. Wir müssen Rauchsignale nach Tiernan schicken, dass sie uns Verstärkung senden. Und zu Oberon beten, damit sie rechtzeitig eintrifft.«

6

Oberon erhörte Morgens Gebete nicht; zumindest nicht innerhalb der nächsten halben Stunde. Morgen hatte sich in ihre Gemächer zurückgezogen, um ihre Hand versorgen zu lassen, und Lara hatte sie begleitet, während Kris unverzüglich auf die Mauer hinaufgeeilt war; zusammen mit Anders. Er war allerdings nicht sicher, ob das wirklich eine gute Idee gewesen war. Selbst vorhin, als die Elder ihm unterstellt hatte, er hätte Angst, war er innerlich noch ein wenig empört gewesen, aber nun gestand er sich unumwunden ein, dass sie Recht hatte. Er *hatte* Angst.

Und er hatte auch allen Grund dazu.

Das Heer der Angreifer hatte in zwei- oder dreihundert Metern Entfernung vor der Burg angehalten – gerade außer Pfeilschussweite, vermutete Anders – und er hätte eigentlich beruhigt sein müssen, denn er sah jetzt, dass er sich kräftig verschätzt hatte, was die Größe des feindlichen Heeres anging. Staub und das grelle Gegenlicht der Sonne und vor allem wahrscheinlich seine eigene Nervosität hatten ihm eine weitaus größere Zahl vorgegaukelt, als es der Realität entsprach. Die Armee der Wilden zählte eher nach Hunderten als nach Tausenden, wie er im allerersten Moment angenommen hatte – was nichts daran änderte, dass sie den Verteidigern mindestens um das Zehnfache überlegen waren. Und was ihnen an

Zahl fehlte, das machten sie an Größe und Abscheulichkeit wieder wett. Was die Größe anging, die meisten. In puncto Abscheulichkeit *alle*.

»Ich verstehe nicht, worauf sie warten«, murmelte Kris nervös.

»Geht es dir nicht schnell genug?«, fragte Anders. Er versuchte seiner Stimme einen spöttischen Klang zu verleihen, aber es misslang ebenso kläglich wie der Versuch eines Grinsens.

Kris blieb auch vollkommen ernst, als er den Kopf schüttelte. »So etwas haben sie noch nie getan. Sie scheinen auf etwas zu warten. Aber worauf?«

»Vielleicht auf Verstärkung?«

Kris schüttelte abermals den Kopf. »Das würde Sinn ergeben, wenn das da draußen Menschen wären oder Elder«, sagte er. »Aber das da sind ...« Er suchte einen Moment vergeblich nach Worten und hob schließlich die Schultern. »Wilde eben.«

Anders hätte ein anderes Wort gewählt, doch er verzichtete darauf, den jungen Krieger zu verbessern.

Vorhin, als sie sich mitten unter den monströsen Angreifern befunden und um ihr Leben gekämpft hatten, war alles viel zu schnell gegangen, er hatte kaum mehr begriffen als die bloße Tatsache, dass ihre Gegner wild und größtenteils riesig waren und offensichtlich entschlossen sie umzubringen. Jetzt gab es keinen Zweifel mehr daran, welcher Art von Feind sie gegenüberstanden.

Es waren genau die Geschöpfe, die er bisher vermisst hatte: die Riesen, Zwerge, Gnome und Trolle, die Wiedergänger und Nachtmahre, Werwölfe und Leprechauns ... Was da zum Sturm auf die Torburg angesetzt hatte, das war die dunkle Seite der Legenden, aus denen die Bewohner dieser Welt kamen. Das Puzzle war komplett. Anders war nur nicht ganz sicher, ob ihm diese Erkenntnis noch viel nutzen würde. Auch wenn die Übermacht vielleicht doch nicht so erdrückend war, wie es bisher den Anschein gehabt hatte, gab es am Ausgang der Schlacht doch kaum einen Zweifel. Die Burg würde nicht standhalten.

»Das macht überhaupt keinen Sinn«, fuhr Kris in besorgtem Ton fort. »Ich an ihrer Stelle würde sofort angreifen – bevor die Verstärkung aus Tiernan hier ist. Mit jedem Augenblick, den sie verstreichen lassen, steigen unsere Chancen.«

Anders hätte Kris' Optimismus liebend gerne geteilt, aber es wollte ihm nicht so recht gelingen. Nur mit einiger Mühe konnte er seinen Blick von der brodelnden Masse der Belagerer losreißen und zu dem sechseckigen Turm über ihnen hinaufsehen, auf dem er Kris damals das erste Mal getroffen hatte. Eine dunkelgraue Rauchsäule kräuselte sich in der unbewegten Luft fast senkrecht in die Höhe und wurde nur manchmal unterbrochen, wenn die Männer dort oben die heftig qualmenden Flammen kurzzeitig abdeckten, um auf diese Weise das Elder-Äquivalent von Morsezeichen zu geben. Auf eine Reaktion warteten sie bisher vergeblich.

»Glaubst du, dass sie uns Verstärkung schicken?«, fragte er.

Kris sah ihn einen Moment lang an, als wäre allein die bloße Frage schon fast so etwas wie Gotteslästerung, aber zu Anders' Überraschung hob er gleich darauf nur die Schultern und machte ein besorgtes Gesicht. Er warf einen raschen Blick nach rechts und links, bevor er antwortete, als hätte er Angst, belauscht zu werden. Die Gefahr bestand jedoch kaum. Obwohl mittlerweile nahezu alle Krieger hier herauf auf den Wehrgang geeilt waren und hinter den Zinnen Aufstellung genommen hatten, waren sie fast allein. So absurd der Gedanke Anders auch vorkam – die Männer schienen ihm selbst jetzt noch aus dem Weg zu gehen, wo sie nur konnten.

»Ich wollte, ich wüsste es«, seufzte Kris nach einer Sekunde, und Anders brauchte eine weitere Sekunde um zu begreifen, dass es die Antwort auf seine eigene Frage war. »Wenn es in Tiernan Männer gibt, die uns helfen können, dann werden sie kommen.«

»Was soll das heißen – wenn es dort Männer gibt?«, fragte

Anders. Er war nicht ganz sicher, ob er die Antwort überhaupt hören wollte.

»Culain und Tamar sind gestern Abend zusammen mit dem größten Teil des Heers aufgebrochen, um nach den Wilden zu suchen«, antwortete er; widerwillig und ohne Anders dabei in die Augen zu sehen. »Falls sie schon zurück sind, werden sie kommen.«

Anders setzte zu einer Antwort an, drehte sich aber dann stattdessen um und sah noch einmal zum Turm hinauf. Die Männer dort oben fuhren fort, geduldig Rauchzeichen zu geben, doch Anders begriff plötzlich, dass sie keine Antwort bekommen würden. Nicht aus Tiernan.

»Sie sind noch nicht zurück, habe ich Recht?«, fragte er.

Kris' Blick wurde fast trotzig. »Wahrscheinlich nicht«, gestand er, während er sich wieder umdrehte und sich so gemächlich mit den Unterarmen auf der Mauer aufstützte, als genieße er die Aussicht auf eine malerische Landschaft, nicht auf ein Heer, das gekommen war, um die Burg im Sturm zu überrennen. »Wenn es nicht so furchtbar wäre, könnte man fast darüber lachen, nicht wahr? Während die edlen Elder und der Stolz von Tiernan durch die Ödlande stolpern und sich ihre kostbaren Kleider verderben, sammeln sich die Ungeheuer, nach denen sie suchen, genau vor unserer Nase zum Sturm.« Er seufzte. »Ich frage mich, was Culain wohl sagen wird, wenn er zurückkommt und die Burg geschleift vorfindet.«

Wenn er zurückkommt, dachte Anders. War Kris tatsächlich noch gar nicht auf die Idee gekommen, dass Culain und sein Ersatzheer nur deshalb bisher noch nicht hier aufgetaucht waren, weil es sie nicht mehr *gab*?

Er wollte die Frage laut stellen, aber dann las er die Antwort darauf in Kris' Augen, noch bevor er die Worte überhaupt aussprechen konnte. Natürlich war Kris auf diese Erklärung gekommen, ebenso wie Morgen und Lara und alle anderen hier, abgesehen von ihm selbst. Mit einem Mal ergaben Morgens Worte viel mehr Sinn als noch vor einem Augenblick.

»Ich verstehe nicht, worauf sie warten«, murmelte Kris zum wiederholten Mal. »Sie …« Er richtete sich kerzengerade auf »Was ist denn *das*?«

Anders war mit einem raschen Schritt neben ihm und sog ebenfalls erschrocken die Luft ein, als er die ebenso bizarre wie monströse Konstruktion sah, die zwischen den Wilden aufgetaucht war.

Das Gebilde war so groß wie ein zweistöckiges Haus und rollte auf gleich acht mehr als mannshohen Holzrädern, während es von mindestens dreißig oder vierzig riesenhaften Gestalten über den unebenen Boden gezogen wurde. Auf den ersten Blick hätte man meinen können, es mit einer Art transportablem Fahnenmast zu tun zu haben, der von einer massiven dreieckigen Konstruktion am unteren Ende gestützt wurde. Dazwischen hing ein gewaltiger hölzerner Trog, doppelt so groß wie eine Badewanne und – soweit Anders das auf die große Entfernung hinweg erkennen konnte – mit gewaltigen Felsbrocken gefüllt.

»Das«, sagte Anders betont, »ist ein Trebuchet.«

Kris blickte ihn verständnislos an und Anders fügte erklärend hinzu: »Eine Art Katapult. Eine Belagerungsmaschine.«

Er sah Kris an, dass er immer noch nicht verstand, wovon er eigentlich redete. »Und was genau soll das sein?«

Anders blinzelte. »Willst du damit sagen, dass du noch nie ein Katapult gesehen hast oder eine Steinschleuder?« Kris schüttelte erneut den Kopf, und Anders schluckte seine spitze Entgegnung hinunter und deutete auf die langsam näher heranrollende Maschine. »Um es einfach auszudrücken: eine Waffe.«

»Eine Waffe?«, fragte Kris zweifelnd.

Anders starrte ihn an und fragte sich einen Moment lang ganz ernsthaft, ob Kris sich vielleicht über ihn lustig machte. Aber die Verständnislosigkeit in den Augen des jungen Kriegers war echt. Weder er noch irgendjemand sonst hier hatte jemals eine Belagerungsmaschine gesehen – und wie auch? *Sie* waren diejenigen, die in einer Burg saßen, und die Feinde, mit denen sie es bisher zu tun gehabt hatten, wären niemals auch nur auf die *Idee* gekommen, so etwas zu bauen.

»Siehst du den Trog mit Steinen?«, fragte er. Kris nickte und Anders fuhr mit einer erklärenden Geste fort. »Das ist das Gegengewicht. Sobald sie das Ding in Stellung gebracht haben, ziehen sie das obere Ende des Mastes herab, mit einer Seilwinde oder purer Muskelkraft. In der Schlaufe, die daran befestigt ist, wird dann wahrscheinlich ein Stein oder eine hübsche massive Eisenkugel liegen. Sobald sie das Seil loslassen, zieht das Gewicht das untere Ende wieder hinab, und den Rest erledigen die Schwerkraft und die Hebelgesetze – deshalb ist die Stange auch so lang, verstehst du?«

Kris nickte. »Nein.«

»Das Ganze funktioniert so ähnlich wie eine Wippe«, seufzte Anders. »Je stärker man auf das eine Ende springt, desto höher fliegt das andere.«

Das wenigstens schien Kris zu verstehen. Er wurde kreidebleich. »Du meinst, sie werden Steine nach uns schleudern?«

»Wenn sie nicht vorhaben, das Ding als verfrühten Maibaum aufzustellen«, antwortete Anders.

Kris begann nervös auf der Stelle zu treten. »Dann müssen wir etwas unternehmen«, sagte er. »Aber was? Wenn Culain und die anderen Elder hier wären, würden sie wahrscheinlich einen Ausfall machen, um dieses … *Ding* zu zerstören. Vielleicht kommen sie ja noch rechtzeitig.«

Anders bezweifelte das. Kris auch, seinem Gesichtsausdruck nach zu schließen.

Das Trebuchet rumpelte noch ein weiteres Stück heran und kam dann schaukelnd zum Stillstand. Etliche Männer rechts und links von ihnen griffen nach ihren Bögen und schossen, und tatsächlich fanden mehrere der tödlichen Geschosse ihr Ziel: Zwei riesige Trolle sanken getroffen zu Boden und eines der gewaltigen Geschöpfe blieb auch wirklich liegen. Die anderen ergriffen hastig die Flucht, aber Anders ließ sich von diesem kleinen Sieg nicht täuschen. Die Pfeile konnten der mächtigen Konstruktion nichts anhaben, und ob sie nun zwei oder zwanzig Trolle erwischten, spielte bei der gewaltigen Masse der Angreifer kaum eine Rolle.

Wie um seine Gedanken zu bestätigen rückte eine weitere Abteilung der Monsterkrieger an, die sich aber diesmal mit großen hölzernen Schilden schützten. Wieder sirrten Bogensehnen. Die meisten Geschosse fielen harmlos weit vor den Kriegern und der riesigen Konstruktion zu Boden, und die wenigen, die nahe genug herankamen, blieben nutzlos in den Schilden stecken oder prallten gar davon ab. Nach einem Moment sahen die Bogenschützen ein, dass sie nur ihre Munition verschwendeten, und stellten das Feuer ein.

»Vielleicht können wir es in Brand schießen«, murmelte Kris. Er wandte sich mit einer hastigen Bewegung an den Mann neben sich. »Wir brauchen Brandpfeile! Besorgt irgendetwas, das gut brennt, und wickelt es um die Pfeile. *Schnell!*«

Der Mann verschwand und Kris drehte sich ebenso hastig zu Anders um. »Und für dich wird es auch Zeit. Geh lieber nach unten zu Morgen.«

»Du meinst zu den Frauen, wo ich hingehöre?«, fragte Anders spitz.

»Hier oben könnte es gleich ziemlich ungemütlich werden«, antwortete Kris gleichmütig »Hast du schon einmal ein Schwert in der Hand gehabt? Außer um damit zu spielen, meine ich?«

Anders schwieg, aber das schien Kris als Antwort auch vollauf zu genügen. »Du wärst uns keine Hilfe. Und dir selbst am allerwenigsten«, fuhr er fort. »Und außerdem wäre es mir lieber, wenn du unten bei Lara bist. Ich weiß nicht, ob wir sie aufhalten können. Wenn nicht, dann musst du sie in Sicherheit bringen.«

»Was ist das jetzt?«, fragte Anders. »Eine bequeme Ausrede, um mich loszuwerden, oder ein übertriebener Hang zum Melodramatischen?«

»Findest du, dass jetzt der richtige Moment für Scherze ist?«, fragte Kris. »Bleib meinetwegen hier. Aber erwarte nicht, dass jemand dir hilft, wenn sie angreifen. Oder gar sein Leben für dich riskiert.« Er wandte sich brüsk um und blickte wieder auf die Ebene hinab.

Anders hätte sich am liebsten geohrfeigt. Kris hatte gerade versucht, ihm die Hand zur Versöhnung entgegenzustrecken, und er hatte nichts Besseres zu tun, als danach zu schlagen. Dabei hatte Kris vollkommen Recht. Mit jedem Wort, das er gesagt hatte.

Draußen auf der Ebene hatten die Wilden ihre Vorbereitungen inzwischen beinahe abgeschlossen. Der Hebel der monströsen Belagerungsmaschine war bereits zurückgezogen und Anders konnte selbst über die große Entfernung hinweg das Surren der straff gespannten Seile hören, an denen das Tonnengewicht der Steine zerrte. Plötzlich erscholl ein peitschender Knall, der Hebel federte zurück und ein verschwommenes Etwas flog auf die Festung zu.

Anders zog instinktiv den Kopf zwischen die Schultern, obwohl er praktisch sofort sah, dass der Schuss viel zu kurz gezielt war. Er überwand gerade zwei Drittel der Distanz zwischen den Wilden und der Festungsmauer, bevor das Geschoss – sonderbarerweise vollkommen lautlos – zu Boden stürzte und in tausend Stücke zerbarst. Kris zog die Augenbrauen hoch, schwieg aber.

Dem ersten Schuss folgte ein zweiter, der ebenfalls fehlging, der Mauer aber schon deutlich näher kam. Und das dritte Geschoss schließlich traf den Fuß der acht Meter hohen Festungsmauer. Erstaunlicherweise gab es auch jetzt kaum ein Geräusch, als das Wurfgeschoss auseinander platzte.

»Der nächste Schuss trifft«, murmelte Kris besorgt. »Wir müssen etwas tun. Wo bleiben die Brandpfeile?«

Rechts und links von ihnen tauchten weitere Männer auf der Mauer auf, aber von den Brandpfeilen, nach denen Kris verlangt hatte, war noch immer keine Spur zu sehen. Anders bezweifelte ohnehin, dass sie etwas nutzen würden; selbst wenn es ihnen gelang, das Trebuchet in Brand zu schießen. Die gewaltige Konstruktion würde vermutlich auch dann noch funktionieren, wenn sie lichterloh in Flammen stand.

Kris deutete über die Mauer. Anders' Blick folgte der Geste und er fuhr erschrocken zusammen. Ein gutes Dutzend Wilde war emsig damit beschäftigt, die riesige Belagerungsmaschine für den nächsten Schuss fertig zu machen, doch das war es nicht, worauf Kris ihn hatte aufmerksam machen wollen. Zwischen den monströsen Kriegern war eine etwas kleinere, nahezu vollkommen in mattes schwarzes Eisen gehüllte Gestalt erschienen. Der Mann musste groß sein, wirkte zwischen den muskulösen Gestalten der Trolle und Riesen aber fast wie ein Kind. Dennoch war nicht zu übersehen, mit welchem Respekt die Wilden den Mann behandelten. Es war der gleiche Krieger, den Anders vorhin schon einmal gesehen hatte. Obwohl er jetzt deutlich näher war, konnte Anders sein Gesicht immer noch nicht erkennen, denn er trug einen geschlossenen Helm aus dem gleichen schwarzen Eisen, aus dem auch seine barbarische Rüstung gefertigt war. Sein rechter Arm verbarg sich hinter einem gewaltigen dreieckigen Schild und in der anderen Hand trug er etwas, das zumindest über die Entfernung hinweg wie ein Samuraischwert aussah.

»Das muss der sein, von dem Tamar gesprochen hat«, sagte Kris. »Ihr Anführer.«

Er hatte die Stimme gesenkt, fast als hätte er Angst, dass der Krieger die Worte hören und er sich damit seinen Unmut zuziehen könnte.

Anders nickte zwar, aber er hatte trotzdem Mühe, den Worten des jungen Kriegers zu folgen. Sein Herz klopfte. Da war etwas an diesem Mann, etwas an seiner Art, sich zu bewegen und zu geben, irgendetwas *an ihm*, das ihm ungemein … *vertraut* vorkam. Aber das war doch einfach unmöglich!

Wieder erscholl ein peitschender Knall, als das Trebuchet seine Ladung abfeuerte, und Kris hatte Recht: Dieses Geschoss war besser gezielt. Es beschrieb eine perfekte Parabel, flog genau zwischen zwei der fast meterhohen Zinnen direkt neben Anders und Kris hindurch und fegte den Mann von den Beinen, der dahinter stand.

Anders war mit einem einzigen Satz bei ihm, fiel auf die Knie und drehte den reglosen Körper herum, auf das Allerschlimmste gefasst.

Er erlebte eine Überraschung.

Der Mann war nicht tot. Er war nicht einmal bewusstlos, sondern blinzelte benommen und versuchte sogar seine Hand abzuschütteln, als Anders ihm dabei helfen wollte, sich aufzusetzen. So unglaublich es Anders auch selbst vorkam – der Mann war nicht einmal verletzt.

»Aber was …?«, murmelte Kris verdattert. Verwirrt trat er näher, ließ sich in die Hocke sinken und streckte die Hand nach den Trümmerstücken aus, in die das Geschoss zerplatzt war, nachdem es den Mann von den Füßen gerissen hatte. Wenigstens hatte Anders es bisher für Trümmerstücke gehalten. Was Kris jedoch jetzt mit verwirrtem Gesichtsausdruck vom Boden aufklaubte, das war nichts anderes als trockenes …

»… Stroh?«, murmelte Kris fassungslos. »Sie schießen mit *Strohballen* auf uns?«

Anders konnte nur hilflos mit den Schultern zucken. Er verstand das so wenig wie Kris.

Er hob die Schultern. »Ist alles in Ordnung mit dir?«, fragte er den Krieger. Der Mann nickte zwar, aber Anders bezweifelte, dass er seine Worte überhaupt wirklich gehört hatte; geschweige denn *verstanden*.

Kris und er halfen ihm auf die Beine. Der Krieger zitterte am ganzen Leib und Anders musste ihn stützen, damit er die zwei Schritte zurück zu seinem Posten hinter der Mauer schaffte; aber als Kris vorschlug, dass er doch besser nach unten gehen und sich von Morgen untersuchen lassen sollte, schüttelte er heftig den Kopf. Nach Anders' Meinung war das nicht besonders klug. Stroh oder nicht – von einem Geschoss getroffen zu werden, das mit solcher Geschwindigkeit herangeflogen kam, war kein Spaß.

»Da tut sich etwas«, sagte Kris.

Der schwarze Krieger war wieder auf sein Pferd gestiegen, ein riesiges Tier, das ebenso massiv gepanzert war wie er selbst, und kam langsam auf die Torburg zu. Er hatte das *Katana* eingesteckt und stattdessen eine Lanze in die Hand genommen, an deren Spitze ein dreieckiger weißer Wimpel flatterte.

»Was soll denn das?«, murmelte Kris stirnrunzelnd.

»Er will verhandeln«, antwortete Anders. »Willst du mir sagen, dass ihr nicht wisst, was eine weiße Fahne ist?«

Kris schüttelte den Kopf und Anders fuhr plötzlich aufgeregt herum und stürzte auf die Treppe zu. »Ich muss nach unten«, schrie er. »Ich muss mit ihm reden!«

»Bist du verrückt?«, entfuhr es Kris. »*Haltet ihn fest!*« Die letzten drei Worte hatte er geschrien und die Männer reagierten augenblicklich: Anders versuchte noch schneller zu laufen, aber er wurde erbarmungslos gepackt und festgehalten. Mit aller Gewalt versuchte er sich loszureißen, doch seine Kraft reichte nicht, um die beiden Männer auch nur zu beeindrucken, die ihn ergriffen hatten und seine Arme nach hinten bogen. »Verdammt noch mal, lasst mich los«, brüllte Anders. »Ich muss da raus!«

»Du bleibst schön hier«, antwortete Kris. »Morgen reißt mir den Kopf ab, wenn dir etwas passiert. Ich lasse dich ganz bestimmt nicht allein dort hinausgehen.« Er legte den Kopf schräg. »Was willst du überhaupt da draußen?«

»Er will verhandeln, verdammt, siehst du das denn nicht?« Anders versuchte erneut sich loszureißen und diesmal gelang es ihm sogar – auch wenn die beiden Männer, die ihn zurückgeschleift hatten, unmittelbar hinter ihm stehen blieben, um sofort wieder zuzugreifen, sollte er auf irgendwelche dummen Gedanken kommen.

»Ah ja«, sagte Kris spöttisch. »Und du meinst, du wärst dazu geeignet, diese Verhandlungen zu führen?«

Anders funkelte ihn an, aber er schluckte alles hinunter, was ihm auf der Zunge lag. Stattdessen stampfte er demonstrativ an Kris vorbei und trat wieder an die Mauer heran.

Der Reiter war auf halber Strecke stehen geblieben und saß vollkommen reglos im Sattel. Er wartete auf etwas.

»Was könnten ihn erwischen«, murmelte Kris. »Ein gut gezielter Pfeil …«

Anders sah ihn ungläubig an. »Er trägt eine weiße Fahne!«

»Und wir haben jede Menge schwarzer Pfeile«, antwortete Kris spöttisch. »Und?«

Anders schwieg vorsichtshalber auch dazu. Belagerungsmaschinen schienen längst nicht alles zu sein, was die Menschen hier nicht kannten. Wer auch immer sich die Mühe gemacht hatte, hier eine nahezu perfekte Kopie des irdischen Mittelalters zu errichten, hatte die eine oder andere Kleinigkeit vergessen oder war ziemlich schlampig gewesen …

Der Reiter stand noch immer ganz still da. Nicht einmal mehr der Wimpel an seiner Lanzenspitze bewegte sich, denn der Wind war mittlerweile vollkommen zum Erliegen gekommen. Eine geraume Weile verging, ohne dass sich irgendetwas rührte. Das Katapult hatte aufgehört zu schießen und selbst die Armee auf der anderen Seite der Ebene schien zu völliger Reglosigkeit erstarrt zu sein; als hielten nicht nur alle lebenden Wesen, sondern sogar die Natur selbst den Atem an in Erwartung dessen, was nun kommen musste. Anders starrte die ganze Zeit über den Reiter an. Selbst jetzt, wo er so reglos wie eine lebensgroße Reiterstatue dastand, umgab ihn etwas ungemein *Bedrohliches*. Der wahre Feind, der ihre Burg belagerte und ganz Tiernan bedrohte, waren nicht die Wilden, sondern dieser eine Mann. Vielleicht, dachte Anders, hatte Kris ja sogar Recht. Weiße Fahne hin oder her, was, wenn sie ihn töteten? Vielleicht war ein einziger gut gezielter Pfeil und ein einziger Bruch der Regeln – Regeln, die die Menschen hier nicht einmal *kannten!* – schon genug, um das Leben Unzähliger zu retten und diesen schrecklichen Krieg zu beenden.

Anders erschrak vor seinen eigenen Gedanken. Es spielte gar keine Rolle, ob Kris und die anderen die Bedeutung der weißen Fahne kannten oder nicht. *Er* kannte sie und der Reiter dort unten offensichtlich auch. Die Regeln zu brechen bedeutete gleichzeitig eine Grenze zu überschreiten, jenseits derer *keine* Regeln mehr galten.

Mit einem dumpfen Poltern begann sich das Tor unter ihnen zu öffnen. Anders beugte sich neugierig vor und erblickte ein knappes Dutzend gepanzerte Schweinekrieger, die im Laufschritt aus dem Burgtor stürmten und ein lebendes Spalier für einen einzelnen Reiter bildeten, der sich dem schwarzen Krieger näherte. Er trug keine weiße Fahne, dafür aber ein weißes Kleid und hochgestecktes langes schwarzes Haar. Der rechte Arm hing in einer Schlinge.

»Morgen«, entfuhr es Kris. »Was ist das? Mut oder Wahnsinn?«

»Sie werden ihr nichts tun«, sagte Anders rasch. »Keine Angst.«

»Ach?«, fragte Kris. »Und woher weißt du das?«

Anders blieb ihm die Antwort auf diese Frage schuldig. Er wusste es nicht, so einfach war das. Er konnte nur hoffen, dass auch der schwarze Krieger die ungeschriebenen Gesetze der Parlamentärsfahne respektierte, die er schließlich selbst mitgebracht hatte. Was, wenn es eine Falle war, und sie Morgen töteten oder zumindest gefangen nahmen, kaum dass sie die Sicherheit der Torburg verlassen hatte?

Anders registrierte beinahe überrascht, dass er sich Sorgen um die Elder machte, was ihm selbst fast absurd vorkam. Nach dem, was die Spitzohren ihm angetan hatten, sollte er ihnen eigentlich alles Schlechte wünschen. Und wäre das da unten Endela gewesen oder auch nur Tamar oder Aaron, wäre es bestimmt auch so.

Morgen näherte sich, langsamer werdend dem schwarzen Reiter, verhielt ihr Pferd in drei oder vier Schritten Abstand und ritt erst nach einem spürbaren Zögern weiter.

Nicht nur Anders hätte vermutlich seine rechte Hand dafür gegeben, zu hören, was zwischen Morgen und dem anderen gesprochen wurde, aber die beiden waren viel zu weit entfernt. Die Unterhaltung dauerte auch nicht lange. Morgen begann heftig mit dem unverletzten Arm zu gestikulieren, während der Reiter die ganze Zeit über vollkommen reglos verharrte und nur ein einziges Mal abgehackt den Kopf schüttelte, woraufhin Morgen mit einem Ruck ihr Pferd herumriss und in scharfem Tempo zur Burg zurückritt.

»Das sieht nicht gut aus«, sagte Kris düster.

Anders hätte ihm gerne widersprochen, aber damit hätte er sich allerhöchstens lächerlich gemacht. Er hob nur die Schultern, trat von der Brüstung zurück und warf Kris einen fragenden Blick zu. Kris nickte und Anders wandte sich vollends um, lief zur Treppe und begann mit schnellen Schritten die ausgetretenen Steinstufen hinabzulaufen.

Er erreichte den Hof im gleichen Moment, in dem Morgen durch das Tor herangaloppiert kam. Trotz ihrer Verletzung sprang sie mit einer eleganten Bewegung aus dem Sattel, noch bevor das Pferd ganz zum Stehen gekommen war, und steuerte mit raschen Schritten die Treppe an. Ihr Gesicht war zu einer Maske vollkommener Ausdruckslosigkeit erstarrt, aber Anders kannte sie mittlerweile gut genug, um in ihren Augen lesen zu können. Die Elder hatte Angst.

Anders vertrat ihr mit einem raschen Schritt den Weg. »Was hat er gesagt?«

Morgen machte eine Bewegung, wie um ihn einfach aus dem Weg zu schieben, ließ den Arm dann aber wieder sinken, ohne sie zu Ende zu führen, und schüttelte mit immer noch unbewegtem Gesicht den Kopf. »Nicht viel. Er hat uns eine Stunde Zeit gegeben, zu kapitulieren und die Burg zu verlassen. Keine Verhandlungen. Keine Bedingungen.«

»Mehr nicht?«, fragte Anders zweifelnd.

Die Elder maß ihn mit einem langen, sehr sonderbaren Blick, unter dem sich Anders mit jedem Atemzug unbehaglicher fühlte. Sie schien etwas Bestimmtes sagen zu wollen, hob aber dann nur die Schultern und schüttelte den Kopf. »Nein.«

Die Behauptung klang nicht besonders überzeugend, fand Anders. Da war noch irgendetwas und es machte der Elder sichtlich zu schaffen, aber sie wollte auch ebenso offensichtlich nicht darüber reden.

»Wer war der Kerl?«, fragte er. »Ich meine: Konntest du ihn erkennen?«

»Erkennen?« Morgen schüttelte den Kopf. »Er trug einen geschlossenen Helm. Aber es ist …« Sie suchte einen Moment nach Worten, und als sie weitersprach, klang ihre Stimme auf eine Art verändert, die Anders nicht deuten konnte. »Ich glaube, es ist ein Mensch. Kein Wilder.«

»Und er hat keine Bedingungen gestellt?«, vergewisserte sich Anders.

»Bedingungen?« Morgen zog die Augenbrauen zusammen. »Ich glaube, du hast mich falsch verstanden, Anders. *Er* ist es, der keine Bedingungen akzeptiert. Wir sollen die Tore öffnen und die Burg ohne Waffen verlassen, binnen einer Stunde. Tun wir es nicht, greifen sie an.« Ihre Lippen verzogen sich zu einem dünnen, humorlosen Lächeln. »Und er hat keinen Zweifel daran gelassen, dass wir keine Gnade zu erwarten haben.«

7

Wenn es überhaupt etwas Schlimmeres gab als eine Schlacht, dachte Anders, dann war es das *Warten* auf eine Schlacht. Er wusste nicht mehr, wo er diesen Satz einmal gelesen hatte, aber seit ungefähr einer Stunde wusste er, dass er stimmte – auch wenn ihm diese Stunde vorgekommen war wie ein Jahr und jede Sekunde wie eine kleine Ewigkeit, die einfach nicht vergehen wollte. Dabei kam ihm seine eigene Reaktion immer absurder vor. Er sollte darum beten, dass die Frist, die ihnen die Wilden gegeben hatte, möglichst langsam verstrich, denn die

Chancen standen nicht schlecht, dass er kurz nach Ablauf dieser Frist nicht mehr am Leben sein würde.

Das genaue Gegenteil war der Fall: Anders ertappte sich immer öfter dabei, den Blick zur Sonne hinaufzuheben und sich insgeheim zu wünschen, dass sie sich endlich von der Stelle bewegte. Und so wie ihm erging es offensichtlich auch allen anderen hier. Es war die Ungewissheit, die an ihren Nerven zerrte.

Nach Morgens Rückkehr war für kurze Zeit noch einmal hektische Aktivität in der Burg ausgebrochen: Noch mehr Männer hatten ihren Platz hinter den Zinnen eingenommen, Köcher waren gefüllt, Ersatzwaffen bereitgelegt worden und in regelmäßigen Abständen qualmten Becken mit glühenden Kohlen, die die Männer vermutlich auf die Angreifer schleudern würden, wenn sie die Mauern zu erklimmen versuchten. Die Krieger hatten sogar ein paar Brandpfeile auf das Trebuchet abgeschossen, von denen mindestens einer getroffen hatte, aber das Ergebnis war genau so gewesen, wie Anders befürchtet hatte: Die Wilden hatten sich nicht einmal die Mühe gemacht, die Flammen zu löschen, sondern einfach abgewartet, bis der Pfeil abgebrannt war.

Aber auch die Angreifer waren in dieser Zeit nicht untätig geblieben.

Ihre Zahl war noch einmal gestiegen; vielleicht hatten sie sich auch nur anders formiert, sodass Anders nun genauer erkennen konnte, welch gewaltiger Übermacht sie sich gegenübersahen. Allein die unterschiedliche Größe der bizarren Kreaturen dort drüben machte es praktisch unmöglich, ihre Zahl auch nur zu schätzen, aber es waren *viele*. Entsetzlich viele. Vielleicht tausend, vielleicht auch zwei- oder dreimal so viel – welchen Unterschied machte das schon bei der Hand voll Verteidiger, denen sie gegenüberstanden?

»Du solltest jetzt wirklich langsam gehen«, drang Kris' Stimme in seine Gedanken. Er sah ihn bei diesen Worten nicht an, sondern blickte aus zu schmalen Schlitzen zusammengepressten Augen zur Sonne hinauf und versuchte wahrscheinlich die Zeit einzuschätzen, die ihnen noch blieb. Allzu viel konnte es nicht mehr sein, vermutete Anders.

»Keine Sorge«, antwortete er nervös. »Ich stehe euch schon nicht im Weg, wenn es losgeht.«

Kris maß ihn mit einem undeutbaren Blick. »Ich mache mir eher Sorgen darum, dass du einem Schwert im Weg stehen könntest oder einem Stein«, antwortete er ernst. Er machte eine Kopfbewegung zu der riesigen Belagerungsmaschine hin. »Das nächste Mal werden sie nicht mit Strohballen schießen.«

Er hatte ja Recht, dachte Anders. Es war nicht das erste Mal, dass Kris ihn aufforderte zu gehen und Platz für jemanden zu machen, der wusste, was er tat, und auch nicht das erste Mal, dass Anders sich selbst vergeblich fragte, warum er eigentlich nicht auf diesen gut gemeinten Rat hörte. Wenn der Angriff begann, dann war er hier oben nicht nur vollkommen nutzlos, sondern würde die Krieger allerhöchstens behindern. Kris' spöttische Bemerkung von vorhin war nur zu berechtigt gewesen: Sein Wissen um Schwerter und andere mittelalterliche Mordinstrumente erschöpfte sich in der Erkenntnis, an welchem Ende er sie anfassen konnte ohne sich selbst zu verletzen.

Mit einem gequälten Grinsen hob er die Schultern. »Sobald es gefährlich wird, verschwinde ich«, versprach er. »Aber im Moment …«

»Hältst du die Ungewissheit nicht aus, ich weiß«, seufzte Kris. »Das geht uns allen so.« Er zögert einen spürbaren Moment. »Darf ich dir noch einen guten Rat geben?«

»Sicher.«

»Der Gürtel, den du da trägst«, fragte Kris, »woher hast du ihn? Von der Elder?«

Anders nickte und Kris fuhr mit einem irgendwie verächtlich wirkenden Verziehen der Lippen fort: »Ich weiß zwar nicht, warum sie ihn dir gegeben hat, aber ich nehme nicht an, dass du ihn dir verdient hast.«

»Verdient?«, fragte Anders.

Kris schien das als Antwort zu genügen. Sein Blick umwölkte sich, aber Anders hatte das sichere Gefühl, dass der Unmut in seinen Augen nicht wirklich ihm galt. »Sollten die Wilden die Mauern überwinden, dann hat sie dir damit keinen Gefallen getan«, sagte er. »Das ist der Gürtel eines Kriegers, Anders. Eines Elder-Kriegers. Und du trägst das Kleid eines Elder. Du bist zwar keiner, aber ich würde mich nicht darauf verlassen, dass die da draußen Wert auf solch feine Unterschiede legen. Wenn ich du wäre, dann würde ich mir andere Kleider suchen.«

»Und ein Versteck?«, fragte Anders. »Vielleicht unten in der Küche oder hinter einem Ofen?«

Kris schüttelte müde den Kopf. »Du willst mich nicht verstehen, wie? Es geht nicht um dich. Du bist mir vollkommen egal, du Dummkopf. Bring dich um, wenn es dir Spaß macht. Niemand hier wird versuchen dich daran zu hindern.«

»Worum dann?«, fragte Anders. Er war verwirrt, zumal der Ton, in dem Kris gesprochen hatte, so gar nicht zu seinen Worten passen wollte. Er klang weder zornig noch aufgeregt, sondern fast resigniert.

»Du wirst dich um Lara kümmern, wenn ich nicht überlebe«, antwortete Kris. Es war keine Bitte. Er zögerte. Dann: »Ist es wahr, dass du Freunde bei den Tiermenschen hast?«

Was sollte diese Frage, dachte Anders verwirrt. Jeder hier wusste, wo er herkam. Er nickte.

»Dann versprich mir etwas«, fuhr Kris fort. »Wenn Tiernan fällt, dann bring Lara zu ihnen. Die Tiermenschen sind mit den Wilden verbündet. Dort wird sie in Sicherheit sein. Habe ich dein Wort?«

Wenn Tiernan fällt, dachte Anders, *dann wird niemand mehr in Sicherheit sein, nirgendwo.* Kris wusste das genauso gut wie er. Aber darauf kam es auch gar nicht an. Was für Kris in diesem Moment zählte – ebenso wie für ihn –, war nur, dass er das Versprechen abgab. Und dass er zumindest *versuchen* würde es einzulösen. Er nickte.

»Na gut«, seufzte Kris. »Dann kann der Tanz ja losgehen.«

Anders wünschte sich, er hätte das nicht gesagt. Er hatte niemals an Omen oder schlechte Vorzeichen geglaubt, doch im nächsten Augenblick hätte er beinahe damit angefangen, denn Kris hatte kaum zu Ende gesprochen, als sich aus den Reihen der Angreifer ein vielstimmiges Geschrei erhob, und praktisch im gleichen Moment setzte sich das ganze gewaltige Heer in Bewegung.

Mit einer Ruhe, die Anders nicht mehr verstand, drehte sich Kris wieder um und nahm seinen Platz zwischen den Zinnen ein. Er zog sein Schwert, lehnte es griffbereit neben sich gegen die Mauer und nahm mit fast bedächtigen Bewegungen den Bogen vom Rücken. Ohne die mindeste Hast legte er einen Pfeil auf die Sehne und zielte, ließ das Geschoss aber noch nicht fliegen.

Anders' Herz begann immer heftiger zu pochen. Spätestens jetzt war der Moment gekommen, in dem er Kris' Rat beherzigen und endlich von hier verschwinden sollte. Stattdessen warf er einen nervösen Blick in den Hof hinab, wo sich ein Trupp von guten zwei Dutzend Schweinen dazu bereitmachte, die Treppe heraufzustürmen und den Platz der menschlichen Verteidiger einzunehmen, sollte es den Angreifern gelingen, irgendwie auf die Mauern zu kommen, dann trat er mit einem entschlossenen Schritt unmittelbar neben Kris. Der junge Krieger runzelte missbilligend die Stirn, enthielt sich aber jeden Kommentars, und Anders blickte wieder nach Süden.

Er strich das *irgendwie* aus seinem letzten Gedanken. Die Angreifer *würden* die Mauern überwinden. Das Heer kam näher, nicht einmal besonders schnell, aber mit der schrecklichen Unaufhaltsamkeit einer Naturgewalt, eine horizontale Lawine aus Fleisch und Knochen und Panzerplatten und Zähnen, die auf die Festung zuwalzte, und die heranstampfenden Ungeheuer schwangen nicht nur ihre schartigen Messer und Knüppel. Etliche von ihnen schleppten roh zusammengezimmerte Leitern mit sich. Ungefähr ein Dutzend, schätzte Anders, wenn nicht mehr.

»Leitern«, murmelte Kris düster.

»Lass mich raten«, sagte Anders. »Das haben sie bisher noch nie getan?«

Kris schüttelte stumm den Kopf und zog die Unterlippe zwischen die Zähne. Er sagte nichts, so wie überhaupt niemand hier oben auf der Mauer auch nur ein Wort sprach. Viele der Männer schienen nicht einmal mehr zu atmen. Das einzige Geräusch, das für einen Moment zu hören war, was das ledrige Knarren, mit denen die Bogensehnen durchgezogen wurden. Niemand schoss, obwohl sich die Angreifer längst in Reichweite befanden. Für einen Moment wurde es beinahe unheimlich still. Selbst die näher kommenden Wilden hielten in ihrem Kampfgeschrei inne. Es war nichts weiter zu hören als das schwere Stampfen ihrer Schritte.

Auch Kris zog seine Bogensehne durch und Anders streckte die Hand aus und klaubte einen Pfeil aus dem Köcher auf seinem Rücken, um ihn ihm zu reichen, wenn er das erste Geschoss abgefeuert hatte. Wenn er schon hier war *(warum eigentlich, zum Teufel noch mal?),* konnte er sich genauso gut auch nützlich machen.

Kris schien das etwas anders zu sehen. »Verschwinde endlich, verdammt noch mal«, zischte er. Er sah Anders dabei nicht an, sondern zielte weiter über die dreieckige Spitze seines Pfeils hinweg. Auf seinem Gesicht lag ein Ausdruck höchster Konzentration. »Wenn Lara etwas passiert, weil du nicht bei ihr bist, bringe ich dich eigenhändig um, das schwöre ich dir, Anders.«

Anders kam nicht dazu, zu antworten. Ein kurzer Befehl erscholl – kein Wort, sondern nur ein abgehackter, harter Laut – und Kris ließ seinen Pfeil fliegen.

Er war nicht der Einzige. Ein ganzer Hagel schlanker schwarzer Geschosse senkte sich wie tödlicher Regen auf die Angreifer hinab, und die Wirkung allein dieser ersten Salve war katastrophal: Nahezu jeder Pfeil traf sein Ziel. Mindestens zwei oder drei Dutzend ihrer monströsen Feinde wurden von den Füßen gerissen und stürzten, was auch dann einem Todesurteil gleichkommen musste, wenn die Pfeile sie nur verwundet hatten, denn die nachfolgenden Krieger trampelten einfach über ihre Kameraden hinweg, ohne auch nur langsamer zu werden.

Der ersten Salve folgte eine zweite, beinahe noch besser gezielte, deren Wirkung ungleich verheerender ausfiel. Dieses Mal hatten die Männer auf die Leitern gezielt und für einen Moment sah es beinahe so aus, als käme der Vormarsch der Ungeheuer tatsächlich zum Stillstand. Nahezu die Hälfte der Leitern polterte zu Boden und zerbrach, als die Trolle und Riesen, die sie trugen, von Pfeilen getroffen wurden und stürzten, und dieses Mal wurde den Angreifern ihre eigene Rücksichtslosigkeit zum Verhängnis: Zahllose Ungeheuer stolperten über ihre eigenen gestürzten Kameraden oder die Reste der zerborstenen Leitern, und das Ergebnis war ein einziges gewaltiges Chaos aus ineinander verknäulten Leibern und Gliedmaßen, zersplitterndem Holz und zerbrechenden Waffen, in das immer mehr und mehr Krieger hineinstürmten.

Dennoch stürmte der Rest der Monsterarmee unbeeindruckt weiter. Die Zahl der Angreifer hatte nicht einmal sichtlich abgenommen.

Kris ließ einen weiteren Pfeil fliegen, ohne dem Geschoss, das Anders ihm hinhielt, die geringste Beachtung zu schenken, und die Krieger fanden auch noch die Zeit für eine vierte Salve, dann war die Armee heran und die Burg unter ihren Füßen erzitterte unter ihrem Anprall wie unter dem Hammerschlag eines Riesen.

Kris verschoss noch einen letzten Pfeil, dann ließ er den Bogen einfach fallen und griff nach dem Schwert, das vor ihm an der Wand lehnte. »Verdammt noch mal, verschwinde endlich!«, brüllte er.

Anders war nicht einmal sicher, ob er das noch konnte. Unten im Hof machten sich die Schweine bereit die Treppe heraufzustürmen, und er bezweifelte, dass die tumben Kolosse so rücksichtsvoll waren, ihm Platz zu machen, wenn er ihnen entgegenkam. Ein wenig hilflos blickte er auf den Pfeil, den er noch immer in der Hand hielt, dann wieder nach Süden. Die Ebene unter ihnen war schwarz vor Kriegern und über der Mauer erschienen die ersten Leitern. Etliche Männer versuchten sie mit bloßen Händen oder auch ihren Schwertern umzustoßen, aber die plumpen Konstruktionen waren viel zu schwer; zumal sie bereits unter dem Gewicht der heraufstürmenden Angreifer zu beben begannen.

Und dann, von einem Sekundenbruchteil auf den anderen, war die Schlacht *wirklich* in vollem Gange. Plötzlich erschienen Gesichter und Hände über den Leitern, muskelbepackte gedrungene Schultern und schartige Waffen, die mit verbissener Wut geschwungen wurden, und Anders' Herz machte einen erschrockenen Sprung, als er sah, dass das erste Opfer in dem erbitterten Kampf keiner der monströsen Angreifer war, sondern ein Mensch: Nicht weit von ihnen entfernt versuchte ein riesenhafter Troll die Mauer zu übersteigen, woran er allerdings von gleich drei Verteidigern gehindert wurde, die mit ihren Schwertern und Lanzen auf ihn einstachen. Der Gigant grunzte vor Schmerz und Wut und klammerte sich mit übermenschlicher Kraft an der Mauerkrone fest, aber auf seiner Schulter saß so etwas wie eine winzige Ausgabe seiner selbst, und bevor die Männer auch nur wirklich begriffen, was geschah, stieß der Zwerg ein schrilles Kreischen aus und sprang einen von ihnen an. Das rostige Messer in seiner Hand blitzte auf und der Krieger ließ sein Schwert fallen, taumelte mit einem gurgelnden Laut zurück und schlug beide Hände gegen seine durchschnittene Kehle. Sterbend brach er zusammen, kippte über den Rand des schmalen Wehrgangs und stürzte in den Hof hinab.

Sein Mörder überlebte ihn nur um eine Sekunde. Einer der Männer enthauptete ihn mit einem raschen Schwerthieb, und auch der Troll sah endlich ein, dass er mittlerweile schon mehr als ein halbes Dutzend tödliche Wunden abbekommen hatte und ließ seinen Halt los.

Auch unmittelbar vor Kris erschien plötzlich eine Leiter und unmittelbar darauf ein breites Gesicht, das nur aus Zähnen, Warzen und einem Paar glühender gelber Augen zu bestehen schien. Eine riesige Pfote grabschte nach Kris und verfehlte ihn um Haaresbreite. Schartige Krallen fuhren mit einem Geräusch wie Messerklingen über den Stein, und Kris revanchierte sich, indem er dem Monstrum das Schwert bis zum Heft in die Brust stieß. Der Troll japste röchelnd nach Luft und kippte rücklings von der Leiter, aber das Schwert wurde Kris aus der Hand gerissen und verschwand mit ihm in der Tiefe.

Kris fluchte, packte die Leiter mit beiden Händen und versuchte sie von der Mauer wegzuschieben. Seine Kraft hätte vielleicht sogar gereicht, denn die Leiter schien im Moment nicht besetzt zu sein, aber seine Arme waren einfach nicht lang genug.

»Eine Stange«, knurrte er. »Wir brauchen Stangen.«

»Möglichst lang und mit einer Gabel am Ende, um die Leitern damit umzustoßen«, bestätigte Anders. »Genauso macht man das.«

Kris zog sein Messer. »Vielen Dank für den guten Rat«, grollte er. »Ein wenig eher wäre er nützlicher gewesen, und – *pass auf!*«

Anders verschwendete keine Zeit mit Denken, sondern ließ sich auf Hände und Knie hinunterfallen und gleichzeitig zur Seite kippen. Irgendetwas Großes sauste unmittelbar über seinem Kopf durch die Luft und schlug Splitter aus der Zinne, vor der er gerade noch gestanden hatte, und Kris sprang mit einem Fluch zurück und schleuderte seinen Dolch. Die Waffe bohrte sich zielsicher in den Hals des Trolls, aber der Gigant setzte seinen Weg ungerührt fort und schwang nur umso wütender seine Keule.

Anders rammte ihm mit aller Gewalt den Pfeil in den Fuß.

Der Troll brüllte vor Schmerz, versetzte ihm einen Tritt, der ihm die Luft aus den Lungen trieb und ihn gegen die Burgmauer schleuderte, und begann auf einem Bein herumzuhüpfen, um an den abgebrochenen Pfeil zu kommen, der noch immer in seinem Fuß steckte, und Kris stürmte mit gesenktem Kopf los und rammte ihm mit aller Macht die Schulter in die Seite.

Das war selbst für diesen Koloss zu viel. Einen Herzschlag lang kämpfte er mit wild rudernden Armen – und noch immer auf einem Bein hüpfend – um sein Gleichgewicht, dann kippte er nach hinten und fiel in den Hof hinab, wo die Schweine bereits auf ihn warteten.

Anders rappelte sich mühsam hoch. Rings um sie herum war der Kampf noch in vollem Gange, aber zumindest auf dem kleinen Mauerabschnitt, auf dem Kris und er sich aufhielten, war für den Moment so etwas wie trügerische Ruhe eingekehrt; auch wenn Anders nicht daran zweifelte, dass diese Atempause nur wenige Sekunden andauern würde.

Kris warf einen nachdenklichen Blick in die Tiefe, in die der Troll gestürzt war, schüttelte abfällig den Kopf und bückte sich nach der Keule, die der stürzende Gigant fallen gelassen hatte. Erst dann streckte er die Hand aus, um Anders auf die Beine zu helfen. »Gar nicht schlecht für jemanden, der nicht weiß, an welchem Ende man ein Schwert anfasst.«

Anders betastete mit den flachen Händen seinen Körper – nur um sicherzugehen, dass auch wirklich alles noch dort war, wo es sein sollte, und wenigstens einigermaßen unversehrt. »Genau genommen war es ein Pfeil«, antwortete er missmutig. »Und ja, danke, ich habe dir gerne geholfen.«

Kris griente. »Wir zwei könnten ein richtig gutes Team werden, wenn wir ungefähr zehn Jahre Zeit hätten.« Ein hässliches Gesicht erschien über der Mauerkrone hinter ihm. Kris schlug mit der erbeuteten Keule zu und der Angreifer verschwand ebenso schnell und lautlos wieder, wie er gekommen war.

»Ich glaube, wir schaffen es«, keuchte Kris. Er verzog die Lippen, ließ die Keule sinken und massierte seine Schulter. In den Händen des Trolls hatte die schwere Eisenkeule ausgesehen wie ein Spielzeug; dass Kris die zentnerschwere Waffe überhaupt heben konnte, war schon fast ein kleines Wunder.

Dennoch hatte er wahrscheinlich Recht, dachte Anders. Überall auf der Mauer tobte der Kampf mit erbitterter Wut, doch obwohl auch die Verteidiger Verluste erlitten hatten, stand es gar nicht einmal so schlecht. Die Angreifer mochten ungleich stärker sein als ihre menschlichen Gegner, doch sie waren alles andere als geschickt, und die Lücken zwischen den Zinnen waren so schmal, dass immer nur einer von ihnen hindurchklettern konnte. Die Übermacht war erdrückend, aber die Verteidiger kämpften mit der Kraft und Entschlossenheit von Männern, die nichts mehr zu verlieren hatten.

»Ich brauche eine Waffe«, keuchte Kris, »und jemand sollte die Schweine holen.«

»Ich wollte sowieso gerade nach unten und nachsehen, was da los ist«, sagte Anders. »Ich erledige das, falls du nichts dagegen hast.«

Kris grinste und machte eine spöttisch-einladende Geste zur Treppe hin, und auf der anderen Seite der Ebene erscholl das charakteristische dumpfe Krachen, mit dem das Trebuchet abgeschossen wurde. Anders fuhr erschrocken herum – und der Anblick ließ ihm schier das Blut in den Adern gerinnen.

Kris hatte auch in diesem Fall Recht gehabt. Dieses Mal warfen die Wilden nicht mit Strohballen. Das Geschoss war groß und unförmig und zog eine Spur aus weißem Rauch hinter sich her, während es sich in einer trudelnden, aber trotzdem perfekten Parabel auf die Burg herabsenkte. Genauer gesagt: auf Kris und ihn.

Der Anblick war so grotesk und schrecklich zugleich, dass Anders einfach wie gelähmt dastand und dem heranrasenden Wurfgeschoss entgegensah. Er wusste, es würde ihn treffen, so präzise wie der Pfeil eines Meisterschützen den schwarzen Punkt in der Mitte einer Zielscheibe, aber er war vollkommen unfähig auch nur einen Muskel zu rühren.

Kris warf sich auf ihn und riss ihn zu Boden, und das Geschoss flog einen halben Meter über ihnen durch die Luft und verschwand in der Tiefe, wo es auseinander barst.

Und ein Inferno entfesselte.

Ein grelles weißes und gelbes Licht strahlte aus der Tiefe herauf und wurde für einen Moment so unerträglich, dass Anders geblendet die Arme vor das Gericht riss und auch Kris wie unter Schmerzen aufschrie. Eine Lohe reiner unerträglicher Hitze schlug über ihnen zusammen und plötzlich drangen Schreie und ein vielstimmiges schrilles Quieken aus der Tiefe herauf und der schreckliche Gestank von verbranntem Fleisch.

Anders nahm zögernd die Arme herunter und starrte eine Sekunde lang ungläubig und aus weit aufgerissenen Augen auf die zuckenden Flammen, die aus dem Burghof heraufzüngelten, bevor er endlich aus seiner Erstarrung erwachte und auf Händen und Knien zum Rand des Wehrgangs kroch.

Es war wie ein Blick in den tiefsten Schlund der Hölle. Das Geschoss war genau zwischen den Schweinekriegern aufgeprallt und auseinander geplatzt, wobei es flüssiges Feuer in alle Richtungen verspritzt hatte. Dass es ausgerechnet an dieser Stelle aufgetroffen war, war purer Zufall, aber die Wirkung hätte nicht verheerender sein können. Mindestens drei oder vier der riesigen Schweinekrieger lagen reglos und in Feuer getaucht am Fuße der Treppe und eine deutlich größere Anzahl der monströsen Geschöpfe rannte brennend und in Panik durcheinander. Zwei oder drei von ihnen standen hell lodernd in Flammen, und zahllose andere schlugen verzweifelt auf Spritzer der brennenden Flüssigkeit ein, die auf ihre Rüstungen oder ihre Gliedmaßen und Gesichter herabgeregnet waren.

»Bei Oberon«, keuchte Kris. »Was ist das?«

Anders war viel zu erschüttert um antworten zu können. Die Flammen verzehrten sich rasend schnell selbst, aber er konnte sogar über die große Entfernung hinweg die ungeheure Hitze spüren, mit der die Flüssigkeit verbrannte. In den Gestank nach heißem Metall und verkohltem Fleisch mischte sich noch ein anderer, scharfer Geruch, der Anders vage bekannt vorkam, ohne dass er hätte sagen können, woher. Obwohl die Flammen bereits erloschen, steigerte sich die Panik unten auf dem Hof immer noch. Noch ein einziger solcher Treffer, dachte Anders, und die Wilden brauchten die Burg nicht mehr zu stürmen.

Das nächste Geschoss flog nicht in den Hof, sondern zerschellte zwanzig Meter neben ihnen an der Burgmauer, und die Wirkung war noch ungleich entsetzlicher. Brennende Flüssigkeit spritzte in alle Richtungen, und wer dem Feuer entging, wurde von glühenden Trümmerstücken getroffen, die wie tödliche Schrapnellgeschosse durch die Luft fuhren. Zwei, drei Männer torkelten wie lebende Fackeln zurück und stürzten in die Tiefe, und eine ungleich größere Zahl brach zusammen oder schlug brüllend vor Schmerz und Angst auf die eigenen brennenden Kleider oder Haare ein. Mit einer Verzögerung von ein paar Sekunden und einem dumpfen *Wusch* fing eine ganze Sektion des Wehrgangs Feuer, und noch mehr Krieger taumelten schreiend davon.

Anders beobachtete voller Entsetzen, wie sich mehr als nur einer der Kämpfer mit einem verzweifelten Sprung in den acht Meter tiefer liegenden Hof in Sicherheit zu bringen versuchte; ein Sprung in den sicheren Tod, den die verzweifelten Männer dem qualvollen Verbrennen vorzogen. Schwarzer Qualm erfüllte die Luft und vermischte sich mit dem beißenden Gestank brennenden Fleisches und heißen Metalls und verschmorenden Haars, und auf der anderen Seite der Burgmauer wurde ein johlendes Triumphgeschrei aus hunderten rauer Kehlen laut. Immer mehr und mehr Leitern schlugen mit dumpfem Knall gegen die Zinnen, und die Verteidiger sahen sich einer neuen, noch viel wütender heranstürmenden Woge von Angreifern gegenüber.

Auch auf der Leiter hinter ihnen erschienen weitere Angreifer: ein riesiger Troll mit nur einer Hand, dessen Armstumpf in einem rostigen Etwas endete, das einmal eine Sichel gewesen sein musste. Auf seinen Schultern hockten gleich drei geifernde Zwerge, die sich mit einem schrillen Kreischen unverzüglich über die Mauer schwangen und angriffen; zwei von ihnen stürzten sich auf Anders, der dritte beging den Fehler, Kris zu attackieren und dabei die Keule in seiner Hand zu übersehen.

Anders wich hastig zwei Schritte zurück und hätte um ein Haar noch einen dritten Schritt gemacht, ehe ihm einfiel, dass der Wehrgang nicht besonders breit war und er eigentlich keinen Grund hatte, seinen Gegnern die Arbeit abzunehmen und sich selbst in die Tiefe zu stürzen. Verzweifelt hielt er nach irgendetwas Ausschau, das er als Waffe benutzen konnte, ohne seine Gegner dabei aber auch nur für eine Sekunde aus den Augen zu lassen. Keiner der beiden war größer als ein fünfjähriges Kind, doch das war auch das Einzige, was sie gemeinsam zu haben schienen.

Eines der beiden Geschöpfe ähnelte dem Zwerg, der ihn bei ihrem fehlgeschlagenen Fluchtversuch attackiert hatte auf so verblüffende Weise, dass Anders sich eine halbe Sekunde allen Ernstes fragte, ob es vielleicht derselbe war. Der andere war eine Handbreit größer, aber so dürr, als wäre er aus trockenen Stöcken zusammengesetzt, und so abgrundtief hässlich, dass sich Anders schier der Magen umdrehte. Keiner der beiden war bewaffnet, doch sie verfügten über eine so Ehrfurcht gebietende Ausstattung an Zähnen und Klauen, dass das auch nicht wirklich nötig war.

Anders bemerkte aus den Augenwinkeln, wie Kris seine Keule schwang und den Troll attackierte, nachdem er den Zwerg in den Boden gestampft hatte. Der Schlag war gut gezielt und mit aller Kraft geführt, aber der Troll fing den Hieb mit seiner Sichel ab, und Kris taumelte unter der Wucht seines eigenen Schlages zurück und hatte plötzlich alle Mühe, nicht in den Hof hinabzustürzen, während der Troll mit fast behäbigen Bewegungen über die Mauer kletterte und sich zu seiner vollen Größe von mehr als zwei Metern aufrichtete. Anders hätte in diesem Moment nichts lieber getan als Kris zu helfen, aber er war immer noch unbewaffnet und außerdem hatte er alle Hände voll damit zu tun, selbst am Leben zu bleiben.

Die beiden Zwerge stürzten sich wieder fast gleichzeitig auf ihn. Anders versetzte dem ersten einen Tritt, der ihn gegen die Mauer schleuderte, wo er einen Moment lang benommen liegen blieb, dann griff der andere an, klammerte sich an seine Beine und versuchte ihn aus dem Gleichgewicht zu bringen.

Obwohl er gerade groß genug war, um Anders bis zur Gürtelschnalle zu reichen, hätte er es beinahe geschafft. Anders torkelte haltlos einen Schritt zurück und ließ sich dann ganz bewusst auf die Knie fallen, um nicht versehentlich einen Fehltritt zu tun, der möglicherweise sein letzter wäre. Der Zwerg kreischte triumphierend auf und schlug mit den Klauen nach ihm, und Anders drehte hastig den Kopf weg, griff mit der linken Hand nach dem dürren Hals des Leprechaun und ballte die andere zur Faust, um sie ihm mit aller Kraft ins Gesicht zu boxen.

Es fühlte sich an, als hätte er gegen massiven Fels geschlagen, und die Wirkung war auch ungefähr dieselbe: Anders keuchte vor Schmerz, als seine Knöchel aufplatzten, und der Leprechaun kreischte nur umso triumphierender und verpasste ihm mit seinen Krallen einen tiefen, heftig blutenden Schmiss auf der Wange. Zu allem Überfluss rappelte sich nun auch der zweite Zwerg auf und setzte mit gebleckten Zähnen und ausgefahrenen Klauen dazu an, sich in den Kampf zu stürzen.

Anders versetzte dem Leprechaun einen weiteren Hieb, trat aus der gleichen Bewegung heraus nach dem Zwerg – er verfehlte ihn und wäre um ein Haar gestürzt, als der Gnom im Gegenzug nach seinem Fuß schlug, und *er* traf – und bemerkte aus den Augenwinkeln, wie Kris nach dem Troll ausholte und Funken sprühten, als dieser den Hieb mit seiner Sichel abfing. Die Krallen des Zwerges gruben sich schmerzhaft in seine Wunde, und der Leprechaun trat ihm in den Bauch und hackte mit den Krallen nach seinen Augen, als er sich nach Luft japsend krümmte. Anders fiel auf die Knie und versetzte dem Leprechaun einen Stoß mit der flachen Hand, der diesen rücklings zu Boden schleuderte. Blitzschnell packte er zu, schloss die Hand um beide Fußgelenke des dürren Gnomen und schleuderte ihn wie eine lebende Keule direkt ins Gesicht des Zwerges, der endlich von seinem Knöchel abgelassen hatte und gerade nach einem lohnenderen Ziel Ausschau hielt, in das er seine Zähne vergraben konnte.

Ein Großteil dieser Zähne flog abgebrochen in alle Richtungen davon, als der haarlose Schädel des Leprechaun in sein Gebiss knallte. Der Zwerg quietschte und fiel stocksteif nach hinten, und Anders sprang hoch, trat dem Troll mit aller Gewalt vor die Kniescheibe (er merkte es nicht einmal) und schwang den Leprechaun. Der Schädel des Gnomen prallte mit einem dumpfen *Klock!* gegen die Schläfe des Trolls, und der Gigant drehte verblüfft den Kopf und starrte Anders blöde an.

Kris' Keule verwandelte sein idiotisches Grinsen in roten Brei. Der Troll wankte, kippte rücklings über die Mauer und besaß auch noch die Freundlichkeit, die Leiter mit sich in die Tiefe zu reißen, als er stürzte.

»Danke«, keuchte Kris schwer atmend. »Das war knapp.« Plötzlich grinste er. »Interessante Waffe hast du da. Benutzt man so etwas dort, wo du herkommst?«

Anders starrte ihn eine geschlagene Sekunde lang verständnislos an, bevor er überhaupt begriff, wovon der Junge sprach. Er hielt noch immer den bewusstlosen Leprechaun in der Hand. Hastig ließ er die Kreatur fallen und eine halbe Sekunde später explodierte das nächste Geschoss des Trebuchet nur wenige Meter neben ihnen an der Burgmauer.

Was ihnen das Leben rettete, war nur die Tatsache, dass das Geschoss eine Winzigkeit zu tief gezielt war. Das Tongefäß zerbarst einen halben Meter unterhalb der Mauerkrone und überschüttete den Wehrgang mit glühenden Splittern und einem Schwall farbloser Flüssigkeit, die zu brennen anfing, noch bevor sie zu Boden regnete. Mit einem dumpfen Geräusch fingen gleich zwei oder drei der roh gezimmerten Sturmleitern Feuer, samt der Trolle und Zwerge, die sich gerade darauf befanden, und auch ein halbes Dutzend Verteidiger stolperte hastig zurück und schlug mit bloßen Händen auf die eigenen brennenden Kleider ein. Anders brachte sich mit einem verzweifelten Satz in Sicherheit, aber er war nicht schnell genug: Sein linker Arm brannte. Seltsamerweise spürte er nicht den geringsten Schmerz, obwohl eine Woge so intensiver Hitze über ihm zusammenschlug, dass er kaum noch atmen konnte. Instinktiv versuchte er das Feuer mit der Hand auszuschlagen, aber es war, als fache er die Flammen damit eher noch an. Das Feuer fraß sich rasend schnell in seinem Ärmel nach oben und die Flammen leckten bereits nach seinem Gesicht und versengten seine Haare.

Kris war mit einem Satz neben ihm, schlug seine Hand beiseite und riss den brennenden Ärmel kurzerhand ab. Eine letzte Flammenzunge strich über sein Gesicht. Anders konnte spüren, wie sich seine Augenbrauen und Wimpern verkrümelten (wortwörtlich), und für einen Sekundenbruchteil hatte er das Gefühl, Feuer zu atmen, dann war es vorbei.

Keuchend taumelte er zurück, fuhr sich hektisch mit beiden Händen durchs Gesicht und betrachtete anschließend seinen linken Arm. Ein weiteres Wunder: Er war vollkommen unversehrt. Seine Haut war nicht einmal gerötet. Und sein nächster Blick überzeugte ihn davon, dass auch Kris – fast – ohne einen Kratzer davongekommen war.

Nicht alle Verteidiger hatten so viel Glück gehabt. Nur ein Stück neben ihnen loderte eine mehr als zwei Meter hohe Flammenwand, die alles Leben verschlungen hatte, das sich dahinter befand. Eine brennende Pfütze begann sich immer schneller auf dem Wehrgang auszubreiten und tropfte in den Hof hinab, und überall erblickte er Männer, die sich vor Schmerz krümmten oder irgendwie versuchten ihre Brandwunden zu versorgen, und als wäre das alles noch nicht genug, bot sich ihnen plötzlich ein Anblick, der an Schrecklichkeit nicht mehr zu überbieten war: Inmitten der Flammenhölle erschien ein brennender Troll. Brüllend vor Schmerz und Furcht und lichterloh in Flammen stehend, torkelte der Gigant aus dem Feuer heraus und stürzte in den Hof, riss aber noch sterbend zwei der Verteidiger mit sich in die Tiefe, die der grässliche Anblick ebenso gelähmt haben musste wie Anders. Hinter der Feuerwand zuckte und waberte es. Etwas Dunkles und sehr Großes schien sich dort zu winden, aber Anders wollte gar nicht genau wissen, was es war.

»Danke«, keuchte er mit einiger Verspätung.

»Dieses verdammte Katapult«, keuchte Kris. Sein Blick flackerte. »Noch ein paar solcher Treffer und wir sind erledigt.«

Wenn sie das nicht bereits waren, dachte Anders bitter. Der letzte Treffer hatte weit mehr Opfer unter den Angreifern gefordert als unter den Verteidigern, aber im Gegensatz zu diesen war es den Trollen ein Leichtes, ihre Verluste sofort zu ersetzen. Jeder Mann, der hier oben fiel, hinterließ eine Lücke, die sich nicht wieder schließen ließ.

»Wenn ich du wäre, würde ich jetzt von hier verschwinden«, sagte Kris ernst. »Es sei denn, du willst ausprobieren, wie weit dein Glück wirklich reicht.«

Anders nickte und trat prompt wieder an die Mauer heran. Sein Blick suchte das Trebuchet auf der anderen Seite der Ebene. Die Wilden waren bereits dabei, das gigantische Katapult neu zu spannen. Noch ein paar Augenblicke, und eine neue Ladung tödlichen Feuers würde auf die Burg herabregnen.

Plötzlich fiel ihm etwas auf: Nur ein kleines Stück hinter der gigantischen Belagerungsmaschine stand ein grob zusammengezimmerter Karren, der hoch mit etwas beladen war, das man auf die Entfernung gut für eine Ladung übergroßer dunkler Kürbisse hätte halten können. Oder auch Tongefäße, die mit einer brennbaren Flüssigkeit gefüllt waren.

»Bist du ein guter Bogenschütze?«, fragte er.

»Ziemlich«, antwortete Kris. »Warum?«

Anders deutete stumm auf den Karren, und Kris brauchte nur einen einzigen Blick, um zu verstehen. Er nickte grimmig, bückte sich nach seinem Bogen und ließ ihn mit einem Fluch wieder fallen, als er sah, dass er angesengt und die Sehne gerissen war. Ohne ein weiteres Wort fuhr er herum, führte einen fast grotesk anmutenden Stepptanz zwischen Pfützen brennender Flüssigkeit auf und kam nach einem Augenblick mit einem unversehrten Bogen und einem bereits entzündeten Brandpfeil in der Hand zurück. Er legte an, zielte – und ließ den Bogen wieder sinken ohne geschossen zu haben.

»Was?«, fragte Anders.

Kris schüttelte nervös den Kopf. »Das ist zu riskant«, antwortete er. »Wenn ich danebenschieße, merken sie vielleicht, was wir vorhaben, und bringen den Wagen in Sicherheit. Wir brauchen mehr …«

Das Trebuchet entspannte sich mit einem dumpfen Knall, und Anders verfolgte mit angehaltenem Atem und klopfendem Herzen die Flugbahn des Geschosses, das taumelnd auf sie zu raste.

Diesmal hatte das Katapult höher gezielt. Das Geschoss flog weit über die Zinnen hinweg, senkte sich in den Burghof – und zerschmetterte zielsicher eines der großen Fenster im ersten Stock des Hauptgebäudes.

Für eine endlose halbe Sekunde geschah gar nichts, und Anders setzte schon dazu an, erleichtert aufzuatmen, doch dann schien die gesamte Etage wie unter einem unheimlichen inneren Feuer aufzuleuchten – und sämtliche Fenster explodierten in einer Wolke aus weißer und orangeroter Glut nach außen. Trümmer und flüssiges Feuer und glühende Glassplitter regneten zu Boden, und in das Grollen der Explosion und den knirschenden Laut von zerbrechendem Stein und berstendem Holz mischte sich ein Chor gellender Schmerzensschreie.

»Lara!«, keuchte Kris. »Lauf! Such nach ihr! Ich mache das hier schon!«

8

Jetzt brauchte Anders keine weitere Aufforderung mehr. So schnell er konnte, fuhr er herum und raste auf die Treppe zu und hinunter. Die letzten drei oder vier Stufen waren noch immer blockiert. Flammen und heftiger schwarzer Qualm schlugen aus den Kadavern des halben Dutzends Schweine, die dem allerersten Angriff zum Opfer gefallen waren (Großer Gott, das war noch nicht einmal fünf Minuten her, aber ihm kam es vor wie Stunden!), und ein Stück über ihnen lag ein sterbender Troll, dem Anders lieber nicht zu nahe kommen wollte. Er sprang die letzten anderthalb Meter in den Hof hinab, glitt in einer schlüpfrigen Lache aus, über deren Beschaffenheit er vorsichtshalber nicht genauer nachdachte, fand im letzten Moment sein Gleichgewicht wieder und spurtete los.

Die Kämpfe hatten noch nicht auf den Burghof übergegriffen, aber dennoch herrschte auch hier unten das reine Chaos. Zahlreiche Verteidiger, aber auch Angreifer waren von den Mauern gestürzt, und die Schweinekrieger kümmerten sich um die einen und überzeugten sich bei den anderen davon, dass sie auch tatsächlich keine Gefahr mehr darstellten. Auch hier brannte es überall. Ein Teil des hölzernen Tors hatte Feuer gefangen und weigerte sich hartnäckig sich löschen zu lassen, und auch aus den zerborstenen Fenstern loderten noch immer Flammen.

Ein tödlicher Wasserfall aus brennenden Tropfen und glühenden Trümmern prasselte auf die Treppe unmittelbar vor dem Eingang. Anders wurde trotzdem nicht langsamer, sondern raste im Zickzack zwischen den in Panik durcheinander stürzenden Schweinen hindurch, raffte all seinen Mut zusammen und warf sich durch den Feuervorhang. Irgendetwas streifte glühend heiß seinen Rücken und er büßte noch mehr Haare ein, aber dann war er hindurch und fand sich in der von

Qualm und zuckendem Feuerschein erfüllten Eingangshalle wieder. Eine Woge erstickender Hitze und grellweißen Lichtes schlug ihm vom oberen Ende der Treppe entgegen. Schreie gellten und er hörte noch immer das schreckliche Geräusch von zerberstendem Stein. Wo war Lara?

Blindlings stürmte er auf das Kaminzimmer neben der Treppe zu und riss die Tür so ungestüm auf, dass er hindurchstolperte und um ein Haar in den Raum dahinter gestürzt wäre.

Am liebste hätte er vor Erleichterung aufgeschrien, auch wenn der Anblick, der sich ihm bot, einigermaßen absurd war. Morgen stand vor dem rückwärtigen Fenster und trug nichts außer einem hauchzarten Gewand, das mehr von ihrem Körper enthüllte, als es verbarg, und Lara war hinter ihr auf einen niedrigen Schemel gestiegen und bürstete ihr mit bedächtigen Bewegungen das Haar, während rings um sie herum die Welt in Stücke brach.

Lara wandte mit einem Ruck den Kopf und starrte ihn mit schreckensbleichem Gesicht an, während sich die Elder mit einer betont langsamen Bewegung umwandte. »Anders! Ich bin froh, dass du …«

»Was zum Teufel *tut* ihr hier?«, unterbrach sie Anders. Irgendwo über seinem Kopf fiel etwas mit einem gewaltigen Knall um und zerbarst, und Morgen runzelte missbilligend die Stirn.

»Ich werde diesen Barbaren nicht die Genugtuung bereiten, mich in Lumpen gehüllt und zitternd vor Furcht töten zu können«, sagte sie.

Anders starrte sie eine Sekunde lang mit offenem Mund an und für die gleiche Zeitspanne hatte er alle Mühe, die Elder nicht zu fragen, ob sie sie eigentlich noch alle beisammen hatte. Stattdessen sagte er mühsam beherrscht: »So weit ist es noch lange nicht, Morgen. Bisher halten die Mauern.«

»Sie werden fallen«, erwiderte Morgen ernst, aber ohne die mindeste Spur von Furcht. »Die Männer geben ihr Bestes, doch Tapferkeit nutzt nicht viel gegen diese Teufelsmaschine, fürchte ich.«

Anders sparte es sich, darauf zu antworten, und wandte sich an Lara. »Kris geht es gut. Aber wir müssen hier raus. Gibt es einen Keller oder einen geheimen Fluchtweg?«

Lara warf ihm einen ebenso dankbaren wie erleichterten Blick zu, aber sie kam nicht dazu, zu antworten. Ein verschwommener Schatten huschte am Fenster draußen vorbei und Anders reagierte ohne nachzudenken: Mit einer Bewegung, die er sich selbst niemals zugetraut hätte, stieß er sich ansatzlos ab, prallte mit ausgebreiteten Armen gegen Morgen und Lara und riss sie mit sich von den Beinen.

Noch bevor sie ganz zu Boden stürzten, verwandelte sich der Schatten in einen orangeweißen Feuerball. Die Fensterscheibe war von einem Atemzug auf den anderen einfach nicht mehr da, und an ihrer Stelle leckte eine brüllende Feuerzunge herein, so heiß und lodernd, dass die Gardinen beiderseits des Fensters nicht einmal Zeit fanden, in Flammen aufzugehen, sondern von einem Moment auf den nächsten einfach zu Asche zerfielen; ebenso wie die Hälfte von Morgens Kleid und eine Menge von ihrem Haar.

Die Lohe erlosch so schnell, wie sie gekommen war, und zurück blieb ein Schwall stickiger trockener Hitze und ein durchdringender Brandgeruch. Anders wälzte sich unsicher herum, spürte einen dünnen, jedoch ungemein heftigen Schmerz im Nacken und schlug hastig die Funken aus, bevor sie in sein Kleid rutschen konnten, wo er sie gar nicht mehr erreichen würde.

Neben ihm wimmerte Lara leise. Anders fuhr hastig herum und sog erschrocken die Luft zwischen den Zähnen ein. Lara schien wie durch ein Wunder nahezu unverletzt geblieben zu sein, aber in ihrem Haar saßen Dutzende winzige Feuerkörper. Ohne zu zögern beugte er sich vor und schlug die Funken mit den bloßen Händen aus, bevor ihr Haar endgültig Feuer fangen konnte. Erst als er die Hände wieder zurückzog, spürte er die Nässe und sah die fast fingerlange Risswunde über ihrem linken Auge. Sie schien nicht einmal besonders tief zu sein, blutete aber so heftig, dass er dabei zusehen konnte, wie sich die linke Hälfte ihres Gesichts in eine schreckliche rote Maske verwandelte. Lara schüttelte jedoch nur den Kopf, als er erneut die Hand nach ihr ausstrecken wollte.

»Kümmere dich um die Elder!«, verlangte sie.

Anders sah sie noch einen Moment lang zweifelnd an, drehte sich aber dann gehorsam um und half Morgen dabei, sich umständlich in die Höhe zu stemmen. Die Elder bot keinen sonderlich besseren Anblick als Lara, schien aber genau wie sie größtenteils mit dem Schrecken davongekommen zu sein. Ihr Haar war angesengt und ihr Kleid war definitiv ruiniert, doch das schien auch schon alles zu sein.

»Bei Oberon«, murmelte sie benommen. »Das war …«

»Ziemlich knapp, ich weiß«, fiel ihr Anders ins Wort. »Bist du verletzt?«

»Ich glaube … nicht«, antwortete Morgen unsicher. »Danke. Du hast mir das Leben gerettet.«

»Das scheint im Moment eine ziemlich weit verbreitete Angewohnheit hier zu sein«, antwortete Anders. Morgen sah ihn verständnislos an und Anders machte eine rasche wegwerfende Geste und fuhr mit veränderter Stimme fort: »Wir müssen hier raus. Allmählich beginnen sie sich einzuschießen. Kannst du gehen?«

Morgen nickte, doch die Bewegung wirkte nicht sonderlich überzeugend. Und wie auch? Anders war ja nicht einmal sicher, ob *er* gehen konnte. Sowohl die Flamme als auch die rasiermesserscharfen Glasscherben hatten ihn verfehlt, aber der Aufprall auf dem Boden war wirklich sehr hart gewesen. Sein Gesicht und der größte Teil seines Körpers fühlten sich an, als summte ein Bienenschwarm dicht unter seiner Haut.

Lara stand auf, ging zum Kamin und nahm die beiden gekreuzten Schwerter herunter, die an der Wand daneben befestigt waren. Anders streckte ganz automatisch die Hand aus, als Lara eine der Klingen mit dem Griff voran in seine Richtung hielt, aber Morgen kam ihm zuvor: Sie ergriff die Waffe, missbrauchte sie für einen Moment als improvisierte Krücke, um sich in die Höhe zu stemmen, und nahm sie dann in beide Hände.

»Ich brauche auch eine Waffe!«, forderte Anders.

Lara runzelte die Stirn, sah ihn einen Moment lang nachdenklich an und warf der Elder dann einen raschen, beinahe unmerklichen Blick zu, und Morgen reichte ihm das Schwert.

»Du willst es wirklich haben?«, vergewisserte sich Lara. Anders nickte. Lara hob ihr eigenes Schwert und machte eine auffordernde Geste. Auch Anders hob seine Waffe – und Lara machte irgendetwas, das Anders nicht einmal *sah*, und in der nächsten Sekunde starrte er verblüfft auf seine leeren Hände. Das Schwert stürzte klappernd meterweit entfernt zu Boden, und die Spitze von Laras Klinge berührte sacht seine Kehle.

»Okay, ich habe verstanden«, seufzte Anders. »Ich suche mir vielleicht doch besser einen Leprechaun.«

Lara runzelte verständnislos die Stirn, ging aber nicht weiter darauf ein, sondern ließ endlich ihr Schwert sinken und trat einen Schritt zurück. Anders atmete erleichtert auf. Es war kein schönes Gefühl, eine Schwertspitze am Hals zu haben; ganz gleich wer die Waffe führte.

Morgen zog spöttisch die Augenbrauen zusammen, aber sie verkniff sich jeden Kommentar, sondern ging nur, um ihr Schwert zu holen. Als sie sich danach bückte, begann sich ihr ohnehin kaum vorhandenes Gewand in Fetzen aufzulösen, und die Elder verhielt mitten in der Bewegung und warf Anders einen leicht verlegenen Blick zu. Irgendwie gelang es Anders zwar, das anzügliche Grinsen zurückzuhalten, das seine Lippen erobern wollte, aber Lara schien es dennoch zu sehen. Sie streifte ihren Mantel ab und legte ihn der Elder kommentarlos um die Schultern. An Morgens hoch aufgeschossener Gestalt war er kaum mehr als eine knapp sitzende Jacke, die zwar ihre Blöße bedeckte, ihr jedoch auch noch den allerletzten Rest von Würde nahm, und Morgen musste das auch sehr wohl begreifen. Sie zog den Mantel mit der linken Hand am Hals zusammen und nickte Lara dankbar zu, schoss aber gleichzeitig einen zornsprühenden Blick in Anders' Richtung ab. Diesmal versuchte Anders erst gar nicht mehr das breite Grinsen zu unterdrücken, das ihm als Antwort auf den Lippen lag.

»Wir sollten jetzt gehen«, schlug Lara mit einem unbehaglichen Räuspern vor.

Gute Idee, dachte Anders. *Die Frage ist nur: Wohin?* Laut sagte er: »Und es gibt wirklich keinen Weg hier raus?«

Morgen zögerte gerade lange genug, um ihrer Antwort jede Glaubwürdigkeit zu nehmen, fand Anders. »Nein«, sagte sie. »Keinen, den wir nehmen könnten.«

Anders resignierte. Ganz gleich, wie irrsinnig es ihm auch vorkommen mochte – die Elder war ganz offenbar entschlossen den Heldentod zu sterben. Letzten Endes war das ihre Sache und Anders war weder willens noch in der Lage, sie davon abzuhalten, aber er würde nicht tatenlos zusehen, wie sie Lara mit sich in den Untergang riss. »Dann brauchen wir ein Versteck«, sagte er.

Morgens Züge wurden noch eine Spur härter. »Ich werde mich nicht wie ein wimmerndes Tier in einem Loch verkriechen und auf den Tod warten«, sagte sie. »Und du solltest das auch nicht. *Gerade du* nicht.«

Gerade ich nicht?, wiederholte Anders in Gedanken verwirrt. Was sollte *das jetzt* schon wieder heißen? Er sah Morgen gleichermaßen fragend wie verwirrt an, aber sie wich seinem Blick hastig aus und biss sich auf die Unterlippe. Zumindest die letzten drei Worte, das begriff er plötzlich, hatte sie *ganz bestimmt nicht* sagen wollen.

Er räusperte sich übertrieben. »Das habe ich auch nicht vor, ehrwürdige Elder«, antwortete er steif. »Aber es hat wenig Sinn, wenn wir uns töten lassen, bevor der Krieg endgültig entschieden ist.«

»Vielleicht ... kommen Culain und die anderen ja noch«, mischte sich Lara zögernd ein. Morgen funkelte sie an und Lara senkte hastig den Blick, fuhr aber trotzdem, wenn auch mit leiserer Stimme fort: »Das Heer kann nicht sehr weit entfernt sein. Sie werden die Rauchsignale gesehen haben. Und wenn nicht, dann … dann das Feuer. Sicher sind sie schon auf dem Weg hierher.«

Wenn sie noch leben, dachte Anders düster. Aber er hütete sich das auszusprechen. Die Worte standen schon deutlich genug in Morgens Augen geschrieben.

»Ja, vielleicht«, sagte Morgen nach einem weiteren, schier endlosen Zögern. Das war ganz und gar nicht das, was sie wirklich dachte, begriff Anders, aber im Moment auch zweifellos das Beste, was sie bekommen konnten. Er nickte Lara fast unmerklich zu und sie drehte sich mit einem Ruck um und ging zur Tür. Morgen zögerte noch einmal – gerade lange genug um in Anders die Furcht zu nähren, dass sie es sich am Ende wieder anders überlegt haben und zu dem Entschluss gelangt sein könnte, doch lieber mit wehenden Fahnen unterzugehen –, dann aber ergriff sie das Schwert fest mit der unverletzten linken Hand und folgte Lara. An der Tür zögerte sie noch einmal, und als Anders ihr nachkam, wusste er auch, warum. Zumindest wusste er, wo die Fensterscheibe geblieben war: Sie hatte sich in Hunderte unterschiedlich große, unterschiedlich geformte, aber ausnahmslos rasiermesserscharfe gläserne Wurfmesser verwandelt, die sich fingertief in das eisenharte Holz der Tür gebohrt hatten.

Morgen schauderte sichtbar, wandte kurz den Blick zu der geschwärzten leeren Fensterhöhle auf der anderen Seite des Zimmers und noch kürzer in seine Richtung und schob dann den Riegel zurück. Sie sagte nichts, aber was Anders in diesem Moment in ihren Augen las, war eindeutig genug. Vielleicht war ja auch die *ehrwürdige Elder* nicht ganz so gegen die blanke Todesangst gefeit, wie sie es selbst gerne gehabt hätte …

Sie traten in die Halle hinaus und die Wirklichkeit holte sie ein.

Das Höllenfeuer am oberen Ende der Treppe war erloschen und aus den geschwärzten Türrahmen quoll fettiger schwarzgrauer Qualm, der sich unter der vertäfelten Decke zu einer brodelnden Wolke sammelte, aus der dann und wann noch immer grelle Funkenschauer regneten, die aber ausnahmslos erloschen, bevor sie den Boden erreichten.

Nebeneinander rannten sie zur Tür und Anders sah automatisch zur Mauer hinauf. Sein Blick suchte Kris, und Lara musste wohl dasselbe getan haben, denn sie atmete im gleichen Moment und mindestens so erleichtert wie er auf, als sie den jungen Krieger inmitten des Gewühls entdeckten. Es war nicht zu erkennen, ob er verletzt war oder nicht, aber zumindest lebte er noch und stand aus eigener Kraft auf den Beinen.

Überhaupt, fand Anders, leisteten die Verteidiger noch erstaunlich effizient Widerstand. Die allermeisten Brände waren bereits erloschen und die wenigen Angreifer, die noch immer hartnäckig versuchten die Mauern zu überwinden, fanden nicht einmal die Zeit, zu begreifen, wie selbstmörderisch dieser Versuch war, bevor sie ihn auch schon mit dem Leben bezahlten. Für einen kurzen Moment verstand er Morgens Optimismus in ihrem gestrigen Gespräch besser – ohne die schreckliche Belagerungsmaschine, über die die Angreifer verfügten, hätten die Krieger tatsächlich eine gute Chance gehabt, dem Sturm zu trotzen.

Leider Gottes *hatten* sie diese Belagerungsmaschine, und als wären Anders' Gedanken das Stichwort gewesen, auf das ein grausames Schicksal nur gewartet hatte, flog in diesem Augenblick ein weiterer Schatten über die Burgmauer hinweg und kollidierte zielsicher mit dem Turm, von dem die Rauchsignale aufstiegen.

Die Rauchzeichen verschwanden zusammen mit den oberen drei oder vier Metern des Turms und für einen winzigen Moment schien über der Burg eine zweite gleißend helle Sonne aufzugehen, die alle Farben auslöschte und Schatten wie mit harten schwarzen Linien in die Wirklichkeit meißelte. Anders schlug geblendet die Arme vors Gesicht und wartete auf das Dröhnen der Explosion, doch stattdessen vernahm er nur ein dumpfes, aber ungemein machtvolles Grollen und Vibrieren. Trümmer und Fontänen aus flüssigem Feuer regneten auf den Hof herab und wieder brach unter den Schweinekriegern Panik aus.

»Der Kanal«, sagte Lara, nachdem das Krachen der Explosion und die Schreie der durcheinander stürzenden Schweine halbwegs verklungen waren. »Der unterirdische Fluss, Herrin!«

Morgen starrte sie nur ausdruckslos an und Lara fuhr auf dem Absatz herum und wandte sich heftig gestikulierend an Anders. »Die Burg hat eine eigene Wasserversorgung«, stieß sie hervor. »Ein unterirdischer Fluss! Ich weiß nicht, wo er endet, aber ich weiß, wie wir dorthin kommen.« Sie deutete auf einen flachen Bau nahezu am anderen Ende des Hofes und machte gleichzeitig eine auffordernde Geste, doch Morgen schüttelte entschieden den Kopf, bevor Anders antworten konnte.

»Wir gehen dort hinauf«, sagte sie mit einer Kopfbewegung zum Wehrgang empor. »Die Männer brauchen mich jetzt!«

Anders verdrehte zwar innerlich die Augen, aber er musste sich eingestehen, Morgen hatte vermutlich sogar Recht. Sie konnte kaum erwarten, dass die Männer dort oben ihr Letztes gaben, wenn sie gleichzeitig mit ansehen mussten, wie die, die sie mit ihrem Leben verteidigen wollten, Reißaus nahm. Und außerdem war da auch noch Kris …

»Also gut«, seufzte er, allerdings an Lara gewandt, nicht an die Elder. »Morgen und ich gehen auf die Mauer und du suchst den Zugang zum Kanal!«

»So, tue ich das?«, fragte Lara. Sie beantwortete ihre eigene Frage mit einem heftigen Kopfschütteln. »Wer hat dich eigentlich zum Anführer ernannt?«

»Niemand, aber …«

Morgen beendete die Diskussion, indem sie einfach losstürmte und auf die Treppe auf der anderen Seite des Hofes zurannte. Anders fluchte, versuchte Laras schadenfrohes Grinsen nach Kräften zu ignorieren und folgte ihr, so schnell er konnte.

Als sie die Treppe erreichten, geschahen zwei Dinge nahezu gleichzeitig und er hätte nicht sagen können, was schlimmer war: Ein weiteres Wurfgeschoss flog taumelnd und einen zerrissenen Wollfaden aus weißem Rauch hinter sich herziehend über die Mauer hinweg, senkte sich zielsicher auf den kleinen Ziegelbau herab, den Lara ihm gezeigt hatte, und verwandelte ihn in etwas, das weit mehr Ähnlichkeit mit dem Schlund eines ausbrechenden Vulkans hatte als mit dem Zugang zu einer unterirdischen Quelle, und ein gewaltiger Schlag traf das geschlossene Tor, begleitet vom triumphierenden Gebrüll aus zahllosen rauen Kehlen, das auf der anderen Seite der Mauer laut wurde. Ein fast noch Furcht einflößenderes wütendes Gebrüll aus Dutzenden von Schweinekehlen antwortete auf die Herausforderung, als die Tiermenschen die Nähe ihrer verhassten Gegner spürten, und Anders drehte gerade noch rechtzeitig den Kopf um zu sehen, wie das Tor unter einem zweiten, noch heftigeren Schlag erzitterte. Staub schoss in winzigen grauen Wolken aus den Ritzen zwischen den wuchtigen Eichenbohlen heraus, gefolgt von einem Hagel aus Holzsplittern, und Anders sah, wie sich der mehr als oberschenkelstarke Riegel tatsächlich um ein gutes Stück durchbog, wie durch ein Wunder aber standhielt. Anders bezweifelte allerdings, dass er auch noch einen dritten Anprall überstehen würde.

»Weiter!«, befahl Morgen. Anders setzte sich gehorsam in Bewegung, machte aber nur einen einzigen Schritt, bevor er wieder stehen blieb und unschlüssig auf die Kadaver der toten Schweine starrte, die nach wie vor die Treppe blockierten. Ihr Fell schwelte noch immer und verbreitete einen bestialischen Gestank, und er war nicht einmal sicher, dass die Kreaturen *tatsächlich* alle tot waren. Er konnte unmöglich über all diese reglosen Körper *hinwegsteigen!*

Morgen jedenfalls konnte es und Lara ebenfalls. Ohne auch nur eine Sekunde zu zögern kletterten sie über die kreuz und quer auf den Stufen liegenden Kadaver hinweg und stürmten weiter. Allein der bloße *Gedanke*, dasselbe zu tun, drehte Anders schier den Magen um, aber schließlich überwand er seinen Widerwillen und machte einen ersten Schritt.

Als er den zweiten tun wollte, zerriss ein gewaltiger orangeroter Lichtblitz den Himmel, und die Treppe hob sich wie ein bockendes Pferd und schüttelte ihn und die Hälfte der toten Krieger ab. Ein ungeheuerlicher Donnerschlag marterte Anders' Gehör, und noch während er mit hilflos rudernden Armen rückwärts taumelte und vergebens um sein Gleichgewicht rang, erblickte er einen titanischen Pilz aus lodernd-weißem Feuer, der sich irgendwo auf der anderen Seite der Mauer in die Höhe schraubte und den Himmel zu versengen versuchte.

Ein zweiter, noch gewaltigerer Donnerschlag rollte über die Ebene heran und die nachfolgende Erschütterung riss ihn endgültig von den Beinen. Anders schlug so schwer auf, dass ihm für einen Moment die Luft wegblieb, registrierte eine Bewegung aus den Augenwinkeln und warf sich gerade noch rechtzeitig herum, um nicht von einem vier Zentner schweren in Eisen gehüllten Schwein erschlagen zu werden, das neben ihm zu Boden krachte. Der Donnerschlag war verklungen, aber in seinen Ohren rauschte und dröhnte es noch immer.

Mühsam arbeitete er sich in die Höhe und suchte zuallererst erschrocken nach Lara und der Elder. Die Erschütterung hatte sie ebenso von den Füßen gefegt wie ihn und nahezu jeden hier in der Burg, doch sie hatten trotzdem Glück gehabt: Morgen hatte den Wehrgang bereits erreicht und Lara befand sich zwar noch auf der Treppe, war aber lediglich auf Hände und Knie herabgesunken und überwand den Rest des Aufgangs kurzerhand in der gleichen Haltung, bevor sie sich, oben auf dem Wehrgang angekommen, endgültig aufrichtete. Anders folgte ihr auf etwas weniger unkonventionelle, wenn auch kaum schnellere Weise.

Wenigstens musste er jetzt nicht mehr über tote Schweine hinwegsteigen, denn die Erschütterung hatte die Kadaver von der Treppe geschleudert; zusammen mit den beiden unteren Stufen.

Anders hatte geahnt, was ihn erwarten würde, wenn er den

Wehrgang erreichte, und dennoch verschlug ihm der Anblick für einen Moment den Atem. Der Feuerpilz waberte noch immer über der Stelle, an der das Trebuchet gestanden hatte. Die Flammen begannen allmählich von Weiß zu Gelb und dann zu einem düsteren glosenden Rot zu verblassen, aber hoch über ihren Köpfen breitete sich der brodelnde Teppich aus Flammen immer noch weiter aus, als wollte er den gesamten Himmel nicht nur über dem Schlachtfeld, sondern über der ganzen Welt verschlingen.

Die Armee der Wilden war verschwunden. An ihrer Stelle gewahrte Anders jetzt eine brodelnde schwarze Wolke aus Qualm und Staub, die sich mit schon fast unnatürlich anmutender Behäbigkeit auf die Torburg zuwälzte.

»Oberon sei uns gnädig«, entfuhr es Morgen. »Was habt ihr *getan?«*

Anders trat zögernd an Lara und ihr vorbei und legte die Hände auf die Mauerkrone. Obwohl er wusste, dass es vollkommen unmöglich war, glaubte er für einen Moment den Nachhall der gewaltigen Kräfte zu spüren, die gerade gegen diese Mauern geprallt waren, und ohne es auch nur selbst zu registrieren, zog er die Hände fast erschrocken wieder zurück.

Mit heftig klopfendem Herzen beugte er sich vor. Die Schlacht war für einen Moment zum Erliegen gekommen, denn die Druckwelle, die Anders und alle anderen hier drinnen zu Boden geschleudert hatte, war draußen auf der Ebene noch ungleich verheerender gewesen. Für einen ganz kurzen Moment gelang es Anders sogar, sich allen Ernstes an die Hoffnung zu klammern, dass die Explosion die Schlacht entschieden haben könnte, aber natürlich wusste er zugleich auch, dass das nicht der Fall war. Der gewaltige Flammenpilz wuchs zwar immer noch weiter, aber er begann nun auch zusehends zu verblassen, und auch die Flutwelle aus Staub und Qualm, die sich noch immer auf die Burgmauern zuwälzte, büßte mehr und mehr an Schnelligkeit und Kraft ein.

Morgen trat neben ihn. »Was ist geschehen?«, fragte sie

noch einmal, aber jetzt in verändertem und gleichermaßen sachlichem wie forderndem Ton.

»Das war Anders' Idee.« Kris trat mit rußgeschwärztem Gesicht neben Morgen und machte eine entsprechende Kopfbewegung. Er hielt einen Bogen in der linken Hand, aber keinen Pfeil, und auch der Köcher auf seinem Rücken war leer. Seine Augen leuchteten vor Stolz. »Ihr solltet Euch bei ihm bedanken, ehrwürdige Elder. Ich glaube, er hat uns alle gerettet.«

»*Was* war seine Idee?«, fragte Morgen unwillig.

Kris wiederholte seine deutende Geste, wobei er diesmal allerdings seinen Bogen zu Hilfe nahm. »Es ihnen mit gleicher Münze zurückzuzahlen«, antwortete er. »Ein gut gezielter Brandpfeil in ihren Munitionswagen, und … *Bumm!*« Er grinste. »Ich hätte allerdings nicht geglaubt, dass es *so* gut funktioniert.«

Anders machte eine Kopfbewegung auf den Bogen in Kris' Hand. »Hast du …?«

Kris schüttelte den Kopf und versuchte sich mit dem Handrücken das Gemisch aus Ruß und Schweiß aus dem Gesicht zu wischen, womit er es allerdings eher noch schlimmer machte. »Ich fürchte, nein«, gestand er mit einem schiefen Grinsen. »Aber vielleicht warte ich mit der Antwort, bis die Schlacht vorbei ist. Ich meine, wenn sich der wirkliche Schütze nicht meldet …«

Morgen lachte, allerdings nicht sehr laut und auch nur ganz kurz, dann wandte sie ihre Aufmerksamkeit wieder der Ebene vor der Burg zu. »Ich fürchte, so weit sind wir noch lange nicht, mein Freund«, sagte sie leise. »Wir haben eine Atempause gewonnen, aber mehr auch nicht.«

Tatsächlich begannen sich die meisten Barbarenkrieger, die die Explosion zu Boden geschleudert hatte, schon wieder zu erheben. Viele von ihnen schienen verletzt zu sein und fast alle wirkten benommen und verängstigt – Anders sah sogar etliche, die in kopfloser Flucht davonstürmten oder gar blind vor Angst ihre eigenen Kameraden attackierten, aber er machte sich nichts vor. Morgen hatte Recht. Die Explosion mochte ebenso furchtbar wie spektakulär gewesen sein, doch sie war letztlich nichts weiter als ein wenig Theaterdonner. Keinesfalls genug, um die Schlacht zu entscheiden.

»Vielleicht hat es ja ihren Anführer erwischt«, mischte sich Lara ein. Sie hob die Schultern. »Als ich ihn das letzte Mal gesehen habe, stand er neben dem Katapult.«

»Ja«, sagte Kris. »Außerdem ...« Er brach mit einem erschrockenen Laut ab und riss die Augen auf, als er sich zu Lara umwandte und erst jetzt das Blut sah, das mittlerweile nicht nur die gesamte linke Seite ihres Gesichts bedeckte, sondern auch ihr Kleid dunkelrot färbte.

»Das ist nichts«, sagte Lara hastig. »Nur eine Schramme.«

»Eine *Schramme?«*, ächzte Kris. Ohne auf Laras Protest zu achten, ergriff er ihr Kinn, drehte ihren Kopf fast grob um und begutachtete den Riss über ihrem linken Auge. »Das nennst du eine Schramme? Du siehst entsetzlich aus!«

»Ach?« Lara schlug seine Hand zur Seite, trat einen Schritt zurück und funkelte ihn zornig an. »Du siehst auch nicht viel besser aus, falls es dich interessiert. Außerdem *ist* es nur eine Schramme. Wir sind mitten im Krieg, falls du es noch nicht gemerkt hast!«

Kris ignorierte sie und drehte sich bebend vor Zorn zu Anders um. »Nennst du das etwa auf sie aufpassen?«, fauchte er.

»Aufpassen?« Lara zog die Augenbrauen zusammen, und Anders hatte den Eindruck, dass ihre Miene nicht nur durch all das Blut so Unheil verkündend wirkte. »Habe ich da irgendetwas nicht mitbekommen?«

»Dein Freund hat mich gebeten ein wenig auf dich Acht zu geben«, antwortete Anders kühl und ohne Kris aus den Augen zu lassen.

»Und das hat er auch«, mischte sich Morgen ein. »Ohne Anders' beherztes Eingreifen wäre Lara jetzt tot, mein lieber Junge. *Wir beide* wären es.« Sie machte eine unwillige Geste. »Genug jetzt! Da drüben tut sich etwas.«

Unverzüglich wandten sie ihre Aufmerksamkeit wieder dem feindlichen Heerlager zu. Der Feuerpilz war mittlerweile erloschen und auch die zahllosen kleineren Brände, die überall rings um den flachen Krater loderten, der dort gähnte, wo noch vor wenigen Minuten der Munitionswagen gestanden hatte, sanken so schnell in sich zusammen, dass man dabei zusehen konnte. Noch immer behinderte schwarzer Rauch und Staub die Sicht, sodass Anders den wahren Zustand des feindlichen Heeres mehr erahnte, als wirklich sah – aber das Wenige, *was* er erkennen konnte, zeigte ihm, dass seine Befürchtungen nur zu berechtigt gewesen waren. Die Explosion hatte verheerende Schäden angerichtet. Wie durch ein Wunder stand das Trebuchet noch immer aufrecht, wenn auch halb auf die Seite gedrückt und sonderbar deformiert wie ein gestrandetes Schiff, das allmählich unter seinem eigenen Gewicht zusammenzubrechen beginnt, und es brannte lichterloh. Niemand, der dem explodierenden Wagen näher gewesen war als fünfzehn oder zwanzig Meter, hatte die Katastrophe überlebt, und auch unter den Kriegern, die sich weiter entfernt aufgehalten hatten, musste es zahllose Verwundete gegeben haben.

Und trotzdem war es im Grunde nicht mehr als ein Nadelstich; ein *schmerzhafter* Nadelstich zweifellos, aber dennoch nicht mehr als ein Nadelstich. Die Übermacht des feindlichen Heeres war weiterhin erdrückend.

Morgen deutete auf eine einzelne in geschwärztes Eisen gehüllte Gestalt, die sich zwischen den gefallenen Barbarenkriegern erhoben hatte.

»Ja«, sagte Anders, »ich habe es gesehen.«

Er war nicht einmal wirklich enttäuscht; geschweige denn überrascht. Er wäre eher dann überrascht gewesen, wenn der Krieger *tatsächlich* der Explosion zum Opfer gefallen wäre. Dieser Mann hatte es geschafft, binnen weniger Monate aus einer Horde geistloser Tiere ein diszipliniertes Heer zu machen. Er hatte die Armee der Elder geschlagen, diese furchtbare Waffe konstruiert und gebaut und die unbesiegbare Festung vor den

Toren Tiernans um ein Haar im Sturm genommen – er war einfach niemand, der sich durch einen Zufallstreffer töten ließ.

Als hätte er seinen Blick gespürt, richtete sich der Krieger weiter auf und drehte sich gleichzeitig in seine Richtung. Einen Moment lang stand er einfach nur reglos da und starrte zur Burg herüber, und obwohl Anders ganz genau wusste, wie unmöglich das war, hatte er das entsetzliche Gefühl, den Blick seiner dunklen Augen direkt auf sich zu fühlen; als wisse er nicht nur genau, dass er hier oben stand, sondern auch, wer er war.

Dann hob der Krieger den Arm und die Atempause war vorbei. Der Kampf ging weiter. Wieder erhob sich ein dröhnendes Kriegsgeschrei aus den Reihen der Barbarenkrieger und gleichzeitig erschienen auch wieder die ersten Sturmleitern über den Mauern. Auch das Tor unter ihnen erbebte unter einem weiteren Schlag, der diesmal so gewaltig war, dass Anders meinte, das Ächzen des malträtierten Holzes bis hier herauf zu spüren. Nur ein kleines Stück neben ihm begannen die Männer Steine und glühende Kohlen auf die Angreifer zu schleudern, was von einem Chor gellender Schreie aus der Tiefe beantwortet wurde. Steine und andere Wurfgeschosse flogen zu ihnen herauf und der Kampf entbrannte binnen Sekunden praktisch auf der gesamten Mauerbreite mit neuer, unverminderter Wut.

Auch unmittelbar vor ihm polterte plötzlich eine roh zusammengezimmerte Leiter gegen die Mauer und einen Lidschlag später erschien die hässliche Visage eines riesigen einäugigen … *Etwas* über den Sprossen. Morgen stieß ihm ihr Schwert in die Schulter, packte die Leiter mit nur einer Hand und versetzte ihr einen so gewaltigen Stoß, dass sie nach hinten stürzte, und beugte sich aus der gleichen Bewegung heraus vor, um nach unten zu sehen.

»Das Tor!«, keuchte sie. »Sie rammen das Tor ein!«

Nicht dass es nötig gewesen wäre, für Anders' Geschmack – aber wie zur Bestätigung ihrer Warnung erbebte das Tor in genau diesem Moment unter einem weiteren, gewaltigen Treffer, und diesmal konnte er hören, wie Holz zerbrach. Die Verteidiger schleuderten noch hektischer Steine, glühende Kohlen und heiße Asche auf die Wilden hinab, aber nichts davon vermochte dem Angriff auch nur etwas von seiner ungestümen Wut zu nehmen; geschweige denn ihn zurückzuschlagen. Ein weiterer Schlag traf das Tor, dann ertönte ein gewaltiges Splittern, Bersten und Poltern, das in der nächsten Sekunde vom johlenden Triumphgebrüll aus zahllosen rauen Kehlen übertönt wurde. Anders musste nicht nach unten sehen um zu wissen, dass das Tor gefallen war.

»Ausfall!«, schrie Morgen. *»Werft sie zurück! Und zerstört diese verdammte Ramme!«*

Die überlebenden Schweine formierten sich zu einem Keil aus Muskeln und Eisen, der sich den Angreifern entgegenwarf, aber es spielte vermutlich keine Rolle mehr, ob ihr Ausfall Erfolg hatte oder nicht, dachte Anders. Der Anblick des eingeschlagenen Tores schien die Wilden noch einmal mit neuem Kampfeswillen zu beseelen: In immer rascherer Folge stürmten sie die Leitern herauf und mehr und mehr von ihnen brachen durch. An einem halben Dutzend Stellen tobte der Kampf plötzlich nicht mehr *um,* sondern *auf* der Mauer, und auch wenn die Verteidiger die allermeisten dieser Zweikämpfe gewannen – *noch,* schränkte Anders in Gedanken ein –, so war es doch nur eine Frage der Zeit, bis die Wilden endgültig durchbrachen. Nicht mehr sehr langer Zeit.

Auch in ihrer unmittelbaren Nähe wurde schon wieder erbittert gekämpft. Morgens mutiger Angriff hatte ihnen eine winzige Atempause verschafft, doch einige der Wilden waren nicht auf die Leitern angewiesen, um die Mauern zu überwinden. Vor allem die Kleineren unter ihnen schienen einfach an den Wänden emporzuklettern und sie waren keinen Deut weniger gefährlich als ihre größeren Brüder. Kris schleuderte zwei der kleinen Scheusale mit bloßen Händen wieder zurück auf die Mauer, dann wurde er von etwas angesprungen, das Anders nicht genau erkennen konnte, das seiner Meinung nach aber entschieden zu viele Arme hatte, und zu Boden gerissen.

Lara war mit einem einzigen Schritt bei ihm, schmetterte dem Wilden den Knauf ihres Schwertes in den Nacken und packte ihn an einem seiner zahleichen Gliedmaßen, um ihn in hohem Bogen über die Mauer zu schleudern. Das Geschöpf verschwand quietschend und zappelnd in der Tiefe und Kris richtete sich benommen auf, während Morgen schon wieder ihre Klinge schwang, um einen weiteren Angreifer abzuwehren, der sich über die Mauerkrone ziehen wollte. Ihr Schwert hackte eine Hand des Ungeheuers ab, was es aber nicht zu stören schien – es hatte noch drei weitere, mit denen es sich beharrlich weiter in die Höhe zog.

Anders war mit einem einzigen Satz neben der Elder, schlug dem Wilden den Handballen gegen die Stirn, und das groteske Geschöpf verdrehte die Augen und stürzte lautlos dahin zurück, wo es hergekommen war.

»Danke«, sagte Morgen. Sie klang eher verblüfft als irgendetwas anderes und der Blick, mit dem sie ihn maß, war es noch viel mehr – als wäre das, was er gerade getan hatte, so ziemlich das Allerletzte gewesen, womit sie gerechnet hätte.

Außerdem schien es ihr nicht zu gefallen.

Anders selbst erging es kaum besser. Seine Hand pochte, so hart hatte er zugeschlagen, aber das registrierte er fast nur beiläufig. Er hatte ganz instinktiv reagiert, nicht *beinahe,* sondern *ganz eindeutig* ohne nachzudenken, und dieser eine Hieb war etwas vollkommen anderes gewesen als vorhin, als er gegen die beiden Zwerge und den Troll gekämpft hatte. Da hatte er sich *gewehrt,* um sein Leben zu schützen. Jetzt hatte er den Zwerg *angegriffen,* und auch wenn sein Verstand noch nicht wirklich so weit war, diesen Unterschied in Worte zu kleiden, so spürte er doch tief in sich zugleich, wie gewaltig er war. Mit diesem einen Schlag hatte er eine Grenze überschritten, jenseits derer es vielleicht kein Zurück mehr gab. Er starrte seine Hand an, als wäre sie etwas Fremdes, ja *Feindseliges,* ein Eindringling, der nur so aussah, als wäre er ein Stück von ihm, und sich nun seiner bemächtigte, ohne dass er etwas dagegen tun konnte.

Ein weiterer Angreifer erschien über der Mauerkrone; wesentlich größer und mit weniger Armen, dafür aber einem rostigen Schwert, mit dem er so ungestüm nach Morgen stocherte, dass die Elder den Hieb nur mit Mühe parieren konnte und halb aus dem Gleichgewicht gebracht zurücktaumelte. Die Elder keuchte vor Schrecken und Schmerz und kämpfte wild rudernd darum, nicht von der Mauer zu stürzen, und der Troll zog sich mit einem triumphierenden Grunzen weit genug in die Höhe, um die Wand vollends zu überwinden.

Kris rammte ihm das Ende seines Bogens mit solcher Gewalt ins Auge, dass die Waffe zersplitterte. Der Troll verschwand mit einem schrillen Schmerzensschrei in der Tiefe, ließ aber freundlicherweise seine Waffe fallen und Kris bückte sich hastig danach, während Anders und Lara ebenso rasch herumfuhren, um Morgen davor zu bewahren, ebenfalls hinabzustürzen.

»Danke«, stieß die Elder hervor. »Anscheinend hast du mir schon wieder das Leben gerettet.«

Anders sparte es sich, direkt darauf zu antworten. Lara hatte einen mindestens ebenso großen Anteil an der Rettung der Elder, aber das schien Morgen nicht einmal zu registrieren, was ihn ungemein ärgerte.

»Mach eine Strichliste«, knurrte er. »Wir rechnen dann ab, wenn das alles hier vorbei ist.«

Morgen blinzelte verwirrt, aber sie kam nicht dazu, zu antworten, denn zwischen den Mauerzinnen erschien schon wieder das Ende einer hölzernen Sturmleiter, und diesmal mussten Kris und die Elder ihre Kräfte zusammenwerfen, um die Angreifer zurückzuschlagen.

Und es war nicht nur hier so. Anders war noch immer viel zu schockiert von dem, was er gerade getan hatte, aber er sah auch, dass sich die Schlacht nicht zum Besten entwickelte. Mittlerweile tobten überall auf dem Wehrgang erbitterte Zweikämpfe, und die Zahl der wie eine haarige, klauenbewehrte Flut über die Mauern strömenden Monster schien mit jeder Sekunde zuzunehmen. Auch aus dem Hof drang das

Klirren von Waffen und Kampflärm zu ihnen herauf. Morgens *Ausfall* schien nicht ganz so funktioniert zu haben, wie die Elder geplant hatte. Anders korrigierte sich selbst in Gedanken. Die Torburg *würde* nicht fallen. Sie fiel. *Jetzt.*

Mit vereinten Kräften gelang es Kris, Lara und der Elder, die Angreifer noch einmal über die Mauer zurückzudrängen, aber es war nicht einmal eine Atempause: Unmittelbar neben ihnen durchbrachen gleich zwei riesenhafte Trolle die Reihen der Verteidiger, sodass sich Morgen und die beiden anderen schon wieder mit verzweifelter Kraft ihrer Haut erwehren mussten. Morgen blutete aus einer frischen Schnittwunde an der Schulter, als sie die Angreifer zurückgeschlagen hatten, und auch Kris wankte benommen.

»Wir müssen … zurück«, keuchte Morgen. »Das hat keinen Sinn. Sie überrennen uns.«

»Prima Idee«, sagte Anders tonlos. »Hast du auch einen Vorschlag, wohin?«

Morgen sah ihn einen Herzschlag lang verständnislos an, dann verlor ihr Gesicht auch noch das letzte bisschen Farbe, als ihr Blick in den Hof fiel.

Unter ihnen tobte eine erbitterte Schlacht. Der geplante Ausfall war gründlich nach hinten losgegangen. Statt durch das eingeschlagene Tor hinauszustürmen und die Angreifer zurückzutreiben, wurden die Krieger ihrerseits immer weiter zurückgedrängt. Obwohl sie wie die Berserker unter den Wilden wüteten, verlagerte sich die Schlacht mehr und mehr ins Innere der Festung. Selbst auf den untersten Stufen der Treppe wurde bereits gekämpft – was nichts anderes bedeutete, als dass sie hier oben in der Falle saßen.

»*Herrin! Da!*«

Nicht nur Morgen fuhr hastig auf dem Absatz herum, und Anders konnte einen erleichterten Aufschrei nicht mehr unterdrücken, als sein Blick der Richtung folgte, in die Lara mit dem ausgestreckten Schwert deutete.

Auch auf der anderen Seite der Ebene war eine wütende

Schlacht ausgebrochen. Es war ein gewaltiger Keil aus weiß gekleideten, in schimmerndes Eisen gepanzerten Reitern, der wie eine gigantische stählerne Faust in das Heer der Belagerer gefahren war und es in alle Windrichtungen verstreute. Angeführt wurden sie von zwei riesenhaften Gestalten in blitzendem Gold, unter deren Schwerthieben die Wilden fielen wie Stroh unter der Sense eines Schnitters.

Es waren Culain und Tamar. Die Elder waren gekommen um sie zu retten.

9

Die Schlacht war noch nicht vorbei. In den Filmen und Büchern, die Anders in seinem früheren Leben so gerne gesehen und gelesen hatte, hätte der Anblick des heranrückenden Heeres den Angreifern vielleicht den Mut genommen, sodass sie ihre Waffen weggeworfen und ihr Heil in der Flucht gesucht hätten. Aber hier und jetzt war eher das genaue Gegenteil der Fall: Der schier unerschöpfliche Strom an Nachschub, den die Angreifer bisher erhalten hatten, riss ab, als sich die Wilden draußen auf der Ebene ihren neu aufgetauchten Gegnern zuwandten; doch die Wilden, die sich bereits im Inneren der Burg befanden oder die Mauern erstürmten, schienen mit plötzlich umso verbissenerer Wut anzugreifen; als ahnten sie, was ihnen bevorstand, wenn Culain und seine Elder erst einmal hier waren, oder versuchten den Kampf im allerletzten Moment doch noch für sich zu entscheiden.

Für endlose Augenblicke sah es fast so aus, als könnte es ihnen gelingen. Anders erinnerte sich hinterher nicht mehr wirklich an Einzelheiten, nur an ein tobendes Chaos aus Schreien und Lärm und Gestank und schattenhaften Körpern, die miteinander rangen. Vielleicht hatte er sogar Anteil an diesem Kampf, vielleicht auch nicht; sein Verstand schien sich einfach in ein unsichtbares Schneckenhaus irgendwo tief in seinem Inneren zurückzuziehen, in dem er nichts mehr von all dem Entsetzlichen wahrnahm, das rings um ihn herum geschah. Irgendwann war es schließlich vorbei und Anders fand sich selbst Rücken an Rücken mit Lara und in Schweiß gebadet und keuchend vor Anstrengung auf der Mauer wieder. Er hielt eine rostige Eisenstange in der Hand, von der er sich beim allerbesten Willen nicht erinnern konnte, wann er sie aufgehoben hatte, und noch viel weniger, wie die blutverschmierten borstigen schwarzen Haare darauf gekommen waren. Morgen lehnte keuchend neben ihm an der Mauer und presste die rechte Hand gegen den Leib. Der Verband um ihr gebrochenes Handgelenk war mit frischem Blut getränkt. Ihre andere Hand umklammerte noch immer das Schwert, aber sie sah nicht so aus, als hätte sie die Kraft, noch einmal damit zuzuschlagen.

Dann entdeckte er Kris. Er kauerte ein paar Schritte entfernt auf dem Boden und presste beide Hände gegen sein rechtes Bein, in dem er sich eine üble Stichwunde eingefangen hatte. Es war fast unheimlich still. Alles, was Anders hörte, war das Rauschen seines eigenen Blutes in den Ohren und ein entferntes Dröhnen und Rumoren wie das Geräusch eines Gewitters, das sich noch weit hinter dem Horizont befand.

Anders öffnete kraftlos die Hand, und die Eisenstange entglitt seinen Fingern und fiel mit einem sonderbar hellen, weithin hörbaren Klingen zu Boden. Das Geräusch schien den unheimlichen Bann zu brechen, der sich für einen Moment über die Burg gelegt hatte. Plötzlich hörte er wieder das Klirren von Waffen, die Schreie der Kämpfenden und Sterbenden und das dumpfe Dröhnen zahlloser Pferdehufe, die sich der Burg näherten. Unter ihnen im Hof wurde immer noch gekämpft, aber Anders musste nicht einmal hinsehen um zu wissen, dass der Kampf entschieden war. Ohne ihren schier unerschöpflichen Nachschub waren nicht einmal die Wilden den furchtbaren Schweinekriegern gewachsen.

Anders raffte all seine verbliebene Kraft zusammen und schaffte es irgendwie, nicht auf die Knie zu sinken oder gleich ganz zusammenzubrechen, sondern sich stattdessen mühsam zu Lara umzudrehen und sich mit einem Blick davon zu überzeugen, dass sie noch einigermaßen unversehrt war. Sprechen konnte er nicht.

»Ich glaube, es … ist … vorbei«, keuchte Lara. Auch sie wankte, aber aus irgendeinem Grund, der ihm selbst nicht ganz klar war, unterdrückte Anders den Impuls, die Hand auszustrecken, um sie zu stützen. Ganz davon abgesehen hätte es vermutlich reichlich albern ausgesehen, wenn er bei dem Versuch zusammengebrochen wäre, sie aufzufangen. Er lächelte nur matt, wandte sich mühsam um und taumelte die zwei Schritte zu Morgen hin, um sich neben ihr gegen den rauen Stein sinken zu lassen. Auch Morgens Schwert entglitt ihren Fingern und klirrte zu Boden, und Anders kam flüchtig in den Sinn, wie hilflos sie plötzlich alle waren; und wie gefährlich die Situation trotz allem noch war. Der Kampf war nahezu vorüber, aber *nahezu* bedeutete nicht *völlig.* Ein paar besonders uneinsichtige Wilde weigerten sich nach wie vor aufzugeben und sich niedermetzeln zu lassen, und ein paar von ihnen waren nicht einmal sehr weit weg; es wäre schon ein besonders perfider Scherz des Schicksals, wenn sie jetzt, da schon fast alles vorüber war, von einem Zwerg mit einer rostigen Gartenschere erledigt würden …

Anders verscheuchte diesen albernen Gedanken und hob müde den Kopf, um nach Süden zu blicken. Nicht nur die Schlacht in der Burg war vorbei. Das Heer der Belagerer hatte sich zerstreut und befand sich in panischer Auflösung, und Culains Reiter näherten sich in gestrecktem Galopp der Burg, wobei immer wieder einzelne Männer aus der Formation ausscherten, um einem flüchtenden Wilden nachzusetzen und ihn niederzumachen. Aber nie sehr weit und keiner ließ sich auch nur auf einen halbwegs ernst gemeinten Kampf ein. Sobald sie sich heftiger Gegenwehr gegenübersahen, machten sie hastig kehrt und schlossen sich dem Heer wieder an.

Und noch etwas war seltsam, fand Anders. Culains Reiter waren wie der Zorn Gottes über die Barbaren gekommen und hatten eine blutige Schneise durch ihr gesamtes Heer gepflügt, und wie es aussah, ohne auf nennenswerten Widerstand zu treffen. Anders war alles andere als ein Krieger, und nach dem, was er heute erlebt hatte, wusste er auch, dass er das niemals werden wollte, und dennoch fiel selbst ihm der unverzeihliche Fehler auf, den die Elder gemacht zu haben schienen: Statt den Vorteil der Überraschung zu nutzen und ihrem Gegner den Todesstoß zu versetzen, war der gesamte Trupp herumgeschwenkt und jagte der Burg entgegen. Hätte er es nicht besser gewusst, dann hätte er fast annehmen können, dass sich all diese Reiter auf der *Flucht* befanden und nicht zu ihrer Rettung gekommen waren …

Anders schüttelte auch diesen Gedanken ab und wischte sich mit dem Handrücken den Schweiß von der Stirn, bevor er dorthin sah, wo sich noch vor wenigen Minuten das Heerlager der Wilden befunden hatte.

Auch dieser Anblick gefiel ihm nicht. Die Armee aus Ungeheuern und Fabelwesen befand sich in Unordnung, aber keineswegs in der panischen Auflösung, von der er bis jetzt ausgegangen war. Ganz im Gegenteil hatte Anders das unheimliche Gefühl, dass sich die versprengten Krieger bereits wieder zu sammeln begannen. Die Folgen des Angriffs waren verheerend: Eine grässliche Spur aus zahllosen toten und sterbenden Wilden markierte den Weg, den die Elder-Soldaten quer durch ihr Lager genommen hatten. Das zerstörte Trebuchet brannte noch immer lichterloh und erhob sich wie ein flammendes Fanal der Vernichtung über dem feindlichen Lager, und Anders sah erst jetzt, wie groß die Anzahl der Opfer wirklich gewesen war, die die Explosion gefordert hatte.

Trotzdem fiel es ihm mit jeder Sekunde schwerer, sich selbst davon zu überzeugen, dass er auf ein geschlagenes Heer hinabsah. Sie hatten ihrem Gegner einen empfindlichen Schlag versetzt, aber ihn besiegt …?

»Oberon sei Dank!« Lara ließ sich mit einem erschöpften Seufzen neben ihm gegen die Mauer sinken und sah aus trüben Augen zu den näher kommenden Reitern hin. »Sie hätten keinen Augenblick später kommen dürfen.«

Anders wollte etwas sagen, aber in diesem Moment fing er einen warnenden Blick aus Morgens Augen auf, und was er darin las, ließ ihn alles hinunterschlucken, was ihm auf der Zunge lag. Er musste sich schon sehr täuschen, wenn sich die Gedanken der Elder nicht auf ziemlich ähnlichen Pfaden bewegten wie seine eigenen. »Kümmere dich um Kris«, bat er. »Ich glaube, er ist verletzt.«

Lara sah fast enttäuscht aus, so als hätte sie ein Lob als Antwort erwartet oder doch wenigstens Zustimmung. Aber dann folgte ihr Blick seiner deutenden Geste und sie fuhr sichtbar erschrocken zusammen. Hastig drehte sie sich auf dem Absatz um und eilte zu Kris, um sich neben ihm auf die Knie sinken zu lassen. Anders sah, dass er heftig den Kopf schüttelte und Laras Hände beiseite schieben wollte, obwohl die dunkelrote Lache unter seinem Bein so schnell anwuchs, dass man dabei zusehen konnte. Vermutlich würde Kris auch dann noch behaupten, dass alles in Ordnung wäre, wenn er den Kopf unter dem linken Arm trüge. Mit einem angedeuteten Lächeln wandte er sich ab und wurde schlagartig wieder ernst, als er Morgens Blick begegnete.

»Dir liegt wirklich eine Menge an dem Mädchen, wie?«, fragte sie.

Anders nickte. »Ja«, antwortete er, »aber auf …«

»… auf eine andere Art, als ich bisher geglaubt habe, ich weiß«, unterbrach ihn die Elder. Sie schüttelte seufzend den Kopf. »Stell dir vor, mittlerweile habe sogar ich das begriffen.«

Sie schnitt ihm mit einer irgendwie resigniert wirkenden Geste das Wort ab – *nicht jetzt* –, als er widersprechen wollte, und wandte sich wieder den näher kommenden Reitern zu. Ihr Gesicht verdüsterte sich noch weiter.

»Irgendetwas stimmt nicht, habe ich Recht?«, fragte Anders.

Morgen deutete ein Schulterzucken an und presste kurz und heftig die Lippen zusammen, bevor sie ihm antwortete; Anders konnte nicht sagen, ob ihr die unvorsichtige Bewegung Schmerzen bereitete oder ob es seine Frage war, die sie zwang etwas zuzugeben, vor dem sie lieber die Augen verschlossen hätte.

»Es sind … zu wenige«, sagte sie schließlich. Zögernd. Widerwillig. »Es müssten mehr als doppelt so viele sein. Mindestens.« Anders sagte nichts dazu. Er bedauerte schon, die Frage überhaupt gestellt zu haben.

Allerdings hätte er die Wahrheit wenige Augenblicke später ohnehin erkannt. Die Reiter wurden langsamer, je näher sie der Burg kamen, was zum einen daran lag, dass sie auf immer mehr Widerstand stießen, denn letzten Endes hatten die wenigen überlebenden Wilden wohl doch noch eingesehen, in welch auswegloser Lage sie sich befanden, und suchten ihr Heil in der Flucht, wodurch sie Culains Reitern unmittelbar in die Arme liefen, zum anderen aber auch daran, dass die Männer irgendwie ihren Schwung aufgebraucht zu haben schienen.

Und je näher sie kamen, umso deutlicher sah Anders auch, in welch erbärmlichem Zustand sich Culains Armee befand. Es gab kaum einen Mann, der nicht auf die eine oder andere Art verletzt oder zumindest arg ramponiert wirkte. Anders erblickte mehr als einen Krieger, der sich nur noch mit letzter Kraft im Sattel zu halten schien, und auch die, die es weniger schlimm getroffen hatte, sahen nicht aus wie strahlende Sieger.

Und noch etwas fiel ihm auf: Obwohl nahezu jeder Mann in Culains Gefolge verwundet war, gab es nicht einen unter ihnen, der einen Verband trug oder seine Verletzungen auf irgendeine andere Art versorgt hätte. Und der Grund dafür, weshalb die Reiter immer langsamer wurden, schien darin zu liegen, dass weder Mensch noch Tier die Kraft hatten, ihr scharfes Tempo weiter aufrecht zu halten. Die Elder, die unter ihnen heranrückten, waren nicht gekommen um sie zu retten.

Es waren Flüchtlinge.

»Geh und … bringe Lara und ihren Freund ins Haus«, sagte Morgen stockend. Ihr Gesicht war wieder zu einer Maske völliger Ausdruckslosigkeit erstarrt, doch ihre Stimme hatte sie nicht vollkommen unter Kontrolle. »Und bringe mir einen Mantel. Bitte«, fügte sie nach einer kurzen, aber hörbaren Pause hinzu.

Anders trat so hastig von der Mauer zurück, dass Lara fast erschrocken den Kopf hob und ihn stirnrunzelnd ansah. Er deutete ein Kopfschütteln an, beschleunigte seine Schritte noch mehr und streckte demonstrativ die Hand aus, um Kris aufzuhelfen. Er hatte ihn richtig eingeschätzt. Laras Hilfe hatte er stolz ausgeschlagen, aber seine Hand nahm er dankbar entgegen; was ein neuerliches, noch deutlich missbilligenderes Stirnrunzeln auf Laras Gesicht zauberte. Sie schwieg, doch ihr Blick machte klar, dass die Sache damit nicht vom Tisch war.

Trotz seiner Hilfe kostete es Kris einige Mühe, auf die Beine zu kommen, und beinahe noch mehr, auch darauf zu bleiben. Lara hatte ein Stück aus ihrem Kleid gerissen und ihm einen provisorischen Verband angelegt, der allerdings eher symbolischen Wert zu haben schien. Der Stoff war mittlerweile ebenso nass und durchgeblutet wie der seiner Hose, und Anders fragte sich besorgt, ob die Klinge des Angreifers vielleicht eine Arterie verletzt hatte; eine Wunde, die unter den gegebenen Umständen durchaus tödlich sein konnte.

»Wie geht es dir?«, fragte Anders und kam sich dabei selbst ein bisschen albern vor.

»Jetzt – gut«, antwortete Kris. Er versuchte zu grinsen, aber das, was er zustande brachte, erinnerte eher an ein schmerzhaftes Verziehen der Lippen. Vielleicht war es auch nicht mehr. »Wie steht es?«, fragte er, während er ächzend versuchte, Anders den linken Am um die Schulter zu legen, damit er ihn stützen konnte. »Haben sie sie niedergemacht? Sie fliehen, habe ich Recht?«

»Etliche«, erwiderte Anders ausweichend. Er machte eine fragende Kopfbewegung zur Treppe hin. »Schaffst du das oder sollen wir dich tragen?«

»Das ist wohl ein Witz«, beschwerte sich Kris. »Ich kann durchaus allein gehen.«

»Ja, darauf wette ich«, sagte Lara. Sie war für einen Moment zu Morgen an die Mauer getreten und in ihren Augen lag derselbe Ausdruck von erschrockener Verstörtheit, den Anders gerade in Morgens Stimme gehört hatte. Sie wich Kris' Blick aus, erstickte seinen Widerspruch jedoch schon im Keim mit einem entschiedenen Kopfschütteln und trat neben ihn, um seinen Arm zu ergreifen und ihn sich über die Schulter zu legen, wie Anders es auf der anderen Seite getan hatte. Kris protestierte zaghaft – vorsichtshalber aber nicht laut genug, um wirklich Erfolg damit haben zu können –, und Anders und Lara bugsierten ihn mit vereinten Kräften zur Treppe und die ausgetretenen Stufen zum Hof hinab.

Anders konzentrierte sich ganz bewusst immer nur auf das Stück Boden, auf das er als Nächstes seinen Fuß setzen würde. Er wollte den grässlichen Anblick nicht sehen, den der Burghof bot. Die Schlacht war endgültig vorbei, der letzte der eingedrungenen Angreifer erschlagen oder geflohen, aber der Innenhof bot dennoch ein Bild, das viel mehr einem Albtraum zu entstammen schien als der Wirklichkeit. Überall lagen tote oder sterbende Krieger beider Parteien, ein süßlicher Schlachthausgeruch hing in der Luft und ein sonderbar gedämpftes, aber durchdringendes Stöhnen und Wehklagen drang an sein Ohr. Anders weigerte sich weiter beharrlich, alle Einzelheiten der schrecklichen Szene zur Kenntnis zu nehmen, und beinahe gelang es ihm auch. Doch schon das Wenige, was er nicht ausblenden konnte, war beinahe mehr, als er ertrug.

Sie hatten den Hof halb durchquert, als Laras Kräfte versagten. Sie stolperte, wäre um ein Haar gestürzt und fand nur mit Mühe und Not ihr Gleichgewicht wieder, und Anders konnte nur mit eindeutig noch mehr Mühe und Not verhindern, dass sie Kris und ihn gleich mit sich zu Boden riss. »Seid ihr sicher, dass das eine gute Idee ist?«, presste Kris zwischen zusammengebissenen Zähnen hervor. »Ich weiß wirklich nicht, wer gefährlicher für mich ist – ihr oder die Wilden.«

Anders grinste zwar pflichtschuldig, aber Kris hatte vollkommen Recht. Sie alle waren nach der Schlacht bis zum Umfallen erschöpft, Lara vermutlich noch mehr als er, und sie gewannen nichts, wenn sie Kris ins Haus brachten und Lara danach zusammenbrach.

Lara wollte weitergehen, aber Anders schüttelte nur stumm den Kopf und winkte dann den am nächsten stehenden Schweinekrieger heran. »He, du! Komm her und hilf uns!«

Die groteske Kreatur kam nur zögernd näher und musterte ihn feindselig aus ihren winzigen verschlagenen Augen, und auch Kris ächzte hörbar und begann dann ebenso lautstark wie wortreich zu protestieren, doch Anders ignorierte sowohl ihn als auch die feindseligen Blicke des Schweins.

»Bring ihn ins Haus«, befahl er. »Aber sei vorsichtig. Tu ihm nicht weh.«

Kris protestierte noch lauter und auch Lara starrte ihn an, als zweifele sie an seinem Verstand, aber zumindest der Krieger reagierte. Wenn auch nicht sofort, sondern erst nachdem er Anders' zerfetztes Gewand und vor allem seinen weißen Ledergürtel mit einem langen abschätzenden Blick gemustert hatte. Dann aber nahm er Kris ohne viel Federlesens auf den Arm und drehte sich mit einem halblauten Grunzen herum.

»Geh mit ihm«, bat Anders. »Die Wunde sieht übel aus. Wenn die Ader verletzt ist …«

»Ist sie nicht«, unterbrach ihn Lara. Ihr Ton war plötzlich auf eine Art kühl, die Anders nicht verstand. »Davon habe ich mich sofort überzeugt. Es ist nur ein Schnitt.«

»Mir wäre trotzdem wohler, wenn du dich selbst darum kümmerst«, sagte Anders.

»Ganz wie Ihr befehlt, junger Herr«, antwortete Lara, ging aber trotzdem nicht sofort los, sondern fügte mit einer Kopfbewegung auf den Schweinekrieger und erneut seltsam veränderter Betonung hinzu: »Ihr lernt schnell, das muss man Euch lassen, Herr.«

Anders blickte ihr verwirrt nach. *Was hatte er denn nun schon wieder falsch gemacht?*

Anders dachte einen Moment lang angestrengt über diese Frage nach, bevor er zu dem Schluss kam, dass er sowieso keine Antwort darauf finden würde, und sich wieder umdrehte. Er vermied es auch jetzt, sich den Bildern des Schreckens um sich herum zu stellen, sondern suchte nach Morgen. Die Elder stand noch immer oben hinter den Zinnen, wo er sie zurückgelassen hatte, trat aber genau in diesem Moment von der Mauer zurück und steuerte mit schnellen Schritten die Treppe an. Anders ging ihr entgegen.

Die Elder und er trafen nahezu im selben Augenblick zusammen, als in dem gemauerten Torgewölbe das metallische Echo der ersten Hufschläge laut wurde. Anders sah ganz bewusst nicht hin, sondern streckte Morgen den Arm entgegen, um ihr über die zusammengebrochenen Stufen hinwegzuhelfen. Fast zu seiner eigenen Überraschung nahm Morgen das Angebot nicht nur an, sondern lächelte sogar dankbar, aber dann fiel ihr Blick auf einen Punkt irgendwo hinter ihm und ihr Lächeln erlosch und machte etwas Platz, das Anders beinahe ängstigte. Er überzeugte sich davon, dass Morgen auf sicherem Boden stand, bevor er ihre Hand losließ und sich widerstrebend umdrehte.

Das Klappern eisenbeschlagener Hufe auf hartem Kopfsteinpflaster war mittlerweile zu einem dutzendfach gebrochenen, lang nachhallenden Echo geworden, als mehr und mehr Reiter durch das Torgewölbe kamen und ihre Tiere auf den Hof lenkten.

Der Mann an ihrer Spitze war Culain und der Reiter neben ihm – vermutlich – Tamar. Beide hatten die Visiere ihrer Helme heruntergeklappt, sodass Anders ihre Gesichter nicht sehen konnte, doch das bizarre Puttengesicht Culains war unverwechselbar.

Zugleich war die schimmernde Visierplatte seines Helms aber auch schon beinahe alles, was an den strahlenden weißen Ritter erinnerte, den Anders in der Höhle jenseits der Eisebene kennen gelernt hatte.

Culain saß vornübergebeugt und mit hängenden Schultern

im Sattel. Seine Hände, die in feinmaschigen, blutgetränkten Kettenhandschuhen steckten, schienen die Zügel nicht zu halten um das Pferd zu lenken, sondern vielmehr um sich mit letzter Kraft daran festzuklammern, weil er sonst womöglich einfach aus dem Sattel gekippt wäre. Seine Kleider waren da, wo sie nicht von Metall oder zähem Leder geschützt waren, zerrissen und ebenfalls mit Blut und Schmutz besudelt, und auch seine Rüstung selbst war zerschlagen und verbeult. Der große dreieckige Schild, den der Elder auf den Rücken geschnallt hatte, war zerbrochen und klapperte bei jeder Bewegung, die das Pferd machte.

Morgen sog hörbar die Luft zwischen den Zähnen ein, als sie Culain erblickte, und eilte mit weit ausgreifenden Schritten auf ihn zu. Culain hob mühsam den Kopf und sah ihr entgegen, und obwohl sein Gesicht hinter dem für alle Zeiten erstarrten Messinggrinsen der Puttenmaske verborgen war, glaubte Anders zu spüren, dass er die Elder im ersten Moment nicht einmal erkannte. Erst als Morgen zwei Schritte vor ihm stehen blieb und zu ihm aufsah, zwang er sich zu einem kaum zu erahnenden Nicken und begann mit ebenso mühsamen wie umständlichen Bewegungen vom Rücken seines Pferdes zu klettern.

Die kleine Anstrengung überstieg beinahe seine Kräfte. Anders sah, wie Morgen dazu ansetzen wollte, ihm zu helfen, die Bewegung aber dann im letzten Moment abbrach, obwohl Culain um ein Haar gestrauchelt wäre. Anscheinend war Kris nicht der Einzige hier, der an lebensgefährlichem Stolz litt.

Neben Culain stieg auch Tamar aus dem Sattel; nicht ganz so unsicher wie er, aber ebenfalls mit langsamen, mühevoll wirkenden Bewegungen. Er klappte sein Visier hoch und setzte dazu an, etwas zu Morgen zu sagen, besann sich dann aber anders und wandte sich mit einer abrupten Bewegung ab.

Auch Culain schob die Gesichtsplatte seines Helms nach oben, trat auf Morgen zu und schloss sie kurz und heftig in die Arme, löste sich aber schon nach einem Augenblick wieder von ihr und schenkte Anders ein ebenso flüchtiges wie mattes

Lächeln, bevor er einen Schritt zurücktrat und mit fahrigen Bewegungen den Kinnriemen seines Helms löste.

Mehr als alles andere machte diese Geste Anders klar, wie es wirklich um den Elder stand. Culain brauchte fast eine geschlagene Minute, ehe es ihm gelang, den Kinnriemen zu lösen und den Helm abzusetzen, und als er es endlich geschafft hatte, hätte er ihn um ein Haar fallen gelassen. Diesmal widersetzte er sich nicht, als Morgen ihm half und ihm den Helm abnahm. Sein Gesicht war unverletzt, aber so sehr von Erschöpfung und Schwäche gezeichnet, es sah wie das eines Gespenstes aus.

»Morgen«, seufzte er. »Ich bin ja so froh, dass du lebst. Als wir das Feuer gesehen haben, waren wir schon auf das Schlimmste gefasst.« Er seufzte noch einmal und noch tiefer und ließ seinen Blick langsam und mit einer Mischung aus dumpfem Entsetzen und Resignation über das Schlachtfeld schweifen, als das sich ihm der Hof darbot. »Und nicht zu Unrecht, wie es aussieht.«

»Was ist passiert?«, fragte Morgen. »Wo sind die anderen?«

»Tot«, antwortete Culain leise. »Wenigstens die, die Glück hatten. Die anderen haben die Wilden gefangen genommen. Möge Oberon ihnen gnädig sein. Ich fürchte, diese Bestien sind es nicht.«

»Tot«, wiederholte Morgen entsetzt. »Aber was …?«

Culain brachte sie mit einem Kopfschütteln zum Verstummen. »Nicht hier«, sagte er. »Der Anblick, den wir bieten, ist schlimm genug. Wir sollten den Männern nicht auch noch den letzten Rest von Mut nehmen. Sie werden bald jedes bisschen davon brauchen, das sie noch haben.«

Er machte eine Geste zum Haus hin und ein Schatten flog über sein Gesicht, als er sah, dass es mehr als zur Hälfte ausgebrannt war. Aus dem an drei Stellen eingesunkenen Dach schlugen noch immer Flammen und schwarzer Rauch. »Kommt.«

Während sie zum Haus und die mit Trümmern und verkohltem Holz übersäte Treppe hinaufgingen, ritten immer mehr und mehr Elder auf den Hof. Die wenigsten boten einen sehr viel besseren Anblick als Culain oder Tamar; im Gegenteil. Culain war längst nicht der Einzige, der sich nur noch mit letzter Kraft im Sattel hielt, und mehr als einem gelang nicht einmal mehr das. Anders erblickte mindestens drei oder vier, die reglos nach vorne gesunken waren und anscheinend das Bewusstsein verloren hatten. Vielleicht waren sie auch tot.

Ein bitterer Geschmack begann sich irgendwo tief in seiner Kehle einzunisten, während er dem Einzug des zerschlagenen, von Angst und Erschöpfung gezeichneten Haufens zusah, der noch vor wenigen Stunden eine stolze Armee gewesen war, vor deren bloßem Anblick jeder Feind erzittert wäre. Die Angst hatte er schon vor Stunden empfunden, als er das Heer der Wilden dabei beobachtet hatte, wie es auf der anderen Seite der Ebene aufzog, und das Entsetzen nur wenig später, als der Angriff begann. Das geschlagene Heer löste etwas anderes in ihm aus; eine Art von Panik, die ihm neu war und tiefer ging als alles, was er bisher gekannt hatte. Es war nicht der erbärmliche Zustand der Männer oder der Anblick ihrer schrecklichen Verletzungen. Davon hatte er während der Schlacht mehr und Schlimmeres gesehen, als er sich noch am Morgen dieses Tages auch nun hatte *vorstellen* können.

Was ihm ungleich mehr zusetzte, das waren ihre Gesichter. Die Mutlosigkeit und Resignation in ihren Augen, die ihm sagten, dass alles umsonst gewesen war. Er war froh, als sie das Haus erreicht hatten und die verwüstete Empfangshalle betraten.

Der große Raum war jetzt nicht mehr leer. Die Männer hatten ihre verwundeten Kameraden hereingebracht um sie zu versorgen, und auch hier erfüllte ein gedämpftes Stöhnen und Wehklagen die Luft; und derselbe süßliche Schlachthausgeruch, der auch über dem Hof draußen lag.

Morgen steuerte mit schnellen Schritten die Tür zum Kaminzimmer an, während Anders etwas langsamer neben dem Elder herging. Culains Schritte schienen immer schleppender zu werden, je näher sie der Tür kamen, aber diesmal lag es nicht an seiner Schwäche. Sein Blick irrte unstet durch den Raum und Anders sah, wie das Entsetzen in seinen Augen eine neue Dimension annahm. So sehr, wie ihn selbst der Anblick des geschlagenen Heeres getroffen hatte, schien dem Elder der Anblick des zerstörten Hauses zuzusetzen.

Kris saß auf einem Stuhl vor dem erloschenen Kamin, als sie das verwüstete Zimmer betraten. Er hatte die Hose ausgezogen und das verletzte Bein auf den Tisch gelegt, und Anders zog erschrocken die Augenbrauen hoch, als er sah, was Kris als *Schramme* bezeichnet hatte: einen klaffenden Schnitt, der seinen Oberschenkel von der Hüfte fast bis zum Knie hinab spaltete und noch immer heftig blutete, obwohl sich Lara alle Mühe gab, die Wunde irgendwie zu verbinden. Als sie eintraten, fuhr Kris erschrocken zusammen und versuchte nach seiner Hose zu angeln – und wäre dabei beinahe vom Stuhl gefallen.

»Lass die Albernheiten«, sagte Morgen streng. Sie scheuchte Lara mit einer unwilligen Bewegung davon, begutachtete den Schnitt in Kris' Bein einen Moment lang aufmerksam und mit eindeutig besorgter Miene und beugte sich dann vor. Anders konnte nicht genau erkennen, was sie tat, aber Kris sog schmerzhaft die Luft ein und nur einen Moment später hörte die Wunde auf zu bluten. »Drück mit dem Finger hier drauf.« Morgen winkte Lara mit einer ungeduldigen Geste wieder heran. »Und leg den Verband so fest an, wie du kannst.«

Culain hatte sich indessen auf der anderen Seite des Tisches niedergelassen und die Ellbogen auf der Tischplatte aufgestützt und das Gesicht in den Händen vergraben. Er zitterte, ganz sacht nur, aber am ganzen Leib.

»Jetzt erzählt, Herr.« Kris presste die Kiefer vor Schmerz zusammen, während sich Lara an seinem Bein zu schaffen machte; was ihn aber nicht daran hinderte, weiter aufgeregt gestikulierend auf den Elder einzureden. »Habt Ihr sie geschlagen? Erzählt von der Schlacht. Es war doch gewiss ein großer Sieg, und …«

Er keuchte, als Lara den Verband mit einem plötzlichen Ruck straff zog, und Morgens Gesicht verdüsterte sich noch weiter. Culain nahm langsam die Hände herunter und sah erst Morgen, dann den Jungen aus sonderbar leeren Augen an. »Es war ein Gemetzel«, sagte er leise. »Sie haben uns aufgerieben. Wir hatten pures Glück, ihnen zu entkommen.«

»Wie?« Kris riss ungläubig die Augen auf. »Ihr … Ihr meint …?«

»Sei still«, befahl Morgen. Kris verstummte gehorsam und sah sie, Anders und den Elder abwechselnd und mit wachsender Bestürzung an. Morgen schickte noch einen weiteren warnenden Blick hinterher und wandte sich direkt an Culain. »Was ist geschehen?«, fragte sie.

»Es war eine Falle«, antwortete Culain, leise und erst nach einem langen Zögern. Er sah Morgen an, aber sein Blick schien zugleich geradewegs durch sie hindurchzugehen und sich auf einen Punkt irgendwo im Nichts zu fixieren, an dem ein namenloser Schrecken auf ihn wartete. »Der perfekteste Hinterhalt, den ich jemals erlebt habe. Wir hatten keine Chance.«

»Aber es waren doch nur … nur *Wilde!*«, stammelte Kris. Morgen brachte ihn mit einem ärgerlichen Blick zum Verstummen und Culain fuhr nach einem neuerlichen Zögern fort: »Sie hätten uns alle getötet, wäre Tamar nicht auf eine geniale Idee gekommen, um ihre Reihen zu durchbrechen, sodass wir entkommen konnten.« Er verzog die Lippen. »Vielleicht war es auch die pure Verzweiflung. Ich weiß es nicht.«

»Es *war* die pure Verzweiflung.« Tamar kam herein, in jeder Hand einen Becher mit dampfend heißem Inhalt. »Aber das werde ich selbstverständlich ableugnen, wenn mich irgendjemand außerhalb dieses Raumes darauf ansprechen sollte.«

Er versuchte die Tür mit der Schulter hinter sich zuzuschieben und verzog überrascht das Gesicht, als eine der gläsernen Messerklingen, mit denen sie gespickt war, seinen Nacken ritzte, drehte sich halb um und begutachtete zuerst die Tür, dann die leere Fensterhöhle mit einem langen, von einem vielsagenden Stirnrunzeln begleiteten Blick, sagte jedoch nichts dazu, sondern setzte seinen Weg fort und stellte einen der Becher direkt vor Culain ab.

»Trink«, sagte er, während er an seinem eigenen Becher nippte. Er verzog die Lippen. Besonders gut schien es nicht zu schmecken.

»Was ist passiert?«, fragte Morgen.

Der Elder zog eine Grimasse und trank einen weiteren, großen Schluck, bevor er antwortete. »Dein Mann hat es dir doch gerade schon gesagt«, grollte er. In seiner Stimme war plötzlich etwas, das Anders im allerersten Moment für Feindseligkeit hielt, obwohl er sich keinen Grund dafür denken konnte. »Ich habe das Heer in einem genialen taktischen Manöver vor dem sicheren Untergang bewahrt – was davon übrig war, heißt das.« Es stellte den Becher mit einem so harten Ruck auf den Tisch, dass sein Inhalt in alle Richtungen spritzte. »Nachdem ich es zuvor in einem Akt genialer Dummheit in die Falle geführt hatte.«

»Es war nicht deine Schuld«, sagte Culain müde.

»Ach, war es nicht?«, fragte Tamar. »Wessen dann? Wer ist schuld am Untergang eines Heeres, wenn nicht der General, der es führt?«

»Niemand«, widersprach Culain heftig. »Niemand konnte ahnen, was passiert! Bisher waren sie nur …« Er brach mit einem erschöpften Kopfschütteln ab und stierte wieder ins Leere, und für einen Moment breitete sich ein unbehagliches, lastendes Schweigen im Raum aus, das beinahe so etwas wie körperliche Substanz zu haben schien und das Atmen schwer machte.

Schließlich wandte sich Morgen mit einer entsprechenden Geste an Tamar. »Lass mich nach deinen Wunden sehen.«

»Das ist nichts«, wehrte der Elder ab. »Wenigstens nichts, was deine Kräuter und Verbände heilen könnten.« Er zögerte einen Moment, dann: »Vielleicht kümmerst du dich darum, dass alles für den Aufbruch vorbereitet wird. Die Verwundeten sind ein Problem. Ich weiß nicht, ob wir genügend Pferde für alle haben.«

»Aufbruch?« Morgen richtete sich kerzengerade auf. »Was … soll das heißen?«

Tamar wollte antworten, aber Culain schüttelte rasch den Kopf und legte Morgen besänftigend die Hand auf den Unterarm. »Ihr könnt nicht hier bleiben. Sie werden wieder angreifen und wir sind nicht genug, um ihnen standzuhalten.«

»Aber … aber jetzt, wo ihr hier seid …?«, stammelte Morgen. »Die Burg aufgeben? Das kann nicht euer Ernst sein!«

»Das Heer, das uns geschlagen hat, ist dicht hinter uns«, sagte Tamar. »Vielleicht eine Stunde, vielleicht etwas mehr. Sie sind uns fünf zu eins überlegen.« Es schüttelte traurig den Kopf. »Sie werden uns einfach überrennen, wenn wir hier bleiben.«

»Sie werden uns auch überrennen, wenn wir uns nach Tiernan zurückziehen«, beharrte Morgen.

»Vielleicht«, sagte Tamar. »Aber die Mauer ist leichter zu verteidigen und vielleicht geben sie sich ja auch damit zufrieden, die Torburg einzunehmen und zu plündern.« Er warf einen nachdenklichen Blick in die Runde, als versuchte er sich vorzustellen, wie all das hier aussehen würde, wenn die Wilden mit ihrem Zerstörungswerk fertig waren. »Wir müssen Zeit gewinnen. Hier haben wir sie nicht.«

»Und wozu soll das gut sein?«, fragte Anders.

Tamar maß ihn auf eine Art, als überlegte er, ob Anders' Frage überhaupt einer Antwort wert sei. »Wir haben eine Schlacht verloren, mein Junge«, sagte er schließlich. »Nicht den Krieg. Sie haben uns geschlagen, weil wir nicht wussten, womit wir es wirklich zu tun haben. Noch einmal wird uns das nicht passieren.«

»Aber wir können doch nicht …«, begann Kris.

Tamar brachte ihn mit einem eisigen Blick zum Verstummen. »Ist dein Bein in Ordnung?«, fragte er. »Dann geh und mach dich irgendwo nützlich. Wir brechen binnen einer halben Stunde auf.«

Kris wurde noch eine Spur blasser, aber er hütete sich, irgendetwas zu sagen, sondern stand auf und ließ sich von Lara dabei helfen, mit zusammengebissenen Zähnen aus dem Zimmer zu humpeln. Tamar wartete, bis er die Tür hinter sich geschlossen hatte, und maß das mit Glassplittern gespickte Türblatt mit einem neuerlichen, langen Blick, ging aber auch jetzt mit keinem Wort darauf ein, sondern griff wieder nach seinem Becher, allerdings nicht um daraus zu trinken. Nachdenklich drehte er ihn in den Fingern und blickte so gebannt hinein, als könnte er die Antworten auf alle seine Fragen auf der spiegelnden Oberfläche der Flüssigkeit ablesen, wenn er es nur angestrengt genug versuchte.

»Es ist dieser Fremde«, murmelte er nach einer Weile.

»Der Krieger in Schwarz?«

Tamar nickte, sah Anders aber nicht an, als er antwortete, sondern starrte weiter in seinen Becher. »Ich weiß nicht, wie er es gemacht hat oder wer er ist, aber er hat aus einer Herde blutrünstiger Tiere ein diszipliniertes Heer gemacht. Und das in wenigen Monaten.« Er seufzte. »Es ist meine Schuld. Ich hätte ihn töten lassen sollen, gleich als ich das erste Mal von ihm gehört habe.«

»Wann war das?«, fragte Anders.

Tamar hob die Schultern. »Vor zwei Monaten oder drei«, antwortete er. »Während du … weg warst.«

»Und ihr wisst nicht, wer er ist oder woher er kommt?«

Tamar sah endlich von seinem Becher auf und maß ihn mit einem Blick, in dem plötzlich so etwas wie Misstrauen zu funkeln schien. »Warum interessierst du dich so sehr für ihn?«

Anders gemahnte sich in Gedanken zur Vorsicht und hob so beiläufig die Schultern, wie er konnte. »Ich habe ihn gesehen«, antwortete er. »Vorhin, als ich oben auf der Mauer war. Er war irgendwie … unheimlich.«

Der Elder sah ihn noch eine weitere Sekunde lang misstrauisch an, aber dann hob auch er die Schultern und seufzte. »Ja, das ist er. Unheimlich und gefährlich. Vielleicht sollte ich ihm eine Herausforderung schicken. Aber ich zweifle daran, dass er sie annehmen würde.« Er stellte den Becher ab ohne getrunken zu haben und starrte einen Moment lang ins Leere. Anders versuchte vergeblich in seinen Augen zu lesen; da war derselbe namenlose Schrecken, dem er auch in Culains Blick begegnet war – aber da war auch noch etwas anderes, und er war nicht einmal sicher, ob er es wirklich erkennen wollte. Dort draußen war mehr passiert, als die beiden Elder zugaben. Sie hatten nicht nur eine bloße Niederlage erlitten. Da war mehr gewesen. *Viel* mehr.

»Wie verlassen die Burg«, fuhr Tamar nach einer kleinen Ewigkeit fort, in verändertem und plötzlich wieder rein sachlichem, kühlem Ton. »Sobald die Verwundeten versorgt sind, brechen wir auf.«

»Aber das ist doch der helle Wahnsinn!«, protestierte Morgen. »Warum öffnen wir ihnen nicht gleich das Tor und überlassen ihnen ganz Tiernan?«

Zu Anders' Überraschung reagierte Tamar ganz anders, als er – und seinen verwunderten Blicken nach zu schließen wohl auch Culain – erwartet hatte. Er wurde nicht wütend. Er hob nicht einmal die Stimme, sondern lächelte im Gegenteil sogar. »Vielleicht wird es ohnehin darauf hinauslaufen, Morgen. Wir können ihnen nicht widerstehen. Nicht hier und vielleicht nicht einmal in Tiernan. Aber hier ganz gewiss nicht. Ich kann dich verstehen. Doch wenn wir hier bleiben, sterben wir alle.«

»Und in Tiernan nicht?« Morgen machte ein abfälliges Geräusch. »Ich sterbe lieber hier und im Kampf, statt mich wie ein Tier in einem Loch zu verkriechen und auf das Ende zu warten.«

Tamar setzte nun doch zu einer scharfen Antwort an, aber Culain brachte ihn mit einem fast beschwörenden Blick zum Verstummen, und wieder breitete sich ein unbehagliches, lastendes Schweigen zwischen ihnen aus. Schließlich seufzte Morgen tief, schüttelte den Kopf und setzte dazu an, etwas zu sagen, und in diesem Moment wurde die Tür aufgerissen und ein Elder stürzte herein.

»Die Wilden, Herr«, keuchte er atemlos. »Sie sind da!«

10

In Anders' Erinnerung schien es Stunden her zu sein, dass er das letzte Mal auf die Ebene vor der Burg hinabgesehen hatte. In Wahrheit konnten es kaum zehn Minuten gewesen sein – aber der Anblick hatte kaum noch etwas mit dem gemein, den die Ebene zuvor geboten hatte.

Sie war jetzt buchstäblich schwarz vor Kriegern.

Tamar, Morgen und Culain waren wieder auf die Mauer hinaufgeeilt, um sich mit eigenen Augen von den Worten des Elder zu überzeugen, und obwohl zumindest Tamar und Culain gewusst haben mussten, was sie erwartete, schien sie der Anblick doch mindestens so zu erschüttern wie Anders. Sie standen seit einer guten Minute hier oben und starrten auf das gewaltige Heer hinab, das sich unter ihnen sammelte, ohne dass einer von ihnen auch nur einen Laut von sich gegeben hätte, und Anders gestattete es sich nicht, darüber nachzudenken, was der Ausdruck auf Culains Gesicht wirklich bedeutete.

Schließlich war es Anders selbst, der das allmählich unerträglich werdende Schweigen brach. »Wenn wir uns wirklich nach Tiernan zurückziehen wollen, dann wäre jetzt vielleicht der richtige Moment«, sagte er nervös.

Tamar warf ihm einen zornigen Blick zu, aber Morgen schüttelte nur den Kopf und brachte ihn mit einer raschen Geste zum Schweigen. »Dazu ist es zu spät, Anders«, sagte sie traurig.

»Zu spät? Aber ...«

Wieder unterbrach ihn die Elder mit einer Geste, die jedoch eher müde als verärgert wirkte. Sie sagte nichts, aber sie deutete nach links, und als Anders' Blick der Bewegung folgte, fuhr er erschrocken zusammen. Eine dünne, vielfach unterbrochene Kette aus dunklen Gestalten hatte sich von der Hauptmacht des feindlichen Heeres gelöst und wuchs langsam weiter an, während sich ihre Spitze scheinbar gemächlich auf die Burg zu und in sicherer Entfernung daran vorbeibewegte. Anders musste sich nicht umdrehen um zu wissen, dass sich ihm auf der anderen Seite der gleiche Anblick geboten hätte. Der Belagerungsring begann sich zu schließen; langsam, aber unbarmherzig. Sie saßen in der Falle.

»Dann ist das das Ende?«, fragte er.

»Nicht, solange ich noch lebe«, antwortete Tamar grimmig. Das war ungefähr das Gegenteil dessen, was er noch vor wenigen Augenblicken unten im Haus behauptet hatte, aber Anders verstand, warum er das sagte. Er hätte eine Menge dafür gegeben, sich selbst zu einer so grimmigen Entschlossenheit zu zwingen, wie er sie jetzt in der Stimme des Elder hörte. Sie würde die Angst vermutlich nicht vertreiben, aber vielleicht machte sie es ein wenig leichter, sie zu ertragen.

»Und … und wenn wir kapitulieren?«, fragte er nervös. Wieder sah Tamar ihn zornig an, aber diesmal ließ sich Anders nicht einschüchtern, sondern fuhr mit einer fahrigen Geste auf die Belagerer hinab fort. »Ihr könnt es nicht wissen, doch vorhin, bevor ihr gekommen seid, haben sie uns zur Kapitulation aufgefordert. Vielleicht lassen sie uns am Leben, wenn wir ihnen die Burg übergeben.«

»Eine wunderbare Idee«, spottete Tamar. »Und uns ihrer Gnade ausliefern? Du weißt nicht, was du da redest.«

Culain wandte sich mit einem fragenden Blick an Morgen. »Ist das wahr?«

Morgen nickte widerwillig. »Ja, ich habe mit ihm gesprochen.« Sie schüttelte den Kopf. »Sie werden uns nicht gehen lassen. Er sagt, dass er nur die Burg will, aber das ist nicht wahr. Er will Tiernan.«

»Natürlich will er Tiernan«, sagte Tamar bitter. »Ich an seiner Stelle würde nichts anderes wollen.« Er gab sich einen Ruck. »Also gut. Aber wir werden unser Leben so teuer wie möglich verkaufen. Selbst wenn sie uns besiegen, werden sie noch in hundert Jahren an den Tag denken, an dem sie den Fehler gemacht haben, diese Burg anzugreifen.«

»Wie genau hast du ihn getroffen?«, fragte Culain nachdenklich, ohne Tamars Einwurf auch nur die geringste Beachtung zu schenken.

»Den Fremden?«

»Den Fremden«, bestätigte Culain unwillig. »Du hast mit ihm gesprochen. Wie? Hat er einen Boten geschickt? Eine Nachricht?«

Nicht nur Anders konnte sehen, wie unangenehm es Morgen war, noch einmal über den unheimlichen Fremden reden zu müssen, und wie angestrengt sie nach einer Ausrede suchte. Schließlich hob sie die Schultern und sah Anders kurz und beinahe vorwurfsvoll an, bevor sie antwortete. »Ich habe mich mit ihm getroffen.«

Und das erfahre ich erst jetzt?!, kreischte Culains Blick. Laut und mit einer Stimme, die vor verhaltenem Zorn bebte, fragte er: »Wie?«

Morgen hob die Schultern und sah wieder kurz zu Anders hin, bevor sie antwortete. Diesmal folgte zumindest Tamar ihrem Blick, und sein Stirnrunzeln vertiefte sich. »Er *wollte* verhandeln. Er hat das mit einer weißen Fahne signalisiert, mit der er wohl seine Verhandlungsbereitschaft kundtun wollte. Ich bin zu ihm geritten und habe mit ihm geredet. Aber es ist sinnlos, glaubt mir. Er wird uns nicht gehen lassen. Jetzt nicht mehr.« Sie seufzte. »Er wäre ja verrückt.«

»Ja, vielleicht«, murmelte Tamar. Seine Augen wurden schmal und Anders konnte regelrecht sehen, wie es hinter seiner Stirn arbeitete. Er schwieg.

»Vielleicht lassen sie wenigstens die Frauen und Kinder ziehen«, sagte Culain. Er klang nicht so, als wäre er auch nur selbst von dem überzeugt, was er da sagte, eher, als hätte er das Gefühl, es sich selbst schuldig zu sein, es wenigstens versucht zu haben. Tamar schwieg beharrlich weiter. Nach einer Weile trat der Elder einen Schritt von der Mauer zurück, drehte sich um und ließ seinen Blick über den Wehrgang und den überfüllten Innenhof der Burg schweifen. Es war unmöglich, zu erkennen, was hinter seiner Stirn vorging, doch in seine Augen trat ein harter, entschlossener Glanz, und Anders konnte regelrecht sehen, wie die dumpfe Mutlosigkeit, die sich bisher in ihnen gespiegelt hatte, einer zwar verzweifelten, aber trotzdem eisernen Entschlossenheit wich.

Wäre es eine der Geschichten gewesen, in denen Anders Situationen wie diese zahllose Male miterlebt hatte, ohne sie jemals *wirklich* zu begreifen, dann hätte Tamar sich jetzt mit einer flammenden Rede an die Männer hinter den Zinnen und unten im Hof gewandt. Und wäre es eine von diesen Geschichten gewesen, dann wäre auch zweifellos im allerletzten Moment ein Wunder geschehen, um sie zu retten. Aber das hier war die Wirklichkeit. Niemand würde kommen um sie zu retten, und Tamar hielt keine Rede, sondern wandte sich mit einem müden Seufzen wieder um und griff unter seinen Mantel. Als er die Hand hervorzog, hielt sie einen schmalen ziselierten Reif aus Silber, in dem ein daumennagelgroßer Rubin schimmerte. Mit einer fast zeremoniell wirkenden Bewegung setzte er das Stirnband auf und zog sein Schwert, wodurch er trotz allem wieder zu dem unbesiegbaren, strahlenden Elder-Krieger wurde, als den Anders ihn kennen gelernt hatte.

Dem *geschlagenen* Elder-Krieger, korrigierte sich Anders in Gedanken.

»Du hast es selbst gesagt«, fuhr Culain fort, als er endlich – nach einer kleinen Ewigkeit, wie es Anders vorkam – einsah, dass er keine Antwort bekommen würde. »Wir werden es ihnen nicht leicht machen, uns zu besiegen. Er kann kein Interesse daran haben, die Hälfte seines Heeres in einer sinnlosen Schlacht zu opfern. Vielleicht können wir verhandeln.«

»Mit diesen *Tieren?*« Tamar schürzte abfällig die Lippen. Aber die Verachtung in seiner Stimme klang nicht mehr so vollkommen überzeugend wie noch vor Augenblicken. Anders meinte eine Spur derselben Nachdenklichkeit darin zu hören, wie er sie gerade auch in den Augen Culains gelesen hatte.

»Es wäre immerhin einen Versuch wert«, sagte dieser jetzt. »Was haben wir schon zu verlieren?«

»Zum Beispiel das Leben des armen Narren, den wir hinausschicken, um mit diesen Bestien zu reden«, sagte Tamar.

»Dazu wäre ich bereit«, erklärte Morgen rasch. »Er hat mir beim ersten Mal nichts getan. Er wird mir auch jetzt kein Haar krümmen.«

»Weil du unter dem Schutz eines weißen Fetzens stehst?«, fragte Tamar abfällig.

»Das ist nicht nur ein *weißer Fetzen«,* sagte Anders betont. »Er respektiert die weiße Fahne.«

Tamar sah ihn auf eine Art an, die Anders nicht gefiel. »Bist du da sicher?«, fragte er. »Ich meine, bist du so sicher, dass du dein Leben darauf verwetten würdest?«

Anders schluckte nervös. Er war nicht ganz sicher, ob er verstand, was Tamar mit diesen Worten wirklich meinte. Das hieß: Eigentlich *war* er sicher. Er zog es nur vor, es nicht zu sein.

»Das solltest du nämlich sein«, fuhr der Elder fort, »wenn du bereit bist, das Leben eines anderen darauf zu verwetten. Es ist immer leicht, ein Risiko einzugehen, wenn man nicht selbst den Kopf hinhalten muss.«

Er wartete – vergeblich – darauf, dass Anders etwas dazu sagte, dann drehte er sich wieder zur Mauer um und sah lange und mit starrer Miene nach Süden, wo sich das feindliche Heer noch immer sammelte und mit jeder Minute größer zu werden schien. Schließlich nickte er widerstrebend. »Also gut«, sage Tamar. »Morgen, geht hinunter zu den Verwundeten. Jeder Mann, der nicht mehr kämpfen, aber noch gehen kann, soll sich einen Bogen nehmen und heraufkommen. Und besorgt eine weiße Fahne. Ich werde mit ihm reden. Auch wenn es wahrscheinlich sinnlos ist.«

»Du?«, entfuhr es Anders. »Aber ...«

»Aber was?«, unterbrach ihn Tamar scharf. »Erwartest du,

dass ich mich hier verstecke und eine Frau schicke, um über das Schicksal unseres Volkes zu verhandeln? Oder einen …«, er schwieg einen ganz kurzen, aber vermutlich genau berechneten Moment, »… *Jungen?« Der nicht einmal wirklich zu uns gehört?* Den letzten Satz sprach er nicht laut aus, doch das war auch nicht nötig. Anders hörte ihn so deutlich, als hätte er es getan, und alle anderen wohl auch.

Ein Elder trat auf ihn zu und reichte ihm einen langen Speer, an dessen Spitze ein weißes Tuch befestigt war, das sich bei genauerem Hinsehen als die zerfetzten Überreste eines Elder-Gewands herausstellte. Nicht nur Anders schien diese Wahl nicht besonders glücklich zu finden, denn Tamar betrachtete den Fetzen einen Moment lang mit fast angewidertem Blick, bevor er nach dem Speer griff, erneut an die Mauer trat und die improvisierte weiße Fahne hoch über dem Kopf schwenkte. Dreimal, viermal, fünfmal. Dann ließ er den Speer sinken und wartete.

Die Reaktion erfolgte fast sofort; so schnell, als hätte der Führer des feindlichen Heeres nur auf dieses Zeichen gewartet. Es verging nicht einmal eine Minute, bevor sich eine einzelne schwarze Gestalt aus der brodelnden Masse auf der anderen Seite der Ebene löste und sich ein gutes Stück in Richtung der Burg bewegte und wieder anhielt. Sie trug keine weiße Fahne, aber die Bedeutung der Geste war klar.

»Wenigstens will er reden«, sagte Culain. Tamar schwieg. Seine rechte Hand hatte sich so fest um den Speer geschlossen, als versuchte er ihn zu zerquetschen.

»Wir sollten ihn nicht zu lange warten lassen«, sagte Culain, nachdem der Elder etliche weitere Sekunden verstreichen ließ ohne sich zu rühren.

Tamar drehte sich langsam zu ihm um und sah ihn nachdenklich an. »Wir?« Er schüttelte den Kopf. »Ich gehe allein.«

»Aber …«

»Ihr bleibt hier«, unterbrach ihn Tamar, eine Spur lauter und in offiziellerem Ton, der keinen Widerspruch duldete.

»Ich kann nicht zulassen, dass wir beide in Gefahr geraten. Wir wissen nicht, ob wir ihm trauen können. Was, wenn es eine Falle ist und er uns beide tötet?« Er schüttelte abermals den Kopf. »Ich kann die Festung nicht ohne einen Kommandanten zurücklassen, falls ich fallen sollte.«

So, wie er es sagte, schien ihm die Vorstellung nicht besonders viel auszumachen. Er schien im Gegenteil eher fest damit zu rechnen, dass es so und nicht anders kommen würde.

»Das gefällt mir nicht«, beharrte Culain.

»Mir auch nicht«, sagte Tamar. »Aber uns bleibt keine andere Wahl.« Er machte eine vage Kopfbewegung zum Hof hinab und fuhr mit erhobener Stimme fort: »Öffnet das Tor. Und bringt mir ein frisches Pferd!«

Morgen holte sichtlich Luft, um ihm zu widersprechen, doch Culain brachte sie mit einem raschen Blick zum Schweigen; was Anders nicht wirklich verstand. Vor allem nicht, als er den Elder ansah. Seine Lippen waren zu einem blutleeren schmalen Strich zusammengepresst, und obwohl er sich alle Mühe gab, sich zu beherrschen, sah Anders ihm deutlich an, wie dicht er davor stand, einfach aus der Haut zu fahren. Vielleicht tat er es nur deshalb nicht, weil es sich für Elder nicht geziemte, sich in aller Öffentlichkeit zu streiten – zumindest nicht vor den Ohren so minderwertiger Kreaturen wie gemeinen *Menschen*. Schließlich drehte Culain sich mit einer abrupten Bewegung weg und ging davon: Anders war sicher, vollkommen ziellos. Tamar sah ihm stirnrunzelnd nach, hob dann die Schultern und ging mit raschen Schritten zur Treppe und die ausgetretenen Stufen hinab.

Anders verlor ihn schon nach wenigen Stufen aus den Augen, aber Tamar konnte noch nicht einmal unten im Hof angekommen sein, da erscholl unter ihnen ein gewaltiges Poltern und Krachen, gefolgt von einem grunzenden Schmerzensschrei und dem Geräusch splitternden Holzes. Die Männer hatten schon unmittelbar nach der Ankunft der Elder damit begonnen, das eingeschlagene Tor notdürftig zu reparieren, doch das war anscheinend leichter gewesen, als es wieder zu *öffnen*.

Unter anderen Umständen hätte Anders dieses kleine Missgeschick zumindest ein flüchtiges Lächeln entlockt. Jetzt machte es ihm auf eine unerklärliche Weise Angst. Vielleicht weil ihm plötzlich *alles* hier Angst machte …

Er versuchte den Gedanken abzuschütteln, drehte sich mit einem Ruck um und trat dichter an die Mauer heran. Das Heer schien noch einmal größer geworden zu sein und erstreckte sich wie eine gewaltige amorphe Masse auf der anderen Seite der Ebene; ein riesiges schwarzes Etwas ohne feste Konturen, das nur aus vager Bewegung und schwarzer Substanz materialisierter Bedrohung zu bestehen schien. Der Anblick erinnerte ihn auf unheimliche Weise an die *Fresser*, denen Culain, Katt und er mit Mühe und Not in der Ruinenstadt entkommen waren; nur dass sie es dieses Mal nicht mit einem Schwarm hirnloser Insekten zu tun hatten, vor denen man einfach davonrennen konnte.

Eine Bewegung auf der anderen Seite der Mauer erregte seine Aufmerksamkeit. Dankbar etwas zu haben, was ihn von seinen eigenen düsteren Gedanken ablenkte, beugte sich Anders vor und erblickte ein halbes Dutzend Schweine, die mit drohend emporgereckten Speeren aus dem Tor marschierten – seiner Einschätzung nach mussten das so ziemlich alle Schweinekrieger sein, die dem Elder noch verblieben waren. Tamar selbst folgte ihnen einen Moment später hoch zu Ross. Den Speer mit der weißen Fahne hielt er immer noch in der Rechten, doch immerhin hatte er das zerfetzte Gewand gegen ein sauberes weißes Tuch getauscht.

Er ritt nicht mehr das gewaltige Schlachtross, auf dem er hier angekommen war, sondern ein zwar ebenfalls weißes, aber sehr viel kleineres Pferd, das aus den Stallungen der Burg stammte, und obwohl die Zeit dazu eigentlich gar nicht ausgereicht haben konnte, hatte er seinen zerrissenen Mantel und das blutbesudelte Hemd, das er unter seiner Rüstung trug, gegen frische Kleider getauscht. Außerdem hatte er einen gewaltigen Schild auf den Rücken geschnallt, einen zweiten, kürzeren Speer rechts am Sattel und zusätzlich zu seinem Schwert einen Morgenstern mit drei stachelbesetzten Kugeln an der anderen Seite befestigt. Irgendwie, dachte Anders halb amüsiert, halb besorgt, hatte er das Prinzip der weißen Fahne wohl nicht ganz richtig verstanden. Noch ein Punkt, über den sie würden reden müssen, wenn sie diesen Tag überleben sollten.

Aber da war noch etwas an dem Bild, was ihn störte. Etwas, das ihm schon vorhin aufgefallen war, als Tamar und Culain zurückkehrten, und dem er nur keine Beachtung geschenkt hatte, weil es ihm in jenem Moment nicht wichtig erschienen war. Aber vielleicht *war* es das …

Er drehte sich zu Morgen um. »Wo sind eigentlich die Zentauren?«

Eine volle Sekunde lang tat Morgen tatsächlich so, als hätte sie die Frage gar nicht gehört. Dann deutete sie ein Schulterzucken an. »Wovon sprichst du?«

»Culains Zentaurin«, antwortete Anders. »Er hat mir erzählt, dass er immer auf ihr reitet, wenn er Tiernan verlässt.«

Morgen blickte weiter starr nach Süden. »Fort«, sagte sie einsilbig.

»Fort?«, wiederholte Anders verständnislos. »Was soll das heißen?«

»Genau das, was es heißt«, antwortete Morgen unwillig. »Sie sind nicht mehr da. Warum willst du das wissen?«

»Nur so«, erwiderte Anders hastig. Morgens unerwartet scharfer Ton verwirrte ihn.

»Glaubst du, das wäre jetzt der passende Moment, um belanglose Konversation zu machen?«, fragte Morgen scharf.

»Nein«, antwortete Anders verdattert. »Es hat mich nur …«

»Dann verschwende nicht meine Zeit mit unwichtigen Fragen«, fiel ihm Morgen ins Wort. »Ich habe zu tun. Tamar hat mir einen Auftrag erteilt, wie du weißt.«

Sie fuhr mit einem Ruck herum und ging mit schnellen

Schritten davon; allerdings nicht zur Treppe, wie Anders nach ihren Worten erwartet hätte, sondern in die entgegengesetzte Richtung, in die auch Culain verschwunden war. Die Krieger, die ihr im Weg standen, wichen rasch zur Seite, und mindestens einer davon so hastig, dass er tatsächlich um ein Haar von der Mauer gefallen wäre. Übel gelaunte Frauen, dachte Anders, schienen wohl überall die gleiche Wirkung zu erzielen, ganz egal welchem Volk sie angehörten. Und übel gelaunte *mächtige* Frauen wohl erst recht.

»Das sieht nach Ärger aus.« Anders fuhr erschrocken herum und erblickte Lara, die hinter ihm die Treppe heraufkam. Sie hob die Hand und deutete stirnrunzelnd auf die Elder. »Was hast du getan, um den Zorn der ehrwürdigen Elder zu erregen?«

Anders war nicht ganz sicher, ob er sich den spöttischen Unterton in Laras Worten nur einbildete – das mühsam unterdrückte schadenfrohe Funkeln in ihren Augen jedenfalls war echt. Er hob die Schultern.

»Die falsche Frage gestellt, schätze ich«, antwortete er.

Zu seiner Überraschung hakte Lara nicht nach, sondern grinste nur, jetzt ganz unverhohlen schadenfroh, und drehte sich dann zur Mauer um. »Er macht es tatsächlich«, sagte sie staunend, als sie Tamar erblickte. »Und ich dachte bisher immer, Tamar versteht unter dem Wort *verhandeln* eine ganz besonders effektive Methode, seinem Gegenüber die Kehle durchzuschneiden.«

Anders lächelte zwar flüchtig, doch zugleich beschlich ihn bei diesen Worten auch ein unangenehmes Gefühl: Er kannte Tamar im Grunde viel zu wenig, um sich ein Urteil über ihn erlauben zu können, aber als *geduldig* konnte man ihn ganz gewiss nicht bezeichnen; und auch das Bild eines Mannes, der am Verhandlungstisch saß und zäh um jedes einzelne Wort rang, wollte nicht so recht zu dem Eindruck passen, den er bisher von dem Elder gehabt hatte. Er konnte nur hoffen, dass Tamar keinen Fehler beging, der ihnen allen das Leben kostete.

»Wie geht es Kris?«, fragte er.

»Er ist im Haus und vergleicht seine Wunden mit denen der anderen Männer«, antwortete Lara spöttisch. »Ab heute wird er völlig unerträglich werden. Er ist jetzt ein *Mann* mit einer *Narbe*. Wahrscheinlich wird er noch seinen Enkelkindern von der großen Schlacht erzählen, in der er sie davongetragen hat.« Sie kicherte. »Aber keine Sorge. Es sind keine wichtigen Teile verletzt. Ich habe mich davon überzeugt.«

Anders' Lächeln wurde um mehrere Grade kühler. Lara hatte nur einen Scherz machen wollen, natürlich, doch die Worte erinnerten ihn so sehr an das, was Valeria gesagt hatte, als er zusammen mit Katt hierher gekommen war, dass es ihm schwer fiel, darüber zu lachen.

Sein schlechtes Gewissen meldete sich, als ihm klar wurde, dass er seit langer Zeit zum ersten Mal wieder an Katt dachte, und das in einem Zusammenhang, der ihrer nicht würdig schien. Wie lange war es her, dass er das letzte Mal *wirklich* an sie gedacht hatte? Nicht als an einen beliebigen Teil seiner Erinnerung, sondern an sie, den Menschen, der sie war und dem sein Herz gehörte? Er wusste es nicht. Aber er musste sich eingestehen, dass er selbst in den vergangenen Tagen, in denen er kaum etwas anderes getan hatte, als einen verzweifelten Fluchtplan nach dem anderen zu ersinnen und ebenso schnell wieder zu verwerfen, nicht *wirklich* an Katt gedacht hatte; nicht so, wie er es *sollte*. Abgesehen von der unbedeutenden Kleinigkeit, dass er nicht wusste, ob und wie er die nächsten Stunden überleben würde, interessierte ihn noch immer nichts mehr als die Frage, wie er von hier wegkam.

Aber genau das war der Unterschied. Plötzlich gestand sich Anders ein, dass es in Wirklichkeit vielleicht gar nicht darum ging, zu Katt und ihrer Sippe zurückzukehren, sondern vielmehr darum, von hier zu verschwinden. Ganz ruhig fragte er sich, ob auch das, was er für Katt zu empfinden geglaubt hatte, den endlosen Tagen und Nächten dort oben im Eis zum Opfer gefallen war. Was, wenn seine Gefühle einfach gestorben, in irgendeiner der zahllosen eisigen Nächte still und undramatisch erfroren waren, ohne dass er es bisher selbst gemerkt hatte?

Er wollte die Antwort darauf gar nicht wissen und so verscheuchte er auch diesen Gedanken (der Platz für unbeantwortete Fragen in seinem Kopf, denen er sich nicht stellen wollte, wurde allmählich knapp) und trat ganz neben Lara, um Tamar und seinen Begleitern nachzusehen. Der Elder kam nur langsam voran, was nicht nur an den Schweinekriegern lag, deren Tempo er sich anpassen musste.

Auch sein Gegenüber war näher gekommen und hatte auf halber Strecke Halt gemacht; fast genau dort, wo er zwei Stunden zuvor mit Morgen gesprochen hatte. Er war immer noch viel zu weit entfernt, um mehr als ein bedrohlicher schwarzer Schatten zu sein, und dennoch beschlich Anders erneut ein unheimliches Déjà-vu-Gefühl. Er *kannte* diesen Mann. Es war vollkommen unmöglich. Er hatte sein Gesicht noch nie gesehen, und selbst wenn er nahe genug gewesen wäre, hätte das schwarze Visier des monströsen Helms jeden Blick verwehrt. Und dennoch …

»Was hast du?«, fragte Lara.

Anders wandte seine Augen mühsam von der unheimlichen Gestalt ab und sah das Mädchen an, und erst in diesem Moment wurde ihm klar, wie deutlich sich seine Gefühle auf seinem Gesicht widerspiegeln mussten, denn Lara sah ihn nichts anderes als erschrocken an. »Nichts«, antwortete er nervös.

»Nichts?« Lara legte vielsagend die Stirn in Falten, wodurch sie erstaunlicherweise plötzlich viel jünger aussah. Vielleicht so jung, wie sie wirklich war, dachte er traurig. »Du siehst aus, als hättest du ein Gespenst gesehen«, behauptete sie.

Anders deutete ein Schulterzucken an und sah wieder nach Süden. »Vielleicht habe ich das auch«, murmelte er.

»Wie?«, machte Lara irritiert.

Diesmal zog er es vor, die Frage einfach zu überhören. Stattdessen konzentrierte er sich auf den schwarzen Reiter, so sehr er nur konnte, nicht um etwas Vertrautes zu entdecken, sondern das genaue Gegenteil: irgendetwas, das den verrückten Gedanken, der sich in seinem Kopf eingenistet hatte, ad absurdum führte und ihm bewies, wie unmöglich sein Verdacht war. Aber er nutzte nichts. Schon nach einem Moment begannen seine Augen vor Anstrengung zu tränen, doch die Entfernung war einfach zu groß um Details zu erkennen.

Immerhin sah er, dass er sich in einem Punkt getäuscht hatte. Der Fremde saß nicht auf einem Pferd, sondern auf einem riesigen gepanzerten Geschöpf, das nur *aussah* wie ein Pferd und nicht einmal das wirklich. Es war viel massiger und größer und aus seiner Stirn wuchs ein langes gedrehtes Horn, von dem Anders allerdings nicht sicher war, ob es natürlich gewachsen oder ein Teil seiner bizarren Panzerung war, die aus den gleichen wuchtigen Eisenplatten zu bestehen schien wie die seines Reiters. Es war gewaltig. Selbst Tamars Schlachtross hätte neben ihm zwergenhaft gewirkt; das schlanke Pferd, das der Elder nun ritt, sah vor der riesenhaften Kreatur fast aus wie ein Fohlen, auf dem ein Kind ritt.

»Mut hat er, das muss man ihm lassen«, sagte Lara.

Statt zu antworten löste Anders mit einiger Mühe den Blick von den beiden ungleichen Gestalten – die eine weiß und strahlend, die andere in der Farbe der Nacht und von etwas umgeben, das wie ein unsichtbarer Mantel aus Düsternis wirkte und einem das Atmen schwer zu machen schien, wenn man sie nur anblickte. Aber wer sagte ihm denn, dass diese Farben hier das bedeuteten, was er darin sah? Bisher hatte sich so ziemlich alles, auf das er in diesem unheimlichen Winkel der Welt getroffen war, als etwas anderes herausgestellt als das, wonach es aussah.

Er musterte das feindliche Heer. Es hatte endlich aufgehört zu wachsen, aber das Kräfteverhältnis hatte sich trotzdem dramatisch geändert. Vorher war die Übermacht gewaltig gewesen. Jetzt war sie … hoffnungslos. Nicht einmal die zehnfache Anzahl von Elder hätte dem Ansturm dieser gigantischen Armee widerstehen können.

Tamar zügelte sein Pferd, als er noch vierzig oder fünfzig Meter von seinem Gegenüber entfernt war. Der andere hob die Hand und winkte, aber der Elder ritt nicht weiter, sondern drehte den Speer mit der weißen Fahne im Gegenteil um und rammte ihn mit aller Kraft neben sich in den Boden. Mit der anderen Hand winkte er die Schweine heran, gebot ihnen aber gleich darauf mit einer weiteren Geste, stehen zu bleiben und in einem weit auseinander gezogenen Halbkreis vielleicht zehn Meter hinter ihm Aufstellung zu nehmen.

»Was *tut* er da?«, mummelte Lara verwirrt.

Anders reagierte nur mit einem stummen Achselzucken, obwohl er eine ungefähre Vorstellung davon hatte, was Tamar da *tat.* Tamars Gegenüber offensichtlich auch, denn er legte nachdenklich den Kopf auf die Seite und starrte den Elder und seine monströse Leibgarde eine ganze Weile durchdringend an. Dann tat er etwas, was Anders ebenso erstaunte, wie er es insgeheim beinahe erwartet hatte: Er machte eine abfällige Geste mit der linken Hand und kam näher. Etwas an dieser Bewegung erschien Anders auf so unheimliche Weise *vertraut*, dass ihm ein eisiger Schauer über den Rücken lief. Noch gelang es ihm irgendwie, sich einzureden, dass es gar nicht sein *konnte* – aber wie lange noch? Beiläufig registrierte er, wie Morgen und Culain zurückkehrten und dicht neben ihnen an die Mauer traten, aber er sah nicht einmal hin, sondern konzentrierte sich ganz auf Tamar und den unheimlichen Fremden, der fast provozierend langsam näher kam. Der Reiter saß vollkommen reglos im Sattel. Seine linke Hand lag wie zufällig neben dem weißen Elfenbeingriff des *Katana*, der aus seinem Gürtel ragte; der einzige Farbtupfer an seiner ansonsten vollkommen schwarzen Erscheinung.

Eine Ewigkeit, wie es ihm vorkam, standen sich Tamar und der schwarze Riese gegenüber, und Anders hätte in diesem Moment seinen linken Arm dafür gegeben, zu hören, was zwischen ihnen besprochen wurde.

Doch schon was er *sah,* war beunruhigend genug. Der

feindliche Heerführer überragte Tamar scheinbar um mehr als eine Hauptеslänge, aber nun, da sie sich fast auf Armeslänge gegenüberstanden, sah Anders, dass das nicht stimmte. Der Eindruck kam nur durch das gigantische Reittier zustande, auf dessen Rücken er saß: Der Mann selbst war mindestens zwei Handspannen kleiner als Tamar und auch nicht annähend so breitschultrig.

Es passte. Es war unmöglich, aber es passte.

Drei, vier, fünf endlose Minuten lang verharrten Tamar und der Fremde scheinbar vollkommen reglos, dann schüttelte der Elder plötzlich den Kopf und deutete mit einer übertrieben dramatischen Geste nach Süden; nicht direkt auf das feindliche Heer, sondern darüber hinaus und in die Richtung, aus der es gekommen war. Der andere antwortete mit einer abfälligen Geste und Tamar wiederholte sein Kopfschütteln, wendete sein Pferd und galoppierte wütend davon.

Drei Schritte weit. Dann riss er es mit einem plötzlichen, so harten Ruck am Zügel herum, dass sich das Tier mit einem erschrockenen Kreischen aufbäumte und auf die Hinterbeine stieg. Dennoch glitt Tamars Hand zum Sattel, löste den Speer aus seiner Schlaufe und schleuderte ihn, alles in einer einzigen unglaublich schnellen Bewegung und trotzdem mit fantastischer Zielsicherheit. Sein Gegner hatte nicht die geringste Chance, dem Speer auszuweichen.

Er versuchte es auch nicht. Stattdessen riss er nur den Schild in die Höhe und drehte gleichzeitig den Oberköper; nicht einmal weit, aber doch gerade genug um den Speer abzulenken, den Tamar mit solcher Macht geschleudert hatte, dass er selbst den dicken Eichenschild samt dem Arm, der ihn hielt, zweifellos durchschlagen hätte. Der Speer schrammte Funken sprühend über den Schild und flog harmlos davon, und Tamar zwang sein Pferd brutal wieder auf den Boden zurück und zog gleichzeitig das Schwert aus dem Gürtel, und das alles scheinbar noch immer in der gleichen Bewegung und demselben Sekundenbruchteil, in dem er den Speer geschleudert hatte. Sein Pferd machte einen gewaltigen Satz nach vorne und prallte mit solcher Wucht gegen das gigantische Reittier des anderen, dass selbst diese riesige Kreatur strauchelte und um ein Haar gestürzt wäre.

Tamars Schwert blitzte auf und verfehlte den Helm des schwarzen Reiters um Haaresbreite. Dieser riss seinen Schild in die Höhe, um Tamar das Schwert aus der Hand zu schlagen, verfehlte es aber und wäre fast vom Schwung seiner eigenen Bewegung aus dem Sattel gerissen worden. Dann machte sein Tier einen wütenden Ausfallschritt, mit dem es gegen Tamars Pferd krachte, und der gewaltige Stoß hätte das viel kleinere und leichtere Tier nun seinerseits beinahe aus dem Gleichgewicht gebracht. Plötzlich war es Tamar, der verzweifelt darum kämpfte, im Sattel zu bleiben. Sein Pferd stolperte zwei ungeschickte Schritte rückwärts und fand wieder in seinen Tritt zurück, und auch der schwarze Reiter erlangte endlich wieder die Kontrolle über sein ungewöhnliches Reittier und riss es herum. Das Samuraischwert sprang regelrecht in seine Hand und die leicht gebogene Klinge blitzte Unheil verkündend.

»Bei Oberon, was … was *macht* er da?«, keuchte Morgen. Im allerersten Moment kam Anders die Frage geradezu absurd vor, aber dann begriff er, dass bisher kaum eine Sekunde vergangen sein konnte, seit Tamar seinen Speer geschleudert hatte. Ihm war es vorgekommen wie eine Ewigkeit.

»Das, was ich von Anfang an befürchtet habe«, antwortete Culain tonlos. »Er bringt uns alle um, dieser verdammte Narr!« Seine Hände schlossen sich so fest um das Mauerwerk, dass alles Blut aus seinen Händen wich.

Unter ihnen prallten die beiden ungleichen Gegner abermals aufeinander. Tamar hatte aus seinem Fehler gelernt und versuchte nicht noch einmal, seinen Gegner direkt zu attackieren und einfach im Sturm niederzurennen, wie es offensichtlich seine gewohnte Art war. Stattdessen hielt er einen respektvollen

Abstand zu dem riesigen Albtraumpferd und seinem kaum weniger monströsen Reiter und versuchte den anderen mit seinem Schwert zu treffen, aber es gelang ihm nicht. Die Rüstung aus grobschlächtigen schwarzen Eisenplatten und das gewaltige Pferd gaukelten eine Schwerfälligkeit vor, die dem Mann ganz und gar nicht eigen war. Es schien ihn keine allzu große Anstrengung zu kosten, Tamars Schwerthieben auszuweichen oder sie wechselweise mit seinem Schild oder dem *Katana* zu parieren; Tamar dafür umgekehrt umso mehr, nicht seinerseits getroffen zu werden. Anders hatte Tamar noch nie im Kampf erlebt, sehr wohl aber Culain, und der Elder hatte ihm versichert, dass Tamar der bessere Schwertkämpfer von ihnen war.

In dem Fremden jedoch schien er seinen Meister gefunden zu haben. Das *Katana* bewegte sich so schnell, dass Anders' Blicke ihm kaum noch zu folgen vermochten, und es bedurfte nur weniger rasend schneller Abfolgen von Hieben und Kontern, bis es plötzlich der Elder war, der sich mehr und mehr in die Defensive gedrängt sah und sichtlich immer größere Mühe hatte, nicht getroffen zu werden.

Aus den Reihen der Wilden erhob sich ein hundertstimmiges wütendes Gebrüll und zugleich stürmten mindestens zwei oder drei Dutzend Krieger los, um ihrem Herren zu Hilfe zu eilen, obwohl er sie weiß Gott nicht nötig hatte. Sein Samuraischwert schien sich in einen silbernen Schemen verwandelt zu haben, der immer schneller und zielsicherer auf Tamar hinabstieß. Der Elder wankte im Sattel, als das *Katana* Funken sprühend gegen seine Rüstung prallte, und auf dem schimmernden Kupfer seines Brustpanzers glänzte plötzlich frisches, hellrotes Blut. Irgendwie brachte er noch einmal das Schwert in die Höhe, um den nächsten Hieb des schwarzen Reiters abzufangen, doch der Schlag prellte ihm nicht nur die Waffe aus der Hand, sondern schleuderte ihn auch mit solcher Wucht nach hinten, dass er aus dem Sattel zu stürzen drohte. Culain versteifte sich, als der Fremde sein gewaltiges Reittier herumriss und zum letzten, entscheidenden Schlag ausholte.

Gleich zwei der riesigen Schweinekrieger sprangen ihn an.

Nicht einmal diesen Kolossen gelang es, das gewaltige Tier zu Boden zu werfen, aber sie bezahlten ihren mutigen Angriff mit dem Leben. Der Reiter enthauptete einen von ihnen mit einem blitzartigen Hieb des *Katana*, der zweite wurde von seinem monströsen Pferd zu Boden gestoßen und starb unter seinen wirbelnden Hufen. Dennoch rettete ihr selbstmörderisches Eingreifen Tamar vermutlich das Leben. Der Elder hatte sein Gleichgewicht wiedergefunden und sich im Sattel aufgerichtet. Mit fahrigen, sonderbar unsicher wirkenden Bewegungen löste er den Morgenstern vom Sattel, und für einen Moment sah es tatsächlich so aus, als würde er noch einmal angreifen, aber dann riss er sein Pferd herum und raste in gestrecktem Galopp zurück zur Burg. Sein Gegner setzte unverzüglich zur Verfolgung an, und hinter ihm, allerhöchstens noch dreißig oder vierzig Schritte entfernt, stürmten die Wilden heran.

Tamar machte eine befehlende Geste und auch die übrigen Schweinesoldaten stürzten sich in den Kampf. Plötzlich sah sich der Reiter von acht oder zehn der riesigen Kreaturen gleichzeitig attackiert, und das war selbst für ihn zu viel, sein *Katana* blitzte auf und schleuderte zwei, drei der monströsen Kreaturen in einer einzigen Bewegung zurück, dann waren die anderen heran und rissen ihn mitsamt seinem Pferd zu Boden. Das unheimliche Geschöpf fiel mit wirbelnden Hufen auf die Seite, wobei es einen weiteren Schweinekrieger unter sich begrub, und sein Reiter flog in hohem Bogen aus dem Sattel und schlug so schwer auf, dass er einen Moment lang benommen liegen blieb.

Als er sich aufrappelte, waren die Schweine über ihm. Nicht mehr auf dem Rücken seines riesigen Schlachtrosses wirkte der Fremde plötzlich winzig und verloren angesichts der mehr als zwei Meter großen Kreaturen, die ihn umringten und von allen Seiten zugleich mit Hellebarden und Schwertern auf ihn eindrangen. Er wehrte sich verzweifelt und mit einer Effizienz und Schnelligkeit, die zwei weiteren Schweinen das Leben kostete. Sein *Katana* wirbelte wie ein zu schneidendem Stahl erstarrter Blitz, köpfte einen Krieger und bohrte sich scheinbar mühelos durch den Brustpanzer eines zweiten, dann wurde er selbst getroffen und taumelte haltlos zurück. Eine Hellebarde schrammte über seinen Rücken und brach ab ohne seinen Panzer durchbrechen zu können, doch der neuerliche Stoß brachte ihn endgültig aus dem Gleichgewicht. Er fiel auf die Knie, stieß noch aus der Bewegung heraus mit dem Schwert nach einem Angreifer ohne ihn zu treffen und riss gleichzeitig schützend den rechten Arm mit dem Schild über den Kopf. Hinter ihm stürmten die Wilden heran, vielleicht noch zehn Schritte entfernt, vielleicht sogar weniger. Sie würden zu spät kommen. Eine Hellebarde stocherte nach dem rechten Bein des Kriegers und bohrte sich knirschend durch seine Rüstung und dann traf ein gewaltiger Keulenhieb seinen hochgerissenen Schild, zerschmetterte ihn und ließ ihn in mehrere Teile zerbrochen davonfliegen.

Aber nicht nur ihn. Der Arm, an dem der Schild befestigt gewesen war, wurde abgerissen und flog ebenfalls in hohem Bogen davon.

Der Anblick war so bizarr, dass nicht nur Morgen neben Anders ein überraschtes Keuchen ausstieß, sondern auch die Schweine für einen halben Atemzug mitten in der Bewegung innehielten und einfach nur glotzten – und so kurz ihr Zögern auch sein mochte, es rettete ihrem Gegner das Leben. Der Schlag, der seinen Schild zerschmettert hatte, hatte ihn auch zugleich endgültig von den Füßen gerissen und zu Boden geschleudert, aber er war keineswegs ausgeschaltet. Ganz im Gegenteil nutzte er den Schwung seines Sturzes, um mit einer unglaublich schnellen Rolle wieder auf die Füße zu kommen und herumzuwirbeln. Noch im Aufspringen durchbohrte er einen Krieger, stieß einen zweiten mit dem Stumpf seines rechten Armes aus dem Weg und raste davon.

Die Schweine überwanden endlich ihre Überraschung, aber nun war es zu spät: Die Wilden waren heran und rollten wie eine lebendige Flutwelle über sie hinweg. Der Kampf – wenn man das erbarmungslose Gemetzel denn so nennen wollte – dauerte nicht einmal mehr eine Sekunde. Die Schweine wurden regelrecht in Stücke zerfetzt.

Anders sah nicht einmal hin. Er hatte für den Rest seines Lebens genug vom Töten und Verstümmeln gesehen und für heute erst recht. Sein Blick suchte den Einarmigen, der für einen Moment in der Masse riesiger haariger Gestalten verschwunden war, nun aber wieder zurückkam und – absurd genug – sich nach seinem abgerissenen Arm bückte und mit ungeduldigen Bewegungen versuchte, die Reste des zerschmetterten Schildes abzuschütteln. Beinahe noch absurder sah es aus, als er den Arm an seiner rechten Schulter befestigte und mit der anderen Hand seine Beweglichkeit prüfte.

»Aber was …?«, keuchte Morgen. »Wie um alles in der Welt kann denn das sein?«

»Jannik«, murmelte Anders tonlos. »Das ist Jannik«, sagte er.

Seltsam – er war nicht einmal wirklich überrascht. Tief in sich hatte er es die ganze Zeit über gewusst, nur war ihm dieser Gedanke so unmöglich erschienen, dass er sich einfach geweigert hatte, auch nur die bloße *Möglichkeit* in Betracht zu ziehen. Der winzige Rest des für Logik zuständigen Teils seines Verstands beharrte immer noch hartnäckig darauf, dass es vollkommen unmöglich war: Jannik war vor seinen Augen gestorben. Er war von den Männern in den schwarzen Hubschraubern erschossen worden und anschließend vom Dach eines dreißig Meter hohen Gebäudes gestürzt und *konnte* einfach nicht mehr am Leben sein, aber er war es, und es gab nicht mehr den geringsten Zweifel. Anders konnte sein Gesicht immer noch nicht erkennen und er hatte Jannik auch noch nie zuvor mit einem Schwert kämpfen sehen, doch das war auch gar nicht nötig. Es war seine Art, sich zu bewegen, die unverwechselbare Mischung aus katzengleicher Geschmeidigkeit und Kraft, die er immer so sehr an dem dunkelhaarigen Mann bewundert hatte, der für ihn seit vielen Jahren so etwas wie die Inkarnation eines älteren, beschützenden Bruders war, irgendetwas, das er *ausstrahlte*, ohne dass man das Gefühl wirklich in Worte kleiden konnte.

Und außerdem hatte er schlicht *gewusst*, dass Jannik noch am Leben war. So einfach war das.

»Jannik?« Lara wandte stirnrunzelnd den Kopf. »Dein Freund von draußen?«

Anders nickte stumm. Ein bitterer Geschmack begann sich auf seiner Zunge breit zu machen. Er war nicht wirklich erstaunt Jannik lebend wiederzusehen, doch auch die Freude, die er empfinden sollte, kam nicht.

»Aber hast du nicht gesagt, er … er wäre tot?«, fragte Lara stockend.

Anders hob die Schultern. »Da habe ich mich wohl getäuscht«, antwortete er kalt. Warum griff er sie an? *Warum um alles in der Welt führte Jannik ein Heer gegen Tiernan und versuchte ihn und alle anderen hier umzubringen?*

Anders fuhr auf dem Absatz herum und stürmte zur Treppe, dicht gefolgt von Lara und den beiden Elder.

Als sie im Hof ankamen, sprengte Tamar durch das Tor. Er war schwerer verletzt, als Anders bisher angenommen hatte. Blut lief in Strömen über seine zerbrochene Rüstung und er saß weit nach vorne gebeugt im Sattel und schien alle Mühe zu haben, nicht vom Pferd zu fallen. »Schließt das Tor!«, keuchte er. »Sie werden gleich angreifen.«

Sein Befehl wäre nicht nötig gewesen. Zwei oder drei Männer griffen nach dem Zaumzeug seines bockenden Pferdes, damit es ihn nicht im letzten Moment doch noch abwarf, aber eine viel größere Anzahl stürmte an ihm vorbei durch das Torgewölbe, um aus Balken und den Resten des zerborstenen Tores eine notdürftige Barrikade zu improvisieren. Anders schätzte, dass sie dem Ansturm der Wilden vielleicht eine Minute lang standhalten würde, wenn überhaupt.

Culain war mit wenigen weit ausgreifenden Schritten neben Tamar und konnte gerade noch zugreifen, als er aus dem Sattel zu stürzen drohte. Tamar versuchte anscheinend aus reiner Gewohnheit, seine Hand abzuschütteln, aber er hatte nicht mehr die Kraft, auf eigenen Füßen zu stehen, und sank mit einem unterdrückten Schmerzenslaut nach vorne. Culain konnte ihn gerade noch auffangen, bevor er zusammenbrach. Sein Mitleid schien sich jedoch in Grenzen zu halten, denn er fuhr den Elder in einem Ton an, der nur noch eine Winzigkeit davon entfernt war, wirklich zu schreien: »Was habt Ihr Euch dabei gedacht, Ihr verdammter Narr?«

»Weil es unsere letzte Chance war«, antwortete Tamar gepresst. Morgen wollte nach seiner Verletzung sehen, aber Tamar schob ihre Hand zur Seite und versuchte sich mit zusammengebissenen Zähnen aufzurichten. Es misslang

»Unsere letzte Chance?«, wiederholte Culain ungläubig und immer noch die formelle Anrede benutzend, die seine Worte viel härter wirken ließ, als wenn er Tamar in diesem Moment geduzt hätte. »Die habt Ihr gerade verspielt, Tamar. Jetzt wird er keine Gnade mehr gelten lassen.«

»Gnade? Von diesen Wilden?« Tamar lachte. »Ich musste es versuchen«, beharrte er. »Hätte ich ihn getötet, hätte das die Schlacht entschieden. Ohne diesen Mann sind sie nichts als ein Haufen dummer Tiere.«

»Ihr *habt* die Schlacht entschieden, Tamar«, sagte Culain bitter. »Jetzt werden sie uns alle töten.«

»Vielleicht auch nicht«, mischte sich Anders ein.

Tamar funkelte ihn an. »Misch dich nicht ein«, raunzte er, »ich glaube nicht, dass …«

»Aber er hat Recht«, widersprach Lara. »Anders kennt diesen Mann.«

Der Zorn in Tamars Augen loderte für einen Moment noch heller, aber statt nun auch Lara anzufahren wandte er sich wieder an Anders. »Stimmt das?«

»Es ist Jannik«, bestätigte Anders. »Ich bin ganz sicher. Frag mich nicht, wieso – ich weiß es einfach. Und deshalb weiß ich auch, dass Culain Recht hat. Du hättest ihn nicht angreifen dürfen.«

»Unsinn«, schnappte Tamar. »Weil ich einen Speer mit einem Fetzen Stoff bei mir hatte? Was bedeutet das schon?«

»Da, wo wir herkommen, eine ganze Menge«, antwortete Anders. »Es gibt Regeln, selbst im Krieg. Die weiße Fahne, das rote Kreuz …« Er hob die Schultern. »Niemand bricht sie. Wenn man es tut, dann heißt das, dass danach gar keine Regeln mehr gelten.«

»Regeln.« Tamar wiederholte das Wort, als müsse er sich mühsam seine Bedeutung klar machen. Dann nahm er endlich die Hand von der blutenden Wunde an seiner Seite und berührte das silberne Stirnband mit Oberons Auge. Ohne es zu merken zog er dabei eine schmierige rote Spur über sein Gesicht. »Das, was du da gerade über den Fremden erzählt hast. Deinen Freund …«

»Jannik.«

»Wenn das sein Name ist, ja.« Tamars Fingerspitzen glitten über den silbernen Reif und für einen Moment schien der blutrote Rubin darin tatsächlich wie unter einem inneren Feuer aufzuleuchten. Vielleicht hatte sich ein verirrter Sonnenstrahl darin gespiegelt. »Bist du sicher, dass er es ist? Du hast gesagt, er wäre tot.«

»Das dachte ich bis jetzt auch«, erwiderte Anders. »Aber er ist es. Ich bin ganz sicher.«

»Und wieso greift er uns an?«

Darauf konnte Anders nur mit einem hilflosen Achselzucken antworten. »Das weiß ich nicht. Doch ich kann mit ihm reden. Lasst mich zu ihm gehen! Wenn ich mit ihm spreche, dann … dann finden wir ganz bestimmt eine Lösung! Vielleicht ist das alles nur ein schreckliches Missverständnis!«

»Ein Missverständnis.« Tamar lachte hart und betrachtete eine Sekunde lang seine blutigen Finger. »Ja, darauf wette ich.«

»Er wird mir nichts tun«, versicherte Anders. Er deutete nervös auf das Torgewölbe, aus dem ein immer hektischer werdendes Hämmern und Hantieren drang. »Wenn ich mit ihm rede, dann …«

Tamar schnitt ihm mit einer Bewegung das Wort ab. »Ich *habe* mit ihm geredet. Er akzeptiert keine Bedingungen.«

»Was hat er zu dir gesagt?«, wollte Morgen wissen.

»Dasselbe wie zu dir, nehme ich an«, antwortete Tamar. »Sie verlangen die Burg. Keine Bedingungen.«

»Nicht einmal freien Abzug?«, fragte Anders ungläubig. Das klang so gar nicht nach dem Jannik, den er kannte.

»*Ganz besonders* keinen freien Abzug«, erwiderte Tamar. »Ich habe ihn gefragt, was uns erwartet, wenn wir die Waffen niederlegen und die Burg verlassen. Er hat nicht geantwortet.«

»Das glaube ich nicht«, entfuhr es Anders. »Du musst ihn falsch verstanden haben! So etwas …«, er suchte vergeblich nach Worten, »… würde er einfach nicht tun!«

Tamar schüttelte traurig den Kopf und hob wieder die Hand, um das Stirnband zu berühren. »Es tut mir wirklich Leid, mein Junge. Ich kann mir vorstellen, wie du dich jetzt fühlst. Es tut weh, wenn man von einem Freund verraten wird, das weiß ich.«

»Jannik hat mich nicht verraten!«, protestierte Anders. »Ich bin sicher, er weiß gar nicht, dass ich hier bin. Er würde uns niemals angreifen, wenn er es wüsste! Jannik würde niemals etwas tun, was mich in Gefahr bringt!«

»Vielleicht ist er ja nicht mehr der Mann, den du gekannt hast«, sagte Morgen sanft. »Dem Tod so nahe zu kommen kann einen Menschen verändern, weißt du?«

»Ach wirklich?«, fragte Anders patzig. Er schüttelte wütend den Kopf. »Nein! Da steckt etwas anderes dahinter! Lasst mich zu ihm gehen und mit ihm reden.«

»Ich fürchte, das kann ich nicht zulassen«, sagte Tamar.

»Aber …«

»Genug!« Tamars Stimme wurde schärfer und er machte eine zusätzliche knappe Handbewegung, um seine Worte noch zu unterstreichen, presste aber fast im gleichen Moment auch die Kiefer aufeinander und konnte ein Stöhnen nicht mehr ganz unterdrücken. Anders war ziemlich sicher, dass er gestürzt wäre, hätte Culain ihn nicht mit einer Hand gestützt.

»Lasst mich nach Eurer Wunde sehen«, sagte Morgen. Tamar wollte widersprechen, aber Morgen fuhr mit einer ganz sachten Spur von Spott in der Stimme fort: »Ihr wollt doch nicht etwa, dass Euch gerade dann die Kräfte verlassen, wenn die Wilden angreifen, oder?«

Tamar zierte sich noch einen letzten Moment, aber dann kam er wohl zu dem Schluss, der Ehre damit Genüge getan zu haben, und nickte widerstrebend. »Also gut, aber beeilt Euch. Ich fürchte, wir haben nicht mehr viel Zeit.«

»Bitte lasst mich mit Jannik sprechen!«, sagte Anders. »Ich bin sicher, dass …«

»Und ich«, unterbrach ihn Tamar betont, »bin sicher, dass du es gut meinst und auch an das glaubst, was du da sagst. Aber ich kann dich nicht gehen lassen. Nicht einmal wenn ich es wollte.« Er wandte sich an Morgen. »Gebt Acht, dass er nichts Unüberlegtes tut, Morgen.«

Die Elder nahm seinen Arm und Tamar humpelte mit zusammengebissenen Zähnen los.

Anders wandte sich fast verzweifelt an Culain. »Culain – bitte! Das kannst du nicht wollen! Ich muss nur mit ihm reden, das ist alles!«

»Nein«, antwortete Culain. »Es tut mir Leid, aber in diesem Punkt bin ich derselben Meinung. Es wäre viel zu gefährlich.« Anders wollte widersprechen, doch Culain schüttelte traurig den Kopf und fuhr fort: »Sogar wenn du Recht hättest, Anders – du kämst nicht einmal in seine Nähe. Was glaubst du, wie lange du noch leben würdest, wenn du die Burg verlässt?«

11

Das Schlimme war, dachte Anders, dass Culain Recht hatte. Jannik wusste vermutlich nicht einmal, dass er hier war. Wenn er jetzt einfach blindlings hinausstürmte, würden die Wilden ihn töten, bevor er auch nur den dritten Schritt gemacht hätte.

»Ich habe keine Zeit, auf dich aufzupassen«, sagte Culain. »Gibst du mir dein Wort, nichts Dummes zu tun, oder muss ich dich einsperren?«

»Nein«, antwortete Anders. »Das wird wohl nicht nötig sein.«

Culain maß ihn noch einmal mit einem langen misstrauischen Blick, dann drehte er sich ohne ein weiteres Wort um und eilte davon, und Anders und Lara blieben allein zurück.

Anders schüttelte wütend und enttäuscht zugleich den Kopf. Er konnte Culain verstehen. Er an Culains Stelle hätte vielleicht nicht anders reagiert – aber der Gedanke, dass er vielleicht dazu in der Lage sein könnte, dieses entsetzliche Morden zu beenden, und es einfach nicht *durfte*, trieb ihn fast in den Wahnsinn.

»Er hat Recht, weißt du?«, sagte Lara, fast als hätte sie seine Gedanken erraten. Wahrscheinlich war es auch nicht besonders schwer, in seinem Gesicht zu lesen. »Sie werden sich jetzt bestimmt nicht mehr auf neue Verhandlungen einlassen. Nicht nach dem«, fügte sie nach einem beinahe unmerklichen Zögern hinzu, »was Tamar getan hat.«

»Ich weiß«, sagte Anders niedergeschlagen. »Aber ich muss einfach mit Jannik sprechen. Irgendwie.«

Sein Blick irrte unstet über den Hof, blieb einen Moment an dem zerbrochenen Tor hängen und glitt weiter. Es war zum Verrücktwerden! Selbst wenn er versuchen würde, sich über Culains Befehl hinwegzusetzen und die Burg zu verlassen, hätte er gar keine Chance dazu. Es gab buchstäblich keinen Quadratmeter, auf dem nicht mindestens ein Krieger stand oder hastige Vorbereitungen für den Sturm getroffen wurden, der in wenigen Augenblicken über die Burg hereinbrechen würde!

Lara griff unter ihren Mantel. Als sie die Hand wieder hervorzog, lag ein großer Schlüssel mit einem kompliziert geformten Bart auf ihrer Handfläche.

»Was ist das?«, fragte Anders.

»Der Schlüssel zu der Geheimtür in Vaters Zimmer«, antwortete Lara.

»Ich dachte, du weißt nicht, wo er ist.«

»Stimmt«, erwiderte Lara todernst. »Aber gerade ist mir wieder eingefallen, dass ich ihn eingesteckt habe.« Sie machte eine auffordernde Bewegung. »Nimm!«

Anders rührte sich nicht. »Wozu?«

»Kaum jemand weiß von diesem Gang«, antwortete Lara. »Selbst hier drinnen kennen ihn nur die wenigsten, und die da draußen haben ganz bestimmt keine Ahnung von ihm. Niemand wird dich dort finden.«

»Falls die Burg fällt, meinst du.«

Lara nickte und Anders fuhr mit einem humorlosen Grinsen fort: »Ich verstehe. Und während die Burg fällt und sie euch alle umbringen, verkrieche ich mich in diesem Geheimgang und warte in aller Seelenruhe ab, bis es vorbei ist – hattest du dir das ungefähr so vorgestellt?«

Lara sagte auch dazu nichts und Anders schüttelte mit einem abfälligen Laut den Kopf. »Vergiss es.«

»Aber ...«

Anders drehte sich mit einem Ruck um und ließ sie einfach stehen, um mit schnellen Schritten wieder zur Treppe zu eilen.

Vielleicht ist er ja nicht mehr der Mann, den du gekannt hast. Die Worte gingen Anders nicht mehr aus dem Sinn, seit er wieder hier heraufgekommen war und das feindliche Heer beobachtete. Er wusste nicht mehr, wie lange das her war, so wenig, wie er wusste, was er in dieser Zeit alles getan hatte, um sich bemerkbar zu machen: Er hatte eine Fahne geschwenkt, mit seinen Armen gewunken, geschrien, war auf und ab gehüpft, so schnell er konnte, und hatte sogar eines der Kohlebecken benutzt, um mithilfe des Morsealphabets, das Jannik ihm eigentlich nur aus Spaß vor einer kleinen Ewigkeit einmal beigebracht hatte, improvisierte Rauchzeichen zu geben, und hatte noch etliche andere und zum Teil noch viel albernere Dinge getan. Nichts davon hatte irgendetwas genutzt. *Vielleicht ist er ja nicht mehr der Mann, den du gekannt hast.* Und vielleicht hatte Morgen mit diesen Worten Recht gehabt.

Auch wenn er sich noch so sehr weigerte es zu glauben. Was, wenn er ihn gar nicht sehen *wollte?*

Anders versuchte den Gedanken abzuschütteln, aber diesmal gelang es ihm nicht – so als hätte er es in den letzten Tagen damit übertrieben, sodass seine Möglichkeiten, die Augen vor der Wahrheit zu verschließen, einfach erschöpft waren. Jannik *musste* ihn einfach entdecken! Die Burg war schlichtweg zu klein, um auch nur eine einzelne Gestalt zu übersehen, die hinter den Zinnen stand und alles in ihrer Macht Stehende tat um aufzufallen. Wenn Jannik irgendwo dort drüben in dieser gewaltigen Heeresmasse war und im Verlauf der vergangenen halben Stunde auch nur einen einzigen Blick in seine Richtung geworfen hatte, dann hätte er aus seinem wilden Herumgehampel sofort die richtigen Schlüsse ziehen müssen. Aber wenn es so war, warum reagierte er dann nicht? Auch darauf wären ihm eine Menge Antworten eingefallen, doch Anders wollte sich gar nicht damit beschäftigen.

Er blickte weiter zu den drei gewaltigen schwarzen Blöcken hin, zu denen das feindliche Heer zerfallen war. Sie standen dicht hintereinander gestaffelt auf der anderen Seite der Ebene, gerade außer Pfeilschussweite, und es war jetzt ungefähr zehn Minuten her, dass die Wilden diese Formation eingenommen hatten. Seither rührte sich dort drüben nichts mehr. Nur manchmal huschte eine einzelne Gestalt von einem Block zum anderen, wurde eine Fahne geschwenkt oder eine Fackel; wie ein einzelnes träge blinzelndes Auge. Selbst diese Aktivitäten hatten in den letzten Minuten abgenommen. Aber Anders machte sich nichts vor: Es war die berühmte Ruhe vor dem Sturm. Neben ihm hob Tamar die Hand und ließ die gefiederten Enden der Pfeile, die sich in dem Köcher auf seinem Rücken befanden, durch die Finger gleiten.

Es waren nicht sehr viel. Tamars Köcher war nicht einmal mehr zur Hälfte gefüllt und dasselbe galt für nahezu jeden Mann, der hier oben auf der Mauer oder in der brandgeschwärzten Ruine des Turms Aufstellung genommen hatte.

Selbst die Anzahl der Pfeile, die ihnen noch zur Verfügung stand, musste mittlerweile kleiner sein als die der Feinde, die sich dort drüben zum finalen Sturm auf die Torburg sammelten. Und was das Kräfteverhältnis zwischen Belagerern und Verteidigern anging, so war es noch viel deprimierender: Auch wenn das feindliche Heer irgendwann im Laufe der zurückliegenden halben Stunde endlich aufgehört hatte immer noch weiter anzuwachsen, so musste die Übermacht doch mittlerweile gut das Zehnfache betragen, wenn nicht mehr. Der Elder hörte endlich auf, die Pfeile in seinem Köcher zu zählen, nahm stattdessen eines der schlanken Geschosse heraus und drehte es einen Moment lang nachdenklich in den Fingern, bevor er es mit einem angedeuteten Achselzucken wieder zurückschob und Anders mit einem kurzen wenig ermutigenden Blick maß. »Es wird allmählich Zeit«, sagte er.

Anders gewann noch einige Sekunden damit, einfach in südlicher Richtung über die Ebene zu blicken und so zu tun, als hätte er die Worte des Elder gar nicht gehört, aber ihm war auch zugleich klar, dass er den Bogen besser nicht überspannen sollte. Tamar hatte zwar zu seiner nicht geringen Überraschung seine teilweise schon grotesken Bemühungen, sich irgendwie bemerkbar zu machen, unkommentiert gelassen, auf der anderen Seite aber auch keinen Hehl daraus gemacht, was er von seiner Anwesenheit hier oben auf der Mauer hielt. Anders hatte ihn von Anfang an nicht als einen sonderlich geduldigen Mann kennen gelernt, und die Verletzung, die er davongetragen hatte und die ihm trotz Morgens Hilfe sichtlich immer noch große Schmerzen bereitete, hatte nicht unbedingt dazu beigetragen, das zu ändern. Außerdem hatte er Recht.

Trotzdem fragte Anders nach einer Weile und in fast trotzigem Ton: »Glaubst du, dass ich an irgendeinem anderen Punkt in dieser Burg sicherer bin als hier?«

»Nein«, erwiderte der Elder. »Aber auf dem Platz, wo du stehst, könnte ein Mann stehen, der nützlicher ist als du.«

Auch damit hatte er Recht und Anders spürte sogar, dass

die Worte nicht einmal böse gemeint gewesen waren. Dennoch ärgerten sie ihn. Er setzte zu einer patzigen Antwort an, doch in diesem Moment tat sich etwas drüben beim feindlichen Heer, das nicht nur Tamars, sondern auch seine Aufmerksamkeit auf sich zog: Ein einzelner Reiter hatte sich aus der gewaltigen Masse gelöst und bewegte sich langsam von links nach rechts vor dem vordersten Heeresblock entlang; eine Gestalt in Schwarz, die ein riesiges Pferd in derselben Farbe ritt, aus dessen Stirn ein unterarmlanges, nadelspitzes Horn ragte. Janniks monströses Reittier schien den Kampf ebenso unbeschadet überstanden zu haben wie sein Herr.

Anders blickte flüchtig zu Tamar hin und sah, dass sein Gesicht wieder zu einer Maske vollkommener Ausdruckslosigkeit erstarrt war. Nur seine Lippen waren zu einem dünnen, gänzlich blutleeren Strich geworden, der seine wahren Gefühle verriet, und auch ganz tief in seinen Augen war etwas, das nicht zu der scheinbar unbeteiligten Miene passte, die der Elder auf sein Gesicht gezwungen hatte, und Anders fragte sich, was hinter Tamars Stirn wohl wirklich vorging. Wenn es stimmte, was man ihm über den Elder erzählt hatte, dann hatte er heute das erste Mal einen Kampf Mann gegen Mann verloren. Eine Niederlage, die umso schmerzhafter sein musste, als er ganz bewusst unfair gekämpft und gegen die Regeln des komplizierten Geflechts aus Ehre, Stolz und beinahe schon ritualisiertem Verhalten verstoßen hatte, nach dem die Elder lebten. Vorhin, als er Tamar bei seinem hinterhältigen Angriff auf Jannik beobachtet hatte, wofür der Elder fast sein Leben hatte lassen müssen, war er einfach nur empört gewesen; so wütend, dass er selbst die schreckliche Wunde, die Jannik ihm geschlagen hatte, als eine Art gerechter Rache des Schicksals angesehen hatte.

Aber seither war etliche Zeit verstrichen. Und vor allem die zehn oder fünfzehn Minuten, die der Elder nun neben ihm stand und schweigend auf das feindliche Heer auf der Ebene hinabsah, hatten ihm genug Gelegenheit gegeben, in Tamars Gesicht zu lesen und allmählich zu erahnen, wie unrecht er ihm getan hatte. Tamar war weder ein Feigling noch ein Verräter. Er hatte sein Wort gebrochen und gegen den angeblich so ehernen Ehrenkodex seines Volkes verstoßen, aber nicht aus Kalkül oder weil es ihm gleich war und er nur seinen Vorteil sah. Tamar war über sein eigenes Handeln ebenso entsetzt wie er selbst, wie Culain und Morgen und alle anderen hier. Er hatte es getan, weil er es tun *musste*, um das Leben aller hier in der Burg und vielleicht auch in Tiernan zu retten. Was Anders im ersten Moment wie ein Akt der Heimtücke erschienen war, das war in Wirklichkeit ein Opfer, das der Elder gebracht hatte; vielleicht das größte, das zu bringen er imstande war. Ganz zweifellos stellte Tamar seine Ehre über sein Leben – aber er stellte das Leben seines Volkes und der ihm anvertrauten Männer noch höher. Er hatte einen hohen Preis dafür bezahlt und er würde ihn auch noch in Zukunft bezahlen, selbst wenn er diesen Tag irgendwie überlebte.

Der Reiter draußen auf der Ebene hatte seine Inspektion beendet. Er trabte zurück bis zur Mitte des ersten der drei gewaltigen Heeresblöcke und hielt an, und Anders hob noch einmal beide Hände hoch über den Kopf und winkte ihm zu. Es war vollkommen unmöglich, dass er ihn nicht sah. Trotz der großen Entfernung und des weiterhin geschlossenen Visiers vor dem Gesicht des Reiters glaubte Anders seine Blicke mit fast körperlicher Intensität zu fühlen, und auch umgekehrt konnte es nicht anders sein. So zweifelsfrei, wie er Jannik erkannte, musste Jannik ihn erkennen. Aber er regte sich nicht.

»Lass mich zu ihm«, bat Anders. »Bitte, Tamar. Wenn … wenn ich hinauskann und er mich erkennt, dann …«

»Wenn er dich bis jetzt nicht erkannt hat, dann will er dich nicht erkennen, Junge«, unterbrach ihn Tamar. Er seufzte. »Vielleicht hast du dich ja auch getäuscht und er ist nicht der Mann, für den du ihn hältst.«

»Lass es mich trotzdem versuchen«, bettelte Anders. »Was habe ich denn zu verlieren?«

»Außer deinem Leben?« Tamar schüttelte den Kopf.

»Nichts.« Er nahm abermals einen Pfeil aus dem Köcher, diesmal aber nicht, um damit zu spielen, sondern um ihn auf die Sehne zu legen und zwischen Zeige- und Mittelfinger der Rechten einzuklemmen. »Genug jetzt«, fuhr er in verändertem Ton fort. »Geh ins Haus. Es wird jeden Moment beginnen.«

Anders trat gehorsam einen Schritt von der Mauer zurück, blieb aber dann noch einmal stehen und hob, wider besseres Wissen und zum allerletzten Mal, die Arme, um dem schwarzen Reiter zuzuwinken. Diesmal erfolgte eine Reaktion. Der Reiter senkte die Hand auf den Gürtel, zog sein Schwert und hob die Klinge langsam hoch über den Kopf. Aber es war keine Antwort auf Anders' Bewegung. Es war ein Zeichen, das er seinen Kriegern gab, und der gewaltige Quader aus Leibern und Krallen, Waffen und Zähnen hinter ihm reagierte mit einer schwerfällig-unruhigen Bewegung und erstarrte dann wieder. Ein eisiger Schauer lief über Anders' Rücken, als ihm klar wurde, *wie* gewaltig Janniks Heer wirklich war. Jede einzelne dieser drei Kohorten für sich war stark genug, um die Burg zu überrennen. Sie waren nicht nur gekommen, um die Burg zu übernehmen, dachte er mit kaltem Entsetzen. Sie wollten Tiernan. Jannik war angetreten, um die Welt zu erobern.

Rasch wandte er sich ab und ging zur Treppe, während ein anderer – nützlicherer – Mann seinen Platz an der Mauer einnahm. Die Stufen hinunterzukommen erwies sich als gar nicht so einfach, denn auch auf der Treppe drängten sich Männer. Der Platz oben auf dem schmalen Wehrgang reichte nicht für alle, und so hielten sich die Krieger hier in Bereitschaft, um sofort nachrücken zu können, wenn einer der Verteidiger oben fiel; eine rein pragmatische Vorbereitung, an deren Nützlichkeit es keinen Zweifel gab, der aber eine so erbarmungslose Mathematik des Todes zugrunde lag, dass sie Anders mehr erschreckte als der Anblick des feindlichen Heeres.

Die während des Angriffs zerstörten Stufen waren mittlerweile notdürftig instand gesetzt worden, und dennoch sprang er das letzte Stück in den Hof hinab und legte die wenigen

Meter bis zum Haus fast im Laufschritt zurück. Die kurze Freitreppe war mit Schutt und zum Teil immer noch schwelenden Trümmerstücken übersät, und als er das Haus betrat, schlug ihm ein so intensiver Brandgeruch entgegen, dass er ihm fast den Atem nahm. Vielleicht war es auch gar nicht der Geruch an sich. Da lag noch etwas anderes in der Luft.

Morgen, Lara und die wenigen anderen Frauen, die in der Torburg zurückgeblieben waren, hatten die Halle in ein improvisiertes Krankenlager verwandelt, was in diesem Fall aber eher hieß: Sterbezimmer. Jeder Mann, der auch nur irgendwie in der Lage war, sich auf den Beinen zu halten, eine Waffe zu führen oder auch nur mit einer Hand einen Stein zu schleudern, war zu den Verteidigern auf die Mauer oder zumindest auf die Treppe geeilt, sodass nur die Schwerstverletzten und Sterbenden zurückgeblieben waren. Männer, für die nicht einmal mehr Morgens Heilkraft etwas tun konnte, außer vielleicht, ihre ärgsten Schmerzen zu lindern und ihnen die letzten Momente ein wenig zu erleichtern. Hier drinnen waren Menschen gestorben oder starben vielleicht genau in diesem Moment, und der Geruch nach Tod und anderen, schlimmeren Dingen lag in der Luft.

Jemand rief seinen Namen und als Anders sich umdrehte, erkannte er Kris, der sich umständlich von dem Krankenlager erhob, das Lara ihm bereitet hatte. Das Mädchen bemühte sich ebenso verzweifelt wie vergeblich, ihn zurückzuhalten, doch Kris schob sie einfach zur Seite und humpelte mit zusammengebissenen Zähnen auf ihn zu; obwohl er sichtlich kaum die Kraft hatte, sich auf den Beinen zu halten. Lara hatte zwar vorhin behauptet, er wäre mit kaum mehr als einer Schramme davongekommen, aber als Anders in sein Gesicht sah, fiel es ihm schwer, dieser Behauptung wirklich zu glauben. Seine Haut war nicht nur blass, sondern grau, und obwohl er die Lippen weiter so fest zusammenpresste, wie er nur konnte, zitterten sie doch unentwegt.

»Was ist da draußen los?«, fragte er. »Geht's los?«

Anders antwortete mit einer Bewegung, von der er selbst nicht einmal ganz sicher war, ob sie nun ein Achselzucken oder ein Nicken darstellte, und ließ seinen Blick dann mit einem demonstrativen Stirnrunzeln über Kris' bandagiertes Bein gleiten. Der Verband bedeckte nicht nur seinen Oberschenkel, sondern das ganze Bein bis in die Mitte des Schienbeins hinab, und obwohl er gerade erst frisch angelegt sein konnte, begannen sich schon wieder hässliche dunkelbraune Flecken auf dem weißen Stoff zu bilden.

Kris deutete seinen Blick richtig und machte eine ärgerliche Geste. »Das ist nichts«, behauptete er. »Nur eine Schramme.«

»Das sieht man«, sagte Anders spöttisch. »Und außerdem ...«

Ein dumpfer Ton drang von außen zu ihnen herein und ließ ihn abbrechen. Er war nicht sehr laut, zumindest nicht am Anfang: ein gedämpftes Raunen und Murren, fast wie das Geräusch einer fernen Meeresbrandung oder eines heraufziehenden Gewitters, das sich noch hinter dem Horizont befand. Aber es schwoll rasch an, wurde zu einem Dröhnen und Brausen und schließlich zu einem wütenden Kriegsgeschrei aus Hunderten und Aberhunderten rauer Kehlen. Nicht nur Anders fuhr erschrocken herum und sah zur Mauer hin, auf der die Männer plötzlich angespannter und nervöser wirkten. Die meisten hatten jetzt schon Pfeile auf ihre Bögen gelegt und der eine oder andere zog die Sehne auch schon einmal prüfend durch ohne allerdings zu schießen. Auch Kris' Gesicht hatte noch mehr an Farbe verloren, obwohl Anders nur einen Atemzug zuvor gewettet hätte, dass das gar nicht mehr möglich wäre. Laras Augen hatten sich geweitet und wirkten fast schwarz vor Angst.

»Gebt mir eine Waffe!«, verlangte Kris. »Ich brauche ein Schwert oder irgendetwas.«

»Mach dich nicht lächerlich«, sagte Anders.

»Sie kommen!«, beharrte Kris. »Ich muss ...«

»Gar nichts«, unterbrach ihn Anders. »Leg dich wieder hin.«

»Und wenn ich es nicht tue?« Kris sah ihn herausfordernd an. »Glaubst du, du könntest mich dazu zwingen?«

»Im Augenblick, ja«, antwortete Anders. »Und bitte zwing *mich* nicht es dir zu beweisen.«

Eine Sekunde lang sah Kris ihn weiter so trotzig und herausfordernd an, dass Anders nahezu sicher war, er würde es auf eine Konfrontation anlegen, dann aber schien er einzusehen, dass er es – zumindest im Moment – nicht mit Anders aufnehmen konnte, der nicht nur unverletzt und einigermaßen bei Kräften, sondern noch dazu fast einen Kopf größer war als er. Vielleicht las er auch einfach in seinen Augen, wie entschlossen Anders war, ihn nötigenfalls gewaltsam davon abzuhalten, sich mit letzter Kraft auf die Burgmauer hinaufzuschleppen, nur um sein Leben in einem Akt völlig sinnlosen Stolzes wegzuwerfen. »Es scheint wohl zu stimmen, was sie über dich sagen«, sagte er verächtlich.

»Was meinst du damit?«, wollte Anders wissen.

»Halt den Mund!«, sagte Lara scharf.

Kris drehte mit einem Ruck den Kopf und sah sie nun ebenso verächtlich, aber beinahe noch zorniger als Anders zuvor an. »Warum?«, fragte er. »Hast du Angst, deinem Elder-Freund könnte missfallen, was ich zu sagen habe?«

Lara sog scharf die Luft ein und Anders sah, dass sie zu einer Antwort ansetzte, die *Kris* mit Sicherheit missfallen würde, doch in diesem Moment wurde das näher kommende Kriegsgeschrei der Wilden draußen schlagartig lauter und dann gesellte sich ein unheimliches Zittern und Vibrieren hinzu. Es war kein Geräusch, auch wenn Anders es im allerersten Moment fast dafür gehalten hätte; es war etwas, das sie *fühlten.* Der Boden unter ihren Füßen begann zu beben. Im allerersten Moment so sacht, dass es mehr eine Ahnung war als etwas, das man wirklich spürte. Aber das Gefühl wurde machtvoller und deutlicher im gleichen Maße, in dem auch das Kriegsgeschrei näher kam und an Wildheit zunahm. Nicht wie ein Erdbeben, sondern eher als begänne sich unendlich tief im Boden unter ihren Füßen etwas Gewaltiges, Uraltes in seinem äonenlangen Schlaf zu regen, ein mythischer Drache, der im Erwachen begriffen war und die Welt verschlingen würde. In Wahrheit war es das Stampfen Hunderter und Aberhunderter harter, krallenbewehrter Füße, die sich der Burg näherten.

Erschrocken fuhr Anders herum und sah, dass einige der Männer zu schießen begonnen hatten. Andere zogen die Sehnen ihrer Bögen durch und warteten, bis ihre Ziele näher heran waren, und das Kriegsgeschrei, das von draußen hereindrang, wurde immer noch lauter und lauter.

»Oberon, hilf uns!«, hauchte Lara.

»Der Gott der Elder wird uns wohl kaum beistehen, wenn er nicht einmal seinen eigenen Kindern hilft«, sagte Kris abfällig. Aber seine Stimme zitterte und er vermochte die Angst darin nicht mehr ganz zu unterdrücken. »Warum fragst du nicht deinen neuen Freund? Er könnte ja ein gutes Wort bei seinem Vater für uns einlegen.«

Erneut drehte sich Anders um und sah Kris ebenso fassungslos wie schockiert an. »Was soll das heißen?«

»Hat dir wirklich niemand etwas gesagt?«, fragte Kris höhnisch. »Oder empfindest du es einfach nur als unter deiner Würde, mit einfachen Sterblichen wie uns zu reden, *junger Herr*?«

»*Sei still!*«, schrie Lara.

Kris schürzte nur verächtlich die Lippen und setzte dazu an, weiterzusprechen, aber sie schrie noch einmal »*Sei still!*« und versetzte ihm einen Stoß mit den flachen Händen vor die Brust, der ihn unter normalen Umständen lediglich einen Schritt hätte zurückstolpern lassen. Jetzt verlor er das Gleichgewicht und stürzte. Lara versuchte zuzugreifen und ihn aufzufangen, aber Kris schlug ihre Hände noch im Fallen beiseite und stürzte so schwer, dass er ein schmerzhaftes Wimmern nicht mehr unterdrücken konnte. Sofort waren Lara und auch Anders neben ihm um ihm aufzuhelfen, doch Kris schlug abermals nach ihnen, kämpfte sich mit zusammengebissenen Lippen und stöhnend vor Pein aus eigener Kraft in die Höhe und humpelte zu seinem Lager zurück.

Lara wollte ihm hinterhereilen, aber Anders streckte rasch die Hand aus und hielt sie am Arm fest. »Warte.«

Das Mädchen versuchte sich loszureißen, doch Anders griff nur umso fester zu und schüttelte noch einmal und heftiger den Kopf. »Der Schlüssel. Hast du ihn noch?«

Lara schien im ersten Moment vollkommen irritiert zu sein, als wisse sie nicht, wovon er überhaupt sprach. Dann aber nickte sie und griff ganz automatisch unter ihren Mantel, führte die Bewegung jedoch nicht zu Ende, sondern sah ihn entsetzt und mit zugleich größer werdendem Zorn an.

»Du kannst ihn ...«

»Er ist nicht für mich«, fiel ihr Anders ins Wort. Der Boden unter ihnen zitterte immer heftiger und das Kriegsgeschrei der heranstürmenden Wilden war mittlerweile so laut, dass sie sich beinahe anschreien mussten um sich zu verständigen. Er bemerkte aus den Augenwinkeln, wie die Männer oben auf der Mauer jetzt ununterbrochen schossen. So rasch, wie sie nach ihren Pfeilen griffen, würden sie in wenigen Augenblicken verbraucht sein. »Ich will, dass du Kris nimmst und mit ihm nach oben gehst«, sagte er. »Versteckt euch. Niemand wird euch dort finden.«

»Und du?«, fragte Lara verwirrt.

»Ich bin nicht lebensmüde«, antwortete Anders und versuchte seinen Worten mit einem zuversichtlichen Lächeln mehr Glaubhaftigkeit zu verleihen. »Wenn ich sehe, dass die Burg wirklich fällt, komme ich nach.«

Lara sah kurz zu Kris hinüber, der sein improvisiertes Krankenlager mittlerweile erreicht hatte, jedoch keine Anstalten machte, sich darauf auszustrecken, sondern aufrecht stehend und trotzig und wütend zu ihnen herüberblickte, obwohl er so schwach war, dass er sich an der Wand abstützen musste um nicht erneut zu stürzen. »Das wird er nicht tun«, sagte sie.

»Dann richte ihm aus, dass ich ihn windelweich prügele und dabei zusehe, wie du ihn die Treppe hinaufträgst, wenn er sich weigert«, sagte Anders grimmig. »Ihr ...«

Er brach erschrocken mitten im Wort ab, als die gesamte Burg wie unter dem Anprall einer Flutwelle erzitterte. Aus dem Kriegsgeschrei der Wilden wurde etwas anderes, Schlimmeres, und plötzlich erschollen auch oben hinter den Mauerzinnen gellende Schreie, und schon der winzige Augenblick, den er brauchte um herumzufahren, reichte aus, um den Anblick vollkommen zu verändern: Die Männer – zumindest die, die noch Pfeile hatten – schossen noch immer, aber plötzlich ging auch auf sie ein Hagel von Steinen, Speeren und anderen Wurfgeschossen nieder. Die ersten Männer brachen getroffen zusammen oder stürzten von der Mauer, und von der Treppe her rückten andere nach um ihren Platz einzunehmen. Und fast im gleichen Moment erzitterte auch das gerade erst instand gesetzte Tor wie unter einem Faustschlag. Sturmleitern und Enterhaken erschienen über den Mauern, und wortwörtlich im gleichen Sekundenbruchteil brachen die ersten Wilden über die hoffnungslos unterlegenen Verteidiger herein.

Anders hatte etwas wie eine Fortsetzung des Kampfes um die Mauer von vorhin erwartet, aber es war vollkommen anders. Es schien nicht einmal einen wirklichen Kampf zu geben – die Übermacht der Angreifer war so gewaltig, dass sie die Männer einfach zu überrollen schienen; wie eine Flutwelle, die über einen Strand voll trockenem Laub hinwegspült. Der Kampf tobte praktisch sofort *auf* dem Wehrgang, und auch wenn die Verteidiger mit dem Mut und der Erbitterung von Menschen kämpften, die wussten, dass sie nichts mehr zu verlieren hatten und es nichts gab, wohin sie fliehen konnten, wurden sie doch erbarmungslos zurückgedrängt. Selbst Culain und Tamar, die Rücken an Rücken kämpften und sich von allen vielleicht noch am besten hielten, wankten schon nach wenigen Augenblicken und beide bluteten aus frischen Wunden, die ihnen die Angreifer schlugen. Obwohl die Wilden fast so schnell unter ihren Schwerthieben zu fallen schienen, wie sie heranstürmten, wurden sie Schritt für Schritt zur Treppe zurückgetrieben.

»Vielleicht wäre jetzt der richtige Moment, ein Wunder zu vollbringen.«

Anders drehte den Kopf und sah, dass Kris wieder zu ihnen gehumpelt war. Die Worte galten nicht wirklich ihm. Und auch wenn sie so klingen mochten, so waren sie doch auch nicht wirklich eine neue Herausforderung; vielmehr einfach nur ein Ausdruck desselben Entsetzens, das er auch in Kris' Augen las. Er verstand die Worte weniger denn je, aber er war gar nicht fähig eine entsprechende Frage zu stellen. Wozu auch?

Das Tor erbebte unter einem weiteren, noch härteren Schlag, und als Anders hinsah, löste sich einer der schweren Balken, die die Männer schräg dagegen gelehnt hatten um es abzustützen, und fiel mit einem gewaltigen Poltern um. Auch die Verteidiger oben auf der Mauer wurden weiter und weiter zurückgedrängt und viele fanden den Tod nicht mehr unter den Waffen und Klauen der Angreifer, sondern stürzten in den Hof hinab und wurden einfach niedergetrampelt. Anders spürte eine Mischung aus lähmendem Entsetzen und purem Unglauben – er hatte gewusst, dass die Festung fallen würde, aber er hätte sich nie vorstellen können, wie mühelos die Angreifer Tamars Männer niedermetzeln würden!

Er fuhr auf dem Absatz zu Lara herum und es war nicht nötig, dass er etwas sagte. Sie verstand. Ihre Hand fuhr unter den Mantel und kam mit dem schweren Schlüssel wieder zum Vorschein und sie wandte sich noch in derselben Bewegung ab, um mit der anderen Hand nach Kris' Arm zu greifen. Instinktiv versuchte er sich loszumachen, aber diesmal ließ Lara nicht locker, und im nächsten Augenblick trat auch Anders neben ihn und ergriff seinen anderen Arm.

»Was soll das?«, protestierte Kris.

»Wir müssen weg!«, antwortete Anders barsch. »Lara weiß ein Versteck.«

»Verstecken?«, keuchte Kris. »Wir sollen uns wie die Feiglinge verstecken?«

»Du kannst auch gerne bleiben und mit deinen Verbänden

nach den Wilden werfen!«, fuhr ihn Lara an, während sie und Anders bereits losstürmten und Kris dabei einfach mitrissen. Hinter ihnen wurde das Getöse der Schlacht immer noch lauter. Anders wagte es nicht, auch nur einen Blick über die Schulter zurückzuwerfen, aber er konnte *hören*, wie sich der Kampf von der Mauer herab in den Hof hinein verlagerte, und als sie die ersten ein oder zwei Stufen hinter sich gebracht hatten, ohne dass es dem sich noch immer heftig sträubenden Kris gelungen wäre, sie von den Füßen zu reißen oder anderweitig zu behindern, erscholl ein gewaltiges Krachen und Bersten, und er wusste, dass das Tor zum zweiten Mal unter dem Ansturm der Wilden nachgegeben hatte.

»Schneller!«, keuchte Lara. Anders als er hatte sie einen Blick über die Schulter zurückgeworfen und das Entsetzen in ihren Augen war noch einmal größer geworden; was sie gesehen hatte, musste weitaus schrecklicher sein, als Anders erwartet hatte. Das Klirren von Waffen und andere schlimmere Geräusche drangen ihnen geradezu übermächtig entgegen, als sie die Treppe hinaufstürmten, und wieder schien irgendetwas Gewaltiges die Burg zu treffen, denn für einen Atemzug erzitterte das gesamte Gebäude unter ihren Füßen; und für einen noch kürzeren Moment schien die gesamte Schlacht den Atem anzuhalten, nur um kurz darauf erneut und mit noch größerer Wut weiterzugehen. Irgendwo unter ihnen zerbarst Glas mit einem hellen, unnatürlich lang anhaltenden Klirren, und für die Dauer eines Lidschlages hatte Anders das Gefühl, den Widerschein eines grellen Blitzes wahrzunehmen, der irgendwo hinter ihnen aufflackerte. Sie stürmten jedoch nur umso schneller weiter und auch Kris versuchte jetzt nicht mehr, sich loszureißen oder sie auf irgendeine andere Weise zu behindern, sondern humpelte im Gegenteil mit zusammengebissenen Zähnen so schnell zwischen ihnen dahin, wie er nur konnte.

Keuchend vor Anstrengung erreichten sie die obere Etage und wandten sich nach rechts, in den Gang hinein, an dessen Ende das Schlafgemach von Laras Vater lag. Brandgeruch hing in der Luft und der Schlachtlärm war hier oben keinen Deut leiser als unten. Anders glaubte das Trampeln harter, krallenbewehrter Füße auf dem Stein hinter sich zu hören, und wieder brach draußen irgendetwas mit solcher Urgewalt zusammen, dass die Erschütterung im gesamten Gebäude zu spüren war. Dann hatten sie die Tür erreicht und Anders stieß sie mit der Schulter auf und stürmte hindurch ohne langsamer zu werden.

Das Zimmer dahinter bot einen Anblick vollkommener Verwüstung. Das Geschoss der Belagerungsmaschine hatte das Fenster durchschlagen und war genau dort explodiert, wo das Bett gestanden hatte, aus dem Anders noch am Morgen aufgestanden war. Das Holzgestell aus schweren Balken war nicht verbrannt, sondern einfach verschwunden, und dasselbe galt für einen Großteil der Einrichtung: Sämtliche Möbel waren ein Opfer der Flammen geworden, die Holzverkleidung der Decke war verkohlt und zum großen Teil herabgestürzt und auch die Wandvertäfelung hatte dem Feuerorkan nicht standgehalten, der hier drinnen getobt hatte. Wo sie überhaupt noch existierte, hatte sie sich in schwarz verkohlte Bretter verwandelt, hinter denen der nackte, brandgeschwärzte Beton zum Vorschein kam. Die Geheimtür, die Lara ihm bei seinem ersten Aufenthalt hier in der Torburg gezeigt hatte, existierte nicht mehr. Ihre Holzverkleidung war verschwunden, und wo die Tür selbst aus einer millimeterdicken Metallplatte bestand, hatte sie sich unter dem Einfluss der ungeheuren Hitze verzogen und war aus den Angeln gesprungen. Dahinter gähnte ein rechteckiges schwarzes Loch, das vielleicht hier herausführte, aber keinerlei Schutz mehr bot. Anders hätte vor Enttäuschung am liebsten laut aufgeschrien.

»Das war also euer famoser Plan«, keuchte Kris. »Was für eine tolle Idee! Wir sterben eine Minute später, aber dafür als Feiglinge.«

Und vielleicht nicht einmal das. Anders hörte ein Poltern hinter sich und wusste, was er sehen würde, noch bevor er herumfuhr und die riesige fellbedeckte Gestalt erblickte, die die Tür eingeschlagen hatte.

12

Der Troll war so groß, dass er sich bücken musste um überhaupt hereinzukommen. Sein Schädel, der der einzige Teil seines Körpers war, der nicht von borstigem schwarzem Haar bedeckt war, das eher wie das Fell einer Spinne aussah als das eines Bären, schrammte mit einem Geräusch wie Metall auf Stein unter dem Türsturz entlang, und seine furchtbaren Krallen rissen nur so zum Spaß zentimeterlange Holzspäne aus dem Rahmen. Er blutete aus zwei klaffenden Wunden im Oberkörper, die Anders nicht nur bewiesen, dass er das Haus nicht widerstandslos betreten hatte, sondern auch, wie wenig Zweck dieser Widerstand am Ende gehabt hatte.

Anders sah sich verzweifelt nach irgendetwas um, das er als Waffe benutzen konnte. Er selbst hatte nichts als seine bloßen Hände, und Kris hatte sein Schwert abgelegt, bevor Lara und die Elder sich um seine Wunden gekümmert hatten. Hier drinnen gab es nichts außer verbranntem Holz und feuergeschwärztem Beton.

Aus purer Verzweiflung griff er nach der schweren Metallplatte, die einstmals zur Tür des geheimen Gangs gehört hatte, riss sie mit einer gewaltigen Anstrengung nach oben und schleuderte sie dem Ungetüm entgegen. Sie war viel zu schwer, um sie wirksam als Waffe einsetzen zu können, aber der Troll war noch immer damit beschäftigt, seine grotesk breiten Schultern durch eine für Menschen gebaute Tür zu zwängen. Die Eisenplatte, die sich im Flug drehte wie ein Bumerang, traf seine Kniescheibe und zerschmetterte sie. Der Troll brüllte vor Schmerz und Wut, fiel plötzlich mehr in den Raum, als er ging, und brüllte dann noch einmal und lauter, als das verletzte Bein unter dem Gewicht seines Körpers nachgab und er auf das ohnehin verwundete Knie herabsank. Seine Klauen scharrten über den Boden und rissen Furchen in den Beton, der sich unter dem verkohlten Holz befand, und unter dem grausamen Schmerz, der seine Augen füllte, flammte etwas auf, das schlimmer war als Mordlust.

»Rein da!« Anders versetzte Lara einen Stoß, der sie haltlos auf den Geheimgang zustolpern ließ, und griff praktisch gleichzeitig nach Kris, um ihn hinter sich herzuzerren. Der Troll kam knurrend vor Wut wieder in die Höhe, schien aber offensichtlich vergessen zu haben, dass er nur noch ein funktionierendes Bein hatte, denn schon beim nächsten Schritt stürzte er erneut. Trotzdem verfehlten seine ausgestreckten Arme Kris diesmal nur um Haaresbreite, und Anders begriff voller Entsetzen, dass die furchtbare Kreatur keinen Deut weniger gefährlich war als vor seinem verzweifelten Angriff; dafür aber mindestens doppelt so wütend. Rücksichtslos zerrte er Kris mit sich, versetzte Lara einen Stoß, der sie endgültig auf die Knie stürzen ließ und schob sie kurzerhand in den Gang hinein. Hinter ihnen hatte es der Troll aufgegeben, wieder aufstehen zu wollen. Er kroch auf sie zu, wobei er sich nur mit einem Bein und den Händen voranstieß und das verwundete Bein einfach hinter sich herschleifte, doch er war trotzdem entsetzlich schnell.

Anders begriff, dass sie es nicht schaffen würden. Lara hatte endlich verstanden, was er von ihr wollte, und auch Kris ließ sich auf Hände und Knie herab und kroch so schnell los, wie er nur konnte. Aber er war durch sein verletztes Bein mindestens genauso gehandicapt wie das Ungeheuer, und den Troll trennten allerhöchstens noch zwei Meter von ihnen.

»Versteckt euch!«, schrie Anders. »Ich lenke ihn ab!«

Ohne wirklich darüber nachzudenken, was er da tat, fuhr er herum, machte rasch drei, vier Schritte rückwärts und hob einen verbrannten Holzscheit vom Boden auf, um ihn nach dem Troll zu werfen. Er traf. Das Holz prallte mit einem dumpfen Laut, aber vollkommen wirkungslos vom Schädel des Ungeheuers ab. Dennoch erfüllte Anders' scheinbar so vollkommen lächerlicher Angriff seinen Zweck: Obwohl Kris so schnell in den Gang hineinkroch, wie er nur konnte, war er trotzdem nicht schnell *genug.* Der Troll war mittlerweile so nahe, dass er ihn packen konnte, wenn er einfach nur den Arm ausstreckte. Stattdessen blieb er eine geschlagene Sekunde lang vollkommen reglos hocken, dann schüttelte er den Kopf, stemmte sich auf den Armen in die Höhe, so weit er konnte, und drehte sich dabei langsam zu Anders um.

»Komm schon, du Mistvieh!«, keuchte Anders. »Warum laufen wir nicht ein bisschen um die Wette?« Seine Gedanken überschlugen sich, während sein Blick immer verzweifelter durch den Raum irrte. Er war nicht sicher, ob das Ungetüm seine Worte verstanden hatte, und selbst wenn, ob es überhaupt etwas gab, um es noch wütender zu machen. Er wusste nur, dass er es irgendwie vom Gang weglocken musste; zumindest weit genug, damit sich Lara und Kris in Sicherheit bringen konnten. Auch wenn dieser geheime Gang jetzt nicht mehr geheim war und somit keinerlei Sicherheit bot, so war doch wenigstens *dieser* Troll einfach zu groß um ihnen zu folgen. Er wich noch zwei weitere Schritte zurück, bis er mit dem Rücken gegen die Wand stieß, bückte sich nach einem neuen Wurfgeschoss und verfehlte den Troll diesmal. Immerhin reichte der neuerliche Angriff, um die Bestie tatsächlich noch wütender zu machen.

Vielleicht sogar wütender, als gut war.

Anders' Herz machte einen entsetzen Sprung, als er sah, wie sich der Koloss langsam, aber beharrlich aufrichtete und dann schwankend vor ihm stand. Blut lief in Strömen an seinem verletzten Bein hinab und bildete eine Pfütze aus verklumptem Ruß und hässlichem Braun zwischen seinen Füßen, und wahrscheinlich war diese Verletzung allein schwer genug, um ihn zu töten. Doch zuvor würde er *ihn* umbringen. Anders begriff voller kaltem Entsetzen, dass er sich selbst in diese Falle manövriert hatte. Er stand mit dem Rücken zur Wand, nahezu in die Ecke gedrängt und so ziemlich an der einzigen Stelle im ganzen Zimmer, von der aus er nicht einfach losrennen und darauf hoffen konnte, dem Troll dank seiner größeren Schnelligkeit zu entkommen. Und was immer dieses Geschöpf in Wahrheit auch sein mochte – es war nicht das dumme geistlose Tier, das die Elder und auch Laras Volk in ihm sahen, denn als Anders in seine kleinen blutunterlaufenen Augen blickte, erkannte er darin eine boshafte Vorfreude. Dieses Wesen wusste, was es tat, und der Gedanke, sich an dem rächen zu können, der ihm solche Schmerzen zugefügt hatte, erfüllte es ganz offensichtlich mit Befriedigung.

Langsam und unendlich vorsichtig, um nicht erneut zu stürzen und Anders damit vielleicht doch noch eine Gelegenheit zur Flucht zu geben, bewegte es sich auf ihn zu und breitete die Arme aus. Anders machte einen hastigen Schritt zur Seite, was die Sache aber eher noch verschlimmerte, denn nun stand er tatsächlich in der Ecke und es gab einfach nichts mehr, wohin er sich noch zurückziehen konnte, und der Troll machte einen weiteren Schritt und formte die geöffneten Hände zu Klauen, mit denen er ihn mit einem einzigen Hieb einfach in Stücke reißen würde.

Hinter ihm war plötzlich eine schnelle, huschende Bewegung. Alles ging viel zu schnell, als dass er wirklich Einzelheiten erkennen konnte, geschweige denn in welcher Reihenfolge sie geschahen oder wie. Und trotzdem brannte sich diese eine endlose Sekunde so tief in sein Gedächtnis ein, dass er sie bis ans Ende seines Lebens nie wieder wirklich vergessen sollte und er sie in seinen Albträumen wieder und immer wieder durchlebte: Lara und Kris hatten sich nicht in Sicherheit gebracht. Sie waren wieder aus dem Gang herausgekommen und zumindest Lara stand wie gelähmt da und starrte aus entsetzt aufgerissenen Augen zu ihm und dem Troll herüber. Kris jedoch tat etwas durch und durch Wahnsinniges: Statt die Chance zu nutzen und zu fliehen, hob er das zersplitterte Ende eines Stuhlbeins vom Boden auf, rannte, ohne die geringste Rücksicht auf sein verletztes Bein, auf den Troll zu und rammte es ihm in den Rücken. Der Troll kreischte in blinder Agonie, warf die Arme in die Höhe und versuchte sich umzudrehen, doch nun gab sein zerschmettertes Knie endgültig unter ihm nach, sodass aus der Bewegung eine hilflos torkelnde Pirouette wurde, die in einem Sturz endete.

Aber noch während er fiel, schlugen seine grässlichen Krallen zu und rissen Kris' Kehle auf.

Der Junge torkelte zurück und schlug beide Hände um den Hals, während der Troll endgültig zusammenbrach und mit einem letzten, irgendwie beinahe erleichtert klingenden Seufzen auf die Seite rollte. Lara schrie gellend auf und stürzte zu Kris hin, und auch Anders wollte irgendetwas tun um ihm zu helfen, irgendetwas, um es ungeschehen zu machen, aber zu dem einen fehlte ihm die Kraft und das andere war unmöglich. Er stand da wie gelähmt, während Kris langsam in die Knie brach und dann in Laras ausgestreckte Arme fiel. Der Troll hatte die Hände jetzt auch um den Hals geschlagen, und Anders sah, wie er mit solcher Kraft zudrückte, dass die Adern auf seinem Handrücken sichtbar wurden, als versuchte er mit aller Gewalt, das Leben festzuhalten, das in einem hellroten Strom aus ihm herausfloss. Auf seinem Gesicht war kein Schmerz zu erkennen oder Furcht, allerhöchstens etwas wie eine vage Enttäuschung, als könnte er selbst jetzt noch nicht wirklich glauben, was ihm zugestoßen war.

Endlich erwachte Anders aus seiner Erstarrung. Die Zeit lief weiter, er hörte wieder das Dröhnen der Schlacht und Laras hysterische Stimme, die immer und immer wieder Kris' Namen rief und sich beinahe überschlug; er roch wieder das Blut und den Brandgeruch und den Gestank, den der sterbende Troll verströmte. Den Rücken so fest gegen die Wand gepresst, wie er konnte, schob er sich an dem Ungeheuer vorbei und ließ es auch dann nicht ganz aus den Augen, als er sich sicher aus der Reichweite seiner schrecklichen Krallen wähnte.

Kris war noch am Leben, als er neben ihm und Lara ankam. Das Mädchen war auf die Knie gesunken und umklammerte Kris' Schultern mit den Armen. Sie hatte aufgehört seinen Namen zu rufen, sondern starrte ihn nur aus ungläubig weit aufgerissenen Augen an. Tränen liefen in Strömen über ihr Gesicht, und ihre Brust hob und senkte sich so schnell, als würde das Herz darin im nächsten Moment zerspringen, aber sie gab nicht mehr den mindesten Laut von sich.

Kris lebte durch eine grausame Laune des Schicksals immer noch, und für einen winzigen Moment klammerte sich Anders mit aller Macht an die vollkommen widersinnige Hoffnung, dass das vielleicht auch so bleiben würde, dass es schlimmer aussah, als es war, und ihm die furchtbaren Klauen des Ungeheuers doch keine tödliche Verletzung zugefügt hatten.

In Kris' Augen, in denen er bisher allenfalls einen vagen Schmerz und maßloses Erstaunen gelesen hatte, erschien plötzlich Schrecken, dann Furcht; eine so abgrundtiefe, maßlose Furcht, dass ihr bloßer Anblick Anders schier die Kehle zuschnürte. Er schien etwas sagen zu wollen, brachte aber nur ein schreckliches, nasses Räuspern zustande, dann versuchte er noch einmal den Kopf zu drehen um Lara anzublicken. Und endlich hatte das Schicksal ein Einsehen mit ihm. Mitten in der Bewegung wich die Mischung aus Angst und verzweifeltem Aufbegehren aus seinem Blick und machte einer vollkommenen, allumfassenden Schwärze Platz. Er erschlaffte. Seine verkrampften Hände lösten sich und glitten von seinem Hals, und Anders sah, dass die Wunde, die ihm der Troll zugefügt hatte, geradezu lächerlich klein war; nichts gegen vieles von dem, was er in der Schlacht zuvor davongetragen hatte.

Lara brach weinend über ihm zusammen, und von draußen schien der Kampflärm plötzlich wieder lauter hereinzudringen, als hätte selbst die Schlacht einen Moment den Atem angehalten. Lara begann immer lauter zu schluchzen, und obwohl sie genauso wie er wusste, dass Kris nicht mehr lebte, presste sie ihn für einen Moment mit aller Kraft an sich, als müsste sie es nur lange und heftig genug tun, um auf diese Weise das Leben in ihn zurückzuzwingen. Anders wollte etwas sagen, aber er konnte es nicht. Seine Kehle war immer noch wie zugeschnürt und er bemerkte erst jetzt, dass er in den letzten zwanzig oder dreißig Sekunden nicht einmal geatmet hatte. Alles um ihn drehte sich und sein Verstand weigerte sich einfach zu begreifen, dass Kris tot war; so vollkommen ohne nachvollziehbaren Anlass und beiläufig vom Schicksal ausgelöscht, wie ein Mensch ein Insekt zertritt, ohne es auch nur zu bemerken. Es war so … sinnlos gewesen. Sinnlos nicht für ihn – schließlich hatte Kris ihm mit seinem wahnwitzigen Angriff auf den Troll das Leben gerettet! –, aber sinnlos für Kris, sinnlos für Lara und so vollkommen überflüssig und bedeutungslos für den Ausgang der Schlacht.

Der Kampflärm drang jetzt in an- und abschwellenden Wellen durch die aus den Angeln gerissene Tür herein, und in das schreckliche Grölen der Angreifer und das eiserne Klingen aufeinander prallender Waffen mischten sich immer öfter gellende Schreie, die Anders einen eisigen Schauder nach dem anderen über den Rücken laufen ließen, denn es bestand kein Zweifel, dass sie aus menschlichen Kehlen stammten. Mit aller Willenskraft, die er noch aufbringen konnte, zwang er sich, den Blick von Lara und dem toten Jungen in ihren Armen loszureißen und sich wieder auf das Hier und Jetzt zu konzentrieren. Es war noch nicht vorbei. Sie waren nach wie vor in Lebensgefahr und mussten hier weg

Unsicher trat er einen Schritt zurück und ließ den Blick durch den verheerten Raum schweifen. Für einen winzigen Moment blieb er an dem offen stehenden Geheimgang hängen, und für einen noch winzigeren Augenblick erwog Anders ernsthaft die Möglichkeit, ihn zu nehmen; auch wenn er nun nirgendwo mehr hinführte. Doch er verwarf den Gedanken fast genauso schnell wieder, wie er ihm gekommen war: Vor den Trollen und Riesen wären sie dort drinnen vielleicht sicher, nicht aber vor den Heerscharen anderer Ungeheuer, die die Burg stürmten.

»Wir müssen weg«, sagte er.

Lara reagierte nicht. Sie hatte aufgehört, Kris mit aller Macht an sich zu pressen, sondern wiegte ihn in den Armen, und Anders verspürte erneut ein eisiges, diesmal noch viel kälteres Frösteln, als er in ihr Gesicht sah; und ihre Augen. Jeglicher Ausdruck war von ihren Zügen gewichen und jede Spur von Leben aus ihrem Blick.

»Lara«, sagte er noch einmal, mit leiser, aber eindringlicher Stimme. »Hast du nicht gehört? Wir müssen weg hier! Sie sind gleich da!«

Im allerersten Moment schien es, als hätte Lara seine Worte gar nicht gehört oder wäre einfach nicht in der Lage, irgendwie darauf zu reagieren. Dann tat sie es doch, aber auf eine Weise, die ihn fast noch mehr erschreckte als alles andere zuvor. Ganz langsam hob sie den Kopf und sah ihn aus ihren weit aufgerissenen, so schrecklich leeren Augen an, und was Anders darin las, das brach ihm schier das Herz.

»Wir müssen weg!«, sagte er noch einmal. Er streckte die Hand nach ihr aus, wagte es aber nicht, sie zu berühren.

»Bitte!«, flehte er. »Lara!«

Lara starrte ihn weiter an. Ihre Lippen begannen zu zittern. Sie versuchte etwas zu sagen, brachte jedoch nicht den mindesten Laut hervor. Einen Moment krampften sich ihre Hände so fest um Kris' Oberarme, dass alles Blut aus ihren Fingern wich und ihre Haut so bleich wie die einer Toten wurde. Ihre Augen wurden noch größer, und die Schwärze darin nahm eine andere furchtbare Qualität an.

Anders gab es auf, ihr ein Gespräch aufzwingen zu wollen. Ohne ein weiteres Wort beugte er sich zu ihr hinab, ergriff sie bei den Schultern und zog sie fast brutal in die Höhe. Lara versuchte seine Hände abzustreifen und schlug sogar nach ihm, als es ihr nicht gelang, aber Anders ignorierte ihre verzweifelte Gegenwehr und zerrte sie beinahe mit Gewalt hinter sich her zur Tür. Der Lärm aus dem Erdgeschoss wurde lauter: Schreie, das hässliche Geräusch von Waffen, die auf Schilde, Panzer und bloßes Fleisch schlugen. Der schreckliche Blutgeruch der tobenden Schlacht und ein Chor von Schmerz- und Todesschreien hüllte sie ein, und er sah zuckenden Feuerschein und ein reines Chaos aus purer Bewegung, in dem keine Einzelheiten mehr zu erkennen waren. Als sie auf den Gang hinausstürmten, wurde Laras Gegenwehr heftiger; sie versuchte sich loszureißen, schlug mit der freien Hand nach ihm und zerkratzte ihm das Gesicht und den Unterarm, um zurück und wieder zu Kris zu laufen. Anders ignorierte ihre Bemühungen, so gut er konnte, und zerrte sie ganz im Gegenteil nur noch schneller hinter sich her auf die Treppe zu.

Der Saal unter ihnen, der vor wenigen Minuten noch ein improvisiertes Lazarett gewesen war, hatte sich in ein makabres Tollhaus verwandelt, in dem Menschen und Elder Rücken an Rücken um ihr nacktes Leben kämpften. Es war ein Kampf, den sie verlieren würden. Die Angreifer waren in Scharen über die Mauern gestürmt und die Schlacht tobte hier drinnen längst mit der gleichen gnadenlosen Wut wie oben auf den Wehrgängen und im Hof der Burg. Die Verteidiger wehrten sich mit verzweifelter Kraft und unglaublichem Heldenmut, doch Anders musste nur einen einzigen Blick hinunter in die Halle werfen um zu erkennen, wie sinnlos dieser Widerstand war.

Die Übermacht der Angreifer war einfach erdrückend. Sowohl Menschen als auch Elder waren ihren Gegnern hoffnungslos überlegen, ganz gleich ob es sich nun um Riesen, Trolle oder andere bizarre Spukgestalten handelte, aber sie standen einem Feind gegenüber, dessen Zahl einfach grenzenlos zu sein schien. Für jeden gefallenen Angreifer schienen gleich drei oder vier neue durch die eingeschlagene Tür hereinzustürmen oder auch buchstäblich aus dem Nichts aufzutauchen, während die Verteidiger keine Verstärkung erhielten und es nichts gab, wohin sie sich noch zurückziehen konnten. Vier oder fünf Männer hatten versucht die Treppe hinauf zu flüchten, aber auch dieser Weg war ihnen verwehrt: eine mindestens doppelt so große Anzahl riesenhafter struppiger Gestalten war ihnen gefolgt und hatte sie in ein wütendes Handgemenge verstrickt, das keine der beiden Seiten gewinnen konnte. Anders sah sich mit wachsender Verzweiflung nach einen Fluchtweg um.

Es gab keinen. Auf der anderen Seite der Treppe erfüllte flackernder Feuerschein die Luft und aus den zerborstenen Türen drang schwarzer, fettiger Qualm. Es schien, als wären sie dem Troll nur entkommen, um in eine andere, ebenso aussichtslose Falle zu laufen. Anders' Gedanken überschlugen sich schier. Für einen Moment drohte er in Panik zu geraten und für eine einzelne, aber durch und durch grässliche Sekunde wusste er einfach nicht mehr, was er tun sollte. Hätte sie in diesem Augenblick eines der Ungeheuer angegriffen, hätte er sich vielleicht nicht einmal mehr gewehrt.

Doch der gefährliche Moment verging und sein purer Überlebenswille gewann wieder die Oberhand. Lara hatte aufgehört sich zu wehren und schluchzte nun leise, und Anders fasste einen Entschluss, der aus purer Verzweiflung geboren war: Ohne auf die Gefahr zu achten, in die sie geradewegs hineinstürmten, rannte er die Treppe hinunter und auf die kämpfenden Männer und Trolle zu, duckte sich unter einem wütenden Keulenhieb eines gewaltigen struppigen Etwas hindurch und flankte über das steinerne Treppengeländer, wobei er Lara einfach hinter sich herzerrte.

Was ihnen das Leben rettete, waren pures Glück und der erschlagene Körper eines riesigen Trolls, der dem Aufprall die ärgste Wucht nahm. Anders stürzte, ließ Laras Hand los und rollte sich mehr instinktiv als aus einer bewussten Überlegung heraus über die Schulter ab. Irgendetwas setzte seiner Bewegung ein ebenso abruptes wie schmerzhaftes Ende, und für eine Sekunde oder weniger schwanden ihm die Sinne; er sah nur noch Schwärze und wirbelnde Schleier, und auch als sich das Chaos vor seinen Augen wieder lichtete, wurde es nicht viel besser. Rings um ihn herum tobte die Hölle. Wohin er auch blickte, wurde gekämpft, klirrten Waffen aufeinander und starben Menschen und Ungeheuer.

Irgendwo inmitten dieses Infernos war Lara; er hörte ihre Schreie, stemmte sich instinktiv in die Höhe und drehte den Kopf nach rechts und links, um nach ihr Ausschau zu halten. Im ersten Moment konnte er sie nirgendwo entdecken und abermals drohte Panik seine Gedanken zu verschlingen. Dann – endlich – sah er sie: Sie hatte sich kaum zwei Meter neben ihm auf Hände und Knie erhoben und wurde von gleich drei der kleineren schwarzen Gestalten attackiert, die nur aus Zähnen, gierig ausgestreckten Klauen und rasiermesserscharfen Krallen zu bestehen schienen. Anders sprang mit einem Schrei in die Höhe, war mit einem einzigen Satz bei ihr und schlug einem der kleinen Ungeheuer die gefalteten Hände in den Nacken. Die Kreatur brach wie vom Blitz getroffen zusammen und die beiden anderen wirbelten in einer einzigen gemeinsamen Bewegung herum und attackierten nun ihn.

Anders stieß einen der bizarren Angreifer mit einem wütenden Fußtritt zu Boden, doch der andere sprang ihn an, grub seine Klauen tief in seine Oberschenkel und versuchte nach seiner Hand zu beißen. Anders schrie vor Schmerz auf, taumelte zurück und stürzte dann endgültig, als sich auch das zweite Monster blitzschnell wieder hochrappelte und auf ihn stürzte. Entsetzt riss er die Arme vor das Gesicht und warf sich gleichzeitig zur Seite. Irgendetwas schlug mit solcher Gewalt neben ihm auf den Boden, dass Steinsplitter aus den Fliesen stoben und mit winzigen nadelspitzen Zähnen in sein Gesicht schnitten. Anders trat blindlings zu, spürte, wie er irgendetwas traf, das mit einem wütenden Schnauben zurücktaumelte, und stieß gleich darauf keuchend die Luft zwischen den Zähnen aus, als ihm eines der anderen Ungeheuer mit aller Gewalt in die Rippen trat. Instinktiv riss er wieder die Arme vors Gesicht, obwohl er wusste, wie vollkommen sinnlos diese Gegenwehr war.

Die kaum kindgroße Gestalt stieß ein triumphierendes Kreischen aus, hob seine mit fingerlangen rostigen Eisendornen besetzte Keule hoch über den Kopf und fiel dann stocksteif auf die Seite. Anders blieb noch einen Herzschlag lang wie erstarrt in der gleichen Haltung liegen, bevor er langsam die Arme sinken ließ und vollkommen verständnislos zu Lara hochsah, die wie aus dem Nichts hinter den Wilden aufgetaucht war. In ihrer rechten Hand hielt sie etwas, das Anders wie ein abgebrochenes Stuhlbein vorkam; vielleicht auch eine Waffe, die sie irgendwo in dem Durcheinander gefunden hatte.

»Worauf wartest du?«, keuchte sie atemlos. Irgendetwas Dunkles und sehr Großes flog auf sie zu und verfehlte sie nur um Haaresbreite, und Lara duckte sich hastig (und genau einen Sekundenbruchteil zu spät, wäre das Wurfgeschoss besser gezielt gewesen) und sprang aus der gleichen Bewegung heraus auf ihn zu. Plötzlich war *sie* es, die *Anders* auf die Füße riss und mit sich zerrte. Ihre improvisierte Waffe ließ sie achtlos fallen.

Die erbitterte Schlacht in der großen Halle dauerte an. Überall kämpften Menschen und Elder Schulter an Schulter gegen die erdrückende Übermacht der bizarren Kreaturen, die mit jedem Moment noch weiter anzuwachsen schien. Überall wurde gekämpft und gestorben, und durch die weit offen stehende Tür strömten immer mehr und mehr der unheimlichen Angreifer herein. Die Verteidiger wehrten sich mit dem absoluten Mut der Verzweiflung, aber sie wurden trotzdem Schritt für Schritt zurückgedrängt. Mehr als die Hälfte von ihnen war bereits gefallen und auch die anderen würden nur noch wenige Augenblicke widerstehen.

Anders hätte hinterher nicht mehr zu sagen vermocht, wie es ihnen gelungen war, lebend aus dem Gebäude zu entkommen. Sie wurden zahllose Male attackiert, mal von einem Troll, mal von irgendeiner anderen absurden Kreatur, aber sie schafften es wie durch ein Wunder nicht nur durch die Tür, sondern auch halb die Treppe hinab.

Doch dann war ihr Weg unwiderruflich zu Ende. Der entsetzliche Anblick, der sich ihnen in der Halle geboten hatte, setzte sich auf dem Burghof fort; nur dass er hier noch ungleich schlimmer war. Der Burghof, die Mauern, der Bereich vor dem eingeschlagenen Tor, die brennenden Nebengebäude und selbst die Treppen – alles war eine einziges gewaltiges Schlachtfeld, auf dem Freund und Feind kaum mehr zu unterscheiden war. Überall auf der Treppe lagen Tote und sterbende Menschen, Elder und Ungeheuer, und was er schon im Haus gesehen hatte, das wurde hier zu schrecklicher Gewissheit: Der Kampf tobte jetzt vielleicht mit weniger Verbissenheit, aber an seinem Ausgang bestand kein Zweifel mehr. Nicht einmal der allergrößte Heldenmut und die gewaltigste Tapferkeit hätten etwas gegen die erdrückende Übermacht der halb tierischen Angreifer auszurichten vermocht.

»Da!« Laras ausgestreckte Hand deutete nach rechts, zu zwei hünenhaften, in zerfetztes rot-fleckiges Weiß gehüllten Gestalten, die Rücken an Rücken kämpften: Culain und Tamar, unter deren Schwertern die Angreifer fielen wie Halme unter der Sense eines Schnitters. Dennoch wurden auch sie Schritt für Schritt zurückgedrängt und beide bluteten aus einer Anzahl neuer, tiefer Wunden.

Trotzdem machten sie sich auf den Weg zu den beiden Elder. Anders hörte schon nach wenigen Schritten auf mitzuzählen, wie oft sie angegriffen wurden und wie vieler Wunder es bedurfte, sie auch nur lebend den Fuß der Treppe erreichen zu lassen. Lara rettete ihm mindestens einmal das Leben, indem sie ihn zur Seite stieß, als irgendetwas Riesengroßes mit einem noch größeren Beil nach ihm schlug, und Anders revanchierte sich beinahe sofort und trat einem hässlichen Zwerg die Beine unter dem Leib weg, der sie anspringen wollte. Sie wurden beide getroffen; Anders verspürte zwei oder drei harte Schläge gegen Rücken und Oberarme, und auch Lara taumelte mehrmals und presste mit schmerzhaft zusammengebissenen Kiefern die Hand gegen die Seite, als sie endlich den Fuß der Treppe erreicht hatten. Die beiden Elder waren irgendwo vor ihnen. Anders konnte sie in dem entsetzlichen Getümmel nicht mehr sehen, aber Lara deutete zielsicher in eine bestimmte Richtung und Anders vertraute sich einfach ihrer Führung an. Sie stolperten durch Pfützen aus Blut, wichen stürzenden Männern und Ungeheuern aus und mussten über Verwundete und tote Leiber hinwegklettern um ihr Ziel zu erreichen.

Und am Ende schafften sie es doch nicht. Anders sah die beiden Elder schon vor sich, als irgendetwas seine Kniekehlen mit solcher Wucht traf, dass er nur noch einen letzten, ungeschickten Stolperschritt tun konnte und dann der Länge nach hinfiel, wobei er zu allem Überfluss auch noch Lara mit sich von den Füßen riss.

»Anders!« Plötzlich war eine riesige, in Weiß und schimmerndes Kupfer und nasses Rot gehüllte Gestalt über ihm, die ein gewaltiges Schwert schwang und den Angreifer, der ihn zu Boden gestoßen hatte, mit einem einzigen Hieb zurücktrieb. Das Ungeheuer brach sterbend zusammen, doch schon waren drei, vier, fünf weitere Wilde heran und drangen mit rostigen Waffen und rasiermesserscharfen Klauen auf Culain ein. Der Elder enthauptete einen Troll mit einem einzigen wütenden Hieb und stieß aus der gleichen Bewegung heraus einem zweiten die Waffe bis ans Heft in die Brust. Das Ungetüm brach zusammen, klammerte aber noch sterbend die gewaltigen Pranken um Culains Schwert und riss es ihm aus den Händen. Der Elder war plötzlich waffenlos. Verzweifelt versuchte er den Dolch aus seinem Gürtel zu zerren, doch diesmal war er nicht schnell genug: Ein weiterer Troll sprang ihn an, riss ihn von den Füßen und zerrte ihn nur den Buchteil einer Sekunde darauf wieder in die Höhe. Culains erschrockener Schrei wurde zu einem halb erstickten Keuchen, als sich die gewaltigen muskelbepackten Arme des Ungeheuers um seinen Oberkörper schlossen und erbarmungslos zudrückten.

Anders schloss entsetzt die Augen. Er wusste, dass Culain nun sterben würde, ein weiteres Leben, das sinnlos weggeworfen worden war um ihn zu retten. Er konnte hören, wie auch Culains Keuchen erstarb und seine Rippen zu knacken begannen wie trockene Zweige, die unter dem Fußtritt eines Riesen zerbarsten. Alles begann sich um ihn zu drehen. In seinen Ohren rauschte das Blut und er hörte ein Singen und Brausen, das rasend schnell anwuchs und jedes andere Geräusch zu verschlingen schien. Dann ein Zischen, gefolgt von einem vielstimmigen Aufschrei und dem schrecklichen Gestank von verschmortem Fleisch und brennendem Haar. Mit pochendem Herzen öffnete er wieder die Lider und wurde mit einem Anblick belohnt, den er im ersten Augenblick einfach nicht verstand.

Culain war zurückgetaumelt und auf die Knie herabgesunken, aber er war nicht tot. Der Troll, der ihn gepackt hatte, lag brennend vor ihm, sein Kopf und ein Teil der Schulter waren einfach verschwunden. Noch während Anders aus weit aufgerissenen Augen auf das unglaubliche Bild starrte, zuckte ein blassblauer Blitz vom Himmel, durchbohrte einen weiteren Angreifer und setzte das Fell eines riesigen Trolls fast beiläufig in Brand.

Und plötzlich zuckten überall um sie herum blaue, gleißende Blitze vom Himmel. Dünnen Fingern aus tödlichem Licht gleich tasteten sie über das Schlachtfeld, versengten Fell, zerschmolzen Metall und verbrannten Fleisch. Ein neuerlicher Chor gellender Schmerzensschreie mischte sich in die furchtbare Symphonie der Schlacht, als mehr und mehr Wilde von den blauen Lichtblitzen getroffen wurden, die mit unglaublicher Präzision nur die Angreifer niederstreckten, ohne einen der Elder-Krieger oder der menschlichen Verteidiger der Burg auch nur zu berühren.

Anders warf mit einem ungläubigen Keuchen den Kopf in den Nacken und seine Augen wurden noch größer, als er den gewaltigen schwarzen Umriss sah, der über dem Burghof erschienen war; ein riesiger fliegender Hai, der unter einem Kreis aus flirrender Luft nahezu reglos über der Schlacht zu schweben schien und blaues Feuer in die Reihen der Angreifer spie.

Neben dem ersten Helikopter erschien ein zweiter. Auch die Bordgeschütze dieser Maschine feuerten in rasender Folge, und Anders sah, dass die großen Schiebetüren an den Seiten offen standen; Männer in schwarzen ABC-Anzügen knieten darin und schossen aus ihren schrecklichen Waffen auf die Wilden, die in Scharen fielen ohne auch nur zu begreifen, wie ihnen geschah, oder gar, was es war, das sie tötete.

Von einer Sekunde auf die andere wendete sich der Verlauf der Schlacht. Aus Angreifern waren plötzlich Opfer geworden, aus blindwütiger Zerstörungslust schiere Panik, als immer mehr und mehr Wilde unter dem Hagel lautloser grellblauer Blitze zusammenbrachen, die vom Himmel auf sie niederprasselten. Für einen Augenblick schien das blutrünstige Gemetzel einfach auszusetzen; auch die Verteidiger blickten fassungslos und entsetzt nach oben, und nicht wenige von ihnen krümmten sich ebenfalls und schlugen schützend die Arme über die Köpfe, obwohl kein einziger der tödlichen Lichtpfeile sein Ziel verfehlte.

»Bei Oberon!«, wimmerte Lara neben ihm. »Was ist das?«

Anders hatte nicht einmal gemerkt, dass sie neben ihm zu Boden gestürzt war, geschweige denn dass er in einer vollkommen sinnlosen beschützenden Geste den Arm um ihre Schulter geschlungen hatte. Ihr Gesicht war kreidebleich vor Schrecken und in ihren starr nach oben gerichteten Augen las er nichts als Fassungslosigkeit und blankes Entsetzen.

Er antwortete nichts. Was hätte er sagen sollen? Lara kannte die fliegenden schwarzen Ungeheuer weit besser als er und sie musste ihr ganzes Leben mit der Gewissheit gelebt haben, dass sich die Drachen niemals in die Geschicke der Völker dieses Landes einmischten. Niemals – bis jetzt.

Das unheimliche Brausen und Rauschen gewaltiger Schwertklingen, die die Luft teilten, nahm noch zu, als zwei weitere schwarze Helikopter über dem Burghof erschienen. Die beiden Maschinen griffen jedoch nicht in den Kampf ein, sondern rasten so dicht über die Mauerzinnen hinweg, dass der Luftzug der Rotoren ein halbes Dutzend Wilde von den Füßen riss und in die Tiefe schleuderte, und begannen das Feuer auf das Heer draußen auf der Ebene zu eröffnen. Auch einer der beiden Drachen, die über dem Hof schwebten, schwenkte mit einer plötzlichen Bewegung zur Seite und herum, gab eine letzte gezielte Salve aus blauem Feuer ab, die das Torgewölbe samt allem, was sich darin befand, in eine Hölle aus lodernder Glut und zerschmelzendem Stein verwandelte, und schloss sich dann den beiden anderen Maschinen an. Über der Ebene draußen begann ein lautloses blaues Gewitter zu toben.

Anders zog vorsichtig den Arm unter Laras Schultern hervor, wälzte sich auf die Seite und stemmte sich umständlich auf Hände und Knie hoch. Der Helikopter über ihnen feuerte noch immer, und obwohl sich die Anzahl blauer Lichtblitze nun halbiert hatte, waren sie in der Wirkung eher noch verheerender. Nicht nur die Wilden hatten ihren ersten Schock überwunden und suchten ihr Heil in der Flucht, auch Menschen und Elder waren aus ihrer Erstarrung erwacht und hatten sich plötzlich von Verteidigern in Angreifer verwandelt, die ebenso gnadenlos unter ihren Gegnern wüteten, wie diese es gerade noch umgekehrt getan hatten.

Neben ihnen stemmte sich auch Culain schwankend in die Höhe. Sein Gesicht war blutüberströmt. Er taumelte vor Schwäche, und obwohl auch er den Kopf in den Nacken gelegt hatte und den riesigen fliegenden Hai anstarrte, der noch immer über dem Hof schwebte und blaues Feuer auf die flüchtenden Wilden schleuderte, war Anders fast sicher, dass er nicht wirklich verstand, was er sah.

Ebenso wenig wie er …

Er streckte die Hand aus, um Lara aufzuhelfen, aber sie ignorierte ihn, richtete sich halb auf, erhob sich aber nicht vom Boden. Ihr Blick ließ dabei nicht für eine Sekunde den tödlichen schwarzen Schatten über dem Hof los.

»Bist du verletzt?«

Anders fuhr erschrocken zusammen, brauchte aber trotzdem noch einmal fast eine Sekunde, bevor es ihm gelang, seinen Blick von dem schwarzen Todesboten über dem Hof loszureißen und sich zu Tamar umzudrehen. Der einstmals so stolze

Elder bot einen schrecklichen Anblick. Seine Rüstung war zerbrochen und seine zerfetzte Kleidung über und über mit Blut besudelt, das längst nicht alles von seinen erschlagenen Feinden stammte. Er taumelte mehr, als er ging, und er schien nicht einmal mehr die Kraft zu haben, seine Waffe zu halten; als er zwei Schritte vor Anders und Lara angekommen war, entglitt das Schwert seinen Händen und klirrte zu Boden. Er wankte und griff mit der frei gewordenen Hand nach oben, wie um sich irgendwo festzuhalten, fand aber dann sein Gleichgewicht aus eigener Kraft wieder.

»Bist du verletzt?«, fragte er noch einmal. Anders sah ihn noch weitere zwei oder drei Sekunden lang einfach nur verständnislos an, bevor er sich zumindest zu einem angedeuteten Kopfschütteln aufraffen konnte. Er wollte etwas sagen, doch er brachte immer noch keinen Laut hervor, sondern hob nach einer weiteren Sekunde abermals den Kopf und starrte zum Helikopter hinüber. Die Maschine und auch die Männer in den offen stehenden Türen feuerten noch immer auf die Wilden, doch die Schlacht war so oder so vorüber: Das Eingreifen – vielleicht schon das bloße Auftauchen – der Drachen hatte den Kampfeswillen der Angreifer gebrochen. Trotz des furchtbaren Gemetzels, das die Helikopter unter den Wilden angerichtet hatten, waren sie den Verteidigern der Burg zahlenmäßig immer noch hoffnungslos überlegen. Dennoch versuchten sie nicht einmal mehr ihren Angriff fortzusetzen, sondern flüchteten in blinder Panik.

Anders wandte sich schaudernd ab. Er empfand keine Zufriedenheit beim Anblick der flüchtenden Feinde; allenfalls so etwas wie eine vage Erleichterung und nicht einmal das wirklich. Noch vor einer Minute war er davon überzeugt gewesen, hier und jetzt sterben zu müssen, und er sollte glücklich sein, zumindest aber aufatmen. Doch er war einfach nur schockiert und unendlich müde.

Unmittelbar neben ihm drehte sich Culain mühsam herum. Er machte einen Schritt, wie um sich sofort wieder in die

Schlacht zu stürzen, blieb aber dann mitten in der Bewegung stehen und wirkte einfach nur hilflos; und auf eine fast unmöglich in Worte zu fassende Weise verloren. Sein Blick irrte unstet zwischen dem Helikopter und den flüchtenden Wilden hin und her, und Anders suchte auch in seinen Augen vergebens nach einer Spur von Triumph oder auch nur der Erleichterung, die er empfinden sollte. Alles, was er auf den bleichen Zügen des Elder las, war eine Mischung aus Verständnislosigkeit und absolutem Entsetzen.

Anders riss sich vom Anblick des Elder los und streckte die Hand aus, um Lara auf die Füße zu helfen. Im allerersten Moment schien es, als wolle sie seine Hilfe auch diesmal ausschlagen, dann griff sie zu und Anders erschauerte innerlich, als er spürte, wie kalt ihre Haut war. Er wollte auch mit der anderen Hand nach ihr greifen, um sich davon zu überzeugen, dass sie wirklich nicht schwer verletzt war, aber sie wich seiner Bewegung fast erschrocken aus und legte den Kopf in den Nacken. »Die ... Drachen«, murmelte sie fassungslos. Ihre Lippen zitterten. In ihren Augen stand das gleiche fassungslose Entsetzen wie in denen Culains, wie es auch Anders verspürte und vermutlich jeder hier.

Endlich erwachte Culain aus seiner Erstarrung, beugte sich zu dem erschlagenen Troll hinab und zog mit einiger Anstrengung das Schwert aus seiner Brust. Als er es mit beiden Händen ergriff und sich wieder in den Kampf stürzen wollte, hielt ihn Tamar mit einem müden Kopfschütteln zurück.

»Lass es«, sagte er halblaut. »Und ruf die Krieger zurück. Sie sollen ihr Leben nicht sinnlos opfern.«

Culain nickte zwar, aber er beließ es bei einem müden Heben der Schultern und schob nur das Schwert in die lederne Scheide an seinem Gürtel. Tamars Befehl laut zu wiederholen war nicht nötig. Die wenigen Wilden, die noch lebten, versuchten voller Panik zu entkommen. Der Ausweg durch das Tor war ihnen versperrt, denn aus dem gemauerten Gewölbe loderten noch immer Flammen wie aus dem Schlund eines ausgebrochenen Vulkans, sodass ihnen nur die Flucht über die Mauern blieb, wodurch sie der Besatzung des Helikopters ein noch besseres Ziel boten. Die Männer mussten jetzt nichts anderes mehr tun, als einfach blindlings in die Menge hineinzuhalten. Das Entsetzen, das Anders verspürte, nahm eine neue, schreckliche Qualität an. Das war kein Krieg mehr. Das hatte nichts mehr mit einer Schlacht oder dem Ringen um den Sieg zu tun, nicht einmal mehr mit dem Kampf ums nackte Überleben. Der Kampf war vorüber, die gerade noch siegreich scheinenden Angreifer waren vernichtend geschlagen, aber die Drachen kannten kein Erbarmen mit den Fliehenden. Es war Mord, ein brutales, ebenso sinn- wie erbarmungsloses Gemetzel, das keinem anderen Zweck mehr diente, als die Anzahl der Feinde zu dezimieren und die Überlebenden in Angst und Schrecken zu versetzen.

Falls es Überlebende gab. Anders war sich dessen nicht sicher. Die flüchtenden Wilden trampelten sich in ihrer Verzweiflung gegenseitig nieder, stießen sich von den Treppen oder stürzten in blinder Panik von den Wehrgängen und über die Mauer, um dem sengenden Tod vom Himmel zu entgehen, und doch erwartete sie draußen wahrscheinlich nur noch Schlimmeres. Anders konnte nur einen der drei schwarzen Kampfhubschrauber erkennen, die über dem Schlachtfeld kreisten, aber der Himmel wetterleuchtete ununterbrochen im Widerschein des Orkans aus blauem Licht, mit dem die Drachen die Ebene dort draußen überschwemmten.

Anders wandte sich schaudernd ab. Sein Blick tastete unstet in die Runde, aber wohin er auch sah, erblickte er nichts anderes als Tote und Sterbende, zerbrochene Waffen, verbranntes Fell und zerschundene Haut. Schließlich streckte er die Hand nach Lara aus, und fast zu seiner eigenen Überraschung wich sie diesmal nicht vor ihm zurück, sondern schmiegte sich Schutz suchend an seine Seite. Ihre Hand krallte sich so fest in Anders' Oberarm, dass es wehtat, aber sie schien es nicht einmal zu merken, sondern starrte nur weiter den Hubschrauber an, der nach wie vor tödliche blaue Blitze in den Hof herabschleuderte, die noch immer mit unheimlicher Präzision ihre Ziele trafen.

»Die … die Drachen sind gekommen«, stammelte sie immer und immer wieder. Plötzlich ließ sie nicht nur seinen Arm los, sondern zog die Hand so hastig zurück, als hätte sie glühendes Eisen berührt. »Also doch!«, flüsterte sie. Eine Sekunde lang starrte sie ihn noch aus weit aufgerissenen Augen an, dann fuhr sie auf dem Absatz herum und rannte so schnell davon, wie sie konnte.

Anders wollte ihr nacheilen, aber Culain hielt ihn mit einer raschen Bewegung zurück. »Lass sie«, sagte er. »Vielleicht ist das nur ihre Art, mit dem Schrecken fertig zu werden.«

Wenn es so war, dann beneidete Anders sie fast darum. Doch das war es ganz und gar nicht, was er in Laras Augen gelesen hatte.

Neben ihm bückte sich Tamar ächzend nach seinem Schwert, aber schon die Bewegung machte Anders klar, dass die Schlacht zumindest für den Elder vorüber war. Es war die Bewegung eines uralten, müden Mannes, der kaum noch die Kraft hatte, seine Waffe aufzuheben und in die lederne Scheide an seinem Gürtel zu schieben, und *ganz bestimmt nicht mehr,* sie zu benutzen.

Gegen wen auch? Der Kampf *war* vorbei, auch wenn sich keiner von ihnen als Sieger fühlte, sondern allenfalls als Überlebender.

Anders sah den Elder noch einen Moment lang traurig an, dann wandte er sich ab und blickte abermals in die Richtung, in die Lara gelaufen war; die Treppe wieder hinauf und zurück ins Haus, als gäbe es dort einen Schutz vor dem namenlosen Grauen, das sich ihnen hier bot. Er wollte ihr folgen, doch mit einem Mal schien ihm selbst dafür die Kraft zu fehlen.

»Mach dir keine Sorgen um sie«, sagte Tamar. »Sie ist stark. Das hier war vielleicht zu viel für sie, aber ich kenne dieses Mädchen. Sie wird darüber hinwegkommen.«

Müde schüttelte Anders den Kopf. »Kris«, flüsterte er.

»Der Junge?«, fragte der Elder. »Was ist mit ihm?«

»Er ist … tot«, antwortete Anders. Seltsam, wie schwer es ihm fiel, diese drei kurzen Worte auszusprechen. Noch vor wenigen Stunden war er nicht einmal sicher gewesen, ob Kris nicht in Wahrheit sein Feind war, jemand, vor dem er sich besser in Acht nahm statt ihm blindlings zu vertrauen. Jetzt – warum merkte man es eigentlich immer erst dann, wenn es zu spät war? – begriff er plötzlich, wie viel Kris ihm wirklich bedeutet hatte. Er war einer von so furchtbar wenigen gewesen, bei denen er zumindest wusste, was sie wirklich von ihm wollten und über ihn dachten.

»Heute sind viele gestorben«, sagte Culain. Über ihnen heulten die Rotoren des Hubschraubers plötzlich schrill und laut auf, als die Maschine mit einem Satz an Höhe gewann und dann über der Burgmauer verschwand. Anders wartete, bis er sie nicht mehr sehen konnte, bevor er sich ganz zu dem Elder umwandte und mit einem traurigen Kopfschütteln fortfuhr: »Aber nicht so.«

»Was meinst du damit?«

»Er hat mir das Leben gerettet«, antwortete Anders. »Und seines dafür geopfert.«

»Das überrascht mich nicht«, sagte Culain ernst. »Ich kannte diesen Jungen gut. Ich war immer der Meinung, dass er eines Tages zu einem tapferen Krieger heranwachsen würde.«

Aber das wird er nun nicht mehr, dachte Anders bitter. *Nicht mehr zu einem Krieger, nicht mehr zu einem Bauern oder Schmied, noch zu einem Feigling oder Dieb oder einfach zu einem liebenden Ehemann und Vater, oder welche Rolle auch immer ihm das Schicksal zugedacht haben mochte.* Er würde nichts mehr von alledem werden, sein Leben war so sinnlos und endgültig weggeworfen worden wie so viele, so unendlich viele andere Leben, die hier ausgelöscht worden waren. Culain hatte nicht verstanden, was er ihm zu sagen versucht hatte.

Traurig wandte sich Anders endgültig ab und stieg mit kleinen, immer mühsamer werdenden Schritten die Treppe hinauf, um nach Lara zu suchen.

13

Die Hubschrauber waren fort und die Schreie und das Stöhnen der Sterbenden und Verletzten waren verklungen, das Knistern der Flammen und das Prasseln der Brände erloschen. Geblieben war eine unheimliche, fast Angst machende Stille und der schreckliche Geruch nach Blut und Tod, nach verbranntem Fleisch und verschmortem Haar. Die einzige Bewegung, die er sah, war das gelegentliche Zucken einer Flamme, manchmal vielleicht das matte Heben einer Hand, die sich dem Himmel entgegenreckte, um ihn um den Tod anzuflehen, und dann und wann ein gelegentliches Aufblitzen von Weiß in seinen Augenwinkeln. Er war nicht der Einzige, der die Burg verlassen hatte und langsam über das Schlachtfeld schritt; wenn auch vielleicht aus völlig anderen Gründen als Tamars Krieger. Dann und wann vernahm er einen Schrei, manchmal glaubte er das Aufblitzen von Stahl zu sehen, und ein- oder zweimal hatte auch das Klirren von Waffen die tödliche Stille durchbrochen, die sich wie ein unsichtbares Leichentuch über dem Schlachtfeld ausgebreitet hatte. Die Krieger suchten nach Wilden, die den Angriff der Drachen überlebt hatten. Aber nicht um sie zu retten und gesund zu pflegen.

Anders dachte diesen Gedanken mit einer sonderbaren Teilnahmslosigkeit. Die Vorstellung, dass diese Männer unterwegs waren, um ihre verwundeten Feinde zu töten, sollte ihn entsetzen, aber sie ließ ihn auf eine schreckliche Weise ebenso kalt, wie es der Anblick des gesamten Schlachtfeldes tat. Vielleicht war das Grauen, das all diese toten und verstümmelten Leiber in ihm auslösten, einfach zu groß, als dass er es noch erfassen konnte. Er fühlte sich leer und innerlich selbst so tot und ausgebrannt, als hätte etwas von dem blauen Feuer der

Drachen auch seine Seele gestreift und jegliches Empfinden herausgebrannt.

Es musste eine Stunde oder länger her sein, seit die Helikopter das Feuer eingestellt hatten und wieder abgeflogen waren, nachdem sie noch eine letzte, aufmerksame Runde über der Ebene gedreht hatten. Er war wieder nach oben ins Haus gelaufen, in der festen Überzeugung, Lara im ausgebrannten Schlafzimmer ihres Vaters vorzufinden, wo sie den toten Kris zurückgelassen hatten; aber sie war nicht dort gewesen. Anders hatte sie überall in dem verwüsteten Haus gesucht, doch schließlich hatte er es aufgegeben und war hier herausgekommen. Seither wanderte er über die Ebene und er hatte aufgehört die Toten zu zählen, über die er hinweggestiegen war, die er umgedreht, die er untersucht und in deren Gesichter er geblickt hatte.

Das eine, nach dem er gesucht hatte, war nicht dabei gewesen.

Er hatte Janniks Pferd gefunden. Das Tier, das nicht wirklich ein Pferd gewesen war, sondern eine nahezu doppelt so große wilde Kreatur mit furchtbaren Reißzähnen und Krallen und einem nadelspitzen gedrehten Horn, das mitten aus seiner Stirn wuchs, lag unweit des Tores und war so verbrannt, dass Anders es fast nicht erkannt hätte. Es war deutlich öfter als nur einmal getroffen worden. Von seinem Reiter jedoch fehlte jede Spur.

»Du suchst deinen Freund, habe ich Recht?«

Anders fuhr so erschrocken herum, dass er auf dem rutschigen Untergrund fast den Halt verloren hätte und einen hastigen halben Schritt zur Seite machen musste, um sein Gleichgewicht wiederzufinden. Erst danach erkannte er, es war Culain, dessen Stimme ihn so erschreckt hatte. Der Elder war lautlos hinter ihm aufgetaucht, aber er glaubte nicht einmal, dass er sich an ihn angeschlichen hatte.

Er hatte ein Schwert in der rechten Hand, und obwohl die Klinge frisch poliert war und sich nicht der geringste Fleck darauf fand, überlief Anders bei ihrem Anblick ein kalter

Schauder. Was für sein Schwert galt, das traf auf seine Kleidung erst recht zu: Der Elder hatte die zerschlagene Rüstung abgelegt und ein frisches blütenweißes Kleid übergestreift, und auch seine Verbände waren sauber und neu.

All das änderte nichts daran, dass er aus keinem anderen Grund herausgekommen war, als das Töten fortzusetzen, dachte Anders bitter.

»Du brauchst keine Angst um ihn zu haben«, sagte Culain, als ihm klar wurde, dass er keine Antwort bekommen würde. Anders sagte auch darauf nichts, sondern blickte abwechselnd ihn und das blanke Schwert in seiner Hand an. Culain folgte seinem Blick, fuhr fast unmerklich zusammen und schob das Schwert dann mit einer fast überhastet wirkenden Bewegung in die lederne Scheide an seinem Gürtel. »Ich suche ihn auch.«

»Dann sollte ich mich besser beeilen, um ihn vor dir zu finden«, erwiderte Anders bitter.

Culain wirkte einen ganz kurzen Moment lang verwirrt, dann verletzt. Plötzlich aber lächelte er und schüttelte heftig den Kopf. »Nein, ich bin nicht hier, um ihm etwas anzutun. Ich habe strengsten Befehl erteilt, dass ihm kein Haar gekrümmt wird. Tamar und ich wollen diesen Mann lebend.«

»Warum?«, fragte Anders misstrauisch.

»Um mit ihm zu reden«, antwortete Culain. »Dieser Mann hat etwas geschafft, was wir alle für unmöglich hielten. Wir müssen mit ihm reden. Ihm gewisse Fragen stellen.«

»Um ihn anschließend umzubringen?«, fragte Anders.

»Das kommt auf seine Antworten an«, sagte Culain ungerührt.

»Ja, das kann ich mir vorstellen«, antwortete Anders. »Ich kann mir auch ungefähr vorstellen, wie ihr euch mit ihm *unterhalten* wollt.«

Diesmal dauerte es merklich länger, bis der Elder antwortete. Er sah Anders eine kleine Ewigkeit lang mit einer Mischung aus fast väterlichem Verständnis und sachtem Vorwurf an, dann trat er einen halben Schritt auf ihn zu, hob den Arm und versuchte ihm die Hand auf die Schulter zu legen. Anders wich instinktiv vor ihm zurück, und Culain ließ die Hand wieder sinken. Er wirkte enttäuscht.

»Du bist jetzt verbittert«, sagte er. »Das kann ich verstehen. Lass uns später über alles reden. Aber für jetzt gebe ich dir mein Wort, dass deinem Freund nichts geschehen wird – sollte er noch am Leben sein.«

Anders schürzte nur trotzig die Lippen. Er konnte den Impuls unterdrücken, ablehnend die Arme vor der Brust zu verschränken, aber er spürte selbst, wie sich eine Härte in seinen Augen breit machte, die den Ausdruck von Verletztheit auf Culains Gesicht noch verstärkte. Der Elder sah ihn noch einen Herzschlag lang beinahe flehend an, dann schüttelte er müde den Kopf und wandte sich ab. Anders blickte ihm verstört nach. Trotz allem spürte er, dass die Worte des Elder ehrlich gemeint gewesen waren, und für einen Moment wollte er nichts mehr, als Culain nachzueilen und sich bei ihm zu entschuldigen. Aber er konnte es nicht.

Plötzlich hielt er es nicht mehr aus, inmitten all dieser Toten zu stehen und mit sich selbst und dem Schicksal zu hadern. Er blickte noch einmal in die Richtung, in der der Elder verschwunden war, dann fuhr er auf dem Absatz herum und eilte zur Burg zurück, so schnell er konnte ohne wirklich zu rennen.

Auch eine Stunde, nachdem das Feuer endgültig erloschen war, herrschte in dem ausgebrannten Torgewölbe noch eine fast unerträgliche Hitze. Anders eilte mit gesenktem Kopf und angehaltenem Atem hindurch und er hob den Blick auch nicht, während er über den Hof ging und die Freitreppe zum Haupthaus ansteuerte.

Wenn er geglaubt hatte dem Grauen zu entkommen, vor dem er draußen auf dem Schlachtfeld davongelaufen war, so sah er sich getäuscht. Es wurde schlimmer, nicht besser. Die Männer hatten ihre am schwersten verwundeten Kameraden hier hereingebracht, und auch wenn Anders fast verzweifelt versuchte die Augen vor den schrecklichen Bildern zu verschließen, so hätte er schon blind und taub sein müssen um nicht zu begreifen, dass die wenigsten von ihnen den nächsten Sonnenaufgang noch erleben würden. Und es waren so entsetzlich viele. Von den wenig mehr als hundert Männern, die versucht hatten, die Burg gegen den Ansturm der Wilden zu verteidigen, lebte nicht einmal mehr die Hälfte und *mehr* als die Hälfte dieser Überlebenden würde sterben, bevor der Tag zu Ende ging. Sie hatten die Schlacht gewonnen, aber um welchen Preis!

Er hatte gehofft Lara hier drinnen zu finden, doch sie war nicht da; ebenso wenig wie Morgen. Anders wollte sich zur Treppe wenden, um oben nach ihr zu suchen, doch dann hörte er die Stimme der Elder aus dem Kaminzimmer und wandte sich in die entsprechende Richtung. Die Tür zu erreichen glich einem schrecklichen Spießrutenlauf zwischen verletzten und sterbenden Männern und Elder hindurch.

Auch das kleine Kaminzimmer hatte sich in ein Lazarett verwandelt. Ein gutes halbes Dutzend verwundete Elder – keine Menschen! – lagen auf improvisierten Lagern auf dem Boden. Die meisten waren ohne Bewusstsein, doch Anders hörte auch ein gedämpftes Stöhnen und Seufzen und zumindest einer der Elder krümmte sich vor Schmerz und hatte sich einen Stofffetzen zwischen die Zähne geschoben, auf den er biss, um nicht vor Qual zu schreien. Er fand Lara auch hier nicht, wohl aber Tamar, der nach vorne gesunken auf einem Stuhl saß und den rechten Arm ausgestreckt hatte, um ihn sich von Morgen verbinden zu lassen. Die Elder drehte ihm den Rücken zu, doch er konnte allein an ihrer Haltung sehen, wie erschöpft sie war. Anders als Culain – und auch Tamar, wie ihm erst im Nachhinein auffiel – trug sie noch immer das zerfetzte und blutbefleckte Kleid, in dem er sie das letzte Mal gesehen hatte. Ein Teil ihres wunderschönen, hüftlangen schwarzen Haares war versengt und hatte sich gekräuselt, und sie schien nicht nur vor Tamar auf die Knie gesunken zu sein, weil sie sich auf diese Weise besser um ihn kümmern konnte, sondern auch weil sie einfach nicht mehr die Kraft hatte, zu stehen.

Anders überzeugte sich mit einem raschen Blick davon, dass Lara tatsächlich nicht hier drinnen war, und wollte den Raum wieder verlassen, doch in diesem Moment entdeckte ihn Tamar und hob die freie Hand um ihm zuzuwinken. Anders wollte ganz und gar nicht mit dem Elder reden – mit keinem Elder und mit Tamar schon gar nicht –, aber er ertappte sich plötzlich dabei, dass etwas in ihm dem Elder schon den gleichen, aus Furcht geborenen Respekt entgegenbrachte, den er bei Lara und ihrem Volk so verachtet hatte. Statt den obersten Kriegsherrn der Elder einfach stehen zu lassen, trat er einen Schritt weiter in den Raum hinein und deutete ein bewusst kühles Nicken an.

Durch Tamars Bewegung aufmerksam geworden drehte auch Morgen den Kopf und sah in seine Richtung. Ihr Gesicht wirkte so müde und erschöpft, wie es schon ihre Körperhaltung hatte vermuten lassen, und der Ausdruck in ihren Augen strafte das matte Lächeln Lügen, das bei seinem Anblick auf ihrem Gesicht erschien.

»Anders.« Tamar winkte ihn mit einer zweiten Bewegung heran, während sich Morgen wieder umdrehte und damit fortfuhr, die tiefe Schnittwunde auf seinem Arm zu behandeln. Anders hatte ja selbst schon mehr als einmal das zweifelhafte Vergnügen genossen, die *Heilkünste* der Elder am eigenen Leibe zu spüren, und war sicher, dass sie Tamar große Schmerzen bereitete; dennoch zuckte der Elder nicht einmal mit der Wimper. »Wo bist du gewesen? Ich habe schon angefangen mir Sorgen um dich zu machen.«

Darauf wette ich, dachte Anders böse. Er hütete sich, auch nur mit einer entsprechenden Miene darauf zu reagieren, aber irgendwie schien Tamar seine Gedanken trotzdem erraten zu haben, denn für einen Moment erschien eine steile, missbilligende Falte zwischen seinen dünnen schwarzen Augenbrauen, doch er verzichtete auf eine entsprechende Bemerkung und zwang sich ganz im Gegenteil zu einem Lächeln, das um ein

Haar sogar echt gewirkt hätte, während er Anders zum dritten Mal ganz heranwinkte.

»Wo bist du gewesen?«, fragte er noch einmal. »Culain und ich haben nach dir gesucht.«

»Ich war ...« Anders hob hilflos die Schultern. »Draußen«, sagte er schließlich.

Tamar nickte und eine Spur echten Mitgefühls erschien in seinem Blick. »Wir kehren noch heute nach Tiernan zurück. Was du mit ansehen musstest, war entsetzlich. Aber nun ist es vorbei. Du wirst darüber hinwegkommen. Vielleicht nicht gleich, doch irgendwann, glaub mir.«

Vielleicht hatte er damit sogar Recht, dachte Anders. Aber wer sagte ihm denn, dass er das überhaupt wollte? *Darüber hinwegkommen* – wenn das bedeutete, sich an das Grauen zu gewöhnen, dann wollte er es gar nicht. »Ich suche nach Lara«, sagte er.

Tamar deutete nur ein Schulterzucken an, doch Morgen wandte den Kopf wieder in seine Richtung. »Sie ist oben.« Über ihr Gesicht huschte ein Schatten. »Aber vielleicht ist es besser, wenn du sie eine Weile allein lässt.«

»Der Junge?«, fragte Tamar.

Morgen nickte, doch sie sah Anders weiter an, als sie antwortete: »Ja. Sie behauptet zwar, er wäre nur ein Freund gewesen, aber es fällt mir schwer, das zu glauben.«

Vielleicht lag das ja daran, dachte Anders, dass die Elder gar nicht wussten, was das Wort *Freund* wirklich bedeutete. »Er ist meinetwegen gestorben«, sagte er leise.

»Heute sind viele gestorben«, antwortete Tamar, doch Anders schüttelte heftig den Kopf und sagte nur noch einmal: »Kris nicht. Er hat sich selbst geopfert um mich zu retten.«

»Was genau ist passiert?«, wollte Tamar wissen.

Anders zögerte einen ganz kurzen Moment, unsicher, ob er darauf antworten sollte oder nicht. Er hätte es nicht zu begründen vermocht, aber plötzlich hatte er das völlig absurde Gefühl, Kris auf irgendeine Weise zu hintergehen, wenn er dem Elder erzählte, was genau passiert war; als würde es das Opfer, das Kris gebracht hatte, auf unbestimmte Weise kleiner machen, wenn er darüber sprach. Aber selbstverständlich tat er es schließlich doch.

»Und nun gibst du dir die Schuld an seinem Tod«, vermutete Tamar. Er schüttelte den Kopf. »Das solltest du nicht tun. Ich glaube, du weißt recht gut, dass das nicht so ist.«

»Aber er war praktisch schon in Sicherheit«, antwortete Anders. »Lara und er hätten entkommen können, hätte er sich nicht auf den Troll gestürzt um mich zu retten.«

»Bist du sicher, dass es so war?«, fragte Tamar.

»Natürlich bin ich das!«, protestierte Anders. Er wollte noch mehr sagen, doch der Elder unterbrach ihn mit einer raschen Geste.

»Ich bezweifle nicht, dass es sich so abgespielt hat«, sagte er. »Aber du glaubst, er hätte ganz selbstlos sein Leben geopfert, um deines zu retten, und nun gibst du dir die Schuld an seinem Tod – was nur verständlich ist. Doch vielleicht war es ja nicht so. Vielleicht hat er einfach gehandelt ohne zu denken. Vielleicht hat er bloß einen Feind gesehen und angegriffen, wie es jeder Krieger an seiner Stelle getan hätte.«

Und vielleicht war das sogar die Wahrheit, dachte Anders. Aber was bedeutete das schon? Es änderte nichts an dem, was Kris getan hatte, und es änderte nichts an dem, wozu es geführt hatte. Kris war tot und er lebte, so einfach war das. Er bedauerte längst, sich auf dieses Gespräch eingelassen zu haben. Was er am Anfang befürchtet hatte, war nun geschehen: Mit Tamar über Kris' Tod zu sprechen *machte* ihn kleiner, vielleicht sogar ganz unabhängig von dem, was der Elder sagte. Er spürte kein Mitleid in ihm, und ganz plötzlich wurde ihm klar, dass auch das, was er in Morgens Augen gelesen hatte, kein wirkliches Mitgefühl war; und wenn, dass es jemandem oder etwas galt, das er nicht wirklich nachempfinden konnte. Vielleicht begriff Anders in diesem Moment zum allerersten Mal wirklich, *wie* tief die Kluft zwischen Menschen und Elder tatsächlich war.

Er hatte so viele Fragen an den Elder, so viele Dinge, die er ihm sagen, die er loswerden musste, doch er brachte plötzlich keinen einzigen Ton mehr heraus. Er sah Tamar noch einmal für die Dauer eines langen schweren Atemzuges traurig an, dann wandte er sich ohne ein weiteres Wort ab und verließ den Raum. Diesmal versuchte der Elder nicht, ihn zurückzuhalten.

Morgen hatte gesagt, dass er Lara oben finden würde, weshalb er die Halle in umgekehrter Richtung durchquerte. Er musste auch diesmal zwischen den dicht an dicht liegenden Verletzten hindurchgehen und es gelang ihm wieder nicht wirklich, Augen und Ohren vor dem Grauen zu verschließen, das sich ihm bot. Zumindest waren es jetzt nicht mehr nur noch eine Hand voll Männer, die ihren schwer verletzten Kameraden halfen. Schon unmittelbar nach dem Ende der Schlacht waren die ersten Reiter aus Tiernan eingetroffen und mittlerweile war es ein regelrechter Strom von Männern, Frauen und Wagen, der aus der Stadt zu ihnen kam. Die ersten Verwundeten wurden bereits nach draußen geschafft; vermutlich um sie in die Stadt zu bringen, obwohl Anders bezweifelte, dass man ihnen dort besser helfen konnte als hier.

Anders ging in einem vorsichtigen Zickzack zwischen den improvisierten Kranken- und Sterbelagern hindurch. Er hatte nicht die Kraft, auch nur einem der Männer ins Gesicht zu sehen; doch obwohl er den Blick fest auf den Boden unmittelbar vor seinen Füßen gerichtet hatte, bemerkte er trotzdem, dass mehr als einer der Männer den Kopf hob und nach ihm sah. Einmal streckte ein verwundeter Krieger die Hand aus und versuchte sein Bein zu ergreifen, und obwohl es nichts anderes war als die verzweifelte Geste eines leidenden Menschen, der Trost in einer einfachen Berührung suchte, schrak Anders heftig zurück und musste sich beherrschen, um den Rest der Strecke nicht rennend zurückzulegen. Sein schlechtes Gewissen plagte ihn, aber er atmete dennoch innerlich erleichtert auf, als er endlich die Treppe erreichte und, immer zwei Stufen auf einmal nehmend, nach oben eilte.

Seine Schritte wurden langsamer, je mehr er sich der aus den Angeln gerissenen Tür des Zimmers näherte, in dem sie Kris und den toten Troll zurückgelassen hatten. Die letzten drei oder vier Meter zurückzulegen kostete ihn fast seine ganze Kraft, und plötzlich fürchtete er sich vor nichts mehr als dem Moment, in dem er Lara wieder sehen und ihr in die Augen blicken würde. Sein Herz schlug so hart, dass er es bis in die Fingerspitzen fühlen konnte, und unter seiner Zunge sammelte sich bitterer Speichel. Trotzdem zwang er sich weiterzugehen.

Das Zimmer war leer. Der Kadaver des Trolls lag noch genau dort, wo er niedergestürzt war, aber Kris' Leichnam war fort und auch Lara war nicht hier. Anders trat trotzdem einen weiteren Schritt in den Raum hinein und sah sich schaudernd um. Trotz der Spuren nahezu vollkommener Verwüstung wirkte das Zimmer plötzlich auf eine unheimliche Art *harmlos*, die ihn fast mehr erschreckte als alles andere zuvor. Brandgeruch lag so intensiv in der Luft, dass er im ersten Moment kaum noch atmen konnte, und für einen winzigen, aber schrecklichen Augenblick glaubte er, noch einmal Kris' furchtbares Röcheln zu hören; und den Ausdruck von grässlichem Schmerz in Laras Augen zu sehen.

Er wollte schon wieder gehen, drehte sich dann aber aus einem bloßen Gefühl heraus noch einmal um und sah zum offen stehenden Geheimgang hinüber. Ohne sich selbst über den Grund dafür im Klaren zu sein, trat er an ihn heran, ließ sich in die Hocke sinken und lauschte einen Moment. Da *war* irgendetwas; vielleicht nicht einmal wirklich ein Geräusch, sondern eher etwas, das er spürte. Anders ließ sich noch weiter in die Hocke sinken, warf noch einen sichernden Blick über die Schulter zurück und drang dann geduckt in den Gang ein.

Das Geräusch war jetzt nicht mehr zu hören, aber er ging trotzdem weiter, richtete sich wieder auf und erreichte nach einem Dutzend Schritte den Turm, den ihm Lara bei seinem ersten Besuch auf der Torburg gezeigt hatte. Auch hier lag ein so intensiver Brandgeruch in der Luft, dass er im ersten Moment tatsächlich hörbar nach Atem rang, und es war sehr viel dunkler als damals. Unter ihm war nichts als Schwärze und auch die Metalltreppe, die sich wie ein geschmiedetes Schneckenhaus an der Betonmauer nach oben wand, war nur als filigranes Schattengespinst zu erkennen. Von oben drang nur noch ein blasser, nebelartig anmutender grauer Schimmer herab; Anders erinnerte sich schaudernd an die gewaltige Explosion, die die Aussichtsplattform des Turms zerstört hatte, und eine leise Stimme in ihm beharrte auf der Frage, was er eigentlich dort oben suchte. Nichts und niemand konnte das Inferno überstanden haben, dass das Brandgeschoss des Trebuchet dort entfacht hatte.

Trotzdem ging er weiter, wenn auch sehr vorsichtig und immer wieder innehaltend, um die Stabilität der Treppe zu prüfen.

Auf der kleinen Plattform unter der Turmspitze angekommen, blieb er stehen und versuchte sich einen Moment lang ebenso angestrengt wie vergeblich daran zu erinnern, was Lara damals eigentlich getan hatte, um die geheime Tür zu öffnen. Schließlich ließ er sich in die Hocke sinken und tastete blind mit den Fingerspitzen über die Wand. Seine Hände trafen auf Widerstand, aber er gab sofort nach, als er auch nur ein wenig fester dagegen drückte. Helles Tageslicht stach wie mit dünnen Nadeln in seine an die schwache Dämmerung gewöhnten Augen, und der Brandgeruch schien im ersten Moment absurderweise noch stärker zu werden. Anders kroch auf Händen und Knien durch die schmale Öffnung und richtete sich umständlich auf der anderen Seite auf.

Lara stand zwei Schritte neben ihm, und obwohl es ganz und gar unmöglich war, dass sie ihn nicht gehört hatte, zeigte sie nicht die mindeste Reaktion auf sein Erscheinen, sondern blieb starr aufgerichtet stehen und blickte nach Süden auf die mit Toten übersäte Ebene hinab.

»Lara?«

Sie reagierte nicht im Geringsten auf seine Worte, sodass Anders – unsicher und verzagt – ganz neben sie trat und die Hand hob, um sie ihr auf die Schulter zu legen. Doch es blieb bei der bloßen Absicht. Obwohl er ihr Gesicht nur im Profil erkennen konnte, glaubte er etwas in ihren Augen zu lesen, was es ihm unmöglich machte, sie zu berühren.

Anders blieb einen Moment lang reglos und mit immer noch erhobenen Armen stehen, bevor er wieder zurücktrat und sich unsicher und mit klopfendem Herzen umsah. Die Aussichtsplattform hatte kaum noch Ähnlichkeit mit dem Ort, den ihm Lara damals gezeigt hatte. Das mit Schiefer gedeckte Dach war einfach verschwunden und alles, was nicht aus Stein oder Metall bestanden hatte, war zu Asche zerfallen und verkohlt. Zu seiner Erleichterung fand er hier oben keine weiteren Toten, obwohl er wusste, dass der Turm besetzt gewesen war, als ihn das Brandgeschoss getroffen hatte. Er fragte sich, was Lara bewogen haben mochte hier heraufzukommen.

»Das hier war unser Platz«, sagte Lara plötzlich; fast, als hätte sie seine Gedanken gelesen. Aber Anders war nicht einmal sicher, ob er sie nicht laut ausgesprochen hatte.

»Euer Platz?«

»Manchmal haben wir uns hier getroffen«, sagte Lara, leise und nicht wirklich an ihn gerichtet und immer noch ohne den Blick von der grauenhaften Ebene vor der Burg zu wenden. »Kris hat immer so getan, als wäre es unser Geheimnis. Niemand durfte davon wissen und ich musste ihm schwören, niemandem etwas davon zu erzählen.« Sie gab einen zitternden Laut von sich, der sich fast wie ein leises Lachen anhörte, aber eben nur fast. »Dabei wusste jeder, dass ich ihn oft hier oben besucht habe, wenn er allein auf Wache war.«

Ein eisiger Schauer lief Anders über den Rücken. Es war nicht einmal das, *was* Lara sagte, sondern vielmehr *wie* sie das tat. Ihre Stimme klang vollkommen tonlos. Nichts von all dem Schmerz und der Verzweiflung, die er erwartet hatte, war darin zu hören. Aber gerade das machte es so schlimm.

»Lara …«, begann er unsicher. »Es … es tut mir so Leid. Ich wollte, ich könnte irgendetwas tun, und …«

Er brach ab, als Lara gänzlich aus ihrer Starre erwachte und sich zu ihm umdrehte. Obwohl ihr Gesicht so ausdruckslos war wie das einer Porzellanpuppe und ihre Stimme so kalt und unbeteiligt wie die eines Computers, liefen ihr Tränen über die Wangen und ihre Lippen bluteten; nicht als Folge der Schlacht oder irgendeiner Verletzung, die sie sich auf dem Weg hier herauf zugezogen hätte, sondern weil sie sich darauf gebissen hatte, ohne es selbst zu bemerken. Seit er in die Burg zurückgekehrt war, hatte er auf der tieferen Ebene seines Bewusstseins ununterbrochen darüber nachgedacht, was er sagen könnte, welche Worte groß genug waren, um den Schmerz auszudrücken, den auch er über Kris' Tod empfand, aber jetzt war sein Kopf plötzlich wie leer gefegt. All die geschliffenen, wohl überlegten Worte blieben ihm im Halse stecken und er konnte nichts anderes tun, als ihr in die Augen zu blicken und irgendwie zu versuchen dem grauenhaften Schmerz, dem er sich gegenübersah, standzuhalten.

»Ich … Ich weiß nicht, was ich sagen soll«, begann er hilflos. »Es tut mir so unendlich Leid, bitte glaub mir das. Wenn ich irgendetwas tun kann, dann …«

»Kannst du ihn wieder lebendig machen?«, unterbrach ihn Lara. »Wenn nicht, dann gibt es nichts, was du tun könntest.«

Anders musste an das denken, was Tamar gerade unten zu ihm gesagt hatte, und wieder bohrte sich Schmerz wie eine dünne rot glühende Messerklinge tief in seine Brust. Er hatte die Antwort auf die Frage, ob er sich die Schuld an Kris' Tod gab, immer noch nicht wirklich gefunden – aber zumindest *Lara* schien es eindeutig zu tun. Er wollte etwas sagen, doch er fand keine Worte. Was immer er hätte sagen können, hätte es nur schlimmer gemacht, und das war vielleicht das Schrecklichste überhaupt: das Gefühl vollkommener, absoluter Hilflosigkeit.

Lara wandte sich wieder ab, um auf die Burg und die dahinter liegende Ebene hinabzusehen, und obwohl er nicht wusste, wie sie darauf reagieren würde, trat Anders nach einer letzten Sekunde des Zögerns neben sie und legte ihr den Arm um die

Schultern. Im allerersten Moment erschauerte Lara unter seiner Berührung und er war fast sicher, dass sie seinen Arm abstreifen würde; dann aber tat sie das genaue Gegenteil und schmiegte sich an ihn. Mit geschlossenen Augen legte sie den Kopf an seine Schulter und sie standen für eine lange, lange Zeit einfach so da. Keiner von ihnen sprach und in ihrer Berührung war nichts von dem, was Morgen zu gerne darin gesehen hätte – sie brauchten einfach die Nähe des anderen, weil Menschen nicht dafür geschaffen sind, ihren Schmerz allein zu ertragen.

Schließlich war es Lara, die das gleichermaßen vertraute wie quälend werdende Schweigen brach. »Haben sie schon deinen Freund gefunden?«

»Jannik?« Anders schüttelte den Kopf. »Nein. Er ist entkommen. Wenigstens hoffe ich das.« Die Worte taten ihm schon Leid, noch bevor er sie ganz ausgesprochen hatte, denn ihm wurde plötzlich klar, wie sie sich für Lara anhören mussten: letzten Endes sprachen sie über den Mann, der das feindliche Heer zusammengestellt und zum Sturm auf die Burg geführt hatte; den Mann, der letzten Endes die Schuld an Kris' Tod trug. Obwohl er natürlich wusste, wie unsinnig das war, fühlte er sich allein deshalb mitverantwortlich, weil er Jannik als seinen *Freund* bezeichnet hatte.

»Er wäre bestimmt ein großer Krieger geworden.« Es dauerte einen Moment, bis Anders begriff, dass Lara nun wieder über Kris sprach. Ihre Gedanken bewegten sich in Sprüngen hin und her, wie es oft Menschen geschieht, die der Verzweiflung nahe sind. »Das war sein größter Wunsch, weißt du? Er hat immer wieder davon gesprochen. Das war sein größter Traum: ein berühmter Krieger zu sein.«

»Er war es jetzt schon«, sagte Anders. Er meinte diese Worte sogar ernst – er hatte gesehen, wie tapfer sich Kris bei dem Kampf um die Burgmauer geschlagen hatte –, aber Lara schüttelte plötzlich den Kopf, löste sich aus seiner Umarmung und trat einen halben Schritt zur Seite, damit sie ihm direkt ins Gesicht sehen konnte.

»Nein«, behauptete sie. »Er hat nur so getan, weißt du? Er war kein Krieger. Das wäre er nie geworden. Und tief in sich wollte er es auch nicht. Dazu war er viel zu sanft.« Ein gleichermaßen schmerzhaftes wie sehr warmes Lächeln huschte über ihr Gesicht und erlosch so schnell wieder, wie es gekommen war. »Er hätte es niemals zugegeben, aber tief in sich hat er das Kämpfen und Töten gehasst.«

In diesem Punkt, davon war Anders überzeugt, irrte sich Lara. Er hatte Kris nicht annähernd so gut gekannt wie sie, und doch war er sicher, dass er genau zu dem geworden wäre, was Lara gerade gesagt hatte: einem Krieger. Hätte das Schicksal ihm die Gelegenheit gegeben, so wäre er in nicht einmal sehr vielen Jahren zu einem Mann herangewachsen, der deutlich mehr Ähnlichkeit mit Tamar als mit Culain gehabt hätte; und der sicher alles gewesen wäre, nur nicht friedfertig und sanft. Aber wer war er, Lara die Erinnerung an Kris zu nehmen, so wie sie ihn sehen wollte? Er schwieg.

»Sagst du mir die Wahrheit, wenn ich dir eine Frage stelle?«, fragte er.

Lara antwortete nicht darauf, aber sie sah ihn ernst und nachdenklich an, und nachdem Anders noch einmal mit sich gekämpft hatte, fuhr er fort: »Kris. Ist er … meinetwegen gestorben?« Er hasste sich selbst für diese Frage, als er die neuerliche Dunkelheit sah, die in Laras Augen erschien. Aber er hatte sie einfach stellen *müssen*.

Eine Sekunde, die sich zu einer Ewigkeit dehnte, verging, bevor sie antwortete. »Nein. Nicht wenn du den Troll meinst. Das war ganz allein seine Schuld.«

Nicht wenn er den Troll meinte? Was wollte sie ihm damit sagen? Anders wollte eine entsprechende Frage stellen, aber Lara schüttelte den Kopf und fuhr mit einem ganz leisen bitteren Lachen fort: »Er war ein Dummkopf, weißt du? Ein wirklicher Krieger hätte gewusst, dass es Selbstmord ist, dieses Ungeheuer nur mit einem Stück Holz in der Hand anzugreifen. Er wollte den Helden spielen und er hat dafür bezahlt.«

Anders starrte sie fassungslos an.

»Es war nicht deine Schuld, dass der Troll ihn getötet hat«, sagte Lara noch einmal. Und dann fügte sie etwas hinzu, was Anders wie ein Schlag ins Gesicht traf: »Aber heute sind viele deinetwegen gestorben.«

Anders starrte sie an. Sein Herz begann schneller zu schlagen und plötzlich war er wieder unten im Burghof, er hörte das Heulen der Rotorblätter und die gellenden Todesschreie der Getroffenen, roch brennendes Fell und verschmorendes Fleisch, sah wieder diesen schrecklichen Ausdruck in Laras Augen und hörte ihre vor Entsetzen zitternde Stimme: *also doch.* Und jetzt erinnerte er sich auch wieder an das, was Kris unten in der Halle gesagt hatte.

»Was ist hier los?«, fragte er. Seine Stimme war leise, kaum mehr als ein Flüstern, und sie kam ihm selbst fremd und falsch vor. »Was … was hat das alles hier mit mir zu tun?«

Lara sah ihn traurig an. »Sie haben es dir nicht gesagt«, stellte sie fest.

»Was?«

»Wer du wirklich bist«, antwortete Lara.

»*Wer ich wirklich bin?*« Anders verstand nicht, was sie damit meinte. Jedenfalls gelang es ihm für einen Moment, sich selbst einzureden, dass er es nicht verstand.

»Für die Elder bist du nicht einfach nur ein Fremder, den sie irgendwo in den Ödlanden aufgelesen haben«, antwortete Lara. »Sie glauben, dass Oberon selbst dich geschickt hat. Manche von ihnen halten dich für Oberons Sohn.«

»Mich?« Anders schrie dieses eine Wort fast. »Aber das ist doch … Unsinn!«

Lara hob die Schultern. »Sie glauben es jedenfalls. Und bis vor einer Stunde habe ich noch genauso gedacht wie du. Aber jetzt …«

Sie sprach nicht weiter, sondern drehte sich mit einem neuerlichen, nur angedeuteten Schulterzucken wieder um und starrte auf die verheerte Ebene hinab, und auch Anders' Blick tastete wieder unsicher und mit wachsender Bestürzung über die geschwärzten Mauern und den blutgetränkten Boden des Hofes. Es war nicht nötig, dass Lara weitersprach. Er wusste auch so, was sie sagen wollte. Tief in sich hatte er es die ganze Zeit über gewusst, nur war dieser Gedanke einfach zu entsetzlich gewesen, um ihn auch nur zu denken. Seit es diese Welt gab, lautete ihr oberstes Gesetz, dass sich die Drachen nicht in die Geschicke und Entscheidungen ihrer Bewohner einmischten. Jetzt hatten sie diese vielleicht einzige wirklich wichtige Regel gebrochen. Und wenn Lara die Wahrheit sagte und wenn das, was er in den Augen der Elder und in Kris' Gesicht gelesen hatte, stimmte, dann hatten sie es nur aus einem einzigen Grund getan: um ihn zu retten.

Und das wiederum bedeutete, dass jedes einzelne Leben, das die Drachen dort draußen ausgelöscht hatten, auf seinem Gewissen lastete.

14

Sein Entschluss stand fest, aber er musste sich noch eine Weile in Geduld fassen. Im Laufe des Nachmittags waren immer mehr Helfer aus Tiernan herbeigeeilt, sodass in der Burg schon bald eine drückende Enge herrschte. Als es zu dunkeln begann, wurden überall Fackeln entzündet, und etliche Männer hatten damit angefangen, draußen auf der Ebene große Scheiterhaufen zu errichten, über deren Zweck Anders nicht lange nachzudenken brauchte: Die Männer würden dort die Leichen der erschlagenen Wilden verbrennen, was angesichts Hunderter und Aberhunderter Toter vermutlich die einzig praktikable Möglichkeit war, Anders aber trotzdem mit einem neuerlichen Gefühl von kaltem Entsetzen erfüllte. Zugleich bestärkte es ihn jedoch in seinem Entschluss.

Lara und er hatten nicht mehr viel miteinander gesprochen, trotzdem aber noch fast eine Stunde gemeinsam oben auf dem

Turm verbracht. Schließlich hatte sich Lara ohne ein weiteres Wort umgedreht und war wieder gegangen, und Anders hatte ihren unausgesprochenen Wunsch respektiert, jetzt allein zu sein, und war noch eine Weile geblieben, bevor auch er wieder hinunter in das zerstörte Gebäude und auf den Hof gegangen war. Den Rest des Tages hatte er – erfolgreich – größtenteils damit zugebracht, Culain und den anderen Elder aus dem Weg zu gehen.

Er wusste selbst nicht genau, was er in der ganzen Zeit getan hatte. Das eine oder andere Mal hatte er dabei geholfen, einen Verwundeten auf einen Wagen zu heben, zerbrochenes Mauerwerk beiseite zu schaffen, Wagen zu entladen und Ochsen an- und abzuschirren, kurz: Er hatte sich nützlich gemacht. Ein- oder zweimal hatte er mitbekommen, dass die Elder nach ihm suchten, aber es war ihm stets gelungen, ihnen auszuweichen, ohne dass es allzu sehr auffiel. Und schließlich wurde es auch in der Burg stiller. Die meisten Verletzten waren versorgt und nach Tiernan gebracht worden und die Helfer ließen sich erschöpft dort zu Boden sinken, wo sie gerade standen. Der erste der großen Scheiterhaufen draußen auf der Ebene brannte bereits und tauchte den Himmel über der Burg in die Farbe frischen Blutes, und pünktlich mit der hereinbrechenden Dämmerung drehte sich der Wind und trug nicht nur einen Schauer aus Millionen rot glühender Funken heran, sondern auch den Gestank von brennendem Fleisch.

Anders verließ die Burg durch das zerstört Tor. Er hatte in irgendeinem der verwüsteten Zimmer ein halbwegs sauberes Kleid gefunden, das ihm zwar um mehrere Nummern zu groß war, aber wenigstens nicht mehr aus blutigen Fetzen bestand und außerdem sehr warm war. Darüber hinaus hatte er ein Paar passende Stiefel ergattert, sowie einen einfachen Ledergürtel, an dem eine Scheide mit einem handlangen, scharf geschliffenen Dolch befestigt war. Weitere Vorbereitungen wagte er nicht zu treffen.

Als er die Burg verließ, erlebte er eine unangenehme Überraschung: Der brennende Scheiterhaufen war kaum ein Dutzend Schritte entfernt und der flackernde rote Schein der Flammen tauchte nicht nur den Bereich unmittelbar vor dem Tor in fast taghelles Licht, sondern offenbarte ihm auch die beiden in frisches Weiß gekleideten Gestalten Culains und Tamars, die nur wenige Schritte neben dem Scheiterhaufen standen und den Männern Anweisungen gaben, die aus allen Richtungen aus der Dunkelheit auftauchten und reglose Körper herantrugen, um dem Feuer neue Nahrung zu geben. Unglücklicherweise entdeckte ihn Culain fast im gleichen Moment, in dem auch Anders die Elder sah, und hob die Hand, um ihn heranzuwinken. Einen Moment lang überlegte Anders, einfach so zu tun, als hätte er die Geste nicht bemerkt, und wieder in die Burg zurückzukehren, um sie durch das rückwärtige Tor zu verlassen. Aber das wäre ein Fehler.

Er beantwortete Culains Geste mit einem angedeuteten Nicken und ging mit absichtlich langsamen, schleppenden Schritten und hängenden Schultern auf die beiden Elder zu. Er musste seine Müdigkeit nicht einmal spielen. Der Tag hatte ihn jedes bisschen Kraft geraubt, über das er am Morgen noch verfügt hatte, und sein Körper schien eine Tonne zu wiegen. Plötzlich war ihm klar, wie verrückt sein Vorhaben war und wie durch und durch aussichtslos. Dennoch zweifelte er keine Sekunde, dass man ihm seine Erschöpfung ansah, und vielleicht war ja gerade das seine Chance, dem ganzen Wahnsinn hier den Rücken zu kehren.

Tamar begrüßte ihn mit einem wortlosen Kopfnicken, wenn er ihn auch auf eine Art musterte, die Anders nicht besonders gefiel, während Culain ihm zwei Schritte entgegenkam und ihn mit einem kurzen, aber ehrlich erleichterten Blick maß. »Wo bist du gewesen?«, fragte er. »Morgen und ich haben den ganzen Tag nach dir gesucht.«

»Überall und nirgends«, antwortete Anders. »Es gab eine Menge zu tun.«

Culain nickte. »Das ist wohl wahr.« Wieder glitten seine

Blicke aufmerksam – oder misstrauisch? – über Anders' Gestalt, dann fuhr er mit einem Kopfschütteln fort: »Aber das ist nicht deine Aufgabe. Du hast für heute genug durchgemacht.«

Anders schwieg auch dazu. Er musste sich beherrschen, um nicht nervös zu Tamar hinüberzusehen, der in einigen Schritten Entfernung dastand und scheinbar konzentriert in die lodernden Flammen des Scheiterhaufens starrte. Dennoch war er sicher, dass der Elder nicht nur jedes Wort hörte, das sie wechselten, sondern auch seine Reaktion darauf genauestens zur Kenntnis nahm. Vielleicht war es schon ein Fehler gewesen, das Kleid zu wechseln und die Stiefel anzuziehen. Aber nun war es zu spät.

»Morgen ist bereits nach Tiernan zurückgekehrt«, fuhr Culain fort und machte eine entsprechende Kopfbewegung in die Dunkelheit hinein. »Wenn du willst, lasse ich eine Eskorte zusammenstellen, die dich zu ihr bringt.«

Diesmal fiel es Anders wirklich schwer, sich sein Erschrecken nicht zu deutlich anmerken zu lassen. »Nein«, sagte er. »Das ist nicht nötig. Ich glaube, ich bin zu müde, um heute noch den ganzen Weg zurückzureiten. Habt ihr Lara gesehen?«

Culain überlegte einen Moment. Schließlich schüttelte er den Kopf. »Schon seit ein oder zwei Stunden nicht mehr. Vielleicht ist sie zusammen mit Morgen nach Tiernan gegangen. Soll ich nach ihr suchen lassen?«

»Nein«, sagte Anders. »Ich war nur ein …« Er hob die Schultern. »Entschuldigt. Ich bin durcheinander.«

»Du suchst immer noch nach deinem Freund von draußen«, sagte Tamar an Culains Stelle. Er *hatte* seine Worte verstanden. Ohne den Blick von den prasselnden Flammen zu wenden, fuhr er fort: »Er ist nicht hier. Du kannst beruhigt sein. Ich habe mir jeden einzelnen Toten selbst angesehen. Er war nicht darunter.« Er drehte sich nun doch vom Feuer weg und sah Anders direkt ins Gesicht. »Aber wir werden ihn finden, keine Sorge. Du wirst Gelegenheit haben, mit deinem Freund zu reden.«

Anders lag eine Menge auf der Zunge, was er darauf hätte sagen können. Tamar kannte Jannik nicht. Spätestens seit heute war auch Anders nicht mehr sicher, ob er Jannik jemals *wirklich* gekannt hatte, aber eines wusste er ganz genau: Wenn Jannik sich nicht finden lassen wollte, dann würde der Elder ihn auch nicht finden. Er nickte nur, doch diese Antwort schien Tamar nicht zu genügen, denn er fuhr mit einem leicht verärgert wirkenden Stirnrunzeln fort: »Ich lasse bereits einen Trupp Männer zusammenstellen, um ihn zu suchen. Wir reiten morgen bei Tagesanbruch los. Er wird uns nicht entkommen.«

»Bist du sicher, dass du das willst?«, fragte Anders. Tamar legte fragend den Kopf schräg. »Du wärst nicht der erste Jäger, der unversehens zum Gejagten wird.«

Tamar wirkte verärgert, gab sich aber weiter alle Mühe, Zuversicht auszustrahlen. »Dein Vertrauen in deinen Freund scheint ja grenzenlos zu sein.«

»Ich weiß nicht, ob Jannik mein Freund ist«, antwortete Anders. »Ich dachte einmal, er wäre es, aber jetzt bin ich nicht mehr sicher. Doch ich kenne ihn.«

»Dann solltest du uns vielleicht sagen, mit wem wir es zu tun haben«, sagte Culain. »Bevor noch mehr Blut vergossen wird.«

»Ich kann euch nicht viel sagen«, erwiderte Anders – was sogar der Wahrheit entsprach. Trotzdem verdüsterte sich Tamars Gesicht noch weiter, aber Culain sagte in verständnisvollem Ton: »Du willst deinen Freund nicht verraten. Das verstehe ich.«

»Doch du solltest uns auch nicht behindern«, fügte Tamar hinzu.

»Ich glaube nicht, dass Anders das tut«, sagte Culain rasch. »Dieses sinnlose Töten muss ein Ende haben und ich glaube, das weiß er ebenso gut wie wir.«

Anders sagte auch dazu nichts. Dass ihm Tamar misstraute, war offensichtlich, und auch dass der Elder niemand war, bei dem man so ohne weiteres mit einer Lüge durchkam – vor allem dann nicht, wenn sein Misstrauen bereits geweckt war. Vielleicht war es das Beste, wenn er jetzt überhaupt nichts mehr sagte. Er hätte gar nicht erst hierher kommen sollen.

»Du solltest wirklich nach Tiernan zurückgehen«, sagte Culain. »Wenn schon nicht um deinetwillen, dann denke an das Mädchen. Ich glaube nicht, dass es gut ist, wenn Lara jetzt lange allein bleibt.«

Fast zu seinem eigenen Erstaunen stellte Anders fest, die Sorge in Culains Stimme klang echt. Er nickte. »Wahrscheinlich hast du Recht. Aber ich brauche keine Eskorte. Es fahren immer noch Wagen hin und her. Ich werde auf einem davon mitfahren.« Er drehte sich halb um, machte dann mitten in der Bewegung kehrt, als wäre ihm noch etwas eingefallen, und wandte sich wieder an den Elder. »Soll ich Morgen irgendetwas von dir sagen?«

Culain verneinte. »Ich komme nach, sobald ich kann. Aber ich fürchte, dass es Tag wird, bevor die wichtigste Arbeit getan ist.« Er erklärte Anders nicht, was er darunter verstand, und Anders stellte auch keine entsprechende Frage, sondern drehte sich endgültig um und ging in die Burg zurück.

Im Licht der zahllosen Fackeln, die im Hof brannten, wirkte die Szenerie noch gespenstischer als am Tage. Es sah aus, als wäre nunmehr das gesamte Gebäude in flüssiges Blut getaucht, und in das Echo seiner eigenen Schritte, das verzerrt von den brandgeschwärzten Wänden widerhallte, schienen sich noch einmal die Schreie der Sterbenden und das unheimliche Heulen der angreifenden Helikopter zu mischen. Anders versuchte mit wenig Erfolg, die schrecklichen Visionen zu verscheuchen, beschleunigte seine Schritte und durchquerte die Burg, um zum rückwärtigen Tor zu gelangen.

Auch dort herrschte ein reges Kommen und Gehen, was Anders überhaupt nicht recht sein konnte. Eine nahezu ununterbrochene Kette von Männern und Wagen bewegte sich nach Tiernan hinauf oder in umgekehrter Richtung aus dem offen stehenden Tor der Mauer zur Burg herab, und Anders entging keineswegs, wie viele der Männer und Frauen ihn neugierig oder auch mit einer sonderbaren Scheu anstarrten. Kris und Lara waren ganz offensichtlich nicht die Einzigen, die wussten, was die Elder in ihm zu sehen glaubten. Vielleicht war es ganz im Gegenteil eher so, dass *er* der Einzige war, der es nicht gewusst hatte. Niemand sprach ihn an oder versuchte ihn aufzuhalten, aber wenn er die Burg auf diesem Wege verließ, dann würden Culain und die anderen Elder in Windeseile Bescheid wissen. Er musste einen anderen Weg hier herausfinden.

Als er sich umwandte, trat eine schlanke Gestalt durch den Schatten des Torgewölbes. Anders schrak heftig zusammen und hätte um ein Haar einen kleinen Schrei ausgestoßen, konnte sich aber im letzten Augenblick noch beherrschen. »Lara?«

Das Mädchen vertrat ihm mit einem weiteren Schritt vollends den Weg und sah ihn auf eine Weise an, die ihm einen kalten Schauer über den Rücken laufen ließ. Sie sagte nichts.

»Was … ich meine, was machst du denn hier?«, stotterte Anders verwirrt. »Ich dachte, Morgen hätte dich mit in die Stadt genommen?«

»Die ehrwürdige Elder wollte, dass ich sie begleite«, bestätigte Lara. »Aber ich habe sie gebeten, noch eine Nacht hier bleiben zu dürfen.«

»Warum?«

»Ich wollte noch … eine letzte Nacht in der Burg verbringen«, antwortete Lara leise. »Das hier ist meine Heimat. Ich bin in der Torburg aufgewachsen.« Eine einzelne Sekunde lastenden Schweigens, dann: »Du willst fort?«

»Culain hat mir gesagt, dass du mit Morgen …«, begann Anders fast automatisch, aber dann blickte er wieder in Laras Augen, und was er darin las, das machte es ihm einfach unmöglich, sie zu belügen. »Ja«, sagte er einfach.

Lara nickte. Er war plötzlich sehr froh, ihr die Wahrheit gesagt zu haben.

»Ich muss«, sagte er. »Ich kann hier nicht mehr bleiben. Ich hätte niemals herkommen dürfen.«

»Es ist das Mädchen, nicht wahr?«, fragte Lara. »Das Katzenmädchen.«

»Nein«, sagte Anders, schüttelte den Kopf und verbesserte

sich: »Nicht nur. Das alles hier ist … meine Schuld. Seit ich hierher gekommen bin, habe ich nichts anderes als Leid und Unheil über euch gebracht. Ich habe Angst vor dem, was vielleicht geschieht, wenn ich hier bleibe.«

»Und jetzt willst du zurück zu den Tiermenschen?« Lara machte eine Bewegung, von der er nicht ganz sicher war, ob es sich dabei um ein Kopfschütteln handelte oder etwas anderes. »Was glaubst du dort zu finden?«

Anders antwortete nicht gleich. Das Schlimmste war vielleicht die tonlose, flache Stimme, mit der Lara sprach. Sie klang wie eine Schlafwandlerin, dachte er schaudernd, als wäre nunmehr auch alles Leben aus ihrem Innersten entwichen. »Das weiß ich nicht«, antwortete er wahrheitsgemäß. »Ich weiß nur, dass ich nicht hier bleiben kann.«

»Du willst durch die Ödlande – zu Fuß und allein? Das wäre dein Tod.«

»Vielleicht«, sagte Anders ernst. »Aber vielleicht auch nicht. Die meisten Wilden sind tot und die, die es nicht sind, suchen sich wahrscheinlich gerade ein möglichst gutes Versteck vor Tamar und seinen Elder. Ich muss es einfach riskieren.«

»Du kennst ja nicht einmal den Weg.«

»Nach Süden«, antwortete Anders. »So schwer ist es nicht.«

Lara schwieg eine geraume Weile, in der sie ihn nur weiter ausdruckslos anstarrte. »Ich kann dir helfen«, sagte sie dann plötzlich.

»Helfen? Wobei?«

»Die Burg zu verlassen«, sagte Lara. »Tamar ist misstrauisch. Er lässt dich beobachten. Aber ich kenne einen Weg hier heraus, auf dem er uns nicht sieht.«

»Du kennst einen Weg hier heraus?«, vergewisserte sich Anders ungläubig. »Aber warum hast du dann nicht …«

»Heute Mittag hätten wir ihn nicht gehen können«, fiel ihm Lara ins Wort. »Jetzt schon. Wenn du willst, zeige ich ihn dir.«

Anders überlegte einen Moment angestrengt. Er verstand nicht wirklich, warum Lara ihm in dieses Angebot machte, und noch viel weniger wollte er sie in Schwierigkeiten bringen, aber er war auch ziemlich sicher, dass er gar keine andere Wahl hatte. Darüber hinaus stand er jetzt schon so tief in Laras Schuld, dass dieses eine Mal vermutlich keinen Unterschied mehr machte. Er nickte.

Lara ging mit schnellen Schritten zurück zum Haus und die Treppe hinauf. Die große Halle war mittlerweile fast leer. Alle Verwundeten waren bereits abtransportiert worden und die Männer hatten auch die meisten Toten weggebracht, um sie in ihrer Heimatstadt beizusetzen. Nur eine Hand voll Männer hielten sich noch in der großen Halle auf und keiner von ihnen schien noch die Kraft zu haben, auch nur von ihnen Notiz zu nehmen. Lara steuerte die Treppe nach oben an und nahm unterwegs eine brennende Fackel aus einer der geschmiedeten Halterungen von der Wand. Als sie ihm einen entsprechenden Blick zuwarf, tat er es ihr gleich.

Anders folgte ihr in so geringem Abstand, dass er die Fackel an seinem ausgestreckten Arm ganz in die Höhe halten musste, um ihr nicht das Haar anzusengen, und als sie das Ende der Treppe erreicht hatten und sich nach rechts wandten, begann sich ein ungutes Gefühl in ihm breit zu machen. Dieser Weg führte nirgendwo hin, nur in den ausgebrannten Teil des Gebäudes.

Aus dem ungutem Gefühl wurde beinahe Gewissheit, als Lara wieder in das ausgebrannte Zimmer trat. Er blieb stehen, senkte die Fackel ein wenig und sah sich mit klopfendem Herzen um. Obwohl die beiden Toten fort waren, hatte der Raum nichts von dem Grauen eingebüßt, mit dem er Anders erfüllte.

»Lara«, begann er. »Ich weiß nicht genau, was …«

Lara war zwei oder drei Schritte vorausgegangen. Jetzt blieb sie stehen, drehte sich mit einer so abrupten Bewegung zu ihm um, dass er erschrocken mitten im Satz innehielt, und maß ihn mit einem Blick, in dem sich Verachtung und Zorn ein stummes Duell lieferten. »Was?«, fragte sie.

Plötzlich konnte Anders nicht weitersprechen. Er hatte das Gefühl, dass er beinahe etwas sehr Dummes gesagt hätte.

Lara wartete einen Herzschlag lang vergeblich auf eine Antwort, dann drehte sie sich zur Seite, deutete mit der ausgestreckten Fackel in ihrer Hand auf den offen stehenden Geheimgang und bückte sich hindurch ohne seine Reaktion abzuwarten. Anders sah ihr einen Moment lang unentschlossen nach, und einen noch kürzeren Moment lang war er fast so weit, einfach kehrtzumachen und wieder zu gehen, aber schließlich folgte er ihr doch. Dieser Weg führte gewiss nicht in die Freiheit, doch anscheinend gab es dort etwas, das Lara ihm zeigen wollte. Nach allem, was geschehen war, war er ihr diese wenigen Minuten einfach schuldig.

Lara eilte so schnell voraus, dass er noch weiter zurückfiel und sie am Ende des niedrigen Betongangs anhalten und auf ihn warten musste. Er erwartete, dass sie wieder die Treppe hinaufgehen würde, doch stattdessen wandte sie sich in die entgegengesetzte Richtung und stieg die schmalen Metallstufen hinab. Anders stockte unwillkürlich für einen Moment im Schritt, aber dann beeilte er sich, ihr zu folgen, um nicht allein in der Dunkelheit zurückzubleiben, die das heftig flackernde Licht der Fackeln nicht wirklich zu vertreiben vermochte, sondern ganz im Gegenteil mit unheimlichen Schatten und dräuenden Gestalten zu erfüllen schien, die lautlos gegen die vergänglichen Mauern anrannten, die das rote Licht schuf.

Der Brandgeruch, der die gesamte Burg erfüllte, war auch hier spürbar, aber nicht ganz so durchdringend wie draußen. Aus der Tiefe wehte ein frischer, feuchter Lufthauch empor, und je weiter sie nach unten kamen, desto deutlicher hörte er nun auch wieder das Geräusch von fließendem Wasser, das ihm schon beim ersten Mal aufgefallen war. Anders ging ein wenig schneller, um wieder zu Lara aufzuschließen, doch sie beschleunigte ihre Schritte ebenfalls und blieb erst stehen, als sie das Ende der Treppe erreicht hatte. Anders versuchte die Stufen zu zählen, kam aber schon nach wenigen Schritten durcheinander und gab es wieder auf. Sie mussten sich mittlerweile tief unter dem Burghof befinden, vermutlich im Keller.

Lara hob die Fackel höher und die roten Lichtreflexe der Flammen huschten über die Wände einer niedrigen, unregelmäßig geformten Höhle, die nur zum Teil künstlich geschaffen, zum größeren aber offensichtlich auf natürlichem Wege entstanden war. Das Plätschern fließenden Wassers war hier so laut, dass sie die Stimme heben musste, um sich verständlich zu machen.

»Wir sollten uns beeilen«, sagte sie. »Ich habe gehört, dass Tamar Männer losgeschickt hat, um auch die weitere Umgebung nach überlebenden Wilden absuchen zu lassen.« Sie deutete mit der brennenden Fackel nach links, tiefer in die Höhle hinein. Im hin und her tanzenden Licht der beiden Fackeln war es schwer, Einzelheiten zu erkennen, aber Lara ging bereits los, und als Anders ihr folgte, sah er einen knapp anderthalb Meter hohen, unregelmäßig geformten Durchgang, hinter dem sich das rote Licht in vollkommener Schwärze verlor.

Lara duckte sich unter dem rauen Fels hindurch und war für einen Moment einfach verschwunden und Anders beeilte sich zu ihr aufzuschließen. Sein Herz begann wieder schneller zu schlagen. Obwohl die Wände hier aus Stein bestanden und nicht aus Eis, erinnerte ihn der Anblick so sehr an die Gletscherhöhle oben in den Bergen, dass er unwillkürlich im Schritt stockte und seine ganze Willenskraft brauchte um überhaupt weiterzugehen. Manchmal vergaß er, dass es noch nicht besonders lange her war.

Der Durchgang war kein Durchgang, sondern ein gut zwanzig Meter langer Tunnel, der auf dem letzten Stück so abschüssig wurde, dass er sich vorsehen musste um nicht zu stürzen. Anders atmete unwillkürlich auf, als die Decke über ihm wieder zurückwich und er sich aufrichten konnte.

Der Raum war zu groß, um seine Dimensionen im blassen Licht der beiden Fackeln auch nur erahnen zu können, aber es war sehr kalt und zur Linken brach sich das tanzende Licht auf schnell fließendem Wasser.

»Der Fluss kommt aus Tiernan«, sagte Lara, bevor er auch nur dazu kam, eine entsprechende Frage zu stellen. »Auf diese Weise haben wir hier immer frisches Wasser.«

Wahrscheinlich war es derselbe unterirdische Fluss, überlegte Anders, dem Katt und er auf ihrem Weg aus dem unterirdischen Labor gefolgt waren. Er hob nur die Schultern und gab Lara mit einem Nicken zu verstehen, dass sie weitergehen sollte. Das Geräusch des fließenden Wassers war mittlerweile so laut geworden, er hätte beinahe schreien müssen um zu antworten; darüber hinaus hatte der feuchte Hauch zwar den Brandgeruch endgültig vertrieben, aber es begann mittlerweile unangenehm kalt zu werden.

Lara sah ihn noch einen Moment lang zweifelnd an, dann drehte sie sich mit einem angedeuteten Schulterzucken endgültig um und ging los. Anders folgte ihr, wenn auch nun in deutlich größerem Abstand als bisher, und versuchte vergeblich mehr von seiner Umgebung zu erkennen. Der Weg führte dicht am Ufer des unterirdischen Flusses entlang und durch eine Höhle, die so feucht war, dass hier und da sogar Wasser von der Decke tropfte, das sich in kleinen schimmernden Pfützen zwischen dem Geröll auf dem Boden sammelte. Schon nach wenigen Augenblicken war es nicht mehr kühl, sondern unangenehm kalt, und er konnte seinen eigenen Atem als Folge kleiner grauer Dampfwölkchen vor dem Gesicht erkennen, wodurch er sich auf unheimliche Weise noch mehr an die Zeit in der schrecklichen Gletscherhöhle erinnert fühlte.

Nach einer Weile begann sich die Decke wieder zu senken und auch die Wände rückten näher an den Fluss heran. Schließlich wurde der Weg so eng, dass er aufpassen musste, um nicht mit dem linken Fuß abzurutschen und ins Wasser zu treten, was möglicherweise nicht nur unangenehm, sondern durchaus *gefährlich* werden konnte, denn der unterirdische Fluss schoss mit enormer Geschwindigkeit neben ihnen dahin.

Anders verlor schon bald jedes Zeitgefühl, doch es musste schon eine ziemliche Weile verstrichen sein – mindestens eine Viertelstunde schätzte er, wenn nicht mehr –, bevor Lara endlich wieder stehen blieb und sich zu ihm umdrehte.

»Es ist jetzt nicht mehr weit«, sagte sie. »Ab hier wird es ein bisschen schwierig.«

Ein bisschen schwierig? Anders verzichtete auf eine Antwort, doch Lara musste wohl trotz des schlechten Lichtes den Ausdruck von Entsetzen auf seinem Gesicht erkannt haben, denn sie verzog ironisch die Lippen, und zum allerersten Mal seit viel zu langer Zeit hellte sich die Dunkelheit in ihren Augen ganz kurz auf. Sie sagte nichts mehr, sondern drehte sich wieder um, winkte ihm noch einmal spöttisch mit der freien Hand zu und folgte für ein gutes Dutzend Schritte weiter dem Verlauf des unterirdischen Flusses, bevor sie sich plötzlich nach rechts wandte und geduckt in einer Felsspalte verschwand, die so schmal war, dass Anders sie ohne ihre Führung vermutlich nicht einmal gesehen hätte.

Wie sich zeigte, hatte sie kein bisschen übertrieben. Der Weg *wurde* schwierig. Für ein kurzes Stück balancierten sie noch einen steilen, mit losem Geröll übersäten Hang hinauf, der Anders jedes bisschen Geschick abverlangte, das er aufbringen konnte, dann aber mussten sie klettern. Die brennende Fackel, die er dabei in der rechten Hand hielt, machte es nicht unbedingt leichter, und trotz seiner großen Erfahrung im Bergsteigen und Klettern fiel er immer weiter zurück.

»Pass auf!«

Anders sah fragend nach oben und konnte gerade noch den Kopf einziehen, als Lara die Fackel fallen ließ. Sie segelte so dicht an ihm vorbei, dass die Flammen fast sein Gesicht gestreift hätten, prallte auf dem Geröll tief unter ihnen auf und kollerte noch ein kleines Stück weiter, bevor sie mit einem hörbaren Zischen erlosch.

»Deine auch«, sagte Lara. Anders blickte noch einen Moment lang zweifelnd nach oben, dann folgte er ihrem Beispiel und ließ auch seine Fackel fallen. Absolute Dunkelheit schlug über ihm zusammen und im allerersten Augenblick drohte er in Panik zu geraten. Für eine schreckliche Sekunde war er wieder in der Eishöhle in den Bergen, unendlich weit entfernt von jedem anderen Menschen und jeder Wärme. Sein Herz raste und er begann am ganzen Leib zu zittern und musste sich mit aller Kraft an den kalten Felsen festklammern, um nicht den Halt zu verlieren. Dann aber gewöhnten sich seine Augen an die Dunkelheit und er sah, dass sie nicht so absolut war, wie er bisher angenommen hatte. Nicht allzu weit über ihnen war ein blasser Ausschnitt des Nachthimmels zu sehen, auf dem eine Hand voll Sterne glitzerten wie Nadelstiche in einem schwarzen Tuch.

»Alles in Ordnung?«, fragte Lara. Ihre Stimme klang besorgt und plötzlich wurde Anders klar, wie schnell und laut sein Atem ging. Die Erkenntnis war ihm peinlich. Lara schien seine Angst einfach zu spüren.

»Ja«, antwortete er. »Geh weiter.«

»Nicht so laut«, zischte Lara. »Oder willst du, dass sie uns hören?«

Anders fragte vorsichtshalber nicht, wen Lara mit *sie* meinte, sondern biss die Zähne zusammen und kletterte Hand über Hand weiter. Er konnte Lara nur als verschwommenen schwarzen Schatten über sich erkennen, der sich eine kurze Weile lang noch nahezu lautlos bewegte und dann einfach verschwunden war. Wieder drohte Panik wie eine erstickende Hand nach seinen Gedanken zu greifen, und diesmal kostete es ihn seine *gesamte* Willenskraft, sie niederzukämpfen und weiterzuklettern. Jetzt war wirklich nicht der passende Moment, sich darüber Gedanken zu machen, aber Anders wurde klar, dass er es vielleicht nie wieder ertragen würde, allein in einem dunklen, kalten Raum eingesperrt zu sein.

Viel langsamer, als nötig gewesen wäre, zugleich aber auch so schnell, wie er nur konnte, legte er den Rest des Weges zurück und endlich griff seine tastende rechte Hand ins Leere. Nur einen Sekundenbruchteil später spürte er Laras Berührung.

»Still!«, zischte sie. »Wir sind nicht allein.«

Anders erstarrte für eine oder zwei Sekunden zu vollkommener Reglosigkeit, schloss die Augen und lauschte mit angehaltenem Atem. Im allerersten Moment hörte er nichts außer dem rasenden Hämmern seines eigenen Herzens, dann aber identifizierte er andere, noch weitaus bedrohlichere Geräusche: Irgendwo waren Stimmen, hastige Schritte und vielleicht sogar das Klirren von Waffen. Er nickte, obwohl er fast sicher war, dass Lara die Bewegung in der Dunkelheit gar nicht sehen konnte, griff auch mit der anderen Hand nach oben und ertastete feuchtes Erdreich und Zweige. Behutsam und so leise, wie er nur konnte, schob er sich ganz aus dem Schacht heraus und kroch auf Händen und Knien zwei Schritte weit davon, bevor er sich mit einem erleichterten Seufzer auf die Seite sinken ließ.

»Keinen Laut!«, zischte Lara. »Sie sind ganz nah!«

Ihre Warnung wäre nicht nötig gewesen. Nach der fast vollkommenen Dunkelheit, auf die sich seine Augen unten im Schacht hatten einstellen müssen, konnte er jetzt mit geradezu übernatürlicher Schärfe sehen. Nur wenige Schritte neben ihnen bewegten sich Schatten; mit Sicherheit Menschen oder Elder, die Anders' außer Rand und Band geratene Fantasie prompt in riesige, bedrohliche Ungeheuer verwandelte, die mit rot glühenden Dämonenaugen nach ihnen Ausschau hielten. Und vielleicht war es sogar diese schreckliche Vision, die sie rettete, denn er blieb einfach vollkommen erstarrt vor Angst liegen, bis die Männer weitergegangen waren und ihre Schritte in der Dunkelheit verklangen. Dennoch gab ihm Lara mit einem hastigen Wink zu verstehen, dass er weiter still liegen bleiben sollte, und ließ noch einmal eine gute Minute verstreichen, bevor sie sich mit einem erleichterten Seufzer halb aufrichtete.

»Das war knapp«, flüsterte sie. »Tamar scheint es wirklich ernst zu meinen.«

»Womit?«

»Ich habe ihn sagen hören, dass er die Bedrohung ein für alle Mal beseitigen will«, antwortete Lara.

Auch das war etwas, worüber Anders im Moment lieber nicht nachdenken wollte – wie über so vieles. Er richtete sich in eine halb sitzende Position auf und sah sich zum ersten Mal aufmerksam um. Der Schacht, aus dem sie herausgeklettert waren, endete in einem dornigen Gebüsch, das sie früher vermutlich zuverlässig vor jeder zufälligen Entdeckung geschützt hätte, jetzt aber nahezu vollkommen niedergetrampelt war. Die wenigen Dornen, die es noch gab, dachte er missmutig, steckten jetzt wahrscheinlich in seinen Händen und in seinem Gesicht. Dahinter, mindestens einen, wenn nicht anderthalb Kilometer entfernt, erhob sich die Torburg im flackernden roten Licht der brennenden Scheiterhaufen, und zur Rechten, kaum einen Steinwurf weit weg, zeichnete sich ein filigranes schwarzes Gespinst gegen den Nachthimmel ab: das verbrannte Trebuchet oder was davon übrig war. Sie hatten die Höhle ziemlich genau dort verlassen, wo sich am Vormittag Janniks Heer versammelt hatte.

Lara deutete wortlos in die entgegengesetzte Richtung und als Anders' Blick der Geste folgte, sah er eine Ansammlung gedrungener Schatten, die sich noch schwärzer vor der Dunkelheit der Nacht abhoben. Er versuchte sich zu erinnern, ob es dort Felsen oder Wald gab, konnte es aber nicht. Obwohl er an diesem Tag mindestens hundertmal genau in diese Richtung geblickt hatte, hatte er sich einzig auf das feindliche Heer konzentriert, nicht auf das, was dahinter lag. Er vertraute jedoch darauf, dass Lara sich hier auskannte, und folgte ihr gehorsam.

Geduckt und jede Deckung ausnutzend, die es hier gab, näherten sie sich den Schatten, die sich schließlich als eine Ansammlung übermannsgroßer, bizarr geformter Felsen entpuppten. Lara blieb jedoch auch dann noch nicht stehen, sondern drang noch gute fünfzehn oder zwanzig Schritte tiefer in das Labyrinth aus Felsen, Schutt und Geröll ein, bevor sie endgültig stehen blieb und sich mit einem vorsichtig erleichterten Seufzen aufrichtete. »Hier müssten wir in Sicherheit sein. Wenigstens für den Augenblick.«

Anders nickte nur wortlos und sah sich aus angestrengt zusammengekniffenen Augen um. Er konnte noch immer nicht sehr viel mehr als Schatten und absonderliche, in der Dunkelheit fast ausnahmslos bedrohlich wirkende Umrisse erkennen, aber er war zugleich auch beinahe froh, dass es so war. Die Drachen hatten ihre Jagd nicht abgebrochen, nachdem sich die Wilden zwischen die Felsen geflüchtet hatten. Auch hier lagen überall reglose, verbrannte Körper. Die Felsen waren mit glitzernden Streifen und Linien übersät, wo die Hitze ihrer unheimlichen Waffen den Stein zu Glas verschmolzen hatte, und der furchtbare Geruch nach verbranntem Haar und heißem Stein hatte sie wieder eingeholt.

»Und wie geht es weiter?«, fragte er.

»Der Weg in die Ödlande?« Lara lachte leise. »Immer nur geradeaus. Du kannst ihn gar nicht verfehlen. Aber du kannst auch genauso gut ein Messer nehmen und dir selbst die Kehle durchschneiden. Das geht schneller und ist auf jeden Fall angenehmer, als wenn du den Wilden ihn die Hände fällst.«

Anders sah sie nur schweigend an. Er hätte sich fast gewundert, hätte Lara nicht noch einmal versucht, ihn von seinem Vorhaben abzubringen, und da war auch immer noch eine leise, wenn auch beharrliche Stimme in ihm, die ihm verzweifelt klar zu machen versuchte, dass sein Vorhaben der reine Selbstmord war (was stimmte), aber er konnte nicht zurück.

»Wahrscheinlich haben sie noch gar nicht gemerkt, dass wir weg sind«, fuhr Lara fort, als er nicht antwortete. »Und wenn wir jetzt umkehren, dann merken sie es auch nicht.«

Anders schüttelte traurig den Kopf. »Ich muss gehen, Lara. Ich erwarte nicht, dass du es verstehst. Akzeptiere es einfach.«

»Ganz, wie du willst«, sagte Lara. »Doch dann sollten wir nicht noch mehr Zeit verschwenden. Ich kenne einen Platz, wo wir uns verstecken können, aber wir müssen uns beeilen um ihn zu erreichen, bevor es hell wird.«

Anders nickte automatisch, doch dann drehte er sich mitten in der Bewegung noch einmal um und starrte Lara an. *»Wir?«*

»Ich begleitete dich«, sagte Lara in einem so erstaunten Ton, als wäre das das Selbstverständlichste von der Welt. »Wie weit, glaubst du, würdest du allein kommen?«

»Das kommt überhaupt nicht infrage!«, begehrte Anders auf. »Ich bin dir dankbar, dass du mich bis hierhin gebracht hast, aber jetzt gehe ich alleine weiter.«

»Wie weit?«, fragte Lara spöttisch. »Hundert Schritte? Oder dreißig, bevor du dich verirrst und einem von Tamars Männern in die Arme läufst – oder gleich einem Wilden?« Sie schüttelte heftig den Kopf. »Ich kann so wenig zurück wie du, Anders. Meine Heimat ist zerstört. Du hast nicht gehört, was Tamar gesagt hat; aber ich. Er ist fest entschlossen, die Wilden auszulöschen und die Tiermenschen vielleicht gleich mit ihnen. Wir müssen deine Freunde warnen.«

»Du sagst es selbst«, antwortete Anders. »Es sind *meine* Freunde, nicht deine. Ganz im Gegenteil.«

»Glaubst du denn, das wäre ein so großer Unterschied?«, gab Lara zurück. Sie schüttelte abermals und noch heftiger den Kopf. »Das ist der Moment, auf den Tamar seit Jahren gewartet hat. Für die Elder sind wir auch nicht viel mehr als bloße Tiere, nur dass wir vielleicht ein wenig nützlicher sind. Bisher haben ihn Aaron und Culain noch zurückhalten können, aber nun wird er das tun, was er insgeheim schon immer wollte. Dein Freund hat ihm den Anlass gegeben, auf den er nur gewartet hat. Ich kann nicht zurück. Und ich will es auch nicht.«

»Das hier ist kein Spiel, Lara«, sagte er leise. »Du hast es selbst gesagt: Es könnte mich das Leben kosten, jetzt weiterzugehen.« Er schüttelte müde den Kopf. Es war zu dunkel, um den Ausdruck auf Laras Gesicht zu erkennen, aber das war auch gar nicht nötig. Es war, als könne er ihre Antwort vorausahnen, noch bevor sie sie überhaupt ausgesprochen hatte. Trotzdem fuhr er fort: »Wir sind nicht Romeo und Julia. Ich werde nicht zulassen, dass du dein Leben riskierst nur aus einer romantischen Anwandlung heraus.«

»Ich weiß nicht, wer diese Romeo ist oder dieser Julia«,

sagte Lara. »Ich weiß nur, dass ich nicht zurückkann. Ich begleite dich.«

»Aber …«

»Ich kann nicht zurück«, sagte Lara noch einmal. »Was, glaubst du, wird Tamar tun, wenn er merkt, dass du nicht mehr da bist? Hältst du ihn für dumm? Was denkst du wohl, wie lange es dauert, bis er herausfindet, wer dir geholfen hat?« Sie schüttelte heftig den Kopf und unterstrich ihre Worte auch noch mit einer entsprechenden Geste. »Der Weg zurück ist mir für immer und alle Zeiten versperrt.« Ihre Augen blitzten zornig. »Wir können beide allein gehen und dabei wahrscheinlich sterben. Oder wir gehen zusammen und haben eine Chance.«

Anders schwieg eine ganze Weile. Was sollte er sagen? Er hätte eine Menge wirklich guter Argumente gegen alles gehabt, was ihm Lara mit so viel Nachdruck entgegengeschleudert hatte – nur wusste er ebenfalls, wie wenig Sinn es gemacht hätte, auch nur eines davon vorzubringen. Sie würde ihm nicht zuhören, ganz einfach weil sie nicht zuhören *wollte*. Sie hatte vom allerersten Moment an nichts anderes vorgehabt als mit ihm zu kommen. Und irgendwie – auf einer Ebene, die viel tiefer lag als sein logisches Denken – konnte er sie auch verstehen. Auf ihre Weise hatte sie genau die gleiche Entscheidung getroffen wie er.

Und schließlich drehte er sich halb herum, warf ihr einen auffordernden Blick zu und gab ihr mit einer vagen Geste in die Dunkelheit hinein zu verstehen, dass sie vorausgehen sollte.

15

Auch wenn er es niemals laut zugegeben hätte – es verging nicht einmal eine halbe Stunde, bis Anders sich insgeheim eingestand, dass Lara Recht gehabt hatte: Ohne ihre Führung hätte er sich vermutlich schon innerhalb der ersten Minuten hoffnungslos verirrt. Lara führte ihn nicht nur mit nahezu traumwandlerischer Sicherheit durch das Felsenlabyrinth, sondern noch weiter durch eine Nacht, die so tief war, wie Anders es selten zuvor erlebt hatte.

Für eine Weile konnte er noch die von Fackeln und unzähligen kleineren Feuern erhellte Burg und die hoch lodernden Flammen der Scheiterhaufen hinter ihnen erkennen, dann nur noch die Scheiterhaufen und schließlich nicht einmal mehr sie, sondern lediglich den blasser werdenden roten Widerschein am nächtlichen Himmel. Hatte sich Lara am Anfang noch vorsichtig bewegt und nicht nur großen Wert darauf gelegt, möglichst leise aufzutreten und auch sonst kein überflüssiges Geräusch zu verursachen – und war sie auch immer wieder stehen geblieben, um einen sichernden Blick in die Nacht zurückzuwerfen –, so wurden ihre Schritte nach und nach immer schneller, und bald schien sie gar keine Angst mehr davor zu haben, entdeckt zu werden.

Anders folgte ihr klaglos, aber er hätte eine Menge darum gegeben, auch nur eine Spur ihrer Zuversicht zu empfinden. Trotz seiner Versicherungen Lara (und sich selbst) gegenüber *hatte* er Angst. Die Nacht war voller Schatten und unheimlicher Geräusche, die umso bedrohlicher zu werden schienen, je weniger er sie identifizieren konnte, und seit Lara und er dem unterirdischen Fluss gefolgt waren, hatte er nicht mehr wirklich aufgehört zu frieren. Dabei war die Nacht nicht einmal besonders kalt; aber er hatte nicht gelogen, als er den Elder gegenüber behauptet hatte vollkommen erschöpft zu sein. Vielleicht hatte sein Täuschungsmanöver ja funktioniert – wer käme schon auf die Idee, jemanden an der Flucht zu hindern, der sichtlich kaum noch die Kraft hatte, sich auf den Beinen zu halten –, aber der Plan hatte einen kleinen, wenn auch bedeutenden Pferdefuß: Er *hatte* kaum noch die Kraft, sich auf den Beinen zu halten, geschweige denn einen Fuß vor den anderen zu setzen und Lara zu folgen, die so schnell und sicher durch die Dunkelheit vorauseilte, als wäre es nicht nur heller Tag, sondern sie selbst auch gut ausgeruht und im Vollbesitz ihrer Kräfte. Anders verstand längst nicht mehr, woher dieses Mädchen die

Energie nahm. Lara hatte heute mindestens so viel geleistet wie er und noch um etliches mehr erlitten. Irgendwann, das nahm er sich fest vor, würde er sie nach ihrem Geheimnis fragen – sobald er die nötige Kraft aufbrachte, um diese Frage in Worte zu kleiden, hieß das.

Stunde um Stunde marschierten sie durch die Nacht, mal durch dichten Wald, mal über flaches Gelände, über Geröll, durch dorniges Unterholz und über Bäche und ebenes Grasland. Irgendwann im Laufe der Nacht hatte Anders den Punkt überschritten, an dem er glaubte, einfach nicht mehr weiterzukönnen, und war in einen fast tranceartigen Zustand verfallen, in dem er einfach nur noch einen Fuß vor den anderen setzte ohne darüber nachzudenken, wohin ihn der nächste Schritt führte oder woher er die Kraft für den übernächsten nehmen wollte.

Nach einem Dutzend Ewigkeiten begann sich der Himmel im Osten allmählich grau zu färben. Anders war viel zu erschöpft, um es noch wirklich bewusst zur Kenntnis zu nehmen, aber Lara schien der Anblick zusätzliche Stärke zu geben, denn ihre Schritte, die unmerklich an Kraft und Geschmeidigkeit verloren hatten, wurden noch einmal schneller, und Anders hatte einfach nicht mehr die Energie, ebenfalls rascher auszugreifen, um mit ihr Schritt zu halten. Der Abstand zwischen ihnen wurde zunehmend größer, und nach einigen weiteren Schritten war sie endgültig in der Nacht verschwunden. Anders stöhnte innerlich vor Entsetzen auf, aber er wagte es nicht, stehen zu bleiben, schon aus der durchaus berechtigten Angst heraus, danach nicht mehr weitergehen zu können.

Lara blieb jedoch nur einen Moment verschwunden. Dann tauchte sie – ein gutes Stück links von der Stelle, an der er sie vermutet hätte – wieder aus dem Unterholz auf und winkte ihm heftig zu. Irgendwie brachte Anders das Kunststück fertig, seine Schritte in die entsprechende Richtung zu lenken, und Lara kam ihm ein kleines Stück entgegen, ergriff seine Hand und zog ihn einfach mit sich. Anders stolperte blind hinter ihr her und legte sein Schicksal – wortwörtlich – endgültig in ihre Hände. Sie stolperten noch ein kleines Stück weit durch dichtes Gestrüpp, das nur aus zähen Ranken und spitzen Dornen zu bestehen schien, dann war plötzlich wieder harter Stein unter seinen Schuhsohlen und auch der Nachthimmel verschwand hinter einer Decke aus Fels, die so niedrig war, dass er sich ein paarmal den Kopf stieß, bevor er auf den Gedanken kam, sich zu ducken.

»Wir sind da«, seufzte Lara. Obwohl sie nur zwei Schritte vor ihm stand, sog die fast vollkommene Dunkelheit, die sie umgab, nicht nur ihre Gestalt nahezu vollständig auf, sondern schien auch ihrer Stimme das allermeiste von ihrer Substanz zu nehmen. »Pass auf. Die Decke ist sehr niedrig.«

Anders duckte sich gehorsam, knallte aber beim Weitergehen trotzdem so schmerzhaft mit der Stirn gegen einen hervorstehenden Stein, dass ihm für einen Moment schwindelig wurde. Er musste sich an den rauen Wänden abstützen, um überhaupt weitergehen zu können, und nun, wo er wusste, dass sie ihr Ziel fast erreicht hatten, glaubte er regelrecht zu fühlen, wie auch noch das letzte bisschen Kraft aus ihm herausfloss. Obwohl Lara nur noch wenige Schritte weit ging, hätte er es fast nicht mehr geschafft, ihr zu folgen.

»Wir sind da«, sagte Lara noch einmal. »Hier müssten wir eigentlich in Sicherheit sein. Niemand kennt diese Höhle.«

Er hörte, wie sie sich irgendwo rechts von ihm raschelnd in der Dunkelheit bewegte. Steine kollerten und irgendwo, weit entfernt, glaubte er das regelmäßige Tröpfeln von Wasser zu hören, aber er war viel zu müde, um sich noch Gedanken darüber zu machen, wo sie eigentlich waren. Ohne auch nur mit einem Laut auf Laras Worte zu reagieren, ließ er sich dort, wo er stand, auf den nackten Boden sinken und war eingeschlafen, noch bevor sein Kopf den harten Fels ganz berührte.

Als er die Augen wieder aufschlug, erfüllte graues Dämmerlicht die Höhle. Er konnte nicht sehr lange geschlafen haben – draußen hatte es beinahe zu dämmern begonnen, als Lara ihn hier hereingeführt hatte, und er *fühlte* sich so, als hätte er gar nicht geschlafen, sondern ganz im Gegenteil einen Marathonlauf hinter sich gebracht. Seine Gedanken bewegten sich so träge, als wäre sein Kopf mit klebrigem Teer gefüllt, und in seinem Körper schien es buchstäblich keinen Muskel zu geben, der nicht auf die eine oder andere Art wehtat.

Umständlich und mit zusammengebissenen Zähnen richtete er sich in eine halbwegs sitzende Position auf, fuhr sich mit dem Handrücken über die Augen und drehte gleichzeitig den Kopf, um nach Lara zu sehen. Sie war nicht da. Er konnte sich nicht erinnern, wo in der großen, von Schatten erfüllten Höhle sie sich hingelegt hatte, aber er vermutete beinahe: überhaupt nicht. Obwohl er so müde war wie noch niemals zuvor in seinem ganzen Leben, konnte er kaum länger als zehn oder fünfzehn Minuten lang geschlafen haben – dem grauen Zwielicht nach zu urteilen, das durch den Eingang hereinströmte –, und vielleicht war sie einfach noch einmal nach draußen gegangen, um nach dem Rechten zu sehen.

Der Gedanke beunruhigte ihn. Auch wenn er auf dem ganzen Weg hierher nichts wirklich Bedrohliches oder gar Gefährliches gesehen hatte, so hatte er doch weder das vergessen, was Lara ihm gestern Abend über die Ödlande erzählt hatte, noch etwas von dem, was er zuvor von so vielen anderen über diesen wilden Landstrich gehört hatte. Schließlich, dachte er mit müdem Spott, war er der Mann in dieser Geschichte und sollte hinausgehen und Bären und Wölfe erschlagen, während sein Weibchen in der Höhle bliebe und das Feuer hütete.

So weit die Theorie.

Praktisch war er so hundemüde, dass ihm jede noch so kleine Bewegung wie eine unerträgliche Mühe vorkam. Es gab hier drinnen kein Feuer, das irgendjemand hüten musste, und draußen trieben sich Kreaturen herum, die ungleich gefährlicher als Bären oder Wölfe waren.

Außerdem hatte er entsetzlichen Durst.

Das Geräusch fiel ihm wieder ein, das er vorhin gehört hatte, und er wandte müde den Kopf und versuchte die Schatten im hinteren Teil der Höhle mit Blicken zu durchdringen. Irgendetwas glitzerte und er hörte wieder ein leises, regelmäßiges Tröpfeln, das eindeutig das Geräusch von Wasser war. Allein die Vorstellung, seine schmerzenden Muskeln dazu zu zwingen, sich aufzurichten und seinen tonnenschweren Körper dorthin zu schleppen, nötigte ihm schon ein halblautes Stöhnen ab. Aber das Geräusch hatte seinen Durst auch erst richtig geweckt und er schien nun mit jedem Moment schlimmer zu werden. Obwohl sie mehrere Bäche überquert hatten, war er während der ganzen Nacht nicht dazu gekommen, etwas zu trinken. Anders fuhr sich noch einmal mit der Zungenspitze über die spröden, rissig gewordenen Lippen, ohne dass es irgendetwas nutzte, und dann gab er auf und stemmte sich ächzend in die Höhe.

Das Plätschern des Wassers wies ihm den Weg. Er musste nur ein paar Schritte weit gehen, bis er eine flache steinerne Schale erreicht hatte, in die in regelmäßigen Abständen Wasser von der Höhlendecke tropfte. Anders ließ sich langsam davor auf die Knie sinken, schöpfte zwei Hände voll des glasklaren Wassers und spritzte es sich ins Gesicht, bevor er sich weiter vorbeugte und mit tiefen, gierigen Schlucken zu trinken begann. Das Wasser schmeckte scharf und nach Stein, aber es war eiskalt und löschte seinen Durst. Anders trank so lange, bis das quälende Brennen in seiner Kehle erlosch, dann schöpfte er mit den Händen noch mehr Wasser aus dem steinernen Becken und rieb es sich in Gesicht und Nacken. Die Kälte vertrieb die Müdigkeit ein wenig aus seinen Gedanken.

Anders richtete sich weiter auf, fuhr sich mit den Fingerknöcheln über die Augen und blinzelte ein paarmal, bevor er ungeniert mit offenem Mund gähnte und sich dabei verschlafen umsah. Mit den wenigen Händen voll Wasser, die er aus dem Becken geholt hatte, war es fast zur Hälfte geleert, und der einzige Zufluss waren die wenigen Tropfen, die in regelmäßigen Abständen von der Decke fielen. Wahrscheinlich würde es ein halbes Jahr oder noch länger dauern, bis es wieder aufgefüllt war. Anders' schlechtes Gewissen hielt sich in Grenzen, auch wenn er ganz offensichtlich nicht der Erste war, der hierher kam, um seinen Durst zu stillen. Auf der anderen Seite des kaum einen Meter messenden steinernen Beckens bemerkte er etwas Kleines, metallisch Schimmerndes und daneben ein Stück zusammengeknüllten Stoff. Anders richtete sich ächzend auf, überlegte einen Moment, ob es der Mühe wert sei, und ging dann um das Becken herum, um sich nach seinem Fund zu bücken.

Bei dem Metall handelte es sich um eine schlichte Gürtelschnalle aus Messing, die er einen Moment unschlüssig in der Hand wog und dann einsteckte; der Stoff entpuppte sich als zarter Seidenschal, dessen Farbe er in dem schwachen Licht nicht genau erkennen konnte.

Ein plötzliches Geräusch ließ ihn herumfahren. Vor dem Höhleneingang erschien ein Schatten, und obwohl er ganz genau wusste, dass es niemand anderes als Lara sein konnte, fuhr er so heftig zusammen, dass auch Lara mitten in der Bewegung stockte und überrascht den Kopf hob. Sie trug irgendetwas auf den Armen, aber es war zu dunkel, um zu erkennen, was.

»Du bist wach?« Lara machte eine vage Geste mit der freien Hand, und Anders beeilte sich auf sie zuzugehen, wobei er sich im letzten Moment noch daran erinnerte, wie er die Höhle betreten hatte, und vorsichtshalber den Kopf einzog. In Laras Augen blitzte es spöttisch auf, doch plötzlich verdunkelte sich ihr Gesicht und ein Ausdruck blanker Wut erschien auf ihren Zügen.

»Gib das her!«, zischte sie. »Was fällt dir ein …« Sie machte einen halben Schritt auf ihn zu, streckte die freie Hand aus und erstarrte dann mitten in der Bewegung. Wut und Zorn erloschen so schnell wieder in ihrem Gesicht, wie sie von ihr Besitz ergriffen hatten, und an ihrer Stelle machte sich ein betroffener Ausdruck breit. »Entschuldige«, stammelte sie. »Ich …« Sie suchte einen Moment lang vergeblich nach Worten und rettete sich schließlich in ein hilfloses Achselzucken.

Anders verstand immer noch nicht, wovon sie überhaupt sprach. Aber dann folgte er ihrem Blick. Lara starrte den Schal an, den er in der Hand hielt. Er schüttelte hilflos den Kopf, trat einen halben Schritt auf sie zu und streckte die Hand aus, die den Stoff hielt. »Gehört das dir?«

Lara machte eine Bewegung, die irgendwo zwischen einem Kopfschütteln, einem Nicken und einem Achselzucken angesiedelt war, und fuhr sich nervös mit der Zungenspitze über die Lippen. Sie sah plötzlich unglaublich verlegen aus. »Ja«, murmelte sie. »Ich … ich muss es wohl … irgendwie vergessen haben.«

Eine Sekunde lang sah Anders sie noch verständnislos an, aber dann – endlich – begriff er. Es war kein Zufall, dass Lara ihn hierher gebracht hatte. Sie kannte diese Höhle und sie war weder zum ersten Mal an diesem Ort, noch war sie *allein* hier gewesen. Plötzlich war er es, der so peinlich berührt war, dass er nicht mehr wusste, wohin mit seinem Blick. Unschlüssig ließ er die Hand sinken, hob sie dann erneut und hielt ihr den Schal hin. Lara zögerte noch einen winzigen Moment, dann aber griff sie danach, legte ihn sich mit einer raschen Bewegung um die Schultern und wandte sich mit einem Ruck ab.

»Ich … habe ein paar Früchte gefunden«, sagte sie, leise und in verlegenem, unbeholfenem Tonfall. »Ich hoffe, sie schmecken dir. Du musst hungrig sein.«

»Früchte?« Anders wiederholte das Wort, als wüsste er im ersten Moment nichts damit anzufangen – was der Wahrheit sogar ziemlich nahe kam –, und registrierte erst mit einiger Verspätung, dass Lara tatsächlich etliche Früchte und ein paar fremdartig anmutende Pilze und Wurzeln mitgebracht hatte. Unsicher deutete er zu dem von grauem Zwielicht erfüllten Höhleneingang. »Bist du sicher, dass wir hier …?«

»Wir sind in Sicherheit«, fiel ihm Lara ins Wort, immer noch ein wenig hastig und immer noch mit einem gleichermaßen verlegenen wie unsicheren Lächeln. »Wenn sie uns bis jetzt hier nicht gefunden haben, dann finden sie uns auch nicht. Die Höhle ist gut versteckt. Man muss schon genau wissen, wo sie ist, um sie zu entdecken.«

Anders begutachtete die mitgebrachten Früchte – und vor allem die *Pilze!* – misstrauisch. »Eigentlich habe ich keinen großen Hunger«, sagte er, was glattweg gelogen war. Er hatte sogar *gewaltigen* Hunger, und wie um ihn unverzüglich als Lügner zu entlarven, knurrte sein Magen prompt so laut, dass sich ein flüchtiges Grinsen auf Laras Gesicht stahl. Dennoch: Er *war* hungrig, aber viel mehr noch hundemüde. Konnte sie mit ihrem Ökofrühstück nicht warten, bis er wenigstens ein oder zwei Stunden geschlafen hatte?

»Unsinn«, widersprach Lara. »Du musst genauso hungrig sein wie ich. Wir haben heute Nacht noch ein gutes Stück Weg vor uns. Und ich habe keine Ahnung, wie es von hier aus weitergeht. Also spiel nicht den Helden, sondern iss!«

»Heute Nacht?« Anders blinzelte verständnislos in das graue Licht hinter ihr. »Aber bis dahin sind es doch noch …«

»… ein paar Minuten«, unterbrach ihn Lara. In ihren Augen erschien schon wieder ein spöttisches Funkeln. »Das da draußen ist die *Abend*dämmerung, Dummkopf. Du hast den ganzen Tag verschlafen.«

»Abend?«, wiederholte Anders überrascht.

»Ja«, bestätigte Lara mit einem heftigen Nicken und hielt ihm zugleich erneut eine der verschrumpelten Früchte hin, die sie mitgebracht hatte. »Aber ich auch, um ehrlich zu sein. Ich bin erst vor einer Stunde wach geworden. War wohl ein bisschen viel gestern für uns beide.«

»Aber warum … hast du mich nicht geweckt?«, fragte Anders stockend. *Er hatte den ganzen Tag geschlafen?* Es fiel ihm trotz allem schwer, das zu glauben. Er fühlte sich, als hätte er kein Auge zugetan, und das seit mindestens einer Woche.

»Wozu?«, fragte Lara. »Ich kenne mich draußen wenigstens ein bisschen aus. Du wärst allerhöchstens Tamars Häschern in die Arme gelaufen.« Sie deutete ein Achselzucken an. »Außerdem hast du so friedlich geschlafen wie ein Baby.«

Das sagte sie zweifellos nur, um ihn zu ärgern, und Anders ging auch gar nicht darauf ein. »Tamars Männer?«, wiederholte er alarmiert. »Sind sie hier?«

»Ich bin nicht ganz sicher«, antwortete Lara. »Draußen sind ein paar Spuren, aber ich weiß nicht genau, von wem.« Sie schüttelte rasch den Kopf, als sie sah, dass Anders erschrocken zusammenfuhr, und fügte hinzu: »Keine Sorge. Sie sind der Höhle nicht einmal nahe gekommen. Wären sie es, dann würden wir uns jetzt nicht unterhalten.«

Der letzte Satz, fand Anders, war ganz und gar überflüssig. Wenn sie das gesagt hatte, um ihn zu beruhigen, hatte sie jedenfalls das genaue Gegenteil erreicht. Er sah Lara noch einen Atemzug lang unsicher an, dann aber griff er nach der Frucht, die sie ihm immer noch hinhielt, und biss zögernd hinein. Der Geschmack war ebenso undefinierbar wie ihr Aussehen, aber schon der erste Bissen erweckte seinen Appetit und er schlang die Frucht regelrecht hinunter und vertilgte in Windeseile auch noch eine zweite und dritte. Als er nach der vierten – und letzten – Frucht greifen wollte, stockte er mitten in der Bewegung und sah Lara betroffen an. »Oh«, begann er. »Ich ...«

»Nur zu«, unterbrach ihn Lara und schüttelte den Kopf. »Ich habe schon gegessen.«

Irgendwie bezweifelte Anders das, aber zumindest im Moment war sein Hunger einfach stärker als seine guten Manieren. Er wartete gerade noch lange genug, um Lara Zeit für ein weiteres aufforderndes Nicken zu geben, bevor er ihr auch die letzte Frucht regelrecht aus den Händen riss und sie so schnell hinunterschlang, dass es ihm beinahe selbst peinlich war. Lara sah ihm mit eindeutigem Vergnügen dabei zu und hielt ihm auch noch auffordernd die Pilze hin, die sie mitgebracht hatte. »Sie sind wirklich gut«, sagte sie, als er zögerte.

Anders musterte die verschrumpelten braunen Dinger auf ihrer Handfläche misstrauisch. Er zweifelte nicht daran, dass Lara Recht hatte – aber *so* hungrig war er nun doch wieder nicht. Lara hob gleichmütig die Schultern und begann selbst an einem der mitgebrachten Pilze herumzuknabbern. Sie sah ihn unschlüssig an, schien etwas Bestimmtes sagen zu wollen und beließ es dann bei einem neuerlichen Achselzucken, während sie an ihm vorbei und zu dem Wasserbecken ging, um sich mit untergeschlagenen Beinen an seinem Rand niedersinken zu lassen. Anders folgte ihr zögernd, sah noch einmal zum Höhleneingang hin – das Licht war tatsächlich schon eine Spur blasser geworden – und setzte sich dann neben sie.

»Wir warten, bis es ganz dunkel geworden ist«, sagte Lara, als hätte sie seine nächste Frage vorausgeahnt.

»Wegen der Wilden?«

»Auch«, antwortete Lara, hob wieder die Schultern und begann lustlos an einem weiteren Pilz herumzuknabbern, was ihre Behauptung, sie wären *wirklich gut*, in einem etwas anderen Licht erscheinen ließ.

»Und weswegen noch?«, fragte er.

Lara verzog leicht angewidert das Gesicht, schluckte tapfer auch den dritten und letzten Pilz hinunter und warf dann einen resignierten Blick hinter sich. »Manche von ihnen sehen nachts besser als wir bei Tage. Aber ich glaube nicht, dass wir hier in Gefahr sind. Sie sind früher selten so nahe an die Burg herangekommen und jetzt werden sie es erst recht nicht wagen.«

»Warum verstecken wir uns dann hier?«

»Die Elder«, antwortete Lara. Sie wich seinem Blick aus. »Anscheinend durchkämmen sie die ganze Gegend.«

»Du hast also doch mehr als nur *ein paar Spuren* gesehen«, schloss Anders.

Lara hob die Schultern. Sie sah ihn immer noch nicht an. »Vielleicht jagt Tamar auch bloß die Wilden.«

»Quatsch!«, sagte Anders bestimmt. »Sie suchen nach uns.«

Diesmal antwortete Lara gar nicht mehr, sondern begann mit dem Ende des Seidenschals zu spielen, den sie sich um die Schultern gelegt hatte. Natürlich suchten sie nach ihnen, dachte Anders. Wenn es wirklich schon wieder fast Abend war, dann hatten die Elder längst gemerkt, dass er nicht nach Tiernan zurückgekehrt war, und vermutlich hatten Culain und Tamar jeden einzelnen Mann mobilisiert, der noch gehen konnte, um nach ihnen zu suchen.

»Du kannst immer noch zurück«, sagte er. Lara antwortete nicht. Anders streckte zögernd die Hand nach ihr aus, doch Lara fuhr ganz leicht und erschrocken zusammen, und ihre Hand schloss sich so fest um das Ende des Schals, dass ihre Knöchel wie kleine weiße Narben durch die Haut schimmerten. Er wagte es plötzlich nicht mehr, sie zu berühren. »Noch ist es nicht zu spät.«

Lara sah ihn fast trotzig an. »Und ob es das ist. Was glaubst du wohl, was Tamar mit mir macht, wenn ich ihm in die Hände falle? Immerhin habe ich dir geholfen!«

Anders schüttelte nur den Kopf. »Du könntest behaupten, dass ich dich gezwungen habe. Sollten sie mich wieder einfangen, sage ich dasselbe, keine Angst.«

Lara bedachte ihn mit einem fast mitleidigen Blick. »Und wer soll dir das glauben?«

»Ich meine es ernst«, beharrte Anders. »Tamar wird dich töten, wenn sie uns zusammen aufgreifen.«

»Möglich«, antwortete Lara und machte eine wegwerfende Handbewegung. »Falls uns die Wilden nicht vorher schnappen. Oder dein Freund.«

»Jannik wird uns ...«, begann Anders. *Nichts tun?* Wie gerne hätte er diese Worte ausgesprochen. Aber er konnte es nicht. Er wusste nicht mehr, was Jannik tun würde und was nicht. Er wusste nicht einmal mehr, ob er den Mann, den er einmal für seinen einzigen wirklichen Freund gehalten hatte, wirklich jemals *gekannt* hatte.

»Ist das sein Name?«, fragte Lara. »Jannik?« Anders nickte und Lara fuhr mit einem nachdenklichen Stirnrunzeln fort: »Ein seltsamer Name. Woher kennst du ihn?«

»Jannik?« Anders hob die Schultern. »So genau weiß ich das auch nicht. Irgendwie war er schon immer da, weißt du?«

»Nein«, antwortete Lara. »Weiß ich nicht. Wie kann jemand einfach immer da sein, über den du eigentlich nichts weißt? Noch dazu jemand, den du für einen Freund hältst.«

Anders zuckte abermals mit den Achseln und begann mit ein paar kleinen Steinchen zu spielen. »Er arbeitet für meinen Vater. Ehrlich gesagt weiß ich nicht einmal genau, was alles zu seinen Aufgaben gehört. Ich glaube, er ist so etwas wie sein Leibwächter und Sekretär in einem. Ich habe ihn nie gefragt.«

»Er ist der Beschützer deines Vaters und du hast ihn nie gefragt?« Laras Gesichtsausdruck machte sehr viel deutlicher als ihre Worte, was sie von dieser Antwort hielt.

»Ich sehe meinen Vater nicht sehr oft«, stellte Anders klar.

»Und deine Mutter?«

»Sie ist tot«, antwortete Anders. Lara wollte etwas sagen, aber er schüttelte rasch den Kopf und fuhr mit einem angedeuteten traurigen Lächeln fort: »Schon sehr lange. Ich habe sie nie kennen gelernt. Ich glaube, sie ist schon bei meiner Geburt gestorben – oder kurz danach.«

»Das tut mir Leid«, sagte Lara. »Und dein Vater …?«

»… ist ein viel beschäftigter Mann«, sagte Anders. »Er hat versucht sich um mich zu kümmern, aber er hatte einfach nicht genug Zeit.«

»Wie kann man zu wenig Zeit für sein Kind haben?«, wunderte sich Lara.

Genau dasselbe hatte Anders sich unzählige Male gefragt; wenigstens früher. Irgendwann hatte er sich einfach damit abgefunden, dass es eben so war, aber er spürte plötzlich, das stimmte gar nicht. Er hatte *geglaubt* sich damit abgefunden zu haben, doch tief in sich drinnen hatte er sich diese Frage immer und immer wieder gestellt, ohne jemals eine Antwort darauf zu finden.

Anders verjagte den Gedanken. Er hatte auch so schon genug Probleme, ohne sich Sorgen über seine ach-so-unglückliche Kindheit zu machen. »Er hatte eben immer furchtbar viel zu tun. Er leitet eine große Firma.« Lara blickte fragend und

Anders fügte erklärend hinzu: »So ungefähr wie dein Vater, der die Verantwortung für die Torburg hat. Nur dass er sich um sehr viel mehr Dinge kümmern muss.«

»Und da blieb eben keine Zeit für dich«, vermutete Lara.

»So schlimm war es nicht«, erwiderte Anders mit einem Kopfschütteln, das vermutlich nur so heftig ausfiel, weil er sich selbst damit überzeugen wollte. Dennoch fuhr er fort: »Ich habe die meiste Zeit in einem Internat verbracht. Eine Schule, die ziemlich weit von zu Hause entfernt ist. Eigentlich sehe ich meinen Vater nur ein Mal im Jahr für ein paar Wochen.« Er sah Lara nachdenklich an. »Warum interessierst du dich so sehr dafür?«

Lara spielte weiter mit ihrem Schal. »Sie halten dich für etwas Besonderes«, sagte sie.

»Wer?«

»Die Elder«, antwortete sie, immer noch ohne ihm dabei ins Gesicht zu blicken und scheinbar vollkommen darauf konzentriert, das Ende des Seidenschals um ihren rechten Zeigefinger zu wickeln. »Sie halten dich für Oberons Sohn.«

»Die Elder halten mich wirklich für … *Oberons Sohn?«,* vergewisserte sich Anders. »Aber das ist doch lächerlich!«

»Das sehe ich nicht ganz so …«

»*Selbstverständlich* ist es das!«, fuhr ihr Anders in die Parade. Er wusste im ersten Moment nicht einmal, worüber er empörter sein sollte: darüber, dass die Elder auf diese vollkommen abstruse Idee gekommen waren, oder über den Ernst, mit dem Lara ihre Frage gestellt hatte. Er versuchte zu lachen, aber er hörte selbst, dass er allenfalls so etwas wie ein Krächzen zustande brachte. »Das … das ist doch vollkommener Unsinn! Ich bin nicht … ich meine … mein Vater ist doch kein *Gott!«*

Das letzte Wort hatte er beinahe geschrien, aber der Umstand allein, dass er die Stimme erhob, schien Lara nicht sonderlich zu beeindrucken. »Wer hat gesagt, dass Oberon ein *Gott* ist?«, fragte sie beiläufig. »Ich weiß nur, was ich gehört habe. Culain und Morgen waren von Anfang an der Meinung, dass du etwas Besonderes bist. Und seit gestern …« Sie sprach nicht weiter, sondern beendete den Satz mit einem abermaligen Achselzucken und einem Blick, der für einen winzigen Moment etwas in Anders wachrief, das zu blanker Wut geworden wäre, hätte er es zugelassen.

»Tamar ist jedenfalls davon überzeugt, dass die Drachen nur in die Schlacht eingegriffen haben, um dich zu retten«, sagte sie; was ganz und gar keine Antwort auf *seine* Frage war. »Wahr ist, dass sie sich noch nie zuvor eingemischt haben. Jedenfalls nicht so.«

»Was für ein Quatsch!«, antwortete Anders. »Diese Elder sind ja verrückt!«

»Ja«, sagte Lara. »Das sind sie wohl.« Aber sie sagte es auf eine sehr sonderbare Weise, die Anders einen eisigen Schauer über den Rücken laufen ließ. Ihre Hand ließ endlich den Schal los und sie schüttelte noch einmal in dem vergeblichen Versuch den Kopf, ihren Worten auf diese Weise etwas mehr an Glaubwürdigkeit zu verleihen. Anders fühlte sich wie vor den Kopf gestoßen. Was Lara erzählte, war so grotesk, dass er sich weigerte, auch nur ernsthaft darüber nachzudenken. Und trotzdem ... *war* da etwas. Da war eine Erinnerung, die flüchtig aufblitzte und wieder erlosch, bevor er wirklich danach greifen konnte.

»Es wird Zeit«, sagte Lara plötzlich und in verändertem, wie es ihm vorkam, gezwungen sachlichem Ton. Sie gab ihm keine Gelegenheit, zu antworten, sondern stand bereits auf und wandte sich mit einer demonstrativen Bewegung zum Ausgang. Anders wollte sie zurückrufen, doch sie ging so schnell los, dass sie den nach draußen führenden Gang schon fast erreicht hatte, bevor Anders auch nur ganz aufgestanden war. Das Thema war damit nicht erledigt; weder für sie noch für ihn. Aber er wusste auch, dass es vollkommen zwecklos gewesen wäre, sie jetzt noch einmal darauf anzusprechen. In Laras Augen war etwas gewesen, das er nicht verstand und vermutlich auch gar nicht verstehen *konnte;* nicht jetzt und schon gar nicht hier.

Vielleicht lag es einfach an diesem Ort. Die Höhle war

nicht einfach nur eine Höhle. Es hätte Laras so scheinbar vollkommen überzogener Reaktion auf den Anblick des Schals vielleicht nicht einmal bedurft, um ihn begreifen zu lassen, dass dieser Ort für sie eine ganz besondere Bedeutung hatte, die er nicht kannte und die ihn vermutlich auch nichts anging.

Immerhin wartete Lara draußen auf ihn, wenn auch in einem guten halben Dutzend Schritten Entfernung; und sie ging auch nicht nur weiter, bevor er sie ganz eingeholt hatte, sondern auch in einem Tempo, das gerade scharf genug war, dass es ihm *nicht* gelang, wirklich zu ihr aufzuschließen. Anders versuchte es auch nicht sehr lange. Lara war nicht nur ganz offensichtlich in weitaus besserer Verfassung als er, sondern hatte noch dazu den Vorteil, sich hier auszukennen, während der Wald für ihn nichts als ein Labyrinth aus spitzen Zweigen und Dornen und gefährlichen Fallstricken und Stolperfallen war. Zudem wurde es jetzt sehr rasch dunkel, sodass es ihm bald nichts mehr nutzte, aufzupassen, wo er hintrat – er sah einfach nichts mehr.

Gottlob führte der Weg nicht mehr allzu lange durch dichten Wald und Gestrüpp. Mit dem letzten, kaum noch so zu nennenden Tageslicht gingen sie eine sanft ansteigende Anhöhe hinauf und endlich blieb Lara stehen und wartete, bis er zu ihr aufgeschlossen hatte. Sie sagte nichts und auch Anders schnitt das Thema von eben nicht wieder an, sondern blieb zwei Schritte neben ihr stehen und sah sich aufmerksam um. Die mit Macht hereinbrechende Nacht verschmolz die Landschaft vor ihnen zu einem verwirrenden Gespinst aus Grau und Schwarz, aber er konnte trotzdem erkennen, dass sich ihre Umgebung nicht nennenswert verändert hatte. Sie befanden sich nach wie vor auf einer schier endlosen sanft gewellten Ebene, auf der sich Grasland, unregelmäßig verteilte Waldstücke und Ansammlungen von zerborstenem Fels und Findlingen ablösten. Er wusste nicht einmal, in welche Richtung er blickte, nahm aber an, dass es Süden war; die Richtung, in der die Stadt der Tiermenschen lag. Weder sie noch die dahinter liegenden Berge waren zu erkennen, allenfalls dass er etwas wie einen düsteren, riesigen Schemen wahrzunehmen glaubte, der die Nacht in dieser Richtung begrenzte. Aber vielleicht bildete er sich das auch nur ein, weil er wusste, dass er da war.

»Wie weit ist es?«

Lara hob nur die Schultern. »Ich weiß es nicht. Weiter sind wir nie …« Sie verbesserte sich. »Weiter bin ich nie gegangen. Ich weiß nicht, was vor uns liegt.«

Anders überlegte einen Moment angestrengt, kam aber zu keinem befriedigenden Ergebnis. Er hatte diesen Weg einmal in umgekehrter Richtung zurückgelegt, doch da war er in Culains Wagen gereist und hatte nicht viel von ihrer Umgebung gesehen. Er wusste weder genau, ob und wie lange er geschlafen hatte, so erschöpft wie er gewesen war – es hätten Minuten sein können, ebenso gut aber auch ein ganzer Tag oder mehr –, noch mit welcher Geschwindigkeit sich der Wagen bewegt hatte. Allzu hoch konnte sie jedenfalls nicht gewesen sein, denn die Eskorte aus Schweinekriegern, die sie begleitet hatte, war kaum schneller gewesen als eine aus menschlichen Wächtern. Trotzdem hatte er das unangenehme Gefühl, dass es *weit* gewesen war.

Obwohl er die Antwort sowohl zu wissen glaubte als auch gar nicht hören wollte, fragte er: »Glaubst du, dass wir es bis morgen früh schaffen?«

Lara bedachte ihn mit einem fast mitleidigen Blick und Anders seufzte lautlos. »Ja, das habe ich mir gedacht.«

»Jedenfalls nicht, wenn wir noch lange hier herumstehen und reden«, antwortete sie mit einiger Verspätung auf seine Frage. Sie deutete vage in eine Richtung, von der er das unangenehme Gefühl hatte, dass sie ziemlich willkürlich gewählt war. »Wir sollten jetzt nicht mehr reden. Die Nacht hat ziemlich große Ohren, weißt du?«

Anders war nicht sicher, ob es nicht viel eher so war, dass sie nicht reden *wollte,* aber Lara ging bereits weiter, ohne auf eine Antwort zu warten. »Du kannst immer noch zurück«, sagte er. »Noch ist es nicht zu spät.«

»Sicher«, antwortete Lara und ging schneller. »Halt die Klappe.«

16

Sie kamen besser voran, als er zu hoffen gewagt hatte. Wenn es stimmte, dass Lara noch nie zuvor hier gewesen war, dann bewegte sie sich mit erstaunlicher Sicherheit zwischen den unsichtbaren Hindernissen hindurch, die manchmal so jäh aus der Dunkelheit aufzutauchen schienen, als wollten sie sie anspringen.

Anders folgte ihr immer in zwei, drei Schritten Abstand; nahe genug, um sie nicht aus den Augen zu verlieren, aber auch nicht zu nahe. Wenn Lara allein sein wollte, konnte er das respektieren. Es gehörte wahrlich nicht viel Fantasie dazu, sich auszumalen, welche Rolle die Höhle am Rande des Ödlands in Laras und Kris' Leben gespielt hatte; und obwohl sie selbst ihm schließlich diesen Ort gezeigt hatte, empfand er es auf eine schwer beschreibbare Weise beinahe so, als ob er ihn ... *entweiht* hätte. Er hatte nicht das Recht, sie nach irgendetwas zu fragen, worüber sie so offensichtlich nicht reden wollte.

Sie marschierten gute zwei Stunden der Mitternacht entgegen, bevor Lara das erste Mal Rast machte. Einer der zahllosen schmalen Bäche, die das Tal durchschnitten, wand sich hier zwischen dem niedrigen Felsen hindurch und schlug einen Bogen, der an drei Seiten von dichtem Gestrüpp abgeschirmt wurde. Anders war nicht wirklich müde. Seine überstrapazierten Muskeln protestierten noch immer gegen jede Bewegung, die er ihnen abverlangte, und anders, als er erwartet hätte, begann er all die kleinen Kratzer, Schrammen und Blessuren, die er während der Schlacht davongetragen hatte, jetzt schmerzhaft zu spüren. Dennoch hatten ihm die mindestens zwölf Stunden Schlaf in der Höhle spürbar gut getan.

Er wäre gerne noch ein Stück weitermarschiert, um bis zum

nächsten Morgen möglichst viel Strecke gutzumachen, aber Lara bestand darauf, dass er sich zwischen den Felsen versteckte, und verschwand ohne ein weiteres Wort im Unterholz, um jedoch schon wenige Augenblicke später mit einer Hand voll Beeren und einigen dünnen Stöcken zurückzukommen. Die Beeren schmeckten so, dass Anders ganz froh war, bei den herrschenden Lichtverhältnissen nicht genau zu erkennen, was er da eigentlich aß, doch die *Stöcke* entpuppten sich als süße Wurzeln, die so köstlich schmeckten, dass er sich beherrschen musste, um Laras Anteil nicht allzu gierig anzustarren. Natürlich fachten die wenigen Bissen seinen Hunger erst richtig an, aber Lara bedeutete ihm nur mit einer wortlosen Geste, noch etwas zu trinken, dann gingen sie weiter.

Von all den Gefahren, vor denen Lara ihn gewarnt hatte und die seine Fantasie nicht müde wurde, ihm in den düstersten Farben auszumalen, sah er zumindest in den folgenden zwei oder drei Stunden nichts. Ihre Umgebung war schon fast unnatürlich still. Einmal glaubte er in großer Entfernung ein flüchtiges rotes Licht zu bemerken, wie eine Fackel, die für einen winzigen Augenblick gehoben und dann rasch wieder hinter ihre Deckung zurückgezogen wurde, und ein anderes Mal schien der Wind etwas wie ferne Stimmen heranzutragen. Aber er war weder das eine noch das andere Mal sicher, nicht nur einer Täuschung aufgesessen zu sein. Nach seiner Schätzung war es schon weit nach Mitternacht, als Lara auf der nächsten Rast bestand; dieses Mal zu seinem Bedauern jedoch, ohne etwas zu essen zu suchen.

Das größte Problem war die Kälte. Frühjahr oder nicht, die Temperaturen begannen nach Mitternacht auf einen Punkt zu fallen, der Regen in Schnee verwandelt hätte, wäre die Nacht nicht sehr trocken gewesen, und der Wind war so eisig, dass Anders die meiste Zeit mit gesenktem Kopf ging, um sein Gesicht zu schützen. Er dachte vorsichtshalber nicht darüber nach, wie weit sie in dieser Nacht schon gekommen waren, und schon gar nicht darüber, welche Entfernung noch *vor* ihnen lag. In den letzten Jahren hatte er genug Erfahrung im Klettern und Bergwandern sammeln können um zu wissen, dass sie wahrscheinlich nicht allzu weit gekommen waren. In einer Welt, in der die Menschen mit Automobilen und überschallschnellen Flugzeugen reisten, verloren Entfernungen rasch ihre Bedeutung; hier aber wurde eine Strecke, die sie auf der Autobahn in einer Zeit zurückgelegt hätten, die Jannik brauchte um eine Zigarette zu rauchen, zu einem Tagesmarsch.

Anders hatte sich niemals wirklich ernsthaft Gedanken darüber gemacht, wie groß dieses Tal der Fabelwesen und Monster war – vermutlich nicht einmal besonders groß, denn sonst hätte es schwerlich all die Jahre unentdeckt bleiben können –, aber *nicht besonders groß* bedeutete möglicherweise immer noch *gewaltig* in einer Umgebung, in der hinter jedem Schatten der Tod lauern konnte und in der man gut und gerne eine Stunde brauchte, um einen Kilometer zurückzulegen. Culains Wagen hatte einen oder anderthalb Tage gebraucht, um die Entfernung zwischen der Stadt der Tiermenschen und der Torburg zu bewältigen, aber er war auch zumindest teilweise einer befestigten Straße gefolgt, und er und seine waffenstarrende Begleitung waren auch nicht genötigt gewesen, sich möglichst leise zu bewegen und jede Deckung auszunutzen, die das Gelände bot.

Sie hatten ihre dritte Rast in dieser Nacht gerade erst kurze Zeit hinter sich, und Anders ertappte sich dabei, immer öfter in die Richtung zu sehen, von der er vermutete, dass sie Osten war – nicht einmal so sehr, weil er das Tageslicht herbeisehnte, sondern weil sie sich im Morgengrauen einen Platz zum Schlafen suchen würden und er mittlerweile hundemüde war.

Lara, die noch immer vorauseilte, blieb plötzlich stehen und ließ sich dann halb in die Hocke sinken. Anders war mit zwei schnellen Schritten neben ihr. »Was hast du?«

»Spuren«, antwortete Lara. Sie deutete auf den Boden unmittelbar vor ihren Füßen. »Siehst du?«

Anders sah rein gar nichts, aber er hatte auch keinen Grund, ihre Worte in Zweifel zu ziehen. »Wilde?«

Lara antwortete nicht gleich, sondern richtete sich wieder auf und drehte sich langsam um. »Ich bin nicht ganz sicher. Aber ich glaube … ja.« Sie hob die Hand und deutete nach rechts. »Siehst du die beiden großen Felsen? Sie markieren die Grenze zu ihrem Kernland. Ab hier wird es wirklich gefährlich.«

Anders sah auch dort nichts als ein paar verschwommenen Schatten, die sich zu allem oder nichts deuten ließen. Aber etwas anderes fiel ihm auf. »Wie willst du das wissen, wenn du noch nie hier gewesen bist?«

»Von Kris«, antwortete sie. »Culain hat ihn im vergangenen Jahr mit auf die Jagd genommen. Er hatte mir so viel darüber erzählt, dass ich ihm am Ende verboten habe, auch nur noch einmal das Wort Ödlande in den Mund zu nehmen. Wenn man ihm glauben wollte, dann hat er die Wilden ganz allein in die Flucht geschlagen.« Sie brach ab. Ein Schatten huschte über ihr Gesicht und sie zog die Unterlippe zwischen die Zähne und biss so heftig darauf, dass ein einzelner Blutstropfen aus ihren Mundwinkeln lief. Sie wischte ihn weg.

»Hat er gesagt, wie weit es von hieraus noch ist?«

Statt seine Frage zu beantworten drehte sich Lara langsam im Kreis und sah sich dabei aufmerksam und mit eindeutig besorgtem Gesichtsausdruck um. Dann schüttelte sie den Kopf. »Vielleicht wäre es doch besser, wenn … wenn wir bei Tageslicht weitergehen«, sagte sie zögernd.

Wenn das bedeutete, dass sie sich jetzt ein Versteck suchen und ausruhen konnten, dann sollte es Anders nur recht sein. Er wollte gerade eine entsprechende Bemerkung machen, als er etwas zu hören glaubte. Ganz leise nur, fast nicht wahrzunehmen, doch es war ein Geräusch, das so eindeutig *nicht* hierher gehörte, dass er unwillkürlich erschrocken den Kopf hob und sich umdrehte. Im allerersten Moment sah er nichts als Schatten, die hinter ihnen fast noch dunkler zu sein schienen als in der anderen Richtung, dann aber – ganz kurz nur, diesmal aber eindeutig zu deutlich, zu klar, um Zweifel an seiner Echtheit aufkommen zu lassen – sah er einen schimmernden Stern, der kurz und fast unnatürlich grell hinter ihnen irgendwo auf halbem Wege zwischen den Bergen und dem Himmel aufblitzte und wieder erlosch.

»Was war das?«, fragte Lara erschrocken. Auch sie hatte das Licht gesehen.

Obwohl Anders ziemlich genau wusste, worum es sich handelte, hob er zur Antwort die Schultern. Er kniff die Augen zu schmalen Schlitzen zusammen, aus denen er konzentriert weiter in die Richtung starrte, in der er das Licht gesehen hatte. Nach einem kurzen Augenblick blitzte es erneut auf, dann noch einmal und jetzt hörte er auch das Geräusch: ein flüsterndes Rauschen und Summen, das der Wind in Fetzen herantrug und das an das Geräusch riesiger Libellenflügel erinnerte, die die Luft zerteilten. Er versuchte in Gedanken den Weg fortzusetzen, den das aufblitzende und erlöschende Licht genommen hatte, und kam zu dem Schluss, dass es sie verfehlen würde; allerdings nicht sehr weit.

»Vielleicht sollten wir uns jetzt schon ein Versteck suchen«, murmelte er. Er fragte sich allerdings auch selbst, was für ein Versteck das sein sollte, bei einem Verfolger, der bei Nacht ebenso gut sehen konnte wie am Tage; der Radar, Bewegungssensoren und Wärmebildkameras zur Verfügung hatte und vermutlich noch ein halbes Dutzend technische Spielereien, von denen Anders nicht einmal wusste, dass es sie gab.

Wieder tauchte das Licht vor ihnen am Himmel auf, diesmal ein gutes Stück näher und weiter links, als Anders erwartet hatte. Dann, ganz plötzlich, flammte ein greller Lichtkegel auf, der von einem Punkt irgendwo im Nichts ausging und wie ein suchender Finger über den Boden tastete.

»Sie suchen uns. Aber warum?«

»Vielleicht wollen die Elder ihr Spielzeug wiederhaben«, sagte Lara.

Anders verzichtete darauf, etwas dazu zu sagen, riss stattdessen seinen Blick endgültig von dem suchenden Lichtstrahl los und wandte sich mit einer auffordernden Geste an Lara. »Wir brauchen ein Versteck. Irgendwas. Am besten eine Höhle, möglichst tief unter der Erde.«

»Kein Problem«, sagte Lara spöttisch. »Soll ich schnell eine graben?«

Anders sagte auch dazu nichts, sondern schenkte ihr noch einen ärgerlichen Blick und ging los, obwohl er nicht einmal die geringste Vorstellung hatte, wohin. Er musste Lara nicht einmal anblicken, um ihr spöttisches Kopfschütteln zu sehen, aber nach einem Augenblick folgte sie ihm nicht nur, sondern überholte ihn auch und übernahm wieder die Führung. Sie steuerte die Felsen an, auf die sie vorhin in der Dunkelheit gedeutet hatte und die den Beginn des Territoriums markierten, das von den Wilden beherrscht wurde. Bisher war Anders froh gewesen, dass ihr Weg zum allergrößten Teil über flaches Grasland und ebenes Gelände geführt hatte. Nun aber sehnte er die Felsen wieder herbei oder vielleicht auch einen Wald – obwohl ihm nur zu bewusst war, dass die Baumkronen keinen Schutz vor den alles durchdringenden Augen der Drachen bieten konnten.

Auch Lara schien wohl über so etwas wie einen Röntgenblick zu verfügen, denn sie lief in der nahezu vollkommenen Dunkelheit so schnell vor ihm dahin, dass Anders sich anstrengen musste, um mit ihr Schritt zu halten. Trotzdem sah er sich immer wieder im Laufen um und suchte nach dem Licht am Himmel. Der Scheinwerferstrahl war wieder erloschen, doch von Zeit zu Zeit blitzte ein neuer heller Stern über ihnen auf, der jedes Mal ein bisschen näher zu kommen schien und dabei immer wieder seine Richtung wechselte. Der Helikopter folgte keinem vorgegebenen Kurs, sondern schwenkte anscheinend willkürlich hin und her, und Anders glaubte die Männer in der Maschine regelrecht zu sehen, wie sie gebannt auf ihre Instrumente starrten, deren unsichtbare Augen und Ohren den Boden unter ihnen abtasteten.

Lara beschleunigte ihre Schritte noch mehr und war dann plötzlich verschwunden. Anders hörte etwas wie einen nur noch halb unterdrückten Schrei, der in einen gedämpften Laut überging, aber er fand nicht einmal Zeit, wirklich zu erschrecken, da drang auch schon ein Schwall so wüster Verwünschungen und Flüche aus der Tiefe herauf, dass eigentlich kaum ein Zweifel daran bestehen konnte, dass Lara ohne größere Blessuren davongekommen war. Mit zwei raschen Schritten erreichte er die Stelle, an der Lara verschwunden war, und ließ sich auf die Knie sinken. Unmittelbar vor ihm gähnte ein unregelmäßig geformtes, vielleicht einen Meter messendes Loch im Boden.

»Du hast also eine Höhle gefunden«, sagte er. »Und? Ist sie groß genug für uns beide?«

»Sehr komisch«, maulte Lara. »Warum kommst du nicht runter und siehst selbst nach?«

Anders warf noch einmal einen Blick über die Schulter zurück. Der Helikopter war ein kleines Stück weiter nach links geglitten. Er war nicht näher gekommen, aber der Suchscheinwerfer war wieder aufgeflammt und tastete den Boden unter der Maschine ab. Das Vorgehen der Männer war nicht so zufällig, wie es im ersten Moment den Anschein gehabt hatte. Anders nahm an, dass die Männer die weitere Umgebung mit Infrarot- und Nachtsichtkameras abtasteten und sich dann im Licht des starken Suchscheinwerfers genauer ansahen, was ihre Geräte entdeckt hatten. Es war nur eine Frage der Zeit, bis sie Lara und ihn auf diese Weise aufspürten. Ohne noch mehr Zeit zu verschwenden, drehte er sich um und kletterte rücklings in die Tiefe.

Allerdings nicht sehr weit. Kopf und Schultern befanden sich noch über der Erde, als er auch schon auf etwas Weiches trat, bei dem es sich um nichts anderes als Laras Hand zu handeln schien – zumindest der Schimpfkanonade nach zu urteilen, die unverzüglich über ihn hereinbrach. Anders verzichtete vorsichtshalber auf eine Entschuldigung – vermutlich hätte Lara einfach *alles* zum Anlass genommen, um es gegen ihn zu verwenden –, trat stattdessen nur hastig zur Seite und ließ sich gleichzeitig in die Hocke sinken. Das Loch war nicht einfach nur ein Loch, sondern entpuppte sich als Eingang zu einem halbrunden niedrigen Felsenstollen, der nach ein paar Schritten in vollkommener Dunkelheit verschwand.

»Wohin geht es da?«, fragte er.

»Ich gehe gerne vor und schaue nach – wenn du von meiner Hand runtergehst, heißt das«, antwortete Lara spitz.

Anders stand schon lange nicht mehr auf ihrer Hand, aber er bewegte sich trotzdem eilig ein kleines Stück weiter zur Seite, wodurch er allerdings nichts anderes erreichte, als sich an der niedrigen Decke des Felsengangs gehörig den Kopf zu stoßen. Lara gab ein undefinierbares Geräusch von sich, stieß ihn ziemlich grob zur Seite und bewegte sich geduckt schnell ein paar Schritte tiefer in den schräg nach unten in die Erde führenden Felstunnel hinein. Anders glaubte einen blassen rötlichen Schein an seinem Ende wahrzunehmen, war jedoch nicht sicher, ob er wirklich existierte oder nur ein weiterer Streich war, den ihm seine überreizte Fantasie spielte. Er wartete noch eine oder zwei Sekunden und wollte Lara gerade folgen, als sie mitten in der Bewegung innehielt und zugleich warnend die Hand hob.

»Was ist?«, fragte er alarmiert.

»Ich bin nicht sicher«, antwortete Lara, die Stimme zu einem gehetzten, hellen Flüstern gesenkt, das fast ebenso weit zu hören sein musste wie ein normal gesprochenes Wort und mehr von ihren wahren Gefühlen verriet, als sie vermutlich selbst ahnte. Sie gab ihm mit einem erneuten Wink zu verstehen, dass er still sein sollte, legte lauschend den Kopf auf die Seite und drehte sich nach einer weiteren, schier endlosen Sekunde umständlich in der Hocke zu ihm um.

»Das gefällt mir nicht«, sagte sie. »Kris hat erzählt, dass sie oft unter der Erde leben, in Höhlen wie diesen.«

»Die Wilden?« Anders blickte alarmiert an ihr vorbei und diesmal war er fast sicher, sich das rote Licht nicht nur einzubilden. Und waren da nicht … Geräusche? Unsicher sah er wieder in die Richtung zurück, aus der sie gekommen waren. Das Rotorengeräusch des Helikopters war nicht mehr zu hören, aber er glaubt regelrecht zu *spüren,* dass die Maschine näher gekommen war. Sie konnten nicht zurück.

Als hätte sie seine Gedanken gelesen, ließ Lara ein halblautes Seufzen hören und drehte sich ebenso umständlich wieder um, bevor sie ihren Weg fortsetzte. Anders wusste jetzt, dass der rote Schein da war. Laras Gestalt bewegte sich geduckt vor ihnen durch den Gang, ein verzerrter Schemen, an dessen Konturen das rote Licht fraß, als wollte es ihn auflösen. In den Geruch nach feuchtem Erdreich und Stein mischte sich jetzt ein leiser Brandgeruch, der aus der Tiefe des Stollens zu ihnen heranwehte und ihn nicht nur deshalb beunruhigte, weil die Erinnerung an diese Art von Ausdünstung noch zu frisch in ihm war. Außerdem waren die Geräusche jetzt deutlicher zu hören, nicht deutlich genug um sie zu identifizieren, aber allemal deutlich genug um ihm klar zu machen, dass sie nicht hierher gehörten.

So wenig wie sie selbst, was das anging.

Lara bewegte sich gute fünfzehn oder zwanzig Schritte weit in den Stollen hinein und blieb dann wieder stehen. Sie drehte sich nicht noch einmal zu ihm um, aber er konnte ihre Sorge spüren. Schließlich hielt sie endgültig an und richtete sich auf. Der Gang war hier nicht mehr so niedrig wie am Anfang, sondern hatte sich fast unmerklich zu einer halbrunden Höhle geweitet, von der mehrere weitere Stollen abzweigten. Aus gleich zweien davon drang düsterroter Feuerschein und er vernahm jetzt ganz deutlich Stimmen und die Fetzen einer Unterhaltung, die in einer fremdartigen, ihm unverständlichen Sprache geführt wurde, die sich kaum so anhörte, als könnte sie von menschlichen Kehlen geformt werden.

Lara bewegte sich unschlüssig auf der Stelle. »Vielleicht warten wir hier einfach«, flüsterte sie mit einer entsprechenden Kopfbewegung zurück in die Richtung, aus der sie gekommen waren.

Anders hätte im Prinzip nichts dagegen einzuwenden gehabt, aber er war ziemlich sicher, dass ihnen das verwehrt war. Der

Feuerschein und die Stimmen waren nicht besonders weit entfernt; und so deutlich, wie sie die Wilden hörten, mussten diese umgekehrt auch sie wahrnehmen. Falls sie nicht sogar über schärfere Sinne verfügten als Menschen. Er wollte etwas sagen, doch bevor er dazu kam, hob Lara abermals die Hand und machte eine hastige Geste, und im selben Augenblick spürte es auch Anders: Ein kühler Lufthauch streifte sein Gesicht. Automatisch wandte er den Kopf in die entsprechende Richtung und der Luftzug wurde deutlicher. Er kam aus einem weiteren, niedrigen Durchgang, hinter dem kein Feuer brannte.

Lara bückte sich in den niedrigen Tunnel hinein, den Anders tatsächlich erst sah, als sie darin verschwand. Hastig folgte er ihr. Sie mussten nur wenige Schritte tun, bis vor ihnen wieder ein blasses Licht auftauchte; aber diesmal war es kein Feuerschein, sondern ein fast kreisrunder Ausschnitt des Nachthimmels, zu dem der Tunnel in einer sanften Neigung hinaufführte. Kris mochte Lara gegenüber von *Höhlen* gesprochen haben, aber in Wahrheit schien es sich um ein ganzes unterirdisches Labyrinth zu handeln.

Nicht nur Anders atmete hörbar auf, als sie den Stollen verließen und wieder ins Freie traten. Er war so erleichtert, dass er im allerersten Moment nicht einmal mehr an den Hubschrauber dachte, vor dem sie geflohen waren. Sie waren kaum fünf Minuten in dem unterirdischen Labyrinth gewesen, aber ihm kam es vor, als wären es Stunden gewesen.

Er wollte etwas sagen, aber Lara gebot ihm mit einer hastigen Geste zu schweigen und entfernte sich noch einmal ein gutes Dutzend Schritte weit von dem unscheinbaren Loch im Boden, aus dem sie herausgekommen waren, bevor sie wieder stehen blieb und ihn auf eine Weise ansah, die jede weitere Erklärung überflüssig machte. Mit einem Mal wurde Anders klar, worauf er sich hier *wirklich* eingelassen hatte. Sie befanden sich in einem Teil des Landes, den selbst die Elder und ihre mächtigen Krieger fürchteten und in dem es keine Verstecke gab, sondern nur Gefahren und tödliche Fallen.

Lara verzichtete auch weiter auf jeden Kommentar – der es wahrscheinlich sowieso nur schlimmer gemacht hätte –, sondern wandte sich ab um ihren Weg fortzusetzen, blieb jedoch nach nur einem Schritt schon wieder stehen und legte den Kopf in den Nacken, um den Himmel mit Blicken abzusuchen. Anders folgte ihrem Beispiel, aber seine allerschlimmsten Befürchtungen bewahrheiteten sich (ausnahmsweise einmal) nicht. Der Helikopter war verschwunden. Wie es aussah, waren sie wohl zumindest für den Moment in Sicherheit.

»Wir brauchen trotzdem ein Versteck«, sagte Lara, kaum dass sie sich wieder in Bewegung gesetzt hatten.

Nachdem sie bei ihrer Flucht vor Tamars Männern und den Helikoptern fast den Wilden in die Arme gelaufen waren, konnte Anders ihr nur Recht geben. Dennoch schüttelte er den Kopf, nachdem er einen kurzen Moment angestrengt nachgedacht hatte. »Nein.«

»Nein?«

»Das ist zu gefährlich«, sagte Anders. »Kris hatte Recht. Anscheinend leben sie in diesen Höhlen. Wir müssen in Bewegung bleiben. Wenigstens, bis wir ihr Gebiet hinter uns gebracht haben.«

»Eine famose Idee«, spöttelte Lara. »Vor allem weil wir nicht einmal wissen, wie weit das Gebiet der Wilden reicht.«

»So groß kann es nicht sein«, beharrte Anders. »Ich bin sicher, dass wir die Stadt der Tiermenschen spätestens bis zum nächsten Morgen erreichen, wenn wir zügig durchmarschieren und nichts zu viele Pausen machen.«

Lara sah ihn an, als zweifele sie an seinem Verstand (was sie vermutlich auch tat), aber sie widersprach nicht mehr, sondern deutete nur ein Achselzucken an und ging weiter; allerdings ein bisschen schneller, gerade so, dass es ihn ziemliche Mühe kostete, mit ihr Schritt zu halten, und das ganz bestimmt nicht zufällig. Anders tat jedoch so, als hätte er es nicht bemerkt, und ging klaglos und schweigend neben ihr her.

Für eine geschlagene Stunde änderte sich an diesem Zustand nichts. Lara schwieg beharrlich, aber sie wurde auch nicht langsamer, obwohl ihr das Gehen mittlerweile mindestens ebenso große Mühe bereiten musste wie ihm. So gut sie konnten, mieden sie jetzt freie Flächen und Ebenen. Stattdessen bewegten sie sich, wo immer es ging, im Schutz von Bäumen und Felsgruppen, was nicht nur dazu führte, dass ihr Tempo beständig sank, sondern dass auch jeder Meter, den sie zurücklegten, ihnen ein bisschen mehr Kraft abverlangte als der vorhergehende. Zumindest Anders' Fantasie hatte sich kein bisschen beruhigt, sondern nahm ihren unheimlichen Abstecher in die Unterwelt ganz im Gegenteil zum willkommenen Anlass, fröhlich Amok zu laufen. Er begann in jedem Schatten eine Gefahr zu sehen, hinter jedem Busch einen Hinterhalt zu vermuten und in jedem harmlosen Geräusch das verräterische Atmen eines Feindes zu hören, der die Dunkelheit nutzte, um sich an sie anzuschleichen.

Seine Vernunft sagte ihm, dass nichts davon real war: Hätten die Wilden ihre Anwesenheit bemerkt, dann wären sie jetzt vermutlich schon nicht mehr am Leben, und sie hätten es auch ganz gewiss nicht für nötig befunden, sich an sie anzuschleichen oder ihnen gar einen komplizierten Hinterhalt zu legen. Leider nutzte ihm seine Logik nicht viel, denn sie sagte ihm auch, dass sie ganz allein waren, ohne Waffen und Vorräte und ohne wirklich zu wissen, wo sie waren. Sie marschierten ebenso zielstrebig wie blindlings immer tiefer in ein Gebiet hinein, das ihnen nicht nur unbekannt war, sondern das auch von den schlimmsten und gefährlichsten Kreaturen bewohnt wurde, die er sich nur vorstellen konnte.

Als der Morgen graute, legten sie eine kurze Rast ein. Anders hatte an einem kleinen Bach Halt machen wollen, an dem sie vor zehn Minuten vorbeigekommen waren, aber Lara hatte nur kurz den Kopf geschüttelt und ihre Schritte ganz im Gegenteil noch mehr beschleunigt, ohne dass Anders sich getraut hätte ihr zu widersprechen. Eingehüllt vom grauen Licht der Dämmerung marschierten sie noch ein Stück weiter und hielten schließlich im Schatten eines gewaltigen Baumes an, der so dick war, dass fünf Männer zugleich ihn nicht hätten umfassen können. Anders ließ sich erschöpft an der Rinde entlang zu Boden sinken und hatte Mühe, nicht schon mitten in der Bewegung einzuschlafen, aber er bemerkte trotzdem, dass Lara stehen blieb und sich noch einmal um sich selbst drehte und sich dabei aufmerksam umsah; schließlich legte sie den Kopf in den Nacken, um aus eng zusammengepressten Augen zur Krone des gewaltigen Baumes hinaufzublicken.

»Und was ist an diesem Platz nun besser als an allen anderen?«, fragte er müde.

»Der Baum«, antwortete Lara.

»Wieso?«

»Ein Baum wie dieser muss gewaltige Wurzeln haben«, sagte Lara. »Ich kann mir nicht vorstellen, dass darunter noch Platz für eine Höhle ist.«

Irgendetwas sagte ihm, dass sich in dieser im ersten Moment einleuchtend klingenden Erklärung ein gewaltiger Denkfehler verbarg, aber er war viel zu müde um wirklich darüber nachzudenken. Außerdem war in Laras Stimme immer noch ein aggressiver Unterton, der ihn davor warnte, sich auf irgendeine Art von Diskussion mit ihr einzulassen, die ihm mehr als fünf Worte abverlangte. Noch während er seinen mittlerweile zentnerschweren Lidern endlich gestattete, sich zu schließen, nahm er sich fest vor, auf gar keinen Fall einzuschlafen, und schrak im nächsten Sekundenbruchteil hoch, als irgendetwas mit einem dumpfen Geräusch neben ihm auf den Boden prallte.

17

Anders hätte sich fast an seiner eigenen Spucke verschluckt, so hastig war er hochgefahren in der Erwartung, von einem Wilden – oder vielleicht auch einem Elder – angesprungen zu werden. Dabei war seine Reaktion mehr als übertrieben.

Es war Lara. Sie war nicht gefallen, sondern offensichtlich aus mindestens anderthalb oder zwei Metern Höhe herabgesprungen. Ihr Kleid war plötzlich ebenso schmutzig wie ihre Hände und ihr Gesicht, und ihr Atem ging so schnell, als hätte sie einen kilometerlangen Dauerlauf hinter sich. Außerdem war aus dem grauem Zwielicht der Dämmerung der klare Sonnenschein eines frühen Morgens geworden und es war spürbar wärmer. Er *hatte* geschlafen, wenn auch offenbar nicht sehr lange. Wenigstens hoffte er das.

»Was …?«

»Keine Sorge«, sagte Lara rasch. »Ich bin es nur. Und: Nein, du hast *nicht* geschlafen. Wenigstens nicht lange.«

Anders sah sie einen Herzschlag lang verständnislos an, dann hob er den Kopf und blinzelte zur Sonne hoch. Er wusste nicht, *wie* lange vor Sonnenaufgang er sich hingesetzt hatte, aber die Sonne dort oben stand nicht erst seit einer Minute am Himmel. Eine gute Stunde, schätzte er, wenn nicht mehr.

»Lügnerin«, murmelte er.

»Kann schon sein«, sagte Lara achselzuckend. »Wäre es dir lieber gewesen, wenn ich dich weiter angetrieben hätte?«

Die ehrliche Antwort auf diese Frage wäre Anders peinlich gewesen, also blickte er sie nur einen Augenblick lang unschlüssig an und fragte dann: »Wo bist du gewesen?«

»Ich habe mich umgesehen«, antwortete Lara. Sie zögerte einen winzigen Moment, als wäre sie nicht ganz sicher, ob sie ihm mehr über ihre Entdeckungen berichten sollte oder nicht. Dann schaffte sie es irgendwie, mit den Achseln zu zucken ohne sich dabei wirklich zu bewegen. »Da sind ein paar Spuren. Aber sie sind nicht frisch. Und ich glaube, du hattest Recht – wenn wir bis morgen früh durchmarschieren, können wir es schaffen.«

»Woher willst du das wissen?«, fragte Anders.

Statt direkt zu antworten trat Lara einen halben Schritt zurück und machte eine vage Handbewegung nach oben. Anders' Blick folgte ihr, dann zog er überrascht die Augenbrauen zusammen. »Du bist dort *hinaufgeklettert?«*

Lara nickte – wie Anders annahm, ganz bewusst beiläufig – und fragte in harmlosem Tonfall: »Was ist so schwer daran, auf einen Baum zu steigen?«

»Nichts«, antwortete Anders verwirrt. Jedenfalls nicht, wenn es ein ganz normaler Baum war, fügte er in Gedanken hinzu. *Dieser* Baum jedoch war mindestens dreißig oder vierzig Meter hoch und auf den ersten sieben oder acht davon vollkommen glatt. Anders war nicht ganz sicher, ob es *ihm* gelungen wäre, an dem glatten Stamm hinaufzuklettern und noch dazu vollkommen ohne Hilfsmittel. »Und was hast du entdeckt?«

»Wir sind auf dem richtigen Weg.« Lara deutete direkt an ihm vorbei. »Der Wald ist ziemlich dicht, soweit ich das erkennen konnte, aber auf diese Weise sind wir wenigstens vor deinen Freunden sicher.«

Anders schluckte die Antwort hinunter, die ihm auf der Zunge lag, und schüttelte stattdessen nur traurig den Kopf, während er aufstand und sich ausgiebig reckte. »Ich fürchte, ein paar Bäume werden uns nicht vor ihnen schützen.«

»Du meinst, sie können durch Blätter hindurchsehen?«, fragte Lara.

»Nicht nur durch Blätter«, bestätigte Anders. »Ich war nicht einmal sicher, dass sie uns in der Höhle nicht aufspüren können.«

Lara legte den Kopf auf die Seite und sah ihn auf eine Weise an, die ihm nicht unbedingt gefiel. »Dafür, dass du behauptest nichts über die Drachen zu wissen, weißt du eine Menge über sie, finde ich.«

»Ich habe nicht gesagt, dass ich nichts über sie weiß«, antwortete Anders; laut und schärfer, als er beabsichtigt hatte. »Ich weiß nicht, wer diese Männer sind oder was sie von mir wollen. Aber ich weiß, wozu ihre Technik in der Lage ist.«

»Ich glaube dir nicht«, sagte Lara.

»Was? Dass ich diese Männer nicht kenne?«

»Dass du nicht weißt, was sie von dir wollen«, antwortete Lara.

»Wenn das wirklich so ist, warum hast du mich dann begleitet?«, wollte Anders wissen. Laras Worte hätten ihn verletzen sollen, aber fast zu seiner eigenen Überraschung taten sie es nicht. Er war nur verwirrt.

»Vielleicht weil ich die Wahrheit herausfinden will?«

»Dann wünsche ich dir viel Spaß«, erwiderte Anders. »Und wenn du sie herausgefunden hast, dann vergiss bitte nicht sie mir zu verraten. Ich würde sie nämlich auch ganz gerne kennen.« Er machte eine auffordernde Handbewegung in die Richtung, in die Lara gerade selbst gedeutet hatte. »Können wir?«

Lara wirkte leicht enttäuscht, ging jedoch auch nicht weiter auf das Thema ein, sondern beantwortete seine Frage nur mit einem angedeuteten Kopfnicken und ging los. Anders schloss sich ihr an, wobei er ganz bewusst drei oder vier Schritte Abstand zu ihr hielt. Er verstand das Mädchen immer weniger, aber er wurde auch immer wütender auf Tamar und die anderen Elder. Lara war ganz gewiss nicht die Einzige, die so über ihn dachte. Anscheinend war *er* eher der Einzige, der bisher nicht gewusst hatte, dass es da eine ebenso geheimnisvolle wie erschreckende Verbindung zwischen ihm und den Drachen gab. Dabei galt sein Zorn nicht einmal so sehr Tamar; dass der Elder nicht sein Freund und alles andere als begeistert über seine Anwesenheit war, daraus hatte er nie einen Hehl gemacht. Aber Culain – und vor allem Morgen! – hatte er bisher zumindest nicht für seine *Feinde* gehalten. Allmählich begann er sich ernsthaft zu fragen, ob es in dieser erschreckenden Welt überhaupt jemanden gab, der ihm irgendein anderes Gefühl als Hass, Verachtung oder Furcht entgegenbrachte.

Wie Lara gesagt hatte, wurde der Wald allmählich dichter. Die Sonne stieg langsam höher am Himmel empor, aber Anders konnte sie nur selten durch das dichte Blätterdach der Bäume sehen, die sich über ihnen zu einer nahezu geschlossenen Decke vereinigten, sodass er bald das Gefühl hatte, durch eine gewaltige, von grünem Licht erfüllte Höhle zu wandern. Eine Höhle allerdings, die unglücklicherweise von dicht wucherndem Unterholz und dornigem Gestrüpp beherrscht wurde. Das Vorankommen wurde bald so schwierig, dass es seine gesamte Kraft und Konzentration in Anspruch nahm. Er war hungrig, zugleich aber noch immer zu stolz, um Lara darum zu bitten, nach Früchten oder weiteren Wurzeln Ausschau zu halten.

Er war auch nicht sicher, ob sie in diesem sonderbaren Wald etwas Essbares gefunden hätte. Obwohl er reichlich damit zu tun hatte, nicht den Anschluss zu verlieren und dabei gleichzeitig zu vermeiden, dass seine Kleider (oder auch die Haut) endgültig in Fetzen gerissen wurden, fiel ihm doch auf, wie unheimlich still dieser Wald war. Sie fanden keinen Hinweis auf tierisches Leben, und auch die Bäume und das dürre Geäst wirkten trotz allem auf fast unheimliche Weise leblos; es gab glatte Stämme und kahle, dornige Äste und Zweige, aber auf dem kahlen Waldboden wuchsen weder Pilze noch Farne, nur kleine Flecken blassen grün-blauen Mooses. Am Anfang versuchte er noch, den düsteren Eindruck auf seine eigene Erschöpfung zu schieben und auf das, was er in der vergangenen Nacht erlebt hatte. Aber das stimmte nicht. Der Wald *war* unheimlich, als wäre alles Leben, das nur irgendwie in der Lage war, sich zu bewegen, aus ihm geflohen.

Lara trottete sicherlich zwei Stunden lang in gleichmäßigem Tempo vor ihm her, bevor sie das erste Mal wieder anhielt und ihm mit einer immer noch wortlosen Geste bedeutete, sich irgendwo hinzusetzen und auszuruhen. Anders gehorchte widerspruchslos; nicht nur weil er einfach zu erschöpft war, um sich noch zu widersetzen, sondern auch weil er insgeheim hoffte, dass sie gehen und irgendetwas zu essen organisieren würde. Er wurde jedoch enttäuscht. Lara ließ sich neben ihm zu Boden sinken und Kopf und Schultern erschöpft an den Stamm desselben Baumes, an den sich auch Anders gelehnt hatte. Nur eine knappe Sekunde später verrieten ihre gleichmäßigen tiefen Atemzüge, dass sie es nun war, die auf der Stelle eingeschlafen war.

Anders gönnte ihr diese kleine Pause. Fast, ohne dass er es selbst merkte, breitete sich ein Lächeln auf seinem Gesicht aus, und während er das schlafende Mädchen betrachtete, machte sich ein sonderbares Gefühl von Wärme und Zärtlichkeit in ihm breit, das zwar von einem heftigen schlechten Gewissen begleitet wurde, ihn aber trotzdem auf eine seltsame Weise beruhigte. Zuerst hatte er sie ganz automatisch wecken wollen, nun aber war er fast erleichtert, dass sie eingeschlafen war und wenigstens ein bisschen von der Ruhe bekam, die sie so dringend benötigte. Jetzt war er eben an der Reihe, auf sie aufzupassen.

Das musste so ungefähr der letzte Gedanke gewesen sein, den er vor dem Einschlafen gehabt hatte, denn das Nächste, was er bewusst zur Kenntnis nahm (ohne es im allerersten Moment indes zu verstehen), war ein heftiges Rütteln an seiner Schulter und dann der Anblick von Laras wütendem Gesicht, als er verwirrt die Augen aufschlug.

»Wieso hast du mich schlafen lassen?!«, fuhr sie ihn an. »Willst du uns beide umbringen, du Narr?«

Anders blinzelte nur verständnislos in ihr Gesicht hoch, was ihren Zorn aber bloß noch zu schüren schien. Sie hörte zwar endlich auf, so wild an seiner Schulter zu rütteln, dass seine Zähne aufeinander klapperten, doch in ihren Augen blitzte es so wütend auf, Anders hätte sich nicht wirklich gewundert, hätte sie ihn geschlagen.

Natürlich tat sie das nicht, aber Anders beeilte sich dennoch aufzustehen und nahm all seine Willenskraft zusammen, um ein Gähnen zu unterdrücken. Sein Herz begann zu rasen, als etwas in ihm Laras Angst registrierte und sich zu Eigen machte, aber über seinen Gedanken lag noch immer ein dumpfer Schleier und sein Körper reagierte nur mit spürbarer Verzögerung auf die Befehle seines Bewusstseins. Diesmal hatten ihn die wenigen Minuten Schlaf nicht erquickt, sondern schienen ihn im Gegenteil noch mehr Kraft gekostet zu haben.

»Entschuldige«, murmelte er verschlafen. »Er tut mir Leid.

Ich …« Er suchte einen Moment vergeblich nach Worten und rettete sich schließlich in ein verlegenes Achselzucken.

Eine Sekunde lang funkelte ihn Lara noch wütend an, dann konnte er regelrecht sehen, wie ihr Zorn verrauchte und einer tiefen Bestürzung Platz machte. Ihre Wut war nicht echt gewesen, sondern nur Ausdruck ihres schlechten Gewissens. Sie gab sich selbst viel mehr Schuld daran, eingeschlafen zu sein, als ihm.

»Schon gut«, seufzte sie. »Ich … verdammt, wir haben Glück, noch am Leben zu sein.«

»Jetzt übertreibst du aber«, murmelte er.

»Du weißt schon noch, wo wir sind?«, fragte Lara.

»Wenn uns die Wilden entdeckt hätten, dann hätte es wahrscheinlich keinen Unterschied gemacht, ob wir wach sind oder schlafen«, antwortete Anders.

Das mochte sogar der Wahrheit entsprechen, aber er sah Lara an, dass es sie nicht unbedingt tröstete. Statt zu antworten drehte sie sich um, entfernte sich zwei oder drei Schritte, ließ sich in die Hocke sinken und winkte ihn mit einer unwilligen Geste heran. Anders gehorchte ihr allerdings erst nach einem spürbaren Zögern. Er hatte eine ungefähre Vorstellung davon, was sie ihm zeigen wollte.

Wie sich herausstellte, sogar eine *ziemlich genaue* Vorstellung. Dort, wo sie kniete, waren die Zweige zertrampelt und geknickt, und obwohl der Waldboden recht hart war, konnte man einen verschwommenen Fußabdruck darin erkennen. »Das können genauso gut unsere Spuren sein«, sagte er.

»Können sie nicht«, behauptete Lara. Sie machte eine flatternde Handbewegung nach rechts. »Die Spur verschwindet dort, und so weit waren wir noch gar nicht. Außerdem ist sie frisch. Keine halbe Stunde alt.«

Anders' Blick folgte ihrer Geste. Er konnte dort rein gar nichts entdecken, er hatte jedoch längst begriffen, Lara hatte die schärferen Augen. Er hätte jetzt argumentieren können, dass sie möglicherweise gar keine halbe Stunde geschlafen hatten und die Spur vielleicht entstanden war, *bevor* sie diesen Platz erreicht hatten, aber irgendwie hatte er das Gefühl, dass Lara auch diese Möglichkeit bereits erwogen und schon wieder verworfen hatte. So hob er nur die Schultern und rettete sich in ein schiefes Grinsen. »Was für ein Glück, dass wir beide offensichtlich nicht sehr laut schnarchen.«

Lara sah aus der Hocke zu ihm hoch. »Das ist nicht komisch«, sagte sie ernst. »Wir haben Glück, dass wir noch leben.« Sie stand auf, blickte noch einen Moment unentschlossen auf den einzelnen Fußabdruck hinab und machte dann eine entsprechende Geste. »Weiter.«

Anders hütete sich, ihr zu widersprechen. Mit ein bisschen Mühe hätte er wahrscheinlich noch ein Dutzend Erklärungen für die Fußspur gefunden, von denen eine harmloser war als die andere, aber er hatte es trotzdem plötzlich genauso eilig wie sie, von hier zu verschwinden.

Der Wald zog sich jedoch dahin. Obwohl Lara nun kaum noch Rücksicht darauf nahm, keine Spuren zu hinterlassen, kamen sie nicht besonders schnell voran. Ganz im Gegenteil hatte Anders für eine Weile sogar das sichere Gefühl, dass das Durcheinander aus Unterholz und Gestrüpp und dornigen, ineinander verfilzten Ranken und Zweigen immer dichter wurde. Er bedauerte es mittlerweile sehr, nur den zierlichen Dolch eingesteckt zu haben, statt irgendeines der zahllosen Schwerter mitzunehmen, von denen genug herrenlos in der Torburg herumgelegen hatten. Auch wenn er mit einer solchen Waffe wenig anzufangen wusste, hätte sie ihnen hier vermutlich gute Dienste erwiesen, um sich einen Weg durch das Unterholz zu hacken.

Doch es hatte wenig Sinn, über etwas zu jammern, das nun einmal nicht so war. Anders biss die Zähne zusammen und hörte auf, sich selbst Leid zu tun, und konzentrierte sich stattdessen lieber darauf, Lara nicht aus den Augen zu verlieren und irgendwie einen Weg durch die lebende Mauer zu finden, die sie nun so hartnäckig im Inneren des Waldes festzuhalten versuchte, wie sie sie vorher an seinem Betreten gehindert hatte.

Für eine Weile schien es nur noch schlimmer zu werden, aber irgendwann wurden die Büsche dünner, die Lücken im Unterholz nahmen genauso zu wie die Anzahl der tief hängenden Zweige ab, die ihnen in die Gesichter zu peitschen versuchten und an ihrem Haar zerrten, und endlich – nach einer weiteren Stunde, die ihn mehr als einmal an den Punkt brachte, an dem er glaubte, einfach nicht mehr weiterzu*können* – wurde es vor ihnen wieder heller. Der Anblick gab nicht nur Anders, sondern offensichtlich auch Lara noch einmal neue Kraft, sodass sie beide ihre Schritte beschleunigten und schließlich den Waldrand erreichten. Erschöpft ließ sich Anders im Schutz der letzten Bäume zu Boden sinken und vergrub für einen Moment das Gesicht in den Händen. Lara erhob zu seinem Erstaunen keinerlei Einwände, sondern tat dasselbe.

Anders blieb mindestens eine Minute lang so sitzen, bevor er die Hände sinken und seinen Blick über die vor ihnen liegende Landschaft schweifen ließ. Der Wald endete nur zwei Schritte weiter wie abgeschnitten und wurde von sanft abfallendem Grasland abgelöst, in dem sich nur noch vereinzelt kleine Baumgruppen und Ansammlungen zerborstener Felsen und riesiger Findlinge gegen das dichte dunkelgrüne Gras behaupteten, das schon jetzt beinahe wadenhoch wuchs, obwohl der Frühling noch nicht einmal richtig begonnen hatte. Obwohl Anders einerseits froh war, dass sie diesen unheimliche Wald endlich hinter sich lassen konnten, erfüllte ihn der Anblick schon wieder mit neuer Sorge. In dem dichten Gras mussten sie eine Spur hinterlassen, die gar nicht zu übersehen war; schon gar nicht aus der Luft.

Aber auch das war etwas, woran er nichts ändern konnte, ob es ihm nun gefiel oder nicht. Anders riss sich vom Anblick der saftig grünen Einöde los und blinzelte zur Sonne hinauf. Überrascht stellte er fest, dass sie ihren Zenit schon beinahe erreicht hatte. Sie waren weit länger unterwegs gewesen, als er selbst gemerkt hatte.

Nach einer Weile seufzte Lara neben ihm tief und erschöpft

und Anders drehte den Kopf in ihre Richtung. Sie sagte jedoch nichts, sondern stützte sich umständlich und mit zusammengebissenen Zähnen in die Höhe, und auch er stand wieder auf. Sie hatten vielleicht das Schlimmste hinter sich, aber vermutlich noch nicht den größten Teil der Strecke. Lara deutete müde auf eine kleine Felsgruppe, die vielleicht zwanzig oder dreißig Schritte entfernt lag, dann auf eine Ansammlung niedriger Bäume, die auf dem kargen Boden offensichtlich nicht genug Nahrung fanden, um sehr viel größer als mannshoch zu werden, denn sie wirkten allesamt auf sonderbare Weise verkrüppelt, und schließlich auf eine weitere Felsgruppe, nur ein gutes Stück hinter den Bäumen. Anders nickte. Lara war wohl unabhängig von ihm darauf gekommen, dass es besser war, wenn sie sich von Deckung zu Deckung bewegten, statt in gerader Linie über das offene Grasland zu marschieren. Nicht dass es ihnen irgendetwas nutzen würde, wenn die Hubschrauber wieder auftauchten. *Das* behielt er aber vorsichtshalber für sich.

Wenigstens wurde es ein bisschen wärmer, nachdem sie endlich aus dem Schatten des Waldes heraus waren. Der Jahreszeit entsprechend hatte die Sonne noch nicht sehr viel Kraft, sodass er noch immer fror, was vermutlich mehr an seiner Müdigkeit und Erschöpfung lag als an den tatsächlichen Temperaturen, doch es tat einfach gut, endlich wieder Sonnenlicht auf dem Gesicht zu spüren, statt von unheimlichen flüsternden Schatten umgeben zu sein, in denen sich alles Mögliche verbergen konnte.

Etwas jedoch schien ihnen aus dem Wald heraus gefolgt zu sein: Er hatte nach wie vor das Gefühl, nicht allein zu sein. Auch hier regte sich nicht das geringste Leben; die einzige Bewegung stammte von ihnen selbst und den vergänglichen Wellenmustern, die der Wind in die Oberfläche des Grasozeans malte und ebenso schnell wieder auslöschte. Und dennoch fühlte er sich wie aus unsichtbaren Augen angestarrt und belauert, auf eine gierige, Angst machende Weise.

Anders verscheuchte den Gedanken mit einiger Anstrengung

und holte mit zwei raschen Schritten endgültig zu Lara auf, die vor einer Felsgruppe stehen geblieben war um zurückzublicken. Ihrem Gesichtsausdruck nach zu schließen schien ihr das, was sie sah, nicht unbedingt zu gefallen, und Anders konnte das nur zu gut verstehen, als auch er sich umdrehte und zurückstarrte. Er hatte durchaus erwartet, dass sie eine Spur im Gras hinterlassen hatten, doch nicht damit gerechnet, dass sie sich als regelrechter Trampelpfad erwies. Niemand, der nicht gleichzeitig blind und dumm war, konnte *diese* Fährte übersehen.

»Weiter im Süden wird das Gelände felsiger«, sagte Lara, als hätte sie seine Gedanken gelesen. »Dort hinterlassen wir nicht mehr so viele Spuren.«

»Die Drachen müssen unsere Spuren nicht sehen, um sie verfolgen zu können.« Anders schüttelte müde den Kopf. »Vielleicht kommen sie ja nicht noch einmal hierher.«

Lara warf ihm einen schrägen Blick zu, beließ es aber bei einem Achselzucken, und auch Anders setzte sich ohne ein weiteres Wort wieder in Bewegung. Vielleicht war es nur Zufall gewesen. Letzten Endes gab es keinen Beweis dafür, dass der Helikopter vergangene Nacht nach *ihnen* gesucht hatte. Vielleicht hatte die Mannschaft nach versprengten Wilden Ausschau gehalten, nach Jannik selbst, oder es war einfach eine Routinepatrouille gewesen, die rein zufällig hier vorbeigekommen war.

Und vielleicht fiel ihnen auch gleich der Himmel auf den Kopf oder er schlug die Augen auf und fand sich in seinem Bett in Drachenthal wieder und stellte fest, dass alles nur ein böser Traum gewesen war. Beides war ungefähr ebenso wahrscheinlich.

18

Mit einem Gefühl äußersten Unbehagens setzten sie ihren Weg fort. Obwohl Lara – genau wie er erwartet hatte – zunächst die Baumgruppe ansteuerte, wich sie im letzten Moment zur Seite aus und umging sie in respektvollem Bogen, und allein der Anblick der bizarr gewachsenen Bäume, die an verkrüppelte Hände mit zu vielen knorrigen Fingern erinnerten, ließ Anders keine Einwände dagegen erheben. Er begann allmählich immer besser zu verstehen, wieso Laras Volk diesen Teil des Tals mied. Das lag nicht nur an seinen gefährlichen Bewohnern. Vielleicht überhaupt nicht.

Noch ein gutes Stück in den Nachmittag hinein marschierten sie unbehelligt über das saftige Grasland, dessen dichter Bewuchs und kräftige Farbe der noch frühen Jahreszeit Hohn zu spotten schienen. Am Anfang folgte er noch Laras Beispiel und nahm ihr willkürliches Hin-und-Her-Schlängeln zwischen den unterschiedlichen Deckungen in Kauf, die das Gelände bot, aber schließlich sah er ein, dass sie auf diese Weise nur unnötige Zeit und Energie vergeudeten, und ging einfach geradeaus weiter, als sie die nächste willkürlichen Kehre machen wollte. Lara machte sich nicht einmal mehr die Mühe, dagegen zu protestieren. Auch wenn sie kein Wort der Klage hören ließ, so machte Anders doch ein einziger Blick in ihr Gesicht klar, dass sie mindestens ebenso erschöpft und am Ende ihrer Kräfte angelangt war wie er. Sie hatten ja nicht einfach nur eine Nacht ohne Schlaf hinter sich, sondern davor einen Tag, der vielleicht der schlimmste ihres Lebens gewesen war. Anders hatte sich insgeheim längst eingestanden, dass es nicht nur eine Schnapsidee gewesen war, ohne Pause bis zum Gebiet der Tiermenschen durchmarschieren zu wollen, sondern dass sie es auch nicht schaffen würden. Was sie jetzt brauchten, war ein passendes Versteck, um den Rest des Tages und die Nacht durchzustehen.

Und zumindest für eine Weile sah es sogar so aus, als könnten sie es schaffen. Je weiter sie sich nach Süden bewegten, desto spärlicher und dünner wurde der Grasbewuchs, und die Anzahl der Bäume nahm noch rascher ab. Schließlich tauchte vor ihnen ein dunkelgrüner Streifen auf, der sich als dicht bewaldeter, gerade wie mit einem Lineal gezogener Hügelkamm entpuppte, der Anders vage bekannt vorkam. Wenn auch nicht aus diesem Blickwinkel, so hatte er ihn doch schon einmal gesehen: aus Culains Wagen heraus. Die Regelmäßigkeit der Hügelkette war ihm aufgefallen, als sie auf ihrem Weg von der Stadt der Tiermenschen nach Tiernan hier entlanggekommen waren. Anders vermutete, dass sie auch bei ihrem nicht allzu schnellen Tempo jetzt nur noch eine knappe Tagesreise von Katt und ihren Leuten entfernt waren. Und zumindest waren sie auf dem richtigen Weg.

Er widerstand der Versuchung, seine Schritte zu beschleunigen, um die Hügelkette schneller zu erreichen. Sie mussten mit ihrer Energie haushalten, statt sie sinnlos zu verpulvern. So oder so war die Hügelkette wahrscheinlich nur noch ungefähr eine Fußstunde entfernt und womöglich fanden sie ja dort drüben sogar ein passendes Versteck für die Nacht. Er machte nur eine entsprechende Kopfbewegung in Laras Richtung, die sie erwiderte. Dann warf sie einen flüchtigen Blick in den Himmel hinter ihm – und ihre Augen weiteten sich entsetzt. Anders blieb abrupt stehen, fuhr auf dem Absatz herum und hatte Mühe, einen erschrockenen Aufschrei zu unterdrücken.

Im allerersten Moment gelang es ihm sogar noch, den winzigen schwarzen Umriss am Himmel für etwas so Harmloses wie einen Vogel zu halten, aber diese Täuschung hielt nur ungefähr eine halbe Sekunde lang an; genauso lange, wie er brauchte, um sich wieder daran zu erinnern, dass es in diesem Tal weder Vögel noch andere fliegende Lebewesen gab.

»Vielleicht sehen sie uns ja nicht«, murmelte Lara. Ihre Stimme bebte und sie hatte sie unwillkürlich zu einem erschrockenen Flüstern gesenkt, fast als hätte sie Angst, dass die Männer in dem Hubschrauber dort oben am Himmel sie hören konnten – als ob die Drachen auf so etwas angewiesen wären!

Trotzdem nickte Anders. »Wir brauchen ein Versteck«, antwortete er, und obwohl er es ganz eindeutig *nicht* wollte, hatte er sich nicht nur erschrocken geduckt, sondern flüsterte ebenfalls. Hastig sah er sich um und deutete dann auf eine Felsgruppe, die nur ein paar Schritte entfernt lag. Unverzüglich liefen sie los.

Sie brauchten nur wenige Sekunden, um das kurze Stück zurückzulegen. Anders duckte sich dicht neben Lara hinter einen mehr als metergroßen Felsbrocken, atmete so tief wie möglich ein und schob sich dann behutsam über den Rand seiner improvisierten Deckung. Mit klopfendem Herzen hielt er nach dem schwarzen Umriss am Himmel Ausschau. Im allerersten Moment hatte er fast Mühe, ihn überhaupt zu entdecken, denn der Helikopter hatte nicht nur seinen Kurs geändert, sondern sich auch ein gutes Stück entfernt; weit und schnell genug, um Anders für einen Moment neue Hoffnung schöpfen zu lassen. Vielleicht hatten sie ja tatsächlich Glück, dachte er. Selbst die allerbesten Ortungsgeräte nutzten schließlich nichts, wenn niemand im richtigen Moment darauf sah.

Laras Gedanken schienen sich in ganz ähnlichen Bahnen zu bewegen, denn sie starrte den winzigen schlanken Umriss am Himmel ebenso gebannt an wie er und flüsterte dann: »Sie haben uns nicht gesehen. Ich glaube, sie fliegen weg.«

Anders antwortete nicht. Er blickte dem so täuschend harmlos aussehenden schwarzen Schatten am Himmel mit klopfendem Herzen nach und betete, dass sie Recht behielt. Vielleicht hatten sie sie ja wirklich nicht gesehen. Der Hubschrauber entfernte sich jedenfalls weiter rasch, drehte dann sogar vollends ab und schrumpfte binnen weniger Augenblicke zu einen winzigen schwarzen Punkt zusammen, der mit bloßem Auge kaum noch zu erkennen war. Anders atmete halbwegs erleichtert auf, riss seinen Blick von dem immer noch kleiner werdenden Schemen am Himmel los und sah nach links, zu Lara hin. Im nächsten Moment zog er verwirrt seine Augenbrauen zusammen und starrte anstelle des Mädchens den Felsen direkt neben ihm an. War er die ganze Zeit über schon da gewesen?

Anders merkte selbst, wie albern dieser Gedanke war, und schüttelte über seine eigene Narretei den Kopf. Anscheinend schleiften seine Nerven wirklich allmählich auf dem Fußboden; wenigstens den üblen Streichen nach zu urteilen, die sie ihm zu spielen begannen. Ganz bewusst konzentrierte er sich wieder auf den Schatten am Himmel – und wünschte sich im nächsten Augenblick beinahe es nicht getan zu haben.

Der Helikopter flog nicht davon, sondern schwebte anscheinend vollkommen reglos am Himmel. Trotz der großen Entfernung konnte Anders sehen, dass sich die Maschine langsam auf der Stelle zu drehen begann, bis die abgeflachte Pilotenkanzel genau auf Lara und ihn wies – und dann mit einem regelrechten Satz auf sie zusprang!

Lara keuchte vor Schrecken und Anders verschenkte noch eine geschlagene wertvolle Sekunde damit, den heranrasenden Hubschrauber aus ungläubig aufgerissenen Augen anzustarren und sich an die völlig widersinnige Hoffnung zu klammern, dass sie *nicht* ihretwegen kamen, sondern irgendetwas anderes entdeckt hatten und es nichts weiter als ein Zufall war; und vielleicht wäre er einfach weiter erstaunt sitzen geblieben wie ein kleines Kind, das mit zusammengepressten Augen im Bett liegt und sich verzweifelt einzureden versucht, dass das Ungeheuer aus seinem Albtraum es nicht sehen kann, solange es selbst es auch nicht sieht, hätte Lara nicht im nächsten Moment scharf die Luft zwischen den Zähnen eingesogen und ihn aus seiner Erstarrung gerissen, indem sie herumwirbelte und losrannte.

Anders lief hinter ihr her, während sie mit wehenden Haaren im Zickzack zwischen den Felsen hindurchstürzte, aber er wusste zugleich auch, wie sinnlos es war. Während er mit gewaltigen Sätzen hinter Lara herfegte, warf er einen hastigen Blick über die Schulter zurück und hätte beinahe vor Entsetzen aufgeschrien, als er sah, wie unglaublich *schnell* der Helikopter heranraste. Sie hatten die Felsgruppe noch nicht einmal zwanzig Schritte weit hinter sich gelassen, als die Maschine auch schon heulend über sie hinwegjagte, so tief, dass der künstliche Orkan der Rotorblätter das Gras niederdrückte und sie beide taumeln ließ. Lara schrie irgendetwas und gestikulierte ihm heftig mit beiden Armen zu, aber ihre Gestalt verschwand fast hinter den hochgewirbelten Staubwolken, die der Hubschrauber wie die Kielspur eines Speedbootes hinter sich herschleppte.

Die Maschine war so schnell über sie hinweg, wie sie aufgetaucht war, und verschwand für einen Moment fast hinter ihrem eigenen Staubschleier, ein verschwommener Schatten, der immer noch an Höhe verlor und fast ebenso schnell langsamer wurde, wie er gerade beschleunigt hatte. Für einen winzigen Augenblick sah es fast so aus, als hätte sich der Pilot überschätzt und würde die Gewalt über seine Maschine verlieren, denn der Helikopter taumelte und legte sich tatsächlich fast waagerecht auf die Seite, während sein Heck so störrisch und zitternd herumschwenkte, als wolle es im nächsten Augenblick einfach abbrechen.

Leider tat es ihnen den Gefallen nicht. Die Maschine kam, eingehüllt in eine gewaltige Staubwolke, für einen Sekundenbruchteil zur Ruhe, dann beschleunigte sie wieder und raste wie ein angreifender Stier mit wütend vorgestreckten Hörnern auf sie zu. Lara schrie auf und warf sich zur Seite, und auch Anders zog instinktiv den Kopf zwischen die Schultern, aber diesmal war die Maschine einfach zu nahe. Der künstliche Sturmwind der Rotorblätter riss sie beide von den Füßen. Anders überschlug sich zwei-, drei-, viermal, prallte so hart gegen ein Hindernis, dass ihm auch noch das letzte bisschen Luft aus den Lungen getrieben wurde, und kam hustend und verzweifelt nach Atem ringend wieder in die Höhe. Lara war irgendwo rechts von ihm, aber sie waren beide so von Staub und hochgewirbeltem Gras und trockenem Erdreich eingehüllt, dass er sie nur noch als verschwommenen Schemen erkannte.

Der Helikopter schwebte keine fünf Meter mehr über ihnen, wie ein gigantischer schwarzer Berg, der auf sie herabzustürzen drohte, und das Geräusch der Rotoren hatte sich von einem sausenden Flüstern zu einem Heulen und Kreischen gesteigert, das ihm schier die Trommelfelle zu zerreißen drohte.

Halb blind und verzweifelt nach Luft japsend stemmte er sich vollends hoch und wankte in die Richtung, in der Laras verzerrter Umriss manchmal hinter den brodelnden Staubwolken auftauchte. Irgendetwas Neues mischte sich in das Heulen der Turbinen und das Kreischen der Rotorblätter, die die Luft über ihnen zerschnitten, ein Geräusch, das beinahe einen Sinn ergeben wollte und doch immer wieder im letzten Moment von dem Chaos verschlungen wurde, das sie einhüllte.

Als er Lara beinahe erreicht hatte, sackte der Helikopter ein gutes Stück durch und der Luftzug warf sie beide wieder auf die Knie. Anders kam als Erster in die Höhe, packte Lara am Arm und zerrte sie einfach mit sich, bis er spürte, dass sie wieder in ihren Rhythmus gefunden hatte und er sie loslassen konnte. Hinter ihnen heulten die Turbinen des Helikopters so wütend auf wie ein Raubtier, das seine schon sicher geglaubte Beute im letzten Moment doch noch entkommen sieht, und wieder verdunkelte sich der Himmel, als die Maschine so dicht über sie hinwegbrauste, dass Anders meinte, nur den Arm ausstrecken zu müssen, um ihre Unterseite berühren zu können.

Erneut mischte sich dieser sonderbare, ebenso vertraut wie fremdartig klingende Laut in das Aufkreischen des Helikopters, und diesmal konnte Anders ihn identifizieren. Es war eine verzerrte Lautsprecherstimme, die …

seinen Namen schrie!

19

»Anders! So bleib doch stehen! Wir wollen dir nichts tun!«

»Ja, bestimmt nicht«, knurrte Anders. *Woher wussten die Kerle seinen Namen?* Er beschleunigte seine Schritte nur noch weiter, bemerkte aus den Augenwinkeln, dass Lara torkelte, und griff rasch wieder nach ihrem Arm, um sie mit sich zu zerren. Der Hubschrauber machte einen Satz in die Höhe, stellte sich quer und sackte dann fast bis zum Boden durch wie eine

Mauer aus Stahl, die sich vom Himmel herabsenkte und ihnen den Weg versperrte.

»Anders!«, brüllte der Lautsprecher. *»Bleib stehen! Wir tun dir nichts! Wir wollen dich nur abholen! Du bist hier in Lebensgefahr!«*

Auf diese Idee wäre Anders von selbst nie gekommen. Er lachte schrill, schwenkte im rechten Winkel herum und riss Lara so ungestüm mit sich, dass sie ins Stolpern geriet und gestürzt wäre, hätte er sie nicht zugleich mit aller Kraft hinter sich hergezerrt. Der Helikopter machte einen Satz in die Höhe und drehte sich, um ihnen abermals den Weg abzuschneiden, und Anders schlug einen Haken. »Lauf!«, schrie er Lara über den infernalischen Lärm hinweg zu. »Zu den Bäumen!«

Es war die pure Verzweiflung. Die Hügel waren mindestens einen Kilometer entfernt, wenn nicht doppelt oder gar dreimal so weit, und der Helikopter jagte sie nach Belieben vor sich her. Seine Lungen brannten schon jetzt, als wäre er stundenlang um sein Leben gerannt, und er spürte, wie seine Kräfte immer schneller nachließen. Es gab nichts mehr, wohin sie noch fliehen konnten.

Was ihn nicht davon abhielt, weiterzurennen.

»Anders, sei vernünftig«, brüllte die Lautsprecherstimme. *»Zwing uns nicht dir wehzutun! Wir sind nicht deine Feinde! Dein Vater schickt uns!«*

Wieder senkte sich der Hubschrauber keine zwanzig Meter vor ihnen herab und zwang Anders blitzschnell die Richtung zu wechseln. Staub und hochgewirbelter Sand und Erdreich hämmerten ihnen wie mit unsichtbaren Fäusten in die Gesichter und nahmen ihnen zusätzlich den Atem. Anders konnte kaum noch etwas sehen. Wie durch einen immer dichter werdenden Schleier aus schmutzigem Wasser hindurch erkannte er, wie die seitliche Tür des Helikopters aufglitt und eine riesige schwarze Gestalt eine futuristische Waffe auf ihn richtete. Flackerndes blaues Feuer verzehrte für eine Sekunde den Tag, und kaum drei Schritte vor ihnen brach ein rot glühender Vulkan aus dem Boden. Brennendes Gras und glühend heißes Erdreich regneten auf sie herab und die Luft war plötzlich so heiß, dass Anders das Gefühl hatte, geschmolzenes Eisen zu atmen.

Verzweifelt torkelte er nach links, rang keuchend nach Luft und versuchte die flackernden blauen Nachbilder wegzublinzeln, die sich in seine Netzhäute eingebrannt hatten. Der Helikopter war nur noch ein verschwommener schwarzer Schatten ohne klar erkennbare Umrisse irgendwo vor ihnen, und der Lärm hatte längst die Grenze zu echtem körperlichem Schmerz überschritten und schien immer noch weiter anzuwachsen. Lara schrie irgendetwas, aber er sah nur noch, wie sich ihre Lippen bewegten, und vielleicht brüllte ihm auch der Lautsprecher noch weiter zu, dass er überhaupt keinen Grund habe, sich zu fürchten, während sich die Hubschrauberbesatzung allmählich auf ihn einschoss, doch Anders achtete auf nichts von alledem, sondern rannte im Zickzack weiter, so schnell er nur konnte.

Sehr lange würde es wahrscheinlich nicht mehr gut gehen. Der nächste Treffer lag so nahe, dass Anders das elektrische Knistern zu hören glaubte, mit dem der blaue Blitz die Luft versengte, und Lara und er schrien gleichzeitig vor Schmerz auf, als der Boden unter ihren Füßen plötzlich so heiß wie eine glühende Herdplatte zu werden schien. Diese Männer würden ihn möglicherweise nicht umbringen, aber Anders begriff auch endgültig, dass sie keinerlei Hemmungen hatten, ihm ziemlich wehzutun, wenn es sein musste.

Der nächste Schuss verfehlte sie um ein weitaus größeres Stück, aber er brannte eine gut vier Meter breite Spur aus flüssigem Gestein in den Boden, von der eine so mörderische Hitze ausging, dass es unmöglich war, ihr auch nur nahe zu kommen; geschweige denn sie zu überspringen. Anders steppte verzweifelt nach links, zerrte Lara weiter hinter sich her und versetzte ihr gleich darauf einen Stoß, der sie in die entgegengesetzte Richtung torkeln ließ. »*Lauf!*«, schrie er. »*Zu den Hügeln! So kriegen sie vielleicht nur einen von uns!*«

Das mochte sogar stimmen, denn die Besatzung des Helikopters interessierte sich offensichtlich nicht im Geringsten für

Lara. Das Mädchen starrte ihn noch eine halbe Sekunde lang unentschlossen an, dann fuhr es auf dem Absatz herum und raste davon, und die unheimliche Waffe in den Händen des Mannes, der in der offen stehenden Seitentür des Helikopters kniete, stieß einen weiteren, noch länger anhaltenden Strom aus blauem Feuer aus, der eine zweite Linie aus kochender Lava in den Erdboden brannte, die die erste in spitzem Winkel schnitt. Noch ein zweiter oder allerhöchstens dritter solcher Schuss und er war so unrettbar gefangen wie ein Schiffbrüchiger auf einer Insel inmitten eines Ozeans aus kochender Säure.

Anders setzte alles auf eine Karte. Als sich der Mann vorbeugte und seine Waffe hob, stürmte er erneut los. Ein boshaftes elektrisches Knistern erfüllte die Luft und eine zugleich sanfte wie unerträglich *heiße* Hand schien über sein Gesicht und seine bloßen Hände und Unterarme zu streichen, während der Mann über ihm verzweifelt seine Waffe zur Seite riss, als ihm klar wurde, dass Anders nicht anhalten würde.

Der knisternde Strom aus blauem Feuer verfehlte ihn nur um Haaresbreite. Anders stieß sich mit aller Kraft ab, flog in hohem Bogen über den Graben aus geschmolzenem Erdreich und immer noch brodelnder Lava hinweg und besaß noch genügend Geistesgegenwärtigkeit, den Atem anzuhalten, damit ihm die kochende Luft nicht tatsächlich die Lungen verbrannte. Er schlug hart auf, rollte sich ungeschickt über die linke Schulter ab und sah aus den Augenwinkeln einen drohenden schwarzen Schatten auf sich herabstürzen. Im letzten Moment versuchte er noch die Bewegung abzubrechen, aber er war nicht schnell genug. Sein Kopf knallte mit solcher Wucht gegen die Unterseite des Hubschraubers, der plötzlich kaum noch einen Meter über ihm war, dass ihm vor Schmerz übel wurde und er halb benommen wieder zu Boden sank. Alles drehte sich um ihn. Sein Kopf schmerzte unerträglich und er schmeckte Blut und bittere Galle. Für einen winzigen Moment musste er mit aller Macht darum kämpfen, nicht das Bewusstsein zu verlieren.

Als er die Augen wieder öffnete, schwebte der Helikopter

unmittelbar neben ihm, keine dreißig Zentimeter über dem Boden. Eine riesige Gestalt in einem glänzenden schwarzen Gummianzug kniete in der offenen Seitentür, hielt sich mit der linken Hand am Rahmen fest und grabschte mit der anderen nach ihm. Anders warf sich instinktiv zur Seite und beinahe hätte er es sogar geschafft; dann schrie er vor Enttäuschung auf, als sich die Hand des Mannes mit unbarmherziger Kraft um seinen linken Oberarm schloss. Anders trat nach ihm. Er traf, aber der Mann zeigte sich davon nicht im Geringsten beeindruckt, sondern zerrte ihn grob in die Höhe und auf die offen stehende Tür zu. Anders wurde auf die Beine gerissen, stolperte und riss fast ohne nachzudenken den Dolch aus dem Gürtel.

Blindlings stieß er zu. Er verfehlte sein Ziel, aber der Angriff hatte trotzdem Erfolg: Der Mann zog so hastig den Arm zurück, dass Anders haltlos nach hinten taumelte, während die Messerklinge noch Funken sprühend über das Metall des Türrahmens schrammte, und gleich darauf endgültig das Gleichgewicht verlor. Noch im Sturz hackte er erneut mit dem Messer zu, ohne irgendetwas anderes als leere Luft zu treffen, aber die Warnung war offenbar deutlich genug: Der Angreifer versuchte nicht noch einmal, nach ihm zu greifen, sondern wirkte für einen Moment unentschlossen, was Anders auch gut verstehen konnte. Er hatte so wenig Hemmungen, den Männern wehzutun, wie diese umgekehrt ihm, und der an sich harmlose Zierdolch in seinen Händen drohte zu einer tödlichen Waffe zu werden. Dennoch setzte der Mann für eine oder zwei Sekunden sichtbar dazu an, zu ihm herauszuspringen, während Anders auf dem Rücken kriechend vor dem Helikopter zurückwich und dabei noch immer wild mit dem Dolch in der Luft herumfuchtelte.

Dann aber geschah etwas, was Anders im ersten Moment nicht verstand: Irgendjemand im Inneren der Maschine schien etwas zu sagen, denn der Mann drehte mit einem Ruck den Kopf und lauschte eine Sekunde. Dann stand er auf. Der Helikopter sprang mit einem Satz in die Höhe und schwenkte herum, und Anders blickte ihm zwei oder drei Sekunden lang völlig verdattert hinterher, dann auf den schmalen Dolch in seiner Hand; eine Waffe aus der Bronzezeit, die gerade eine Kampfmaschine aus dem übernächsten Jahrhundert in die Flucht geschlagen hatte.

Wenigstens kam es ihm so vor, bis er sah, welchen Kurs der Helikopter eingeschlagen hatte …

Lara war mittlerweile gute dreißig oder vierzig Meter entfernt, nicht einmal ein kleiner Hüpfer für die Maschine, die sie binnen weniger als zwei Sekunden wieder eingeholt hatte.

Anders schrie entsetzt auf, als er sah, wie der riesige fliegende Hai weniger als einen Meter über ihr hinwegraste und sie mit seinem schieren Luftzug von den Füßen riss. Lara überschlug sich mindestens ein halbes Dutzend Mal, bevor sie in einer wirbelnden Staubwolke zur Ruhe kam, die jedoch sofort wieder auseinander gerissen wurde, als der Helikopter in einem engen Bogen herumschwenkte und wie ein angreifender Raubvogel auf sie herabstieß. Blaues Feuer loderte und kaum zwei Meter neben ihr brach eine Säule aus lodernden orangeroten Flammen und geschmolzenem Gestein aus dem Boden.

Anders war mit einem einzigen Satz auf den Füßen und rannte hinter ihr her, und auch Lara kam irgendwie in die Höhe, riss schützend die Arme vor das Gesicht, um sich vor dem Regen aus brennendem Gras und glühendem Erdreich zu schützen, und taumelte gleichzeitig davon.

Ein zweiter, noch besser gezielter Blitz hämmerte unmittelbar vor ihr in den Boden und zwang sie, wieder zurück- und zur Seite auszuweichen, und diesmal verfehlte sie das verheerende blaue Feuer nur so knapp, dass Anders selbst über die große Entfernung hinweg sehen konnte, wie sich ihr Haar auf der linken Seite zu kräuseln begann und winzige rote Glutfunken darin aufglommen. Laras Schrei ging im hysterischen Kreischen der Turbinen unter, als die Maschine abdrehte und von ihrem Piloten gleich darauf abermals in eine enge Kehre gezwungen wurde, mit der er zu einem neuerlichen Angriff ansetzte, doch er sah, wie sie taumelte und mit schmerzverzerrtem Gesicht auf die Knie sank, während der fliegende Hai schon wieder auf sie herabstieß. Erneut löschte loderndes blaues Feuer für eine Sekunde die Sonne aus, so grell, dass Anders instinktiv die Augen schloss und sich die dünnen gleißenden Linien trotzdem ohne Mühe durch seine zusammengepressten Lider brannten.

Diesmal hatten die gewaltigen Bordgeschütze des Helikopters gefeuert. Die beiden fast unterarmdicken sonnenhellen Blitze hatten sich gute zehn Meter vor Lara in den Boden gebrannt, und trotzdem war die Hitze selbst hier noch so gewaltig, dass Anders keuchend die Arme vor das Gesicht schlug und er all seine Willenskraft aufbieten musste, um überhaupt weiterzulaufen.

Wo die beiden Blitze eingeschlagen waren, brodelten zwei metergroße Pfützen aus geschmolzenem Gestein, über denen die Luft zu kochen schien.

Anders fiel neben Lara auf die Knie, schlug mit bloßen Händen die Funken aus, die noch immer in ihrem Haar glommen, und sah aus tränenden Augen zu dem Helikopter hin. Die Maschine schwebte keine zwanzig Meter entfernt reglos in der Luft. Hinter dem Vorhang aus flimmernder Hitze schienen ihre Umrisse immer wieder wegzuschmelzen und sich neu zusammenzusetzen, nur um gleich darauf wieder auseinander zu wabern, aber Anders glaubte trotzdem, die Gesichter der Männer hinter der schrägen Cockpitscheibe zu erkennen. Trotzig schüttelte er die Faust, in der er noch immer den Dolch hielt, in ihre Richtung (er kam sich selbst ziemlich albern dabei vor), bevor er sich zu Lara hinunterbeugte und ihr in die Höhe zu helfen versuchte.

Lara schüttelte seine Hand ab. »Verschwinde!«, keuchte sie. »Lass mich hier. Ich kann nicht weiter, du schon.«

»Sicher«, sagte Anders und griff abermals zu, um sie kurzerhand auf die Füße zu zerren.

Ein einzelner blauer Blitz züngelte in ihre Richtung und

verfehlte sie harmlos um mehrere Meter, aber die Bedeutung der Botschaft war trotzdem klar.

»Hau endlich ab!«, keuchte Lara. »Bevor sie uns beide umbringen.«

Anders ignorierte ihre immer heftiger werdende Gegenwehr und zog sie einfach mit sich. »Keine Sorge«, keuchte er. »Sie werden nicht auf mich schießen.«

Damit hatte er zweifellos Recht, aber es würde ihnen nichts nutzen. Der Helikopter kam jetzt ganz langsam näher. Beide Seitentüren standen offen und auf jeder Seite hatte sich ein Mann in die Öffnung gekniet, der mit fast schon roboterhafter Präzision auf sie feuerte. Keiner der flackernden blauen Blitze kam auch nur in ihre Nähe, doch die grellen Feuersäulen und jäh ausbrechenden Geysire aus geschmolzenem Erdreich, die der Beschuss aus dem Boden hämmerte, trieben sie unbarmherzig zurück in die Richtung, in der die Männer in den Helikoptern sie haben wollten: in die Felsgruppe, zwischen der sie vorhin Deckung vor der Maschine gesucht hatten.

Jetzt wurde sie zur Falle. Mehr wankend als laufend erreichten sie die Felsgruppe, und nun feuerten auch die beiden gewaltigen Kanonen im Bug des Helikopters wieder: Die grellblauen Blitze verfehlten sie rechts und links um mehr als einen Meter, aber sie trafen mit großer Präzision genau dieselben Felsen, hinter denen Lara und er noch wenige Augenblicke zuvor gekniet hatten, und verwandelten den Stein in weiß glühende Lava, die zischend und dünnflüssig wie kochendes Wasser zu Boden rann. Lara und er taumelten um Atem ringend vor der Wand aus mörderischer Hitze zurück, die ihnen plötzlich entgegenschlug, aber auch der Rückweg war ihnen verwehrt. Der einzige Weg aus den Felsen heraus führte genau dort entlang, wo sich in diesem Moment der Helikopter zu Boden senkte.

Anders hob trotzig seinen Dolch und schob sich gleichzeitig mit einer ebenso beschützenden wie sinnlosen Bewegung zwischen Lara und die landende Maschine. Der Helikopter schwankte im letzten Moment leicht hin und her wie ein Drache, der noch einmal unwillig mit dem Kopf schüttelt, bevor er sich zu Boden senkt und die Flügel zusammenfaltet, dann setzte er so sanft wie eine fallende Feder auf den Kufen auf und die beiden Männer, die zuvor auf sie geschossen hatten, sprangen heraus. Sie hatten ihre Waffen im Helikopter zurückgelassen, aber einer von ihnen hatte eine grobe Wolldecke in den Händen, wie ein Gladiator im alten Rom das Netz, mit dem er seinen Gegner einzufangen und zu entwaffnen gedachte. Und ganz genau diesem Zweck diente die Decke auch. Ganz egal wie lächerlich der kleine Dolch Anders auch selbst vorkommen mochte, den Männern schien alles einen höllischen Respekt einzuflößen, was geeignet war, ihre Schutzanzüge zu beschädigen.

Anders baute sich schützend vor Lara auf und hob trotzig seinen Dolch, obwohl er sich immer alberner mit seiner Spielzeugwaffe vorkam. Trotzdem reckte er kampflustig das Kinn vor und machte sogar mit der freien linken Hand eine herausfordernde Geste. Wenn schon albern, dann richtig.

»Versuch ihre Anzüge zu beschädigen«, raunte er Lara zu. »Davor haben sie höllische Angst.«

Lara machte sich nicht einmal die Mühe, zu antworten; und wozu auch? Anders wusste selbst, was für eine lächerliche Figur er bieten musste, wie er so dastand und die beiden schwarzen Giganten mit einem besseren Zahnstocher bedrohte.

Langsam kamen die beiden Männer näher. Anders schwenkte noch immer drohend seinen Dolch von rechts nach links und wieder zurück, und die beiden Männer bewegten sich in der Tat sehr vorsichtig, denn ihnen schien ebenso klar zu sein wie ihm, wie unfair das Spiel war, auf das sie sich eingelassen hatten: Auch wenn er nicht darauf zählen konnte, dass sie ihn mit Samthandschuhen anfassen würden, hatten sie ganz offensichtlich den Befehl, ihn zumindest *lebend* zurückzubringen, während die winzige Waffe in seiner Hand für diese Männer eine absolut tödliche Bedrohung war.

Dennoch kamen sie langsam, wenn auch unaufhaltsam näher, und Anders wäre gerne noch weiter vor ihnen zurückgewichen, aber die mörderische Hitze der glühenden Felsen machte ihm das unmöglich. Es war vorbei. Er konnte noch eine paar Augenblicke lang den Helden spielen, um das Gesicht zu wahren (oder sich endgültig zum Narren zu machen, je nachdem, wie man es sehen wollte), doch am Ausgang der Auseinandersetzung gab es keinen Zweifel mehr. Die Männer hatten sie geschickt in eine Falle getrieben, aus der sie sich aus eigener Kraft nicht mehr befreien konnten.

Auch ihre beiden schwarz gekleideten Gegenüber waren wohl mittlerweile zu demselben Schluss gekommen, denn sie rückten nun schneller vor; derjenige mit der Decke ergriff seine improvisierte Waffe fester und straffte in einer Bewegung die Schultern, die keinen Zweifel an seiner Entschlossenheit aufkommen ließ.

Anders legte auch noch die linke Hand um seinen Dolch und machte eine weitere drohende Bewegung. Er war sich vollkommen darüber im Klaren, wie total und endgültig er verloren hatte, aber er war entschlossen, seine Freiheit so teuer wie möglich zu verkaufen. Wenigstens einen dieser verdammten Kerle würde er erledigen.

Es war ganz genau dieser Gedanke, der ihn mitten in der Bewegung erstarren ließ und ihm einen eisigen Schauer über den Rücken jagte. Vielleicht war es der allerungünstigste aller nur denkbaren Momente, und doch wurde ihm plötzlich klar, dass diese beiden schwarzen Giganten keine bloßen abstrakten *Feinde* waren, mit denen er verfahren konnte wie mit Figuren in einem Computerspiel, sondern lebende Menschen, die mit ihm dieselbe Art eines komplizierten, vielschichtigen menschlichen Schicksals teilten, die Freunde und Verwandte, Brüder und Schwestern, Mütter und Väter und vielleicht Kinder hatten, die *lebten* und die dasselbe Recht auf dieses Leben hatten wie er. Unwillkürlich ließ er seine Waffe sinken, und das war ganz offensichtlich ein Fehler, denn zumindest einer der beiden Männer schien sein Zögern zu spüren und machte einen plötzlich entschlossenen Schritt in seine Richtung.

Der *Felsen* neben Anders öffnete träge ein Auge und blinzelte erst ihn, dann seine Begleiterin neugierig an, dann richtete er sich zu einer Größe von mindestens zweieinhalb Metern auf und entfaltete aus seinem vermeintlich steinernen Körper zwei gewaltige, in grässlichen krallenbewehrten Klauen endende Arme.

Was danach geschah, ging beinahe zu schnell, als dass Anders hinterher noch genau hätte sagen können, was wirklich passiert war oder auch nur in welcher Reihenfolge. Der *Felsen* griff mit seinen gewaltigen Pranken nach dem Mann, der neben ihm plötzlich gar nicht mehr riesig wirkte, sondern ganz im Gegenteil schon beinahe winzig, und so vollkommen fassungslos war, dass er nicht einmal *versuchte* sich zu wehren, und riss ihn so mühelos von den Beinen, wie ein Erwachsener einen Säugling hochgehoben hätte. Seine gewaltigen Arme schlossen sich in einer tödlichen Umarmung um die schwarz gekleidete Gestalt.

Der zweite Mann reagierte deutlich schneller, aber auch das rettete ihn nicht. Vielleicht hätte er sogar eine Chance gehabt, wäre er nicht herumgewirbelt und hätte in einer ganz instinktiven Bewegung nach der Waffe gegriffen, die er wohl ganz bewusst im Helikopter zurückgelassen hatte. Als er begriff, dass seine Hand ins Leere griff, war es zu spät. Sein Kamerad befand sich bereits in der tödlichen Umarmung des Steintrolls, und plötzlich erwachte auch hinter ihm ein *Felsen* zum Leben. Mit einer verzweifelten Bewegung fuhr er herum und versuchte die Sicherheit des Helikopters zu erreichen, doch es war zu spät: Der vermeintliche Felsbrocken entwickelte plötzlich ein geradezu unglaubliches Tempo, mit dem er ihm nachsetzte und ihn zu Boden riss. Seine riesige Pranke glitt vom Fuß des Mannes ab, während er stürzte, aber Anders sah auch, dass der

Anzug des Mannes fast auf ganzer Länge aufriss, was einem Todesurteil gleichkam.

Plötzlich schienen überall rings um sie herum die Felsen zum Leben zu erwachen. Eine riesige borkenhäutige Hand grabschte nach Anders und verfehlte ihn um Haaresbreite, weil er im buchstäblich allerletzten Moment eine Bewegung aus den Augenwinkeln gewahrte und sich wegduckte, aber er hörte auch im gleichen Augenblick einen schrillen Schrei unmittelbar hinter sich, dann traf ihn ein so harter Stoß in die Seite, dass er mit hilflos rudernden Armen davontaumelte und nach zwei ungeschickten Stolperschritten doch auf die Knie sank.

Um das Aufstehen musste er sich nicht kümmern. Das erledigte eine riesige, knochenzermalmend starke Hand, die sich mit solcher Gewalt um sein Fußgelenk schloss, dass er vor Schmerz aufbrüllte und vollends nach vorne fiel. Vermutlich hätte er sich auf dem steinharten Boden das Gesicht blutig geschlagen oder noch übler verletzt, aber so weit kam es nicht. Dieselbe Pranke, die ihn zugleich zurück wie nach vorne gerissen hatte, zerrte ihn mit solcher Wucht in die Höhe, dass er den Boden nicht einmal berührte, sondern sich urplötzlich, mit den Armen und dem freien Bein um sich schlagend und strampelnd, kopfunter in der Luft hängend wiederfand. Der Schmerz in seinem Bein explodierte regelrecht. Er hatte das Gefühl, dass sein Fußgelenk in einen Schraubstock geraten war, der sich unbarmherzig weiter und weiter zusammenzog. Die Welt verwandelte sich in ein auf dem Kopf stehendes Karussell, das sich schneller und schneller um ihn drehte und die Wirklichkeit dabei in eine chaotische Abfolge grässlicher Einzelbilder zerhackte, von denen eines schlimmer schien als das andere.

Er sah, wie sich die Rotoren des Helikopters wieder schneller zu drehen begannen, wie die zum Leben erwachten Felsen endgültig über ihre Opfer herfielen und sich auch Lara mit ebenso verzweifelten wie vergeblichen Fußtritten und Schlägen gegen die Umklammerung eines weiteren Felsmonsters wehrte, das sie gepackt hatte und so mühelos davontrug, als spüre es ihre Gegenwehr nicht einmal. Dann knallte sein Kopf mit solcher Wucht gegen ein Hindernis, das ganz eindeutig aus *echtem* Stein bestand, dass er für einen Moment Sterne sah und mit aller Macht darum kämpfen musste, nicht das Bewusstsein zu verlieren. Hinter ihm wurde das Heulen der Turbinen immer schriller. Lara schrie. Der Schmerz in seinem Fuß explodierte regelrecht. Er schmeckte Blut, und dann flackerte blaues Feuer in seinen Augenwinkeln und ein gewaltiges Brüllen erscholl. Anders wurde übel.

Das Heulen der Hubschrauberturbinen wurde noch schriller und die Rotoren entfesselten einen wahren Orkan, der selbst die gigantischen Steinkreaturen taumeln ließ. Wieder loderte ein unerträglich gleißendes blaues Feuer auf und eine Hitzewelle strich wie eine unsichtbare glühende Hand über Anders hinweg und schien auch noch das letzte bisschen Luft aus seinen Lungen herauszubrennen. Er konnte kaum noch sehen. Der Schmerz in seinem Fußgelenk wurde so unerträglich, er wünschte sich jetzt nichts mehr, als endlich in Ohnmacht zu fallen. Stattdessen knallte sein Kopf noch einmal gegen dasselbe – mittlerweile aber deutlich *härtere* – Hindernis, und diesmal war der Schmerz gerade schlimm genug, um ihn ins Bewusstsein zurückzureißen und alles, was er sah, mit einem roten Schleier zu überziehen. Er hing weiterhin am ausgestreckten Arm des Ungeheuers, das seinen Fuß umklammert hielt wie eine Bäuerin ein Suppenhuhn auf dem Weg in die Küche, und die Welt drehte sich immer schneller um ihn. Der Helikopter hatte mittlerweile abgehoben, obwohl mindestens einer der Männer noch am Leben war und sich verzweifelt gegen das Steinmonster wehrte, schien aber große Schwierigkeiten zu haben, schnell genug an Höhe zu gewinnen. Er schaukelte heftig hin und her und drohte immer wieder auf die Seite zu kippen – was an den beiden riesigen steingrauen Kreaturen liegen mochte, die sich an seine rechte Kufe geklammert hatten und versuchten, durch die offene Seitentür hineinzuklettern, während der Boden unter ihnen langsam wegsackte.

Lara war verschwunden, zusammen mit dem Ungeheuer, das sie gepackt hatte, aber Anders war nicht einmal mehr überrascht, als der vermeintlich massive Felsboden unter ihm plötzlich auch verschwand und einem runden, in halsbrecherischem Winkel in die Tiefe führenden Schacht Platz machte, in den sein Entführer ohne zu zögern hineinsprang. Immerhin war er noch freundlich genug, im letzten Moment auch mit der anderen Hand zuzugreifen, sodass er Anders zumindest auf dem letzten Stück des Weges nicht einfach hinter sich herschleifte. An den harten Wänden des Schachtes, die aus purem Felsgestein bestanden, hätte er sich vermutlich den Schädel eingeschlagen.

Er erreichte das Ende des Tunnels mehr tot als lebendig; jedenfalls kam es ihm so vor. Das Ungeheuer ließ ihn achtlos fallen, aber selbst wenn er gewollt hätte, wäre er in diesem Moment gar nicht in der Lage gewesen, die Gunst des Augenblickes zu nutzen, um zu fliehen. Anders blieb eine gute Minute einfach liegen, lauschte in sich hinein und öffnete dann mühsam die Augen.

Von rötlichem Licht durchwobenes Halbdunkel umgab ihn. Irgendwo, sehr weit vor ihm, waren Geräusche, die er zumindest halbwegs zuordnen konnte: Stimmen, vielleicht Schritte und das Klirren von Waffen, mitunter auch etwas wie gutturales Gebrüll, das aus gröberen als menschlichen Kehlen zu stammen schien. Noch weiter entfernt und irgendwie über ihnen war ein an- und abschwellendes Heulen, manchmal durchdrungen von einem Donnern wie das eines in der Nähe einschlagenden Blitzes oder einem gellenden Schrei, und da war auch noch etwas wie eine Mischung aus einem Schluchzen und keuchenden Atemzügen, ganz in seiner Nähe. Lara.

Anders stemmte sich mühsam in eine halbwegs sitzende Position hoch und erstarrte gleich darauf wieder, als ein derber Stoß seine Schultern traf, begleitet von einem warnenden

Knurren. Mit einer Mischung aus Angst und Trotz hob er den Kopf und blinzelte in das albtraumhafte Gesicht der Kreatur, die ihn hierher geschleift hatte. In dem grauen und düsterroten Licht, das die unterirdische Kammer erfüllte, war es schwer, irgendwelche Einzelheiten zu erkennen, doch was er sah, ließ ihn diesen Umstand nicht unbedingt bedauern. Er starrte in die bösartige Karikatur eines menschlichen Gesichts, das wie mit groben Meißelschlägen aus ebenso grobem Stein herausgehauen zu sein schien. Das einzige halbwegs lebendige in dieser Albtraumvisage waren die Augen, die ihn mit einer Mischung aus tückischer Intelligenz und mühsam unterdrücktem mörderischem Hass anstarrten.

»Weiter! Geh!«

Die Worte, obwohl in grobem Ton hervorgestoßen, waren überraschend verständlich, und wäre er nicht viel zu aufgeregt und verängstigt gewesen, so wäre ihm sicher aufgefallen, wie sanft und volltönend die Stimme des riesigen Wesens klang. So brauchte er endlose Sekunden, um überhaupt zu begreifen, dass die Kreatur gerade zu ihm gesprochen hatte, und noch einmal eine oder zwei Sekunden, um darauf zu reagieren; offenbar gerade lange genug, um die Geduld des Geschöpfes zu überfordern, denn es packte grob zu, riss ihn auf die Füße und versetzte ihm gleich darauf einen Stoß, der ihn sofort wieder zu Boden geschleudert hätte, wäre diese Höhle nicht viel zu klein dafür gewesen; so machte er zwei ungeschickte Schritte und prallte dann hart gegen die gegenüberliegende Wand. Er stürzte vermutlich nur deshalb nicht wieder, weil er sich lebhaft vorstellen konnte, wie sein neuer Bewacher auf ein solches Missgeschick reagieren würde. Irgendwie schaffte er es, nicht nur auf den Beinen zu bleiben, sondern sich auch hastig umzudrehen und nach Lara zu sehen.

Offenbar hatte sie mehr Glück gehabt als er. Sie stand nicht nur schon wieder allein und aus eigener Kraft auf den Beinen, das Furcht einflößende Monster, das sie gepackt und hierher gezerrt hatte, war auch so freundlich gewesen sie loszulassen, und trotz des schlechten Lichtes war Anders sicher, schon wieder etwas wie ein spöttisch-abfälliges Glitzern in ihren Augen zu erkennen. Trotzdem fragte er: »Bist du verletzt?«

»Nein«, antwortete Lara. Aber es klang nicht ehrlich überzeugt, sondern allenfalls wie eine Antwort, die sie ihm glaubte schuldig zu sein, und nach einer Sekunde hob sie denn auch die Schultern und fügte in leicht verändertem Ton hinzu: »Jedenfalls glaube ich es nicht.«

Anders wollte eine weitere Frage stellen, doch der Felsentroll stapfte schon wieder auf ihn zu und hob drohend die Hand, und die Erinnerung an die letzte Begegnung mit diesen grässlichen Pranken war noch zu frisch in Anders, als dass er es auf eine Wiederholung ankommen ließ.

Er warf Lara noch einen raschen besorgten Blick zu und beeilte sich dann, sich unter dem niedrigen Felsvorsprung hindurchzuducken, auf den das Ungeheuer wies. Das rote Licht und die Stimmen und Geräusche kamen von hier, und auch der zweite Troll setzte sich praktisch gleichzeitig in Bewegung. Der Durchgang war so niedrig, dass Anders schmerzhaft mit Hinterkopf und Schulterblättern an dem rauen Stein entlangschrammte, obwohl er sich so weit nach vorne bückte, dass er eigentlich bequemer auf Händen und Knien hätte kriechen können. Wie es der mehr als doppelt mannsgroße Troll hinter ihm durch diesen schmalen Spalt schaffte, war ihm ein Rätsel, aber irgendwie gelang es ihm wohl, denn als er nach ein paar Schritten ein wenig langsamer wurde, handelte er sich sofort wieder einen derben Stoß ein. Hastig kroch er weiter und erreichte nach zwei oder drei Dutzend Schritten das Ende des Tunnels, der in eine weitere, wenn auch deutlich größere Felsenhöhle mündete, von der mehrere andere Gänge abzweigten.

Da sein Bewacher nichts dagegen einzuwenden zu haben schien, richtete er sich auf und blieb stehen. Hinter ihm kroch der Steintroll aus dem Tunnel heraus und versuchte sich zu seiner vollen Größe aufzurichten, so weit das in der Enge möglich war. Das Licht war hier womöglich noch schlechter als oben – der flackernde rote Feuerschein war zwar stärker geworden, doch dafür war das Tageslicht endgültig hinter ihnen zurückgeblieben, sodass er das gewaltige Wesen fast nur noch wie einen riesigen bedrohlichen Schatten wahrnahm, der sich nicht nur über ihm aufbaute, sondern den kleinen Raum auch fast zur Gänze auszufüllen schien. Dennoch: Irgendetwas an ihm war anders.

Ein neuerlicher, wenn auch nicht mehr ganz so derber Stoß ließ ihn weitertaumeln. Lara meisterte die Situation wesentlich eleganter, indem sie sich gerade noch rechtzeitig in Bewegung setzte, um ihrem Bewacher keinen Anlass zu weiteren Handgreiflichkeiten zu geben. Sie bewegten sich weiter in die Erde hinein, zumeist durch enge, in steilem Winkel abwärts führende Stollen, in denen ihre Bewacher nur zu oft auf Händen und Knien kriechen mussten, einmal aber auch über etwas wie eine grob aus dem Felsen gemeißelte Treppe mit unregelmäßigen Stufen.

Vermutlich dauerte es nur wenige Minuten, bis sie ihr endgültiges Ziel erreichten, auch wenn es Anders im Nachhinein viel länger vorkam: eine riesige, ungleichmäßig geformte Höhle, von deren Decke bizarre Kalkgewächse herabhingen und die in das unregelmäßige flackernde Licht mehrerer Feuerstellen getaucht war. Es war dennoch zu dunkel, um ihre wirkliche Größe erkennen zu können oder aus den zahllosen Gestalten, die sich zwischen den Feuerstellen bewegten, mehr als bedrohliche Schatten zu machen. Immerhin erkannte er, dass die Höhle wirklich *groß* war und dass sich eine Menge Wilde hier unten aufhielten; mindestens hundert, wenn nicht ein Mehrfaches dieser Zahl. Ihre Bewacher ließen es zu, dass er darauf wartete, bis Lara neben ihn trat, und gewährten ihnen auch noch die Zeit für einen einzelnen aufmerksamen Blick in die Runde, dann aber wurden sie grob weitergestoßen.

Von Laras spöttischer Überheblichkeit war nicht mehr viel geblieben. Ganz im Gegenteil: Während sie sich durch die große Höhle bewegten, trat sie nicht nur immer dichter an ihn heran, sondern griff plötzlich nach seiner Hand. Dieser vollkommen ungewohnte Vertrauensbeweis kam so überraschend, dass Anders die Hand um ein Haar erschrocken zurückgezogen hätte; erst im buchstäblich allerletzten Moment beherrschte er sich und schloss die Finger ganz im Gegenteil fest um die des Mädchens; auch wenn er selbst nicht hätte sagen können, wer sich nun eigentlich an wem festhielt. Sie wurden quer durch die große Höhle gescheucht, bis sie deren gegenüberliegendes Ende erreicht hatten, wo es eine Anzahl weiterer unterschiedlich großer Durchgänge gab. Hinter etlichen davon brannte flackerndes rotes Licht.

Anders' Bewacher ließ es sich nicht nehmen, ihm noch einen abschließenden freundschaftlichen Schubs zu versetzen, der ihn in die Höhle stolpern und der Länge nach hinschlagen ließ. Irgendwie schaffte er es, sich auf dem harten Boden nicht sämtliche Zähne auszuschlagen, aber er blieb einen Moment lang ebenso benommen wie wütend liegen, bevor ihn ein Gefühl intensiver Hitze auf dem Gesicht wieder hochscheuchte. Anders blinzelte in flackerndes rot-orangenfarbiges Licht und kroch dann hastig ein kleines Stück von dem prasselnden Feuer weg, neben dem er niedergestürzt war. Die Höhle war nicht besonders groß – er kroch zwei oder drei Schritte weit davon, bevor er mit dem Rücken gegen den rauen Fels stieß, und das Feuer qualmte so heftig, dass sich der Rauch unter der niedrigen Decke fing und wie eine dräuende Gewitterwolke über ihnen schwebte. Anders hustete, fuhr sich mit dem Handrücken über die Augen und blinzelte durch einen Schleier aus Tränen zu Lara hoch, die hinter ihm gebückt durch den niedrigen Eingang trat. Die riesige Kreatur, die sie hier heruntergescheucht hatte, streckte für einen Moment den Kopf zu ihnen herein und bedachte sie abschließend mit einem drohenden Blick.

Anders riss erstaunt die Augen auf, als er in ihr Gesicht sah. Es begann sich aufzulösen. Die graue, an Granit erinnernde

Haut war überall gerissen und begann in Stücken abzufallen, und darunter kam ein fast menschenähnliches, wenn auch kaum weniger grob modelliertes Gesicht zum Vorschein.

Dann geschah etwas, womit Anders nun wirklich nicht mehr gerechnet hätte: Das Geschöpf musste sein Erstaunen bemerkt haben, denn es streckte Kopf und Schultern noch ein kleines Stück weiter herein – ganz konnte es die Höhle nicht betreten, weil der Durchgang einfach zu schmal für seine massige Statur war –, hob die Arme und fuhr sich breit grinsend mit dem Handrücken quer durchs Gesicht, womit es auch noch den Rest seiner vermeintlich steinernen Haut abstreifte.

»Was … was geschieht jetzt?«, murmelte Lara. Sie hustete, denn der beißende Qualm nahm auch ihr den Atem, und als Anders seinen Blick endlich von dem breiten Grinsen des Ungetüms losriss und sie ansah, bemerkte er, dass der Rauch auch ihr die Tränen in die Augen getrieben hatte; aber das Zittern ihrer Stimme hatte trotzdem einen anderen Grund.

Anders hob zur Antwort nur die Schultern – was hätte er auch sagen sollen? –, rutschte in eine etwas bequemere Haltung und beugte sich gleich darauf vor, um einen der Splitter aufzuheben, in die das Gesicht des Felsentrolls zerfallen war. Er fühlte sich an wie Stein, aber es bereitete ihm nicht die geringste Mühe, ihn zwischen den Fingern zu feinem Staub zu zermahlen.

»Schlamm!«, murmelte er erstaunt. Er streckte Lara die Hand entgegen. »Das ist nichts als getrockneter Schlamm, mit dem sie sich eingerieben haben.«

»Und?«, fragte Lara. »Was ist daran so besonders?«

»Sie haben sich dieses Zeugs ins Gesicht gerieben um sich zu tarnen. Verstehst du nicht?«

Lara schüttelte nur den Kopf und Anders fuhr – hörbar aufgeregter – fort: »Ihre Tarnung war perfekt. So etwas lernt man nicht in ein paar Tagen!«

»Und?« Lara begriff offensichtlich immer noch nicht, worauf er hinauswollte.

»Dir ist nicht klar, was das bedeutet?« Anders schüttelte den Kopf, um seine eigene Frage gleich selbst zu beantworten. »Diese Wilden sind alles andere als dumme Tiere oder hirnlose Ungeheuer, *das* bedeutet das!«

»Aha«, sagte Lara verstört.

Anders resignierte innerlich. Es war wahrscheinlich nicht einmal so, dass sie ihn nicht verstehen *wollte*; Lara konnte es in diesem Moment einfach nicht, denn obwohl sie sich alle Mühe gab, sich zumindest äußerlich zu beherrschen, hätte er schon blind sein müssen um nicht zu sehen, dass sie in Wahrheit vor Angst beinahe starb. Auch er fühlte sich alles andere als wohl – vorsichtig ausgedrückt –, aber zumindest bisher hatten die vermeintlichen Ungeheuer ihnen eigentlich nichts getan. Ganz im Gegenteil: Wenn man es genau nahm, hatten sie Lara und ihn gerettet. Dass Lara das nicht begriff, wunderte ihn. In den letzten Tagen hatte er mehr als einmal erlebt, wie tapfer und mutig das Mädchen war. Während der Schlacht um die Torburg hatte sie sich besser gehalten als so mancher Mann und sie hatte auch in durchaus lebensgefährlichen Situationen besser die Nerven behalten als er selbst und eine erstaunliche Kaltblütigkeit an den Tag gelegt. Jetzt wirkte sie jedoch so verschreckt, dass er sich nicht gewundert hätte, wenn sie vor Angst mit den Zähnen geklappert hätte.

Vielleicht es lag es an dem, was nicht nur Lara ihm über die Ödlande und ihre schrecklichen Bewohner erzählt hatte. Für die Menschen hier waren die Wilden so etwas wie der personifizierte Teufel. Ihre bloße Erwähnung reichte schon aus, selbst gestandenen Kriegern das Blut aus dem Gesicht zu treiben.

»Keine Sorge«, sagte er. »Sie werden uns nichts tun.«

»Ach?« Laras Blick irrte nervös zum Eingang der kleinen Höhle, hinter dem sich Schatten bewegten und das rote Licht der Feuer einen zuckenden Tanz aufführte. Manchmal drang ein schrilles Gelächter zu ihnen herein und ein- oder zweimal auch ein Geräusch, das ganz eindeutig von einem Kampf herrührte. »Und wie kommst du darauf?«

»Wenn sie uns umbringen wollten«, erwiderte Anders, »dann hätten sie sich kaum die Mühe gemacht, uns hierher zu bringen, sondern es an Ort und Stelle erledigt.«

Darauf antwortete Lara gar nicht, aber der unsichere Blick, mit dem sie ihn maß, war beredt genug. Anders wusste selbst, wie seine Worte klangen. Manchmal konnte es durchaus schaden, wenn man sich selbst zu offensichtlich Mut zu machen versuchte.

Da alles, was er in diesem Moment sagen konnte, die Situation allerhöchstens noch schlimmer gemacht hätte, beließ er es bei einem wortlosen Schulterzucken und schlug ein paarmal die Hände gegeneinander, um den Rest des Trollgesichtes loszuwerden, der als grauer Staub an seinen Handflächen haftete. Selbst diese harmlose Geste schien Lara mit einem Mal zu ängstigen. Sie sagte zwar nichts, aber sie konnte einen verstörten Blick dennoch nicht ganz unterdrücken, und Anders sah auch, dass ihr ein neuerlicher kalter Schauer über den Rücken lief. So gerne er sie auch getröstet hätte, er konnte es nicht. Vielleicht war es das Beste, wenn er sie einfach in Ruhe ließ.

Vorsichtig – schließlich wusste er nicht, wie ihre Bewacher darauf reagieren würden, wenn er versuchte den steinernen Alkoven zu verlassen, in den man Lara und ihn gesperrt hatte – kroch er auf Händen und Knien zum Ausgang. Wie er erwartet hatte, stand eines der riesigen missgestalteten Geschöpfe unmittelbar daneben, aber er konnte nicht sagen, ob es eines von denen war, die sie hier heruntergebracht hatten, oder zu den anscheinend zahllosen Einwohnern dieser unterirdischen Stadt der Ungeheuer gehörte. Das Wesen war menschenähnlicher als alle anderen, die er bislang – zumindest bewusst – zu Gesicht bekommen hatte. Es war kaum größer als ein durchschnittlich gewachsener Mann, aber mindestens doppelt so breit, und nur sehr wenig von dieser beeindruckenden Körpermasse schien aus überflüssigem Fett zu bestehen; wenn überhaupt. Es hatte Anders bemerkt und stieß ein drohendes Knurren aus, das es noch mit einer entsprechenden

Handbewegung untermalte, ließ es aber gut sein, als Anders ihm mit Gesten zu verstehen gab, dass er nicht gedachte ihr Gefängnis zu verlassen. Dagegen, dass er sich in der Höhle umsah, so weit das von hier aus möglich war, schien es nichts zu haben.

Allzu viel gab es allerdings auch nicht zu sehen. Sein erster Eindruck hatte nicht getrogen: Die Höhle war sehr groß und unregelmäßig geformt, ein steinerner Dom, der von mehreren gewaltigen Stützpfeilern getragen wurde und von dessen Decke bizarre Lavagewächse herabhingen, die an Stalaktiten erinnerten, jedoch offensichtlich schneller und auf sehr viel gewalttätigere Art entstanden sein mussten. Anders schätzte, dass es ungefähr ein Dutzend unterschiedlich große Feuerstellen gab, die die Höhle nicht nur in einen verwirrenden Flickenteppich aus flackerndem rotem Licht und unterschiedlichen Schattierungen von Dunkel tauchten, sondern auch für eine schon fast unangenehme Wärme sorgten, und so ganz nebenbei dafür, dass die Luft in diesem gewaltigen Felsendom nach beißenden Qualm roch und einen unangenehmen Geschmack in seiner Kehle hinterließ.

Rings um diese Feuer hatten sich Hunderte der unterschiedlichsten Kreaturen versammelt, von denen nicht eine der anderen zu gleichen schien, die aber dennoch eine unübersehbare Gemeinsamkeit hatten: Auch sie waren allesamt abstoßend und Furcht einflößend. Die beiden vermeintlichen Felsentrolle, die Lara und ihn hier heruntergebracht hatten, zählten dabei noch zu den harmlosen Vertretern. Anders erblickte Geschöpfe, bei deren bloßem Anblick es ihm kalt den Rücken hinablief, und mehr als eines, das er gar nicht so genau erkennen *wollte*.

Aber es war auch nicht einfach nur ein besonders bizarres Pandämonium, das sich hier versammelt hatte. Sah man einmal vom angsteinflößenden Äußeren dieser Geschöpfe ab (was Anders zugegebenermaßen nicht unbedingt leicht fiel), hatte der Anblick etwas schon fast absurd Vertrautes. Er wusste nicht, ob das, was er sah, der Rest von Janniks Armee war oder sie vielleicht gar nichts mit ihm zu tun hatten, aber sie hätten es sein können. Er blickte auf eine Ansammlung von – wenn auch außergewöhnlich aussehenden – Männern, die sich am Abend eines langen Tages am Lagerfeuer zusammenfanden, aßen und tranken, redeten und lachten, hier und da auch in Streit gerieten oder sich einfach auf dem nackten Boden zusammengerollt hatten um zu schlafen.

»Was siehst du?«, erklang Laras Stimme hinter ihm.

Anders hob die Schultern und ließ seinen Blick noch einmal aufmerksam von links nach rechts durch den gewaltigen Felsendom schweifen, bevor er sich umständlich auf der Stelle umdrehte und zu Lara zurückkroch. Sie hatte sich im hintersten Winkel der kleinen Höhle zusammengekauert und starrte ihn aus angstgeweiteten Augen an.

»Nichts«, antwortete er in ganz bewusst beiläufigem Ton. Dann grinste er und fügte hinzu: »Jedenfalls scheint noch kein Exekutionskommando auf dem Weg zu uns zu sein.«

Er bedauerte diese Worte sofort, beinahe schon bevor er den Satz auch nur zu Ende gesprochen hatte. Was als harmloser Scherz gemeint gewesen war, um Lara aufzuheitern, schürte ihre Angst nur noch.

»Entschuldige«, sagte er hastig. »Das war dumm.«

»Schon gut.« Lara hob andeutungsweise die Schultern und lächelte knapp. »Ich benehme mich wie eine hysterische Kuh, ich weiß.«

»Das vielleicht nicht«, sagte Anders. »Aber du tust dir selbst keinen Gefallen, wenn du dich in etwas hineinsteigerst.«

»Ist das eure Art, zu denken?«, fragte Lara.

»Was?«

»Einfach nicht wahrhaben zu wollen, wenn es vorbei ist?«

»Eigentlich ist es erst dann vorbei, wenn es vorbei ist«, antwortete Anders mit einem knappen Lächeln. »Bisher leben wir noch, oder?«

Lara sah ihn drei, vier, fünf endlose Atemzüge lang durchdringend an, dann fragte sie mit ganz leiser Stimme, bei deren Klang ihm eiskalt wurde: »Du hast Recht. *Bisher* haben sie uns noch nicht umgebracht. Aber hast du dich schon einmal gefragt, *warum* das so ist?«

Anders schüttelte den Kopf.

»Vielleicht haben sie ja etwas ganz Besonderes mit uns vor«, fuhr Lara fort. »Ich habe von Männern gehört, die eine Woche gelitten haben, bevor sie endlich der Tod erlöst hat.«

»Wenn ich das alles glauben würde, was ich jemals *gehört* habe ...« Anders beendete den Satz mit einer Mischung aus einem Grinsen und einem Achselzucken, aber Lara blieb vollkommen ernst.

»Und ich habe noch nie von jemandem gehört, den sie wieder freigelassen hätten«, fuhr sie fort. Sie schüttelte abermals und noch heftiger den Kopf. »Wir wären besser dran, wenn sie uns gleich umgebracht hätten, glaub mir.«

Anders resignierte endgültig. Lara war offensichtlich in einer Stimmung, in der sie einfach unglücklich sein *wollte.* Und vielleicht hatte sie ja sogar Recht damit.

20

Da sie die Sonne nicht sehen konnten, wusste Anders nicht, ob es noch Tag oder schon tiefste Nacht war. Seinem Zeitgefühl nach zu urteilen (dem er aber längst nicht mehr vertraute) musste es mittlerweile lange nach Sonnenuntergang sein. Vor einer Weile hatten ihre Bewacher ihnen Essen gebracht: Eine Hand voll schrumpeliger Früchte, ein paar faserige Fleischbrocken und eine Schale abgestandenen Wassers. Anders hatte die Früchte hinuntergeschlungen und auch das Wasser getrunken und er hätte sicher auch das Fleisch gegessen, hätte Lara nicht eine entsprechende Bemerkung gemacht, die die zweifelhafte Herkunft des Bratens anging. Danach war ihre Unterhaltung noch einsilbiger geworden, und irgendwann hatte sein Körper sein Recht gefordert und er war eingeschlafen, auch wenn es ganz gewiss kein entspannender Schlaf gewesen war.

Als er erwachte, musste es schon späte Nacht sein. Der Feuerschein, der durch den offenen Eingang hereinfiel, hatte deutlich abgenommen, und auch die Stimmen und die anderen Geräusche waren fast verstummt; an ihrer Stelle hörte er jetzt einen Chor aus unzähligen Dissonanzen, die sich beim zweiten Hinhören als Schnarchen entpuppten – ein Geräusch, das er normalerweise als unästhetisch und peinlich empfand, das in dieser nur aus Furcht und Gewalttätigkeit bestehenden Welt aber etwas so Vertrautes hatte, dass es ihm unwillkürlich ein Lächeln entlockte. Dann erwachte er weit genug um zu begreifen, dass er nicht von selbst aufgewacht war, und fuhr mit einer erschrockenen Bewegung hoch.

Über ihm stand der Troll, der ihn hierher gebracht hatte. Anders erkannte ihn trotz seines schlaftrunkenen Zustands ganz zweifelsfrei. An seinem Hals und auf seinen breiten Schultern klebten noch immer Reste des steingrauen Schlamms, mit dem er sich eingerieben hatte, und auch der Troll seinerseits musste sich wohl an ihn erinnern, denn er verfiel in eine gute alte Gewohnheit und versetzte Anders erst einmal einen deftigen Fußtritt in die Rippen, der ihm nicht nur die Luft aus den Lungen trieb, sondern offensichtlich auch laut genug war um Lara zu wecken. Sie richtete sich zwei Meter neben ihm verschlafen auf und fuhr sich mit den Fingerknöcheln über die Augen. Der Anblick versetzte Anders einen scharfen Stich; als sie eingeschlafen waren, hatte sie in seinen Armen gelegen und sich Schutz suchend an ihn gekuschelt, jetzt war sie so weit von ihm entfernt, wie es in der winzigen Felsenhöhle nur möglich war.

Sein graugesichtiger neuer Freund bewahrte ihn davor, den Gedanken weiterzuverfolgen, denn er kam wohl zu dem Schluss, dass Anders noch nicht wach genug wäre, und versetzte ihm einen weiteren freundschaftlichen Tritt in die Seite, der Anders' Rippen knacken ließ. Der Schmerz war so heftig, dass er aufstöhnte und dem Troll vermutlich die Faust ins Gesicht geschlagen hätte, wäre er ungefähr eine Tonne leichter und gute zwei Meter kleiner gewesen. So beließ er es bei einem schmerzhaften Verziehen der Lippen und einer hastigen Bewegung, mit der er zwar auch nicht schneller auf die Füße kam, die dem Troll aber anscheinend zumindest seine gute Absicht signalisierte, denn er verzichtete darauf, auszuprobieren, wie viel das Skelett eines normalen Menschen eigentlich aushielt, und machte nur eine unwillige Geste, bevor er sich rückwärts gehend und schnaubend vor Anstrengung durch den schmalen Ausgang ins Freie quetschte.

»Was ist passiert?«, fragte Lara.

»Keine Ahnung«, antwortete Anders wahrheitsgemäß. »Anscheinend will er, dass wir mit ihm kommen.«

Lara wirkte nicht unbedingt begeistert, aber Anders glaubte auch zu bemerken, dass die nagende Angst in ihrem Blick nicht mehr ganz so übermächtig war wie vorhin. Er hütete sich, eine entsprechende Frage zu stellen, sondern nickte ihr nur noch einmal aufmunternd zu und beeilte sich dann, den Alkoven zu verlassen, bevor der Troll wieder hereinkommen und seiner freundlichen Aufforderung diesmal mit den Fäusten Nachdruck verleihen konnte. Draußen blieb er stehen und wartete auf Lara, und fast zu seiner Überraschung erhob der finster dreinblickende Riese weder irgendwelche Einwände, noch nutzte er den Anlass, um ihn nur zum Spaß ein paar Knochen zu brechen.

Schaudernd sah Anders sich um. Es war deutlich dunkler in der großen Halle geworden. Die meisten Feuer waren heruntergebrannt und verbreiteten nur noch düsterrote Glut, und abgesehen von einigen wenigen Ausnahmen schliefen die allermeisten Wilden. Das dröhnende Schnarchkonzert hatte plötzlich gar nichts Anheimelndes oder Vertrautes mehr, sondern wirkte ganz im Gegenteil bedrohlich und unheimlich, und Anders musste den Rest seiner Selbstbeherrschung zusammenkratzen, um Lara wenigstens noch ein halbwegs überzeugend wirkendes aufmunterndes Lächeln zuzuwerfen, als sie neben ihm anlangte.

Ihr Bewacher ließ einen grunzenden Laut hören und machte zugleich eine auffordernde Geste, der sich Anders zu gehorchen beeilte, denn er wollte dem Koloss keinen Grund geben, ihn noch einmal zu schlagen oder gar Lara. »Wir tun besser, was er von uns verlangt«, sagte er.

Lara sah ihn mehr als nur zweifelnd an, aber ihre einzige Reaktion bestand aus einem knappen Schulterzucken und sie setzten sich in die Richtung in Bewegung, in die der Troll gedeutet hatte.

Es fiel Anders schwerer, weiterhin möglichst gelassen zu erscheinen, als ihm lieb war. Obwohl die allermeisten Ungeheuer tief und fest schliefen, bereitete ihm doch ihre bloße Nähe ein Gefühl von Unbehagen, das eigentlich nichts anderes als Furcht war, die er sich nur nicht eingestehen wollte. Es lag nicht einmal so sehr an dem zum Teil abstoßenden Aussehen der schlafenden Ungeheuer. Daran hatte er sich mittlerweile gewöhnt, wenigstens so weit das möglich war. Ganz im Gegenteil erschreckte ihn eher die *Normalität* des Anblicks, die sich hinter dem vermeintlich bizarren Äußeren der unheimlichen Geschöpfe verbarg. Viele von ihnen sahen aus wie etwas, das einem manchmal im Schlaf begegnete, vornehmlich dann, wenn man etwas Schlechtes gegessen hatte oder möglicherweise auch einen über den Durst getrunken (oder auch beides), aber sie *benahmen* sich nicht so, wie es anständige Ungeheuer tun sollten. Viele von ihnen schienen eingeschlafen zu sein, wo sie niedergesunken waren, und lagen kreuz und quer oder auch schon einmal übereinander da. Es gab aber durchaus auch etwas, das an ordentlich gebaute Nachtlager erinnerte. Vor allem ein Bild machte Anders mehr zu schaffen, als er sich im ersten Moment erklären konnte: Ein Stück abseits der großen Feuer hatte sich eine Gruppe von Wilden zusammengefunden, von denen zumindest einige eindeutig weiblichen Geschlechts waren, was unschwer zu erkennen war; nicht nur weil bei den Wilden Kleidung keine besondere Rolle zu spielen schien (bei den in der Höhle herrschenden Temperaturen wäre sie auch eher lästig gewesen), sondern auch, weil eine der Kreaturen ein missgestaltetes Baby mit borstigem schwarzem Fell und viel zu langen Gliedmaßen an die Brust drückte und säugte. Das allein wäre noch nicht einmal außergewöhnlich gewesen – schließlich kümmerten sich ja auch Raubtiere aufopfernd um ihre Jungen –, doch als Anders und Lara an ihnen vorbeigingen, hob die Wilde den Kopf und betrachtete sie einen Moment lang stirnrunzelnd. Dann lächelte sie ihnen zu.

Ein Schlag ins Gesicht hätte Anders nicht härter treffen können. Das Lächeln war kein wirkliches Lächeln, sondern eine Furcht einflößende Grimasse, bei der das Geschöpf ein Gebiss aus krumm und schief gewachsenen Reißzähnen präsentierte, dessen bloßer Anblick jeden Tigerhai in die Flucht geschlagen hätte. Aber er spürte ganz deutlich die freundliche Absicht dahinter. Und das war ein Gefühl, das er bei einem Geschöpf wie diesem zuallerletzt erwartet hätte. Die Wilde sah einfach zwei Menschen, die sie vermutlich allein anhand ihrer Größe und Statur für Kinder hielt, und schenkte ihnen ein freundliches Lächeln ohne wirkliche Bedeutung – aber wer hätte je von einem Raubtier gehört, das so etwas tat?

Er musste wohl unwillkürlich im Schritt gestockt haben, denn sein Bewacher nutzte die Gelegenheit, ihm einen derben Stoß zu versetzen, der ihnen stolpern und zwei oder drei Sekunden lang mit wild rudernden Armen kämpfen ließ, bis er sein Gleichgewicht zurückerlangt hatte, und Lara bedachte den Troll mit einem zornigen Blick, signalisierte Anders aber zugleich auch mit einem angedeuteten Kopfschütteln, jetzt bloß nichts Unbedachtes zu tun, und war mit einer raschen Bewegung neben ihm, um ihn am Arm zu ergreifen. »Was war los?«, erkundigte sie sich. Offensichtlich hatte sie von dem kleinen Zwischenfall gar nichts mitbekommen oder wertete ihn nicht so wie er.

»Nichts«, murmelte Anders. Er versuchte, Lara und den

Felsentroll gleichzeitig und möglichst unauffällig im Auge zu behalten und dabei genauso schnell oder langsam zu gehen, dass er damit nicht sofort wieder den Unmut ihres haarigen Begleitschutzes erweckte. Lara maß ihn mit einem stirnrunzelnden Blick, aber sie enthielt sich auch jeden Kommentars und zog nur eine verächtliche Schnute.

Mittlerweile hatten sie die Höhle fast durchquert. Auch an ihrem anderen Ende gab es eine ganze Anzahl weiterer Durchgänge, und zumindest einer von ihnen stellte eine Überraschung dar, und das gleich in doppelter Hinsicht. Er war nicht nur so groß wie ein Tor, er war auch genau damit verschlossen: Anders erblickte ein wuchtiges, zweiflügeliges Tor aus fast schwarzem Eisen, das mit gleichermaßen rohen wie auf eine primitive Art kunstvoll wirkenden Bildern verziert war. Ein halbes Dutzend grob aus dem Stein herausgemeißelte Stufen führte zu diesem barbarischen Burgtor hinauf, und rechts und links davon standen zwei besonders große und muskulöse Ungeheuer, die mit Hellebarden, Schilden und schweren ledernen Harnischen ausgerüstet waren und sie so finster anstarrten, dass Anders ein eisiger Schauer über den Rücken lief.

Ihr Führer gebot ihnen mit einer rüden Geste, stehen zu bleiben, und eilte voraus. Eine Zeit lang wurde heftig geschnattert und debattiert, was von einem noch heftigeren Gestikulieren und der einen oder anderen unübersehbaren Drohgebärde begleitet wurde. Die Wilden zeichneten sich vielleicht nicht unbedingt durch gedrechselte Umgangsformen aus, aber allerspätestens dieser Anblick, der jedem bekannt vorkommen musste, der schon einmal einen Nachtwächter, einen Hausmeister oder den Concierge eines billigen Hotels dabei beobachtet hatte, wie er einen frechen Eindringling in seinem ganz persönlichen Machtbereich in seine Schranken wies, machte ihm klar, dass es sich bei den Wilden sicherlich nicht um zivilisierte Menschen handelte, aber auch um alles andere als geistlose Tiere.

»Was ist los mit dir?«

Anders drehte sich verstört zu Lara um und es verging eine gute Sekunde, bis ihm klar wurde, was der alarmierte Unterton in ihrer Stimme zu bedeuten hatte – und der sonderbare Blick, mit dem sie ihn maß. Er hatte mindestens eine halbe Minute lang einfach dagestanden und die drei miteinander streitenden Ungeheuer mit offenem Mund angestarrt. Hilflos schüttelte er den Kopf. »Glaubst du immer noch, sie wären nur primitive Monster?«, fragte er.

»Was denn sonst?« Lara warf einen irritierten Blick zum Tor und zu den drei knurrenden Riesen hinauf.

»Mir ist noch kein Tier untergekommen, das ein Tor bewacht«, sagte Anders, »Jedenfalls keins, das nicht an einer Kette gelegen und knurrend mit den Zähnen gefletscht hätte.«

»Mir wäre es auch lieber, wenn sie angekettet wären«, antwortete Lara. Aber sie klang ein ganz kleines bisschen verstört, und was sich in ihrer Stimme wie Überheblichkeit anhörte, das war in Wahrheit wohl eher Trotz, der eine Unsicherheit kaschieren sollte, die sie zuzugeben noch nicht bereit war.

Anders sah sie noch einen Moment lang durchdringend an, beließ es aber dann bei einem angedeuteten Schulterzucken und konzentrierte sich wieder auf das, was sich am oberen Ende der Treppe abspielte. Selbst Lara musste allmählich anfangen zu begreifen, dass die Wilden nicht unbedingt das waren, was man ihr und alle anderen Einwohnern Tiernans ein Leben lang erzählt hatte. Aber vielleicht musste er ihr einfach noch ein bisschen Zeit geben.

Die beiden Wächter oben am Tor schienen endlich zu dem Schluss zu kommen, ihrer Rolle Genüge getan zu haben, denn einer von ihnen trat mit einem drohenden Grunzen wieder zurück und nahm seinen Platz ein, während der andere eine bananenstaudengroße Hand ausstreckte und einen der beiden Torflügel gerade weit genug aufzog, damit sie hindurchschlüpfen konnten. Das Ding musste eine halbe Tonne wiegen, wenn nicht mehr, aber Anders hatte nicht den Eindruck, dass sich das Wesen dabei sonderlich anstrengen musste.

Ihr Führer machte sich nicht einmal die Mühe, sich zu ihnen umzudrehen, so sicher schien er sich seiner Sache zu sein, sondern winkte ihnen nur flüchtig zu und quetschte seine breiten Schultern dann mit einiger Anstrengung durch den Türspalt. Natürlich nutzte ihnen diese vermeintliche Unachtsamkeit überhaupt nichts. Nicht nur dass die beiden anderen Trolle sie äußerst misstrauisch und aufmerksam im Auge behielten, selbst wenn sie ihnen hätten entkommen können – wohin sollten sie schon laufen? Vermutlich hätte ein einziger Schrei gereicht, ihnen die ganze Bande auf den Hals zu hetzen, die hinter ihnen in der großen Höhle um die Wette schnarchte; und auch wenn es nicht so gewesen wäre: Anders hatte schon auf halbem Wege hier herunter hoffnungslos die Orientierung verloren. Die unterirdische Welt der Wilden bestand nicht nur aus dieser Höhle, sondern aus einem wahren Labyrinth von Gängen und Stollen, aus dem sie ohne Hilfe wahrscheinlich nicht einmal dann herausfinden würden, wenn niemand hinter ihnen her war, um ihnen die Köpfe abzureißen.

Die beiden Wächter beäugten sie weiter misstrauisch, aber auch mit einer beunruhigenden Intelligenz in den Augen, während sie an ihnen vorbei und durch das Tor gingen. Ein unerwartet breiter, rechteckiger Gang nahm sie auf, dessen Anblick Anders im allerersten Moment so verblüffte, dass er einen Moment stehen blieb und sich erstaunt umsah. Nicht nur dass von der Decke keine Lavatropfen mehr herabhingen: Wände und Boden starrten zwar vor Schmutz und eingetrocknetem Staub der Jahrzehnte, bestanden aber dennoch unübersehbar aus Beton. In regelmäßigen Abständen gähnten schwarze, rechteckige Löcher in der Decke, in denen früher einmal Lampen gewesen sein mussten, und es gab eine Anzahl hoher, ehemals farbig lackierter Metalltüren, die rechts und links vom Tunnel abzweigten. Etliche davon standen offen und flackernder roter Feuerschein drang heraus. Dennoch stank es hier nicht annähernd so erbärmlich nach Qualm; ganz im Gegenteil spürte Anders einen frischen Lufthauch auf dem

Gesicht und irgendwo, gerade an der Grenze des überhaupt noch Hörbaren, glaubte er das Murmeln einer laufenden Maschine wahrzunehmen.

Sie folgten dem Troll vielleicht zwanzig oder dreißig Schritte weit, bis sie eine Abzweigung erreichten, wo sie nach links einbogen. Anders versuchte sich ein genaueres Bild ihrer Umgebung zu machen. Der Tunnel erinnerte an das unterirdische Labor, in dem er mit Katt gewesen war, auch wenn er deutlich älter zu sein schien und alles hier irgendwie grober und massiver wirkte. Auf den Türen hatte es einmal Beschriftungen gegeben, die jetzt jedoch so verblasst waren, dass man ihre ursprüngliche Bedeutung allenfalls noch erahnen konnte, und ohnehin wohl nur aus Zahlen oder für ihn unentzifferbaren Buchstabenkombinationen bestanden hatten. An den offen stehenden Türen, an denen sie vorbeikamen, erkannte er, dass sie äußerst massiv waren; drei oder vier Zentimeter dicke Stahlplatten, die wie alles hier unten hauptsächlich dafür gedacht zu sein schienen, gewaltigen Kräften standzuhalten. Dann wurde ihm der Unterschied endgültig klar: Die unterirdischen Gänge, durch die er zusammen mit Katt gestreift war, gehörten eindeutig zu einem *Labor*, jetzt befanden sie sich wohl eher in einem *Bunker*.

Während sie dem Troll gefolgt waren, waren vor ihnen allmählich Stimmen lauter geworden; das Grunzen und Brüllen der Wilden, manchmal ein schrilles Gelächter, dazwischen aber auch etwas, das ganz eindeutig wie menschliche Stimmen klang, auch wenn sie zu weit entfernt waren, als dass er die Worte hätte verstehen können oder auch nur die Sprache, in der gesprochen wurde. Auch glaubte er manchmal einen Schrei zu hören oder Laute, die ihn an ein gequältes Wimmern denken ließen, war aber nicht ganz sicher, ob ihm seine Fantasie nicht schon wieder einen Streich spielte. Zusammen mit dem, was er von Lara erfahren hatte, war es nur allzu leicht, sich selbst davon zu überzeugen, dass sie sich auf dem direkten Weg in einen unterirdischen Folterkeller befanden oder zu einem womöglich noch schlimmeren Ort. Anders wies sich in Gedanken zur Ordnung. Ihre Lage war auch so schlimm genug. Es war absolut nicht nötig, dass er nun auch noch begann, sich selbst Angst zu machen.

Nach einer Weile wurde es vor ihnen wieder heller: Rechts und links an den Wänden waren durchaus kunstvoll geschmiedete Halterungen aus schwarzem Eisen angebracht, in denen Fackeln steckten, die nahezu rauchlos brannten. Die Wände waren nicht mehr ganz so schmutzig wie zuvor; hier und da hatte man offensichtlich sogar damit begonnen, den Belag aus Ruß und jahrzehntelang eingetrocknetem Staub und Dreck zu entfernen, sodass das ursprüngliche Grau des Betons wieder zum Vorschein kam. Anders versuchte erst gar nicht darüber nachzudenken, was das alles hier bedeutete, aber er warf Laras Theorie von den blutrünstigen, geistlosen Ungeheuern, die hier unter der Erde schlimmer als die Tiere dahinvegetierten, endgültig über Bord.

Der Troll blieb vor einer geschlossenen Tür stehen, gegen die er so wuchtig mit der Faust hämmerte, als wollte er sie einschlagen. Schon nach ein paar Augenblicken wurde sie geöffnet und dahinter erwartete sie die nächste, diesmal aber alles andere als angenehme Überraschung: Vor ihnen lag ein nur düster von einer einzelnen Fackel erhellter Raum, der früher einmal sehr groß gewesen sein musste, nun aber von einer Anzahl grobschlächtig zusammengebauter Eisengitter in ein Dutzend winzige Zellen unterteilt wurde, zwischen denen ein schmaler, frei gebliebener Gang entlangführte. Lara sog scharf und erschrocken die Luft zwischen den Zähnen ein und auch Anders musste sich beherrschen, um ein entsetztes Keuchen zu unterdrücken.

Mehr als die Hälfte der rechteckigen Zellen war leer, in den übrigen jedoch befanden sich – menschliche! – Gefangene in mehr oder weniger bemitleidenswertem, jedoch ausnahmslos erbärmlichem Zustand. Die meisten der abgerissenen, blutigen Gestalten, die auf dem nackten Boden oder allenfalls einem Lager aus fauligem Stroh lagen, waren so schwach, dass sie nicht einmal mehr die Köpfe hoben, als sie eintraten, und bei mindestens zweien von ihnen war Anders beinahe sicher, dass sie nicht mehr lebten. Möglicherweise war jetzt der Moment gekommen, um darüber nachzudenken, ob Lara vielleicht *doch* Recht hatte …

Seine allerschlimmsten Befürchtungen bewahrheiteten sich jedoch nicht. Der Troll und sein hässlicher Kumpan, der ihnen von innen geöffnet hatte, führten sie bis zu einer Tür am anderen Ende des Raumes, hinter der eine steile, sehr schmale Treppe in einem Gang aus schmutzigem Sichtbeton gute zwei Dutzend Stufen nach oben führte. Die Tür an ihrem oberen Ende stand offen, und Anders hörte undeutliche Geräusche, jetzt aber auch ganz eindeutig eine menschliche Stimme, die allerdings ebenso eindeutig in einer Sprache redete, die er noch nie zuvor gehört hatte. Die Stimme selbst jedoch kam ihm durchaus bekannt vor.

Der Troll machte eine herrische Geste, mit der er zu der oberen Tür hinaufdeutete, und Anders ging mit einem aufmunternden Nicken in Laras Richtung los. Hinter ihnen schlug die Tür mit einem dumpfen, in dem engen Gang lang nachhallenden Geräusch zu, dann hörte er einen Laut wie von grobem Sandpapier, das über Stein schleift, als sich das riesige Geschöpf hinter ihnen die schmale Stiege heraufmühte und seine breiten Schultern dabei rechts und links an den Wänden entlangscharrten.

Ohne, dass er etwas dagegen hätte tun können, wurde Anders immer langsamer, je näher sie der grau gestrichenen Tür am oberen Ende der Treppe kamen. Der Raum dahinter war hell erleuchtet, allerdings nicht von dem flackernden roten Schein der Fackeln oder eines offenen Feuers, sondern von einem gelben, gleichmäßig brennenden Licht, von dem Anders kaum noch geglaubt hatte, dass er es in seinem Leben noch einmal sehen würde. Die Stimme brach ab, als er noch zwei oder drei Stufen von der Tür entfernt war, und er hörte ein Geräusch wie von einem Stuhl, der scharrend zurückgeschoben wurde. Anders streckte die Hand nach der Tür aus, zögerte noch einen allerletzten Moment lang und nahm dann all seinen Mut zusammen. Obwohl er ahnte, wen er hinter dieser Tür treffen würde, und obwohl er letzten Endes aus keinem anderen Grund hierher gekommen war, hatte er in diesem Moment doch auch vor nichts mehr Angst als genau davor. Wäre Lara (und vor allem der Troll!) nicht da gewesen, hätte er möglicherweise kehrtgemacht um davonzulaufen. So legte er die flache Hand auf das graue Metall, schob die Tür mit einer langsamen, aber entschlossenen Bewegung völlig auf und trat hindurch.

Der Raum, in den er trat, war nicht besonders groß, aber so behaglich eingerichtet, wie man es bei einem fünfzig Jahre alten Bunker, der seine besten Tage längst hinter sich hatte, nur erwarten konnte. Eine komplette Wand wurde von einem bis unter die Decke reichenden, prall gefüllten Bücherregal eingenommen, vor der anderen thronte eine gemütliche Sitzgarnitur aus Leder, die sich um einen perfekt imitierten, aber sicherlich seit Jahrzehnten nicht mehr im Gebrauch befindlichen Kamin gruppierte, und zur Rechten starrten ihn die blinden Computeraugen eines ganzen Dutzends Monitore an, die sich über einem altmodischen, zugleich aber auch sonderbar futuristisch anmutenden Schaltpult erhoben.

Anders nahm an, dass das einmal die Kommandozentrale der unterirdischen Bunkeranlage gewesen war; zu Zeiten, als es hier noch Strom gegeben hatte und sie noch von Menschen bewohnt gewesen war. Jetzt kam das Licht von einem Dutzend kleiner Gaslampen, wie man sie auf Campingplätzen verwendete, und die einzige menschliche Gestalt saß in einem betagten Bürostuhl an einem Schreibtisch genau in der Mitte des Raumes und drehte ihnen den Rücken zu. Anders machte einen raschen Schritt, der ihn vollends ins Zimmer hineinbrachte, trat zur Seite, um Platz für Lara und den Troll zu machen, der das Kunststück fertig brachte, seine Schultern durch eine Tür zu quetschen, für die sie mindestens das Doppelte zu breit waren, und irgendeines dieser Geräusche musste Janniks Aufmerksamkeit erregt haben, denn er drehte sich ohne Hast, aber dennoch sehr schnell mit seinem Stuhl zu ihnen um und sah Anders mit einem Blick an, in dem sich nicht die geringste Spur von Überraschung fand. Allerdings auch nicht von Freude oder Erleichterung.

21

Es war ein sonderbarer Moment; vielleicht der bitterste und auf eine ganz besondere Weise erschreckendste, den Anders jemals erlebt hatte. Er wusste nicht, was er erwartet hatte – sicherlich nicht, dass Jannik aufsprang und ihn jubelnd in die Arme schloss –, doch was er in Janniks Augen las, das war so unerwartet und fremd, dass ihm alles, was er sich so mühsam zurechtgelegt hatte und was ihm auf der Zunge lag, buchstäblich im Halse stecken blieb. Da war keine Wärme, kein Hauch von der alten Zuneigung. Es war etwas, das er nicht einordnen konnte, aber er hatte zugleich auch das unheimliche Gefühl, der einzige Grund dafür war, dass er die Bedeutung dieses Blickes gar nicht erkennen *wollte.*

Er hielt diesem unheimlichen Blick nicht lange stand, sondern rettete sich damit, Janniks Gestalt kurz, aber sehr aufmerksam zu mustern. Sein ehemaliger Leibwächter und Freund (Freund?) war auch jetzt ganz in Schwarz gekleidet, aber er trug keine Rüstung aus groben Panzerplatten und Leder mehr, sondern schlichte weit fallende Stoffhosen und Stiefel, die nicht unbedingt so aussahen, als wären sie Maßanfertigung für ihn, sowie ein ärmelloses Hemd. Seine linke Hand ruhte auf dem Elfenbeingriff des Katana, das er auch jetzt noch am Gürtel trug, der rechte Arm steckte vom Ellbogen an abwärts in etwas, das man für einen überlangen, plump gefertigten Handschuh hätte halten können, hätte Anders es nicht besser gewusst. Die Spuren der Schlacht – vermutlich aber auch viel mehr noch dessen, was er zuvor durchgemacht hatte – waren deutlich in seinem Gesicht zu lesen. Jannik sah mindestens zehn Jahre älter aus, als er ihn in Erinnerung hatte, und um so vieles härter, dass er abermals erschauerte.

Schließlich war es Jannik, der das immer unangenehmer werdende Schweigen brach. »Hallo, Anders«, sagte er. »Ich freue mich dich zu sehen.«

Es klang genau wie die leere Floskel, die es war, und Anders war sogar fast sicher, dass die Worte genauso klingen *sollten.* Jannik lächelte dabei, doch auch dieses Lächeln war nichts als ein bedeutungsloses Verziehen der Lippen, bei dem sich der Rest seines Gesichtes kaum bewegte und die Augen so kalt wie kunstvoll gemalte Glaskugeln blieben. Statt etwas zu erwidern nickte er nur knapp.

»Ist das … dein Freund?«, fragte Lara.

Anders löste seinen Blick keinen Sekundenbruchteil von Janniks Gesicht, aber er nickte und antwortete: »Ja. Das ist Jannik.«

»Und wer ist deine kleine Freundin da?«, fragte Jannik. Er lächelte wieder, und diesmal glaubte Anders sogar eine Spur von Wärme in seinen Augen zu gewahren, aber sie erlosch, bevor er sich völlig sicher sein konnte.

»Das ist Lara«, antwortete er.

»Lara.« Jannik wiederholte den Namen langsam und sah Anders dabei auffordernd an; offensichtlich erwartete er eine weitergehende Erklärung. Als ihm klar wurde, dass er sie nicht bekommen würde, zuckte er mit den Schultern, stand auf und wandte sich an den Troll. »Es ist gut, Boris. Du kannst gehen. Ich rufe dich, wenn wir etwas brauchen.«

Der Troll quetschte sich ebenso umständlich wieder durch die Tür hinaus, wie er hereingekommen war, und Anders sah ihm stirnrunzelnd nach. »Boris?«

»Ich konnte der Versuchung nicht widerstehen«, gestand Jannik mit einem flüchtigen Grinsen. »Auch wenn ich eigentlich nicht damit gerechnet habe, noch einmal auf irgendjemanden zu treffen, der die Anspielung versteht.«

Lara blickte fragend und ziemlich verwirrt, und Anders setzte automatisch zu einer Erklärung an, beließ es dann aber bei einem stummen Kopfschütteln. Lara wusste sicherlich nicht, wer Boris Karloff gewesen war, und jetzt war auch nicht unbedingt der passende Moment, es ihr zu erklären.

»Hat man euch gut behandelt?«, fragte Jannik. »Sie haben euch doch nichts getan, oder?«

Anders schüttelte den Kopf; sollte sich Jannik doch selbst heraussuchen, auf welche seiner beiden Fragen das die Antwort war. Jannik wartete auch einen Moment sichtbar darauf, dass er etwas sagte, und diesmal konnte er seine Enttäuschung nicht mehr ganz verbergen. Die Situation wurde immer bizarrer, fand Anders. Plötzlich begriff er, dass Janniks Ruhe ebenso aufgesetzt und falsch war wie seine eigene und dass er vor diesem Moment mindestens genauso große Angst gehabt hatte wie Lara und er, wenn auch vermutlich aus vollkommen anderen Gründen.

»Seid ihr hungrig?«, fragte Jannik.

Anders schüttelte abermals den Kopf. Er *war* hungrig, doch er würde jetzt sowieso keinen Bissen hinunterbekommen.

»Aber ich nehme an, ihr habt eine Menge Fragen«, vermutete Jannik. Diesmal war es keine Frage, auf die er eine Antwort haben wollte. Noch bevor er sie ganz ausgesprochen hatte, drehte er sich um und machte mit dem künstlichen Arm eine einladende Geste zu der Sitzgruppe vor dem falschen Kamin. Eine halbe Sekunde lang spielte Anders ernsthaft mit dem Gedanken, einfach auszuprobieren, ob diese Bewegung eine Einladung oder vielmehr ein Befehl war, aber ihm wurde noch rechtzeitig bewusst, wie albern ein solches Benehmen wäre. Er machte einen Schritt zur Seite, um Lara demonstrativ den Arm um die Schulter zu legen – sie blickte ihn ganz kurz und irritiert an, aber Jannik hatte sich bereits umgedreht und ging zu einem der Sessel, sodass er es nicht bemerkte –, dann setzten sie sich nebeneinander auf die breite Ledercouch. Lara musterte das Möbelstück mit unverhohlenem Staunen und ihre Finger fuhren prüfend über das graue Material. Anders fragte sich, was sie in diesem Moment empfinden mochte. Angst, sicher. Aber für sie musste diese Welt noch viel wunderbarer, fantastischer und unverständlicher sein als für ihn. Und ganz bestimmt erschreckender.

Die Stimmung zwischen ihnen wurde immer sonderbarer. Auch Jannik blickte abwechselnd Lara und ihn an, und sie warteten ganz offenbar gegenseitig darauf, dass der jeweils andere das befangene Schweigen brach, das von ihnen Besitz ergriffen hatte.

Schließlich fragte Anders: »Warum hast du das getan?«

»Was?«

Anders nahm den Arm von Laras Schulter und deutete mit der anderen Hand direkt auf sie. »Lara wäre fast ums Leben gekommen. Ihr Freund *ist* gestorben. Und viele, viele andere auch. Warum hast du das getan?«

»Ich dachte, du wüsstest es«, antwortete Jannik. Ein Schatten huschte über sein Gesicht. Für einen Moment zeigte sich doch eine menschliche Regung in seinen bisher so kalten Augen, wenn auch nicht die, auf die Anders gewartet hatte. Er wirkte enttäuscht, als wäre genau das eingetreten, was er erwartet hatte. »Schließlich hast du lange genug bei ihnen gelebt.«

Das verstand Anders nicht und er sagte es auch.

»Deine neuen Freunde«, erklärte Jannik. »Die Elder.«

»Sie sind nicht meine Freunde«, antwortete Anders heftiger, als er wollte, und mit einem impulsiven Kopfschütteln. Bewusst ruhiger und nach einer spürbaren Pause fügte er hinzu: »Aber sie haben mir das Leben gerettet.«

»Und das gibt ihnen natürlich das Recht, alles zu tun, was sie wollen«, fügte Jannik kopfschüttelnd hinzu. Anders wollte antworten, aber Jannik schnitt ihm mit einer müde wirkenden Handbewegung das Wort ab, stand auf und begann gemessenen Schrittes im Zimmer auf und ab zu gehen. Sein Gesicht zeigte noch immer nicht die geringste Regung, doch seine linke Hand schloss sich so fest um den Elfenbeingriff des Samuraischwertes, dass das Blut aus seine Knöcheln wich.

»Also gut, das hat keinen Zweck«, sagte er nach einer Weile. »Wahrscheinlich hast du Recht. Ich schulde dir eine Erklärung. Ich hatte nur gehofft, du hättest das meiste schon selbst herausbekommen.«

Anders schwieg dazu, aber ihm entging nicht, dass sich in diesen Worten eine Frage verbarg, vielleicht etwas wie ein Test? »Ich dachte, du bist tot«, sagte er schließlich.

Jannik lachte rau. »Ja. Für eine Weile dachte ich das auch. Und um ehrlich zu sein habe ich es mir für eine noch längere Zeit sogar gewünscht.« Er blieb stehen und deutete eine Bewegung mit dem amputierten rechten Arm an. »Viel hätte nicht gefehlt.«

Hatte er sich vielleicht geirrt, war die verkappte Frage vielleicht vielmehr ein Vorwurf? »Wenn ich gewusst hätte, dass du noch lebst«, begann er, »dann …«

»… wärst du hinter mir hergelaufen und dabei mit ziemlicher Wahrscheinlichkeit umgebracht worden«, fiel ihm Jannik ins Wort. Er schüttelte heftig den Kopf. »Unsinn! Du brauchst dir keine Vorwürfe zu machen. Ich an deiner Stelle hätte genau dasselbe getan. Ich hätte tot sein müssen. Dass ich überlebt habe, war mehr als ein Wunder. Allein der Sturz vom Dach hätte mich eigentlich umbringen müssen, ganz zu schweigen von …«, er hob den halben rechten Arm, »… dem hier. Du hast dir nicht das Geringste vorzuwerfen.«

»Trotzdem«, beharrte Anders. »Ich war feige. Ich hätte dich nicht im Stich lassen dürfen.«

»Und ich war ein ziemlicher Dummkopf, mit einer Pistole auf einen bis an die Zähne bewaffneten Kampfhubschrauber zu schießen«, sagte Jannik mit einem dünnen Lächeln und einer abfälligen Geste. »So etwas sollte einem Mann wie mir nicht passieren, meinst du nicht auch?« Er schnitt Anders erneut das Wort ab. »Lassen wir das. Was passiert ist, ist passiert, und wir beide können nichts mehr daran ändern.«

»Nein«, bestätigte Anders. »Das können wir nicht.« Das Gespräch drohte schon wieder ins Stocken zu geraten, und Anders fühlte sich mit jeder Sekunde, die verging, unbehaglicher; auf eine vollkommen andere Art als bisher, die er kaum in Worte fassen konnte. Jannik erwartete, dass er irgendetwas ganz Besonderes sagte oder tat, und hätte er auch nur den geringsten Grund dafür angeben können, so hätte er jeden Eid geschworen, dass er Angst davor hatte.

Aber natürlich war das Unsinn.

Sah man einmal davon ab, dass es ihm umgekehrt ganz genauso erging, hieß das …

»Warum erzählst du mir nicht einfach, was passiert ist?«, fragte Anders.

»Da gibt es nicht allzu viel zu erzählen«, antwortete Jannik. Er machte einen halben Schritt, wie um sein unruhiges Hin und Her im Zimmer fortzusetzen, brach die Bewegung dann ab und wandte sich mit einem Ruck wieder ganz in seine und Laras Richtung. Er verschränkte die Arme vor der Brust, aber er musste die linke Hand zu Hilfe nehmen, um die rechte anzuheben, was die Geste zu etwas sonderbar Fremdartigem und fast Unheimlichem werden ließ. Anders ertappte sich dabei, Janniks verkrüppelten Arm anzustarren, und sah hastig weg, wusste aber dann plötzlich nicht mehr, wohin mit seinem Blick. Es lag nicht an der Schwere von Janniks Verletzung; er hatte in den letzten Tagen wahrhaft Schlimmeres gesehen (und so ganz nebenbei: *zugefügt)* und doch machte ihm Janniks Verwundung mehr zu schaffen als alles andere. Jannik hatte es selbst gesagt und er hatte hundertprozentig Recht damit: Es war nicht seine Schuld. Er konnte nichts dafür und es hätte rein gar nichts gegeben, was er für Jannik hätte tun können, nicht einmal wenn er gewusst hätte, dass er noch am Leben war. Und trotzdem hatte er immer noch das Gefühl, seinen Freund im Stich gelassen und verraten zu haben.

»Ich kann mich nicht an besonders viel erinnern.« Jannik setzte sich und hob mit einem schiefen Grinsen die Schultern.

»Wahrscheinlich ist das auch ganz gut so. Ich dachte, ich wäre tot. Ich meine, ich dachte es *wirklich*. Es war genauso, wie man es immer hört, weißt du? Es war alles da: Der Tunnel, das helle Licht an seinem Ende, die Stimmen ...« Er hob abermals die Schultern. Das Ende seines Katana scharrte dabei über den Boden und verursachte ein Geräusch, das Anders so unangenehm war wie das Kratzen einer Gabel auf dem Topfboden. »Ich weiß nicht, ob ich tot war und zurückgekommen bin. Vielleicht ist an all diesen Geschichten auch nichts dran und es sind nur die letzten Todesvisionen. Aber ich denke, das will ich nicht glauben.«

»Und dann?«, fragte Anders, als Jannik nicht weitersprach. Das Thema war ihm unangenehmer, als er sich erklären konnte. Vielleicht war er dem Tod in den letzten Tagen einfach ein paarmal zu oft zu nahe gekommen, um noch unbefangen darüber reden zu können.

Jannik machte eine Kopfbewegung zur Tür hin, durch die Boris verschwunden war. »Sie haben mich gefunden und mitgenommen. Ich konnte bis heute nicht wirklich herausfinden, warum.«

Anders nickte nur. Er erinnerte sich an das albtraumhafte Gesicht, das er für einen Moment hinter dem Trümmerberg zu sehen geglaubt hatte, während die Männer in den schwarzen ABC-Anzügen sie durch das zerstörte Gebäude gejagt hatten. Er hatte es für ein Trugbild gehalten, aber das war wohl nicht der einzige Punkt, in dem er sich gründlich geirrt hatte.

»Es hat fast einen Monat gedauert, bis ich wieder aus eigener Kraft gehen konnte«, fuhr Jannik fort. Sein Gesicht verdüsterte sich. Er waren keine guten Erinnerungen, die die Worte heraufbeschworen. Anders konnte regelrecht sehen, wie er die Bilder mit einer bewussten Anstrengung abschüttelte. »Seitdem bin ich hier«, schloss er.

»Warum hast du nicht versucht zu mir zu kommen?«, fragte Anders.

Jannik sah ihn nachdenklich an. »Zu dir? Warum?«

»Vielleicht hätte es mich interessiert, zu erfahren, dass du noch am Leben bist«, sagte Anders.

»Ich wusste, dass *du* noch lebst«, antwortete Jannik. Er lächelte flüchtig. »Und ich musste mir über verschiedene Dinge … klar werden. Ich hatte dich die ganze Zeit im Auge und wusste, dass ich mir keine Sorgen um dich zu machen brauche.«

Irgendwann, dachte Anders, würden sie sich über Janniks Definition von *Ich muss mir keine Sorgen machen* unterhalten müssen, aber sicher nicht jetzt. »Du scheinst es auch nicht schlecht getroffen zu haben«, sagte er bissig.

Jannik sah ihn einen Moment lang vollkommen ausdruckslos an, dann drehte er sich in seinem ledernen Sessel halb um und wandte sich direkt an Lara. »Das mit deinem Freund tut mir aufrichtig Leid. Ich wünschte, es hätte nicht so weit kommen müssen.«

»Seltsam, aber diesen Eindruck hatte ich nicht«, sagte Anders. »Oder war das dein Zwillingsbruder, der das Heer angeführt hat?«

»Wenn du von dem Mann sprichst, der den Elder einen Waffenstillstand angeboten hat und dafür beinahe hinterrücks umgebracht worden wäre – das war ich«, bestätigte Jannik. Er hob rasch die Hand, als Anders widersprechen wollte, und fuhr, wieder direkt an Lara gewandt, fort: »Ich erwarte nicht, dass du mich verstehst oder mir verzeihst. Du sollst nur wissen, dass es mir wirklich Leid tut. Nicht nur um deinen Freund, sondern um jeden einzelnen Mann und jede Frau, die gestern gestorben sind.«

Anders setzte zu einer weiteren bösen Bemerkung an, aber er brachte die Worte nicht über die Lippen. Obwohl es ihm selbst fast absurd vorkam – er glaubte Jannik. Auch wenn noch so viel geschehen sein mochte und auch wenn sich Jannik ganz deutlich und auf eine Art verändert hatte, die ihn mit jeder Sekunde mehr erschreckte – Jannik war niemals ein Mensch gewesen, dem das Schicksal anderer egal war oder der gar mit

Menschenleben gespielt hätte. All das steigerte seine Verwirrung aber nur noch.

»Ihr seid jetzt sehr durcheinander und vermutlich auch müde und erschöpft«, sagte Jannik. »Wenn ihr wollt, setzen wir dieses Gespräch später fort. Ich habe ohnehin noch das eine oder andere zu tun.«

»Ich nehme an, du bereitest den nächsten Angriff auf Tiernan vor?«, erkundigte sich Anders spitz. Diesmal hatte er Jannik wirklich getroffen, das sah er ihm an.

»Hätten deine Freunde nicht mit etwas unfairen Mitteln in den Kampf eingegriffen, wäre das jetzt wahrscheinlich nicht nötig«, antwortete er spröde. »Andererseits – jetzt, wo wir ...«

»Sie sind nicht meine Freunde!«, unterbrach ihn Anders heftig.

»Ich fürchte, doch«, sagte Jannik. Er schüttelte den Kopf. »Manchmal kann man sich seine Freunde nicht aussuchen, weißt du? Oder glaubst du im Ernst, die *Wächter* hätten in den Kampf eingegriffen um die Elder zu retten?«

»Die *Drachen*?«

»Sie nennen sich selbst so«, sagte Jannik und verzog abfällig die Lippen. »Übrigens legen sie auch Wert auf genau diese Bezeichnung. Ich vermute, Größenwahn ist mittlerweile Voraussetzung dafür, einen Job bei dieser Truppe zu bekommen.«

Anders hielt Janniks Blick ruhig stand, aber er spürte dennoch, wie sich Lara neben ihm ein wenig versteifte und ihn aus großen Augen und plötzlich neu erwachtem Misstrauen anstarrte. »Wenn du wirklich so viel über sie weißt, hast du dann gar keine Angst, sie könnten auch hierher kommen, um mich zu suchen?«

Jannik lachte leise. »Kaum. Sie wissen, dass sie hier unten keine Chance gegen uns haben.« Er atmete hörbar ein. »Aber du hast natürlich vollkommen Recht: Sie wissen, dass du hier bist, und früher oder später werden sie sich etwas einfallen lassen. Was bedeutet, wir haben nicht allzu viel Zeit.«

»Zeit wofür?«

»Zu entscheiden, was mit dir geschieht«, antwortete Jannik. »Ich kann dich nicht gehen lassen, nicht nach allem, was du jetzt weißt und gesehen hast. Aber ich kann dich auch nicht hier behalten. Jedenfalls nicht auf Dauer. Ganz davon abgesehen, dass ich mir nicht vorstellen kann, du möchtest das.«

Damit hatte den Nagel so genau auf den Kopf getroffen, wie es nur ging. Bevor Anders jedoch etwas erwidern konnte, mischte sich Lara ein. »Das heißt, ihr werdet uns töten?«

Jannik sah sie leicht verwirrt an. »Selbstverständlich«, antwortete er. »Genau deshalb habe ich ein halbes Dutzend meiner Krieger geopfert, um euch vor den Drachen zu retten, mein Kind.« Er schüttelte mit einem fast resigniert klingenden Seufzen den Kopf. »Was hat man dir über die Bewohner des Ödlandes erzählt, Lara? Dass sie blutrünstige Bestien sind, die Jagd auf Menschen machen und kein größeres Vergnügen kennen, als sie langsam zu Tode zu quälen? Dass sie schlimmer als die Tiere sind und von Menschenfleisch leben?«

Lara schwieg dazu, doch das allein schien Jannik schon Antwort genug zu sein. Er schüttelte traurig den Kopf und seufzte abermals und noch tiefer. »Ja. Das habe ich mir gedacht.«

»Stimmt es etwa nicht?«, fragte Lara. Ihre Stimme zitterte, sie hatte die Hände vor Angst zu Fäusten geballt und trotzdem gelang es ihr, einen herausfordernden Ton in ihre Worte zu legen.

»Es ist wahr, dass sie Menschen und Elder töten«, antwortete Jannik. »Zumindest die, die hierher kommen und sich einen Spaß daraus machen, sie zu hetzen und aus purem Zeitvertreib umzubringen.« Er schüttelte heftig den Kopf, als Lara widersprechen wollte, und fuhr mit einer nur ganz wenig lauteren, aber hörbar schärferen Stimme fort: »Glaubt mir, Lara, ich lebe lange genug bei ihnen um sie zu kennen. Sie würden niemandem etwas zuleide tun, der ihnen nichts tut. Sie haben mir das Leben gerettet, obwohl ich ein vollkommen Fremder für sie war, und ich habe bei diesen angeblichen Ungeheuern und Bestien mehr Menschlichkeit und Güte kennen gelernt als bei so manchem, der sich selbst *Mensch* nennt. Glaubst du wirklich, ich wäre noch am Leben, wenn sie tatsächlich die blutgierigen Bestien wären, für die du sie hältst?« Er schüttelte den Kopf, um seine eigene Frage zu beantworten. »Sie wollen nichts anderes, als ihr Leben leben und in Ruhe gelassen werden. Dasselbe, was du auch willst.«

»Und die Gefangenen?«, fragte Anders. Jannik warf ihm einen fragenden Blick zu und Anders machte eine erklärende Geste zur Tür hinüber, durch die sie hereingekommen waren und an deren unterem Ende der Saal mit den Gitterkäfigen lag. »Wir haben sie gesehen.«

»Sie sind genau das, was du gerade selbst gesagt hast«, sagte Jannik. »Gefangene. Niemand wird ihnen etwas antun.«

»Sicher«, meinte Anders spöttisch. »Ich nehme an, deine neuen Freunde werden sie gesund pflegen und dann nach Hause schicken.«

»Eines von beidem wahrscheinlich nicht«, gestand Jannik. »Die Männer sind ein Problem, ich gebe es zu. Ich weiß selbst noch nicht genau, was mit ihnen geschehen wird. Leider sind sie nur eines von einer Menge Problemen, die wir im Moment haben. Ich fürchte, du hast dir keinen besonders günstigen Zeitpunkt für deinen Besuch ausgesucht.«

»Das macht nichts«, antwortete Anders. »Wenn es gerade nicht passt, können wir später wiederkommen.«

Jannik lächelte dünn, doch er machte sich nicht einmal die Mühe, darauf zu antworten. »Warum seid ihr geflohen?«, fragte er unvermittelt.

Anders setzte ganz impulsiv zu einer Antwort an, aber dann schluckte er die Worte im letzten Moment hinunter und sah Jannik stattdessen durchdringend an. Jannik hatte diese Frage nicht einfach *nur so* gestellt oder um das schon wieder unbehaglich werdende Schweigen zu brechen. Vielleicht war es sogar die wichtigste Frage überhaupt bisher. »Ich wollte ...« Er brach noch einmal ab, fuhr sich nervös mit der Zungenspitze über die Zähne und sagte dann etwas anderes als das, was er eigentlich hatte sagen wollen; etwas, das auch die Wahrheit war, aber nicht ganz und nicht der Hauptgrund. »Ich wollte von Anfang an weg«, sagte er schließlich. »Nicht nur aus Tiernan. Ich dachte, das wüsstest du.«

»Du hast versucht über die Mauer zu kommen«, bestätigte Jannik. »Sei froh, dass es dir nicht gelungen ist.«

»Wieso?«

»Selbst wenn du die Infraschallbarriere irgendwie überwunden hättest, hätten dich die Laser erwischt, die darüber angebracht sind.«

»Laser?« Anders richtete sich alarmiert auf.

Jannik nickte. »Hast du wirklich geglaubt, es wäre so einfach?«, fragte er. »Dafür, dass du schon so lange hier bist, weißt du ziemlich wenig. Ist dir nicht aufgefallen, dass es in diesem Tal keine Vögel gibt?« Er schüttelte heftig den Kopf. »Nichts kommt in dieses Tal herein und nichts hinaus.«

»*Wir* sind hereingekommen«, erinnerte Anders, aber Jannik fegte die Antwort mit einer unwilligen Bewegung seines gesunden Armes beiseite.

»*Wir«,* sagte er betont, »hatten nicht nur ein Flugzeug, sondern vor allem einen Transponder, der uns die computergesteuerten Luftabwehrgeschütze vom Hals gehalten hätte, wenn dieser geldgierige kleine Möchtegern-Entführer ihn nicht als Zielscheibe benutzt hätte.« Er schüttelte mit einem leisen Lachen den Kopf, in dem nicht die allermindeste Spur von Humor mitschwang. »Wenn es nicht so grausam wäre, könnte man beinahe darüber lachen.«

»So?«, fragte Anders. »Ich fand es eigentlich nicht besonders komisch. Vielleicht täuschen mich ja meine Erinnerungen – aber mir ist es so vorgekommen, als hätten uns die beiden Kerle beinahe umgebracht.«

»Das ist ja gerade das Komische«, antwortete Jannik mit todernstem Gesicht. »Ich bin sicher, dass du es niemals mitbekommen hast, aber du warst vermutlich einer der bestbewachten Schüler, die das Internat je hatte.«

»Wie?«, machte Anders.

Jannik nickte ernst. »Du bist Tag und Nacht bewacht worden«, bestätigte er. »Der eine oder andere Lehrer steht genauso auf der Gehaltsliste deines Vaters wie eine kleine Privatarmee, die dich auf Schritt und Tritt bewacht und beschützt hat.«

»Dann ist es also ...« Lara sah ihn aus großen Augen an. »Dann ... ist es also doch wahr?«

»Was?«

Anders ignorierte sowohl Laras Worte als auch Janniks Frage; zumindest versuchte er es. Was ihm nicht gelang, war, das spöttische Glitzern in Janniks Augen zu ignorieren. Irgendwie hatte er das Gefühl, dass Jannik ganz genau wusste, wovon Lara sprach.

»Nein«, sagte er widerwillig an Lara gewandt, aber ohne Jannik aus den Augen zu lassen. Nunmehr direkt an ihn gewandt fuhr er fort: »Ist das wahr?«

Der Spott in Janniks Augen blitzte noch heller. Er antwortete mit einer Bewegung, die irgendwo zwischen einem Nicken und einem gleichgültigen Schulterzucken angesiedelt war. »Du bist nicht irgendwer, Anders«, sagte er. »Ob es dir nun gefällt oder nicht – du bist der Sohn eines der reichsten Männer der Welt. Ich persönlich habe mehr als ein halbes Dutzend Typen aus dem Verkehr gezogen, die auch nur zu laut daran gedacht haben, dich zu entführen, um deinen Vater zu erpressen. Und ich weiß bestimmt längst nicht von allen.« Er lachte ganz leise. »Wahrscheinlich hat dein Vater mehr Geld zu deinem Schutz ausgegeben, als die meisten Möchtegern-Ganoven überhaupt von ihm erpressen wollten. Und was passiert?« Er lachte noch einmal und diesmal klang es sogar fast echt. »Zwei kleine Trottel, die weder einen Plan haben noch den nötigen Grips, um einen solchen durchzuziehen, schaffen es tatsächlich. Und da sage noch einmal einer, das Schicksal hätte keinen Sinn für Humor.«

»Also ist es wahr?«, fragte Lara noch einmal. Ihre Stimme hatte sich verändert. Sie klang jetzt fast hysterisch. »Du *bist* Oberons Sohn.«

»Quatsch!«, antwortete Anders. Jannik sah ihn, dann das Mädchen und dann wieder ihn an, bevor er fragte: »Bist du sicher?«

»Ziemlich«, antwortete Anders ruppig. Er warf Jannik noch einen wütenden Blick zu, dann drehte er sich zu Lara um. »Mein Vater ist ein sehr mächtiger Mann, da, wo ich herkomme«, sagte er in bewusst ruhigem Ton. Er schüttelte den Kopf. »Allmählich habe ich das Gefühl, dass er sogar noch viel mächtiger ist, als ich selbst geglaubt habe. Aber er ist weder ein Gott noch hat er irgendetwas mit den Elder zu tun.«

Lara sagte nichts dazu, aber der Blick, mit dem sie ihn maß, gab ihm nicht das Gefühl, er hätte sie vollkommen überzeugt. Was vielleicht daran lag, dass er selbst nicht vollkommen von dem überzeugt war, was er sagte. Janniks Worte hatten einen Zweifel in seinem Herz geweckt, für den er ihn fast hasste. Trotzdem fuhr er in trotzig-herausforderndem Ton und an Jannik gewandt fort: »Was soll das? Du kennst meinen Vater doch besser als ich.«

»Vielleicht«, sagte Jannik. »Ich dachte es zumindest, bevor ich hierher gekommen bin. Aber jetzt bin ich mir dessen nicht mehr so sicher.«

Von allem, was Jannik bisher gesagt hatte, verstand Anders das vielleicht am allerwenigsten und zugleich jagte es ihm die größte Angst ein. »Was genau meinst du damit?«, fragte er unsicher.

Wieder sah ihn Jannik für einen endlosen Augenblick auf eine durchdringend-forschende Art an, die Anders frösteln ließ, bevor er antwortete. »Was würdest du sagen, wenn ich dir verrate, dass deine kleine Freundin gar nicht einmal so Unrecht hat – wenn auch auf eine völlig andere Art, als sie glaubt?«

»Ich würde sagen, dass du spinnst«, antwortete Anders.

»Hast du dich jemals gefragt, woher die *Drachen* kommen?«, fragte Jannik.

»Was haben die mit …«, begann Anders, brach verwirrt ab

und wusste plötzlich weder wohin mit seinem Blick noch mit seinen Händen. Jannik sah ihn weiterhin auf diese seltsame, mittlerweile fast Angst einflößende Art an, dann stand er auf, ging zu einem Schrank und zog eine große Schublade auf. Anders' Augen weiteten sich vor Erstaunen und Lara zuckte neben ihm erschrocken zusammen, als sie sah, was Jannik in seinen Händen hielt. Es war eine der schrecklichen Waffen, mit denen die Männer aus den Helikoptern ihr blaues Feuer verschossen.

»Ich nehme an, du weißt ungefähr, was das ist?«, fragte Jannik.

»Nicht … genau«, antwortete Anders.

»Eine Partikelwaffe«, sagte Jannik.

»Aha«, sagte Anders und maß zuerst Janniks Gesicht und dann das klobige Gewehr in seinen Händen mit einem verständnislosen Blick. Das Wort sagte ihm etwas, auch wenn es aus einem Leben stammte, zu dem er mit jedem Tag weniger Bezug zu haben schien, und irgendwo tief in seinem Bewusstsein regte sich sogar so etwas wie eine Erklärung, aber es erschien ihm viel zu mühsam, danach zu greifen. »So eine Art Strahlengewehr, wie die Laserkanonen aus Star Trek?«

Jannik lächelte knapp und wurde sofort wieder ernst. »Nein. Schon eher etwas wie ein Luftgewehr – nur ein bisschen leistungsfähiger.« Er klemmte sich die Waffe mit einer Bewegung, die ein wenig ungeschickt wirkte, unter den rechten Arm, fummelte einen Moment mit der linken Hand an ihrem Schaft herum und zog dann eine schmale Metallkassette heraus, von der Anders annahm, dass sie so etwas wie das Magazin des futuristischen Gewehrs darstellte. Auf eine entsprechende auffordernde Geste Janniks hin streckte er die Hand aus und Jannik öffnete das Kästchen mit einem geschickten Schnippen des Daumennagels. Anders hatte etwas wie eine Batterie oder einen anderen futuristischeren Energiespeicher erwartet, doch das Magazin enthielt etwas, das auf den ersten Blick wie grobkörniger grauer Staub aussah. Als Jannik ihm etwas davon auf die ausgestreckte Handfläche schüttete, erkannte er jedoch, dass es sich um Tausende winziger, mattgrauer Metallkügelchen handelte. Sie waren erstaunlich schwer. Anders schätzte ihren Durchmesser auf kaum einen Millimeter.

»Das sind Kugeln aus angereichertem Uran«, erklärte Jannik. Er schüttelte rasch den Kopf und zwang ein beruhigendes Lächeln auf sein Gesicht, als Anders erschrocken zusammenfuhr und die Hand zurückziehen wollte. »Keine Sorge. Es ist nicht mehr radioaktiv.«

»So?«, murmelte Anders. Er hatte keinen Grund, an Janniks Worten zu zweifeln, und trotzdem musste er sich beherrschen, um das Dutzend winzige Kügelchen nicht hastig fallen zu lassen und sich die Hände an seiner Kleidung abzuwischen. Und seine Fantasie ließ es sich auch nicht nehmen, ihm ein heftiges Kribbeln vorzugaukeln, das sich von seiner Handfläche ausgehend rasch in seinem ganzen Arm ausbreitete.

Jannik klappte das Magazin wieder zu und schob es an seinen Platz im Schaft der Waffe. Ein flüchtiges amüsiertes Lächeln spielte um seine Lippen, als hätte er Anders' Gedanken erraten. Vielleicht sah man sie ihm auch an. »Die Waffe erzeugt schnell wechselnde Magnetfelder, die die kleinen Lieblinge da fast auf ein Viertel der Lichtgeschwindigkeit beschleunigen«, fuhr er fort. »Keine noch so futuristische Laserkanone könnte eine so verheerende Wirkung erzielen.«

»Warum erzählst du mir das?«, fragte Anders. Er betrachtete das halbe Dutzend winzige graue Metallkügelchen auf seiner Hand noch einen Moment angestrengt und ließ es schließlich einfach fallen. Nicht nur ohne, sondern ganz ausgesprochen *gegen* seinen Willen rieb er danach nicht nur die Handflächen aneinander, sondern schrubbte sie auch noch ein paar Augenblicke am Stoff seines Kleides. Das Kribbeln blieb und der amüsierte Ausdruck in Janniks Augen verstärkte sich noch ein bisschen.

»Damit du begreifst, dass es hier nicht um Zauberei geht«, sagte er, »sondern um Technik. Wenn auch um eine, die mehr Angst macht.« Er umfasste den Lauf der Waffe mit der linken

Hand und zog sie wieder unter seinem Arm hervor. »Willst du wissen, wo dieses Spielzeug herkommt?«

Die ehrliche Antwort darauf wäre ein ganz eindeutiges *Nein* gewesen. Anders war noch nicht so weit es zuzugeben, aber eigentlich kannte er nicht nur die Antwort auf Janniks Frage, sondern wusste auch, worauf er hinauswollte. Trotzdem griff er zögernd zu, als Jannik ihm das Gewehr mit dem Schaft voraus hinhielt und eine auffordernde Kopfbewegung machte.

Das Gewehr war sehr viel leichter, als er erwartet hatte. Es lag auch anders in der Hand, das Material war hart wie Stahl, fühlte sich aber zugleich auf eine fast abstoßende Weise weich und angenehm an, wie es einem so grässlichen Tötungsinstrument einfach nicht zustand. Anders drehte den Partikelwerfer einen Moment hilflos in den Händen und sah dann wieder zu Jannik hoch.

»Unter dem Lauf«, sagte Jannik. »Gleich vor dem Abzug.«

Anders drehte die Waffe gehorsam herum, und obwohl er geahnt hatte, was er sehen würde, konnte er selbst spüren, wie alles Blut aus seinem Gesicht wich, als er das winzige, bewusst unauffällig angebrachte Symbol auf der Unterseite des Gewehrs erblickte. Ein Kreis, der ein großes I und ein großes B umschloss. Das Firmenemblem von *Beron Industries,* der Firma seines Vaters.

»Das … ist nicht möglich«, hauchte er. »Das glaube ich nicht.« Plötzlich schien das Gewehr in seinen Händen eine Tonne zu wiegen. Er begann zu zittern, ganz leicht nur, aber am ganzen Leibe und ohne dass er irgendetwas dagegen tun konnte.

»Doch«, behauptete Jannik. »Du glaubst es.«

Anders starrte erst seinen Freund, dann die Waffe in seinen Händen aus geweiteten Augen an, dann ließ er sie so hastig auf den schmalen Glastisch zwischen ihnen fallen, dass die Scheibe protestierend klirrte. »Aber wie konnte … ich meine … so … so etwas gibt es doch gar nicht. Niemand auf der ganzen Welt besitzt solche Waffen.«

»Oder Hubschrauber, die vollkommen lautlos fliegen und auf keinem Radarschirm zu sehen sind«, fügte Jannik mit einem spöttischen Nicken hinzu. »Oder unsichtbare Schallbarrieren, die jeden töten, der ihnen zu nahe kommt. Du hast Recht. Niemand auf der ganzen Welt kann so etwas bauen. Niemand außer deinem Vater.«

»Das ist nicht wahr!«, entfuhr es Anders. Sogar er selbst hörte, wie hysterisch seine Stimme klang. »So etwas würde er niemals tun. Mein Vater ist der friedlichste Mensch, den ich kenne! Du weißt das! Du kennst ihn auch!«

»Wie gesagt«, antwortete Jannik. »Ich *dachte*, dass ich ihn kenne. Aber jetzt bin ich nicht mehr sicher.« Er schüttelte den Kopf. »Dein Vater ist nicht der Mann, für den du und ich und die ganze Welt ihn gehalten haben.«

»Unsinn!« Anders schrie fast und deutete mit einer gleichermaßen hektischen wie furchtbar hilflosen Geste auf das Gewehr, das zwischen ihnen auf dem Tisch lag. »Wenn ... wenn er so etwas bauen könnte, dann ...«

»Hätte er es längst auf den Markt geworfen, um es zu verkaufen?«, unterbrach ihn Jannik. »Aber warum sollte er? Um Geld zu verdienen? Kaum. Davon hat er mehr, als er jemals ausgeben könnte.«

22

Anders fühlte sich so durcheinander, verwirrt und hilflos, dass es beinahe körperlich wehtat. Tief in sich spürte er, dass Jannik Recht hatte. Vielleicht hätte er das Firmenemblem auf dem Partikelwerfer nicht einmal mehr sehen müssen, um das zu begreifen. Auch wenn er sich noch so sehr gegen den Gedanken zu wehren versuchte – etwas in ihm hatte die ganze Zeit über gewusst, dass es so war. »Dann ... dann sind die Männer in den schwarzen Hubschraubern ... die *Drachen* ... dann arbeiten sie für meinen Vater?«

»Ja«, sagte Jannik. »Wenn es nicht so wäre, dann wärst du schon lange tot.«

Anders weigerte sich immer noch, irgendetwas von dem zu glauben, was Jannik ihm da erzählte. Seine Behauptung war nicht nur grotesk und schrecklich: Sie stellte alles auf den Kopf, was er zu wissen geglaubt hatte – aber Jannik hatte Recht. Für einen winzigen Moment glaubte er sich wieder in jene schreckliche Nacht auf dem Dach zurückversetzt, eine Sekunde nach dem Augenblick, in dem Jannik neben ihm getroffen worden und vom Dach gestürzt war. Er spürte das kalte Entsetzen, als er den Mann in der Pilotenkanzel des Helikopters anstarrte, der die Hand schon nach dem Feuerknopf seiner Waffen ausgestreckt hatte, um auf ihn zu schießen, und dann wieder die Mischung aus Fassungslosigkeit und ungläubiger Erleichterung, als der grelle Blitz ausblieb, der seinem Leben ein Ende setzen sollte. Er hatte bis heute nicht verstanden, warum die Männer ihn verschont hatten, aber nun machten es ihm Janniks Worte und das, was er ihm gezeigt hatte, unmöglich, die Augen noch länger vor der Wahrheit zu verschließen, so gerne er es auch getan hätte. Die Männer hatten ihn verschont, als sie ihn *erkannt* hatten. So einfach war das.

»Du hast das alles gewusst, nicht wahr?«, flüsterte er. »Du wusstest, was wir finden würden, als wir in der Ruinenstadt abgestürzt sind.« Natürlich. Jannik hatte es gewusst, aber alles war viel zu schnell gegangen, die Ereignisse zu rasch und mit furchtbarer Wucht über sie hereingebrochen, als dass er all die Kleinigkeiten, alles, was Jannik gesagt hatte, alle Ungereimtheiten und Rätsel in den richtigen Zusammenhang hätte bringen können. Aber nun war ihm alles klar.

»Nicht alles«, gestand Jannik. »Aber vieles. Ja.«

»Warum hast du es nicht gesagt?«, fragte Anders mit leiser, bitterer Stimme. »Warum hast du mir nicht gesagt, was wir finden würden?«

»Weil es nicht meine Aufgabe war, dir irgendetwas zu erklären«, antwortete Jannik ebenso leise, »sondern dich zu beschützen. Wenn es sein muss, sogar vor dir selbst.«

»Und jetzt?«, fragte Anders. »Ist es jetzt nicht mehr deine Aufgabe?«

Janniks Gesicht verdüsterte sich für einen Moment. »Nur falls es dir entgangen sein sollte, Anders: Ich habe vor ein paar Monaten gekündigt.«

»Und was soll das heißen? Arbeitest du jetzt für die Konkurrenz oder auf eigene Rechnung?« Natürlich war das Unsinn. Die Worte waren nicht nur dumm, sondern durch und durch überflüssig und dienten dem einzigen Zweck, Jannik zu verletzen und damit vielleicht seinen eigenen Schmerz ein bisschen kleiner zu machen. Aber sie erreichten dieses Ziel nicht.

»Ich *arbeite* für niemanden«, antwortete Jannik betont. »Ich tue das, was getan werden muss.«

»Dieses Land mit Krieg zu überziehen?«

Janniks Augenbrauen zogen sich ärgerlich zusammen und Anders war fast sicher, dass er nun endgültig die Beherrschung verlieren und explodieren würde, aber dann entspannte er sich wieder, und statt ihn anzufahren oder etwas Schlimmeres zu tun, schüttelte er den Kopf und antwortete ruhig und in eher traurigem Ton. »Du bist wirklich der Sohn deines Vaters, Anders. Schade. Ich hatte gehofft, mich in dir getäuscht zu haben.«

»Was soll das heißen?«

»Ich werde nicht zulassen, dass all dieses sinnlose Töten und Morden weitergeht«, sagte Jannik.

Diese Antwort verschlug Anders buchstäblich die Sprache. Fast eine halbe Minute lang starrte er Jannik mit offenem Mund an und rang fassungslos nach Worten, aber alles, was er schließlich hervorbrachte, war ein gekrächztes: *»Was?«*

»Ich werde die Herrschaft der Elder über dieses Tal beenden«, sagte Jannik. »Ihr Terrorregime dauert schon viel zu lange an. Sie spielen mit Menschenleben und dem Schicksal ganzer Völker, als wären es Schachfiguren. Ich dachte, du wüsstest das. Schließlich hast du lange genug bei ihnen gelebt.«

»Indem du … dieses ganze Tal in Blut ertränkst?«, fragte Anders fassungslos. »Habe ich dich richtig verstanden? Du willst für Frieden sorgen, und um das zu erreichen, strengst du erst einmal einen Krieg an, wie diese Menschen noch keinen erlebt haben?«

»Ich habe diesen Krieg nicht angefangen«, antwortete Jannik. Er schüttelte heftig den Kopf. »So wenig wie die Wilden. Ich habe ihnen lediglich gezeigt, wie man sich wehrt.«

»Ich verstehe«, sagte Anders bitter. »Und wenn du es geschafft hast und die Elder besiegt sind, dann fällt dir bestimmt jemand ein, der gut auf den leeren Thron von Tiernan passt.«

Diesmal gelang es ihm nicht, Jannik zu erschüttern. Vielleicht hatte er genau mit diesem Vorwurf gerechnet. »Du glaubst, ich wäre der Herrscher dieser Wesen?«, fragte er und schüttelte erneut und diesmal mit einem fast mitleidigen Lächeln den Kopf. »Du irrst dich. Das bin ich nicht. Diese Wesen haben keinen König oder Herrscher oder etwas anderes in dieser Art. Sie würden einen solchen niemals akzeptieren. Und ich würde es nicht sein wollen.«

»Ich verstehe«, erwiderte Anders höhnisch. »Dann muss ich mir wohl nur eingebildet haben, dich gestern an der Spitze ihres Heeres zu sehen.«

»Ich habe ihnen gezeigt, wie man kämpft und wie man seine Kräfte zusammenfasst und dadurch effektiver wird, das ist richtig«, sagte Jannik ungerührt. »Sie haben mich gebeten, sie im Kampf anzuführen, und ich habe zugestimmt. Aber das ist alles. Ich bin nichts Besseres hier als jeder Einzelne von ihnen.«

Anders sah sich betont zweifelnd im Zimmer um, und auch dieser Blick entging Jannik nicht, so wenig wie das, was er damit sagen wollte. »Das hier bedeutet nichts«, erklärte er. »Für die Wilden ist es kein Privileg, ein Zimmer für sich allein zu haben. Ganz im Gegenteil. Sie hassen es, allein zu sein. Für Boris wäre es die schlimmste Strafe, nicht mehr bei seiner Familie und seinen Freunden sein zu können. Ich habe um diesen Raum gebeten, weil niemand sonst ihn haben wollte.«

Fast zu seiner eigenen Überraschung glaubte ihm Anders. Jannik war nie ein Mann gewesen, der irgendwelches Interesse an Reichtümern, Besitz oder gar *Macht* gezeigt hatte. »Aber warum dann?«, murmelte er.

»Du hast die Elder erlebt«, sagte Jannik. »Du hast lange genug bei ihnen gelebt um zu wissen, wie sie sind. Das sollte deine Frage beantworten. Und falls nicht, dann frag deine Freundin. Ich bin sicher, sie kann es dir erklären.«

»Du hast ja völlig Recht«, sagte Anders. »Ich mag die Elder genauso wenig wie du. Aber deswegen fange ich noch lange keinen Krieg an.«

»Natürlich nicht«, bestätigte Jannik. »Du läufst lieber davon.«

Anders holte Luft zu einer wütenden Antwort, beließ es dann aber dabei, Jannik kurz und zornig anzufunkeln, und stand mit einem Ruck auf. Lara machte eine Bewegung, wie um ihm ganz automatisch zu folgen, doch Jannik hielt sie mit einer kaum sichtbaren und trotzdem befehlend wirkenden Geste zurück. Anders tat so, als hätte er es nicht bemerkt. Er war immer noch aufgewühlt, auf eine sonderbar ziellose Art wütend und so enttäuscht, dass er am liebsten laut aufgeheult hätte. War das noch der Mann, den er vor nicht einmal vierundzwanzig Stunden für den einzigen Freund gehalten hatte, den er je gehabt hatte?

Im Grunde nur um sich abzulenken und auf andere Gedanken zu kommen, trat er hinter dem Tisch hervor und an das große Bücherregal. Jannik folgte ihm aufmerksam mit Blicken, schien aber nichts dagegen zu haben, und auch Lara sah ihn nur stumm und Hilfe suchend an. Die Bücher interessierten ihn nicht wirklich, umso weniger, als er mit einem einzigen flüchtigen Blick auf ihre vergilbten Rücken feststellte, dass es sich um das wildeste Sammelsurium von bedrucktem Papier handelte, das ihm jemals untergekommen war. Auf den bis zum Bersten voll gepackten Regalbrettern fanden sich technische Handbücher, Lexika, Bildbände ferner Länder, Kochbücher neben Romanen, Geschichtsbücher, Comics und Biografien, Klassiker der Weltliteratur neben bunten Schundromanen und Atlanten neben alten Schulbüchern. Es gehörte nicht viel Fantasie dazu, sich auszurechnen, dass jemand – vermutlich Jannik – einfach jedes Stück bedrucktes Papier hier zusammengetragen hatte, das er in der unterirdischen Bunkeranlage gefunden hatte.

Schon auf den zweiten oder dritten Blick jedoch fiel ihm noch etwas auf. Diese Bibliothek und das zerbombte Parkhaus in der Ruinenstadt, in dem Lara und sie beinahe von den Drachen erwischt worden wären, hatten eine Gemeinsamkeit. Er machte sich nicht die Mühe, mehr als zwei oder drei Bücher herauszunehmen, um seine Vermutung zu überprüfen, aber keiner der Bände hier schien jünger als vierzig oder fünfzig Jahre zu sein. Die Bedeutung dieser Beobachtung war klar und, obwohl es gar keinen richtigen Grund dafür gab, erschreckend. Dieser unterirdische Bunker war zur gleichen Zeit aufgegeben worden, in der auch die Stadt am Südende des Tals ihr Schicksal ereilt hatte.

Was ihn wieder zu einer Frage führte, die er schon einmal gestellt hatte und nun wiederholte, auch wenn er fast sicher war, auch jetzt keine Antwort darauf zu bekommen. »Was ist hier passiert, Jannik?«

Er hatte nicht wirklich damit gerechnet und es verging ein Moment, doch dann antwortete Jannik. »Genau weiß ich es nicht. Auch ich war noch nie hier. Dein Vater und ich sind einmal im Helikopter über das Tal flogen, doch das in großer Höhe und bei Nacht. Irgendeine Katastrophe. Ein Experiment, glaube ich.« Anders drehte sich vom Bücherregal weg und sah Jannik aufmerksam an. Nach allem, was er in den letzten Minuten erfahren und erlebt hatte, war er nicht mehr sicher, wirklich zu merken, wann Jannik die Wahrheit sprach und wann nicht. Dennoch gab es keinen Anlass, an seinen

Worten zu zweifeln. »Ich habe nur gehört, dass es sehr lange zurückliegt. An die vierzig Jahre, glaube ich. Irgendetwas ist schief gegangen, so gründlich schief, dass sie versucht haben das ganze Tal mit Nuklearwaffen zu sterilisieren.« Er lächelte knapp und vollkommen humorlos. »Wie wir beide wissen, hat es nicht funktioniert.«

»Ein Experiment?«, wiederholte Anders schaudernd. Vor seinem inneren Auge entstand einen winzigen Moment das Bild einer unterirdisch gelegenen Isolierkammer, hinter deren gesprungener Scheibe die Leichen von zwei oder drei Männern lagen, immer noch in den ABC-Schutzanzügen, in denen sie gestorben waren, und die letzten Endes weder ihnen noch irgendeinem anderen hier den Schutz hatten bieten können, den sie versprachen. »Aber was für ein Experiment?«

Jannik hob die Schultern. »Das weiß ich nicht. Irgendeine Bio-Sache, nehme ich an. Ich habe nicht nachgefragt.«

»Warum?«

Wieder hob Jannik die Schultern. »Es war nicht meine Aufgabe, Fragen zu stellen.«

»Warum hat mein Vater dich denn überhaupt mitgenommen?«, fragte Anders.

»Weil ich damals dasselbe für ihn war wie dann später zusätzlich auch für dich«, antwortete Jannik. »Sein Leibwächter.« Er lachte fast unhörbar. »Oder glaubst du, er hätte mir das Leben seines Sohnes anvertraut, wenn er mich nicht für seinen besten Mann gehalten hätte?«

»Und?«, fragte Anders. »Warst du es?«

»Offensichtlich nicht«, antwortete Jannik. »Sonst wären wir nicht in diesen Schlamassel geraten, oder?«

»Aber du hast von alledem hier gewusst«, vermutete Anders.

Diesmal antwortete Jannik nicht mehr, und wozu auch? Das Gespräch begann sich im Kreise zu drehen. Nach einer Weile stand er schweigend auf und trug die Waffe zu der Schublade zurück, aus der er sie genommen hatte. Anders sah ihm ebenso wortlos dabei zu. Er begann sich allmählich zu fragen, warum Jannik Lara und ihn überhaupt zu sich gerufen hatte. Sicher nicht nur um ihm Vorhaltungen zu machen und, wie sich gezeigt hatte, auch nicht um ihr Wiedersehen zu feiern. Aber warum dann?

Er betrachtete noch einmal nachdenklich die Rücken der Bücher, die sich vor ihm auf den Regalböden reihten. Einen Moment lang überlegte er ernsthaft, einen Atlas oder vielleicht einen der Bildbände zu nehmen, um Lara die Welt zu zeigen, aus der Jannik und er gekommen waren, entschied sich aber dann dagegen. Sie würde es nicht verstehen und zumindest im Moment würde es sie einfach nur verwirren und bestenfalls überfordern. Selbst für ihn war das, was er in den letzten Momenten erfahren hatte, einfach zu viel. Wie musste sich da Lara erst fühlen?

»Und wie soll es jetzt weitergehen?«, fragte er an Jannik gewandt. »Ich meine: Was erwartest du jetzt von mir? Dass ich dir alle Geheimnisse Tiernans verrate, damit dein nächster Angriff erfolgreicher sein wird?«

»Das würde zumindest eine Menge Leben retten«, antwortete Jannik. Er drehte sich nicht zu ihm um, während er sprach, sondern beschäftigte sich intensiv damit, in der Schublade herumzukramen, in die er das Gewehr geworfen hatte. »Aber ich nehme an, ich kann mir die Frage sparen.«

»Wie würdest du sie beantworten?«, gab Anders zurück. Fast zu seinem eigenen Erstaunen musste er einen Moment lang über diese Worte nachdenken, und sie klangen selbst in seinen eigenen Ohren nicht annähernd so überzeugend, wie sie sollten.

In Janniks offenbar auch nicht, denn er schob die Schublade mit einem Knall zu und drehte sich mit einer ebenso heftigen Bewegung zu ihm um. Seine Augen wurden schmal. »Ich verstehe. Du glaubst, du wärest den Spitzohren etwas schuldig, weil sie dich aufgenommen haben?« Er lachte hässlich. »Ja, du hast Recht. Sie haben sich wirklich rührend um dich gekümmert. Sie haben dich aufgenommen – oder war es eher eingefangen? –, dich gesund gepflegt – nachdem sie dich fast umgebracht hätten –, sich rührend um deine Freunde gekümmert – um die, die sie nicht umgebracht haben, heißt das – und dir ein hübsches Kleid gegeben. Ganz zu schweigen von dem gemütlichen Ferienappartement, das sie dir spendiert haben. Für wie lange war es doch gleich? Für sechs Monate? Oder waren es sieben?« Er nickte noch einmal. »Ja, du hast wirklich jeden Grund, ihnen dankbar zu sein.«

»Du bist gut informiert«, sagte Anders anerkennend. »Und du hast Recht. Ich schulde ihnen nichts. Aber ich werde dir bestimmt nicht dabei helfen, noch mehr Blut zu vergießen.«

»Wie edel«, spöttelte Jannik. »Und vor allem wie bequem. Du lehnst dich einfach zurück und wartest ab, wer gewinnt, und wenn alles vorbei ist …« Er hob die Schultern. »Du hattest Recht.«

»Womit?«, fragte Anders.

»Mit dem, was du am letzten Tag zu mir gesagt hast«, antwortete Jannik. »Erinnerst du dich nicht? Als ich dich nicht mit dem Wagen fahren lassen wollte?«

Anders schüttelte den Kopf.

»Ich habe dich gefragt, warum ich dich ans Steuer lassen sollte, obwohl dein Vater es mir ausdrücklich verboten hat. Deine Antwort war … lass mich nachdenken.« Er legte den Kopf auf die Seite und tat so, als müsste er tatsächlich einen Moment angestrengt nachdenken, obwohl Anders sicher war, dass er sich diese Worte lange und sorgfältig zurechtgelegt hatte. Schließlich hellte sich sein Gesicht auf. »Ah ja. Deine Antwort war: *Weil ich ein verwöhnter, reicher Schnösel bin, der es gewohnt ist, seinen Willen zu bekommen.* Ist das ungefähr richtig?«

Anders starrte ihn an. In seinem Hals war plötzlich ein harter, bitterer Kloß. Janniks Worte hatten irgendetwas in ihm berührt, das sich wie ein getretener Wurm zusammenkrümmte. Er musste ein paarmal mühsam schlucken, bevor er überhaupt in der Lage war, zu antworten. »Ist es das, was ich für dich bin?«, fragte er. »Ein verwöhnter, reicher Schnösel? Mehr nicht?«

Jannik sah ihn einen Moment lang durchdringend an, dann schüttelte er den Kopf; doch er zögerte zu lange damit, und in seinem Blick war etwas, das die Bewegung vielleicht nicht vollends zu einer Lüge machte, ihr aber auch eine Menge von ihrer Überzeugungskraft nahm.

»Ich bin nicht ganz sicher«, antwortete er. »Du warst es ganz bestimmt einmal.« Er hob rasch die Hand, als Anders etwas sagen wollte, und fuhr mit leicht erhobener Stimme, aber auch mit einem Lächeln fort: »Das ist vollkommen in Ordnung. Wenn es keine verwöhnten, reichen Kinder gäbe, die es gewohnt sind, immer und unter allen Umständen ihren Willen durchzusetzen, und vor sich selbst geschützt werden müssen, dann wären Männer wie ich arbeitslos. Ich nehme es dir nicht übel. Ganz im Gegenteil. Du warst ganz in Ordnung, auf deine Art.«

Anders hatte plötzlich Mühe, die Tränen zurückzuhalten. Der Kloß in seinem Hals war wieder da, härter und bitterer als zuvor. Von allem, was Jannik gesagt hatte, tat das vielleicht am meisten weh. *Du warst ganz in Ordnung, auf deine Art.* Und er hatte geglaubt, Jannik wäre sein *Freund.*

»Das war ich auch«, sagte Jannik, der ganz offensichtlich seine Gedanken gelesen hatte. Erst dann wurde ihm klar, dass er die Worte laut ausgesprochen hatte. Vielleicht auch geschluchzt.

»Ich habe dich gemocht, Anders«, fuhr Jannik fort. »Das ist die Wahrheit. Kein Mensch verlangt von einem Kind, sich wie ein Erwachsener zu benehmen. Aber du bist kein Kind mehr. Es wird Zeit für dich, erwachsen zu werden.«

»Erwachsen.« Anders wiederholte das Wort bedächtig, wie um sich an seinen Klang zu gewöhnen. »Und was genau verstehst du darunter?«

»Dich deiner Verantwortung zu stellen?«, schlug Jannik vor.

Aber genau das tat er doch! »Verantwortung?«, fragte er bitter. »Indem ich mir aussuche, welche Seite umgebracht wird?« Er schüttelte heftig den Kopf. »Ich habe mit deinem kleinen Krieg nichts zu tun, Jannik.«

»*Mein* Krieg?« Jannik machte eine wütende Handbewegung. »Es ist nicht *mein* Krieg, Anders. Ich habe ihn nicht angefangen und ich habe ganz gewiss keinen Spaß daran. Ich will ihn beenden!«

»Ja, das habe ich gesehen«, antwortete Anders böse. »Ich glaube, es war gestern ... oder schon vorgestern?«

In Janniks Augen blitzte der pure Zorn auf, aber er beherrschte sich ein weiteres Mal – auch wenn es ihm sichtlich schwer fiel, die Fassung zu bewahren. »Du hast ein Volk gesehen«, sagte er gepresst, »das nach viel zu langer Zeit aufsteht und sich gegen seine Unterdrücker erhebt.«

»Sicher«, sagte Anders. »Und ich nehme an, dass du ihnen nur ein wenig beim ... *Aufstehen* hilfst?«

Diesmal funktionierte es nicht. Er hatte Jannik von einer unerwarteten Seite aus angegriffen und ihn auf diese Weise aus der Reserve gelockt, aber ein zweites Mal würde ihm das nicht gelingen. Jannik hatte sich viel zu gut auf dieses Gespräch vorbereitet – was Anders erneut zu der Frage brachte, was er überhaupt von ihm *wollte* ...

»Du hast also etwas gegen Krieg?«, sagte Jannik mit einem nachdenklichen Wiegen des Kopfes. »Was für eine löbliche Einstellung. Aber weißt du, Anders: Es sind die Elder, die seit vierzig Jahren Krieg gegen die anderen Bewohner dieses Tals führen.« Er deutete auf Lara. »Frag deine Freundin. Sie spielen vielleicht die weisen Wohltäter und Beschützer, aber in Wirklichkeit sind sie nichts als Tyrannen. Sie halten sich für die Herrenrasse und sie benehmen sich ganz genau so. Vielleicht macht es dir ja nichts aus, was sie dir angetan haben, aber glaub mir – es ist nichts gegen das, was sie den anderen hier seit einem halben Jahrhundert antun und was sie ihnen weiter antun werden, wenn niemand versucht sie aufzuhalten.«

Anders dachte an den abgeschlagenen Kopf eines Stieres, der auf einem silbernen Tablett lag, und einen anderen, zierlicheren Schädel auf einem Tablett, dessen dunkle Rattenaugen ihn voll stummen Vorwurfs ansahen, ein Blick, den er niemals im Leben wieder wirklich vergessen sollte, und er fragte sich, warum er Jannik eigentlich widersprach. Er erzählte ihm nichts Neues. Es war noch nicht allzu lange her, da hatte er Morgen gegenüber etwas ganz Ähnliches gesagt – nur dass seine Wortwahl um etliches drastischer gewesen war. Trotzdem schüttelte er den Kopf.

»Gewalt ist keine Lösung, Jannik«, erwiderte er. »Das hast du mir selbst gesagt. Mehr als einmal.«

»Ja, und wahrscheinlich habe ich es damals sogar geglaubt«, antwortete Jannik.

»Und heute nicht mehr?«

Jannik hob die Schultern. Er wich Anders' Blick aus. »Doch«, sagte er schließlich. »Gewalt ist immer die schlechteste aller Lösungen. Aber manchmal leider auch die einzige, so brutal das klingen mag.«

»Nicht für mich«, beharrte Anders.

»Nein sagen ist immer leicht«, antwortete Jannik. »Und vor allem bequem, nicht wahr?« Er machte eine zornige Handbewegung. »Meinetwegen schließ einfach die Augen und tu so, als ginge dich das alles hier nichts an.«

»Das habe ich nicht vor«, antwortete Anders ernst. »Und das weißt du auch. Ich kann nicht beurteilen, ob du Recht mit dem hast, was du über meinen Vater sagst, doch das werde ich schon noch herausfinden. Ich will das alles hier genauso wenig wie du. Aber ich will schon gar kein Blutvergießen.«

»Ich denke, ich habe mittlerweile begriffen, was du *nicht* willst«, sagte Jannik höhnisch. »Wie wäre es, wenn du mir zur Abwechslung erklärst, was du *willst*?«

Aber wie konnte er das? Die ehrliche Antwort auf diese Frage wäre gewesen: Ich will meinen Freund zurückhaben. Den Jannik, den ich gekannt habe.

Aber vielleicht hatte es diesen Jannik auch niemals gegeben. Er schwieg.

»Ja, das dachte ich mir«, sagte Jannik. Diesmal war Anders sicher, seine Worte nicht laut ausgesprochen zu haben. Trotzdem hatte er das unheimliche Gefühl, dass Jannik sie irgendwie gehört hatte. Er schwieg weiter.

»Ich glaube dir, dass du es ehrlich meinst«, sagte Jannik in plötzlich verändertem, fast sanftem Ton. »Du hast vor, dieses Tal zu verlassen und zu deinem Vater zu gehen, habe ich Recht?«

Anders sagte noch immer nichts. Er konnte es nicht. Allein die Art, auf die Jannik seine Frage aussprach, machte es ihm unmöglich. Und so ganz nebenbei trieb sie ihm schon wieder fast die Tränen in die Augen. In Janniks Stimme war keine Spur von Überheblichkeit oder Hohn mehr – aber vielleicht war das das Schlimmste überhaupt. Jannik war nicht mehr zornig, sondern sprach wieder in jenem resigniert-traurigen Ton, der Anders mehr zusetzte, als es jeder Spott und alle Wut gekonnt hätten. Er hatte Jannik enttäuscht, und das war vielleicht das schrecklichste Gefühl überhaupt.

»Selbst wenn es dir gelingen würde, irgendwie aus dem Tal herauszukommen, wäre das sinnlos«, sagte Jannik. »Vielleicht verlange ich auch einfach zu viel von dir. Dein Vater weiß von alledem hier. Er weiß es seit dem ersten Tag. Glaubst du wirklich, er würde all das hier ändern, nur weil du ihn darum *bittest*?« Er schnitt Anders mit einer entsprechenden Handbewegung das Wort ab, als er etwas sagen wollte. Er erwartete keine Antwort. »Wahrscheinlich verlange ich wirklich zu viel von dir. Tut mir Leid. Mein Fehler.«

War das ein neuer Trick? Anders fühlte sich mit jedem Moment, der verging, hilfloser. Er konnte nicht sagen, ob die Enttäuschung und der leise Unterton von schlechtem Gewissen in Janniks Stimme echt waren oder ob er schon wieder versuchte ihn zu manipulieren. Er hätte nicht einmal sagen können, welche dieser beiden Möglichkeiten schlimmer war. Er sah Jannik weiter an, und nachdem noch einige – endlose – Sekunden verstrichen waren, wandte sich Jannik an Lara, die die ganze Zeit über reglos auf der Couch gesessen und ihn und Anders abwechselnd aus großen Augen angeblickt hatte. Anders fragte sich, wie dieses Gespräch in den Ohren des Mädchens klingen musste, und er war gar nicht sicher, ob er die Antwort auf diese Frage überhaupt hören wollte.

»Seid ihr hungrig?«, fragte er. »Ich kann euch etwas zu essen bringen lassen.«

Lara schüttelte so erschrocken den Kopf, als hätte er etwas Unanständiges von ihr verlangt, und Jannik zuckte auf eine Art mit den Schultern, die klar machte, dass er keine andere Antwort erwartet hatte. Für einen Moment wirkte er fast so unsicher, wie Anders sich fühlte, dann gab er sich einen sichtbaren Ruck und fuhr mit veränderter Stimme und Mimik und wieder an Anders gewandt fort: »Ich fürchte, mir bleibt nicht die Zeit, dieses Thema weiter zu vertiefen. Und es ist nur fair, wenn ich dir die Gelegenheit zum Nachdenken gebe – und euch beiden, um miteinander zu reden.« Er machte eine vage Geste in Richtung Tür. »Ruht euch eine Weile aus. Ich gebe Boris Bescheid, damit er euch Wasser und etwas zu essen bringt.« Mit einem flüchtigen Blick auf Lara und einem deutlich längeren auf Anders fügte er hinzu: »Und saubere Kleider. Ihr seht beide aus, als könntet ihr sie gebrauchen.«

23

Boris – einen gewissen skurrilen Sinn für Humor hatte man Jannik nie absprechen können, denn das grobschlächtige Gesicht des Trolls hatte tatsächlich eine (wenn auch nur entfernte) Ähnlichkeit mit dem des legendären Frankenstein-Darstellers Boris Karloff – Boris also hatte sie nicht zurück in den steinernen Alkoven gebracht, in dem sie die vergangene Nacht verbracht hatten, sondern in eine winzige Kammer, die

Anders' Vermutung, was die Natur dieser unterirdischen Anlage anging, endgültig zur Gewissheit werden ließ. Es *war* ein Bunker. Die Kammer war lang, aber nicht nennenswert breiter als ein Schrank, und die Einrichtung bestand aus einem rostigen Etagenbett aus Metall, einem billigen Plastiktisch samt zwei dazu passenden Stühlen und einem Spind, dessen Tür an einer Ecke aufgebogen war und abstand wie ein Eselsohr in einem alten Buch. Hoch oben in der Wand befand sich das staubverkrustete Gitter einer Klimaanlage, die ihren Geist schon aufgegeben haben musste, lange bevor Anders überhaupt geboren war, und auf dem Bett lagen sogar zusammengerollte Wolldecken und Kissen. Anders beäugte die zierliche Eisenkonstruktion, an der seit einem knappen halben Jahrhundert der Rost nagte, einen Moment lang misstrauisch und entschied sich dann spontan, mit dem Boden vorlieb zu nehmen, und auch Decken und Kissen rührte er nicht an. Sie sahen nicht nur so aus, als lägen sie seit vierzig Jahren unberührt an Ort und Stelle, sie rochen auch so.

Lara sah sich ebenso aufmerksam und neugierig in ihrem neuen Quartier um wie er. Ihrem Gesichtsausdruck nach zu schließen hielt sich auch ihre Begeisterung in Grenzen. »So lebt ihr also, da, wo du herkommst«, sagte sie schließlich.

Anders verstand im ersten Moment nicht einmal, was sie meinte, dann rettete er sich in ein hastiges verlegenes Lächeln. »Nein. Ganz bestimmt nicht. Das hier ist …« Er suchte einen Moment nach Worten. Wie sollte er jemandem, der geradewegs aus dem frühen Mittelalter stammte, erklären, was ein *Luftschutzbunker* war? »Ein Schutzraum«, sagte er schließlich. »So etwas wie ein Keller, in den sich die Leute bei Gefahr zurückgezogen haben.«

»Bei was für einer Gefahr?«, fragte Lara.

Genau diese Frage hatte Anders befürchtet. Vorhin, als er mit Jannik gesprochen hatte, war ihm die Existenz einer unterirdischen Bunkeranlage – gerade in einem von Nuklearwaffen verheerten Land – vollkommen logisch erschienen. Aber das war sie nicht. Nicht nach dem, was Jannik ihm erzählt hatte und was Katt und er in dem unterirdischen Labor in Tiernan entdeckt hatten. Er musste aufpassen, dass er nicht Ursache und Wirkung durcheinander brachte. Dieser Bunker war ganz offensichtlich gebaut worden, *bevor* die Katastrophe über das Land hereingebrochen war. Das alles war so furchtbar kompliziert, dass ihm schon der Kopf schwirrte, wenn er auch nur *versuchte* darüber nachzudenken, und zugleich hatte er das Gefühl, der Lösung dieses ganzen gewaltigen Rätsels so nahe zu sein, dass er nur die Hand auszustrecken brauchte, um sie zu ergreifen.

»Derselben Gefahr, die das alles hier angerichtet hat«, antwortete er ausweichend. Das Thema war ihm unangenehm, vor allem Lara gegenüber. Sie sah ihn weiter fragend an und schließlich fügte er in noch widerwilligerem Ton hinzu: »Warst du jemals in der Stadt der Tiermenschen? Dann wüsstest du, was ich meine.«

Lara schwieg einen Moment und Anders begann schon zu hoffen, dass sein unwilliger Ton ihr klar gemacht hatte, wie ungern er über dieses Thema sprach. Dann aber nickte sie und sagte: »Eure Waffen sind so schrecklich, dass ihr ganze Städte damit vernichten könnt?«

Anders deutete nur ein Schulterzucken an. Er hätte ihr sagen können, dass ihre fürchterlichsten Waffen sogar in der Lage waren, ganze *Länder* auszuradieren, aber das wäre im Moment vielleicht nicht unbedingt die passende Antwort gewesen.

»Ihr müsst sehr mächtig sein«, spann Lara ihren eigenen Gedanken weiter. »Aber ihr müsst auch mächtige Feinde haben, wenn ihr gezwungen seid solche Waffen zu bauen.« Sie wartete ganz offensichtlich auf eine Antwort, aber Anders blieb sie ihr auch diesmal schuldig. Was hätte er auch sagen sollen? Dass die einzigen Feinde, die sie hatten, *sie selbst* waren? Das war ganz bestimmt nicht das, was Lara hören wollte.

Es war auch nicht das, was er sagen wollte.

»Du willst nicht darüber reden«, sagte Lara.

»Nein«, raunzte Anders. »Will ich nicht.«

»Das verstehe ich.« Lara sah sich einen Moment lang unschlüssig in der winzigen Kammer um und setzte sich dann – sehr vorsichtig; anscheinend traute sie der zierlichen Konstruktion nicht wirklich zu, ihr Gewicht zu tragen – auf einen der kleinen Plastikstühle. »Das war also der Mann, der Tiernan den Untergang geschworen hat«, sagte sie nachdenklich. »Ich hätte ihn mir … anders vorgestellt.«

Ich auch, dachte Anders, behielt das aber vorsichtshalber für sich. »Nicht Tiernan«, antwortete er. »Nur den Elder.« Und eigentlich nicht einmal das, sondern nur dem, was die Elder taten.

Er spürte, welche Gefahr in diesem Gedanken lauerte, und brach ihn mit einer bewussten Anstrengung ab. Er würde sich nicht erlauben, Janniks verlockender Argumentation zu folgen. Viel zu viel in ihm gab Jannik Recht. Aber Janniks unmenschliche Logik war genau die, die letzten Endes dazu geführt hatte, dass Menschen solche schrecklichen Waffen erschufen wie die, von denen er Lara gerade erzählt hatte.

»Und das ist ein Unterschied?«, fragte Lara.

Anders machte eine unwillige Handbewegung. Er hatte wenig Lust, die fruchtlose Diskussion, die er gerade mit Jannik geführt hatte, nun mit Lara fortzusetzen. »Wir sollten uns lieber Gedanken darüber machen, wie wir hier rauskommen«, sagte er grob. »Danach können wir uns immer noch darüber streiten, welches Volk nun verrückter ist – die Elder oder wir.«

»Von hier verschwinden?« Lara machte ein erstauntes Gesicht. »Bist du verrückt?«

»Nein«, antwortete Anders. »Aber du, wenn du glaubst, dass ich auch nur eine Sekunde länger hier bleibe, als ich unbedingt muss.« Er schüttelte heftig den Kopf. »Du hast Jannik doch gehört, oder? Er wird nicht aufgeben. Wahrscheinlich tüftelt er schon an einem Plan für den nächsten Angriff, und es würde mich nicht wundern, wenn er dann sogar Erfolg hätte.«

Lara schwieg eine ganze Weile. Anders sah sie aufmerksam

an, aber es war ihm nicht möglich, in ihren Augen zu lesen. Nur ging etwas Sonderbares darin vor. »Und wenn ich mir nun wünschen würde, dass er Erfolg hat?«, fragte sie.

»Wie?« Anders war nicht ganz sicher, ob er sie richtig verstanden hatte.

»Vielleicht hat er ja Recht«, fuhr Lara mit einer leisen und sonderbar tonlosen Stimme fort.

»Womit?«, fragte Anders. Hinter seiner Stirn begann eine Alarmglocke zu schrillen.

»Mit dem, was er gesagt hat«, antwortete sie. »Über die Elder. Über uns und die Tiermenschen. Und über ...« Sie suchte einen Moment nach Worten und machte schließlich eine flatternde Handbewegung. »Und über das hier.« Ihre Wortwahl verwirrte ihn im ersten Moment. Konnte es sein, dass es ihr mit einem Mal unangenehm war, das Wort *Wilde* zu benutzen?

»Ich verstehe nicht genau, was du meinst«, sagte er langsam. Er verstand sie sehr gut – auf jeden Fall besser, als ihm lieb war. Er wollte ihr nur die Gelegenheit geben, ihn davon zu überzeugen, dass er sich geirrt hatte.

»Ja, ich glaube, ich auch nicht.« Lara stand auf. Die Bewegung war nicht einmal besonders heftig, aber der Stuhl war leicht genug, um trotzdem mit einem scharrenden Laut davonzuschießen, und wäre wahrscheinlich umgefallen, hätte die nahe Wand ihn nicht aufgehalten. Lara wandte irritiert den Kopf und sah ihm nach, und auf ihrem Gesicht erschien ein Ausdruck, als hätte dieses Geräusch aus einer anderen Welt eine ganz besondere Bedeutung für sie. »Ja«, murmelte sie noch einmal und viel mehr zu sich selbst gewandt als an Anders. »Ganz genau weiß ich das auch nicht.«

Plötzlich drehte sie sich mit einem sichtbaren Straffen der Schultern um und ging mit schnellen Schritten auf ihn zu. Anders konnte nicht schnell genug reagieren und sie schubste ihn mehr zur Seite, als dass er den Weg freigab. Mit nur zwei weiteren ausgreifenden Schritten erreichte sie die Tür und drückte die Klinke hinab. Zu Anders' Überraschung war sie weder verschlossen noch stand draußen auf dem Gang ein Wächter, um sie am Verlassen des Zimmers zu hindern.

»He!« Anders überwand sein Erstaunen einen Moment zu spät, um sie noch mit einer ganz instinktiven Bewegung zurückhalten zu können. »Was hast du vor?«

»Ich will etwas überprüfen«, antwortete Lara. »Allein.«

»Was soll das heißen, allein?«

Lara machte noch einen weiteren Schritt und blieb dann stehen, um sich erneut zu ihm umzudrehen. »Ohne dich, zum Beispiel«, sagte sie.

Jetzt war es Anders, der ganz impulsiv fragte: »Bist du verrückt?« Mit einem sehr unguten Gefühl, aber trotzdem sehr schnell, trat er zu ihr auf den Gang hinaus und wedelte aufgeregt mit beiden Händen. »Ich lasse dich ganz bestimmt nicht allein hier herumlaufen. Was glaubst du, was passiert, wenn dich die Wilden erwischen? Sie werden denken, du willst fliehen.«

»Vielleicht will ich das ja«, antwortete Lara schnippisch.

Anders schüttelte auf eine Art den Kopf, die keinen Widerspruch zuließ. »Du kommst wieder rein, oder …«

»Oder?«, fragte Lara spöttisch.

Das war das Problem, wenn man einen Satz mit einer unausgesprochenen Drohung enden ließ. Manchmal musste man sie *doch* aussprechen. »Oder ich komme mit«, sagte Anders. Zugleich fragte er sich selbst, ob er eigentlich verrückt sei. Boris' Brüder und Schwestern würden sie einfach in Stücke reißen, wenn sie sie dabei erwischten, wie sie auf eigene Faust durch den Bunker streiften.

»Lass dich nicht aufhalten«, erwiderte Lara achselzuckend. »Aber versuch auch nicht, mich aufzuhalten.«

Der letzte Satz, fand Anders, war durch und durch überflüssig gewesen. Er war gar nicht in der Lage, sie aufzuhalten – weder mit Worten noch körperlich, das wussten sie beide, aber es war ja nicht nötig, dass sie ihn immer wieder daran erinnerte.

Anders schluckte die wütende Bemerkung hinunter, die ihm auf der Zunge lag, und beließ es dabei, ihr zu folgen, als sie mit schnellen Schritten den Weg wieder zurückging, den Boris sie gerade hierher geführt hatte. Er musste fast rennen, um mit ihr Schritt zu halten.

»Sagst du mir wenigstens, wo du hinwillst?«, keuchte er.

Lara sagte es ihm nicht – sie zeigte es ihm. Sie hatten mittlerweile das Ende des Gangs erreicht und damit die Tür, hinter der Janniks Zimmer lag. Lara drückte auch ihre Klinke ohne viel Federlesens auf und trat hindurch. Anders verdrehte die Augen – Weiber! –, warf aber nur noch einen hastigen Blick über die Schulter zurück, um sich davon zu überzeugen, dass sie allein waren, und folgte ihr dann.

Jannik war nicht da, doch es sah auch nicht so aus, als wäre Lara hergekommen, um mit ihm zu reden. Vielmehr steuerte sie mit noch schneller werdenden Schritten die Tür auf der anderen Seite des Zimmers an und drückte die Klinke herunter, noch bevor Anders ganz in den Raum getreten war.

Diesmal hatten sie Pech. Die Klinke bewegte sich zwar, aber die Tür rührte sich keinen Millimeter. Lara rüttelte noch zwei- oder dreimal zornig an der Klinke und trat schließlich frustriert und so heftig gegen die Metalltür, dass es ziemlich wehtun musste – was sie jedoch nicht davon abhielt, ihre sinnlose Attacke noch ein paarmal zu wiederholen.

Anders zog die Tür hinter sich ins Schloss und sah Lara einen Moment lang interessiert zu, dann sagte er: »Wenn du mir verraten würdest, was du eigentlich vorhast, könnte ich dir ja vielleicht sogar helfen.«

Lara funkelte ihn an. Sie schwieg. Anders sah sie zwei, drei weitere Atemzüge lang ebenso abwartend wie vergebens an, dann hob er die Schultern und begann scheinbar ziellos durch den Raum zu schlendern. Jannik musste den Schlüssel hier irgendwo deponiert haben, falls er ihn nicht bei sich trug, aber er fand es ganz angebracht, Lara ein bisschen schmoren zu lassen. Außerdem – wenn sie schon einmal allein hier waren, konnte er die Gelegenheit ebenso gut nutzen, sich in aller Ruhe umzusehen.

Er probierte zuallererst und ohne viel Hoffnung die Schublade aus, in der Jannik das Gewehr verstaut hatte, und wurde nicht enttäuscht: Sie war verschlossen. Das einfache Schloss und das dreißig Jahre alte Sperrholz der Kommode hätten Anders kaum daran gehindert, sie trotzdem zu öffnen, wenn er es wirklich gewollt hätte, aber er beschränkte sich darauf, ein paar Augenblicke ebenso vergeblich an den Schubladen zu rütteln wie Lara an der Tür. Außerdem entdeckte er etwas, das ihm ein flüchtiges Lächeln auf die Lippen trieb: das offensichtliche Objekt von Laras Begierde – einen unscheinbaren Schlüssel, der ganz offen auf der zerkratzten Resopalplatte der Kommode lag.

Er nahm ihn an sich, verbarg ihn aber rasch in der geschlossenen Faust, bevor Lara ihn entdecken konnte – auch wenn sie in ihrem ganzen Leben garantiert noch keinen BKS-Schlüssel gesehen hatte, würde sie wahrscheinlich nicht lange brauchen um zu erraten, wozu er gut war, und er ging auch nicht auf direktem Weg zu ihr hin, sondern schlenderte gemächlich durch das Zimmer und machte vor der Wand mit den Schaltern und Monitoren noch einmal Halt. Lara musterte ihn stirnrunzelnd; vermutlich gab sie ihm auf typisch weibliche Art in diesem Moment die alleinige Schuld an ihrem Missgeschick, aber Anders ignorierte sie und konzentrierte sich stattdessen einen Augenblick lang völlig auf die großen Schaltpulte und Bildschirme, denen er bislang kaum Aufmerksamkeit geschenkt hatte. Die Anlage sah so aus, wie sich vermutlich ein aus dem letzten Jahrhundert stammender Regisseur die Kommandozentrale eines Raumschiffes aus dem übernächsten Jahrhundert vorgestellt haben mochte: kunterbunt und ziemlich klobig, die Schalter waren grob und primitiv, es gab keine LCD-Anzeigen oder Leuchtdioden, sondern große altmodische Skalen und mechanische Zählwerke, und die Bildschirme hatten dicke, gewölbte Glasscheiben, was bewies, dass es sich noch um altmodische Röhrengeräte handelte.

Anders registrierte das alles nur fast beiläufig. Viel mehr interessierte ihn etwas ganz anderes, nach dem er zwar nur einige Minuten, aber mit großer Aufmerksamkeit Ausschau hielt, ohne es jedoch zu finden. Er verstand nicht besonders viel von Computern – schon gar nicht von *dieser Art* von Computer und erst recht nicht, wenn sie über vierzig Jahre alt waren! –, aber das, wonach er suchte, war ganz eindeutig nicht da. Jannik war der Wahrheit näher gekommen, als es Anders gefiel, als er behauptet hatte, dass er seinen Vater gar nicht richtig kannte. Doch in einem Punkt war er sich ganz sicher: Von dem Tag an, an dem sein Vater seine allererste Firma gegründet hatte, hatte nicht eine einzige Schraube seine Fließbänder verlassen, auf der nicht irgendwo, in irgendeiner versteckten Ecke, das Firmenemblem der Beron Industries prangte, und sei es noch so winzig. Hätte sein Vater tatsächlich all das hier erbaut, dann hätte er garantiert irgendeinen Hinweis dafür gefunden, so wie es ihn selbst auf der Unterseite der Partikelwaffe gab, die Jannik ihm gezeigt hatte.

Anders glaubte nicht, dass Jannik ihn bewusst belogen hatte, und auch wenn seine Entdeckung die ganze Situation eher noch rätselhafter machte, so verspürte er doch zugleich eine große Erleichterung. Er *wollte* einfach nicht glauben, dass sein Vater für all das hier verantwortlich war. Es passte nicht zu ihm, so einfach war das.

Anders gestand sich selbst ein, dass er das Rätsel jetzt so wenig lösen würde wie vorhin, als er mit Jannik gesprochen hatte, und riss sich vom Anblick des antiquierten Großrechners und seiner Bildschirme los, um endgültig zu Lara hinüberzugehen. Sie funkelte ihn wortlos und voller Zorn an, und die Dunkelheit in ihrem Blick nahm noch weiter zu, als er den Schlüssel aus seiner geschlossenen Hand hervorzauberte und ins Schloss schob. Anders drückte die Klinke herunter, öffnete die Tür aber nur einen Fingerbreit und schüttelte entschieden den Kopf, als Lara ihrerseits die Hand ausstreckte und sie vollends aufziehen wollte.

»Sag mir erst, was du dort unten willst«, sagte er.

Laras verzog trotzig das Gesicht, doch dann machte sie – fast zu seiner Enttäuschung – einen Rückzieher und trat sogar wirklich einen halben Schritt zurück, wie um ihm auf diese Weise auch ganz körperlich zu demonstrieren, dass ihr nicht an einer Konfrontation gelegen war.

»Ich will mich nur davon überzeugen, ob dein Freund die Wahrheit sagt oder nicht«, antwortete sie.

»Jannik würde mich nie belügen«, antwortete er impulsiv.

»Vermutlich nicht«, sagte Lara. »Aber es gibt Wege, die Unwahrheit zu sagen ohne zu lügen, weißt du?«

Anders blinzelte. »Wie?«

»Mach schon auf«, verlangte Lara, biss sich für eine Sekunde auf die Unterlippe und fügte dann in hörbar widerwilligem Ton hinzu. »Bitte.«

Anders zögerte noch immer. Er schob die Tür ein wenig weiter auf, machte aber allein durch seine Körpersprache klar, dass er sie – noch – nicht durchlassen würde. Düsteres Licht und ein nur schwacher, jedoch unangenehmer Geruch drangen aus der Tiefe zu ihnen empor, und Anders spürte, wie ihm ein kalter Schauer den Rücken hinablief, als er sich daran erinnerte, was sich am unteren Ende der Treppe befand.

»Ich halte das für keine gute Idee«, sagte er. »Wenn ich wenigstens noch mein Messer hätte …«

»… dann wärst du wahrscheinlich tot, noch bevor du drei Stufen hinter dich gebracht hättest«, sagte eine Stimme hinter ihnen.

Anders fuhr erschrocken herum und Jannik zog sichtlich verärgert die Augenbrauen zusammen und fügte mit einem beinahe resigniert klingenden Seufzen hinzu: »Ich hätte dich für klüger gehalten.«

»Und ich dachte, du würdest uns nicht als Gefangene betrachten«, antwortete Anders. »Oder habe ich dich da falsch verstanden?«

Jannik verzichtete auf eine Antwort, zog die Tür hinter sich zu und machte ein ärgerliches Gesicht, während er näher kam. Lara sah ihn aus großen Augen an und auch Anders musste sich zusammenreißen, um sich sein Erschrecken nicht zu deutlich anmerken zu lassen. Jannik trug jetzt nur noch die schwarze Stoffhose. Er hatte geduscht und sein Haar klebte nass und eng wie eine glänzende schwarze Kappe an seinem Schädel. Anders sah, dass der Stumpf seines linken Armes, der dicht unter dem Ellbogengelenk endete, in dem halben Jahr seit der Amputation alles andere als gut verheilt war, sondern einen entzündeten, rot geschwollenen Knoten bildete, dessen bloßer Anblick ein leises Ekelgefühl in ihm wachrief.

Die Wunde war nicht die einzige. Anders entdeckte mindestens zwei weitere hässliche Schnitte, die gerade erst angefangen hatten zu verheilen und zweifellos aus der nur kurz zurückliegenden Schlacht stammten, und eine großflächige, üble Verbrennung, die nahezu seinen halben Rücken bedeckte, und dazu noch zahlreiche ältere, aber alles andere als gut verheilte Narben. In einer Welt, in der es weder Schmerzmittel noch Antibiotika gab, war mit keiner dieser Wunden zu spaßen. Außerdem fiel ihm erst jetzt auf, dass Jannik das linke Bein beim Gehen leicht nachzog. Jannik hatte nicht viel über die Zeit erzählt, die er nach seiner schweren Verwundung durchlitten hatte, und Anders glaubte jetzt auch besser zu verstehen, warum das so war.

»Also – was wollt ihr hier?«, fragte Jannik. »Ich nehme nicht an, dass es sich um einen Höflichkeitsbesuch handelt?«

»Lara wollte …«, begann Anders, brach nach nur zwei Worten ab und biss sich verlegen auf die Unterlippe.

»Ja?«, fragte Jannik.

»Ich will mit den Gefangenen sprechen«, sagte Lara – allerdings erst, nachdem sie Anders einen Blick zugeworfen hatte, der das Death Valley glatt in eine Eiswüste verwandelt hätte. Anders sah hastig weg, doch Jannik konnte ein flüchtiges Lächeln nicht ganz unterdrücken. Er ging zur Kommode und zog eine der Schubladen auf, die nichts Dramatischeres enthielt als einen Stapel Handtücher, von denen er eines herausnahm, um sich damit das nasse Haar zu rubbeln. Die Bewegung wirkte nicht so, als hätte er sich schon hundertprozentig daran gewöhnt, jede noch so banale Tätigkeit mit nur einem Arm zu verrichten.

»Wozu?«, fragte er.

Lara stülpte trotzig die Unterlippe vor. Ihre Augen blitzten, aber sie blickte immer noch mehr Anders als Jannik an. Erwartete sie etwa, dass er sie auch noch verteidigte, nachdem sie ihn selbst in diese unangenehme Situation gebracht hatte? Offensichtlich.

»Ich will mit ihnen reden«, beharrte sie. »Darf ich das etwa nicht?«

»Du willst wissen, ob ich die Wahrheit sage oder lüge«, antwortete Jannik. »Ich habe nichts dagegen. Gibst du mir noch Zeit, mich anzuziehen?«

»Ich würde lieber allein mit ihnen reden«, beharrte Lara.

»Prima Idee«, sagte Jannik. Er warf das Handtuch achtlos zu Boden und kramte in der Schublade herum, bis er ein – selbstverständlich schwarzes – Unterhemd gefunden hatte, das er mit einiger Mühe überstreifte. Den Grimassen nach zu schließen, die er dabei zog, bereitete ihm die Bewegung nicht nur Mühe, sondern auch ziemliche Schmerzen. »Allerdings übernehme ich keine Garantie, dass du auch lebend zurückkommst. Wir sind hier nicht in Tiernan, junge Dame, oder in der Burg deines Vaters.«

»Aber wenn ich das gerade richtig verstanden habe …«

»Ich weiß, was ich gesagt habe«, fiel ihr Jannik in leicht genervtem Ton ins Wort. Er sah sich kurz und suchend um und steuerte dann die Couch an, auf der Lara und er vorhin gesessen hatten. Erst als er den halben Weg zurückgelegt hatte, sah Anders die primitive Armprothese, die auf dem abgewetzten Leder lag. »Auch wenn es nicht so aussieht, Mädchen, aber das hier ist ein Feldlager. Wir sind im Krieg und wir haben gerade eine Schlacht verloren. Unter meinen Kriegern ist kaum einer, der nicht einen Verwandten oder einen Freund verloren hätte oder selbst verwundet worden wäre. Ich glaube nicht, dass es besonders klug wäre, euch beide ganz allein hier umherspazieren zu lassen. Oder gar …«, er warf Anders einen schrägen Blick zu, »… mit einer Waffe.«

»Habt ihr beide nicht immer wieder gesagt, sie seien nicht die primitiven Wilden, für die wir sie angeblich halten?«, fragte Lara schnippisch.

Jannik seufzte, was aber auch daran liegen mochte, dass es ihm ziemliche Mühe machte, das komplizierte Gewirr aus Lederbändern und Schnallen der Prothese an seinem Armstumpf zu befestigen. »Ich kann nicht zaubern, Mädchen. Und auch keine Wunder wirken.«

»Und ich habe einen Namen«, fauchte Lara. Jannik ignorierte sie.

Jannik gab auf und nahm die Zähne zu Hilfe, um die letzten Schnallen seiner Armprothese festzuziehen, was seine Antwort ein wenig undeutlich klingen ließ. »Entschuldigt, Mylady«, nuschelte er spöttisch. »Ich wollte Euch nicht zu nahe treten.« Er war endlich fertig, ließ den Arm sinken und prüfte mit der anderen Hand den festen Sitz der Prothese. Anders war angemessen beeindruckt, als er sah, dass sich die so primitiv anmutende, aus groben Eisenteilen und ledernen Scharnieren gefertigte künstliche Hand sogar öffnen und schließen ließ. »Du willst also mit den Gefangenen sprechen, *Lara*«, sagte er betont. »Das könnte ich jetzt als Misstrauensbeweis auslegen und entsprechend gekränkt reagieren, aber ich will mal nicht so sein. Wenn Ihr mir folgen würdet, Gnädigste.«

In Laras Augen blitzte es schon wieder kampflustig auf. Aber sie beherrschte sich und streifte Anders nur mit einem weiteren, noch eisigeren Blick, als sie sich umdrehte und Janniks einladender Geste folgte. Jannik hatte Mühe, nicht noch breiter zu grinsen, doch als Anders die Tür weiter aufzog und Lara und er an ihm vorbeigingen, glaubte er ein schadenfrohes Glitzern in seinen Augen zu erkennen. Gewisse Dinge, dachte er resignierend, änderten sich wohl nie, ganz gleich bei welchem Volk man lebte und in welcher Epoche.

Sie gingen die lange Treppe wieder hinab, und kurz bevor sie ihr Ende erreichten, bedeutete Jannik ihnen mit einer wortlosen Geste, stehen zu bleiben, und eilte voraus, um mit dem Troll zu sprechen, der als Wächter hier drinnen zurückgeblieben war. Anders konnte nicht verstehen, was sie sprachen, denn sie bedienten sich eines Dialekts, der wie eine Mischung aus halb verständlichen Wortfetzen und etwas klang, das sich wie ein bellendes Klingonisch anhörte; aber das Gespräch wurde von heftigem Gestikulieren und Deuten begleitet, und allein die Blicke, die das riesige – gehörnte! – Geschöpf ihnen dabei immer wieder zuwarf, gefielen Anders ganz und gar nicht. Er tauschte einen beunruhigten Blick mit Lara. Sie sagte nichts, aber Anders sah ihr an, dass sie insgeheim genauso erleichtert war wie er, auf Jannik gehört und nicht darauf beharrt zu haben, alleine hier herabzusteigen.

Auch wenn sie das niemals laut zugegeben hätte.

An Janniks Behauptung, nicht der unumschränkte Herrscher über die Wilden zu sein, musste wohl etwas dran sein, denn es verging eine ganze Weile, bis er endlich zurückkam und Lara mit einem wortlosen Nicken zu verstehen gab, dass alles in Ordnung sei; und einem Blick, der das genaue Gegenteil zu behaupten schien. Lara setzte dazu an, etwas zu sagen, hielt aber dann doch die Klappe und steuerte den nächstgelegenen Gitterkäfig an. Anders hatte es bisher bewusst vermieden, sich die Zellen genauer anzusehen, doch nun kam er nicht mehr umhin.

In dem Verschlag, den Lara ansteuerte, befand sich ein verwundeter Elder. Sein linker Arm hing in einer Schlinge und er trug einen blutigen Verband um den Kopf, aber er war bei Bewusstsein und hatte sich aufgesetzt und Kopf und Schultern gegen die rostigen Gitterstäbe gelehnt. Er sah Lara mit einer Kälte entgegen, die Anders selbst über die große Entfernung hinweg fühlen konnte, und Lara ganz offensichtlich auch – sie zögerte einen Moment, die Zelle zu betreten, und die Unterhaltung dauerte auch nicht lange. Lara schien nur ein paar Worte mit ihm zu wechseln, bevor sie sich mit einem Ruck wieder umdrehte und die Zelle verließ.

»Deine Freundin scheint nicht unbedingt das beste Verhältnis zu den Elder zu haben«, sagte Jannik spöttisch.

Anders hob die Schultern. »Sie ist bei ihnen aufgewachsen«, sagte er, ebenso leise wie Jannik und ohne Lara aus den Augen zu lassen, die einen der anderen Käfige ansteuerte, in dem sich ein menschlicher Gefangener befand.

»Eben«, sagte Jannik trocken.

Anders verzichtete auf eine Antwort. Er war nicht hierher gekommen, um die fruchtlose Diskussion von vorhin fortzusetzen. Er hatte seine Entscheidung längst getroffen.

Dies war auch nicht der Ort, um darüber zu reden.

Es war ein durch und durch unheimlicher Ort. Obwohl es sich ebenfalls um einen Teil der unterirdischen Bunkeranlage handelte und ihm die düstere Atmosphäre hier unten nicht mehr ganz fremd sein sollte, fiel ihm erst jetzt auf, *wie* unheimlich. Der rissig gewordene Beton der Wände verbarg sich hinter dem Ruß von Jahrzehnten, in denen qualmende Fackeln hier gebrannt hatten, und wurde vom zuckenden Schein der Flammen in ein beunruhigendes Muster aus rotem Licht und huschender Schatten getaucht, die Bewegung und Formen entstehen ließen, wo keine sein sollten. Es war warm und ein beißender Gestank von schmorendem, nassem Holz lag in der Luft, gerade stark genug, um im Hals zu kratzen und die Augen zu reizen, aber nicht stark genug, um den anderen unangenehmeren Geruch zu überdecken, der sich über die Jahrzehnte in die Betonwände und die Decke eingefressen hatte, um nie wieder ganz zu verschwinden: der Geruch nach Blut und Krankheit, nach Fieber und Verfall und Tod. Er war nicht einmal besonders stark, und dennoch auf schwer fassbare Weise penetrant und verstörend; vielleicht weil er die Menschen an ihre Sterblichkeit erinnerte. Dazu kamen die vergitterten Käfige mit den Gefangenen – verschlossen oder nicht – und das gedämpfte Stöhnen und Wehklagen, das selbst dann irgendwie in der Luft zu hängen schien, wenn es eigentlich nicht zu hören war, und schließlich die riesige gehörnte Gestalt, mit der Jannik gerade gesprochen hatte. Kurz: was er sah, war …

»Wie eine Vision der Hölle, nicht wahr?«

Es dauerte eine ganze Sekunde, bis Anders überhaupt begriff, dass er diesen Gedanken nicht nur gedacht, sondern Jannik ihn im gleichen Moment neben ihm laut ausgesprochen hatte.

»Also gut«, sagte er. »Ich gebe auf. Wie funktioniert der Trick?«

Jannik sah ihn einen Augenblick lang stirnrunzelnd an, dann lächelte er matt. »Kein Trick«, sagte er. »Jeder, der hierher kommt, denkt dasselbe. Frag mich nicht, warum. Es ist eben so.«

Anders fragte ihn nicht, warum. Er bezweifelte seine Worte auch nicht.

Nachdenklich betrachtete er den Troll – der im Übrigen gar kein richtiger Troll war. Diejenigen Geschöpfe, die der Beschreibung mythologischer Trolle entsprachen, stellten nur den allergeringsten Teil von Janniks Armee aus Ungeheuern, Riesen, Zwergen und anderen bizarren Kreaturen dar. Anders hatte gleich am Anfang für sich entschieden, jedes Wesen, das deutlich größer als ein Mensch war und über zwei Arme, zwei Beine und einen Kopf verfügte, *Troll* zu nennen, schon um sich nicht jedes Mal umständlich einen neuen Namen ausdenken zu müssen.

Bei dem riesigen Geschöpf, das ein paar Schritte entfernt stand und abwechselnd Lara und sie mit finsteren Blicken anstarrte, hätte er das nicht gebraucht.

Das Wesen war ein gutes Stück über zwei Meter groß und so breitschultrig, dass selbst Boris wie ein mickeriger Zwerg daneben gewirkt hätte. Seine Haut, die sich über gewaltigen Muskelsträngen spannte, war dunkelrot und rau wie Sandpapier, und seine gewaltigen Pranken endeten in furchtbaren Krallen, wie die eines Raubvogels. Sein Gesicht war breitflächig und düster; die Augen verbargen sich unter schweren Knochenwülsten, und dort, wo bei einem Menschen die Schläfen waren, entsprangen bei ihm zwei gewaltige gebogene Hörner. Das Geschöpf trug keinen Dreizack in der Hand, und soweit Anders das sehen konnte, hatte es auch keinen Schweif mit einer Quaste, aber die gespaltenen Hufe waren da.

Es *war* eine Vision der Hölle und er stand einem Dämon gegenüber.

»Aber wie kann das sein?«, murmelte er verstört.

Jannik hob die Schultern. »Ich denke darüber nach, seit ich hier bin«, antwortete er, ebenso leise wie Anders und ohne Lara und den Dämon dabei aus den Augen zu lassen. »Doch ich weiß es nicht.«

Er gab sich Mühe, vollkommen gelassen zu klingen, aber Anders kannte ihn zu gut um sich täuschen zu lassen. Jannik war nervös. Jannik war sogar sehr nervös. Vielleicht hatte er einen triftigeren Grund gehabt, sie nicht allein hier herunterzulassen, als Anders bisher angenommen hatte.

Anders bemerkte aus den Augenwinkeln, wie Jannik dazu ansetzte, etwas zu ihm zu sagen, und drehte sich wie zufällig gerade weit genug zur Seite, um mit einiger Überzeugung behaupten zu können, er hätte es nicht bemerkt. Obwohl er Jannik nicht mehr direkt ansah, spürte er seine Enttäuschung, aber er machte nur noch einen weiteren halben Schritt, mit dem er sich vollends umwandte, und tat so, als würde er sich ganz auf Lara konzentrieren.

Er spürte dabei sein schlechtes Gewissen. Es war nie seine Art gewesen, einer Diskussion aus dem Weg zu gehen, aber im Augenblick konnte er einfach nicht anders.

Sie mussten auch nicht allzu lange warten. Lara sprach insgesamt mit vier der Gefangenen, jeweils nur ganz kurz und so leise, dass sie nicht verstehen konnten, was geredet wurde. Nach wenigen Minuten kam sie zurück und machte eine wortlose Kopfbewegung die Treppe hinauf. Anders sah sie fragend an, aber Lara wiederholte nur ihre Bewegung und sie gingen wortlos wieder nach oben.

24

Lara blieb auch den Rest des Tages wortkarg und abweisend. Anders hatte noch zwei- oder dreimal versucht mit ihr zu reden, sich aber nur eine harsche Abfuhr nach der anderen eingehandelt und danach den Mund gehalten. Ihm war auch nicht wirklich nach Reden zumute. Zu viel ging ihm durch den Kopf und viel zu wenig davon wollte sich zu der Art von Gedanken ordnen, die einen Sinn ergaben; zumindest keinen, den er verstehen *wollte.*

Irgendwann wurde er müde. Abgeschnitten vom Tageslicht hatte er keine Ahnung, wie spät es wirklich war, ob draußen Tag oder Nacht herrschte, aber die letzten Tage hatten ihn zu viel Kraft gekostet, als dass die wenigen Stunden Schlaf in der Höhle ausgereicht hätten, ihn wirklich zu erfrischen. Er streckte sich auf dem nackten Betonboden aus und erwachte irgendwann mit schmerzendem Rücken, bohrenden Kopfschmerzen und einem Geschmack im Mund, als hätte er die halbe Nacht auf der dreißig Jahre alten Decke herumgekaut, die er zusammengerollt als Kopfkissen benutzt hatte. Außerdem war sein rechter Arm taub und die Hand kribbelte. Er hatte nicht allein geschlafen. Während er nur allmählich ins Wachsein herüberdämmerte – und die Langsamkeit genoss, mit der er in eine Wirklichkeit zurückglitt, von der er immer noch nicht wusste, ob sie nicht schlimmer war als so mancher Albtraum, an den er sich aus seinem früheren Leben erinnerte –, spürte er die Wärme eines anderen Körpers, der eng an ihn geschmiegt dagelegen und geschlafen hatte.

Wahrscheinlich war er aufgewacht, als Katt wach geworden und sich aus seinem Arm gelöst hatte um aufzustehen. Er hielt noch einen Moment an der süßen Erinnerung an ihre Wärme fest und die wunderbare Weichheit des schmalen getigerten Fellstreifens, der in ihrem Nacken begann und sich an ihrem Rückgrat hinabzog, und für einen noch kürzeren Augenblick glaubte er sogar noch das leise behagliche Schnurren zu hören, das sie manchmal im Schlaf von sich gab. Dann holte ihn die Wirklichkeit wieder ein und Anders setzte sich mit einem so erschrockenen Ruck auf, dass ihm prompt schwindelig wurde und er um ein Haar gleich wieder nach hinten gekippt wäre, hätte er sich nicht im letzten Moment mit der anderen Hand abgestützt, während er sich mit der linken instinktiv die Augen zuhielt, um nicht mehr sehen zu müssen, wie sich die winzige Kammer immer schneller um ihn drehte.

Es dauerte nicht lange. Das Schwindelgefühl verging genauso schnell wie seine Kopfschmerzen, aber der schlechte Geschmack in seinem Mund blieb, und als er die Hand von den Augen nahm und sich vorsichtig blinzelnd umsah, gesellte sich ein Gefühl abgrundtiefer Enttäuschung dazu. Er war nicht mehr in Morgens Schlafzimmer in Tiernan und das taube Gefühl in seiner Hand kam nicht von dem Gewicht Katts, die in seinen Armen eingeschlafen war. Er befand sich in einer seit vierzig Jahren nicht mehr gelüfteten Kammer eines Luftschutzbunkers, der mindestens dreimal so alt war wie er selbst, und die Wärme, die er noch immer in seinen Armen spürte, stammte nicht von Katt, sondern von Lara.

Obwohl er so tief geschlafen hatte, dass er selbst für die Albträume, die ihn normalerweise Nacht für Nacht heimsuchten, unerreichbar gewesen war, erinnerte er sich doch zugleich daran, wie sie lautlos neben ihn geglitten und sich an ihn geschmiegt hatte, und auch wenn sein erster Gedanke noch während des Erwachens Katt gegolten hatte und ihm die Erinnerung an Laras Nähe ein schlechtes Gewissen bereiten sollte, tat sie es nicht. Nicht einmal jetzt, da er Katts Gesicht immer noch so deutlich vor sich sah, als säße sie auf der Kante des schmalen Metallbettes neben ihm und blickte ihn vorwurfsvoll an. Es gab keinen Grund, sich Katt gegenüber schuldig zu fühlen; oder überhaupt irgendjemandem. Etwas in seinem Verhältnis zu Lara hatte sich verändert, irgendwann zwischen diesem Moment und dem Morgen, an dem er aufgewacht und sich nicht mehr in der eisigen Gefangenschaft der Gletscherhöhle wiedergefunden hatte. Vielleicht hatte es sich auch nicht wirklich *geändert*, sondern war ihm einfach nur – endlich – bewusst geworden: Er liebte Lara, aber er tat es nicht auf die Art, die Morgen erhofft und Kris befürchtet hatte, sondern er liebte sie wie eine Schwester. Sie war ihm wertvoll genug, dass er sein Leben für sie riskiert hätte, möglicherweise sogar geopfert. Es war jedoch ein vollkommen anderes Gefühl als das, das er Katt gegenüber empfand; nicht mehr, nicht weniger, aber vollkommen *anders*.

Nachdem er sein schlechtes Gewissen darüber, Katt gegenüber kein schlechtes Gewissen zu haben, auf diese Weise beruhigt hatte, setzte er sich endgültig auf und ging zum Tisch hinüber, auf dem sich noch die Reste der Mahlzeit befanden, die Boris ihnen am vergangenen Abend gebracht hatte. Er war eigentlich nicht hungrig, aber vielleicht würde ein Schluck Wasser – selbst abgestandenes – helfen, den widerlichen Geschmack loszuwerden, der noch immer in seinem Mund war. Als er den Arm nach der zerbeulten Aluminiumkanne ausstreckte, ging die Tür hinter ihm auf und Anders drehte sich mitten in der Bewegung um, darauf gefasst, Lara zu sehen.

Es war nicht Lara.

Es war Boris.

Der Troll (Boris war *tatsächlich* ein Troll, soweit Anders das beurteilen konnte, hieß das; schließlich hatte er niemals zuvor einen wirklichen Troll zu Gesicht bekommen) stand weit nach vorne gebeugt da, um durch die für Wesen von menschlicher Größe gebaute Tür hereinsehen zu können, und winkte ihm mit einer Hand zu, die die Tür allein schon beinahe auszufüllen schien.

Anders wich ganz instinktiv einen halben Schritt vor ihm

zurück und Boris wiederholte seine winkende Geste und knurrte irgendetwas, das sich mit einiger Fantasie als Aufforderung interpretieren ließ, mit ihm zu kommen. Anders erinnerte sich noch zu gut an die derben Knüffe, mit denen Boris seinen Wünschen Nachdruck zu verleihen pflegte, um es auf eine weitere Kostprobe ankommen zu lassen. Er gab Boris mit einem hastigen Nicken zu verstehen, dass er mit ihm kommen würde, und schob sich umständlich an dem riesigen haarigen Geschöpf vorbei auf den Gang hinaus. Boris deutete nach links und wirkte ein wenig enttäuscht, keinen Grund für einen freundschaftlichen Klaps zu haben, mit dem er ihm ein paar Rippen brechen oder ihm wenigstens einen Nackenwirbel verstauchen konnte, und Anders machte einen raschen Schritt, bevor er es sich anders überlegen und möglicherweise auf den Gedanken kommen konnte, gar keinen Grund dafür zu brauchen.

Boris war nicht allein gekommen. Während sich Anders umdrehte und hastig in die Richtung ging, in die der Troll wies, entdeckte er ein zweites Geschöpf von ehrfurchtgebietenden Ausmaßen, das es sich nur wenige Schritte entfernt auf dem Boden bequem gemacht hatte. Anscheinend hatte Jannik aus ihrem kleinen Ausflug von gestern gelernt und Maßnahmen getroffen, einen zweiten Spaziergang schon im Ansatz zu unterbinden.

Der Troll führte ihn den gleichen Weg zurück, den Lara und er gestern Abend genommen hatten, und er überraschte Anders auch noch ein weiteres Mal: Vor der Tür zu Janniks Zimmer angekommen, ging er nicht einfach hinein, sondern hielt Anders mit einem groben Knurren zurück, klopfte an und wartete, bis von drinnen eine gedämpfte Aufforderung erklang, bevor er die Klinke herunterdrückte und ihm gestattete einzutreten.

Anders machte einen einzelnen Schritt in den Raum hinein und blieb wieder stehen. Er konnte nicht sagen, was er erwartet hatte – aber ganz gewiss nicht, Lara und Jannik in trauter Zweisamkeit beim Frühstück vorzufinden. Genau das aber schien der Fall zu sein: Jannik und Lara saßen nebeneinander am großen Glastisch, und auf Laras Gesicht lag noch der Schatten eines erlöschenden Lächelns, als sie sich zu ihm umdrehte, während Jannik nicht im Geringsten überrascht wirkte. Allerdings glaubte Anders für einen winzigen Moment einen fast lauernden Ausdruck in seinen Augen zu erkennen. Ein absurdes Gefühl von Eifersucht wallte für einen Sekundenbruchteil in ihm hoch, als er die beiden so einträchtig beieinander sitzen sah, und klang ebenso rasch wieder ab, als er sich mit einer bewussten Anstrengung vor Augen führte, wie unsinnig es war.

»Nun, Anders«, begrüßte ihn Jannik. »Ich hoffe doch, Boris hat dich nicht zu unsanft geweckt.«

Anders schüttelte automatisch den Kopf und warf einen Blick über die Schulter zurück, aber der Troll hatte die Tür bereits wieder hinter sich geschlossen. »Ihm fehlt nur noch ein Spitzenhäubchen und er ist das perfekte Zimmermädchen«, sagte er. Jannik lachte leise und gab Anders mit einer Handbewegung zu verstehen, dass er näher kommen und sich setzen sollte. Anders schob sein völlig unbegründetes Misstrauen auf den Umstand, immer noch nicht ganz wach zu sein, aber zu dem schlechten Geschmack auf seiner Zunge gesellte sich ein solcher auf seiner Seele. Nun *hatte* er ein schlechtes Gewissen, und die Tatsache, dass es noch dazu nicht grundlos war, machte es auch nicht gerade leichter, Lara und Jannik vollkommen unbefangen gegenüberzutreten.

»Wieso habt ihr mich nicht geweckt?«, fragte er und deutete auf den Tisch. Auf der zerschrammten Glasplatte standen die Reste eines offensichtlich sehr reichhaltigen Frühstücks, das die beiden zu sich genommen hatten, aber auch noch mehr: Vor Jannik lag eine große, anscheinend von Hand gemalte Karte, auf der er das gesamte Tal zu erkennen glaubte und die an drei Ecken mit Steinen und der vierten mit einem Dolch beschwert war, den er mit einem Gefühl leiser Überraschung als seine eigene Waffe erkannte, die gestern noch in seinem

Gürtel gesteckt hatte. Er schenkte ihr aber nur einen flüchtigen Blick und beugte sich vor, um stirnrunzelnd auf die Karte zu sehen. Sie war nicht auf Papier gezeichnet, sondern auf etwas, das wie gegerbte Tierhaut aussah, und er war weder sicher, dass es sich bei den braunroten Linien der Symbole, eingezeichneten Berge und angedeuteten Städte tatsächlich um Tinte handelte, noch ob er wirklich wissen wollte, worum sonst. Was ihn beunruhigte, waren aber längst nicht nur diese Linien. Neben dem eingedellten Emaillebecher Janniks lag ein zerkauter Bleistift, mit dem er etliche zusätzliche Markierungen und Notizen auf der Karte gemacht hatte; und ganz bestimmt nicht zufällig auf jenem Teil der Karte, der die Gegend in und um Tiernan und die Torburg zeigte.

Erschrocken hob er den Kopf und blickte in Laras Gesicht. »Was …?«

»Du urteilst wie immer schnell«, fiel ihm Jannik ins Wort. »Lara hat mir nur ein paar Fragen beantwortet, deren Antwort ich im Grunde schon längst kannte.«

Das war blanker Unsinn. Anders wandte sich betont langsam zu Jannik um und versuchte so viel Verachtung in seinen Blick zu legen, wie er nur konnte. »Quatsch. Wenn ihr mich auf den Arm nehmen wollt, müsst ihr früher aufstehen.«

»Aber das sind wir doch«, sagte Jannik.

Anders blieb ernst. Er starrte Jannik eine weitere Sekunde lang durchdringend an, dann beugte er sich abermals vor, griff nach dem Bleistift und stieß mit der Spitze anklagend auf die winzigen, in Janniks typischer, fast schon kalligrafisch anmutender Handschrift ausgeführten Buchstaben- und Zahlenkombinationen hinab, die sich sicher nicht zufällig genau dort befanden, wo ein kunstvoll gezeichnetes Symbol die Torburg darstellte. »Anscheinend ist nicht nur dein Arm verletzt worden«, sagte er höhnisch. »Sonst hättest du nicht vergessen, wo ich die letzten Jahre gelebt habe.«

Jannik sah ihn fragend an und Anders fuhr noch höhnischer und in ganz bewusst verletzendem Ton fort: »In einem

Internat. Dort lernt man unter anderem auch Lesen und Schreiben. Das hier ist deine Handschrift, nicht wahr? Und wenn ich mich nicht sehr täusche, dann sind das genau die Truppen, die den Elder jetzt noch zur Verfügung stehen. Abzüglich derer, die deine Freunde erschlagen haben.«

»Du unterschätzt mich schon wieder«, sagte Jannik, immer noch lächelnd, aber in einem Ton, der eine Spur schärfer war als bisher. »Nichts von alledem ist mir neu.«

Das glaubte Anders ihm sogar. Jannik war kein Dummkopf. Außerdem wusste selbst Anders, der nichts von Strategien und Kriegsführung verstand und dem all solche Dinge zutiefst zuwider waren, dass sich wohl auch der untalentierteste General einen Überblick über die Kräfte seines Feindes verschafft hätte, bevor er einen Angriff plante. Es konnte nicht besonders schwer gewesen sein, sich über die Stärke der Elder und ihre Verbündeten zu informieren. Aber das spielte keine Rolle. Der entscheidende Punkt war ein ganz anderer. Er hieß Lara, saß ihm gegenüber auf der Couch und machte allein durch seine Blicke und seine Körpersprache deutlich, auf wessen Seite er in dieser ganz bestimmten Diskussion stand. Es spielte überhaupt keine Rolle, was sie Jannik verraten hatte oder ob überhaupt irgendetwas. Die Tatsache allein, dass sie mit ihm über dieses Thema geredet hatte, genügte, um sich von ihr auf eine vollkommen absurde Weise hintergangen zu fühlen. Anders setzte dazu an, etwas zu sagen, doch mit einem Mal fehlten ihm die Worte. Nichts von alledem, was ihm einfiel, hätte auch nur annähernd ausgereicht, die Tiefe der Enttäuschung auszudrücken, die er empfand.

»Lara und ich haben uns lediglich ein wenig unterhalten«, sagte Jannik. Anders ignorierte ihn. Er blickte unverwandt Lara an, und obwohl er sich alle Mühe gab, sich nichts von dem anmerken zu lassen, was in ihm vorging, erschien auch in ihren Augen plötzlich ein Ausdruck von Trotz; eine Herausforderung, die er nicht annehmen wollte, es aber irgendwie allein schon dadurch tat, dass er sie bemerkte.

»Anders«, begann Jannik. »Du …«

»Es ist gut«, unterbrach ihn Lara. »Er weiß es sowieso.«

»Was?«, fragte Anders leise. Schon der bittere Ton, in dem er dieses eine Wort aussprach, beantwortete seine eigene Frage. Zwischen Janniks Augenbrauen entstand eine dünne Falte, und Anders meinte aus den Augenwinkeln zu registrieren, wie er sich ein wenig gerader aufsetzte und anspannte, doch sein Blick ließ Lara keinen Moment los. Seine Kehle war immer noch wie zugeschnürt. Sie hatte ihn verraten auf eine Weise, die weder sie noch er wirklich in Worte fassen konnten, die sie aber beide spürten.

»Dass ich mich entschieden habe«, antwortete Lara. Sie schüttelte sanft den Kopf und aus dem Trotz in ihrem Blick wurde ein Ausdruck von Bedauern. »Jannik hat Recht, Anders. Ich wollte es nicht zugeben, aber es ist so.«

»Recht?«, wiederholte Anders leise. »Womit, Lara?« Diesmal war er es, der ihr mit einem Kopfschütteln das Wort abschnitt, als sie antworten wollte. »Damit, dieses Land mit Krieg zu überziehen und so unendlich viel Leid und Schmerzen über seine Bewohner zu bringen?«

»Damit, dass es aufhören muss«, antwortete Lara. »Es sind die Elder, die seit Anbeginn der Zeit Schmerzen und Leid über uns bringen! Es ist genug!«

Genug. Anders wiederholte das Wort ein paarmal in Gedanken, ohne ihm dadurch auch nur einen Deut von seinem gleichzeitig bitteren wie höhnischen Beigeschmack nehmen zu können. Er antwortete nicht gleich und am liebsten hätte er weiter geschwiegen. Was sollte er auch sagen? Ein einziger Blick in Laras Augen machte ihm klar, wie sinnlos jedes weitere Wort war, wie vollkommen aussichtslos jeder Versuch, sie von ihrem einmal gefassten Entschluss abzubringen. Er war zu spät gekommen. Er wusste nicht, was Jannik gesagt oder getan hatte, um sie auf seine Seite zu ziehen, und vielleicht war es auch gar nicht nötig gewesen, irgendetwas zu sagen oder zu tun. Vielleicht hatte Lara in der Schlacht um die Torburg mehr verloren als nur ihren Freund und ein paar Tropfen Blut. Und vielleicht – und dieser Gedanke war wohl der allerschlimmste überhaupt – hatten Jannik und sie ja sogar Recht.

Aber das wollte er nicht glauben.

»Und was genau … bedeutet das jetzt?«, fragte er. »Für uns?«

Diesmal kam Jannik Lara zuvor. »Nichts«, sagte er rasch. Anders sah ihn immer noch nicht direkt an, aber ihm entging trotzdem nicht der schnelle, fast warnende Blick, den er Lara über den Tisch hinweg zuwarf.

»Ich habe nicht vor, Lara ein Schwert in die Hand zu drücken und sie als Amazone an der Spitze meiner Truppen reiten zu lassen«, sagte Jannik. Es war ein vergeblicher Versuch, scherzhaft zu klingen. Seine Worte bewirkten das genaue Gegenteil. Anders riss seinen Blick nun doch von Lara los und sah Jannik an, und irgendetwas musste wohl in seinem Gesicht sein, das Jannik erschreckte, denn für ein oder zwei Sekunden erschien ein Ausdruck von Überraschung auf seinen Zügen, dann hatte er sich wieder in der Gewalt und zwang ein neuerliches, beinahe überzeugendes Lächeln auf seine Lippen. Er hob in einer fast nur angedeuteten Bewegung die Schultern. »Es tut mir Leid, Anders. Du darfst nicht glauben, dass ich versucht habe, dich zu hintergehen oder euch gar gegeneinander auszuspielen. Ich hätte dir gern mehr Zeit gegeben, dich zu entscheiden – aber Zeit ist genau das, wovon ich im Moment am allerwenigsten habe. Ich muss wissen, auf welcher Seite du stehst.«

»Jedenfalls nicht auf deiner«, antwortete Anders. Mit einem Mal musste er all seine Selbstbeherrschung aufbieten, um die Tränen zurückzuhalten. Es waren weder Tränen der Wut noch des Schmerzes oder der Enttäuschung. Was er fühlte, war etwas gänzlich anderes, eine Bitterkeit, die ihm trotz allem, was er erlebt hatte, vollkommen fremd und unbekannt war. Vielleicht lastete ja ein Fluch auf ihm. Vielleicht war es ja einfach sein Schicksal, niemals Ruhe zu finden, immer nur von einem

Abgrund in den nächsten, noch tieferen zu stürzen. Noch vor wenigen Augenblicken, als er aufgewacht war, hatte er geglaubt, endlich wieder so etwas wie Licht am Ende des Tunnels zu sehen. Er hatte seinen Frieden mit sich und Lara und sogar dem Schicksal gemacht, das ihn hierher verschlagen hatte. Doch wie es aussah, war wohl auch das wieder nur eine weitere grausame Täuschung gewesen, zu nichts anderem gut als ihn noch härter zu treffen.

»Aber es muss eine andere Lösung geben!«, rief er fast verzweifelt. »Krieg kann nicht die Antwort sein!« Er hob die Hände zu einer fast beschwörenden Geste in Laras Richtung. »Bitte, Lara. Hast du schon vergessen, wie Kris gestorben ist?«

»Nein«, antwortete Lara ernst. »Ich habe es nicht vergessen.«

»Das ist genug«, sagte Jannik scharf. »Wenn du jemanden angreifen willst, dann mich.« Er machte eine ärgerliche Geste. »Wir akzeptieren deine Entscheidung. Also akzeptiere bitte auch die ihre.«

Seine Worte machten Anders nur noch wütender. Für einen ganz kurzen Moment war er nahe daran, Jannik anzuschreien, aber etwas in Janniks Augen warnte ihn. Und sein Zorn verrauchte auch so schnell, wie er gekommen war. Er war ohnehin nicht echt gewesen, sondern nur ein weiterer Ausdruck seiner Hilflosigkeit.

»Krieg ist keine Lösung«, sagte er noch einmal.

»Auch wenn du es noch tausend Mal sagst, wird es dadurch nicht besser«, antwortete Jannik ruhig. »Nein sagen ist immer einfach. Und weglaufen noch einfacher.«

Ein Schlag ins Gesicht hätte ihn nicht härter treffen können. Dabei spürte er ganz genau, dass es keineswegs Janniks Absicht gewesen war, ihm wehzutun. Er sagte einfach nur die Wahrheit. »Vielleicht ... vielleicht kann ich mit Morgen sprechen oder mit Culain«, stammelte er.

»Worüber?«, fragte Jannik.

»Aber ... aber du hast es doch selbst gesagt. Sie ... sie halten mich für Oberons Sohn. Wenn das wirklich wahr ist, dann hören sie vielleicht auf mich.«

Lara gab ein Geräusch von sich, das nur noch entfernte Ähnlichkeit mit einem Lachen hatte, und Jannik schüttelte traurig den Kopf. »Selbst wenn sie dir zuhören würden – was ich bezweifle, aber selbst *wenn* –, was glaubst du, würden sie tun?« Er schnitt Anders mit einer Handbewegung das Wort ab, um seine Frage selbst zu beantworten. »Glaubst du wirklich, Tamar und die anderen würden dir zuhören, weise mit dem Kopf nicken und dann die Macht aus den Händen geben?«

»Lass es mich wenigstens versuchen!«, flehte Anders.

»Und dann?«, fragte Jannik. »Selbst wenn! Hast du vergessen, was vorgestern passiert ist? Die *Drachen* arbeiten für deinen Vater. Das alles hier ist sein Werk. Glaubst du wirklich, er würde tatenlos zusehen, wie du alles zerstört, was er sein Leben lang aufgebaut hat?« Er schüttelte heftig den Kopf. »Ganz bestimmt nicht.«

»Dann werde ich ihn eben dazu zwingen«, sagte Anders.

»Was für eine hervorragende Idee«, erwiderte Jannik spöttisch. »Verrätst du mir auch, wie?«

»Mein Vater würde niemals etwas tun, was mich ...«

»... in Gefahr bringt?«, unterbrach ihn Jannik. Er verzog abfällig die Lippen. »Natürlich nicht, wie konnte ich das vergessen? Entschuldige, dass ich deinem Vater derart unrecht getan habe. Er hatte wirklich von Anfang an alles in seiner Macht Stehende getan, um dich zu retten, nicht wahr?« Er beugte sich leicht vor. »Wenn er wirklich so um dein Wohl besorgt ist, Anders – warum haben seine Männer dich nicht längst hier rausgeholt? Warum haben sie dich zwar aus dem Eis befreit, dich aber nicht nach Hause gebracht?«

Noch eine Frage, über die er nicht nachdenken wollte – auch wenn er es schon mindestens eine Million Mal getan hatte. Er war auch auf ungefähr ebenso viele Antworten gekommen, aber keine einzige davon hatte ihm gefallen.

»Glaubst du vielleicht, ich hätte es nicht versucht?«, fuhr Jannik fort, als er begriff, dass Anders nicht antworten würde. »Sie hätten mich dreimal beinahe umgebracht, bevor ich begriffen habe, dass sie nicht an einem Gespräch mit mir interessiert sind. Dein Vater kennt mich, vergiss das nicht, und ich kenne ihn. Er *wird* mit mir reden, das verspreche ich dir, aber *er* wird zu *mir* kommen und wir werden zu meinen Bedingungen verhandeln.«

Anders resignierte innerlich. Es war sinnlos. Auf seine Art war Jannik ebenso verbohrt und zu keinerlei Diskussion bereit, wie er es umgekehrt von seinem Vater behauptete. Vielleicht hatte er sogar Recht, von seinem Standpunkt aus betrachtet. Vielleicht hatten sie *beide* Recht, von ihrem jeweiligen Standpunkt aus betrachtet. Anders schwieg noch einige Sekunden und er beugte sich sogar noch einmal vor, um einen Blick auf die Karte und Janniks handschriftliche Notizen darauf zu werfen, aber er sagte nichts mehr. Wozu?

»Wie viele solcher Niederlagen kannst du dir noch leisten?«, fragte er.

»Keine«, gab Jannik unumwunden zu. »Nahezu die Hälfte meines Volkes ist ausgelöscht, und die, die noch übrig sind, sind verwundet und zutiefst eingeschüchtert. Gerade deshalb hatte ich … auf deine Hilfe gehofft.«

»Meine Hilfe?«

»Um weiteres Blutvergießen zu vermeiden, ja«, bestätigte Jannik. »Nicht jeder Krieg wird auf dem Schlachtfeld entschieden.«

»Sondern mit Verrat?«, fragte Anders.

Jannik sah ihn nachdenklich an. »Hattest du diesen Hang zum Dramatischen eigentlich immer schon? Komisch, dass ist mir früher nie aufgefallen.«

Anders würdigt ihn nicht einmal einer Antwort, sondern richtete sich wieder auf und sah Lara an. »Und wie … geht es jetzt weiter?«, fragte er.

Die Frage galt Lara, aber Jannik beantwortete sie. »Das liegt ganz bei dir«, sagte er. »Ich würde mich wirklich freuen, wenn du bleibst. Doch natürlich zwinge ich dich zu nichts.«

»Natürlich nicht«, sagte Anders bitter. Er stand auf, drehte sich auf dem Absatz um und verließ ohne ein weiteres Wort das Zimmer.

25

Lara folgte ihm nach einer guten halben Stunde; deutlich eher, als er befürchtet, und viel später, als er gehofft hatte. Sie fand ihn auf der schmalen eisernen Pritsche liegend vor, die er in der vergangenen Nacht verschmäht hatte, die Hände hinter den Kopf verschränkt und den Blick starr gegen die Unterseite des rostigen Sprungrahmens über sich gerichtet. Anders musste sich beherrschen, um nicht hastig aufzuspringen und mit Fragen oder Vorwürfen – oder am besten beidem – über sie herzufallen.

Stattdessen starrte er weiter die rostigen Sprungfedern an und bemühte sich, ein möglichst grimmiges Gesicht aufzusetzen und dabei nach Kräften so zu tun, als hätte er Laras Eintreten nicht einmal bemerkt.

Das Ergebnis war allerdings so albern, dass es ihm schon nach einigen Sekunden selbst auffiel und er die Hände hinter dem Kopf hervorzog und sich aufrichtete. Lara war wortlos an ihm vorbei und zum Tisch gegangen und hatte sich auf einen der spröde gewordenen Campingstühle gesetzt. Sie musterte ihn mit Blicken, die ihn fast noch wütender werden ließen, es ihm zugleich aber unmöglich machten, entsprechend zu reagieren. Was Anders in ihren Augen las, das war dem so ähnlich, was er auch selbst empfand, dass es ihn alles vergessen ließ, was er ihr am liebsten entgegengeschleudert hätte.

Die Wahrheit war so simpel wie frustrierend: Anders war wütend auf sich selbst, wütend auf das Schicksal und wütend auf die ganze Welt. Nach allem, was er erlebt und erlitten hatte, war sein Wiedersehen mit Jannik der Moment gewesen, von dem er sich endlich so etwas wie Ruhe erhofft hatte. Solange es sich zurückerinnern konnte, war Jannik stets nicht nur sein Freund, sondern auch sein großer Bruder und Beschützer gewesen und in gewissem Sinne vielleicht auch der Vater, den er niemals wirklich gehabt hatte. Jannik hatte immer alles gewusst, alles gekonnt und alles irgendwie geregelt. Er hatte einfach *vorausgesetzt*, dass alles gut werden würde, sobald Jannik wieder bei ihm war. Aber das war es nicht. Es war schlimmer geworden.

»Habt ihr euch gut über mich amüsiert?«, fragte er. Die Worte schockierten ihn beinahe mehr als Lara, aber sie waren ihm dennoch nicht *einfach so* herausgerutscht. Etwas in ihm – ein Teil, der zu stark war um ihn zu unterdrücken – *wollte* Lara wehtun, nicht weil er ihr wirklich etwas vorwarf, sondern einfach weil es leichter war, einen Schmerz zu ertragen, wenn man einem anderen ebenfalls wehtun konnte.

»Wir haben uns nicht über dich amüsiert, Anders«, antwortete Lara, leise, aber mit einer Betonung, die ihn umso mehr traf, als er nicht die mindeste Spur von Vorwurf oder auch nur Ärger darin hörte. Sie schüttelte den Kopf. »Ich verstehe nicht, warum du das tust.«

»Was?«

»Du tust deinem Freund unrecht«, antwortete Lara. »Und du weißt es.«

»Ach?«, machte Anders abfällig. »Tue ich das?«

»Ja. Und du weißt es verdammt noch mal ganz genau. Und du tust ihm weh damit. Macht es dir Spaß, deinen Freunden wehzutun?«

Anders setzte zu einer wütenden Antwort an, doch dann geschah etwas Unerwartetes: Seine Wut verrauchte so plötzlich, wie sie gekommen war, und zurück blieb eine so allumfassende, vollkommene Leere, dass er für eine Sekunde tatsächlich das Gefühl hatte, auch körperlich den Boden unter den Füßen zu verlieren und in einen schwarzen Abgrund zu stürzen. Langsam schwang er die Beine von der Liege, aber er stand nicht auf, sondern ließ sich nach vorne sinken, stützte die Ellbogen auf den Oberschenkeln auf und verbarg das Gesicht in den Händen. Er wünschte sich weit, weit weg.

»Ich kann verstehen, dass ihr Freunde seid«, sagte Lara. Ein ebenso flüchtiges wie trauriges Lächeln huschte für einen Moment über ihr Gesicht und verschwand wieder. »Weißt du eigentlich, wie ähnlich ihr euch seid?«

Anders nahm fast widerwillig die Hände herunter und blickte sie fragend an.

Lara nickte so heftig, dass ihr eine Haarsträhne ins Gesicht rutschte, um ihre eigene Behauptung noch zu unterstreichen. »Er ist genauso stolz wie du – oder du so stur wie er, such es dir aus. Keiner von euch würde jemals zugeben sich geirrt zu haben, stimmt's?«

Anders antwortete auch darauf nicht, aber Lara schien nicht wirklich damit gerechnet zu haben. Sie schüttelte noch einmal den Kopf und diesmal blitzte es unübersehbar spöttisch in ihren Augen auf. »Du weißt, dass er Recht hat.«

»Womit?«, fragte Anders. »Noch mehr Blut zu vergießen?« Er schnitt Lara mit einer Geste das Wort ab, als sie etwas erwidern wollte. »Das kannst du nicht wirklich meinen.«

»Aber er hat Recht«, beharrte Lara. »Die Elder …«

»Ich rede nicht von den Elder«, fiel ihr Anders ins Wort. »Blutvergießen ist keine Lösung, Lara. Niemand wird einen Herrscher lieben, dessen Thron mit Blut erkauft worden ist.«

Lara blinzelte. Für einen Moment wirkte sie hilflos, dann schüttelte sie den Kopf und fragte: »Ist das wirklich deine Meinung oder hast du diesen Satz irgendwo gelesen?«

Nein, darauf *wollte* er nicht antworten. Lara hatte vollkommen Recht: Er *hatte* diesen Satz irgendwo gelesen, und doch hatte es bis zu diesem Tag gedauert, bis er begriffen hatte, was er wirklich bedeutete. Und wie viel Wahrheit in ihm lag. Und es änderte auch nichts daran, dass es genau das war, was er meinte. Traurig schüttelte er den Kopf. »Du würdest ihm also helfen? Selbst wenn du dein eigenes Volk verraten musst?«

Das war unfair. Er wusste es und sah an der Reaktion auf Laras Gesicht, dass er ihr diesmal – obwohl er es gar nicht gewollt hatte – wirklich wehgetan hatte. Er bedauerte seine Frage sofort, machte aber keine Anstalten, sie mit einer nachgeschobenen Bemerkung zu entschärfen.

»Vielleicht«, sagte Lara nach einem langen niedergeschlagenen Schweigen. Sie hob die Schultern. »Wenn ich dadurch mithelfe, ihm die Freiheit zu bringen, dann sollen sie mich später ruhig eine Verräterin nennen.«

»Und was, wenn die Elder Recht haben?«, fragte Anders.

Lara starrte ihn eine geschlagene Sekunde lang so verblüfft an, als ergäben seine Worte einfach keinen Sinn für sie. »Wie?«, murmelte sie. Die Verwirrung in ihrem Blick machte Fassungslosigkeit Platz, dann einer Mischung aus Zorn und Entsetzen.

Anders sagte nichts, aber der Gedanke, einmal – und fast gegen seinen Willen – ausgesprochen, begann sich selbstständig zu machen und ließ Bilder vor seinem geistigen Auge auferstehen, die er längst vergessen geglaubt hatte. Plötzlich sah er wieder Gondrons neugeborenes Kind vor sich; ein hilfloses winziges Wesen, das so gar nichts Menschliches mehr an sich hatte, und den Ausdruck von Schmerz in Morgens Augen, hörte wieder ihre Worte, und da war auch noch mehr: Gedanken, die er selbst gedacht, Gefühle die er selbst gehabt hatte. Was, wenn die Elder Recht hatten, so grausam und unmenschlich die Vorstellung auch sein mochte? Was, wenn das Einzige, was sie und die Menschen in diesem Tal davor bewahrte, einfach aufgesogen und ihrer Menschlichkeit beraubt zu werden, gerade die unmenschliche Auslese war, die sie allen anderen, aber auch sich selbst auferlegten? Er wollte diesen Gedanken nicht denken. Auf seine Art war er ebenso verführerisch und zwingend wie die Argumente, die Jannik vorgebracht hatte, nur schlimmer, grausamer.

Anders verscheuchte den Gedanken, denn er spürte nur zu deutlich die Gefahr, die darin verborgen lag, ihn zu lange zu denken; selbst wenn er sich gegen ihn zu wehren versuchte. Vielleicht begann sein Gift sogar schon zu wirken.

»Dann sind wir sowieso verloren«, sagte Lara. »Aber dann haben wir es vielleicht auch nicht verdient, zu überleben.«

Und auch damit hatte sie vielleicht Recht. Trotzdem – Lara war noch ein halbes Kind. Auch wenn sie in den letzten Monaten sichtlich zur Frau herangereift war, so änderte das doch nichts an ihrem Alter. Anders hatte sie nie gefragt, aber er glaubte nicht, dass sie deutlich älter als sechzehn oder allerhöchstens siebzehn Jahre alt war, und ein Mensch ihres Alters sollte noch nicht so über den Tod reden und er sollte auch nicht gezwungen sein, sich Gedanken darüber zu machen, ob sie es verdient hatten, weiterzuleben oder nicht.

Gab es überhaupt jemanden, der es verdient hatte, *nicht* weiterzuleben?

»Es ist einfach nicht richtig«, murmelte er noch einmal. Selbst in seinen eigenen Ohren klangen die Worte ganz genau nach dem, was sie waren und als was sie Jannik bezeichnen würde – ein Mantra, das er nur oft genug wiederholen musste, bis er am Ende selbst begann daran zu glauben. Aber das bedeutete noch lange nicht, dass es wahr war.

»Dann geh zurück zu den Elder«, sagte Lara. »Aber wundere dich nicht, wenn sie dir eines Tages Katts Kopf auf einem Tablett präsentieren.«

26

Ehe Anders antworten konnte, ging die Tür auf und Jannik streckte Kopf und Schultern herein. An der Reaktion auf Laras Gesicht konnte Anders erkennen, dass sie nicht mit diesem Besuch gerechnet hatte. Sie schien etwas sagen zu wollen, doch Jannik kam ihr zuvor. »Ihr müsst weg«, sagte er.

»Wieso?«, fragte Lara eindeutig erschrocken. »Vorhin hast du doch gesagt, dass es …«

Jannik machte eine knappe befehlende Geste. »Ich weiß, was ich gesagt habe. Wir müssen unsere Pläne ändern. Beeilt euch.«

Anders stand mit einer so überhasteten Bewegung auf, dass er sich an der Kante des oberen Bettes schmerzhaft den Kopf stieß. Jannik entging sein kleines Ungeschick keineswegs, aber er reagierte mit keiner Miene darauf, was Anders vielleicht mehr als alles andere klar machte, dass etwas nicht stimmte. Jannik war in Wahrheit weit nervöser, als er sich nach außen hin gab. Er trat einfach auf den Flur zurück und zog in der gleichen Bewegung die Tür weiter auf, um seiner Aufforderung mehr Nachdruck zu verleihen.

Anders rieb sich den schmerzenden Schädel und blinzelte ein paarmal um die Tränen zu unterdrücken, bevor er sich zu Lara umdrehte. Sie war ebenfalls aufgestanden, wirkte aber furchtbar unschlüssig. *Sie* warf *ihm* einen fast Hilfe suchenden Blick zu, den er jedoch nur mit einem angedeuteten Achselzucken beantworten konnte. Er wusste so wenig wie sie, was los war. Nur dass irgendetwas Janniks Kreise gestört haben musste, und das gründlich. Er konnte nichts anderes tun, als sich umzuwenden und langsam in Bewegung zu setzen, um Jannik nach draußen zu folgen. Irgendetwas war hier nicht in Ordnung, aber sie würden es nicht herausfinden, wenn sie hier herumstanden und fragende Blicke tauschten.

Als er auf dem Flur stand, spürte er es sofort: Irgendetwas hatte sich verändert, ohne dass er im ersten Moment genau hätte sagen können, was. Verwirrend viele Geräusche lagen in der Luft, eine allgemeine Unruhe, die er nicht genau greifen konnte, die aber etwas Alarmierendes hatte. Jannik setzte dazu an, etwas zu sagen, doch in diesem Moment kam einer seiner Krieger herbeigeeilt und raunte ihm etwas zu. Anders konnte nicht verstehen, was geredet wurde, aber Janniks Gesicht wirkte eindeutig besorgt, als der Wilde wieder ging und er sich erneut zu ihm und Lara umdrehte.

»Was ist los?«, fragte Anders geradeheraus.

Er konnte Jannik ansehen, dass er einen Moment lang ernsthaft mit dem Gedanken spielte, sich irgendwie herauszureden. Dann deutete er ein Schulterzucken an. »Sie kommen.«

»Die Drachen?«

Jannik nickte. »Ja. Ich weiß nicht, wie, aber sie scheinen dich gefunden zu haben.« Er fuhr sich mit der Zungenspitze über die Lippen und trat einen halben Schritt zurück, um Anders mit einem langen nachdenklich-abschätzenden Blick zu messen. »Bist du sicher, dass sie dir nichts mitgegeben haben? Irgend ein Schmuckstück? Einen Ring? Ein … Andenken?«

Eine Sekunde lang sah Anders ihn vollkommen verständnislos an, aber dann begriff er, worauf Jannik hinauswollte. Er schüttelte den Kopf und versuchte gleichzeitig zu nicken. »Warum sollten sie? Sie konnten nicht wissen, dass …«

Er brach ab und Jannik schien im gleichen Moment dasselbe zu denken wie er. Seine Augen wurden groß. Einen halben Atemzug lang starrte er Anders aus aufgerissenen Augen an, dann fuhr er auf dem Absatz herum und war mit wenigen Schritten in seinem Zimmer verschwunden.

»Was hat er?«, fragte Lara.

Anders überlegte eine Sekunde lang angestrengt, wie er ihr etwas erklären sollte, das so gar nicht in das Konzept der Welt passte, in der sie aufgewachsen war, doch noch bevor er auch nur zu dem Versuch ansetzen konnte, kam Jannik zurück. Seine Hände waren nicht mehr leer. Anders zog überrascht die Brauen zusammen, als er das Partikelgewehr sah, das er nachlässig unter den rechten Arm geklemmt hatte.

»Sag nicht, das Ding funktioniert«, ächzte er. Noch im Nachhinein lief ihm ein eisiger Schauer über den Rücken, als er daran dachte, mit welch unvorstellbarer Vernichtungskraft er gestern hantiert hatte wie mit einem harmlosen Kinderspielzeug.

Jannik verzog nur flüchtig die Mundwinkel und streckte ihm stattdessen die linke Hand entgegen, auf der eine schmale lederne Scheide mit einem zierlichen Dolch lag – das Messer, das ihm Tamar gegeben hatte.

»Du meinst …?«

Jannik hob abermals die Schultern. Er reichte Anders das Gewehr. Anders nahm die Waffe mit spitzen Fingern und gehörigem Respekt entgegen, und Jannik schüttelte den Dolch aus der Scheide und klemmte die Waffe in seiner künstlichen Hand fest. Einige Sekunden lang versuchte er den Griff zu drehen, drückte erst behutsam, dann mit aller Kraft den Knauf und tastete schließlich mit den Fingerspitzen über die filigrane Ziselierung in der Griffstange. Nichts geschah. Jannik machte ein finsteres Gesicht, seufzte – und warf den Dolch mit solcher Gewalt auf den Boden, dass die Griffschale absprang und in Splittern davonflog. Lara sog erschrocken die Luft ein.

Der Griff war nicht leer. Unter dem zerborstenen Material, das nur den Eindruck erweckte, mit feinem braunem Leder umwickeltes Metall zu sein, in Wahrheit aber wohl eine Art Hartplastik war, der Art nach zu schließen, wie es in Stücke gesprungen war, kam ein gold- und kupferfarbenes Gespinst aus dünnen Metallfäden zum Vorschein, in dem ein winziges rotes Auge leuchtete.

»Was ist denn *das*?«, murmelte Lara.

»Dieser verdammte Mistkerl«, grollte Anders. Wütend hob er den Fuß, um den Dolch vollends unter dem Absatz zu zermalmen, aber Jannik hielt ihn mit einer schnellen Bewegung zurück.

»Warte«, sagte er. Rasch ließ er sich in die Hocke sinken, nahm den Dolch mit spitzen Fingern auf und schob ihn in die Scheide zurück. Er schnalzte mit der Zunge, und wie aus dem Nichts tauchte Boris neben ihm auf. Jannik bellte ihm ein paar Worte in seiner gutturalen Sprache zu, und Boris ließ den Dolch samt Scheide und Gürtel in einer seiner riesigen Pranken verschwinden und trollte sich.

»Wohin bringt er ihn?«, fragte Anders.

»So weit weg wie möglich«, erwiderte Jannik düster. »Falls es nicht schon zu spät ist.« Sein Gesicht verfinsterte sich noch weiter. »Ich fürchte, ich habe die Spitzohren unterschätzt.« Er gab sich einen Ruck. »Ihr müsst weg. Sofort.«

»Was ist denn hier überhaupt los?«, fragte Lara. »Dieser Dolch ... das Licht ... was hat das zu bedeuten?«

»Dass mir Aaron ein ganz besonderes Abschiedsgeschenk von Tamar in die Eishöhle gebracht hat«, antwortete Anders finster. Er wandte sich wieder direkt an Jannik. »Glaubst du, sie haben es beide gewusst?«

»Aaron und Tamar?« Jannik hob die Schultern. »Wenn wir noch lange hier herumstehen und reden, können wir sie vermutlich selbst fragen.« Er streckte die Hand aus und Anders gab ihm das Gewehr zurück; erleichtert, dieses Vernichtungsinstrument nicht mehr in Händen halten zu müssen.

Jannik ergriff die Waffe mit der künstlichen Hand und drückte mit der anderen eine verborgene Taste an ihrem Schaft. Ein winziges rotes Licht glomm auf, und Anders glaubte eine fast körperliche Woge von Kraft zu spüren, die plötzlich von der wuchtigen Waffe ausging und irgendetwas in ihm zusammenzucken ließ. Jannik nickte zufrieden, berührte die Taste ein zweites Mal und das Licht erlosch wieder. Es war keine Einbildung gewesen. Anders glaubte es nicht nur, er *konnte* plötzlich wieder freier atmen.

»Los«, befahl Jannik.

Anders drehte sich auf dem Absatz um und ging in die Richtung los, in die Jannik mit dem Gewehrlauf deutete, und auch Lara setzte sich ganz automatisch in Bewegung, aber sie wirkte noch irritierter – und erschrockener – als zuvor.

»Aber was ist denn nur los?«, fragte sie verstört. »Jannik? Du hast gesagt, ich kann bei dir bleiben, und ...«

»Später«, unterbrach sie Jannik. »Ich hole dich, sobald wir ein anderes Versteck gefunden haben. Fürs Erste müssen wir hier weg. Alle.«

Sie hatten das Ende des Korridors erreicht und Jannik überholte sie mit zwei raschen Schritten und öffnete mit einiger Mühe die zerschrammte Panzertür, die ihn abschloss. Dahinter lag ein schmaler, steil nach oben führender Treppenschacht, der von einer einzelnen Fackel erhellt wurde, deren Flammen in einem heftigen Windzug flackerten, der ihnen von oben entgegenwehte. Anders glaubte am Ende der langen Treppe einen schwachen Schimmer von Tageslicht zu erkennen. Geräusche drangen von oben zu ihnen herab. Lara machte einen halben Schritt in den Treppenschacht hinein und setzte dazu an, eine weitere Frage zu stellen, aber Jannik brachte sie mit einer raschen Geste zum Schweigen und befahl sie mit der gleichen Bewegung zurück. Konzentriert blickte er nach oben. Er hatte sich perfekt in der Gewalt, doch Anders kannte ihn einfach zu gut, als dass ihm der besorgte Ausdruck in seinen Augen entgangen wäre. Jannik wirkte angespannt. Seine linke Hand strich in einer unbewussten Geste über den Schaft der Waffe, tastete nach dem Schalter und zog sich wieder zurück, ohne ihn berührt zu haben.

»Was ist los?«, fragte Anders.

Jannik wollte antworten, aber er kam nicht mehr dazu. Ein gleißendblauer Blitz löschte für einen Augenblick das flackernde Rot der Fackel aus, dann ertönte ein gewaltiger berstender Schlag und der Boden unter ihren Füßen begann zu zittern.

Alles geschah gleichzeitig. Jannik warf sich zurück und zerrte Lara in der gleichen Bewegung mit sich, und auch Anders warf sich herum und versuchte mit einem Hechtsprung durch die Tür zu entkommen, prallte gegen den Türrahmen und stürzte. Noch während er fiel, sah er aus den Augenwinkeln, wie die Fackel erlosch, als aus dem Luftzug ein Sturmwind wurde, der brüllend heiß die Treppe herabfauchte. Aber es wurde nicht dunkel. Ganz im Gegenteil. Das blaue Gleißen war erloschen, doch an seiner Stelle ergoss sich eine Woge aus brodelnden gelb-roten und orangefarbenen Flammen die Treppe herab. Für einen Moment wurde die Hitze so gewaltig, dass sie Anders den Atem nahm. Er fiel, rollte sich ganz instinktiv über die Schulter ab und bemerkte aus den Augenwinkeln, wie Jannik mit einem ungeschickten Stolperschritt sein Gleichgewicht wiederfand, herumwirbelte und zugleich Lara an sich presste, um sie mit seinem Körper gegen die Flammen zu schützen. Obwohl sich die Ereignisse überschlugen, schien die Zeit stehen zu bleiben, sodass er alles mit schon beinahe übernatürlicher Klarheit sah. Die Feuerwolke rollte mit Urgewalt weiter, wobei die Enge des Schachtes ihre Geschwindigkeit und Wucht nur noch zu steigern schien. Die Hitze ließ den Beton bersten und schälte die Farbe in großen verkohlten Fetzen von den Wänden, die zu grauer Asche zerpulverten, lange bevor sie den Boden erreichten. Der gesamte Bunker schien zu wanken. Anders sah, wie sich Janniks Lippen bewegten, als er ihm etwas zuschrie, aber die Worte gingen in einem ungeheuerlichen Dröhnen und Grollen unter, das in einem einzigen Sekundenbruchteil zu einer solchen Lautstärke anschwoll, dass sie Anders in seinen Zähnen zu spüren glaubte.

Die Feuerwolke raste immer noch weiter heran. Anders sah, wie ein gezackter, fast handbreiter Riss direkt in der Wand neben Jannik entstand und rasend schnell nach oben lief und die Decke spaltete; Staub und winzige Betontrümmer und Steine regneten auf sie herab, und ein weiterer, noch härterer Schlag ließ den Boden unter ihnen zittern und warf Anders abermals auf die Knie. Jannik presste Lara noch fester an sich und krümmte den Rücken, um sie vor herabfallenden Trümmerstücken zu schützen, und die Feuerwalze rollte immer noch weiter heran. Anders warf sich herum, zog die Knie an den Leib und stieß dann beide Füße mit aller Gewalt gegen die Tür. Eine Flammenzunge leckte über seine Beine, aber die zentnerschwere Tür begann sich auch zu schließen; ganz langsam nur, mit der Unaufhaltsamkeit von etwas wirklich Schwerem.

Sie fiel ins Schloss, gerade als Anders sicher war, im nächsten Moment von glühenden Flammen eingehüllt und zu Asche verbrannt zu werden.

Im buchstäblich gleichen Sekundenbruchteil schien die Tür vom Faustschlag eines unsichtbaren Riesen getroffen und nach innen gebeult zu werden. Winzige gelbe und rote Flammen loderten durch die – breiter werdenden! – Ritzen zwischen Rahmen und Tür, und keinen halben Meter vor Anders' entsetzt aufgerissenen Augen begann sich die Tür aus zentimeterdickem Panzerstahl zu verbiegen wie ein Stück dünnes Aluminiumblech, das versehentlich in einen Hochofen geraten war. Die gesamte Tür bog sich durch, als hielte sie dem unvorstellbaren Druck einfach nicht mehr stand, dann aber federte sie zurück und auch die züngelnden Flammen verschwanden wieder in den Türspalten. Ein abschließendes dumpfes Grollen und Rumpeln erklang wie das enttäuschte Knurren eines Drachen, der vergebens gegen die Tür angerannt war und sich nun widerwillig zurückzog. Der Boden zitterte immer noch, aber es hatte wenigstens aufgehört, Steine und Trümmer zu regnen, und auch die mörderische Hitze verschwand so schnell wieder, wie sie über ihnen zusammengeschlagen war.

Anders blieb mit geschlossenen Augen und hämmerndem Puls endlose Sekunden lang auf dem Rücken liegen und wartete darauf, dass die Welt endgültig über ihm zusammenbrach, doch das geschah nicht. Der Boden zitterte noch immer, jetzt aber auf eine vollkommen andere, zugleich harmlosere wie angstmachendere Art; ein Gefühl wie an Bord eines großen Schiffes, das auf ein Riff oder eine Sandbank aufgelaufen war und nun auseinander zu brechen begann.

»Ist alles in Ordnung mit dir?«

Anders brauchte eine halbe Sekunde, um die Stimme als die Janniks zu identifizieren – und eine zweite um zu begreifen, dass die Frage an ihn gerichtet war und Jannik auf eine Antwort wartete. Mühsam öffnete er die Augen, blinzelte in das Gemisch aus Staub und dunkelgrauem Rauch, das den Gang erfüllte, und drehte erst dann und noch mühsamer den Kopf, um zu Jannik hinzusehen. Lara und er waren ebenfalls zu Boden geschleudert worden, aber Jannik hatte sich offenbar noch im Fallen über Lara geworfen, um sie mit seinem Körper vor den Flammen und fliegenden Trümmerstücken zu schützen; jetzt hatte er Mühe, sich mit nur einem Arm in die Höhe zu stemmen, ohne sich dabei auf Lara zu stützen und ihr möglicherweise wehzutun.

»Mir ist nichts passiert«, antwortete er mit einiger Verspätung auf Janniks Frage. Dass er dabei qualvoll hustete und sich zweimal unterbrechen musste, um in dem beißenden Qualm überhaupt Luft zu bekommen, ließ seine Behauptung nicht unbedingt glaubhafter erscheinen, doch Jannik gab sich – fast zu seinem eigenen Erstaunen – damit zufrieden.

»Du hast fantastisch reagiert«, sagte er, während er sich bereits bückte um Lara aufzuhelfen. »Danke. Ohne dich wären wir jetzt alle tot.«

Ohne mich wäre das alles nicht passiert, dachte Anders. Laut und mit einem demonstrativen Kopfschütteln antwortete er: »Das war pures Glück. Oder Selbsterhaltungstrieb.«

»Und wo ist der Unterschied?« Jannik wollte keine Antwort auf seine eigene Frage. Er überzeugte sich mit einem eher flüchtigen Blick davon, dass Lara zumindest äußerlich ohne größere Blessuren davongekommen war, dann bückte er sich noch einmal, um das Gewehr aufzuheben, das er fallen gelassen hatte, und wandte sich gleichzeitig wieder mit einem fragenden Blick an Anders. »Kannst du aufstehen?«

Anders nickte auch jetzt ganz automatisch, aber er war ganz und gar nicht sicher, ob er es wirklich konnte. Er hatte mit solcher Gewalt gegen die Tür getreten, dass seine Zehen sich anfühlten, als hätte Gondron sie versehentlich mit seinem Schmiedehammer bearbeitet. Trotzdem arbeitete er sich mit zusammengebissenen Zähnen in die Höhe. Sein Fußgelenk schmerzte dabei ungefähr so, wie er es erwartet hatte, aber nachdem er zwei vorsichtige Schritte – mit ausgestreckten

Händen, um sich an der Wand abzustützen, sollte er doch fallen – gemacht hatte, war er überzeugt, dass er zumindest laufen konnte, wenn auch wahrscheinlich nicht rennen.

»Was um alles in der Welt war das?«, murmelte Lara benommen.

»Anders' *Freunde* sind angekommen«, knurrte Jannik. »Ich finde nur, sie haben eine etwas übertriebene Art, anzuklopfen.«

Anders schenkte ihm einen raschen ärgerlichen Blick. Vermutlich hatte sich Jannik nicht einmal etwas dabei gedacht, die Drachen seine *Freunde* zu nennen – was nichts daran änderte, dass er allein beim Klang des Wortes wie unter einem Peitschenhieb zusammengefahren war. Jannik schien auch selbst begriffen zu haben, dass seine Wortwahl nicht besonders klug gewesen war, denn er warf ihm einen raschen, um Verzeihung heischenden Blick zu, schien noch etwas sagen zu wollen, beließ es aber dann dabei, wortlos in die Richtung zu deuten, aus der sie gekommen waren.

Seine Befürchtungen, was seine Fähigkeit, zu gehen, anbelangte, erwiesen sich als nur zu berechtigt. Er humpelte zwar mit zusammengebissenen Zähnen und so schnell er konnte hinter Jannik und Lara her, aber *so schnell er konnte* war eben doch eindeutig *langsam*. Schon auf halber Strecke blieb Jannik stehen und warf ihm einen halb ungeduldigen, zugleich aber auch deutlich besorgten Blick zu, sodass Anders beschloss, den pochenden Schmerz in seinem Fußgelenk einfach zu ignorieren und schneller zu gehen. Das Ergebnis war ein Beinahesturz, den er nur im letzten Moment verhindern konnte, indem er rasch die Hand ausstreckte und sich an der Mauer festhielt. Janniks Blick wurde missbilligend; er raunte Lara etwas zu, woraufhin sie nickte und schneller vorausging, machte kehrt und ergriff ihn ohne viel Federlesens einfach am Arm, um ihn zu stützen. Anders wollte ganz instinktiv protestieren und sich ebenso instinktiv losreißen, verzichtete aber auf das eine und sagte sich bei dem anderen im letzten Moment, das

Stolz vielleicht eine nette Sache war, wenn man ihn sich leisten konnte, in einem Augenblick wie diesem jedoch höchstens dumm; und wahrscheinlich sogar *gefährlich*.

Er bedankte sich nur mit einem angedeuteten Nicken bei Jannik und humpelte mit zusammengebissenen Zähnen neben ihm her, bis sie die Tür zu seinem Zimmer erreicht hatten. Lara war längst hindurchgegangen, hatte die Tür aber offen gelassen und wartete, vor Ungeduld von einem Bein auf das andere tretend, in dem dahinter liegenden Raum auf sie. Jannik forderte Anders mit einer knappen Geste zum Weitergehen auf, machte aber selbst einen Schritt wieder zurück auf den Gang und drehte sich dann hastig auf dem Absatz herum, als von der Tür her ein dumpfes Poltern erklang. Anders hätte sogar schwören können, dass er die Bewegung einen Sekundenbruchteil begann, *bevor* er den scharrenden Laut hörte. Aber vielleicht waren Janniks Sinne ja auch einfach schärfer als seine.

So oder so – Janniks Schnelligkeit rettete ihnen vermutlich das Leben. Das Poltern wiederholte sich, dann wurde die Tür von einem Schlag getroffen, der gewaltig genug war, sie aus dem Rahmen zu sprengen und wie ein Blatt Papier an die gegenüberliegende Wand zu schmettern, wo sie einen Herzschlag lang wie von unsichtbaren Händen gehalten zitternd stehen blieb, bevor sie mit einem gewaltigen Scheppern und Krachen umfiel. In den nächsten Sekunde erschien eine riesenhafte, ganz in glänzendes Schwarz gehüllte Gestalt unter der gewaltsam geschaffenen Öffnung.

Alles geschah gleichzeitig: Hinter dem ersten *Drachen* erschien ein zweiter und dann ein dritter, und Jannik ließ sich in einer einzigen fließenden Bewegung auf das rechte Knie fallen, brachte seine Waffe in Anschlag und versetzte Anders einen Stoß, der ihn mit haltlos rudernden Armen endgültig durch die Tür stolpern ließ.

Anders konnte nicht sagen, wer zuerst schoss, Jannik oder der Mann in dem schwarzen ABC-Anzug. Aber der gleißendblaue Blitz, den die Waffe des *Drachen* ausspie, verfehlte Jannik um eine Handbreit, während Janniks Schuss so präzise im Ziel saß, als befände er sich auf einem Schießstand und hätte alle Zeit der Welt gehabt, um in Ruhe zu zielen. Während die Wand hinter Jannik in brodelnden Flammen aufging, warf der getroffene *Drache* die Arme in die Höhe, stürzte nach hinten und riss im Zusammenbrechen seine beiden Begleiter mit sich zu Boden. Jannik sprang auf und gab noch in der Bewegung zwei weitere Schüsse ab, die jedoch nicht die Männer trafen, sondern die Tür und Decke darüber. Der Eingang verschwand hinter einem Vorhang aus Flammen und lodernder, grell orangefarbener Glut, und Jannik war mit einem einzigen Schritt im Zimmer und warf die Tür hinter sich zu.

»Da lang!«, befahl er mit einer Geste auf die zweite geschlossenen Tür im Raum, hinter der sich die nach unten führende Treppe zum Kerker und den von den Wilden bewohnten Höhlen verbarg.

Anders blickte ihn nur verständnislos an, ebenso wie Lara, die sich vermutlich genau wie er daran erinnerte, dass diese Tür bisher stets verschlossen gewesen war. Jannik verschwendete auch keine Zeit mehr mit überflüssigen Erklärungen, sondern war mit drei gewaltigen Schritten bei der Tür, drückte die Klinke herunter und riss sie auf. »Los!«, befahl er.

Anders wartete, bis Lara der Aufforderung als Erste Folge geleistet hatte (schon um dem pochenden Schmerz noch eine Sekunde länger zu entgehen, der immer noch bei jedem einzelnen Schritt in seinem Fußgelenk explodierte und dünne quälende Linien aus purem Feuer bis in sein Knie hinaufsandte), und er ging auch dann nicht sofort los, sondern sah noch einmal zu der Tür zurück, die Jannik hinter sich abgeschlossen hatte. Von den beiden anderen Verfolgern war keine Spur zu sehen. Entweder hatte Jannik auch sie getötet oder sie zögerten aus irgendeinem Grund, ihre Waffen hier ebenso rücksichtslos einzusetzen, um sich den Weg freizuschießen.

»Worauf wartest du?«, fauchte Jannik.

Anders erwachte endlich aus seiner Erstarrung und beeilte sich zu ihm zu laufen, blieb aber dann doch noch einmal stehen und fragte: »Hast du nicht gesagt, sie würden es nie wagen, hierher zu kommen?«

»Da habe ich mich wohl getäuscht«, sagte Jannik finster.

Von draußen drang ein dumpfes Poltern herein. Jannik unterbrach sich mitten im Satz, fuhr erschrocken herum und hob seine Waffe, gerade als die Tür unter einem zweiten, heftigen Schlag erzitterte. Er drückte jedoch nicht ab, sondern ließ das Gewehr nach einer Sekunde wieder sinken und gab Anders nur noch einmal mit einer unwilligen Geste zu verstehen, dass er endlich weitergehen sollte.

Diesmal gehorchte Anders. Aus irgendeinem Grund verzichteten die Drachen darauf, die Tür kurzerhand mit ihren Waffen aufzusprengen, und er glaubte diesen Grund sogar zu kennen. Wenn sie wirklich hergekommen waren, um ihn zu holen, würden sie kaum das Risiko eingehen, ihn ganz aus Versehen zu verletzen oder gar zu töten. Dennoch hatten sie keine Zeit zu verlieren. Selbst die massive Tür aus Panzerstahl konnte die Männer nur wenige Augenblicke aufhalten, und sie hatten ja gerade schon bewiesen, dass sie möglicherweise auf ihn Rücksicht nehmen würden, aber keine Hemmungen hatten, auf Jannik zu schießen. Dicht gefolgt von Jannik, der sich noch die Zeit nahm, die Tür hinter sich ins Schloss zu ziehen und den Schlüssel umzudrehen, eilte er die steinernen Stufen hinab und stützte sich dabei mit beiden Händen rechts und links an den Wänden ab, um auf seinen immer noch etwas wackeligen Beinen nicht zu stolpern oder womöglich das Gleichgewicht zu verlieren und den Rest der Strecke kopfüber und deutlich schneller zurückzulegen, als er eigentlich beabsichtigt hatte. Schließlich konnte auch ein unglücklicher Sturz die Treppe hinunter genauso tödlich sein wie ein Schuss zwischen die Schulterblätter.

Lara wartete unten auf sie, aber Anders hatte im ersten Moment fast Mühe, sie überhaupt zu sehen. Der schmale Zwischenraum zwischen den Gitterkäfigen war voller Krieger, wobei der riesige gehörnte Dämon, der Anders schon am Vortag aufgefallen war, längst nicht der größte und furchteinflößendste war. Dennoch wusste Anders, dass diese beeindruckende Armee keine Chance gegen die furchtbaren Waffen der *Drachen* hatte, schon gar nicht hier unten in diesen engen Räumen oder gar in dem schmalen Treppenschacht, in dem schon ein einziger Schuss eine verheerende Wirkung haben musste.

Jannik schien wohl zu demselben Schluss zu kommen, denn er begann sofort und lautstark auf die Wilden einzureden. Anders verstand kein Wort, aber Janniks Gesten waren eindeutig; und die unwillige Reaktion der bizarren Krieger ebenso. Jannik versuchte die Wilden fortzuschicken, während seine Krieger ganz versessen darauf zu sein schienen, sich ihren verhassten Gegnern zu stellen.

Endlich entdeckte er Lara in einem der Käfige und arbeitete sich mit einiger Mühe zu ihr durch. Sie kniete neben dem verwundeten Mann, mit dem sie schon gestern gesprochen hatte, und redete heftig gestikulierend auf ihn ein. Anders konnte auch sie nicht verstehen, aber er sah, wie der Mann ein paarmal müde den Kopf schüttelte und Lara mit seiner unversehrten Hand abwehren wollte, die nicht in der verdreckten Schlinge hing.

»Verdammt noch mal, was tust du hier?«, keuchte er, als er sich endlich – unter Zuhilfenahme von Ellbogen und Knien – zu ihr durchgekämpft hatte. »Wir müssen weg!«

Lara funkelte ihn an, aber Anders gab ihr gar keine Gelegenheit zum Widerspruch, sondern war mit einem einzigen Schritt neben ihr und zog sie mit einer fast gewaltsamen Bewegung auf die Füße.

»Bist du verrückt?«, fuhr er sie an. »Willst du dich umbringen lassen?«

»Nein!« Lara riss sich mit einer so wütenden Bewegung los, dass Anders um ein Haar das Gleichgewicht verloren hätte und ungeschickt gegen die Gitterstäbe knallte. »Aber wir können sie nicht einfach hier lassen! Sie werden sie umbringen!«

»Bestimmt nicht«, antwortete Anders – wenn auch nicht annähernd so überzeugt, wie er es gerne gehabt hätte. Er warf einen raschen nervösen Blick zur Treppe hin, bevor er sich aufrappelte und noch einmal die Hand nach ihr ausstreckte, doch diesmal bekam er sie erst gar nicht zu fassen. »Sie werden den Männern nichts antun – aber möglicherweise dir, und mir auch, wenn wir noch lange hier herumstehen.«

»Er hat Recht«, sprang ihm der Mann bei, mit dem Lara geredet hatte. »Bring dich in Sicherheit und nimm deinen Freund mit.« Er verzog die Lippen zu einer Grimasse, die wahrscheinlich ein Lächeln hätte werden sollen, ohne dass es ihm indes gelang. »Sie tun uns schon nichts. Davon abgesehen würden wir euch nur aufhalten.«

Lara wirkte für einen Moment hilflos, aber sie sah auch ganz und gar nicht so aus, als wollte sie einfach aufgeben. In diesem Augenblick jedoch tauchte Jannik hinter Anders auf und er war ganz offensichtlich nicht in der Stimmung, sich auf Diskussionen einzulassen.

»Kommst du mit oder willst du bleiben und einen Kampf provozieren, bei dem wir vermutlich alle ums Leben kommen?«, fragte er grob.

Wahrscheinlich wäre es nicht mehr notwendig gewesen, aber in diesem Moment kamen ihm die *Drachen* unfreiwillig zu Hilfe: Ein dumpfer Knall wehte von der Treppe heran, nur einen Sekundenbruchteil später gefolgt von flackerndem Feuerschein und dann der Tür selbst, die aus dem Rahmen gerissen und verdreht und zusammengestaucht wie ein Blatt Stanniolpapier die Treppe heruntergeschleudert wurde. Nur einen Augenblick später züngelte ein blauer Blitz aus dem Treppenschacht, der aber keinen größeren Schaden anrichtete, als ein metergroßes Loch in den Boden zu sprengen.

»*Alles raus hier!*«, schrie Jannik. »Kämpft nicht gegen sie! Bringt euch in Sicherheit!«

27

Seine Worte wären kaum noch nötig gewesen. Die meisten Wilden hatten die Kammer bereits verlassen und auch Lara zögerte nur noch einen Atemzug, bevor sie sich mit einem widerwilligen Nicken umdrehte und der Zelle den Rücken kehrte. Anders wich dem Blick des verwundeten Mannes aus, während er sich umdrehte und ihr und Jannik folgte.

Ein zweiter Blitz züngelte aus dem Treppenschacht und explodierte ebenso harmlos wie der erste im Boden, aber die Botschaft war klar genug, um nicht nur unter den flüchtenden Wilden, sondern auch unter den Gefangenen eine Panik auszulösen. Anders wurde sowohl von Jannik als auch und noch viel mehr vom Strom der flüchtenden Krieger einfach mitgerissen. Die beiden Schüsse hatten nicht nur den Beton des Bodens zerschmettert und Flammen und einen Regen aus glühenden Trümmerstücken im ganzen Raum verteilt, sondern die Luft auch mit beißendem Rauch erfüllt, der es fast unmöglich machte, irgendetwas zu erkennen, das weiter als drei oder vier Schritte entfernt war. Dennoch sah Anders, wie sich die Männer – wenigstens die, die noch dazu in der Lage waren – angstvoll gegen die Gitterstäbe ihrer Zellen pressten oder sie gar zu verlassen versuchten, dann wurde er endgültig von der lebenden Flutwelle mitgerissen und mit solcher Wucht aus der Tür gezerrt, dass er zweifellos gestürzt wäre, wäre er nicht zugleich so hoffnungslos zwischen den riesigen Körpern eingekeilt gewesen, dass er kaum noch Luft bekam.

Draußen auf dem Gang wurde es nicht wirklich besser. Janniks Hand verschwand irgendwann einfach von seiner Schulter, ebenso wie Jannik selbst nur einen Atemzug später vor seinen Augen; aber Anders stolperte – ob er wollte oder nicht – noch ein gutes Dutzend Schritte weiter, bevor sich die Flutwelle aus Leibern teilte und ihn ausspie wie ein wertloses Stück Treibholz.

Übrigens auch genauso erbarmungslos. Anders riss im letzten Moment die Arme vor das Gesicht und konnte so das Schlimmste verhindern, aber er prallte trotzdem mit solcher Wucht gegen die Wand, dass ihm für eine Sekunde schwarz vor Augen wurde und er benommen in die Knie brach.

Wenigstens verlor er nicht das Bewusstsein. Irgendwie gelang es Anders, sich Hand über Hand an der Wand wieder in die Höhe zu arbeiten und umzudrehen, bevor ihn endgültig die Kräfte verließen und er mit Kopf und Schultern gegen den rauen Beton sank. Die Schwärze hinter seinen geschlossenen Lidern begann sich schneller und schneller zu drehen und Anders spürte, wie eine Woge von Übelkeit aus seinem Magen heraufzukriechen versuchte. Mit dem letzten bisschen Kraft, das er aufbringen konnte, zwang er sich die Augen zu öffnen, und der Trick funktionierte: Die Übelkeit zumindest verschwand, auch wenn das, was er sah, keineswegs dazu angetan war, seine Panik in irgendeiner Form zu verringern.

Mindestens zwei der riesigen haarigen Gestalten lagen reglos hinter ihnen auf dem Boden, offensichtlich zu Tode getrampelt von ihren Kameraden, die in kopfloser Flucht einfach über sie hinweggerannt waren, und auch Jannik und Lara schien es nicht sonderlich besser ergangen zu sein. Jannik hockte ein paar Meter entfernt auf dem Boden und wirkte mindestens so benommen und schockiert, wie Anders sich fühlte, während Lara sich nur wenige Schritte weiter auf der anderen Seite des Gangs gegen die Wand gepresst hatte und mit angehaltenem Atem und aus weit aufgerissenen Augen ins Leere starrte; wie eine Figur aus einem Film, die es in einen U-Bahn-Tunnel verschlagen hatte und die noch nicht richtig begriff, dass das rasende Monstrum aus Licht und Lärm sie um Haaresbreite verfehlt hatte. Beide schienen zumindest auf den ersten Blick unverletzt.

Anders' Erleichterung hielt gerade so lange an, wie es dauerte, bis auch die Tür hinter ihnen wie von einem Hammerschlag getroffen aus dem Rahmen gesprengt wurde und davonflog. Flackerndes blaues Feuer und ein Chor gellender Schreie wehten zu ihnen heraus, dann ein dumpfes, mehrfaches Krachen, gefolgt von mehreren schweren Explosionen. Wieder zitterte der Boden unter seinen Füßen und mit einem Mal war es auch hier draußen drückend heiß, und der intensive Geruch nach verbrannter Luft nahm ihm schier den Atem.

Dann taumelte eine einzelne Gestalt aus der Tür.

Aber es war kein *Drache*.

Anders riss fassungslos die Augen auf, als er die zerrissene weiße Kleidung und die spitzen Ohren des Elder erkannte, der in einer verzweifelten Bewegung aus der Tür stürzte und mit ausgestreckten Armen gegen die Wand prallte. Es gelang ihm, seinen Sturz abzufangen, aber das rettete ihn nicht. Ein gleißender blauer Blitz züngelte ihm nach, bohrte sich mit tödlicher Präzision exakt zwischen seine Schulterblätter, dann verschlangen Rauch und ein gnädiger Vorhang aus brodelnden Flammen das schreckliche Bild.

Die neuerliche Explosion riss nicht nur ihn, sondern auch Jannik und Lara aus ihrer Erstarrung. Lara schlug mit einer Miene fassungslosen Entsetzens die Hände vor das Gesicht und taumelte zurück, als hätte die Druckwelle der Explosion auch sie getroffen, während Jannik mit einer einzigen fließenden Bewegung auf den Beinen war und herumwirbelte. Noch während Anders ebenso fassungslos wie Lara auf die weiß und rot glühende Hölle starrte, die dort tobte, wo einen Sekundenbruchteil zuvor noch der Elder gestanden hatte, griff Jannik nach Laras Arm und zerrte sie so derb mit sich, dass sie das Gleichgewicht verlor und zwei, drei Schritte weit einfach hinter ihm hergeschleift wurde. Auch Anderes riss sich endlich von dem entsetzlichen Anblick los und stürmte ihnen nach. Obwohl Jannik immer noch das Mädchen mitschleifen musste und Anders nun immer deutlicher auffiel, wie stark er das

Bein nachzog, bewegte er sich so schnell, dass er alle Mühe hatte, auch nur mit ihm Schritt zu halten und nicht zu weit zurückzufallen.

Trotzdem warf er im Laufen einen Blick über die Schulter zurück, und was er sah, ließ ihn seine Anstrengungen noch einmal verdoppeln. Seine allerschlimmsten Befürchtungen bewahrheiteten sich – zumindest im ersten Moment – nicht. Unter der Tür erschien kein Riese in einem schwarzen Gummianzug, der mit einem Partikelgewehr auf ihn zielte, aber einen Herzschlag lang hätte sich Anders fast gewünscht, dass es so wäre. Er konnte nicht sehen, was sich in dem Raum hinter der aus den Angeln gerissenen Tür abspielte, aber das war auch nicht nötig. Das flackernde Gewitter aus zuckenden blauen Blitzen und lodernden Flammen und der immer lauter werdende Chor gellender Schreie, von denen einer nach dem anderen mit erschreckender Plötzlichkeit abbrach, erzählten eine Geschichte, wie sie deutlicher und grauenvoller kaum sein konnte.

Vor ihnen teilte sich der Gang. Jannik stürmte ohne zu zögern in die nach rechts führende Abzweigung, machte noch drei, vier Schritte und blieb endlich stehen, wenn auch nur gerade lange genug, dass Lara ihr ungeschicktes Stolpern in einen wenigstens halbwegs eigenen Rhythmus verändern konnte, dann jedoch rannte er – etwas langsamer als zuvor, aber nicht viel – weiter.

Immerhin reichte die winzige Verzögerung Anders, um endlich zu ihnen aufzuholen. Er wollte etwas sagen, aber Jannik schnitt ihm mit einer so herrischen Geste das Wort ab, dass er es nicht wagte, auch nur einen Ton von sich zu geben, sondern sich stattdessen lieber darauf konzentrierte, noch schneller zu laufen. Hinter ihnen dröhnten immer noch Explosionen, und obwohl sie leiser und weniger wurden, hörte er auch nach wie vor die Schreie sterbender Männer. Sie rannten noch gute zwanzig oder dreißig Schritte, bis sie eine weitere Abzweigung erreichten. Jannik stürmte auch jetzt ohne zu zögern in den rechten Gang, blieb aber nach einem einzigen Schritt wieder stehen, ließ Laras Hand los und bedeutete Anders mit einem raschen Blick, auf sie Acht zu geben. Nicht dass Anders gewusst hätte, wie er das tun sollte – er hatte nicht das Gefühl, im Moment auch nur auf sich selbst aufpassen zu können –, aber Jannik fuhr bereits herum und tastete mit fliegenden Fingern über die Wand.

Ein helles Klicken erscholl und plötzlich entstand ein haarfeiner, senkrechter Riss in der Wand, der sich rasch zu einem Spalt und dann zu einer ganzen Tür erweiterte, als Jannik sich mit der Schulter dagegenwarf. Staub rieselte zu Boden und Anders wurde ihm Nachhinein klar, dass die Tür nicht ganz so gut getarnt war, wie es ihm vielleicht im allerersten Moment vorgekommen war. Aber mit ein bisschen Glück würden ihre Verfolger einfach daran vorbeirennen und der Wand keinerlei Beachtung schenken.

»Schnell!« Jannik gestikulierte ungeduldig mit der künstlichen Hand, obwohl Anders und Lara sich bereits an ihm vorbei und hintereinander in die winzige Kammer quetschten, die hinter der Geheimtür verborgen lag. Der Raum schien noch kleiner zu werden, als sich auch Jannik zu ihnen hereindrängte und die Tür hinter sich zuzog, und für einen kurzen, aber schrecklichen Augenblick musste sich Anders eines heftigen Anfalls von Klaustrophobie erwehren, als die Dunkelheit wie eine erstickende Woge über ihnen zusammenschlug. Dann raschelte etwas und eine winzige gelbe Flamme durchbrach die Dunkelheit. Anders blinzelte einen Moment lang verständnislos in das kleine, aber erstaunlich helle Licht, bis ihm klar wurde, dass dieses vermeintliche Wunder nichts anderes als ein ganz normales Einwegfeuerzeug war, das Jannik aus der Tasche gezogen hatte. Lara musste es vorkommen wie ein weiteres Wunder, ihrem ungläubigen Gesichtsausdruck nach zu schließen, aber Jannik machte keine Anstalten, dieses neuerliche Mysterium zu erklären, sondern hielt die Hand mit dem Feuerzeug hoch über den Kopf und streckte den anderen Arm aus, um mit den metallenen Fingern seiner künstlichen Hand über die rückwärtige Mauer zu tasten. Diesmal sah Anders die Tür, bevor Jannik den verborgenen Kontakt fand und sie mit einem einzigen kurzen Druck seiner künstlichen Finger öffnete.

»Sie … sie haben sie … umgebracht«, stammelte Lara. Ihre Stimme zitterte und drohte zu brechen. Im blassen Licht der winzigen Feuerzeugflamme konnte Anders ihr Gesicht kaum erkennen, aber er sah trotzdem, dass nicht nur jedes bisschen Farbe aus ihrem Gesicht, sondern beinahe auch jedes bisschen Leben aus ihren Augen gewichen war. In ihnen war nur noch Platz für ein so namenloses Entsetzen, dass ihm bei seinem Anblick ein eisiger Schauer über den Rücken lief. »Sie haben sie einfach … umgebracht.«

»Ja«, knurrte Jannik. »Das haben sie.« Die Tür, die nur einen Spaltbreit offen stand, schien seinen Anstrengungen unerwartet viel Widerstand entgegenzusetzen. Jannik ließ das Feuerzeug ein wenig sinken und versuchte sich in der Enge der winzigen Kammer so umzudrehen, dass er genug Schwung holen konnte, sie ebenso mit der Schulter aufzusprengen wie die erste Tür. Anders sah aber auch, dass er längst nicht alle seine Kraft in die Bewegung zu legen versuchte.

»Aber warum?«, wimmerte Lara. »Sie haben ihnen nichts getan! Es waren unsere Männer! Warum haben sie sie umgebracht?«

Jannik rammte die Tür mit einer entschlossenen Bewegung auf und hätte um ein Haar das Gleichgewicht verloren, was möglicherweise fatale Folgen gehabt hätte. Hinter der zweiten Geheimtür war nichts. »Genauso wie wir, nicht wahr?«, fragte er. »Ich glaube nicht, dass es Tamar gefallen würde, wenn die Männer zurückkommen und erzählen, wie gut sie behandelt wurden.«

Laras Augen wurden noch größer. »Das kann nicht sein!«, keuchte sie. »Das …«

»Was kann nicht sein?«, unterbrach sie Jannik. »Dass diese Leute hier keine mordgierigen Bestien sind, die kein größeres

Vergnügen kennen, als gefangene Menschen und Elder stundenlang zu Tode zu foltern?« Er lachte hart. »Nein, für unsere Elder-Freunde kann das tatsächlich nicht sein. Jedenfalls hätten Tamar und der Hohe Rat eine Menge zu erklären, wenn bekannt würde, dass es in Wirklichkeit so ist.«

Lara keuchte. »Aber …«

Jannik beugte sich durch die halb offen stehende Tür und leuchtete mit seinem Feuerzeug in den Raum dahinter. Das winzige gelbe Licht verlor sich in einem scheinbar bodenlosen Schacht, der mit nichts als absoluter Schwärze gefüllt war. Rostiges Metall schien einen verirrten Lichtstrahl zu reflektieren; vielleicht eine Treppe, die nach unten führte, aber Anders war nicht ganz sicher. »Tote Zeugen sind auf jeden Fall keine lästigen Zeugen«, sagte Jannik.

»Das kannst du nicht ernst meinen!«, entfuhr es Anders. Natürlich meinte Jannik das ernst und natürlich wusste er auch, er hatte Recht. Dennoch sträubte sich alles in ihm so sehr dagegen, diesen durch und durch fürchterlichen Gedanken auch nur zu *denken*, dass er noch einmal und noch heftiger den Kopf schüttelte und hinzufügte: »Das können sie nicht tun!«

»Natürlich nicht«, antwortete Jannik spöttisch. »So etwas würde niemand tun, nicht wahr? So wenig, wie irgendjemand auf der Welt auf den Gedanken kommen würde, Atombomben auf eine ganze Stadt voll unschuldiger Menschen zu werfen.« Er schien genug gesehen zu haben, denn er richtete sich umständlich wieder auf, warf einen raschen nervösen Blick zu der geschlossenen Tür, an der Anders lehnte, und deutete dann wieder in die andere Richtung. »Da lang.«

Lara beugte sich zögernd vor. Anders entging nicht, dass sie kurz und erschrocken zurückzuckte, dann aber gab sie sich einen sichtbaren Ruck und trat durch die Tür. Sie verschwand nicht in der vermeintlich bodenlosen Tiefe, aber Anders hörte das protestierende Knarren von uraltem rostigem Metall. Lara machte einen weiteren Schritt und tastete behutsam mit dem

Fuß nach der obersten Stufe der Treppe, die hinter der Tür nach unten führte.

»Es ist nicht weit«, sagte Jannik. »Nun beeilt euch. Wir sind hier nicht sicher.«

Vermutlich waren sie nirgendwo mehr sicher und Janniks Aufforderung wäre auch ganz bestimmt nicht nötig gewesen. Aber sie zeigte Anders deutlich, wie nervös Jannik in Wahrheit war. Lara tastete mit dem Fuß nach der nächsten Stufe und legte die linke Hand auf das Treppengeländer, das in der Dunkelheit ebenso unsichtbar war wie die Treppe selbst. Anders sah ihr an, wie viel Überwindung es sie kostete, sich nur auf Janniks Wort zu verlassen und in die völlige Schwärze hineinzugehen, aber sie setzte ihren Weg tapfer fort und nur einen Augenblick später folgte er ihr.

Sein Herz begann heftig zu klopfen. Ein durchdringender Geruch nach Alter und Verfall schlug ihnen aus der Tiefe entgegen und seine Fantasie ließ es sich natürlich nicht nehmen, aus dem Knarren und Ächzen der vierzig Jahre alten Konstruktion das Geräusch von Metall zu machen, das unter ihrem Gewicht auseinander zu brechen begann.

Jannik löste das Problem, indem er hinter ihnen ebenfalls auf die Treppe trat und auf diese Weise bewies, dass die altersschwache Konstruktion sogar ihr gemeinsames Gewicht zu tragen imstande war.

Es wurde noch einmal schlimm, als Jannik die Tür hinter sich zuzog und sein Feuerzeug dabei erlosch. Eine Sekunde später aber leuchtete das winzige Flämmchen wieder auf und schuf wenigstens die Illusion von Licht, wenn auch keine wirkliche Helligkeit.

»Weiter«, befahl Jannik. »Schnell.«

Obwohl sie allein in dem finsteren Treppenschacht waren und sich zwischen ihnen und dem Gang zwei geschlossene Türen befanden, flüsterte er und es gelang ihm jetzt auch nicht mehr ganz, den Unterton von Panik aus seiner Stimme zu verbannen – einer Panik, die durchaus ansteckend wirkte.

Gottlob war der Weg nicht sehr lang. Sie bewegten sich ein gutes Dutzend Stufen weit über die eng gewendete Treppe nach unten, bis Lara plötzlich stehen blieb und dann mit einem weiteren Schritt einfach in der Dunkelheit verschwand. Etwas polterte und er hörte ein erschrockenes Keuchen.

»Seid vorsichtig«, rief Jannik von oben herab. »Da unten liegt jede Menge Kram rum.«

Wie zur Antwort wiederholte sich das Scheppern, aber Lara schwieg, und trotz der nahezu vollkommenen Dunkelheit spürte Anders, sie war stehen geblieben und befand sich ganz in seiner Nähe.

Jannik beschleunigte seine Schritte so sehr, dass die gesamte Treppe unter seinem Gewicht zu dröhnen begann. Auf halber Strecke erlosch die Feuerzeugflamme und Anders hörte, wie Jannik scharf die Luft zwischen den Zähnen einsog; wahrscheinlich war das Feuerzeug so heiß geworden, dass er sich die Finger verbrannt hatte. Dennoch kamen seine Schritte näher, ohne langsamer zu werden, und Anders trat vorsichtshalber einen Schritt zur Seite, um nicht über den Haufen gerannt zu werden.

»Was … ist das hier?«, fragte Lara. Ihre Stimme zitterte jetzt hörbar. »Wo sind wir?«

»Bleib einfach, wo du bist«, sagte Jannik, ohne damit direkt auf ihre Frage zu antworten. »Nur einen Moment.«

Er polterte noch lauter herum, als Lara es gerade getan hatte, dann ertönte ein scharrender Laut, den Anders als das Geräusch einer Tür identifizierte, die gegen einen heftigen Widerstand geöffnet wurde. Eine schmale Linie aus blassrotem Licht erschien irgendwo links von ihm und verbreiterte sich rasch, bis sich Janniks Schatten als schwarzer Scherenschnitt davor abhob.

»Alles in Ordnung«, sagte er. »Kommt mit.«

Anders hätte um ein Haar hörbar aufgeatmet – bis ihm einfiel, dass die Erleichterung in Janniks Stimme nichts anderes bedeuten konnte, als dass er ziemlich sicher gewesen war, hinter der Tür eine weitere unliebsame Überraschung zu erleben. Er blinzelte ein paarmal, damit sich seine Augen an die veränderten Lichtverhältnisse gewöhnen konnten, dann streckte er die Hand nach dem zweiten, verschwommenen Schatten aus, der neben ihm aus der Dunkelheit auftauchte, aber Lara entzog sich seiner Berührung mit einer fast erschrockenen Bewegung, und er ließ den Arm wieder sinken und folgte Jannik.

Sie betraten einen weiteren, niedrigen Gang, der eine bizarre Mischung aus einem der Anders bereits wohl bekannten Betonkorridore und einem natürlich entstandenen Tunnel darzustellen schien: Dort, wo sich die Tür öffnete, traten sie auf einen Boden aus uraltem rissigem Zement hinaus, aber schon nach ein paar Schritten verlor sich der künstliche Baustoff in einem Gewirr aus spitzen Felsnasen und grotesken Gebilden aus erstarrter schwarzer Lava.

Ein flackernder rötlicher Lichtschein wies ihnen den Weg, aus derselben Richtung wehten Stimmen, ein dunkles, an- und abschwellendes Murren und Raunen, aber auch eine Folge dumpfer Schläge und ein anhaltendes Poltern und Dröhnen.

»Was ist das hier?«, fragte Anders.

Jannik machte ein unwilliges Gesicht. »Der alte Teil der Anlage.« Er antwortete in einem Ton, der klar machte, dass er diesen Moment nicht unbedingt für den richtigen hielt, solche Fragen zu stellen. Dennoch fuhr er fort: »Oder der neueste, ganz wie du willst. Ich nehme an, sie sind nicht mehr damit fertig geworden.«

Er wartete ungeduldig darauf, dass Anders ganz aus der Tür trat, zog sie mit einiger Anstrengung hinter ihm wieder ins Schloss und machte eine Kopfbewegung in die Richtung, aus der der Feuerschein und die Geräusche kamen. »Beeilen wir uns. Ich bin nicht sicher, wie lange sie brauchen, um uns hier unten mit ihren Geräten aufzuspüren.«

Anders sah ganz automatisch an sich herab; zu der Stelle, an der er zuvor den Dolch mit Tamars *Abschiedsgeschenk* getragen hatte, und Jannik folgte seinem Blick und deutete zugleich ein Kopfschütteln an. Natürlich hatte er Recht. Dass sie die Wanze gefunden hatten, bedeutete längst nicht, dass sie in Sicherheit waren. Nach allem, was Anders bisher erlebt hatte, war er mittlerweile so weit, Tamar – und vor allem den *Drachen*! – so ziemlich alles zuzutrauen.

Nicht mehr ganz so schnell wie zuvor, dennoch aber in scharfem Tempo setzten sie ihren Weg fort. Anders versuchte sich so dicht wie möglich bei Lara zu halten, doch ihm fiel schon nach wenigen Schritten auf, dass Lara ihrerseits alles tat, um die Entfernung zwischen ihnen zu vergrößern. Ihr Verhalten schmerzte ihn, auch wenn er es zumindest von der verstandesmäßigen Seite aus nachempfinden konnte. Dennoch tat es weh.

Etliche Minuten lang bewegten sie sich zügig durch ein wahres Labyrinth von Gängen, Stollen oder auch auf natürliche Weise entstandenen Höhlen, in dem Anders schon nach den ersten Schritten hoffnungslos die Orientierung verloren hätte und das anscheinend selbst Jannik auf die Probe stellten, denn er blieb mehr als einmal stehen, um sich mit einem ratlosen Gesicht umzublicken, und mindestens einmal war Anders sicher, dass er in einer rein willkürlichen Richtung weiterging.

Endlich aber wurde es wieder hell vor ihnen. Anders hatte bisher angenommen, dass Jannik den Weg mehr oder weniger zufällig gewählt hatte, um auf diese Weise eine möglichst große Distanz zwischen sie und ihre Verfolger zu bringen, nun aber erkannte er seine Umgebung wieder: Es war die große Höhle, in der er und Lara die erste Nacht hier unten verbracht hatten. Die Anzahl der Feuer hatte sich mindestens verdoppelt, wenn nicht verdreifacht, sodass sie schon fast taghell erleuchtet war, und auch die Zahl riesiger monströser Kreaturen hatte deutlich zugenommen. Eine allgemeine nervöse Aufregung herrschte in der großen Höhle: Gestalten rannten scheinbar ziellos hin und her, es wurde geschnattert oder geknurrt und gefaucht, heftig debattiert, etliche Wilde hielten ihre Waffen in den Händen und fuhrwerkten wild damit herum, und unweit des Eingangs, durch den Lara und er vorgestern hereingebracht worden waren, begann sich ein ganzer Trupp unheimlicher Gestalten in schon fast militärischer Präzision aufzustellen. Ganz im Gegensatz zu Jannik schien seine bunt zusammengewürfelte Armee gar nicht so sicher zu sein, dass ihre Verfolger nicht auch hier herunterkommen würden.

Der Gedanke erschreckte Anders im ersten Moment, aber es gelang ihm, sich sehr schnell selbst zu beruhigen. In einem Punkt hatte Jannik zweifellos Recht. Die Drachen, wie sie sich selbst nannten, mochten unter freiem Himmel oder zumindest in einem Gelände ihrer Wahl unbesiegbar sein, hier unten, in diesen engen Stollen und Gängen und der riesigen, vor Feinden überquellenden Höhle, würden sie es sich zweimal überlegen, sich auf einen Kampf einzulassen. So unvorstellbar die Vernichtungskraft ihrer futuristischen Waffen auch sein mochte, so verwundbar waren die Männer in ihren ABC-Anzügen auch. Ja, versuchte er noch einmal sich selbst zu beruhigen, solange sie hier blieben, waren sie vermutlich in Sicherheit.

Jannik war für einen Moment stehen geblieben und sah sich suchend um. Für Anders war die Höhle nichts als ein einziges riesiges Durcheinander aus Körpern und reiner, kribbelnder Bewegung, doch Jannik hob schon nach wenigen Sekunden den Arm und winkte, und aus der Masse der Wilden löste sich eine einzelne, hoch gewachsene Gestalt und kam mit ebenso trunken wirkenden wie schnellen Bewegungen auf sie zu. Anders empfand ein fast absurdes Gefühl der Erleichterung, als er den Troll erkannte. Es war Boris. Nachdem Jannik ihn vorhin mit der Waffe in der Hand weggeschickt und die gewaltige Explosion den unterirdischen Bunker in seinen Grundfesten erschüttert hatte, war Anders ganz automatisch davon ausgegangen, ihn nicht mehr lebend wiederzusehen.

»Boris! Hierher!« Jannik gestikulierte weiter mit dem ausgestreckten Arm, obwohl der Troll längst auf seine Worte reagiert hatte und auf seine groteske, fast affenartige Art auf sie zusteuerte, und deutete gleichzeitig mit der künstlichen Hand auf ihn und Lara. »Pass auf die beiden auf. Sie dürfen den Drachen auf keinen Fall in die Hände fallen.«

Anders zog es vor, lieber nicht darüber nachzudenken, was diese Worte möglicherweise in letzter Konsequenz für den Troll (oder sie) bedeuten mochten, doch Lara drehte sich erschrocken um und starrte Jannik an.

»Was soll das heißen?«, fragte sie.

»Boris wird euch in Sicherheit bringen«, antwortete Jannik rasch, aber auch mit einem sonderbaren Blick in Anders' Richtung, fast als hätte er seine Gedanken erraten. »Keine Angst. Ihr könnt ihm vertrauen.«

Die Frage war, dachte Anders, ob sie *Jannik* vertrauen konnten. Er behielt auch diesen Gedanken für sich, hatte aber den sicheren Eindruck, dass Jannik ihn ebenso erriet wie den zuvor. Er warf ihm allerdings nur einen weiteren, sonderbaren Blick zu und wandte sich dann wieder an den Troll.

»Wir treffen uns am vereinbarten Ort. Lass dich auf keinen Kampf ein. Anders' Sicherheit geht vor.«

»Du hast gesagt, ich kann bei dir bleiben!«, protestierte Lara.

»Du hast auch gesagt, sie würden es niemals wagen, euch hier unten anzugreifen«, fügte Anders hinzu. »Das war wohl ein bisschen optimistisch, wie?«

Diesmal fiel es Jannik sichtbar schwerer, weiter die Fassung zu bewahren. In seinen Augen blitzte es kurz und wütend auf und seine unversehrte Hand schloss sich so fest um den Schaft des Gewehres, als versuchte er das Metall mit bloßen Fingern zu zerquetschen. »Da habe ich mich wohl getäuscht«, sagte er gepresst, funkelte Anders noch einen Moment zornig an und schloss dann für eine Sekunde die Augen. Als er weitersprach, klang seine Stimme hörbar versöhnlicher, auch wenn Anders nicht das Gefühl hatte, dass es wirklich ehrlich gemeint war.

»Sie müssen ziemlich verzweifelt sein, diesen Angriff zu riskieren«, pflichtete er Anders bei. Er lachte, ein harter, rauer Laut ohne die mindeste Spur eines wirklichen Gefühls. »Ich nehme an, sie können sich aussuchen, ob sie von deinem Vater oder meinen Kriegern umgebracht werden. Aber mach dir keine Sorgen. Es wird zu keinem weiteren Kampf kommen. Boris schafft euch hier raus und ich bringe die Krieger in Sicherheit.« Er musste wohl spüren, dass Anders nicht unbedingt überzeugt war, denn er schüttelte heftig den Kopf, um seine Worte zu bekräftigen, und fuhr mit einer besänftigenden Geste fort: »Ich bin nicht scharf auf ein weiteres überflüssiges Blutbad.«

Anders blickte ihn noch einen Herzschlag lang durchdringend an, doch schließlich nickte er, wenn auch nur zögernd und mit deutlichem Widerwillen. Jannik hatte ihn nicht überzeugt – aber welche andere Wahl blieb ihm schon? Im Gegensatz zu Jannik war er ganz und gar nicht sicher, dass es die Drachen nicht wagen würden, hier herunterzukommen. Darüber hinaus würde er weiter mit Lara zusammenbleiben.

»Also gut«, sagte Jannik, nun wieder an Boris gewandt. »Beeil dich!«

Der Troll raunzte eine Zustimmung und Anders drehte sich gehorsam in die Richtung, in die seine gewaltige klauenbewehrte Pfote deutete um loszugehen, und der steinerne Himmel über ihren Köpfen brach in Stücke.

Ein gewaltiger Schlag traf die Höhle und riss nicht nur Anders, sondern auch nahezu jeden anderen hier unten von den Füßen. Die ganze Welt unter ihnen schien sich aufzubäumen und in seinen Ohren war plötzlich ein ungeheuerliches Dröhnen und Krachen, das laut genug war, die Grenze zu echtem körperlichem Schmerz zu überschreiten und ihm die Tränen in die Augen zu treiben. Er fiel, schrammte mit der Schläfe an etwas Hartem und Scharfkantigem entlang und rollte, mit aller Kraft gegen die aufkommende Bewusstlosigkeit ankämpfend, auf den Rücken.

Und warf einen Blick in die Höhle hinauf.

In dem steinernen Himmel über ihnen war ein Spinnennetz aus millionenfach ineinander verästelten, gleißenden Linien erschienen, aus denen Flammen und brodelnder Staub und Trümmer quollen. Obwohl es kaum länger als eine Sekunde dauern konnte, sah Anders mit schon fast übernatürlicher Klarheit, dass sich die gesamte Höhlendecke durchbog wie eine nasse Zeltbahn unter der Last des Regens, der sich auf ihr gesammelt hatte. Die gewaltigen Lava-Stalaktiten brachen ab und stürzten mit einem gewaltigen Donnern in die Tiefe; doch noch bevor auch nur der erste von ihnen aufschlug und inmitten der in Panik auseinander spritzenden Wilden zerplatzte, traf ein zweiter, noch viel härterer Schlag die Höhle und ließ den massiven Fels endgültig zerbersten.

Anders riss in einer instinktiven Bewegung schützend die Arme über das Gesicht, als die gesamte Höhlendecke in Stücke brach und in einem Hagel aus tonnenschweren Trümmern herabregnete. Flammen und eine Flut aus hellem, in den Augen schmerzendem Tageslicht fluteten durch die gewaltsam geschaffene Öffnung herein, während ein tödlicher Hagel aus unzähligen Tonnen zerborstener Felsen und Lavabrocken auf Janniks Krieger herunterprasselte. Irgendwo neben ihm schrie Lara gellend auf, und auch Jannik und der Troll waren von einem Moment auf den anderen einfach verschwunden. Eine gewaltige Staub- und Rauchwolke nahm ihm die Sicht dorthin, wo die Trümmer niedergestürzt waren, und das Krachen und Poltern der herabhagelnden Felsmassen schien immer noch lauter und lauter zu werden, und doch konnte es den Chor aus gellenden Schmerzens- und Todesschreien, der die Höhle plötzlich erfüllte, nicht mehr übertönen.

Anders stemmte sich hustend und qualvoll nach Luft ringend in die Höhe, wischte sich mit dem Handrücken das Blut aus dem Gesicht, das aus einer üblen Platzwunde über seinem linken Auge quoll und ihm die Sicht nehmen wollte, und hielt zugleich fast verzweifelt nach Lara Ausschau. Im allerersten Moment konnte er nur Jannik entdecken, der wenige Meter entfernt auf Hände und Knie herabgefallen war, sich aber bereits wieder in die Höhe stemmte, dann – nur zwei Schritte neben ihm – sah er auch Lara. Sie lag auf der Seite und presste die Arme gegen den Leib, und auch ihr Gesicht und ihre Unterarme und Hände waren voller Blut.

Der Anblick ließ ihn seine eigenen Schmerzen und die Angst vergessen. Anders war mit einem einzigen Satz auf den Füßen und einem weiteren neben ihr. »Lara!«, schrie er. »Was ist mit dir?«

Vielleicht antwortete Lara sogar, doch wenn, gingen ihre Worte im immer noch anhaltenden – und anscheinend immer noch lauter werdenden – Dröhnen und Poltern und Krachen der Felsmassen unter, die nach wie vor von der Decke hagelten und weitere Opfer unter Janniks Verbündeten forderten. Anders achtete in diesem Moment jedoch nicht darauf, sondern beugte sich vor und griff mit beiden Händen nach dem wimmernden Mädchen. Er wagte es jedoch nicht, sie zu berühren, als er ihr schmerzverzerrtes Gesicht und den Ausdruck grenzenloser Qual und fast noch größeren Entsetzens in ihren Augen sah.

Noch während sich Anders' Gedanken hektisch überschlugen und blinde Panik auch noch das allerletzte bisschen logisches Denken zu verschlingen drohte, drang ein grellroter, flackernder Lichtblitz in seine Augenwinkel. Anders und Jannik fuhren im gleichen Moment entsetzt herum, nur um Zeuge eines weiteren Anblicks vollkommener Zerstörung zu werden: Flammen, Staub und ein Orkan aus fliegenden Trümmerstücken, in dem es immer wieder blau und gleißend aufloderte, hatten die gegenüberliegende Höhlenwand verschlungen. Tonnen von Fels stürzten in Stücke gesprengt zu Boden, und plötzlich tauchten inmitten dieses lodernden Infernos Gestalten in glänzendem Schwarz auf, Riesen ohne Gesichter und mit fürchterlichen Waffen, die blaues Feuer sprühten und anscheinend wahllos auf alles schossen, was sich bewegte. So viel zu Janniks Theorie, Oberons Krieger würden es nicht riskieren, hier herunterzukommen.

Jannik fluchte, sprang auf und war mit einem einzigen Satz da, wo er vor ein paar Sekunden zu Boden gestürzt war, und auch über ihnen veränderte sich etwas, und in den Chor aus gellenden Schreien und prasselnden Flammen mischte sich ein neuer unheimlicherer Laut; ein nervenzerfetzendes Heulen und Brausen, das nicht nur schriller, sondern auch immer lauter und lauter wurde, und inmitten des gezackten Bruchstücks blauen Himmels, das in der Höhlendecke gähnte, erschien ein riesiger, schlanker Schatten.

28

Anders erstarrte für einen Moment schier vor Entsetzen und er konnte selbst spüren, wie sich seine Augen weiteten und vor Unglauben fast aus den Höhlen zu quellen begannen, während er den schlanken Kampfhubschrauber anstarrte, der langsam und mit heulenden Rotoren und kreischenden Turbinen durch das Loch in der Höhlendecke herabsank. So gewaltig die Bresche auch war, die die *Drachen* in den massiven Fels gesprengt hatten, reichte sie doch kaum aus, der großen Maschine Platz zu gewähren. Dennoch senkte sie sich – Zentimeter für Zentimeter, wie es schien, langsam, aber auch mit einer schrecklichen Unaufhaltsamkeit – weiter herab, bis Anders fast sicher war, dass der rasend schnell rotierende Schatten über ihr im nächsten Moment den Fels berühren und daran zerschmettern musste. Stattdessen sackte der Helikopter plötzlich ein ganzes Stück durch und befand sich auf einmal etliche Meter *unter* der Höhlendecke.

Anders ließ sämtliche Rücksicht fallen, griff unter Laras Achseln und zog sie so behutsam wie möglich, aber doch sehr schnell auf die Füße. Lara wimmerte vor Schmerz und versuchte ganz instinktiv seine Hände abzuschütteln, doch Anders ignorierte ihre Gegenwehr und hob sie weiter in die Höhe.

Hinter ihm nahm das Feuer der eingedrungenen *Drachen* noch an Intensität zu, aber er glaubte auch zu bemerken, wie sich immer mehr und mehr von Janniks Kriegern von ihrem Schock erholten und nach ihren Waffen griffen, um sich den eingedrungenen Gegnern entgegenzuwerfen. Die meisten von ihnen bezahlten den bloßen Versuch mit dem Leben – es mussten fast ein Dutzend Männer sein, die durch den gewaltsam erweiterten Eingang gekommen waren, und sie machten ebenso rücksichtslos wie präzise von ihren überlegenen Waffen Gebrauch –, aber die Wilden waren ihnen um mindestens das Hundertfache überlegen und auch Jannik hatte mittlerweile seine Waffe wieder gefunden, die er im Sturz fallen gelassen hatte. Aus irgendeinem Grund schien er Schwierigkeiten zu haben, sie aufzuheben, doch auch das registrierte Anders nur ganz am Rande. Er hatte Lara ungeschickt auf die Füße gestellt und versuchte sie so umzudrehen, dass er sie von hinten mit den Armen umschlingen und stützen konnte, doch Lara schrie so gequält auf, als er ihren Leib berührte, dass er sie um ein Haar wieder fallen gelassen hätte.

Kurzerhand spreizte er die Beine, um festen Stand zu haben, und nahm das Mädchen auf die Arme. Sie wehrte sich immer noch ganz instinktiv, aber ihre Augen waren trüb, und Anders war fast sicher, dass sie ihn schon gar nicht mehr erkannte. Der bloße Gedanke, Lara könnte etwas zustoßen, trieb ihn fast in den Wahnsinn. Nach allem, was sie gemeinsam erlebt und durchgestanden hatten, *konnte* das Schicksal nicht so grausam sein, ihm nun auch noch Lara wegzunehmen, und es *durfte* einfach nicht so grausam sein, ihr zum vielleicht allerersten Mal in ihrem kurzen Leben so etwas wie einen Funken echter Hoffnung zu zeigen, nur um dann umso vernichtender zuzuschlagen.

Über ihnen hatte der Hubschrauber aufgehört langsamer

werdend weiter nach unten zu gleiten. Stattdessen hing er einen Moment in acht oder neun Metern Höhe fast reglos in der Luft, dann senkte sich seine flache Schnauze um eine Winzigkeit und gleichzeitig begann sich die ganze gewaltige Maschine auf der Stelle zu drehen. Anders sah erst jetzt, dass die beiden großen Schiebetüren an den Seiten offen standen und Männer mit silbern schimmernden Gewehren darin knieten.

Er begriff im allerletzten Moment, was geschehen würde, und drehte entsetzt den Kopf zur Seite. Trotzdem war das Blitzgewitter aus blauem Licht, das plötzlich aus den Seiten der Maschine hervorbrach, so grell, dass er vor Schmerz aufstöhnte und eine Sekunde lang so gut wie blind war.

Er blinzelte ein paarmal um die Tränen loszuwerden und drehte sich, ungeschickt und unter Laras Gewicht wankend, um.

Schon der erste, stolpernde Schritt, den er machte, wäre fast sein letzter gewesen. Was weder der zusammenbrechenden Höhle noch den eingedrungenen Drachen gelungen war, das gelang den Männern, die in den offenen Türen des Helikopters knieten: Die Flut aus verzehrendem blauem Feuer, die sie auf die Wilden herabschleuderten, löste endgültig eine Panik in der großen Höhle aus. Männer, Frauen und Kinder stürzten kopflos in alle Richtungen davon, blind und ohne darauf zu achten, wohin und ob sie sich gegenseitig niedertrampelten, einfach nur weg, fort von dem brüllenden Ungeheuer, das sich über ihnen drehte und Tod und Untergang spie. Etliche von ihnen prallten gegen die Wände oder rannten ihre Brüder und Schwestern einfach nieder, und mehr als einer stürmte blindlings in das Feuer der Soldaten. Auch Anders wurde von einer riesigen Gestalt angerempelt, die in kopfloser Flucht an ihm vorüberstolperte; nicht einmal besonders fest, aber dennoch hart genug, um ihn endgültig das Gleichgewicht verlieren zu lassen. Er machte noch einen unbeholfenen, stolpernden Schritt, dann zerrte ihn Laras Gewicht auf seinen Armen endgültig nach vorne. Irgendwie gelang es ihm, nicht wirklich zu stürzen, sondern sich nur – wenn auch sehr hart – auf die Knie fallen zu lassen, aber Lara entglitt seinen Armen und rollte so hart über den mit spitzen Steinen und Felsbrocken übersäten Boden, dass sie wieder vor Schmerz aufschrie und sich krümmte.

Hastig rappelte er sich wieder auf und war mit zwei schnellen Schritten bei ihr, aber er wagte es nicht, sie noch einmal hochzuheben oder auch nur anzufassen. Er konnte nicht einmal sagen, was schlimmer war: Der fast körperlich spürbare Schmerz, den er beim Anblick von Laras Leiden empfand, oder das Gefühl absoluter Hilflosigkeit, das von ihm Besitz ergriff, als ihm klar wurde, dass er nichts, aber auch rein gar nichts für sie tun konnte.

»Anders! Warte!«

Anders sah erschrocken hoch und brauchte eine gute Sekunde, um überhaupt zu begreifen, dass es Janniks Stimme gewesen war, die er hörte, und noch eine weitere, um ihn zu entdecken: Jannik kniete nur wenige Schritte neben ihm und bemühte sich zusammen mit Boris, einen zentnerschweren Trümmerbrocken zur Seite zu rollen, der den Schaft seines Gewehrs einklemmte. Gerade als Anders hinsah, gelang es ihnen – der Felsbrocken bewegte sich widerwillig zu Seite und Jannik riss die Waffe mit der unversehrten Hand hoch und deutete mit der anderen auf Lara und ihn.

»Hilf ihnen!«, befahl er. »Ich kümmere mich um diese Mistkerle!«

Boris stemmte sich gehorsam in die Höhe und kam auf seine sonderbar humpelnd wirkende Art auf sie zu, während Jannik bereits herumwirbelte, seine Waffe mit beiden Händen ergriff und auf den Helikopter anlegte. Fast ohne zu zielen drückte er ab.

Nichts geschah. Jannik fluchte, drückte noch einmal ab – mit demselben Ergebnis – und drehte das Gewehr in den Händen. Seine Finger flogen über die winzigen Tasten an der Seite der Waffe, dann legte er zum dritten Mal an, zielte diesmal sorgfältiger und riss den Abzug mit solcher Kraft durch, als wolle er ihn abbrechen. Doch auch diesmal geschah rein gar nichts. Der vernichtende blaue Blitz, der den Helikopter treffen und zerstören sollte, blieb aus.

Dafür feuerten die Männer hinter den offen stehenden Türen der Kampfmaschine umso gnadenloser, und als reiche ihnen das entsetzliche Gemetzel noch nicht, das sie unter ihren hilflosen Opfern anrichteten, eröffneten nun auch noch die Bordgeschütze des Helikopters das Feuer. Armdicke Blitze aus verheerender blauer Glut, denen nichts widerstehen konnte, hämmerten in den Boden der Höhle, verbrannten Stein und Fleisch und Erdreich und Metall und Knochen und erfüllten die Luft binnen weniger Augenblicke mit beißendem Qualm und unerträglicher Hitze.

Jannik schrie irgendetwas, das in dem Höllenlärm unterging, der die Höhle überflutete, warf die nutzlose Waffe in hohem Bogen davon und war mit einem einzigen Satz neben Anders. »Boris bringt euch nach draußen!«, brüllte er. Anders war nicht ganz sicher, ob er die Worte wirklich verstand oder nur die hektischen Gesten, mit denen Jannik sie begleitete, entsprechend interpretierte. Jannik ließ ihm auch keine Zeit, noch irgendeine Frage zu stellen, sondern ergriff ihn mit der künstlichen Hand so fest am Arm, dass er vor Schmerz aufstöhnte, und gab dem Troll mit der anderen einen Wink. Boris beugte sich vor und nahm Lara so mühelos auf die Arme, als wöge sie gar nichts, und Jannik fuhr schon wieder herum und deutete mit der freien Hand auf einen Punkt, der irgendwo neben der Hölle aus Flammen und schmelzendem Stein und sterbenden Kriegern lag, die dort tobte, wo die *Drachen* eingedrungen waren.

»Lauft!«, schrie er. »Ich bringe die Leute in Sicherheit und komme nach. Boris kennt den Treffpunkt!«

Eine ganze Salve aus den Bordgeschützen des Helikopters schlug so nahe neben ihnen ein, dass die Hitze ihnen den Atem nahm und nicht nur Anders entsetzt den Kopf zwischen die Schultern zog, als ein Hagel glühender Trümmerstücke rings um sie herum zu Boden regnete. Irgendetwas biss in seine Schulter und Anders roch brennenden Stoff und verkohlende Haut, ohne dass die Erkenntnis wirklich in sein Bewusstsein drang, dass es sich dabei vermutlich um seine eigene handelte.

Boris war bereits herumgefahren und stampfte davon, und Jannik versetzte ihm einen Stoß, der ihn haltlos hinterherstolpern ließ. In einem vermutlich nur scheinbar willkürlichen Hin und Her näherte sich der Troll – humpelnd und schwankend wie ein besonders großer, sturzbesoffener Gorilla – der Stelle, auf die Jannik gedeutet hatte. Ein knisternder blauer Blitz verfehlte ihn so knapp, dass Anders den Gestank von versengtem Fell riechen konnte, aber der Troll zuckte nicht einmal, sondern rannte nur noch schneller, sodass Anders trotz aller Mühe noch weiter zurückfiel. Wieder feuerten die Bordgeschütze des Hubschraubers, und ein ganzer Bereich der Höhlenwand brach in einem Sturzbach aus geschmolzenem Gestein, explodierenden Splittern und Flammen und Rauch in sich zusammen und begrub Dutzende, wenn nicht Hunderte von Janniks Kriegern unter sich.

Anders warf im Laufen einen Blick über die Schulter zurück und sah, dass einige der Wilden in ihrer Verzweiflung begonnen hatten, Pfeile auf den Helikopter abzuschießen oder gar mit Steinen nach ihm zu werfen. Nur die wenigsten Geschosse trafen die Kampfmaschine überhaupt und die, die auf der Außenhülle aufschlugen, vermochten nicht einmal ihren Lack anzukratzen. Dennoch schien ihrer Besatzung dieser Angriff, der im Grunde nichts als ein Ausdruck vollkommener Hilflosigkeit war, als Alibi zu reichen, um ihr Feuer noch einmal zu verstärken. Obwohl Anders nur für die Dauer eines einzelnen Atemzuges hinsah, erkannte er voller Entsetzen, dass die Männer nicht nur auf flüchtende Krieger schossen, sondern ihr Feuer gezielt auf größere Gruppen der Wilden konzentrierten, um möglichst viel Schaden anzurichten. Das war keine Schlacht zwischen zwei verfeindeten Heeren mehr, sondern ein gezieltes Abschlachten und Morden. Die *Drachen* waren nicht gekommen, um ihre Gegner zu besiegen. Sie waren gekommen, um sie auszulöschen.

Endlich hatten sie die Stelle erreicht, auf die Jannik gerade gedeutet hatte. Boris war mit einem Mal verschwunden, doch noch bevor Anders vor lauter Panik endgültig die Orientierung verlieren konnte (wozu im Moment wirklich nicht mehr viel gehörte), sah auch er den unregelmäßig geformten, mannshohen Riss in der Wand, durch den der Troll gestürmt war. Er versuchte noch einmal schneller zu laufen, stolperte und fiel mehr in den schmalen Gang, als er hineinlief. Im letzten Moment fing er seinen Sturz an der Wand ab, machte einen ungeschickten Stolperschritt und nahm sich trotz allem noch einmal die Zeit, einen Blick in die Höhle zurückzuwerfen. Überall tobten Flammen, zerbarst Fels und schmolz Lava unter einem Feuer, das tausendmal heißer zu sein schien als das, das sie erschaffen hatte. Von Jannik war nichts mehr zu sehen und auch die allermeisten seiner Krieger schienen nicht mehr am Leben zu sein. Der Helikopter hatte sich weiter herabgesenkt und schwebte jetzt fünf oder sechs Meter über dem Boden, und seine Flanken und das flache Haifischmaul spien immer noch vernichtendes blaues Feuer.

Anders wandte sich mit einem Ruck ab und stürmte weiter.

Der Riss im Felsen fernab der ursprünglichen Bunkeranlage wurde nach wenigen Schritten zu einem zwar groben, dennoch aber sichtbar künstlich behauenen Tunnel, der in sanftem Winkel nach oben führte. Irgendwo an seinem Ende schimmerte Tageslicht, das fast zur Gänze hinter Boris' breiten Schultern verschwand, der immer noch so elegant wie ein angetrunkener Berggorilla, aber auch erstaunlich schnell vor ihm hertorkelte. Dummerweise war der Stollen so schmal, dass Boris sein gewohntes Tempo nicht mehr beibehalten konnte und Anders allmählich zu ihm aufholte. Nach vielleicht vierzig oder fünfzig Schritten erreichten sie eine halbrunde Höhle, die so niedrig war, dass Boris nur weit nach vorne gebeugt darin stehen konnte, und der Troll hielt an. Anders kam gerade in dem Moment neben ihm an, als er Lara erstaunlich behutsam auf die Füße stellte. Sie taumelte und wäre zweifellos gestürzt, hätte Boris sie nicht immer noch am Arm festgehalten, doch die schreckliche Leere war aus ihrem Blick gewichen und auch der Ausdruck von Schmerz auf ihren Zügen hatte sich nun verändert; war vielleicht nicht einmal weniger schlimm, doch von anderer Art.

»Und jetzt?«, fragte Anders schwer atmend.

Er hatte nicht wirklich mit einer Antwort gerechnet, schon gar nicht von Boris, aber der Troll drehte mit einem Ruck den Kopf und starrte eine Sekunde lang auf ihn herab, bevor er die freie Hand hob und nach vorne deutete, dorthin, wo durch einen unregelmäßig geformten Riss in der Wand helles Tageslicht hereindrang. »Ich bringe euch zum Versteck«, sagte er; langsam, schleppend und so schwerfällig, als müsse er über jedes Wort erst eine Sekunde lang nachdenken, aber erstaunlich klar moduliert und verständlich. »Jannik kommt nach.«

Anders verschenkte eine geschlagene Sekunde damit, den riesigen Troll verdattert anzustarren, dann wandte er sich mit einem Ruck an Lara. »Ist alles in Ordnung?«, fragte er.

»Es geht schon«, antwortete Lara. »Ich werde es überleben.« Bei den letzten Worten zwang sie sich zu einem Lächeln, aber die Schmerzen, die sie sichtlich litt, ließen es zu einer Grimasse werden, die Anders' Sorge eher noch neue Nahrung gab, statt sie zu besänftigen. Dennoch löste sie mit sichtlicher Anstrengung ihren Arm aus Boris' Hand und wandte sich aus eigener Kraft dem Tageslicht zu. Als Anders neben sie treten und sie stützen wollte, schüttelte sie nur trotzig den Kopf und er ließ den Arm wieder sinken. Anders trat einen halben Schritt zurück und sah fast unabsichtlich in Boris' Gesicht hoch, und für einen winzigen Moment schien es ihm, als blitze es in den dunklen Augen des Trolls amüsiert auf.

Anders verscheuchte den Gedanken und machte einen hastigen Schritt, um wieder zu Lara aufzuholen. Vor ihnen lag jetzt nur noch eine flache Geröllhalde und dahinter heller Tag. Schulter an Schulter und so dicht gefolgt von Boris, wie es nur ging, stürmten sie aus der Höhle. Die Sonne stand hoch an einem wolkenlosen Himmel und ihr ungemildertes Licht war so grell, dass Anders im allerersten Moment fast blind war und rasch die Augen mit der Hand beschattete. Er spürte die Wärme der Sonne auf dem Gesicht, aber auch einen heftigen Wind, der ihnen entgegenschlug, und ein helles, seidiges Geräusch wie das einer Messerklinge, die durch rasch fließendes Wasser gezogen wurde.

Als er die Schatten sah, war es zu spät.

Ein doppelter gleißendblauer Blitz löschte das Tageslicht aus.

Anders riss schützend die Hände vor das Gesicht, aber er war nicht einmal annähernd schnell genug, um dem grässlichen Anblick zu entgehen, den das blaue Höllenfeuer unauslöschlich und für alle Zeiten in seine Gedanken brannte: Die beiden Schüsse verfehlten ihn so knapp, dass er die Hitze der Kielspur aus verbrennender Luft spüren konnte, die die nur millimetergroßen Geschosse hinter sich herzogen – aber sie trafen ihr eigentliches Ziel mit fürchterlicher Präzision.

Boris und Lara starben im gleichen Sekundenbruchteil. Ein gnädiges Schicksal – vielleicht auch ein Schutzmechanismus, der die Hälfte der Wirklichkeit, an der er zerbrochen wäre, hätte er sie gesehen, einfach ausblendete – ersparte es ihm, Lara sterben zu sehen, aber er sah dafür umso deutlicher, wie der Troll wie von einer gigantischen Faust zurückgeschleudert wurde und in einer auseinander strebenden Wolke aus Flammen und feinem rotem Nebel weit, unendlich weit hinter ihnen verschwand, dann schleuderte ihn die Druckwelle der beiden kreischenden Explosionen nach vorne und mit solcher Wucht zu Boden, dass er nahezu das Bewusstsein verlor.

Nahezu, aber nicht ganz.

Anders schlitterte eine ebenso winzige wie endlose Zeitspanne lang am Rand einer Bewusstlosigkeit entlang, gegen die er sich nicht wehrte, sondern die er ganz im Gegenteil nicht nur willkommen geheißen hätte, sondern herbeisehnte wie nichts anderes auf der Welt, und die ihm doch nicht gewährt wurde. Er sah und hörte weiter, was rings um ihn herum und mit ihm geschah, aber alles war mit einem Mal unwirklich, auf jene grässliche Art zugleich absurd und schon fast hyperreal, wie es den schlimmsten aller Albträumen vorbehalten sein sollte. Wie ein verzerrter riesiger Schatten, dessen Umrisse sich immer wieder aufzulösen und in neuer und unheimlicher Form zusammenzusetzen versuchten, bewegte sich eine Gestalt in nass schimmerndem Schwarz und ohne Gesicht auf ihn zu. Anders versuchte sich zu bewegen, aber er konnte es nicht; und wenn, dann waren seine Bewegungen viel zu langsam und seine Gegenwehr zu schwächlich, um von dem Riesen im schwarzen ABC-Anzug überhaupt zur Kenntnis genommen zu werden.

Derb wurde er in die Höhe und herum gerissen, eine Hand packte seinen Arm und drehte ihn so hart auf den Rücken, dass er vor Schmerz aufschrie und Kopf und Schultern so weit nach hinten durchbog, wie er nur konnte. Trotz der höchst realen Schmerzen in Arm und Schultern fühlte er sich immer noch wie in einem Traum gefangen, in dem alles, was geschah, unvorstellbar grauenhaft und belanglos zugleich war. Er spürte, wie er herumgestoßen und von einer zweiten Hand auch noch am anderen Arm gepackt wurde, und ein Teil von ihm schrie immer verzweifelter und lauter auf, weil da etwas durch und durch Unvorstellbares geschehen war, etwas, das einfach zu schrecklich war, um Wirklichkeit sein zu können. Er versuchte sich zu wehren, aber selbst wenn er die Kraft dafür gehabt hätte, wäre es vollkommen sinnlos gewesen. Die beiden Männer waren viel zu stark für ihn. Bevor er auch nur richtig begriff, wie ihm geschah, nahmen sie ihn in die Mitte und zerrten ihn im Laufschritt auf den gelandeten Hubschrauber zu, der mit sirrenden Rotoren nur ein paar Meter entfernt im Gras hockte wie ein missgestaltetes Rieseninsekt aus Stahl, das ungeduldig mit den Flügeln schlug und auf seine Beute wartete, die von eifrigen kleinen Drohnen herbeigebracht wurde.

Dieselbe Hand, die seinen rechten Arm auf den Rücken gedreht und festgehalten hatte, bugsierte ihn nun unsanft in den Helikopter hinein und stieß ihn dann derb auf eine der beiden flachen, ungepolsterten Sitzbänke hinab, die es beiderseits der großen Schiebetüren gab. Erst jetzt kehrte Anders ganz allmählich in die Wirklichkeit zurück. Schatten bewegten sich in einem scheinbar sinnlosen, hektischen Tanz rings um ihn herum, er hörte Schreie und Lärm, und aus dem seidigen Rauschen, als das er das Geräusch der im Leerlauf kreisenden Rotoren draußen wahrgenommen hatte, wurde hier drinnen plötzlich ein schier trommelfellzerreißendes Heulen und Kreischen. Noch immer halb wie in Trance registrierte Anders, wie die Männer einer nach dem anderen hereinsprangen und auf den schmalen Sitzbänken Platz nahmen. Das Turbinengeräusch wurde noch schriller und die ganze Maschine begann zu wackeln. Anders sah, wie das kniehohe Gras draußen in zitternden Kreisen niedergepeitscht wurde, als die Rotorblätter sich schneller und schneller zu drehen begannen und die Maschine langsam abhob. Gleichzeitig fing sie an, sich auf der Stelle zu drehen.

Der von Flammen und schwarzem fettigem Rauch eingehüllte Höhleneingang glitt bebend an der offen stehenden Seitentür vorbei und tauchte dann vor der schräg geneigten Cockpitscheibe auf, und für einen Moment glaubte Anders eine Bewegung inmitten der Flammen auszumachen, ein plötzliches Zucken, wo keines sein durfte, und gegen jede Logik war er für einen winzigen zeitlosen Moment einfach *sicher*, dass Lara noch am Leben war, dass sie im nächsten Moment von Flammen eingehüllt, aber unversehrt aus dem Inferno heraustreten und die Arme nach ihm ausstrecken musste. Er hatte den Gedanken, dass Lara tot war, bisher nicht an sich herangelassen und vielleicht hatte das ja einen Grund, vielleicht lebte sie ja tatsächlich noch, denn er hatte so viele Wunder und so viel Unmögliches erlebt, seit er in dieses Tal jenseits der Wirklichkeit gekommen war, warum nicht noch eine weitere Unmöglichkeit, ein allerletztes, gnädiges Wunder, mit dem das Schicksal ihn für all die Ungerechtigkeiten und all den Schmerz entschädigte, die es so überreichlich für ihn bereitgehalten hatte? Schließlich hatte er nicht *gesehen*, wie Lara starb.

Er sah es jetzt.

29

Vielleicht hatte er sich die Bewegung ja tatsächlich nicht nur eingebildet, vielleicht wollte der Pilot des Helikopters auch einfach nur sichergehen: Die Maschine hatte eine Höhe von zwanzig oder dreißig Metern erreicht und stieg immer schneller, aber plötzlich kippte sie jäh nach vorne, und zwei grellblaue, lodernde Blitze zuckten unter dem Cockpit hervor und explodierten dreißig Meter tiefer im Boden. Flammen, Rauch und Felsen verschwanden in einer grellweißen Wolke aus purer Glut, heißer und heller als die Sonne, die den Höhleneingang verzehrte, Stein schmolz und Erdreich und Pflanzen verdampfte und alles Leben in weitem Umkreis auslöschte. Für die Dauer eines Atemzuges übertönte das Brüllen der Explosion sogar das schrille Heulen der Turbinen, und die Druckwelle erreichte die Maschine selbst hier oben und ließ sie zur Seite taumeln wie einen Schmetterling, der von der Hand eines Riesen getroffen und davongeschleudert wurde.

Dann gewann der Pilot die Kontrolle über seine Maschine zurück und der Helikopter glitt in eine enge, steil nach oben führende Spirale, die ihn binnen weniger Augenblicke aus dem Gefahrenbereich heraus- und auf zwei- oder dreihundert Meter Höhe katapultierte. Die Ebene sackte unter ihnen weg wie ein Stein, der jäh in die Tiefe stürzte, und die Maschine legte sich in eine weitere, enge Kurve, die sie immer noch höher brachte. Der brennende Höhleneingang war jetzt nur noch ein winziger weißer Funke unter ihnen, kaum größer als der Fingernagel eines Babys, der aus der Höhe betrachtet beinahe harmlos wirkte, nur ein weißes Blinzeln in der grün und braun gefleckten Unendlichkeit unter ihnen, der immer weiter und weiter zusammenschmolz, bis er kaum noch zu erkennen war.

Als er ganz erlosch, zerbrach auch etwas in Anders.

Lara starb für ihn erst in diesem Moment wirklich. Im gleichen Augenblick, in dem der winzige Funke mit der Ebene tief unter dem Helikopter verschmolz und dann einfach nicht mehr da war, begann auch Laras Bild in seinen Gedanken zu verblassen, und er begriff, dass er sie nicht nur niemals wiedersehen würde, sondern ihm nun auch noch die Erinnerung an sie genommen worden war. Tränen schossen ihm in die Augen und plötzlich konnte er nicht mehr richtig atmen.

»Es ist alles in Ordnung, Junge.« Eine schwere, in einem glänzenden schwarzen Handschuh steckende Hand legte sich auf seinen Unterarm, und als Anders mühsam den Kopf hob, blickte er in ein Gesicht, das keines war. In der schwarzen Scheibe, die das Gesicht des Mannes verbarg, spiegelten sich seine eigenen Züge, auf unheimliche Weise verzerrt und von dem dunklen Glas aller Farbe beraubt, und in seinen Augen, die ihm aus der Scheibe entgegenstarrten, schien kein Leben mehr zu sein, sondern etwas anderes, Schreckliches.

»Du brauchst jetzt keine Angst mehr zu haben«, fuhr der Mann fort. »Es ist alles in Ordnung. Du bist nicht länger in Gefahr. Wir bringen dich zu deinem Vater.«

Seine Stimme drang nur dumpf und verzerrt unter dem luftdichten Helm hervor, auf eine schreckliche Weise ebenso leblos und unheimlich wie der Blick seiner eigenen Augen, die ihn noch immer aus der Tiefe des schwarzen Glases anstarrten. Und mit einem Mal wurde ihm klar, was er wirklich war. Morgen und die Elder mochten ihn für den Sohn Gottes halten, vielleicht den Messias, der gekommen war, um ihr Volk in eine neue und bessere Zukunft zu führen; für Tamar – und auch Jannik – mochte er nichts als ein nützliches Werkzeug sein, das ihnen half ihre eigenen, gegensätzlichen Pläne zu verwirklichen; und für die Männer in den schwarzen ABC-Anzügen war er einfach nur ein Auftrag und vielleicht alles, was zwischen ihnen und dem Zorn ihres Auftraggebers stand; doch in Wahrheit war er etwas ganz anderes. Er war wie ein Racheengel über dieses Tal gekommen, ein mythischer Dämon, der eine Spur der Verheerung hinterlassen und nichts als Leid und Tränen verursacht hatte. Jeder, buchstäblich *jeder*, der seinen Weg gekreuzt hatte, war tot oder hatte einen anderen, womöglich noch schrecklicheren Preis bezahlt. Es wurde Zeit, dass es endete.

Die Reaktion des Mannes, neben dem er saß, machte ihm klar, die Männer hatten mit irgendetwas gerechnet und sich keineswegs darauf verlassen, dass er einfach aufgab und sich in sein Schicksal fügte. Sie waren Profis und auf ihre Art sicher ebenso gut wie Jannik. Anders war noch nicht einmal halb aufgesprungen, als sich auch schon ein starker Arm von hinten um seinen Hals schlang und ihn mit unwiderstehlicher Kraft zurückriss. Zugleich sprang der Mann, der gerade mit ihm gesprochen hatte, auf und machte einen raschen Schritt zur Seite.

Anders warf sich zurück, was den Mann, der ihn von hinten gepackt hatte, vollkommen zu überraschen schien, zog die Knie an und stieß im nächsten Augenblick dem Mann vor sich mit aller Gewalt die Füße in den Leib.

Das Ergebnis überraschte ihn beinahe selbst. Der Mann wurde zurückgeschleudert, kämpfte einen Moment lang vergeblich und mit grotesk rudernden Armen um sein Gleichgewicht und drohte dann rücklings aus der offenen Tür zu stürzen, fand aber im buchstäblich allerletzten Moment mit den ausgestreckten Händen rechts und links am Türrahmen Halt.

Die Wucht seines eigenen Tritts schleuderte jedoch auch Anders zurück. Zusammen mit dem Mann, der ihn von hinten umklammerte, stolperte er zwei, drei Schritte weit durch den Helikopter, bis sie mit verheerender Wucht gegen die gegenüberliegende Wand prallten. Der Schlag war so heftig, dass sich der erbarmungslose Würgegriff um seinen Hals für einen winzigen Moment lockerte, und dieser eine Sekundenbruchteil war alles, was er brauchte.

Anders ließ sich einfach fallen, rutschte aus der Umklammerung seines Gegners heraus und kam mit einer fließenden Bewegung wieder auf die Füße. Ohne hinzusehen stieß er den Ellbogen mit aller Gewalt zurück und wurde nicht nur mit einem stechenden Schmerz belohnt, der bis in seine Schulter hinaufschoss, sondern auch mit einem dumpfen Stöhnen und dem Laut eines schweren Körpers, der auf dem Boden aufschlug. Noch aus der gleichen Bewegung heraus sprang er nach vorne, krallte die linke Hand in das zähe schwarze Gummimaterial des Anzugs und riss den Soldaten, der immer noch im Türrahmen hing, in den Helikopter zurück. Der Mann stolperte an ihm vorbei, fiel ungeschickt auf die Knie und ließ sich mit einem erleichterten Seufzen nach vorne und auf die Hände sinken, und Anders griff mit der anderen Hand zu, entriss dem Mann das Gewehr und sprang mit einer gleitenden Bewegung zurück. Seine Finger suchten vollkommen unbewusst die winzige Taste an der Seite der Waffe und drückten sie, und das wuchtige Gewehr begann ganz leicht in seinen Händen zu vibrieren.

Anders bemerkte aus den Augenwinkeln, dass sich der Copilot aus seinem Sitz zu stemmen versuchte, schwenkte die Waffe herum und der Mann erstarrte mitten in der Bewegung. Der Helikopter erbebte, als auch der Pilot eine erschrockene Bewegung machte, die sich über den Steuerknüppel auf die gesamte Maschine übertrug, dann glitt sie wieder ruhig dahin.

»Keine falsche Bewegung«, warnte Anders. »Niemandem passiert etwas, wenn ihr keinen Fehler macht!«

Irgendwie klangen die Worte albern, sogar in seinen eigenen Ohren. Zwar war er im Moment im wahrsten Sinne des Wortes derjenige, der die Hand am Abzug hatte, aber die bloße Vorstellung, er könnte gleich vier bewaffnete und gut trainierte Männer damit mehr als einige Augenblicke in Schach halten, war einfach lächerlich.

Seine Gegner schienen das wohl ganz ähnlich zu sehen. Anders konnte die Gesichter hinter den schwarz verspiegelten Scheiben ihrer Helme nicht erkennen, aber ihre Bewegungen verrieten weder Hast noch Schrecken, als sie sich langsam in die Höhe stemmten. Auch der Copilot ließ sich fast gelassen wieder in seinen Sitz zurücksinken und Anders fuchtelte noch einmal drohend mit der Waffe.

»Nehmt die Hände hoch«, befahl er. »Und keine falsche Bewegung.«

Ungefähr eine Sekunde lang schien es, als würden die Männer überhaupt nicht darauf reagieren, doch dann hoben sie – langsam und widerwillig – die Hände. Zugleich glaubte Anders aber auch ihre mitleidigen Blicke geradezu körperlich zu spüren.

»Sei vernünftig, Junge«, sagte der, dessen Waffe er gerade im Austausch gegen sein Leben an sich genommen hatte. »Was soll der Unsinn? Wir sind nicht deine Feinde.«

»Aber ganz bestimmt auch nicht meine Freunde«, antwortete Anders. »Überlegt euch lieber genau, was ihr tut.«

»Die Frage ist wohl eher, was du tust«, antwortete der Soldat. »Was glaubst du, was passiert, wenn du diese Waffe hier drinnen abfeuerst? Wir würden alle sterben.«

»Und wer sagt Ihnen, dass mich das stört?« Anders schüttelte heftig den Kopf. »Versucht lieber nicht, es herauszufinden.«

Vielleicht war da etwas in seiner Stimme, was den Männern klar machte, wie bitterernst er diese Worte meinte. Es war ganz genau das, was er in diesem Moment empfand. Er war lange genug Spielball anderer gewesen. Von dieser Sekunde an würde er die Regie über diese Farce übernehmen oder sterben. Er wollte den Männern nichts tun – nicht einmal jetzt, obwohl er keinen Sekundenbruchteil lang vergessen hatte, dass *sie* es gewesen waren, die Lara umgebracht hatten –, aber er hatte auch nichts mehr zu verlieren. Gar nichts.

Der Helikopter zitterte. Anders warf einen raschen Blick aus der offen stehenden Tür und stellte fest, dass die Maschine wieder zu sinken begonnen hatte. »Was soll das?«, schnappte er. »Ich habe gesagt, keine Tricks!«

»Wir können nicht höher als fünfhundert Meter«, antwortete der Copilot.

»Blödsinn«, versetzte Anders. »Diese Maschine …«

»… wird ganz automatisch abgeschossen, sobald wir höher als einen halben Kilometer steigen«, unterbrach ihn der Copilot. »Du kannst uns erschießen oder wir steigen noch ein bisschen. Das Ergebnis ist dasselbe.«

Anders überlegte einen Moment lang angestrengt. Er hatte keine Ahnung, in welcher Höhe Jannik und er gewesen waren, als sie abgeschossen worden waren, aber dass es die automatischen Flugabwehrgeschütze gab, hatte er schließlich am eigenen Leib erfahren. Widerwillig nickte er.

»Also gut«, sagte er. »Dann geht auf dreihundert. Aber keinen Zentimeter tiefer.«

War das ein leises spöttisches Lachen, das da unter dem Helm des Piloten hervordrang? Anders wusste es nicht, aber die Maschine stieg zitternd wieder ein gutes Stück weit nach oben und glitt dann wieder ruhig dahin. »Und jetzt?«, fragte der Copilot. »Ich meine: Sollen wir jetzt im Kreis herumfliegen, bis uns der Sprit ausgeht, oder hast du ein bestimmtes Ziel?«

»Nach Süden«, sagte Anders. »Zur Stadt der Tiermenschen. Wir holen Katt. Und dann besuchen wir meinen Vater.«

»Prima Idee«, lobte der Copilot. Diesmal war der spöttische Unterton in seiner Stimme nicht mehr zu überhören. »Täusche ich mich oder wollten wir dich nicht sowieso zu ihm bringen?«

»Stimmt«, sagte Anders. Er wedelte mit dem Gewehr. »Aber ich habe es lieber zu meinen Bedingungen.«

»Du hast nicht die geringste Ahnung, was hier vorgeht, habe ich Recht?«, seufzte der Copilot. Er beantwortete seine eigene Frage mit einem Kopfschütteln. »Dein Vater gehört nicht zu den Menschen, die sich erpressen lassen. Nicht einmal von dir. Das kann er gar nicht – selbst wenn er es wollte.«

»Das werden wir ja sehen«, antwortete Anders. Er fuchtelte erneut drohend mit dem Gewehr herum. »Nach Süden, habe ich gesagt. Sofort!«

Natürlich gehorchte der Pilot nicht sofort, sondern drehte den Kopf in seine Richtung und sah ihn eine endlose Sekunde lang an, bevor er sich wieder abwandte und nach den Kontrollen des Helikopters griff. Das Heulen der Turbinen wurde eine Spur schriller, als er das flache Haifischmaul des Kampfhubschraubers senkte …

… und den Helikopter in eine so brutale Linkskurve riss, dass Anders auf der Stelle das Gleichgewicht verlor und stürzte. Alles geschah gleichzeitig und nichts davon war Zufall. Der brutale Ruck, mit dem der Pilot die Maschine auf die Seite warf, war ebenso wenig ein Versehen, wie sein Blick gerade Anders gegolten hatte. Noch während er fiel und ihm dabei die Waffe aus den Händen entglitt, erwachten die beiden Männer neben ihm blitzartig aus ihrer Erstarrung und stürzten sich auf ihn. Anders prallte so hart gegen die Kante der Bank, auf der er gerade noch selbst gesessen hatte, dass ihm die Luft aus den Lungen getrieben wurde und er zu spüren glaubte, wie seine Rippen wie Streichhölzer brachen. Fast im gleichen Sekundenbruchteil prallte einer der beiden Männer gegen ihn und umschlang ihn mit beiden Armen, während sich der andere hastig nach dem Gewehr bückte, das er fallen gelassen hatte, und die Maschine kippte mit einem beinahe noch härteren Schlag wieder in die Waagrechte zurück.

Vielleicht war es diese neuerliche Erschütterung, vielleicht auch eine winzige Ungeschicklichkeit des Mannes, vielleicht auch eine Kombination aus beidem. Aus welchem Grund auch immer: Ein grellblauer Blitz löste sich aus dem Gewehr, zerschmetterte die Rückenlehne des Copilotensitzes und verfehlte den Mann selbst um wenige Zentimeter. Dafür zertrümmerte er die rechte Seite des Instrumentenpultes vor ihm und ließ das Glas der Pilotenkanzel in einer Wolke aus Flammen und glühenden Trümmerstücken und Abermillionen winziger Glasscherben nach außen explodieren.

Die Maschine bäumte sich auf, kippte auf die Seite und geriet für einen Moment hoffnungslos ins Trudeln. Anders wurde ein zweites Mal und noch härter herum- und gegen das harte Metall der Sitzbank geschleudert, dann prallte er mit grässlicher Wucht zu Boden. Auch noch das letzte bisschen Luft wurde ihm aus den Lungen gepresst und plötzlich schmeckte er Blut und bittere Galle. Der Mann, der ihn gepackt hatte, war von einen Sekundenbruchteil auf den anderen einfach weg, nicht nur aus seinem Blick, sondern aus dem *Helikopter* verschwunden, und für eine schreckliche halbe Sekunde stand die Welt jenseits der zerborstenen Cockpitscheibe Kopf. Anders wurde gegen die Rückwand der Kabine geworfen, rollte ein winziges Stück weit über die *Decke* der Kabine und stürzte dann wieder zu Boden, als es dem Piloten irgendwie gelang, den Helikopter in die Waagrechte zu werfen. Trotzdem schlingerte die Maschine weiter wild hin und her. Flammen und öliger schwarzer Qualm schlugen aus dem zerborstenen Armaturenbrett, und das Heulen der Turbine klang plötzlich schriller und unregelmäßig.

Anders schlitterte hilflos über den Boden, versuchte sich irgendwo festzuhalten und schrie vor Entsetzen auf, als die offen stehende Tür regelrecht auf ihn zusprang. Seine Fingerspitzen fuhren über den geriffelten Metallboden, ohne dass er damit mehr erreichte, als sich sämtliche Fingernägel abzubrechen, und plötzlich war unter seinen Beinen *nichts mehr* und Anders spürte, wie er aus der bockenden Maschine geschleudert zu werden drohte wie ein unachtsames Kind aus der Gondel einer außer Kontrolle geratenen Achterbahn. Mit der absoluten Kraft, die einem nur die reine Todesangst verleiht, klammerte er sich am Rand der offen stehenden Schiebetür fest.

Der Ruck, mit dem er seinen Sturz abfing, schien ihm schier die Gelenke aus den Schultern zu reißen. Anders brüllte vor Schmerz und Angst, aber er hielt sich trotzdem mit verzweifelter Kraft fest. Seine Beine strampelten über einem zwei- oder dreihundert Meter tiefen Abgrund, während die Maschine, an deren offener Tür er hing, noch immer wie ein bockendes Wildpferd hin und her schwang und sich aufbäumte. Anders versuchte die pochenden Schmerzen in seinen Händen und Armen zu ignorieren, aber er spürte dennoch, wie seine Finger Zentimeter für Zentimeter abrutschten. Seine Kräfte ließen rapide nach und das glatte Metall des Türrahmens wurde zusätzlich schlüpfrig von seinem eigenen Blut, das unter seinen zersplitterten Fingernägeln hervorquoll. Er würde es nicht schaffen. Der Helikopter bockte nicht mehr ganz so heftig wie noch vor Augenblicken. Irgendwie hatte der Pilot nicht nur das Wunder vollbracht, die Maschine nicht abstürzen zu lassen, sondern offensichtlich auch, die Kontrolle über den wild hin und her tanzenden Helikopter zurückzugewinnen, aber dieses Wunder kam zu spät, zumindest für Anders. Er spürte, wie er weiter abglitt, als würde der Abgrund wie mit unsichtbaren Händen an seinen Beinen zerren.

Eine Hand in einem glänzenden schwarzen Gummihandschuh schloss sich um sein rechtes Handgelenk und fing seinen Sturz ab, noch bevor er richtig begonnen hatte.

Diesmal war der Ruck noch härter, fast als würde ihm der Arm nun *wirklich* aus der Schulter gerissen. Anders brüllte in reiner Agonie auf, griff aber dennoch mit der anderen Hand nach oben und krallte sich in den in schwarzes Gummi gehüllten Arm, der ihn festhielt.

Der Mann keuchte vor Anstrengung, verstärkte seinen Griff noch weiter und suchte mit der anderen Hand Halt am Türrahmen. »*Halt dich fest!*«, keuchte er. »*Ich ziehe dich hoch!*«

Anders versuchte es. Verzweifelt mobilisierte er jedes bisschen Kraft, das er noch irgendwo in sich fand. Aber es reichte nicht. Das ohnehin glatte Gummimaterial des Anzuges wurde noch schlüpfriger von seinem Blut und Anders spürte, wie der Mann langsam, aber auch unaufhaltsam von seinem Gewicht nach vorne gezogen wurde. Anders' Arm rutschte Millimeter um Millimeter aus der Umklammerung des schwarzen Handschuhs heraus, und auch seine verzweifelt tastenden Finger rutschten an dem glatten Material einfach ab.

Das Letzte, was er sah, war das verzerrte Spiegelbild seines eigenen Gesichts in der schwarzen Scheibe des Helmes. Dann verlor er endgültig den Halt und stürzte mit einem lautlosen Schrei auf den Lippen in die Tiefe.

Werkverzeichnis der im Heyne Verlag von Wolfgang und Heike Hohlbein erschienenen Titel

› Werkverzeichnis

© Tom Platzer

HEYNE ‹

Die Autoren

Wolfgang Hohlbein wurde 1953 in Weimar geboren. Schon als Jugendlicher begann er, fantastische Geschichten zu schreiben. Nach der Schulzeit in Nordrhein-Westfalen machte er eine Ausbildung zum Industriekaufmann und arbeitete daraufhin in diesem Beruf.
Bei einem Wettbewerb des Ueberreuter Verlags im Jahre 1982 belegte er zusammen mit seiner Frau Heike den ersten Platz: mit dem Jugendbuch *Märchenmond*, das ursprünglich der Fantasie seiner Frau entsprang und mit über 700 000 verkauften Exemplaren zum Bestseller wurde. Im gleichen Jahr erschien Hohlbeins Roman *Der wandernde Wald*, der ebenfalls großen Erfolg hatte. Wolfgang Hohlbein verlegte sich daraufhin ganz auf das Schreiben und hat inzwischen ein Millionenpublikum gewonnen.
Er ist einer der beliebtesten deutschen Autoren auf dem Gebiet der fantastischen Literatur und zählt mit seinen Romanen aus den verschiedensten Genres – Thriller, Horror, Science-Fiction und historischer Roman – zu den erfolgreichsten und produktivsten deutschen Autoren überhaupt. Zusammen mit seiner Frau Heike, der gemeinsamen Tochter Rebecca und etlichen anderen Co-Autoren hat er bislang mehr als 220 Bücher und Geschichten verfasst.
Heute leben Wolfgang und Heike Hohlbein mit ihren sechs Kindern in der Nähe von Düsseldorf.

1. Fantasy von Wolfgang Hohlbein

Die Nacht des Drachen

Die 13jährige Yori begegnet auf der Jagd einer verwundeten Smaragdechse und rettet ihr das Leben. Doch damit beschwört sie die Rache eines brutalen Sklavenhändlers herauf, der sie und ihr Dorf vernichten will. In einem riesigen alten Drachen findet Yori einen mächtigen, aber auch gefährlichen Verbündeten.

Saint Nick

Eigentlich ist Nikolaus der Schutzheilige der Kinder, doch jetzt ist er als Weihnachtsmann der Manager des großen Festes – und hat den Sinn von Weihnachten völlig vergessen! Da setzen die Elfen ein Ultimatum: Ein neuer Elf muss her, sonst wird Weihnachten ausfallen. Gelingt es Saint Nick, mit Hilfe der Waisen Virginia und Stan das Weihnachtsfest zu retten?

Die Magier-Trilogie

Erbe der Nacht (Band 1)

Der junge Robert Craven erfährt, dass er der Nachfahre eines großen Magiers ist. Nun ist in längst vergangener Zeit eine geheimnisvolle Kraft erwacht, die die Gegenwart bedroht. Als sein Großvater umkommt, erkennt Robert, dass er in großer Gefahr schwebt. Kann er dem nächtlichen Besucher trauen, der ihm seine Hilfe anbietet?

Tor ins Nichts (Band 2)

Seit Robert Craven erfahren hat, dass er magische Kräfte besitzt, beschäftigt er sich mit dem Okkulten. Noch ist er ein Anfänger und erhofft sich Hilfe und Anleitung von dem Holländer DeVries. Dieser jedoch nutzt seine magischen Kenntnisse auf zerstörerische Weise. Um ihn aufzuhalten, begibt sich Robert in einen gefährlichen Kampf.

Sand der Zeit (Band 3)

Robert wird von Visionen aus den Wikingerzeiten gequält. Um diesen auf den Grund zu gehen, reist er mit seinem Freund Jake Becker nach Mexiko zu Professor Havilland, einem bedeutenden Wikingerforscher. Doch dort wartet das Grauen auf sie.

2. Fantasy von Wolfgang & Heike Hohlbein

Märchenmond

Nach einer Blinddarmoperation liegt Kims kleine Schwester im Koma. Da erfährt Kim von dem Land Märchenmond, in dem der böse Boraas seine Schwester gefangenhält. Kim gelangt in das magische Land und macht sich mit seinen neuen Freunden auf die abenteuerliche Suche nach seiner Schwester.

Märchenmonds Erben

Bei seiner Rückkehr nach Märchenmond stellt Kim erschrocken fest, dass sich vieles verändert hat: Niemand glaubt mehr an Träume und Magie, alte Bräuche und Riten werden missachtet. Kim versucht mit Hilfe des Zauberers Themistokles, Märchenmond zu retten. Denn ohne seine magischen Kräfte ist die Welt verloren.

Der Greif

Als Mark in den schwarzen Turm eindringt, ahnt er nicht, welche Kräfte er entfesselt. Der Greif, magischer Herrscher über dieses alptraumhafte Reich, versucht den Jungen in seine Gewalt zu bringen. Doch inmitten von Feuer und Schatten liegt ein Paradies, und um dieses zu retten, nimmt Mark den aussichtslos scheinenden Kampf gegen den mächtigen Greif auf.

Schattenjagd

»Schattenjagd« ist für David das beste Computerspiel aller Zeiten. Bald greift die virtuelle Welt jedoch nach der Wirklichkeit, und ihre Geschöpfe entwickeln ein unheimliches Eigenleben. David muss ein letztes Mal in das Spiel einsteigen, um die bedrohlichen Geschöpfe aufzuhalten.

Krieg der Engel

Der 15-jährige Eric hat stets denselben Traum. Ein weißer Engel steht mit brennendem Gefieder auf dem Dach einer gigantischen schwarzen Kathedrale, die sich über einer trostlosen Landschaft erhebt. Als Erics Eltern plötzlich in die Gewalt der schwarzen Engel geraten, entbrennt ein gnadenloser Kampf.

Dreizehn

Das Mädchen Thirteen entdeckt im alten Haus ihres Großvaters ein Labyrinth, in dem sechs Kinder gefangen gehalten werden – die letzten Kinder, die der Rattenfänger damals aus Hameln entführte. Beim Versuch, sie zu retten, geraten Thirteen und ihr Freund Frank in Lebensgefahr.

Das Buch

Leonie stammt aus einer altehrwürdigen Buchhändlerfamilie. Wie schon ihre Großmutter ist auch sie eine »Hüterin der Wirklichkeit«. Als zwei Unbefugte ein Buch aus dem Archiv entwenden, muss sich Leonie einem gefährlichen Kampf um die einzig gültige Wahrheit stellen, denn die beiden schreiben die Wirklichkeit um - mit katastrophalen Folgen!

Die Legende von Camelot (Trilogie)

Gralszauber (Band 1)

Der Küchenjunge Dulac träumt davon, ein heldenhafter Ritter zu werden. Als er eine alte Rüstung und ein Schwert findet, verwandelt er sich in den tapferen Helden seiner Träume. Als Silberner Ritter Lancelot zieht er an der Seite von König Artus in den Kampf gegen den finsteren Mordred.

Elbenschwert (Band 2)

Die Hochzeit von König Artus und Gwinneth soll gefeiert werden. Doch Morgaine, die Mutter des finsteren Mordred, entführt die junge Braut. Lancelot macht sich auf, um Gwinneth zu retten. Währenddessen sammelt Mordred seine Krieger zum Angriff auf Camelot.

Runenschild (Band 3)

Nach Lancelots Flucht von Camelot geraten er und Gwinneth in die sagenhafte Welt von Avalon. Ohne sein Schwert glaubt Lancelot, chancenlos gegen die Dunkelelben zu sein. Doch sein Schild erweist sich als rettende, magische Waffe. Und noch etwas erfährt Lancelot: Das Schicksal aller liegt in den Händen der Dunkelelben.

Die Bedrohung

Die friedliche Zeit im Tal ist vorbei, als Ungeheuer Elben und Menschen bedrohen. Ger Frey bietet den verzweifelten Menschen seine Hilfe an - zu spät durchschauen Anders und die Elbin Madras, dass sich sein Plan gegen das Volk der Elben richtet. Können sie den Angriff der Menschen auf die Elben noch verhindern?

Spiegelzeit

In einem Glaslabyrinth auf einem Rummelplatz gelangt Julian durch einen Spiegel in eine längst vergangene Zeit, in der sich eine schreckliche Katastrophe Tag für Tag aufs Neue ereignet. Nur er kann die unschuldigen Opfer erlösen.

Unterland

Bei einem Ausflug in die Katakomben trifft Michael auf den Schriftsteller Henry Wolf, mit dem er in ein Labyrinth finsterer Gänge gerät. Von bizarren Wesen verfolgt, stoßen sie unter einem See auf eine uralte Stadt. Michael wird in den Kampf zwischen zwei gewaltigen Mächten hineingerissen.

Die Prophezeiung

Vor mehr als dreitausend Jahren sprach der sterbende Pharao Echnaton einen Fluch aus, dessen Magie bis in die heutige Zeit reicht. Der junge Aton ist nun ausersehen, die Prophezeiung zu erfüllen. Doch dunkle Mächte haben sich verschworen, um dies zu verhindern.

Drachenfeuer

Hinter einem Wasserfall entdeckt Chris ein Bronzetor. Als er es durchschreitet, findet er sich im geheimnisvollen Land der Feen wieder, das von einem kriegerischen Volk bedroht wird. Chris ist erwählt, das Land zu retten: Er soll den mächtigen Drachen wecken, der hoch im Norden schläft. Doch der Drache selbst wird zur tödlichen Gefahr.

Die Anders-Saga (vier Bücher)

Anders 1 – Die tote Stadt

Der Traumurlaub gerät zur Katastrophe: Nach einem Flugzeugabsturz findet sich der 16-jährige Anders in einer gewaltigen Ruinenstadt aus Stein und Metall wieder, die ein schreckliches Geheimnis birgt. Zusammen mit dem rätselhaften Katzenmädchen Katt versucht Anders herauszufinden, was der toten Stadt widerfahren ist. Ein Albtraum beginnt.

Anders 2 – Im dunklen Land

Gemeinsam mit Katt will Anders aus dem vergessenen Tal entkommen. Ihre Flucht endet vor einer geheimnisvollen Mauer mitten in der Eiswüste. Hier fallen sie dem Elder Culain in die Hände, der sie über die Ebene des Todes ins sagenumwobene Tiernan, die Stadt der Elder, bringt. Verzweifelt schmiedet Anders Fluchtpläne.

Anders 3 – Der Thron von Tiernan

Kaum ist Anders in die Festung vor den Toren Tiernans zurückgekehrt, wird die weiße Elderstadt von einem Heer angegriffen, das einem Albtraum zu entstammen scheint: eine gewaltige Armee von Riesen, Wiedergängern, Werwölfen, angeführt von einem unheimlichen Reiter auf einem schwarzen Einhorn.

Anders 4 – Der Gott der Elder

Es ist die düsterste Stunde in der Geschichte des vergessenen Tales: Die Tiermenschen sollen ausgelöscht werden. Noch einmal versucht Anders, das Tal und seine Bewohner in eine glücklichere Zukunft zu führen. Doch als er dabei dem streng gehüteten Geheimnis des dunklen Landes auf die Spur kommt, gerät er selbst in höchste Gefahr. Jetzt kann ihn und Katt nur noch ein einziger Mensch retten: sein erbittertster Gegner.

3. Mystery-Thriller

Die Azrael-Bücher

Azrael (Band 1)
Mehrere Menschen bringen sich in Berlin auf außergewöhnliche Weise um, nachdem sie mit ihrem eigenen Blut den Namen des Todesengels Azrael an die Wand geschrieben haben. Hinweise auf Fremdverschulden scheint es nicht zu geben, bis man im Blut eines der Toten eine unbekannte Droge entdeckt.

Azrael - Die Wiederkehr (Band 2)
Eine rätselhafte Mordserie sucht Berlin heim, an jedem Tatort findet sich der Schriftzug »Azrael«. Kriminalinspektor Bremer wird an die Geschehnisse vor einigen Jahren erinnert, die er lange verdrängt hat. Dann entdeckt er einen Mann, der im Koma liegt und stets reagiert, wenn der geheimnisvolle Mörder zuschlägt. Hat das Ungeheuer überlebt?

Wyrm
In Maggoty gehen seltsame Dinge vor. Schon bei der Anfahrt des Landvermessers Joffrey Coppelstone wird sein Auto von einer unheimlichen Substanz regelrecht aufgefressen. Als er im Dorf Hilfe sucht, begegnet man ihm mit unverhohlener Feindseligkeit. Er gerät in einen Sumpf von Aberglauben und sklavischer Vergötterung einer dämonischen Macht.

Katzenwinter
Nach dem Tod von Justins Großmutter liegt etwas Bedrohliches über der kleinen Stadt. Justin entdeckt die Quelle der Gefahr: in den Ruinen eines alten Klosters, wo im Mittelalter finstere Magie herrschte. Justin muss die Kräfte zurückzudrängen, andernfalls droht der Untergang.

Druidentor

Uhren laufen rückwärts und Menschen verschwinden, ein Tunnel in den Schweizer Bergen wird zur schwarzen Hölle. Schon bald ist klar, dass hier Dinge geschehen, die die Existenz des Lebens auf der Erde gefährden und vernichten werden, wenn nichts Entscheidendes passiert.

Im Netz der Spinnen

Den Horrorstreifen auf seinem Videogerät findet der Kriminalbeamte Fred Issler eher lächerlich. Bis zum Abspann, als eine Horde Vogelspinnen aus der Bildröhre kriecht. Ein mörderischer Alptraum beginnt – und die Polizei ist machtlos.

Teufelsloch

In der Mine Devil's Hole geschieht Entsetzliches. Als Bergbauingenieur Harrison in den Stollen hinabsteigt, stößt er auf einen entstellten Toten und ein Labyrinth von Gängen. An den Wänden findet er Bilder jener Kreaturen, die auch seine Träume vergiften. Dort unten lauert etwas Grauenhaftes.

4. Historische Romane von Wolfgang Hohlbein

Die Nibelungensaga

Der Ring der Nibelungen (Band 1)

Als der junge Drachentöter Siegfried an den Hof der Burgunder kommt, verliebt er sich in die schöne Kriemhild. Er bietet sich an, ihrem Bruder König Gunther bei dessen Brautwerbung zu Seite stehen. Die beiden schließen einen verräterischen Pakt, der beiden das Eheglück sichern soll, jedoch nur Tod und Verderben bringt.

Die Rache der Nibelungen (Band 2)

Siebzehn dunkle Winter sind seit dem verräterischen Mord an Siegfried vergangen. Weitab vom Schatz der Nibelungen wächst sein Sohn Sigurd in Island auf. Als dort die Dunklen Horden von König Wulfgar von Xanten einfallen, greift er nach dem Schwert seines Vaters und eine Odyssee durch den ganzen Kontinent beginnt.

Das Erbe der Nibelungen (Band 3)

Ein Jahrhundert ist vergangen, seit der Sohn des Drachentöters Siegfried sich den alten Göttern verweigerte und in der Unterwelt Utgard seine Freiheit erkämpfte. Doch die Nibelungen haben nicht vergessen, was Siegfried und sein Blutclan ihnen angetan haben. Ihre schwarzen Herzen schreien nach Rache. Auf einem Kontinent, der von der Pest dahin gerafft wird, machen sie Jagd auf Sigfinn und Calder, die letzten Nachfahren Siegfrieds.

Odysseus

Auf der Fahrt zu seiner Heimat Ithaka gerät Odysseus in einen schrecklichen Sturm. Während der darauf folgenden Irrfahrt muss er unglaubliche Hindernisse überwinden. Als Odysseus nach langen Jahren endlich nach Hause gelangt, stellt er fest, dass sein Königreich in großer Gefahr ist.

Hagen von Tronje

Hagen von Tronje gilt als der einsame, finstere Verräter und Königsmörder, während Siegfried, der Drachentöter und Herrscher der Nibelungen, der strahlendste aller Helden ist. Im Spannungsfeld dieser beiden großen, schillernden Gestalten entwickelt sich das dramatische Geschehen des Nibelungenepos.

Die Templer-Saga

Die Templerin (Band 1)

Friesland im 12. Jahrhundert: Robin ist noch ein junges Mädchen, als Fremde ihr Dorf überfallen und ihre Mutter töten. Man verdächtigt die Tempelritter, doch Robin kennt die Wahrheit. Sie sucht Zuflucht vor den wirklichen Mördern bei den Templern und beginnt ihr eigenes, geheimnisvolles Schicksal zu begreifen.

Der Ring des Sarazenen (Band 2)

Die junge Friesin Robin ist in der Rüstung eines Tempelritters unterwegs ins Gelobte Land. Sie gerät in die Fänge eines Sklavenhändlers und soll als Haremsdame verkauft werden. Als einziger Schutz bleibt ihr der geheimnisvolle Ring, den sie von ihrem treuen Freund und Begleiter Salim bekam.

Die Rückkehr der Templerin (Band 3)

Um ihr eigenes Leben zu retten, sieht sich Robin noch einmal gezwungen, im Heiligen Land für die Sache der Templer zu kämpfen. Während das Heer der Kreuzfahrer in Auflösung begriffen ist, rettet sie dem König von Jerusalem das Leben und wird Zeugin eines weiteren heimtückischen Mordanschlags. Bald steht sie im Mittelpunkt einer groß angelegten Intrige.

Die Templerin - Das Wasser des Lebens (Band 4)

Das Heilige Land im Jahr 1179: Balduin, der junge König von Jerusalem, leidet an Lepra. Seine inneren und äußeren Feinde wittern in dieser Schwäche ihre Chance. In geheimer Mission bricht die königstreue Templerin Robin nach Ägypten auf, um das rettende »Wasser des Lebens« zu finden. Aber die Feinde sind allgegenwärtig ... Wolfgang und Rebecca Hohlbein haben die Fortsetzung der großen Saga um die legendäre Templerin Robin geschrieben.

5. Kurzgeschichten von Wolfgang Hohlbein

Wolfgang Hohlbeins Fantasy Selection
Von Wolfgang Hohlbein zusammengestellte Fantasy-Geschich-ten verschiedener Autoren mit Spannung vom Feinsten, die den Leser mit dunklem Grauen erfüllen.

Wolfgang Hohlbeins New Fantasy Selection
Geschichten, die dem Leser Schauder über den Rücken laufen lassen! Die in diesem Band versammelten Erzählungen erfolgreicher Autoren sind nichts für furchtsame Gemüter, denn in ihnen regiert der Schrecken. Hohlbein selbst leitet jede Erzählung ein.

Nächtliche Begegnung. Wolfgang Hohlbeins Fantasy Selection
Blutsaugende Zeitgenossen, verlogene Engel und ein gefühlskalter Arzt, der seinem todgeweihten Patienten um jeden Preis das Augenlicht zurückgeben will, sorgen in der von Wolfgang Hohlbein zusammengestellten Kurzgeschichtensammlung für hochgradigen Nervenkitzel.

Philip Pullman

Ausgezeichnet mit dem renommierten Whitebread-Preis.

978-3-453-50307-6

978-3-453-50321-2

978-3-453-50373-1

»Diese packende, fesselnde Fantasy-Geschichte lässt nicht wieder los!«
Welt am Sonntag

»Tolkiens Enkel.« ***Die Zeit***

Leseproben unter: **www.heyne.de**

HEYNE